Anders Roslund
Schattenkind

ANDERS ROSLUND

SCHATTEN KIND

Kriminalroman

Aus dem Schwedischen
von Ulla Ackermann

Ullstein

Besuchen Sie uns im Internet:
www.ullstein.de

Die Originalausgabe erschien 2024 unter dem Titel *Fly* bei Albert Bonniers Förlag, Stockholm.
Ullstein Paperback ist ein Verlag der Ullstein Buchverlage GmbH
www.ullstein.de
ISBN: 978-3-86493-281-6
Deutsche Erstausgabe
© 2024 by Anders Roslund
© der deutschsprachigen Ausgabe Ullstein Buchverlage GmbH, Friedrichstraße 126; 10117 Berlin 2025
Published by agreement with Salomonsson Agency.
Alle Rechte vorbehalten.
Wir behalten uns die Nutzung unserer Inhalte für Text und Data Mining im Sinne von § 44b UrhG ausdrücklich vor.
Bei Fragen zur Produktsicherheit wenden Sie sich bitte an produktsicherheit@ullstein.de
Gesetzt aus der Scala powered by *pepyrus*
Druck und Bindearbeiten: CPI books GmbH, Leck

ER WILL AUGENKONTAKT, als er ihn erledigt.
Sein erster Tritt trifft die Schläfe.
Der zweite mittig in die Wange.
Er packt das zerknitterte Jackett und das schüttere Haar, zerrt den hageren Körper vom Boden hoch, zwingt den Kopf des Alten nach unten, lässt sein Bein nach oben schnellen und sein Knie ein zerfurchtes Gesicht zertrümmern.
Das Arschloch hätte nicht die Bullen rufen sollen.

DIE WUT.
Er hat keine Ahnung, woher sie kommt. Sie war schon immer da. Er trägt sie in sich, mit sich herum. Egal, wo er ist, lodert sie in ihm.

Jetzt nimmt er sie mit hinein.

In den großen Saal, in dem jeder Schritt widerhallt und die braunen, holzgetäfelten Wände aus einer anderen Zeit sind. Hohe Decken, abgestandene Luft, draußen auf der Straße fahren Autos vorbei, und niemand hat einen Schimmer, dass hier drin Leben verändert werden.

Er ist schon oft in Gerichtssälen gewesen. Sie machen ihm keine Angst. Richter und Schöffen vorne auf dem erhöhten Podium, Staatsanwalt, Anwalt der Nebenklage und Verteidiger unten vor der Richterbank, Prozessbesucher auf den Zuschauerplätzen im hinteren Bereich.

Und er selbst.

Der Angeklagte.

Piet Hoffmann dreht sich um. Verstohlen scannt er die Reihen. Sein Vater ist nicht da. Er würde niemals zu einer Gerichtsverhandlung seines Sohnes gehen. Sich bei der Arbeit freinehmen – aus *dem* Grund? Was für eine Schande. Ein Mann, der nach Schweden gekommen ist, um das Richtige zu tun, und jetzt sitzt sein Erstgeborener auf der Anklagebank. Aber seine Mutter ist da.

Und viele seiner Kumpels. Die meisten mit einem Grinsen auf dem Gesicht. Etwa so wie bei einer Beerdigung in der Kirche. Alles ist ernst und still, keiner weiß, wie er sich verhalten soll, und fängt stattdessen an zu grinsen. Ein bisschen beeindruckt sind sie auch. Wie Theater, Zuschauer einer Vorführung. Alle schauspielern, und er steht auf der Bühne und spiegelt sich in ihnen, und alles passiert hier und jetzt, nicht später, an später denkt er nicht.

Mehrere Fälle von Körperverletzung. Genauso viele Einbrüche. Drogen hat er auch vertickt. Das Jugendamt hatte ihn von Anfang an auf dem Kieker, und als er mit dreizehn seinen Betreuer zusammenschlug, ging das Gerede von wegen Erziehungsheim los. Wir geben dir eine Chance, und du schlägst den einzigen Menschen zusammen, der an dich glaubt. Als letztes Mittel sollte er es mit Kampfsport versuchen. Muay Thai. Seine Wut auf etwas anderes richten als auf die Leute in der Stadt. Das Jugendamt zwang ihn hinzugehen. Diese Typen, dieser Verein, hatten über den Sport, der seine Empathie stärken, ihm die Denkmuster der Straße nehmen und ihm helfen sollte, seine Impulse in den Griff zu kriegen, schon die schlimmsten Härtefälle wieder auf Kurs gebracht. Die Situation eskalierte sofort. Der Trainer meinte, ihm mit Regeln kommen zu müssen, und als auch das zweite Training für den Arsch war, hatte er die Schnauze voll und schickte seinen Sparringspartner gegen jede Regel schon in der Umkleide zu Boden. Worauf das Jugendamt mit seinem Latein am Ende war: Wir haben unser Möglichstes getan. Du *kommst* ins Erziehungsheim.

Seine Eltern traf keine Schuld. Andere waren schlechter dran. Seine Mutter brachte Essen auf den Tisch und wusste, dass die Bullen pünktlich an seinem fünfzehnten Geburtstag bei ihnen auf der Matte stehen würden. Sie hatten ihn gewarnt: Sobald du strafmündig bist. Er bekam zwei Monate aufgebrummt, sie konnten ihm nachweisen, dass er zwei Wachleute zusammengeschlagen hatte.

Die Sache heute ist ernster.

Ein halbes Jahr nach seinem Geburtstag sitzt er hier und ist alles andere als stolz. Es geht nicht darum, dass er gleich zu einer langen Haftstrafe im Jugendknast verurteilt wird, damit kommt er klar. Er empfindet weder Angst noch Vorfreude – das war schon immer sein vorgezeichneter Weg, der Ort, auf den er zusteuerte, nach dem er sich manchmal fast gesehnt hat. Das ist Teil des Ganzen. Das Problem ist eher der Typ, den er verletzt hat. Wobei Typ, es kommt ihm vor, als hätte er seinen Vater oder Großvater zusammengeschlagen.

Nilsson, so nennt er ihn, mehr nicht.

Piet kann nicht in Vornamen denken, das geht nicht, dann wird der Alte zu deutlich.

Nilsson sitzt auf der Klägerseite in der Mitte, neben seinem Anwalt, und Piet muss ihn ansehen, muss dem Blick begegnen, kann ihm nicht ausweichen. Er fühlt sich so verdammt schuldig. Dass der Mann seitdem auf einem Ohr taub ist, kam schon bei den Polizeiverhören raus, und trotzdem liegt in seinem Blick weder Wut noch Hass – der ältere Mann wirkt traurig. Sie schauen sich an, begegnen sich genau hier, genau in diesem Moment. Denn der fünfzehnjährige Straftäter ist genauso traurig. Piet weiß kaum, was er auf die Fragen des Staatsanwalts und von Nilssons Anwalt antwortet, sein Kopf fährt Achterbahn, aber zum ersten und einzigen Mal streitet er seine Tat, seine Schuld, nicht ab.

Der Staatsanwalt muss ihn nicht einmal in die Mangel nehmen, sondern nur zuhören, als er gesteht.

Ich war betrunken und hab das Fenster vom Tabakkiosk am Stora Torg eingeschlagen. Plötzlich kommt er angelaufen und schreit:

»Polizei. Ruft die Polizei.« Also springe ich von der Mauer, auf der ich stehe, ich springe runter und trete ihn seitlich gegen den Kopf. Und dann noch mal, als er am Boden liegt.

Angewidert.
Angewidert von sich selbst.
Als er es ausspricht. Es hört.
Angewidert, dass der Alte, Nilsson, ein Erwachsener, einem verdammten Kind gegenübersitzt, das sein Leben zerstört hat. Piet hat schon früher vor Gericht gestanden, weil er andere Typen zusammengeschlagen und danach nichts empfunden hat. Sie hatten es verdient, aber dieser Mann nicht, und er war für immer geschädigt.

> Ich gehe in den Laden. Quasi links auf dem Foto des Staatsanwalts steht der Alte, dem ich das Gehör eintrete. Dieser Nilsson.

Kindheit.
Das verdammte Bild taucht in seinem Kopf auf, während er redet und der ganze Gerichtssaal zuhört. Als wäre er an zwei Orten gleichzeitig.
Das Bild der Klasse 9A, von der er sich vor einem Monat verabschiedet hat, und diese eigenwilligen Schritte in den letzten Sommerferien, ein paar Meter über den Marktplatz in ein komplett anderes Leben. Da liegt die Schule, die Vergangenheit und auch Zukunft ist, da der Tabakkiosk, wo wir als Kinder Süßigkeiten gekauft und, als wir älter waren, Zigaretten geklaut haben, und genau da schlage ich später einen Menschen zusammen.
Als der alte Mann seine Zeugenaussage macht, sieht er Piet unverwandt an, nur ihn, beschreibt die harten Stiefelkappen an seinem Kopf, als er steht und als er am Boden liegt. Er ist immer

noch nicht wütend. Er weiß, dass der Fünfzehnjährige im Polizeiverhör gestanden hat, und wenn zwei Menschen sich so begegnen wie sie in diesem Moment, gibt es kein Spiel, das hier ist real, sie sehen einander.

Es wird kein Verkündungstermin für das Urteil anberaumt, ein Stuhlurteil genügt, und während sich der Richter und die Schöffen zur Beratung zurückziehen, verlassen alle den Gerichtssaal. Da geht das Opfer auf den Täter zu. Nilsson kommt auf Piet zu, will ihm die Hand reichen, und Piet stammelt eine Entschuldigung, so wie schon beim Verhör des Staatsanwalts.

Der ältere Mann sieht so einsam aus.

Wäre es ein Gleichaltriger gewesen, der vor Piet gestanden, das Maul aufgerissen und eine große Lippe riskiert hätte, würde es ihn kaltlassen, aber er fühlt sich wie eben im Saal: Piet weiß, dass er ein Stück Scheiße ist.

Sie sitzen wieder auf ihren Plätzen, als der Richter das Urteil verliest. Zuerst die Personengutachten. Diesmal hat Piet im Vorfeld eine P7 machen müssen, eine psychologische Untersuchung, um festzustellen, ob er sie noch alle hat. Ein Psychologe und ein Arzt der Jugendpsychiatrie sind zu ihm in den Arrest gekommen, und es hat eine Ewigkeit gedauert. Sie hatten einen Haufen Leute befragt, seine ehemaligen Lehrer, einen Mitarbeiter des Jugendzentrums und seinen Fußballtrainer. Das Jugendamt und die Trottel vom offenen Strafvollzug mussten auch noch ihren Senf dazugeben.

Niedrige Impulskontrolle. Unreif. Schwierigkeiten, Verantwortung zu übernehmen. Aggression eskaliert in Gewalt.

Piet hat nichts einzuwenden, das ist ein ziemlich zutreffendes Bild des Jugendlichen, der neben seiner Niete von Verteidiger sitzt und auf die letzten Zeilen des Urteils, die Strafe, wartet.

Der Staatsanwalt hat vier Jahre wegen Mordversuchs beziehungsweise schwerer Körperverletzung gefordert, aber es werden drei.

Piet weiß, dass er einer der Letzten ist, die verurteilt werden, bevor eine Neuerung namens Geschlossene Jugendhilfe in Kraft tritt. Es spielt keine Rolle. Erziehungsheim, Jugendvollzug, geringfügige Haft oder Jugendhilfe. Wen kümmert es, welchen Namen die Scheiße trägt, wenn es Scheiße bleibt: Fünfzehnjährige, eingesperrt in Gefängniszellen.

Das Schlimmste passiert danach.

Nicht das Urteil, das ist, wie es ist – sondern Nilsson, der noch mal zu ihm kommt und mit ihm redet.

»Ich hoffe, du wirst deinen Weg machen.«

Das ist alles.

Er meint es ernst, sein Blick sagt es.

Auch wenn es nicht so kommen wird. Das Opfer weiß es, und Piet weiß es. Egal, welche Strafe sie ihm aufbrummen, darum geht es nicht. Energie, darum geht es. Macht und Wut und Rastlosigkeit, die da sind, ein Ventil brauchen und zu mehr Drogen, mehr Einbrüchen und mehr zusammengeschlagenen Opfern werden.

Aber kein Opfer mehr wie Nilsson. Piet wird nie wieder jemanden angreifen, der es nicht verdient, der nichts mit der Sache zu tun hat und rein zufällig dazwischengerät.

Als er den Gerichtssaal verlässt, denkt er nichts.

Nichts Heroisches wie: *Ich nehme meine Strafe auf mich, weil ich Unrecht getan habe* oder ähnlichen Quatsch. Er wird seine Strafe absitzen. Aber der Fünfzehnjährige und der ältere Mann, der Täter und sein Opfer, hätten ebenso gut in einem Café sitzen und reden können, dieselbe Schuld und derselbe Ernst, er hätte sich da genauso sehr geschämt und sich für den Rest seines Lebens genauso widerwärtig gefühlt.

Als er den Gerichtssaal verlässt, empfindet er absolut nichts, findet es weder schlimm noch traurig, das Urteil bedeutet nichts.

Im Grunde ist es eine einzige lange Bewegung – seine hallenden Schritte durch das Gerichtsgebäude und durch die Tür des Amtsgerichts, die sich fortsetzen in Richtung von Mauern, Stacheldraht und Jugendknast –, die erst endet, als er sich in seiner Zelle aufs Bett setzt.

HEUTE

Erster Teil

ER ERINNERTE SICH an diesen Morgen.

An seine Schritte aus dem Gerichtssaal, seine erste Haftstrafe.

An einen fünfzehnjährigen Jungen, der sich auf dem Weg zur Jugendstrafanstalt umdreht und durch die Gitterstäbe einen zweiundvierzigjährigen Mann erblickt, der in einer Zelle eines Hochsicherheitsgefängnisses für Erwachsene sitzt.

Sich selbst.

So viele Jahre. Chaos und Liebe und Tod und Kinder. Er ist im Kreis gelaufen und nun zurück am Ausgangspunkt.

Obwohl er all das begraben, längst einen Schlussstrich unter die Vergangenheit gezogen hatte.

Er hatte sich ein anderes Leben aufgebaut und gelernt, im Alltag zu funktionieren. Jenseits von jeder Kriminalität. Sogar neue Undercover-Aufträge von der schwedischen Polizei hatte er abgelehnt, auf die Kicks und das Adrenalin und das Gefühl verzichtet, dass nicht alles vorherbestimmt ist. Er hatte in einem normalen Haus gewohnt, in einem normalen Viertel mit einer normalen Familie. Hatte ein anständiges Leben mit ehrlicher Arbeit geführt. Hatte tagsüber Zofia fest umarmt, abends »Gute Nacht« geflüstert und die weichen Wangen von zwei fabelhaften Söhnen und einer kleinen Tochter geküsst, deren Augen wie kein zweites Augenpaar auf der Welt leuchteten.

Piet Hoffmann hatte sie alle getäuscht.

Piet Hoffmann hatte selbst Piet Hoffmann getäuscht.

Sie alle hatten unbedingt daran glauben wollen, an seine Veränderung.

Jedem Einzelnen hatte er ein neues Leben in die Hand versprochen, dabei aber vergessen, sich selbst die Hand darauf zu geben, war nie komplett in sein neues Ich geschlüpft. Er hatte nicht bedacht, dass man nicht existiert, wenn man in der Luft, die einen umgibt, nicht atmen kann und nichts mehr von Bedeutung ist.

Wohl deshalb hatte er einer letzten verdeckten Ermittlung zugestimmt, war im Auftrag von Ewert Grens und der schwedischen Polizei in seine frühere Welt zurückgekehrt, hatte den organisierten Rauschgifthandel infiltriert, um einen Mörder aufzuspüren. War zum Spieler geworden und hatte sich mittels alter Kontakte im Reich der Drogen etabliert. Und er hatte es geschafft. Hatte seine Rolle erfolgreich gespielt. Hatte Drogen geschmuggelt und in Umlauf gebracht und als Informant von innen heraus Gruppierungen des organisierten Verbrechens ausgehoben.

Doch mit der Zeit hatte er auch etwas anderes gespürt.

Es wiedererkannt.

Den Rausch, diesen wunderbaren Rausch, den nur Kriminalität erzeugte.

Er hatte sich danach gesehnt. Ohne sich dessen bewusst zu sein. Hatte sich zurückgesehnt in die Welt, die einmal seine gewesen war, in der Macht durch Gewalt gesichert wurde, ein Außenseiter zum Eingeweihten wurde. Es fühlte sich so gut an. Zu gut. Er überschritt die Grenze, wurde daran erinnert, wer er einmal gewesen war, und er liebte es.

Weil er das war. *Auch.*

Ihm war nicht klar gewesen, dass er aufgehört hatte, in der Wirklichkeit zu leben. Er führte ein solides Leben, blieb zu Hause, war auf jede ihm mögliche Weise Teil des Alltags seiner Familie und war gleichzeitig überhaupt nicht da. Abwesend anwesend.

Er brauchte den beschleunigten Herzschlag und den Schweißfilm auf der Haut.

Er brauchte die Welle, die aufs Meer hinausrollt, nicht landeinwärts, die sich an allem bricht und sich endlos fortsetzt.

Er brauchte das alles so sehr, dass er diesmal sogar unakzeptable Bedingungen akzeptiert hatte: eine verdeckte Ermittlung ohne die übliche Garantie der Polizeibehörde, dass sein Name von den Fahndungslisten getilgt würde, sollte er so dilettantisch sein, sich erwischen zu lassen. Und dann war er auf Überwachungsbildern einer völlig anderen Polizeiermittlung aufgetaucht, die ihn als Drogenboss im Stockholmer Rauschgifthandel zeigten. Ohne Sicherheitsnetz und doppelten Boden, ohne Schutz vor einer Strafverfolgung.

Zehn Jahre Gefängnis.

Das Gerichtsurteil hatte Hand und Fuß gehabt, die im Prozess präsentierten Beweise waren unumstößlich.

Eingesperrt hinter Stacheldraht und Betonmauern, mit viel Zeit zum Nachdenken, begriff er es zu spät. Es stimmte nicht. Das war nicht mehr er. Es war viel einfacher: Er wollte nur seine Kinder aufwachsen sehen.

Wollte nach Hause.

Ein Jahr hatte er abgesessen, neun Jahre noch vor sich.

Jeden Morgen das Gleiche. Er stand lange vor dem Wecken auf, schöpfte sich am Handwaschbecken in der Zelle Wasser ins Gesicht, begegnete seinem Blick im Spiegel und hörte Hugos Fragen. *Wer bist du, Papa?* Sein ältester Sohn stand direkt hinter ihm und versuchte, ihn zu durchschauen. Doch wenn Piet sich umdrehte, war Hugo nicht da. *Du, hallo? Papa?* Nur seine Stimme blieb in der Zelle, gleichzeitig brüchig und stark, klein und groß. *Wer bist du, Papa? Ganz wirklich?*

Dann rasierte er sich, schöpfte sich erneut Wasser ins Gesicht, immer wieder, eiskaltes Wasser. Wie eine Zwangshandlung. Frisch gewaschen zum Frühstück gehen. Nicht einer von denen werden, die nach Schweiß, Wichsen und Amphetamin stanken, schlaff dahockten, Sirupbrote kauten und den dünnsten Kaffee tranken, der jemals gebrüht worden war.

Nachdem die Strafvollzugsbehörde sein Fluchtrisiko, sein Gefahrenpotenzial und seine kriminellen Kontakte eingeschätzt hatte, wurde er vom Untersuchungsgefängnis Kronoberg in eine Anstalt für Langstrafenvollzug verlegt. Ins Aspsås-Gefängnis, Schwedens härtester Knast. Damals hatte er beschlossen, von Tag eins an Piet Hoffmann zu sein. Ohne mentale Weste durch das Gefängnistor und den Zellenkorridor mit verschlossenen Zellentüren zu gehen, seine Haft unvoreingenommen anzutreten, was auch immer das hieß. Mit dem gleichen Gefühl wie vor seiner allerersten Haftstrafe. *Okay, jetzt ist es halt so, jetzt zieh ich es durch,* aber mit einer neuen Sehnsucht. Mit fünfzehn hatte er keinen einzigen Gedanken an seine Familie, seinen Vater und seine Mutter, verschwendet. Er hatte daran gedacht, was seine Kumpels gerade machten. Brachen sie in einen Kiosk ein? Knackten sie einen Safe? Hingen sie im Park ab, zogen einen Joint durch und schmiedeten Pläne für die Nacht? Heute, ein halbes Leben später, konnte er nicht mal auf der Zellenpritsche sitzen und atmen, ohne es gleichzeitig mit Zofia, Hugo, Rasmus und Luiza zu tun. Er atmete sie ein und behielt sie so lange in sich, wie er nur konnte.

Deshalb durften sie ihn nicht besuchen.

Anwälte und Polizisten durften herkommen. Aber nicht vier Familienmitglieder, die alles bedeuteten.

Er wollte sie nicht treffen. Wollte nicht Zofia gegenübersitzen, nicht mit ihr reden, wollte es nicht hören.

Dass es vorbei war.

Er würde es verstehen. Es nicht akzeptieren, es aber verstehen. Er hatte mehr Chancen bekommen, als er verdient hatte, und er hatte jede einzelne verspielt. Bis sie ihm ein Ultimatum stellte und er ihr sein Wort gab.

Wenn du noch einmal ins Gefängnis kommst, Piet.

Ich gebe dir mein Wort.

Wenn du noch einmal ausbrechen musst, um deine Kinder aufwachsen zu sehen.

Ich gebe dir mein Wort.

Dann verlasse ich dich. Und wenn ich gehe, ist es für immer.

Ein einziges Mal hatte er ihren Besuch zugelassen. Vor acht Monaten. Ein langes Telefongespräch mit den Kindern hatte mit Hugos Tränen geendet, und Piet Hoffmann hatte keine Kraft mehr gehabt, weiter zu fliehen, und einen Antrag auf Besuchserlaubnis gestellt. Und eines Sonntags war eine wundervolle Familie mit U-Bahn, Zug und Bus angereist. Er hatte sie von seinem Zellenfenster aus von der Bushaltestelle herlaufen sehen, war ihnen bis zum Ende der Straße und über den riesigen Parkplatz des Aspsås-Gefängnisses gefolgt. Wie seine wundervollen Kinder gestrahlt hatten, als sie vor dem hohen Gittertor warteten! Hugo in einem schwarzen Langarm-T-Shirt, Rasmus in einer Jeansjacke und Klein-Luiza in weißen Sneakers, die sie wahrscheinlich zum ersten Mal trug und in denen sie sich besonders hübsch fand. Ihr Vater hatte sich hinter seinem Zellenfenster auf die Zehenspitzen gereckt, um einen Blick auf sie zu erhaschen und sich vorzustellen, wie sie sich gleich in einem grauen Betonbunker gegenübersitzen würden, mit keiner anderen Gemeinsamkeit, als durch Blut miteinander verbunden zu sein. Wie sie die Sekunden zählen würden und scheu übereinander hinweg und aneinander vorbei schauen würden, wie die Scham ihn ersticken würde.

Er war nicht zu ihnen hinuntergegangen. Hatte sich nicht vom Fleck gerührt, als die beiden Justizvollzugsbeamten seine Zellentür aufschlossen. Er war am vergitterten Fenster stehen geblieben und hatte ihnen nachgesehen, als die vier Menschen, die er liebte, in Richtung Straße und Bus gingen und den Heimweg antraten.

Diese Scham hatte alles erstickt.

Bis zu diesem Nachmittag. An dem sie einen zweiten Versuch unternahmen.

Diesmal saß er auf dem Bett und rückte Zentimeter um Zentimeter näher an die Kante heran, um sich irgendwie aus der Zelle zu zwingen. Auf dem in der Wand verschraubten Tisch stand ein Tablett mit Instantkaffee, Saftgläsern und einem Rührkuchen, den er nicht selbst gebacken hatte. Dieses sonderbare Ritual brachte er einfach nicht fertig: in der Gefängnisküche zwischen anderen Gefängnisinsassen zu stehen, die normalerweise alles kaltließ, die aber die Aufgabe, vor einem Familienbesuch einen Kuchen zu backen, zu einer Riesenaktion aufbauschten. Als wären sie im Gefängnis zu Hause und würden in ihren eigenen vier Wänden Freunde zum Kaffeekränzchen einladen.

Mulle hatte den Kuchen gebacken; Mulle, der eine lebenslange Freiheitsstrafe verbüßte und die Zelle rechts neben ihm bewohnte. Piet hatte von den Morden gelesen, für die Mulle verurteilt worden war, und wenn jemals jemand eine lebenslange Freiheitsstrafe verdient hatte, dann er. Aber aus irgendeinem Grund konnte Mulle seinen Zellennachbarn gut leiden. In einem Gefängnistrakt mit Bandenkriminellen, gescheiterten Geldtransporträubern und solchen, die kein Wort Schwedisch sprachen, war Piet Hoffmann zu einem Freund geworden, sofern das in dieser Welt eben möglich war. Und als Mulle gestern Abend mit einem frisch gebackenen Kuchen in Piets Zelle aufgetaucht war und lautstark verkündet hatte *Wenn deine Kinder kommen, musst du ihnen verdammt noch mal was anbieten*, hatte er nicht widersprochen. Mulle, der seine Angehörigen auch nicht traf – es gab niemanden mehr, der ihn besuchen wollte, zu guter Letzt hatte er sie allesamt vergrault –, hatte die Zutaten eigenhändig zusammengerührt, die Backform eingefettet, den Kuchen bei 175 Grad im Ofen gebacken und ihn auf dem Fußboden von Piets Zelle abgestellt.

»Es ist Zeit.«

Jemand klopfte. Einer der Wärter.

»Hoffmann – du hast Besuch.«

»Was?«

»Deine Familie ist da.«

»Nein.«

»Doch, sie warten ...«

»Nein. Nein! Ich will keinen Besuch.«

Er schwitzte. Herz und Lunge konnten sich nicht einigen, in welcher Reihenfolge sie arbeiten sollten.

»Ach so? Sollen wir ihnen sagen, dass du auch heute wieder kneifst?«

»Ja.«

»Du wirst es bereuen.«

»Hörst du nicht, was ich sage, du Arschloch?!«

Der Gefängniswärter zog seine Uniform straff und verschwand – kam aber nur ein paar Meter weit.

»Moment!«

Hoffmann riss die Zellentür auf und rannte ihm hinterher.

»Ich will sie treffen! Es ist nur, dass ... Tut mir leid, was ich gesagt habe.«

Der Wärter nickte langsam, er hatte schon Schlimmeres gehört, hatte die hartgesottensten Insassen vor einer Begegnung mit ihren Kindern selbst zu kleinen Kindern werden sehen.

Nachdem Piet Hoffmanns zweiter Antrag auf Besuchserlaubnis bewilligt worden war, hatte er vom Gefängnistelefon aus Zofia angerufen, es war das erste Mal gewesen, und sie gebeten, mit Hugo, Rasmus und Luiza darüber zu sprechen, dass ein Besuch bei ihm keine gute Idee sei. Als sie sich geweigert und erklärt hatte, dass die Kinder ein Recht darauf hätten, ihren Vater zu sehen, unabhängig davon, was sie von ihm halte, war er ausfallend geworden, hatte rumgebrüllt, alles infrage gestellt und sie mit unfairen Anschuldigungen nicht zu Wort kommen lassen – ihr sollte die Lust vergehen. Aber auch diese Taktik hatte nicht gefruchtet. Dann hatte er ihr die Wahrheit gestanden, hatte seine Angst beschrieben, die der finsterste Raum war, den er je betreten hatte.

Und nun standen sie trotzdem alle vier vor dem Gefängnistor, vor der Mauer und dem Stacheldraht.

Suchende Blicke.

Dadrin, irgendwo, musste Papa sein.

»Hoffmann – wird's bald? Nimm das Tablett, du gehst zwischen mir und Mårtensson.«

Piet starrte auf die Saftgläser, wurde Teil des Kuchenduftes.

Ein unmögliches Treffen.

Man konnte darauf nicht vorbereitet sein.

Er musste es erklären. Versuchen, es verständlich zu machen.

Das Warum.

Warum er beschlossen hatte, Straftaten zu begehen, für die er so lange im Gefängnis sitzen würde, bis seine beiden Söhne erwachsen waren und von zu Hause auszogen und seine kleine Tochter in der Oberstufe Französisch lernte.

Dabei ging es vor allem um Hugo. Es war einfach so. Rasmus und Luiza suchten nicht auf dieselbe Weise wie Hugo nach Stabilität, sie lebten einfach in den Tag hinein und waren davon vollkommen in Anspruch genommen. Piet beneidete sie darum.

Hugo war der Richter. Er hatte nie eine vernünftige Antwort auf seine Frage bekommen.

Wer bist du, Papa? Ganz wirklich?

Hoffmann verließ Bettkante und Zellenfenster, machte sich auf den Weg. Ohne Kuchentablett. Es ging einfach nicht, er konnte es nicht tragen, es wog zu schwer.

Überwachungskameras, verschlossene Zwischentüren und der über hundert Meter lange Betontunnel, der unter dem Freiganghof verlief.

Eine Wanderung durch leere Tage, inhaltslose Stunden.

Ungelebte Leben.

Er hatte es seinen Mitinsassen schon in der ersten Woche klargemacht: Ihr interessiert mich nicht. Lasst mich in Ruhe. Diesmal sitze ich bloß meine Zeit ab. Für irgendwelche Freizeitaktivitäten, Billard, Kartenspiele und solchen Mist, stehe ich nicht zur Verfügung. Punkt. Ich bin durch mit *Ey, Hoffmann, hast du gehört, dass Ahmed in Trakt C gestrecktes Crack vertickt*, mit diesem ganzen Knastscheiß. Ich wähle meine Bekanntschaften aus, und das sind nicht viele.

Und was hätten sie darauf sagen sollen? Im Grunde wollte doch jeder hier das Gleiche.

Sie saßen schon im Besucherraum, als man ihn hereinführte.

Rasmus und Luiza hopsten auf dem Bumsbett auf und ab, Hugo hockte auf dem Fußboden unter dem einzigen Fenster, Zofia saß auf einem der einfachen Stühle, und er wich ihrem Blick aus.

Es wurde genau so, wie er es sich vorgestellt und befürchtet hatte.

Nicht viele vollständige Sätze. Scheue, aufgesetzte Lächeln.

Nervöse Körper in ständiger Bewegung. Eine Familie, die vor nicht allzu langer Zeit noch eine Einheit gewesen war, nun aber keine Ahnung hatte, wie sie ohne einen gedeckten Küchentisch als Schutzschild miteinander umgehen sollte.

Er wusste, was sie auf dem Weg hierher durchgemacht hatten. Die Demütigung um seinetwillen, einem als hochgefährlich eingestuften Häftling, der wegen schwerer Drogendelikte zu einer langen Freiheitsstrafe verurteilt worden war. Zofia, die sich vor den Augen der Wärter entkleidet und nach vorne gebeugt dagestanden hatte, während ihre Körperöffnungen untersucht wurden, eine fremde Hand zwischen ihren Beinen, um sicherzustellen, dass sie keine Drogen zu ihm reinschmuggelte. Nichts linderte den Schmerz von Ehefrauen oder Kindern, die in dem langen Betontunnel stehen blieben und sich voller Angst an der Gefängniswand übergaben und die sich nach der allerletzten Sicherheitskontrolle ein zweites Mal übergaben.

Du hattest die Wahl, Papa. Und du hast dich nicht für uns entschieden.

Hugo sagte es nicht laut, als er wie festgefroren auf dem Fußboden hockte, sagte es aber trotzdem.

Am Ende war es Luiza, die mit ihren noch nicht einmal vier Jahren es auf sich nahm, das Schweigen zu brechen.

»Also, Papa – wohnst du jetzt hier?«

Und Rasmus, der sie alle zum Lachen brachte.

»Ja, jetzt sind wir bei Papa zu Hause. Er wohnt zur Untermiete in einem Einzimmer-Apartment, Luiza.«

Sogar Hugo grinste zaghaft, als Rasmus mit einem knisternden Geräusch über die Plastikunterlage unter dem Einweglaken strich und ein Blatt von der Klopapierrolle am Kopfende des Bettes abriss.

»Man kann auch in einem Vierzimmer-, Dreizimmer- oder

Zweizimmer-Apartment wohnen. Aber Papa hat ein Einzimmer-Apartment mit Klopapierrolle.«

Und damit hatte Rasmus, der mit seiner unbekümmerten Happy-go-lucky-Einstellung alles zu nehmen wusste, wie es kam, das Bild ziemlich genau getroffen. Für Luiza. Die noch keinen Zeitbegriff entwickelt hatte und bald glauben würde, es sei immer so gewesen: Mein Papa sitzt im Gefängnis, da wohnt er; die einzige Vaterversion, an die sie sich erinnern würde.

Auch Piet rang sich ein Lächeln über die Klopapierrolle ab und setzte zu der Erklärung an, dass das sogenannte Familienzimmer heute belegt sei und sie sich nur deshalb in diesem seltsamen Raum treffen müssten, unterbrach sich aber selbst; das machte die Höllensituation, in die er sie alle gebracht hatte, kein bisschen besser.

Ein einziges Mal wurde es laut. Nicht zwischen den Familienmitgliedern; die lauten Stimmen erklangen, als der Wärter, der sein Bestes tat, sich in einer Raumecke unsichtbar zu machen, eine von Rasmus' spontanen Umarmungen unterband.

»Du kennst die Regeln, Hoffmann.«

»Mein Sohn ist zwölf Jahre alt! Was zum Teufel soll das?«

»Kein Körperkontakt.«

»Herz? Schon mal davon gehört?«

»Gefängnisvorschriften. Stammen nicht von mir.«

Rasmus versuchte, die Situation auf seine Weise zu entschärfen, schließlich war es seine Umarmung, die eine zu viel geworden war, und zerzauste seinem Vater stattdessen die Haare, wie sie es immer machten, wenn sie miteinander herumalberten. Aber das war nur eine weitere verbotene Berührung.

»Ich habe die Vorschriften deutlich erklärt.«

»Ich habe mich ein Jahr lang vorbildlich verhalten.«

»Der Besuch findet unter Aufsicht statt, Hoffmann. Aus gutem Grund.«

»Und ich nehme keine Drogen.«

»Wenn dieser Besuch ohne Zwischenfall verläuft, werden noch ein paar weitere beaufsichtigte Besuche folgen, aber danach wird dir vielleicht ein Besuch ohne Aufsicht gestattet.«

»Und den Mist, den ich gemacht habe, habe ich ganz allein gemacht. Ich habe keine Gang hinter mir, niemanden, der Forderungen stellt. Das sind *meine* Kinder und … keine Berührungen?«

»Noch ein Körperkontakt, und ich breche den Besuch ab.«

In diesem Moment griff Piet Hoffmann an – oder hätte angegriffen. Wäre nicht Zofia dazwischengegangen und hätte ihn gebeten, sich verdammt noch mal zu beruhigen. So beherrscht, wie es ihr möglich war, erklärte sie dem Wärter, Piet sei vor dem Treffen angespannt und nervös gewesen und habe ebendeshalb reagiert wie jemand, der angespannt und nervös war, das sei doch durchaus verständlich.

Es gab keinen Streit. Auch keine weitere Berührung. Es gab im Grunde überhaupt keine Fortsetzung. Der Familienbesuch löste sich langsam von selbst auf, und sie sagten nicht mehr viel zueinander.

Trotzdem hatten sie alles gesagt.

Auf dem Rückweg war der Tunnel unter dem Freiganghof des Gefängnisses genauso endlos lang. Jeder Schritt hallte. Oder vielleicht waren es auch Piets Gedanken. Die um diesen Fünfzehnjährigen kreisten – nur ein Jahr älter als Hugo –, wie er zum ersten Mal hinter Gittern saß. Dieser Junge, dem er sich selten nahe fühlte, in den er sich aber problemlos hineinversetzen konnte. Er erinnert sich genau, wer der Junge gewesen war und was er gedacht hatte, als er im Gerichtssaal auf einem harten Stuhl dem Mann gegenübersaß, den er gegen den Kopf getreten hatte und der deshalb auf einem Ohr für immer taub war. Was nie wieder passieren durfte. Eine Wahrheit, die sich nicht wegdiskutieren ließ, als der ältere Mann ihn ansah – in ihn hineinsah.

Piet entdeckte den neuen Gefangenen schon von Weitem vor sich, auf halber Höhe des Tunnels.

Ein Mann in seinem Alter, mit stolzer Haltung, jemand, der es gewohnt war, dass man ihm gehorchte.

Er wurde von uniformierten Wärtern begleitet und trug einen Segeltuchsack in der Hand – wie alle Neuzugänge, die sich in der Kleiderkammer umgezogen und ihr Outfit für das nächste Jahrzehnt abgeholt hatten. Während der Neuankömmling darauf wartete, dass auch die dritte Sicherheitstür aufging, schloss Piet Hoffmann zu ihm auf, und sie standen einige Sekunden lang nur ein paar Schritte voneinander entfernt.

Sie musterten sich, wie man es eben machte.

Bis der Neue zusammenzuckte.

»Du? Bist du ...?«

Hoffmann antwortete nicht.

»Scheiße, du *bist* es!«

Piet hatte keine Ahnung, wer da neben ihm stand und Fragen stellte, und hatte auch kein Interesse daran, freundschaftliche Bande zu knüpfen. Mulle, eine einzige Person zum Reden, war mehr als genug. Es war egal, wer dieser Typ war, wer er glaubte zu sein, welchem Netzwerk oder welcher Gruppierung er angehörte, angehören wollte, er konnte egal welche Straftat begangen haben, wie es ihm passte.

Solange er sich um seine eigenen Angelegenheiten kümmerte, würde Piet Hoffmann sich um seine eigenen Angelegenheiten kümmern.

Der Neue wurde durch die Tür mit dem Buchstaben G geführt, Hoffmann ging weiter zu der Tür mit dem Buchstaben H, dem

Zellentrakt am Ende des Tunnels. Und verspürte ein klein wenig Stolz, weil er das Versprechen, das er sich selbst gegeben hatte, einhielt – anders als der Fünfzehnjährige, der jedes Mal, wenn er in einen neuen Jugendknast kam oder auf einen neuen Insassen traf, sich wie ein Idiot benommen hatte. Der, wenn jemand den großen Zampano markierte, noch einen draufsetzte. Der, wenn jemand eine große Lippe riskierte, seine Klappe noch weiter aufriss. Der sich, wie der 42-jährige Piet, vornahm, vor seinen Mitinsassen diesen Reflex unter Kontrolle zu halten, den die Psychoheinis als geringe Impulskontrolle bezeichneten, mit diesem Vorsatz aber kläglich scheiterte.

Damals hatte er noch nicht gelernt, wie man die Wut hinunterschluckte, wenn einen die Vollidioten provozierten. Hatte noch nicht so oft im Gefängnis gesessen, noch nicht so lange gelebt. Aber vor allem hatte er noch nicht Zofia in den Armen gehalten und verstanden, dass Liebe existierte. Hatte noch keine Kinder bekommen und begriffen, dass es noch eine andere Art von Liebe gab, die größer war als alles andere.

Der Korridor des Zellentrakts H war verwaist, niemand bemerkte seine Rückkehr von einem kräftezehrenden Familienbesuch. Einige der Inhaftierten arbeiteten für ihre Telefonkarten in der Glühbirnen-Abpackerei, andere verdienten ihre dreizehn Kronen in der Stunde in der Gefängniswerkstatt, und ein paar der jüngsten Insassen lernten im Klassenzimmer Schreiben. Piet war froh, nicht reden, nicht einmal einen Gruß murmeln zu müssen.

Seine Zelle sah genauso aus, wie er sie verlassen hatte. Trotzdem war sie größer.

Geräumiger.

Seine Nervosität, oder Angst, hatte auf dem Rückweg nachgelassen. Zur Sicherheit atmete er tief ein und horchte in sich hinein. Ja. Die Angst war weg. Seine Brust von etwas anderem erfüllt. Sssscccchhhhhhuuuu. So, ungefähr. Eine sonderbare Ruhe.

Der Besuch war natürlich alles andere als erfolgreich verlaufen. Trotzdem, ein erster Schritt. Seine Kinder hatten einen Eindruck bekommen, wussten jetzt, wo ihr Vater seine Tage verbrachte.

Piet horchte ein zweites Mal in sich hinein. Die Angst war weg. Aber nicht nur das.

Da saß Freude.

Genau da, wo Brust und Magen aufeinandertrafen, da hatte sie sich versteckt.

Nach einer Weile trat er an das vergitterte Fenster und den darunter verschraubten Tisch. Das Tablett stand noch da. Saftgläser, Kaffeebecher und Kuchen. Er hob das Tablett vorsichtig hoch, trug es hinüber in die Nachbarzelle und stellte es auf Mulles Tisch.

Das nächste Mal. Vielleicht.

NACHMITTAGSLICHT. SOMMERWÄRME. LEICHTER Wind.

Piet Hoffmann ging ein paar Schritte auf dem großen Freiganghof, blinzelte in die Sonne. Der Besuch seiner Familie, die keine Ahnung hatte, wie sie gemeinsam funktionieren sollten, hatte den letzten Aufenthalt des Tages im Freien verkürzt, ihm blieb nur noch eine knappe halbe Stunde an der Luft, die etwas weniger nach Gefängnisstaub schmeckte.

Er begann zu laufen. Wenn er sein Tempo erhöhte, längere Schritte machte, müsste er mindestens zehn Runden um den Fußballplatz schaffen.

Den Rücken dehnen, Muskeln und Gelenke wecken.

Atmen.

Er zählte fünf weitere Insassen, die ihre Runden drehten, ein paar weitere standen in Grüppchen auf dem von der Zeit geformten Fußweg entlang der Gefängnismauer beisammen, der Rest kickte Fußbälle hin und her oder hockte auf den Holzbänken und palaverte.

»Du erkennst mich nicht, oder?«

Es ging so schnell. Piet Hoffmann bekam nicht mit, dass von der Bank links außen jemand aufgestanden war, bis der Fremde ihn einholte und ihm unversehens einen festen Arm um die Schulter legte.

Der Neue.

Der Typ, von dem er vorhin vor dem G-Trakt angequatscht worden war, hatte seinen Segeltuchsack inzwischen in der Zelle deponiert, die er die nächsten Jahre über bewohnen würde, und war raus an die frische Luft geeilt.

»Im Ernst. Erkennst du mich nicht?«

Der Fremde verstärkte den Druck seines Arms, der jetzt Piets Hals und Nacken umklammerte. Er war so nah, dass Piet seine unrasierte Wange spürte, seinen nach Knoblauch und Kaffee riechenden Atem.

»Ich bin's, verflucht!«

Piet Hoffmann schob den Arm beiseite, kämpfte gegen den Impuls an, aggressiv zu werden, so aggressiv, wie er nicht mehr werden wollte, während er das unrasierte Gesicht mit dem stechenden Blick und einer alten Narbe auf der Wange betrachtete, die mit den Jahren heller geworden war, ohne wirklich zu verblassen. Er konnte nicht mehr sagen *Ich habe keine Ahnung, wer du bist*, weil da etwas war. Etwas, das er wiedererkannte.

»Ja. Kann sein.«

»Kann sein? Hallo?«

»Aber es ist lange her, oder?«

Das Lächeln des Fremden, aufrichtig, sogar herzlich.

»Ja, Piet. Es ist lange her.«

Den Raum lesen. Das hatte Piet Hoffmann seit jeher getan, das konnte er wie kein Zweiter, deshalb hatte er in einer Welt überlebt, in der Leute wie er früh starben. Den Raum lesen, um dem Angriff zuvorzukommen. Aber dieser Raum, der Freiganghof in Schwedens härtestem Knast, war größer, hatte mehr Gesichter und seine eigenen Gesetze. Während sie auf dem gekiesten Platz standen und sich anstarrten, scannte Piet die Gang des Fremden. Die Leute, die auf der Bank warteten, von der der Typ sich gerade erhoben hatte, bereit, ihren King zu beschützen. Soldaten, die viel jünger waren als dieser Kerl, der quasi eine Generation überlebt hatte. Der Neuzugang war nicht ohne Grund mit einem Gebaren von jemandem durch den Gefängnistunnel stolziert, der es gewohnt war, dass man ihm gehorchte – sein Status war hoch, sein Netzwerk gewalttätig, jeder von denen, die dort auf der Bank hockten, hatte Verbrechen begangen, die mit langen Haftstrafen geahndet wurden.

Der Arm um Piets Hals war verschwunden. Trotzdem schien er noch da zu sein.

Bis das vage Gefühl der Bekanntheit sich intensivierte – Piet begann, ihn langsam zu erkennen.

»Also ...«

Ein Zwölfjähriger, der neununddreißig geworden war.

» ... Lillebror?«

»Right. Endlich.«

»Das ist ... Zum Teufel, Mann!«

Sie umarmten sich und lachten laut, auf diese Art, die sich gut anfühlt im Bauch.

»Ich hab noch ein paar Runden vor mir. Komm, begleite mich, Lillebror.«

Die erste Runde drehten sie schweigend. Obwohl es so vieles zu sagen gab.

Noch eine halbe Runde, dann begann Lillebror als Erster zu sprechen.

»Du bist verschwunden.«

»Soweit ich mich erinnere, warst du derjenige, der verschwunden ist. Ihr seid beide verschwunden.«

Siebenundzwanzig Jahre waren vergangen. Doch es hatte eine Zeit gegeben, als Lillebrors großer Bruder Piet Hoffmann nahegestanden hatte. Mehr als das – sie waren Seelenbrüder gewesen. Bis zu dem Tag, an dem Piet es gewagt hatte, sich in Zofia zu verlieben, war Großerbruder der einzige Mensch gewesen, dem er vertraut hatte.

Lieber Himmel – Lillebror, Lillebror?

Du bist am Ende also auch hier gelandet. Bei den Gefängnisinsassen.

So zwangsläufig, dass es sich unbehaglich anfühlte. Der Weg in die Kriminalität war von vornherein vorgezeichnet. Ein großer Bruder, der regelmäßig aus Erziehungsheimen türmte und sich auf seinen Freigängen vom Jugendknast zu Hause sehen ließ, den Arm voller Geschenke, die er irgendwo in der großen Welt gestohlen hatte, und für einen kleinen Bruder, der zu ihm aufschaute, den gemachten Mann markierte.

»Du bist weggezogen, Lillebror? Irgendwohin auf den Balkan?«

»Novi Sad, Nordserbien. Als der Krieg vorbei war und Karlo nicht ... nicht zu uns zurückkam. Irgendwann hat Vater von heute auf morgen beschlossen, dass wir nach Hause zurückkehren sollen. Obwohl es kein Zuhause war, nicht für mich.«

Eine Runde. Zwei Runden. Sie liefen nebeneinander, ohne etwas zu sagen. Es war ein bisschen so wie vorhin mit Luiza, Rasmus und Hugo: Was sagt man zu jemandem, der einem nicht mehr nahe ist? Manchmal gleitet man in alte Gewohnheiten zurück, ohne dass es auffällt, setzt eine vor langer Zeit begonnene Unterhaltung fort, obwohl beide Beteiligten vergessen haben, worum sie sich gedreht hat; doch das hier war anders, sie hatten keine Gemeinsamkeiten mehr.

»Keiner hört uns.«

»Was?«

»Das hat dein großer Bruder oft gesagt. *Keiner hört uns.* Andauernd, einfach so. Erinnerst du dich daran, Lillebror?«

Doch es lag nicht nur daran, kein Gesicht vor sich zu haben.

Der Abstand zwischen ihnen wuchs mit jedem Schritt im aufwirbelnden Kiessand des Freiganghofs.

»Ich habe mich manchmal gefragt, ob wir uns wiedersehen. Du und ich, Piet. Jetzt tun wir es. Hier. Nach langer, langer Zeit.«

Oder – täuschte ihn seine Wahrnehmung? Verbanden sie Teile einer Vergangenheit, die Piet Hoffmann am liebsten mied und die ihm deshalb Unbehagen bereitete?

»Er fehlt mir.«

»Er fehlt mir jeden Tag, Lillebror. Ich habe nie wieder einen Freund wie ihn gehabt. Habe nie zugelassen, dass jemand ein Freund wie er wird. Dieser Platz in meinem Leben ist besetzt und wird es immer bleiben.«

»Aber ich habe gehört, dass du Familie hast.«

»Ja.«

»Wie schön. Frau? Kinder?«

»Ja. Es ist schön.«

»Und sie besuchen dich hier?«

»Ab und zu.«

»Ich habe niemanden mehr.«

Lillebror hatte die Stimme gesenkt. Der Tonfall schärfer, härter.

»Mutter und Vater sind unter der Erde, und Karlo, der kein Grab hat.«

»Aber du hast *sie*.«

Piet wies mit dem Kopf in Richtung der Holzbänke – dann auf die Mauer.

»Und alle, die da draußen sind.«

»Ja ...«

Lillebror blieb einen Augenblick stehen.

» ... sie tun alles für mich, egal was. Wenn man sich wie ich weigert zu sterben ... Soldaten verändern sich. Inzwischen schießen sie für mich, ohne zu fragen, einfach, weil ich es sage. Das war früher anders. Wenn sie hunderttausend dafür bekommen, ein Kind zu töten, töten sie. Aber sie sind keine Familie, nicht wirklich. Auch wenn wir uns gegenseitig so nennen. Brüder – nicht *Großerbruder*.«

Sie liefen weiter. Machten gleich lange Schritte, im gleichen Rhythmus.

Überrascht.

Piet war überrascht.

Lillebror schien ihm zu vertrauen, trotz der Zeit, die zwischen ihnen lag, er vertraute ihm sogar die Art von Gedanken an, die in dieser Welt Schwäche und Risiko bedeuteten. Piet wurde sich zunehmend sicherer – es *war* nur Einbildung. Unliebsame Erinnerungen, die in seinem Kopf herumspukten und Unruhe stifteten.

»Ich habe ihre Story nie geglaubt.«

»Ich auch nicht, Lillebror.«

»Er hätte sich bei mir gemeldet.«

»Und bei mir. Risiko hin oder her. Er hätte mich nie im Ungewissen gelassen.«

Sie schwiegen, vermieden es, einander anzusehen, liefen nebeneinander und starrten geradeaus. So war es wohl am einfachsten. Lillebror trat in den Kies, und sie wurden von dichtem, tanzendem Nebel umhüllt. Die Hälfte der Freiganghofzeit lag noch vor ihnen, und Runde um Runde fühlte Piet sich wohler mit der Stille, während sein Gefühl, auf dem richtigen Weg zu sein, stärker wurde.

DAS BROT WAR trocken und krümelig, helle Weizenbrotscheiben mit Rinde, die bröselte, sobald das Buttermesser dagegenstieß. Margarine, gefolgt von einer dicken Lage Haushaltskäse und einer zweiten Portion Margarine, woraufhin Piet je zwei Weizenbrotscheiben zu pappigen Doppelsandwiches zusammenklappte. Mulle häufte unregelmäßig große Wurststücke auf seine Brote, die Albaner süße Orangenmarmelade, und die Somalier, die wie die Afghanen alle lebenslange Haftstrafen verbüßten, schienen es drangegeben zu haben, etwas anderes als möglichst große Haschischstücke mit an ihren Arbeitsplatz zu nehmen.

Bei seinen früheren Gefängnisaufenthalten hatte Piet es bis zur Reinigungskraft gebracht. Der beste Job, eine Vertrauensposition, mehr Bewegungsfreiheit in einem größeren Radius. Doch das war vorbei. Laut den Akteneinträgen der Strafvollzugsbehörde hatte er dieses Vertrauen während seiner letzten Haft grob missbraucht, indem er den Reinigungswagen benutzt hatte, um Drogen ins Gefängnis zu schmuggeln: in Tulpenknospen verstecktes polnisches Methamphetamin.

Deshalb hatte er jetzt die ersten sechs Monate Schulter an Schulter mit Mulle in der Werkstatt gearbeitet. Hatte Sechskantschrauben festgezogen und Einschlagmuttern in IKEA-Küchenteile gehämmert. Aber irgendwann war er den ewigen Knastjargon leid gewesen, die endlosen Diskussionen über begangene oder zukünftige Straftaten, und hatte um Versetzung in die Glühbirnen-Abpackerei gebeten. Die Arbeitsaufgabe erforderte ungefähr den gleichen begrenzten Intellekt, aber die Gespräche wurden nicht mehr auf Schwedisch, Spanisch und Polnisch geführt; Sprachen, die er beherrschte und in die er hineingedrängt wurde, ob er wollte oder nicht. An den Tischen, an denen eine Glühbirne nach der anderen in Kartons abgepackt wurde, erfolgten sämtliche Fantastereien über zukünftige Coups auf Arabisch, Serbisch und Paschtu. Dort konnte er seinen eigenen Gedanken nachhängen, die Worte eine unverständliche Geräuschkulisse, eine andere Art von Mauer gegen die Außenwelt.

Der Raum, in dem zehn Häftlinge aus unterschiedlichen Trakten in einer Reihe standen und im Akkord Glühbirnen abpackten, war mehr als großzügig bemessen, ungefähr so groß wie eine halbe Sporthalle, mit hoher Decke und einem Dutzend vollgepackter Einkaufswagen mit eiernden Rädern entlang der Wand zur Verladerampe. Ein Sklavenlohn, einschläfernde Monotonie, keine sozialen Kontakte. Er hatte mit dem Gedanken gespielt, die Arbeit zu verweigern, aber nicht den Zellentrakt wechseln wollen, hatte sich daran gewöhnt, eine Zellenwand mit Mulle zu teilen, und Arbeitsverweigerung war gleichbedeutend mit Zwangsverlegung. Aber vor allem war Arbeit besser als Nichtstun; *nichts* war in einem Gefängnis extrem gefährlich, ließ Menschen verrückt werden.

Hundert LED-Glühbirnen dicht an dicht abpacken, Kartonlaschen nach innen biegen und zukleben, den Karton auf seinen Vorgänger im Einkaufswagen stellen, danach einen neuen Karton auffalten und exakt denselben Vorgang wiederholen, wieder und wieder, während aus frühem Vormittag später Nachmittag wurde.

Piet hielt seine Klappe und ertrug das, was etwas mehr als nichts war.

Die Glühbirnenkartons hatten eine längliche Form, und spätestens fünf Minuten vor der Pause türmte der Insasse am letzten Arbeitstisch, einer der Jugos, seine leeren Pappkartons zu einem hohen Stapel auf. Im Pausenraum gab es keine Kameras, aber die Hälfte der Trennwand war aus Glas, und niemand hatte Lust, teuren Stoff zu rauchen oder die Ärmel hochzukrempeln und sich etwas noch Teureres zu drücken, wenn die Wärter von ihrem Wachhäuschen direkt gegenüber zu ihnen hereinstarrten.

Jeden Vormittag das gleiche Ritual.

Die mit dicken Käsescheiben belegten Doppelsandwiches warteten an einer Ecke des Packtischs, und um Punkt zehn Uhr schnappte Piet sich seine Plastiktüte und füllte seine Tasse mit aufgebrühtem Filterkaffee aus einer der großen gusseisernen Kannen, die die Wärter im Pausenraum bereitstellten. Die Kannen waren so schwer, dass man vorsichtig rütteln musste, um ihnen einen Schluck Kaffee zu entlocken. Dann eine halbe Stunde Frühstückspause ohne Gesellschaft in der Ecke, an der niemand vorbeikam, während die Sprachen, die er nicht verstand, ihn weiter umgaben.

Jeden Vormittag das gleiche Ritual – *außer heute*.

Piet Hoffmann bemerkte zu spät, dass alle Mithäftlinge bis auf zwei – zwei Serben aus Zellentrakt F – den Pausenraum verlassen hatten, obwohl die Pause noch etliche Minuten andauerte.

Dass er sich an einem Ort ohne wachsames Kameraauge und weit weg von der Glaswand befand – während eine Waffe, die keinen Metalldetektor hatte passieren müssen, unbeabsichtigt von den Gefängniswärtern zur Verfügung gestellt worden war.

Dass es ein perfekt geplanter Überfall war.

Die beiden Zurückbleibenden, zwei wegen Mordes verurteilte Fünfundzwanzigjährige, verbrachten ihre Frühstückspause wie üblich an dem in die Lücke zwischen Kühlschrank und dem Ge-

schirrschrank mit Plastiktellern geklemmten Tisch. Als einer der beiden aufstand, um sich Kaffee nachzuschenken, war daher das übliche Scharren von Stuhlbeinen zu hören. Auch das Rütteln der Kaffeekanne, um ihr einen Nachschlag zu entlocken, war üblicher Bestandteil der Geräuschkulisse. Das nächste Geräusch jedoch. Zuerst ein dumpfer Ton, dann etwas, das wie ein sanfter Luftzug klang; eine Hand, die eine Kaffeekanne schleuderte. Dieses Geräusch veranlasste Piet Hoffmann dazu, unvermittelt herumzuschnellen. Und deshalb traf das schwere Eisengeschoss, das seinen Hinterkopf zerschmettern sollte, stattdessen seine Stirn.
Er sackte zu Boden. Bewusstlos.
Als er kurze Zeit später auf dem Betonboden wieder zu sich kam, war alles dunkel, undeutlich und vage.
Er war sich nicht sicher, aber vielleicht stand auch der zweite Serbe auf. Vielleicht schlugen die beiden jeder mit einem Stuhl auf seinen Körper ein. Die Konturen seiner Angreifer wurden deutlicher, als sie sich mit dem Rücken zueinander auf ihn setzten, der eine hielt seine Füße fest, der andere hockte auf seiner Brust – mit einer Schlinge in der Hand, die das Werk zu Ende bringen sollte. Ein Mörder, der den Auftrag erhalten hatte, wieder zu morden, hatte, während er seinen Kaffee schlürfte, unbemerkt seinen Gürtel gelöst.
Den er jetzt um Piets Hals legte.
Eine letzte Bewegung, ein einziger Moment ohne volle Kontrolle, als die Hände begannen, die Schlinge zuzuziehen.
Ein einziger Moment für Piet, um zu handeln.
Er presste seine Arme nach oben, tastete blindlings in die Luft, wollte seinen Angreifer bei den Haaren packen, rutschte aber immer wieder ab. Da war nichts. Ein kahler Kopf. Piet kämpfte, riss, bekam die Ohren zu fassen und zerrte mit aller Kraft, die er noch hatte, zwang das undeutliche Gesicht dicht

an sein eigenes hinunter. Ein höllischer Schmerz, als ihre Köpfe an der Stelle zusammenstießen, wo seine Stirn aufgeplatzt war. Piet zerrte und zerrte, bis der Bastard den Gürtel losließ und das Gleichgewicht verlor. Der zweite Angreifer, der ihm den Rücken zuwandte und seine Beine und Füße auf den Boden presste, bekam die Umkehr des Kräfteverhältnisses erst mit, als Piet sich vorbeugte und stattdessen *ihm* die Schlinge um den Hals legte – und sie so weit zuzog, wie es nötig war, damit ein Mensch ohnmächtig wurde, ohne erdrosselt zu werden.

Als er dann im Hinausgehen beiden Männern ins Gesicht trat und ihnen das Nasenbein brach, war es keine cineastische Showeinlage, wie er sie in seiner Jugendzeit eingebaut hatte – auf dem Absatz kehrtmachen, langsam zurückgehen, um das Ganze in die Länge zu ziehen und noch mehr aufzufallen –, diesmal war es Bestandteil einer flüssigen Bewegung, um *weniger* aufzufallen, um den Pausenraum zu verlassen und weiter Glühbirnen abzupacken, ohne von den Wärtern einem Verhör unterzogen zu werden.

Die Fragen, auf die es keine Antworten gab, stellte er selbst.

Was zum Teufel war gerade passiert?

Hatte jemand seine Hinrichtung befohlen?

Und wenn ja, nach einem langen Jahr des Sich-Heraushaltens aus allem und jedem – *Ich mache nicht bei Gefängnisspielchen mit, ich interessiere mich nicht für euch, ich sitze meine Zeit allein und ohne Konflikte ab* –, wer von allen möglichen Feinden war zuletzt einmal zu oft abgeblitzt und hatte beschlossen, ihn zu töten?

ANDACHTSRAUM. DAS WAR die offizielle Bezeichnung. Aber für Piet Hoffmann war es ein Raum zum Atmen. Und eine Atempause. Von Verrückten und verschlossenen Zellentüren und Stunden, die vergingen, ohne dass er sie zu fassen bekam.

Der Pfarrer namens Jerry stand immer am Eingang und begrüßte jeden Teilnehmer persönlich. Hallo, Leffe, hallo, Zoran, hallo, Vladi, hallo, Piet. Jeden Montagabend wurde der Tisch zum Altar und die Stühle im Kreis darum herum platziert. Der Raum war dunkel, Kerzen brannten, es gab Marmeladenplätzchen und Kardamomwecken. Normalerweise setzte Piet sich immer auf den Stuhl gegenüber vom Pfarrer, und normalerweise war er der einzige Teilnehmer aus Zellentrakt H. Heute jedoch war es anders als sonst. Heute saß Mulle neben ihm. Mulle, der noch nie hier gewesen war, der trotz seiner vielen Jahre im Aspsås-Gefängnis nicht wusste, wo der Andachtsraum lag, nun aber erklärt hatte, er werde seinem Zellennachbarn die nächsten Wochen nicht von der Seite weichen. *Ich beschütze dich, und du beschützt mich. Solange wir nicht wissen, wer hinter dir her ist, Piet, begleite ich dich.* – Hast du vergessen, *wie du aussiehst?* Seit dem Überfall waren zwei Tage vergangen, die Platzwunde auf seiner Stirn war noch nicht verheilt, und er hatte eine starke Rötung am Hals; eine rote Linie, die ins Bläuliche wechseln würde, ehe sie grün und gelb wurde. Wenn er nicht den Kopf bewegt, sich nicht unvermittelt umgedreht hätte. Ein direkter Treffer hätte seinen Schädelknochen zertrümmert. Und was passiert wäre, wenn das Gewicht der Gusseisenkanne seine Schläfe mit den vielen feinen Blutgefäßen in der Nähe des Schläfenbeins eingedrückt hätte, wollte er sich gar nicht erst ausmalen.

Jerry war einer dieser wirklich netten Menschen. Nicht wie die Pfarrer in anderen Haftanstalten, die es nicht geschafft hatten, einen jüngeren Piet Hoffmann zu erreichen. Piet war wie Mulle nicht annähernd religiös, er hatte absolut keinen Glauben, sofern das möglich war, konnte niemals zu der Sorte Häftling werden, die ihr Heil eines Tages in der Erlösung finden würde. Er war hier, weil er die Luft zum Atmen brauchte. Das Gespräch. Noch nie war die Atmosphäre so leer gewesen wie in diesen Korridoren. Oder aber er hörte zum ersten Mal zu und nahm erst jetzt wahr, dass es allem an Inhalt mangelte. Die Stimmen in diesem Raum gingen jedoch über die Gefängnismauern hinaus. Über die Zellen. Niemand redete über das nächste Verbrechen oder kam vor dem Familienbesuch mit einem Kuchen angerannt oder redete über das Fixen und den großen Bruch, aus dem nichts geworden war.

Hier konnten sie über alles Mögliche reden. Jenseits von Kirche, Gott, Sünde und Dasein. Ohne Werturteil und Jesus in jedem Satz. Klar, Jerry hatte für jeden Teilnehmer eine Bibel dabei, doch bisher waren sie zugeklappt geblieben. Für gewöhnlich waren dieselben Gesichter dabei, ab und zu stieß jemand Neues hinzu, wie es in einem Gefängnis eben kam, und mit einem einigermaßen stabilen Kern entstand Vertrauen, das bewirkte, dass die Sätze nie ängstlich und wachsam versiegten. In dieser Hinsicht erinnerten die Zusammenkünfte an die Narcotics Anonymous-Treffen, zu denen Piet vor vielen Jahren gegangen war; an die offenen Worte, die jeder wählen konnte. Jeder, der sich etwas von der Seele reden wollte, konnte das auch tun.

Piet ging aus demselben Grund immer wieder zu diesen

Gruppentreffen, aus dem er regelmäßig seine Sondergenehmigung nutzte, mit einem völlig verrückten Gewaltfetischisten aus dem B-Trakt Schach zu spielen. Während der Partien sagte keiner von ihnen ein Wort, aber sie brauchten beide dasselbe; sie mussten das Muster durchbrechen, über etwas anderes nachdenken, was auch immer, was nicht von hier war. Um jenseits von Knastjargon und Knastkontakten leben zu können, musste die Energie irgendwoher kommen. Tausende Glühbirnen zu verpacken, war notwendig, genügte aber nicht. Sobald der verfluchte Chlorgeruch, der die grauen Betonfußböden glänzen ließ, schwand und zu einem Normalzustand wurde, den er nicht mehr wahrnahm, wie ein Teil von ihm, würde er sich wirklich und wahrhaftig in einen Gefängnisinsassen verwandeln, voll und ganz. Ein Geschöpf, das seine Zelle gründlich reinigte, weil es dort zu Hause war. Das keine Sehnsucht verspürte.

Ungefähr eine halbe Stunde nach Beginn der Andacht griff Jerry zu seiner Gitarre und spielte das obligatorische Kirchenlied. Unbekannte Texte und Melodien, eigentlich sang nur der Pfarrer, ein guter Moment, um abzuschweifen. Heute Abend hin zu neuen Gedanken. *Wann.* Da blieb Piet hängen. Wann – wie in nächster Überfall. Im Pausenraum haben sie es nicht geschafft, wann wird das nächste Mal sein? Im Fitnessraum mit der Hantelstange über dem Kopf, damit ich mich nicht gegen Hände verteidigen kann, die mit Hantelscheiben und Hanteln auf mich einschlagen? Oder in der Warteschlange vor dem Kiosk, wo alle dicht gedrängt stehen und ein spitzer Gegenstand nicht zu sehen ist? Vielleicht im Klassenzimmer, in dem ich jeden Freitagnachmittag für vier Stunden Erwachsenenbildung sitze, ungeschützt vor Angriffen von allen Seiten?

Andachtsraum. Atempause.

An diesem Abend entschied sich Piet trotzdem dafür, nicht

über das zu sprechen, was in ihm rumorte. Es war zu riskant. Als die Reihe an ihn kam, sprach er stattdessen ausführlich darüber, wie dankbar er für die Minuten war, die er in einer Umgebung verbringen durfte, die weder Zelle noch Packtisch war. Dass er zwar nicht an Jerrys Gott glaube, dafür aber an die Atemluft in diesem Raum. Dass hinter dieser Tür etwas anderes lag, eine Pause, von allem.

Nach dem abschließenden Gebet, ein weiterer Moment, um die Gedanken schweifen zu lassen, baten die Teilnehmer den Pfarrer hin und wieder um ein persönliches Gespräch über Dinge, die sie nicht vor der Gruppe besprechen wollten – Jerry hatte immer Zeit, selbst dann, wenn er sie nicht hatte –, und Piet zog die Möglichkeit in Betracht, die Todesdrohung auf den Altar zu legen, in Gegenwart einer klugen Person, die der Schweigepflicht unterlag und ihm einen Rat geben konnte. Doch im Hinausgehen, fort von den brennenden Kerzen, beschloss er, sein Vorhaben auf das nächste Mal zu verschieben und den Raum nach der Umarmung des Pfarrers zum Abschied zu verlassen.

Er hätte bleiben sollen.

Er hätte das tun sollen, was ihm seine Eingebung geraten hatte.

Dann wäre das, was passierte, nie passiert.

Jerry hatte sich von allen Teilnehmern verabschiedet und sie zum nächsten Treffen eingeladen, und Piet Hoffmann war die Treppe zum Tunnel halb hinuntergestiegen, als auf der elften Stufe eine Klinge seinen Rücken aufschlitzte. Der Hüne aus Trakt K, der ihm gegenübergesessen hatte, Vladi irgendwer, stach immer wieder auf ihn ein, legte ihm von hinten den Arm um den Hals und rang ihn zu Boden, um sein Herz zu treffen. Mit einer spitzgefeilten Zahnbürste. Der Angreifer stach immer weiter auf ihn ein, jetzt in die Brust und die Aorta. Mulle hatte die untere

Treppenstufe erreicht, als er sich umdrehte und wieder nach oben stürmte, während der Pfarrer den Wachalarm auslöste und die Treppe vom Andachtsraum her hinunterstürzte. Mulle und der Pfarrer erreichten im selben Moment einen schwer verletzten Körper, packten aus zwei Richtungen den Arm, der auf Piet einstach, und zogen ihn gemeinsam fort.

Piet blutete überall. Am stärksten im Bereich um das Herz.

Mulle benutzte sein schmuddeliges T-Shirt und Jerry sein weißes Kollar, sie pressten die Stoffe, so fest sie konnten, auf die am stärksten blutenden Wunden. Und als die Wachmannschaft der Haftanstalt eintraf, war Piet Hoffmann schon lange in die Welt jenseits des Bewusstseins hinübergeglitten.

ATMEN.
Wie Feuer.
Atmen.
Wie die Hölle.

So hatte es sich angefühlt, als er auf einer Betontreppe in einem Hochsicherheitsgefängnis das Bewusstsein verloren hatte. Und so fühlte es sich an, als er in einem Krankenhausbett mit Wachen vor seiner Zimmertür aufwachte.

Ich kann nicht atmen.

Der Bastard hatte ihn übermannt und ihm eine scharfe Klinge in den Brustkorb gerammt, um sein Herz zu treffen. Ein paar Stiche waren tief eingedrungen, am schützenden Skelett vorbei. Die Klinge hatte zwischen den Rippen hindurch die linke Lunge punktiert und zu einem Lungenkollaps geführt; die Luft war hineingeströmt, nicht hinaus.

Ich kann nicht atmen.

Panik hatte den Schmerz gejagt; aber er war nicht verblutet, nicht erstickt. Gleich würde eine Krankenschwester ihn für die Operation vorbereiten und ein Chirurg einen kleinen Schnitt unterhalb seiner Brustwarze setzen und einen Schlauch einführen, der das Lungenfell mit einem wassergefüllten Behältnis verband; Atemzug für Atemzug würde die eingedrungene Luft abgesaugt werden.

Vladi Irgendwer hatte den Henkersjob angeboten bekommen und das Angebot angenommen; saß man lebenslang ein, spielte ein weiterer Mord keine große Rolle. Mulle aber, der Piet das Leben gerettet hatte, schwebte ab jetzt ebenfalls in Gefahr. Der Pfarrer war geschützt, aber an Mulle würde sich jemand rächen.

Piet beäugte seinen bandagierten Oberkörper.

Vier Stichwunden in den Rücken und acht in den Brustkorb. Bis dahin hatte er mitgezählt.

Die Stiche waren danach weitergegangen, während er seine Frage aus dem Gottesdienst umformuliert hatte. *Wann*, wie in: Wann würde der nächste Angriff erfolgen? Diese Antwort hatte er bekommen.

Jetzt lautete die Frage *Wer?*

Wie in: Wer wollte ihn tot sehen?

FÜNF TAGE, UM Lungenfell und Lunge halbwegs auszukurieren und in die Welt hinter den Mauern zurückgeschickt zu werden. Im Prinzip wiederhergestellt, erstaunlicherweise. Gleichzeitig heilte er äußerlich, die Stichwunden zogen sich zusammen, und bald würde jeder Stich zu einer Narbe unter vielen werden.

Das Leben, dem er vor langer Zeit den Rücken gekehrt hatte und das er nun wieder lebte.

»Hab gehört, dass du …«

Plötzlich ging seine Zellentür auf.

» … Schwierigkeiten hast. Und das ist nicht gut, Piet.«

Lillebror.

»Du? Was zum Teufel machst du hier?«

»Excuse me?«

»Und warum zum Teufel klopfst du nicht an?«

»Hallo? Piet? *Ich bin hier, weil ich mir Sorgen mache.* Also noch mal – was ist los?«

Es war kein Angriff. Piet senkte die Stimme, um Freundlichkeit bemüht.

»Das ist los.«

Er deutete auf seinen bandagierten Brustkorb, auf den geröteten Verband.

»Scheiße, Piet, du siehst genauso aus, wie alle gesagt haben. Hast du eine Ahnung? Wer? Warum?«

Piet begriff, dass er offen sein sollte, wenn Leute zu ihm kamen und ihn wissen ließen, dass es Freiwillige gab, die ihn unterstützten. Wenn es etwas gab, das er jetzt brauchte, dann eine zusätzliche Hand und ein zusätzliches Auge. Aber seine Entscheidung stand fest. Er würde diese Haft absitzen, ohne Teil der tausend Machtstrukturen der Gefängniswelt zu werden, in der jeder jedem etwas schuldig war.

»Danke. Du meinst es gut. Aber ich brauche deine Hilfe nicht, Lillebror.

»Du *brauchst* Hilfe.«

Lillebror hockte sich zu ihm auf die Pritsche, und Piet nahm seine Füße zur Seite.

Ernst. Sein Besucher wirkte ernst.

»Wie sehr fehlt er dir?«, fragte Lillebror.

»Was?«

»Karlo. Wie sehr fehlt dir mein großer Bruder?«

»Wie ich gesagt habe. Jeden Tag.«

»Warum?«

»Warum, was?«

»Warum fehlt dir jemand, der nicht zur Familie gehört, *jeden Tag*?«

Er fühlte es in der Brust. Aber äußerlich. Einer der Stiche, die ans Ziel gelangt waren, brannte, schmerzte und störte, diese Heilung würde langwieriger sein.

»Ich glaube ... Wenn man jemanden verliert. Ohne Erklärung. Das bleibt. Er ist geblieben, dein großer Bruder. Wie eine Beziehung, okay? Die Beziehung endet, aber du erfährst nicht, warum. Die Frau, die dir am längsten im Kopf bleibt, ist immer die, die ohne Erklärung geht. Nicht die, mit der du dich ausgesprochen hast, von der du eine Chance bekommen hast, es zu verstehen. Es gab eine Frau vor Zofia. Wir haben einander verlassen, ohne zu verstehen, warum. Wir sind einfach gegangen. An sie habe ich jeden Tag gedacht, obwohl ich wusste, dass es mit uns nie funktioniert hätte. Wir waren uns zu ähnlich; nicht ähnlich und unähnlich wie Zofia und ich. Hätten wir uns vor der Trennung ausgesprochen, wäre sie nicht in meinem Kopf geblieben. Frau oder beste Freundin, das spielt keine Rolle, und ich habe Großerbruder vertraut wie keinem anderen.«

»Wenn das so ist ...«

Lillebror sprang abrupt auf. Schlug mit geballter Faust.

Schlug gegen die Betonwand, bis seine Knöchel bluteten wie Hoffmanns Stichwunden.

» ... warum zum Teufel hast du ihn dann aus dem Weg geräumt!«

Lillebror schlug noch einmal zu, diesmal mit der anderen Hand.

»Ich hab es von Anfang an gewusst. Die Leute haben geredet. Und nicht über irgendeine verdammte Flucht.«

»Wovon redest du?«

»Du hast dafür gesorgt, dass er verschwunden ist, Piet! Du hast ihn vergraben. Für immer.«

»Was zum Teufel ...«

»Ich hatte alle Informationen, war aber zu klein. Heute bin ich es nicht mehr.«

»Du hast sie nicht mehr alle, Lillebror.«

»Es ist Zeit! Für Vergeltung!«

Beide Hände bluteten jetzt. Und Piet begriff.

»Du warst das?«

Sie sahen sich an.

»Du, Lillebror? Du hast ...«

»Ja.«

Die Schwärze in Lillebrors Augen verschwand.

Er lächelte.

»Das war ich.«

»Die Überfälle auf mich?«

»Ja.«

Ein Lächeln, das in ein Kichern überging.

»Erinnerst du dich, Piet, als ihr mich in den türkischen Lebensmittelladen geschickt habt? Du und Karlo. Ihr wolltet nicht mal Bier, sondern Schokoladenkekse, und ihr hattet versprochen, Schmiere zu stehen. Die Frau des Türken behielt mich die ganze Zeit im Auge, ich war ein geschickter Dieb. Irgendwann schrie sie nach dem Türken, und ich bin mit den verdammten Schokoladenkeksen und einer Stange Zigaretten zu euch rausgerannt, aber ihr wart nicht da! Die Bullen haben mich einkassiert. Ich habe euch vertraut, aber *ihr wart nicht da*. Ich hatte solche Angst, dass ich mir in die Hose gepisst habe. Während ihr euch hinter einem Auto versteckt und euch totgelacht habt.«

Lillebror beugte sich vor und umklammerte Piets Bein so fest, wie er draußen auf dem Freiganghof Piets Schulter und Hals umklammert hatte.

»Scheiße, Piet, ihr wart die Besten.«

Lillebrors Griff wurde fester. Genau wie eine Woche zuvor.

»Ich habe zu euch aufgesehen. Alles, was ich gemacht habe, habe ich gemacht, um euch zu beeindrucken. Meinen großen Bruder und seinen besten Freund.«

Piet spürte den Griff und hörte die Stimme, die mal lauter, mal leiser sprach, und wurde unsicher, ob er alles falsch verstanden hatte. Nahm Lillebror ihn auf den Arm? War er nach seinem Krankenhausaufenthalt noch benommen und benebelt und deutete alles falsch?

»Du warst auch nicht ohne, Lillebror. Vielleicht warst du sogar der Mutigste von uns. Wir haben uns nie im vierten Stock vom

Balkon baumeln lassen und hoch über dem Asphalt Klimmzüge gemacht, weil wir es cool fanden. Das haben Großerbruder und ich uns nie getraut.«

Lillebror lockerte seinen Griff um Hoffmanns Bein und sank zurück auf die Pritsche.

»Damals habt ihr mich im Stich gelassen. Dann seid ihr für immer verschwunden. Zuerst mein Bruder und dann du.«

Die Stimme veränderte sich, der Tonfall, vollkommen ohne Resonanzboden.

»Ihr seid verschwunden, aber *du*, Piet, weigerst dich zu sterben. Egal, wen ich anheuere. Aber das macht nichts. Ich habe Zeit, jede Menge Zeit hier drin. Und du kannst nirgendwohin.«

Nein. Er hatte es nicht falsch verstanden. Jedes Wort von Lillebror war tödlicher Ernst.

Piet rollte sich zur Seite und verließ zum ersten Mal, seit die Zellentür aufgegangen war, die Pritsche.

»Ich habe nichts mit dem Verschwinden deines Bruders zu tun.«

Er taumelte, ihm wurde plötzlich schwindelig.

»Du weißt, was er und ich hatten, Lillebror!«

»Ich weiß gar nichts.«

»Du hast gesagt, die da draußen würden alles für dich tun. Du kennst mich, und ich würde alles für deinen richtigen Bruder tun. Genauso wie er alles für mich getan hat.«

»Ich war ein Kind, Piet. Es ist lange her, dass wir zwei uns gekannt haben.«

Ein paar läppische Quadratmeter, das war die ganze Zelle. Trotzdem hatten sie auch hier eine Mauer errichtet, massiver und höher als die vor dem vergitterten Fenster.

»Eines Tages habe ich ihn niedergestochen. Unseren Alten. Wusstest du das? Ein Messer in den Rücken und weg aus Novi

Sad. Zurück nach Hause. Nach Alby. Ich war achtzehn, und der Haufen Scheiße hatte keine Chance. Es hat ein paar Jahre gedauert, aber ich habe meine Gruppe, mein Netzwerk, mein Revier aufgebaut. Manchmal hab ich mich gefragt, ob es wirklich stimmt, was alle erzählten; dass du Karlo aus dem Weg geräumt hast. Ich musste den Gedanken fallen lassen, hatte keine Zeit für dich, Piet. Die ganzen Kriege, in den südlichen und westlichen Vororten, in ganz Stockholm und ganz Schweden, jeder gegen jeden.«

Lillebror hielt inne, lächelte. Es wirkte aufgesetzt, falsch. Eine andere Art von Freude.

»Dann hat Mama sich endlich den goldenen Schuss gesetzt, mit Waschpulver gestrecktes Meth gedrückt, und die Venen fingen an zu blubbern. Ich hab eine scheiß Plastiktüte bekommen, das war das ganze Erbe, der Mist, um den ich mich kümmern musste. Briefe, Fotos, solcher Kram. Hat mich nicht interessiert. Bis vor einem halben Jahr. Da hab ich die Briefe gelesen, und da wurde mir alles klar! *Es stimmte! Du warst es, Piet!*«

Eben hatte Lillebror gekichert. Jetzt lachte er laut.

»In der U-Haft hatte ich viel Zeit zum Nachdenken, die Anweisung, dich zu liquidieren, ging raus. Aber du hast dich gut geschützt. Zwei Monate später werde ich verurteilt und lande hier. *Und da bist du* – ohne dass ich suchen muss!«

»Du hast sie *wirklich* nicht mehr alle.«

Piet sprach mit einem Menschen, der nicht zuhörte. Mit einem Menschen, der lachte und lachte und dessen Entscheidung längst feststand.

»Dein großer Bruder ist abgehauen! Ich war da! Ich habe das Loch in der Decke seiner Zelle gesehen – genau, wie wir es geplant hatten.«

»Ja, Piet. Ich weiß, dass ihr abhauen wolltet. Aber es geht nicht um ...«

»Und wer hat dir das erzählt? Dass wir abhauen wollten?«

»Karlo.«

»Großerbruder?«

»Er hat Briefe geschickt. Hab ich doch gesagt.«

»Was für Briefe?«

»Er hat mir Briefe geschrieben.«

»Großerbruder hat keine verfluchten Briefe geschrieben. Und wenn doch, wer behauptet dann, dass ich ... ihn *aus dem Weg geräumt* habe?«

»Das geht dich nichts an.«

Das Schwindelgefühl blieb. Wollte seinen Kopf nicht verlassen. Piet versuchte zu ergründen, ob es sich um die Folgeerscheinungen einer punktierten und operierten Lunge handelte oder ob er erneut in einem Gefängnis, aus dem es kein Entkommen kam, zum Tode verurteilt worden war.

»Ich weiß, dass du es warst, Piet. Ich habe es schwarz auf weiß.«

»Schwarz auf weiß? Was zum Teufel soll das heißen?«

»Schwarz auf weiß. Schwarz auf weiß. Schwarz auf weiß. Schwarz auf ...«

»Ich habe keine scheiß Ahnung, wovon du redest!«

»Wenn du nicht sterben willst, beweis es.«

»Was soll ich beweisen?«

»Dass er abgehauen ist. Dass du ihn nicht aus dem Weg geräumt hast.«

»Glaubst du nicht, dass ich mich das gefragt habe? Wo er ist? Warum er sich nicht meldet?«

»Dein Problem.«

»Wie zum Teufel soll ich das machen ... von *hier*?«

»Du hast einundzwanzig Tage Zeit, dann fangen wir an.«
»Womit fangt ihr an?«
»Ich gebe dir eine Chance. Beweise mir, dass du es nicht warst. Aber Chancen haben ihren Preis. Es geht nicht nur um dich und mich. Es geht um Auge um Auge, Familie um Familie. Wenn du mir *keinen* Beweis lieferst, dann hast du mir die einzige Familie genommen, die mir etwas bedeutet hat, und ich werde dir deine nehmen. Einen nach dem anderen. Wie du gesagt hast, ich habe Leute da draußen, Ersatzbrüder, wenn man keine leiblichen hat. Als Erste kommt die kleine Luiza an die Reihe, hübscher Name. Vielleicht sollte ich mein nächstes Mädchen so nennen? Dann Rasmus, dann dein Sohn Hugo, der so groß geworden ist, und zuletzt Zofia. Was für eine Schönheit. Und wenn deine Familie bezahlt hat, bezahlst du hier drin. Du schaust dir unsere kleinen Filme an, die wir dir zeigen, einen nach dem anderen, *unsere* Beweise. Und dabei stirbst du, jedes Mal ein Stück mehr, bis auch du an der Reihe bist.«
»Ich habe nicht um eine Chance gebeten.«
»Zu spät.«
»Einundzwanzig Tage? Ich sitze verdammt noch mal im Gefängnis! Hinter Gittern!«
»Zuerst wollte ich dir zweiundvierzig Tage geben. Einen Tag für jedes Jahr, das er heute gelebt hätte. Dann dachte ich an siebenundzwanzig. Ein Tag für jedes Jahr, das seit seinem Verschwinden vergangen ist. Aber auch den Gedanken habe ich wieder verworfen. Einundzwanzig Tage. Einen Tag für jedes Jahr, das vergangen ist, seit ich nach Schweden zurückgekommen bin und mich gefragt habe, wo mein großer Bruder ist.«
Wieder dieses vergnügte Kichern.
»Ach, bevor ich gehe. Wenn du noch Lust hast zuzuhören.«

Ein kleines Notizbüchlein. Gerade groß genug für die Hosentasche.

»Setz dich hin. Bequem. So wird es besser.«

Lillebror blätterte vollgekritzelte Seiten durch, hielt irgendwo in der Mitte inne.

»Ich schreibe ein wenig. Poesie.«

Wieder ein Tonwechsel in der Stimme. Sanft, hoch oben im Kehlkopf. Wie ein Kind.

»*Ein Bruder bleibt ein Bruder, wo immer er ist.*«

Lillebror blickte sein Publikum an. Erwartungsvoll.

»Ich wiederhole es noch mal. Langsamer. Bist du bereit?«

Sein Publikum nickte.

»*Ein Bruder. Bleibt ein Bruder. Wo immer. Er ist.*«

Piet Hoffmann hatte noch nie abgrundtiefe Angst empfunden.

Doch jetzt empfand er sie.

Panik vor dem, was er nicht kannte.

In schwedischen Hochsicherheitsgefängnissen hatte er mit professionellen Attentätern, Menschenhändlern, Mitgliedern der Drogenmafia, Terroristen und Auftragskillern gekämpft, war dabei aber niemals solchen Augen begegnet wie denen, mit denen Lillebror seinen Text vorlas. Ein Blick, der sich auflöste, eine Krankheit, der nicht beizukommen war. »Was denkst du?«

»Schön.«

»Schön? Dein Ernst?«

»Mmm.«

Lillebror verbeugte sich, plusterte sich auf. Mitten im Rampenlicht. Er war ein Genie.

»Ich habe mehr. Noch ein Vers?«

Lillebror atmete tief durch, ließ die Luft aus dem Bauch entweichen und atmete wieder ein.

»*Warum im Keller frieren* ...«
Er hob den Kopf, schaute sein Publikum an.
» ... *wenn man auf dem Dach chillen kann.*«
Piet versuchte zu klatschen.
»Du verstehst, was ich eigentlich sage, oder?«
»Ja.«
»Keller und Dach. Frieren und chillen. Metaphern. So nennt man das.«
Mehr Beifall.

Piet dachte darüber nach, was passiert wäre, wenn die Rollen andersherum wären; wenn er mit Zweizeilern in der Qualität von Weihnachtsreimen in Lillebrors Zelle gekommen wäre, um Lob einzuheimsen. Den Schreibblock in der Hand, nachdem er drei Tage lang darüber gebrütet hatte, überzeugt davon, ein Meisterwerk geschaffen zu haben. »Bist du schwul, du Idiot? Drohst du mir?« Es hätte jeden erdenklichen Ausgang nehmen können.

»Die Zeit sitzt dir im Nacken, Piet. Vergiss das nicht. Du bezahlst zuerst mit der kleinen, süßen Luiza. Und am Ende ... kommst du an die Reihe. Du bist der Letzte.«

Lillebror summte leise vor sich hin, wieder dieser sanfte, kindliche Ton hoch oben im Kehlkopf, und schob das Notizbuch zurück in seine Hosentasche.

Er war fertig, öffnete die Zellentür.

»Du hast einundzwanzig Tage. Um zu erklären, was *damals* passiert ist.«

DAMALS
Erster Teil

WIE EINE EINZIGE Bewegung von Gerichtssaal und Amtsgericht zu Mauern, Stacheldraht und Zelle.

Piet Hoffmann lehnt an der Rückbank des Transportbusses. Die Handschellen schneiden in seine Haut. Fünfzehneinhalb und allein. Kein Wort hat er zu den beiden Justizvollzugsbeamten vorne im Wagen gesagt.

Eine schmale Abzweigung, da biegen sie links ab. Kurz darauf kommt die Vallby-Anstalt in Sicht. Es ist komisch, er empfindet immer noch nichts. Es juckt ihn nicht, wohin sie fahren und wie seine nächsten drei Jahre aussehen.

Es ist keine Mauer.

Er war fest überzeugt gewesen, das Bild in seinem Kopf überdeutlich. Es ist eher ein nach innen gebogener Zaun, aber die Dornen der Stacheldrahtrollen am oberen Ende sind rasiermesserscharf, ausbruchsicher.

Das große Tor wird geöffnet.

Eine neue Welt.

Der Transportbus fährt über den leeren Asphaltplatz zur Hauptpforte, der Eingang verdeckt verstreut liegende Pavillons und niedrige, durch lange Korridore miteinander verbundene rote Backsteingebäude, ungefähr wie in der Norrtälje-Anstalt, wo er ältere Kumpel besucht hat. Aber Vallby ist für Kids wie ihn,

Teenager, eine Kombination aus offenem Vollzug und Besserungsanstalt für Jugendliche.

»Du bist zu Hause.«

Der Justizvollzugsbeamte, der vorne auf dem Beifahrersitz gesessen hat, öffnet die Hintertür, während ein Wärter in Gefängnisuniform von dem länglichen Bau zu ihnen herüberkommt, Piet anlächelt und mit den Armen eine umständliche, ausladende Geste vollführt. Will ihn das Sackgesicht verscheißern?

»Herzlich willkommen. In deinem neuen Leben.«

Piet streckt die Arme aus, hält ihm seine Handschellen hin, wartet darauf, dass der Lackaffe sie aufschließt.

»Jetzt, Hoffmann? Hältst du das für angebracht? Ich glaube kaum. Erst wenn du drin bist.«

Der Wärter nimmt einen Umschlag mit Informationen über den Neuzugang entgegen, und sie gehen ins Gebäude, Piet voran, der Wärter hinterdrein, und jetzt schließt er Piets Handschellen auf, stellt sich vor.

»Juha Flemming. Teamleiter im Blauen Meer. So heißt die Abteilung, in der du ab heute wohnst.«

Der Typ steht da und wartet darauf, dass Piet seinerseits den Mund aufmacht und sich vorstellt.

Das wird er ganz sicher nicht tun; sie wissen, wer er ist.

»Mmm, so einer bist du also? Ein kleiner Querulant? Solche kennen wir zur Genüge.«

Der Gefängniswärter geht in ein Büro und will, dass Piet ihm folgt.

»Dein vollständiger Name.«

Piet grinst über das gestärkte blaue Hemd, die gestärkte Bügelfaltenhose und über den dicken Schlüsselbund, der an einem Riemen aus der Hosentasche des Wärters baumelt, man soll dem Kerl nicht einfach so die Schlüssel klauen können, und wissen, wer zum Personal gehört, zu den Machthabern. Dann guckt er demonstrativ auf den Umschlag in der Hand des Wärters. Da steht alles drin. Welche Nachtmedikamente er im Arrest genommen hat, welche Straftaten er begangen hat und wie alt seine Mutter ist. Einfach alles, und darum ist das hier bloß Show.

»Du antwortest nicht.«

»Du hast verdammt noch mal meine Papiere, du hast doch Augen im Kopf. Oder etwa nicht?«

»Personenkennziffer?«

»Machst du Witze?«

»Wohnort?«

»Geh scheißen.«

»Anschrift?«

»Fick dich ins Knie.«

»Nächste Kontaktperson?«

»Das hättest du wohl gern, was? Nahen Kontakt zu mir?«

Piet könnte kurz und bündig antworten, und damit wäre die Sache gegessen. Aber es geht nicht. Es gibt anständige Wärter, und dann benimmt man sich im Gegenzug auch anständig, aber dieser Scheißkerl macht sich wichtig, verächtlich zusammengepresste Lippen und Augen, die sich einen Dreck um ihn scheren. Am Ende schweigt Piet als Antwort, und der Druckswärter, von nun an wird Piet ihn so nennen, gibt auf.

»Soso, von der Sorte bist du? Die Einstellung werden wir dir bald austreiben.«

Bis zur Kleiderkammer ist es nicht weit, ein schlichter Holztresen, der hoch- und runtergeklappt wird, etwa so haben die Leute den Kiosk im Hochsicherheitsgefängnis Aspsås beschrieben, nur dass die Regale hier statt mit Süßigkeiten und Keksen mit Unterhosen, T-Shirts, Jacken, Hosen, Socken, Bettwäsche und Trainingsanzügen gefüllt sind.

»Ausziehen.«

»Was?«

»Ich sagte: ausziehen.«

Piet legt seine Kleidung auf einen Haufen auf den Boden.

»Die auch.«

Seine Unterhose. Er lässt sie fallen, und sie landet oben auf dem Kleiderhaufen

Der Dreckswärter stopft seine alten Klamotten in einen Plastiksack und nimmt stattdessen noch ältere Klamotten aus den Regalen. Die weißen T-Shirts haben am Hals einen orangefarbenen Streifen und sehen völlig okay aus, aber der Overall mit Arbeitsjacke und einer Hose aus irgendeinem Segeltuchstoff ist völlig verschlissen, die Jacken und Oberteile hängen leblos herunter, jedes Kleidungsstück hat Jahre an Schleudergängen in der Großwäscherei hinter sich und wurde von zahllosen Vorgängern getragen.

Anschließend muss er in einem Raum warten, der nicht größer ist als eine Gästetoilette. Es dauert Stunden, bis er von der Hauptpforte in seine Zelle gebracht wird, und Piet weiß, dass es eine reine Machtdemonstration des Dreckswärters ist.

Warten. Warten. Warten.

Er denkt an die Gerichtsverhandlung und an seine Kumpels, die da waren, und daran, dass er so etwas wie der King war, und jetzt chillen seine Kumpels zugedröhnt im Park, während er hier in einem verdammten Schrank hockt.

Warten. Warten. Warten.

Er liest, was andere, die auch gewartet haben, in die Wände geritzt haben – **Zerny ist eine Fotze, Wärterschwanz-SUCKER, Dusko war hier** –, und Piet weiß, wer Zerny und Dusko sind, wahrscheinlich auch, wer den Wärterschwanz lutscht, weil es eine kleine Welt ist, die viel Lärm fabriziert. Die meisten haben, genau wie

Piet, eine Odyssee durch Erziehungsheime hinter sich. Jeder, der hier einsitzt, weiß, wer Piet ist und wer sein bester Freund Großerbruder ist. Die Nachricht macht immer schon vor der Ankunft des Neuankömmlings die Runde, und er kann sie tuscheln hören: »Hoffmann ist dieser Verrückte aus Alby« und »Er geht keinem Fight aus dem Weg« und »Ich hab gehört, dass er den und den zusammengeschlagen hat«. Der Neuankömmling in der Abteilung Blaues Meer wird darum zunächst freies Geleit haben und zu denen gehören, die mit schwarzen Augen herumlaufen und mit denen man sich nicht unnötig anlegt.

Er hockt und wartet so lange in dem engen Raum ohne Luft, dass es fast Mittag ist, als der Dreckswärter zurückkommt. Piet schaltet innerlich ab, damit er jeden Schritt vorbei an Fitnessraum, Werkhalle und Speisesaal als das nimmt, was es ist. Er macht sich nicht macht sich nicht kleiner, als er ist, rebelliert aber auch nicht. Als sie am Klassenzimmer vorbeigehen, kommt ein Schüler heraus, und die Frau, die gleichzeitig hineingehen will, schafft es nicht, durch die Tür zu schlüpfen. Piet fängt die zufallende Tür auf, hält sie auf, und die Frau, die hübsch ist und ziemlich jung und eine Frisur wie Jennifer Aniston hat, bedankt sich lächelnd, aber der Dreckswärter blafft ihn an, dass er gefälligst weiter in Richtung Zelle gehen soll.

Sie nähern sich der Abteilung. Laut dem Schild an der Wand liegt sie im angrenzenden Gebäude. Und als Erstes riecht er den typischen Zigarettenrauch, billigen Drehtabak und dann Essensgeruch. Wenn Piets Vermutung stimmt und es gleich Mittagessen gibt, kann er eine ähnliche Szene wie an seinem ersten Tag im Erziehungsheim vermeiden, als es einen kurzen Tumult gab. Das Personal hatte ihn früher hereingelassen, die anderen Jungs waren noch im Unterricht, und er saß allein mit ein paar blassen Kabeljaufilets und zwei Trinkkartons Milch an einem Tisch. In der Anstalt gab ein Bursche, den alle Geten nannten, den Ton an, ein bulliger Scheißkerl, und als die anderen kamen, war er direkt auf Piet zugestiefelt, hatte sich zu ihm hinuntergebeugt und ihm ins Ohr gezischt *Du sitzt auf meinem Platz, und jeder kriegt nur eine Milch, also hast du einem seine Milch gestohlen.* Es kam zu einem Handgemenge. Danach gehörte der Platz Piet Hoffmann, und Geten musste sich einen neuen suchen. Sitzplätze waren in Anstalten ein Statussymbol, im Pausenraum, im Speisesaal, im Fernsehraum. Die Leute hatten zu viele Filme gesehen. So etwas wurde ernst genommen.

Sie gehen nicht in den Speisesaal. Sondern in seinen Wohnraum, Nummer 4, am anderen Ende des Korridors. Hier nennen sie es Wohnraum, nicht Zelle, obwohl es eine Zelle ist. Wie die Besichtigung eines Hauses, in dem niemand wohnen will. Der Dreckswärter zeigt auf einen Zettel an der Pinnwand: *Da stehen die Freizeitaktivitäten und da die Anstaltsregeln. Keine Drogen. Kein Müll an den Wänden;* und während er das sagt, reißt er ein paar Ansichtskarten ab, die derjenige, der bis gestern in dieser Zelle gewohnt hat, an die Wand geklebt hat: *Siehst du, einen Meter weiter hängt eine Pinnwand!* Der Dreckswärter knüllt die Ansichtskarten zu kleinen Papierbällen zusammen. *Und hier, Hoffmann, hör genau zu, denn ich sage es nicht noch einmal, hier hast du die Weckzeiten und die Zeiten fürs Mittag- und Abendessen.*

»Panzerglas?«

Piet geht durch die Zelle, die ab jetzt seine ist, und sie sieht genauso aus, wie er es erwartet hat. Seelenlos wie der Dreckswärter. Seelenlos, wie Piet sich selber fühlt. Er geht ans Fenster, klopft an die Scheibe und sieht auf den Pausenhof hinaus.

»Stimmt das? Ist das Panzerglas?«

»Kannst dich drauf verlassen, Hoffmann. Alle Fenster sind aus Panzerglas, genauso wie die Sichtfenster in den Stahltüren, die wir abends von außen abschließen und die bis zum Morgen abgeschlossen bleiben. Kannst ja mal versuchen auszubrechen.«

Dann ist er allein in der Zelle.

Das Bett beziehen. Damit fängt er an.

Piet breitet das Laken aus, das er in der Kleiderkammer bekommen hat, und stopft das schmuddelige Kopfkissen in den Kissenbezug, will nicht in dem Mief seines Vorgängers liegen. Nach einer Weile hört er die anderen aus der Schule, der Werkstatt oder sonst woher zurückkommen. Auf dem Korridor herrscht Hochbetrieb, *Ich ficke deine Mutter, wann ich will*, obwohl bestimmt die Hälfte der Typen in der Iso sitzt und Tische demoliert, *Schnauze, verfickte Hure*, so läuft es hier, landet man in Isolationshaft, schlägt man Dinge kaputt.

Er denkt wieder an das Erziehungsheim und an seine erste richtige Strafe, die kaum eine Strafe war, bloß zwei Monate, daran, dass er sich jedes Mal, wenn er irgendwo neu ist, verändert. Wenn jemand einen Stuhl auf das Wachhäuschen der Wärter schleudert, schleudert er härter. Diesmal, denkt er, sollte er solchen Scheiß sein lassen, diesmal hat er eine lange Strafe vor sich. Klar, wenn er angreifen muss, wird er nicht kuschen, jetzt ist er hier, und so läuft es, er sitzt in einem Knast mit Stacheldraht drum herum und kann nicht weglaufen und sich verstecken, wenn ihn jemand provoziert; er muss den nächsten Tag überstehen, und Leute, die morgens mit gebeugtem Kopf auftauchen, sind geliefert. Aber er wird sein Maul nicht aufreißen, keine dicke Lippe riskieren; nichts von diesem Stuss, der nicht verschwindet, wenn er versucht, ihn zu regeln, sondern bloß anwächst.

Das Bett ist gemacht. Die Kleidung eingeräumt.

Er ist eingezogen.

Als er die Zelle verlässt, wird es auf dem Korridor schlagartig still. Vollkommen still. Alle mustern ihn. Schätzen ihn ab. Alle bis auf ein grinsendes Gesicht.

»Piet Hoffmann –du hässlicher Pole ...«

Großerbruder. Piet hatte gehofft, in einer Abteilung mit Leuten aus Råby und Alby zu landen, jetzt steht sein bester Freund vor ihm.

» ... give me a hug!«

Großerbruder meint es ernst.

Aber genauso wichtig ist es, dass die anderen es sehen und hören: Aha, du bist also mit Piet Hoffmann befreundet.

Piet ist nicht bloß ein Freund, er ist wichtiger als die eigene Mutter. Sie sind in demselben Hinterhof aufgewachsen, in dieselbe Klasse gegangen. Es waren immer sie beide gegen den Rest der Welt, innerhalb und außerhalb der Institutionen. Großerbruder hat ein Jahr aufgebrummt bekommen, weil er einem Wachmann in die Eier getreten hat, eine Reihe von Einbrüchen, Autodiebstählen und Drogendealerei gaben noch zwei obendrauf. Ihr Haftmaß ist das gleiche.

»Nummer drei, Piet. Das ist meine. Wir sitzen Wand an Wand.«

Sie haben beide gewusst, dass sie irgendwann lange Haftstrafen bekommen würden. Angst war nie ein Thema, wenn sie darüber gesprochen haben, es war ganz natürlich, und genau so haben auch alle anderen, die hier einsitzen, auf ihn gewartet; begrüßen ihn mit Hey, hey, Piet. Daran ist nichts Tragisches, wenn er darüber nachdenkt, nichts außer diesem Bild: dass Großerbruder und er wie zwei Schwachköpfe dastehen und sich umarmen, stolz, als hätte er das Abitur bestanden.

»Hier ist es wie immer, Piet. Jeder kämpft gegen jeden. Aber gleichzeitig ist es anders, hier kämpfst du genauso sehr gegen die Wärter.«

Großerbruder nutzt die Umarmung, um ihm entscheidende Informationen zuzuflüstern. Informationen, um zu überleben.
»Vor allem der Wärter, der dich hergebracht hat. Der Teamleiter. Flemming. Er und seine rechte und linke Hand nutzen jede Chance, die sie kriegen, uns windelweich zu prügeln. Am liebsten da, wo es niemand mitbekommt.«
Nach der langen Umarmung mit Großerbruder und den wichtigen Infos begrüßt Piet die anderen, die um sie herumstehen, wechselt einen Handschlag mit denen, die er kennt, und nickt den zwei Typen aus Rosengård zu, von denen er gehört, sie aber noch nie gesehen hat; und genau wie der Dreckswärter an der Hauptpforte sagen alle: Willkommen zu Hause.
Das Mittagessen kommt auf Kantinentabletts aus der Küche, Fleisch, Kartoffeln, irgendeine Marmelade und Käse und Berge von Toastbrot, das sie aus dem Vorratsraum der Abteilung holen. Der Toast riecht verbrannt, und scheiße, wie die anderen den Fraß in sich reinschaufeln, manisch, wie Amphetamin-Junkies, die sich etwas auf die Rippen futtern, sie schlingen das Toastbrot und den ganzen Käse hinunter und können keine Sekunde still sitzen.
Piet muss am ersten Nachmittag zu einem Einführungsgespräch, bei dem die Freizeitgestalter herausfinden wollen, ob er besondere Interessen hat, damit sie ihn fördern können, genau so drücken sie es aus, und da trifft er auch die Lehrerin. Noch weiß er nicht, dass sie seine wichtigste Bezugsperson hier drin werden wird. Sie lächelt freundlich und erklärt, dass er die Wahl hat zwischen Schule und Kfz-Werkstatt, dass die meisten sich für die Werkstatt entscheiden, sie aber hofft, dass er die Bücher wählt, und als er sie nach dem Grund fragt, antwortet sie, dass sie absolut sicher ist, dass er an einen Ort passt, an dem man für ein paar Stunden am Tag über etwas anderes nachdenkt. Über eine

Zukunft. Sie sagt auch, dass viele der Jungs hier, genau wie er, den Großteil ihrer neun Grundschuljahre verpasst haben, aber sie verspricht, ihm über alle Wissenslücken hinwegzuhelfen, das sei nichts, wegen dem man sich schämen müsse.

Als er nach dem Einführungsgespräch den Raum verlässt, steht ein Typ am anderen Ende des Flurs und grinst genauso breit wie am Mittag. Scheiße, wie gut sie einander kennen. Sogar als Großerbruder zum ersten Mal ins Erziehungsheim kam, lange bevor auch Piet dort landete, haben sie sich immer gesehen. Kam Piet ihn nicht besuchen, haute Großerbruder von dort ab und blieb wochenlang verschwunden, und er machte regelmäßig die Biege. Großerbruders Mutter saß hin und wieder im Knast, und Großerbruder ins Erziehungsheim zu stecken, war vor allem ein Versuch der Gesellschaft, ihn dem Einfluss seiner Mutter zu entziehen. Messerstechereien, Drogendealerei, sie jammerte nicht. Das hat ihm niemand gesagt, aber Piet weiß es trotzdem. Ekenäs-Schulheim. So hieß der Ort. Auf demselben Gelände wie das Jugendgefängnis Ekenäs. Da ist Großerbruder zur Schule gegangen oder hätte zur Schule gehen sollen, von der dritten bis zur achten Klasse, abgesehen von zwei Monaten, als er bei einer Pflegefamilie untergebracht gewesen war – bei einem Auftragskiller der Malmö-Mafia.

Jeder wusste, wer Großerbruder war. Vollkommen irre, zu allem fähig.

In dem Jahr, in dem sie zusammen im Erziehungsheim waren, telefonierte Großerbruders Mutter manchmal mit Piet. Sie rief Großerbruder an, der ihm den Hörer weiterreichte, *Mama will mit dir reden*, und sie bat ihn jedes Mal, *Piet, pass auf ihn auf*. Als wäre Piet der große Bruder von Großerbruder. Gleichzeitig sprach sie voller Stolz von ihrem Sohn. Wie eine Art Familientradition. Der Knast ist das Ziel, der Weg dahin vorgezeichnet. Für sie war die

Welt wahrscheinlich nicht größer, eine Drogensüchtige in einer Blase, und in Blasen muss man sich nicht weiterentwickeln. Sie prahlte vor anderen mit ihren Einbrüchen, kaufte ihnen ihre gestohlenen Waren ab und verkaufte sie weiter. *Damit gehen wir zu Mama, Piet.* Sie brachen mitten in der Nacht in ein Lagerhaus ein und ließen ein paar Kartons mitgehen, Kleidung vielleicht, fuhren damit zu Großerbruders Mutter und bekamen Geld von ihr. Sie war eine Macherin, brachte ihnen eine Kaffeemaschine und einen Fernseher ins Erziehungsheim, und in der Stadt drehten sich alle nach ihr um. Sie sah gut aus, setzte ihre Füße in Zeitlupe auf eine coole Art und war verdammt wortgewandt.

Großerbruder begleitet ihn zum Pinkeltest, irgendwer hat sich ausgedacht, dass am ersten Tag ein Pinkeltest und ein Atemtest gemacht werden müssen, und danach jedes Mal, wenn man außerhalb der Anstalt war, und weil Großerbruder heute Morgen ein Zahn gezogen wurde, müssen sie heute beide pinkeln.

Der Dreckswärter überwacht die Pinkeltests.

Piet und Großerbruder stehen nebeneinander an der Rinne, halten jeder einen Plastikbecher in der Hand und versuchen, ein paar Tropfen herauszubekommen, während Flemming zusieht. Er muss sicher sein, dass es ihre Pisse ist, und es ist schwierig, sich etwas abzupressen, wenn jemand dabeisteht und glotzt. Als der Dreckswärter ihnen sagt, sie sollen verdammt vorsichtig sein und nicht herumstehen und die Affen spielen, flüstert Großerbruder Piet zu *Ich hasse diesen fetten Scheißkerl, eines Tages treibe ich ihn zum Wahnsinn.* Dann dreht er sich um und pinkelt auf Flemmings polierte schwarze Wärterschuhe. Für den Dreckswärter gibt es nichts Schlimmeres, als nicht ernst genommen zu werden, aber die Toiletten sind zu hellhörig, hier kann er ihnen nicht an den Kragen.

Am Abend darf, wer will, eine Stunde lang draußen auf dem

Pausenhof seine Runden drehen, der Hof ist groß und offen, und in der Mitte gibt es einen Schlacke-Fußballplatz. Es ist keiner dieser modernen Freiganghöfe, über die alle reden und der in ein paar Jahren auch hier gebaut werden soll, die in kleine Maschendrahtzellen unterteilt sind, die sogar mit Maschendraht überdacht sein sollen. Großerbruder holt ihn ein, will neben ihm hergehen und palavern und reagiert angepisst, als Piet sagt, dass er lieber allein sein will. Er will nachdenken. Über dieses Wort, mit dem ihm alle Welt in den Ohren liegt, seit er denken kann, ein verflucht kompliziertes Wort, das wichtig klingt, aber nichts in einem auslöst, wenn man es ausspricht. Impulskontrolle. Etwas, das ihm nach Ansicht der Psychologen und Ärzte fehlt. Er selber glaubt, dass ihm die Angst fehlt. Angst vor Konsequenzen; es juckt ihn nicht, was hinterher passiert. Aber manchmal ist er sich sicher, dass es umgekehrt ist. Dass er Angst hat. So große Angst, dass er sehr viel mehr auf Leute einschlägt, als es nötig wäre. Er denkt auch über ein Spiegelbild nach. Seit er in Vallby ist, hat er das Gefühl, als müsste er etwas vor sich in den Weg stellen. Eine große, fette Lüge. Um sich dahinter zu verbergen. Einen Spiegel, damit die anderen sehen, was sie zu sehen glauben. Außerdem denkt er viel darüber nach, dass man, wenn man in einen Raum hineingeht, zu diesem Raum werden will. Und dass dieser Mechanismus in eleganten Räumen genauso funktioniert wie im Jugendgefängnis: Wird man nicht zu diesem Raum, bleibt man draußen stehen und schaut nur zu.

Auch nachts stehen seine Gedanken nicht still. In der ersten Woche hat er immer Schwierigkeiten zu schlafen. Er schwitzt und wälzt sich hin und her, das Kopfkissen rutscht auf den Fußboden, und das Laken ist ein nasses Knäuel, und manchmal weiß er nicht, ob er wach ist oder schläft. Am Ende des Korridors schreit jemand, nach einer Weile hört er, dass derjenige zur Toilette will.

So einen Typen gab es auch während seiner ersten kurzen Haftstrafe. Ein Loser, der krakeelt, weil er aus der Zelle gelassen werden will, obwohl jeder weiß, dass das nicht passieren wird. Sie müssen sich mit der Plastiktüte neben dem Bett behelfen. Am Morgen nach dem Aufschluss stopft man sie in den Mülleimer zu den anderen Scheißtüten.

Zum Frühstück gibt es neue Toastbrotberge und Käse, ein paar Leute trinken Kaffee. Piet nimmt sich einen Joghurt. Er hat sich entschieden. Er wird zur Schule gehen, nicht in die Werkstatt oder in seiner Zelle bleiben und nichts tun. Er würde alles tun, um nicht länger über sich selbst nachdenken zu müssen. Er macht sein Bett, lässt die Zellentür hinter sich zufallen und geht an der Nachbarzelle vorbei, aus der Großerbruder, der sich im Bett fläzt, ihm nachruft.

»Piet? Wo zum Teufel willst du hin?«

»Zur Schule.«

»Im Ernst?«

»Ich hab keinen Nerv, rumzugammeln und mir von morgens bis abends die Eier zu schaukeln. Du schaffst das, ich nicht.«

Er geht weiter zur Tür der Abteilung. Nichtstun ist nicht die ganze Wahrheit, obwohl er diejenigen nicht versteht, die tagein, tagaus nur warten. Die Wahrheit ist die Lehrerin. Die davon geredet hat, über den Stacheldraht hinauszuschauen, neue Luft zu atmen. Das Jugendamt hatte ihn schon als Zehnjährigen im Visier. Zuerst Aufsichtspersonen im Rahmen von irgendeinem Kinderschutzgesetz, dann Sozialarbeiter und Vertrauenspersonen, aber keiner von denen hat so wie sie von einer Zukunft geredet, dass er es geglaubt hat.

»Hallo, Piet.«

»Hallo.«

»Du bist also gekommen?«

»Ja.«

Sie steht in der Tür des Klassenzimmers, begrüßt alle und ist vielleicht fünfundzwanzig. Das ist nicht alt. Mehr als zehn Jahre jünger als seine Eltern. Und sie hat Augen, die keine Angst haben. Genauso redet und bewegt sie sich auch. Ihr Tonfall ist nicht angespannt, und der Körper – sie ist nicht ständig auf der Hut.

Im Klassenzimmer sitzen sechs Schüler. So viele dürfen es sein. Die Wärter bleiben draußen vor der Tür, bereit, falls etwas passiert. Mathe, Schwedisch und Englisch. Das sind die Fächer heute Vormittag. Manches beherrscht er, anderes hat er noch nie gehört. Am Ende der dritten Stunde stehen alle auf, um in ihre Zellen zurückzugehen, aber die Lehrerin bittet ihn noch einen Moment zu bleiben, sie will nach dem ersten Tag mit ihm Rücksprache halten. Sie setzt sich in die Bank gegenüber von ihm, und er kann ihrem Blick nicht ausweichen.

»Ist doch gut gelaufen? Oder was denkst du, Piet?«

»Ich denke gar nichts.«

»In den Phasen, in denen du etwas regelmäßiger in der Schule warst, hast du immer gute Noten gehabt.«

»Und woher wissen Sie …«

»Wir haben eine Übergabe gemacht, dein Klassenlehrer aus der Mittelstufe und ich. Du hast zwar einige Fächer schleifen lassen, aber trotzdem den Anschluss nicht verpasst. Ich würde mich freuen, wenn du weiter zum Unterricht kommst.«

Sie redet und redet, und er sieht sie an, und sie ist kein Wärter, keine Jugendamttante und kein Bulle. Sie ist ein Mensch. Ein Mensch, der sich nicht aufspielt, der andere nicht herabsetzt. Nicht so wie die, die sich über andere Menschen stellen, die glauben, sie wären wer, in Wahrheit aber nur kleine Fürze sind. Die Fersengeld geben, wenn er ihnen in der Stadt begegnet, weil sie wissen, dass sie etwas falsch gemacht haben. Sie muss nicht weglaufen. Sie kommt gar nicht auf den Gedanken. Sie ist nicht wie die Lehrer im Erziehungsheim, die diesen Tonfall hatten und immer sagten *Es wäre vielleicht klug, wenn du auch ein bisschen buchstabieren lernen würdest, Hoffmann.*

Als er in seine Abteilung zurückkommt, innerlich leicht und sogar ein bisschen froh, und seine Zellentür öffnet, hocken zwei Gestalten auf seinem Bett. Die Rosengård-Albaner aus den Zellen 7 und 8 gegenüber von seiner, Mehmet und Cyril, die Piet noch nie gesehen hat. Sie sind sich in keinem Erziehungsheim und auch bei keinem Aktionsprogramm begegnet, und Piet fragt sich, was sie verbrochen haben, dass sie in Stockholm gelandet sind. Als er den ersten Schritt in die Zelle hinein macht, springen beide auf und kommen direkt auf ihn zu.

»Kennst du den verfluchten Spacko? Ihr zwei habt euch gestern so rührend umarmt.«

Piet greift nicht an. Weicht aber auch nicht zurück. Er steht mitten in der Zelle, links und rechts einen Typen neben sich.

»Der Typ nebenan, Karlo Leko oder Großerbruder oder wie auch immer er heißt, ist ein Spacko und sorgt dafür, dass uns die Wärter auf die Pelle rücken. Auf die Schuhe pissen! Was sollte die Nummer? Damit sie herkommen und unsere Zellen filzen? Die Leute wollen ihre Drogen ungestört nehmen.«

Der, der redet, Cyril, oder vielleicht ist es auch Mehmet, wedelt mit den Händen vor Piets Gesicht, zischt bei jeder Silbe, und sein Speichel sprüht in alle Richtungen.

»Kommt ihr zwei aus derselben Hood, Hoffmann? Hängt ihr draußen zusammen ab?«

»Ist das eine Frage?«

»Du hängst mit dem Spacko ab? Machst du das? Dann bist du auch ein Spacko. Und Spackos sollten vorsichtig sein.«

Cyril, oder Mehmet, spricht ein aggressives Migranten-Schonisch, und er hat nicht nur zu viele Filme gesehen, er hat zu viele Gefängnisfilme gesehen. Piet sagt nichts mehr. Sie starren sich etwa eine Minute lang an, bis die beiden verschwinden. Sie haben ihre Botschaft überbracht. Und sie wissen, dass der Neue keiner ist, der kuscht.

Piet ist mit dem Ausgang trotzdem ganz zufrieden.

Er hat sich selbst geschworen, nicht mehr den alten Scheiß abzuziehen, sich nicht mehr an diesem Stuss zu beteiligen, der anwächst, sobald er mitmischt, und das war der Test. Jetzt weiß er, dass er es schafft, sinnlosen Konfrontationen aus dem Weg zu gehen, aber immer die erste Person zu Fall bringen wird, die ihn berührt, da verläuft seine rote Linie. Eines Tages wird er in einem Erwachsenengefängnis landen, das ist ihm längst klar, das ist der Lauf der Dinge, und da wird er diese Taktik beibehalten, unnötigen Ärger vermeiden und sein eigenes Ding durchziehen.

Aber Großerbruder. Scheiße, Großerbruder.

Er wird sich nie ändern. Er wird weiterprovozieren, richtig assi, sich mit den Füßen auf dem Tisch im Fernsehzimmer lümmeln, und wenn ein Wärter ihn auffordert *Geh in deine Zelle, Zeit für den Einschluss* antworten *Nee, keinen Bock*, nach der Wasserkaraffe greifen und sie dem Wärter über den Kopf gießen, lauter unnötige Aktionen.

Er wird den Leuten weiter auf die Eier gehen.

Wenn alle anderen schlafen wollen, wird er dünn wie Spaghetti dahocken, *I'm a Rock'n' Roll-Star* grölen, dabei auf der Klampfe schrammeln, dem nächstbesten Wärter seinen ausgespuckten Snus-Beutel auf die Nase pappen, und die ganze Abteilung wird es ausbaden dürfen. Denn die Wärter wissen: Morgen verhängen wir eine Kollektivstrafe. Keiner darf zum Sport, keiner darf Besuch bekommen, und falls ihr euch fragt, wem ihr das zu verdanken habt, fragt ihn, fragt Karlo Leko.

Die Rosengård-Albaner kommen in Piets Zelle zurück, haben draußen auf dem Korridor direkt wieder kehrtgemacht, haben wahrscheinlich vergessen, etwas zu sagen.

»Verfluchte Kameltreiber.«

»Was?«

»So redet der Spacko über uns.«

Piet kapiert. Er glaubt ihnen. Großerbruder hat genau das gesagt, weil er den Ernst nicht schnallt. Er findet das Wort einfach lustig. Kameltreiber. Piet kann hören, wie Großerbruder es sogar Silbe für Silbe betont, damit es noch lustiger klingt.

KA. MEL. TREI. BER.

»Wir werden uns diesen Spacko vornehmen. Er hat sein Maul lange genug aufgerissen. Und du hältst dich raus, Hoffmann, verstanden?«

»Ich halte mich nirgends raus.«

»Er soll chillen. Entweder du sorgst dafür, dass er keinen Ärger mehr macht. Oder wir machen ihn fertig – und du hältst dich raus.«

Sie gehen aus der Zelle. Diesmal drehen sie nicht noch einmal um. Und Piet kann sich denken, was sie getan haben, um hier zu landen. Dass sie aus einem bestimmten Grund in den Zellen gegenüber sitzen; imstande, jemanden für immer zum Schweigen zu bringen, sollte es dazu kommen.

Am Abend wiederholt sich das Spiel.

Großerbruder macht weiter wie bisher, und Mehmet und Cyril kommen wutschäumend zu Piet, der im Gemeinschaftsraum auf dem Fernsehsofa liegt.

»Wir haben dir eine verfluchte Ansage gemacht!«

Noch aggressiver als am Vormittag. Mehr Speichel fliegt durch die Luft, Tropfen wachsen zu Spuckebatzen.

»Die Wärter haben mal wieder unsere Zellen gefilzt, als du

draußen auf dem Hof warst! Aus purer Schikane! Und Besuche sind für alle gestrichen!«

Diesmal hat Großerbruder seinen Bleistifttrick aus dem Erziehungsheim abgezogen. Er drückt eine Bleistiftspitze ins Türschloss, bricht den Bleistift ab und feilt den Holzstummel ab, bis nur die Spitze zurückbleibt und man keinen Schlüssel mehr ins Schloss bekommt. Diesmal sind es die Tür vom Büro und die Tür vom Pausenraum. Die Aufseher stehen da und pfriemeln und fluchen, bis sie aufgeben und einen Schlosser holen. Wenn sie dann sämtliche Bleistifte überprüfen, um den Übeltäter ausfindig zu machen, sind die Stifte von Großerbruder jedes Mal intakt und unversehrt, weil er sie irgendwem geklaut hat. Kleine Pranks, die in dem Moment, wenn er sie durchzieht, lustig sind. Im nächsten Moment aber ist die Sache für ihn vorbei und kostet alle anderen nur Zeit und Nerven.

»Hörst du zu, du Pappnase? Du solltest mit ihm reden – und hast es nicht getan. Jetzt verschwindet er, und du hältst dich raus.«

Dann schlägt Cyril, oder vielleicht ist es auch Mehmet, Piet hart auf die Schulter.

Keine Berührung. *Niemals*.

Und Piet schlägt zurück, eine vorprogrammierte Reaktion, egal, was er sich vorgenommen hatte.

Er versetzt dem, der zugeschlagen hat, einen Kopfstoß – Stirn gegen Stirn, es ist Cyril, er sieht es jetzt –, Cyril stolpert zurück, und stattdessen greift Mehmet an. In diesem Moment kommt Leben in Großerbruder, der auf dem anderen Sofa gelegen und alles beobachtet hat. Ohne zu schnallen, dass das alles wegen ihm passiert. Aber es ist ein Fight, und Fights sind cool, jedenfalls für jemanden, der keine Hemmschwellen hat, er schnappt sich die

Aschenbecher vom Couchtisch und greift damit den erstbesten Gegner an.

Piet hockt auf Cyrils Brustkorb und drückt dessen Arme nach unten, während Großerbruder auf Mehmets Rücken springt, sich festklammert und mit den Aschenbechern auf ihn eindrischt. Großerbruder ist groß, wiegt aber kaum etwas. Mit Großerbruder auf dem Rücken stolpert Mehmet rückwärts und schleudert Großerbruder mit dem Nacken voran gegen die Wand. Großerbruder rutscht wie ein nasser Lappen von seinem Rücken und zu Boden. Piet rammt Cyril seine geballte Faust ins Gesicht, und als er sicher ist, dass der Kerl still liegt, steht er auf, um sich um Mehmet zu kümmern. Jetzt brennen bei ihm die Sicherungen durch. Er stößt den Bastard zu Boden, tritt ihm in die Seite und denkt: *Das ist genau der Grund, warum ich hier sitze, aber diese beiden haben es verdient.*

Ein richtiges Jugendgefängnis-Chaos.

Bis die Wärter anrücken, zu dritt, der Dreckswärter und seine zwei Hundertzehn-Kilo-Gorillas.

»Geht in eure Zellen! *Sofort!*«

Cyril kommt wieder zu Bewusstsein, Mehmet rappelt sich auf, und sie stolpern zu ihren Zellen. Piet steht ebenfalls auf, setzt sich in Bewegung, registriert aber auf halbem Weg, dass Großerbruder nicht hinter ihm herkommt. Als er sich umdreht, sieht er, wie der eine Hundertzehn-Kilo-Gorilla seinen besten Freund auf den Fußboden drückt, der Dreckswärter ihm ein Knie auf die Brust presst und ihm einen Schlag versetzt. Es ist, als hätte er das Recht dazu. All die Snus-Beutel, Wasserkaraffen, Fäkalausdrücke und Bleistifte in Türschlössern.

Als hätte er ein Anrecht auf seinen Hass.

Piet rennt los und schert sich nicht darum, dass der dritte Wärter, der ihm den Weg versperrt, groß und aufgepumpt ist, weil er nicht kämpfen kann, die meisten im Fitnessstudio hochgezüchteten Testosteron-Muskelpakete können es nicht. Aber Piet kann kämpfen. Und zwar richtig. Als er dem Scheißkerl in die Eier tritt, krümmt der sich nach vorn und geht zu Boden, während Piets geballte Fäuste erst seine Nase – es klingt wie splitterndes, knirschendes Glas – und dann sein Kinn treffen.

Doch der zweite Testosteron-Gorilla *kann* kämpfen. Mit all seinen hundertzehn Kilo.

Als Piet ihn erreicht, steht er da, bereit, und er steht, wie man es soll. Pariert Piets Schläge und Tritte. Es ergeht ihm wie Großerbruder, Piet wird auf den Fußboden gedrückt, während der Dreckswärter von einem Brustkorb zum nächsten wechselt, sein Knie mit seinem ganzen Körpergewicht nach unten presst und schlägt und schlägt und schlägt.

»Aufhören!«

Die Lehrerin.

Sie stürzt in die Abteilung und schreit.

»Lassen Sie die Jungen los!«

Es dauert einen Moment. Die Wärter lassen nicht sofort von ihnen ab, erst als die Lehrerin erneut schreit, scheinen sie zu kapieren.

»Die Jungen müssen zur Krankenschwester! Sie sind verletzt!«

Einer darf zur Krankenschwester. Großerbruder. Er blutet am stärksten. Piet kommt in Isolationshaft, die sich direkt auf der anderen Seite seiner Zellenwand befindet, genau da, wo der Korridor der Abteilung endet, wie eine separate Welt. Er war eingesperrt und wird nun noch mehr eingesperrt. Und er weiß, wie es läuft. Befragungen. Der Anstaltsleiter kommt her. Und sie werden ihn drei Tage hier festhalten.

Er hatte beschlossen, sich keinen Ärger mehr einzubrocken. Aber das war kein Ärger.

Sein bester Freund wurde misshandelt.

Nach einer halben Stunde hört er, dass jemand einen Schlüssel ins Schloss steckt. Sein Puls ist immer noch zu hoch, Adrenalin strömt durch seinen Körper, und er scheißt auf den Anstaltsleiter und seine Fragen.

Aber es ist nicht der Anstaltsleiter.

Es ist die Lehrerin.

Sie sieht ihn schweigend an, will sich zu ihm auf die an der Wand befestigte Pritsche setzen.

»Gehen Sie weg.«

Sie bleibt stehen.

»Hauen Sie ab.«

Bleibt so lange stehen, dass er seine Füße schließlich ein kleines Stück zur Seite nimmt; sie passt gerade so neben ihn.

»Worum ging es da vorhin?«

Er antwortet nicht.

»Piet, das bist nicht du.«

»Was wissen Sie darüber? Wie lange kennen wir uns? Einen Tag? Und Sie tun so, als würden Sie mich kennen? Mich *kennen*?«

Sie lacht.

»Das funktioniert bei mir nicht, Piet. Glaubst du, ich habe diesen Arbeitsplatz nicht gewählt? Glaubst du, ich hätte dich – Jungen wie dich – nicht schon gesehen? Glaubst du, ich weiß nicht, wie es ist, in einem Viertel aufzuwachsen, das genauso ist wie das Viertel, in dem du aufgewachsen bist?«

Er will lachen, genau wie sie. Aber es gibt nichts zu lachen.

»Piet, ich verstehe, dass ihr zwei Freunde seid und dass du deinen Freund beschützen willst.«

»Ich brauche keinen Psychotherapeuten. Niemanden, der mich *versteht*. Halten Sie einfach den Mund.«

Sie tut es. Sie hält den Mund. Bleibt sitzen, lange, sagt aber nichts. Schweigt auch, als sie aufsteht. Sie hat die Zellentür erreicht, als doch jemand spricht.

Es ist Piet.

»Was kümmert es Sie?«

»Wie bitte?«

»Warum kümmern Sie Dinge, mit denen Sie nichts zu tun haben?«

Sie hält Tür und Schlüssel in der Hand, schließt aber noch nicht ab.

»Wir kennen uns vielleicht nicht. Aber ich kenne dich trotzdem, Piet. Erinnerst du dich daran, was du gestern Morgen gemacht hast?«

Er sieht sie an, kapiert nicht, wovon sie spricht.

»Ich bin zu spät zum Unterricht gekommen, und du hast die zufallende Klassenzimmertür aufgefangen und sie für mich aufgehalten, damit ich hineingehen konnte.«

»Und?«

»Du hast mir die Tür aufgehalten.«

»Und?«

Sie lächelt.

»Mach's gut.«

Sie lächelt und schließt die Zellentür ab, und er bleibt allein zurück.

Die Tür aufgehalten, na und?

Was zum Teufel sollte das heißen?

Er liegt auf der Pritsche und blutet immer noch leicht aus den Wunden an der Wange und auf der Brust. Aber er schwitzt nicht mehr, der Adrenalinschub verebbt. Eine Rippe ist hin, die, die schon angeknackst war. Vom Nachdenken bekommt er Kopfschmerzen, seine Gesichtshaut spannt, und ein Auge ist zugeschwollen, alles ist verschwommen, es wird eine Weile dauern, bis die Schwellung zurückgeht.

Irgendwann ist es vollkommen still. Er hockt als Einziger in der Iso, sein bester Freund liegt auf der Krankenstation, die anderen sitzen in ihren Zellen, und zu Hause in Alby geht das normale Leben ohne ihn weiter.

Der Abend vor dem vergitterten Fenster ist fast schwarz, der Stacheldrahtzaun schimmert im Licht der Scheinwerfer.

Er liegt auf dem Rücken und starrt an die Zellendecke, auf die Risse, die da oben ziellos herumirren.

Wird das Leben die nächsten drei Jahre so aussehen?

HEUTE

Zweiter Teil

DER EHEMALIGE KRIMINALKOMMISSAR Ewert Grens stand unbeweglich draußen vor dem Polizeipräsidium.
Ein Jahr war vergangen, Tage, die niemand zurückbekam.
Er hatte es versucht, das hatte er wirklich. Doch es war, als ob seine Füße unfähig wären, den Weg hierher zu gehen, als könnten sie sich nicht darüber einig werden, in welcher Reihenfolge sie sich voreinander setzen sollten, damit seine Beine aufhörten zu zittern. Wenn dieses Gebäude ihn nicht mehr haben wollte, wollte er es auch nicht mehr. Wenn Jahrzehnte bedingungsloser Liebe, bedingungslosen Einsatzes, zu allen Tages- und Nachtzeiten, *sein ganzes Leben*, zu Staub und Dreck in einer Ecke des Flurs der Mordkommission zerfallen waren.
Keine Frau. Keine Kinder, keine Enkelkinder. Kaum Freunde.
Er hatte auf alles verzichtet.
Er hatte nie das Verlangen verspürt zu verreisen, nie von etwas anderem geträumt, was er gerne gemacht hätte. Nur hierher war er gegangen. Einzig und allein hierher. Und deswegen hatte ihn niemand bemitleiden müssen, es war seine bewusste Entscheidung gewesen; und aus diesem Grund hatte er sich vor der Zeit außerhalb dieser vier Wände gefürchtet, in der festen Überzeugung, dass sie augenblicklich in sich zusammenfallen und er zu einem Niemand werden würde.
Wie wenig er begriffen hatte.

Wie gut es ihm in dieser anderen Welt unter Menschen ging, jenseits von Mordermittlungen. Ohne die Routinen, die Krücken, die ihn immer aufrecht gehalten hatten. Ohne das weitläufige Viertel auf Kungsholmen, das das Herz des schwedischen Polizeiapparats beherbergte, ohne die Stimmen, die ihn *Kriminalkommissar* nannten.

Ewert.

Das genügte.

Er wusste jetzt, wer er war. Es hatte viele Jahre gedauert, er war einfach sehr viel langsamer als die meisten, aber es kam vor, dass er ein kleines bisschen Stolz empfand, wenn er im Flurspiegel einem groß gewachsenen, in die Jahre gekommenen Mann begegnete, der den Großteil seiner Haare eingebüßt hatte – und ihn erkannte.

Er hatte seine riesige Wohnung im Sveavägen Dutzende Male verlassen, nur um es sich auf halber Strecke anders zu überlegen, sich im Tegnérlunden auf eine knarrende Holzbank zu setzen oder mitten im Wind auf der Barnhusbron stehen zu bleiben und umzukehren, zurück nach Hause. Heute Morgen war er, ohne sich dessen wirklich bewusst zu sein, den ganzen Weg gegangen. Über das Wasser, an Bezirksgericht und Rathaus vorbei und durch den kleinen Park, hinter dem das Präsidium lag.

Plötzlich war er da.

Er hatte sich zuerst dem Eingang auf der Kungsholmsgatan genähert und war mitten im Schritt erstarrt, als er Kriminalinspektorin Mariana Hermansson entdeckte, die ein Stück weiter die Straße entlang aus einem Streifenwagen stieg und auf dieselbe Treppe zusteuerte wie er. Ein nur allzu bekanntes Gesicht. Rasch war er hinter einem geparkten Lieferwagen in Deckung gegangen, hatte gewartet, bis sie im Gebäude verschwunden war, und war dann weiter um den Block herum zum nächsten Eingang in der Polhemsgatan gelaufen. Er war sogar hineingegangen, bis zum Empfang. Doch als die Reihe an ihn kam und der Wachmann ihn aufforderte, seinen Ausweis vorzuzeigen, hatte er nur etwas Unverständliches gemurmelt und war mit roten Flecken auf Hals und Wangen wieder ins Freie gehastet, zu Wind und Abkühlung.

Dann hatte er die letzte Ecke des Polizeiviertels umrundet und war vor der schweren Eisentür in der Bergsgatan stehen geblieben.

Dort stand er noch immer. Und zögerte.

Es wäre so einfach, nach Hause zu gehen, zu einer Tasse tiefschwarzen Kaffees in seiner eigenen Küche. Oder die Rolltreppe zur U-Bahn-Station Rathaus hinunterzufahren. Oder, vielleicht, in einen der Busse zu steigen, die regelmäßig vom Kungsholmstorg abfuhren.

Aber heute musste er den Mut aufbringen, die Tür zu öffnen. Hineinzugehen. Den Blicken zu begegnen.

Ewert Grens würde ein letztes Mal das Gebäude betreten, das seine einzige Sicherheit gewesen war, und durch die vertrauten Flure wandern, Bewegungen hin zu einem Schlusspunkt.

Er hätte seine persönlichen Sachen natürlich schon am Tag seiner Verabschiedung mit nach Hause nehmen können, als man ihn rausgeworfen und aufgefordert hatte, seinen Dienstausweis abzugeben. Er hatte es nicht fertiggebracht. Aus demselben Grund, aus dem er es nicht fertiggebracht hatte, hierher zurückzukommen.

Er ging durch einen Flur nach dem anderen, öffnete mit der temporären Zugangskarte eine Tür nach der anderen. Hoffte, dass ihn niemand sah. Kein Hallo und Wie geht's? und Wie fühlt es sich an? Kein aufgesetztes Lächeln. Es stand keinem von ihnen.

Die letzte Glastür. Er atmete ein, aus, ein, aus und machte erste zaghafte Schritte in den Flur der Mordkommission hinein.

Bis hierher keine Geräusche, keine Stimmen, niemand, der mit Ermittlungsakten in der Hand von einer Besprechung zur nächsten hastete. Der Abstellraum lag zwischen Kaffeeautomat und Kopierer, und von allen offen stehenden Bürotüren auf dem Weg dorthin fürchtete er vor allem die dritte Tür auf der linken Seite – die sein ganzes Erwachsenenleben lang seine Bürotür gewesen war.

Aber er konnte nicht anders.

Er musste stehen bleiben und hineinschauen.

Er fühlte nicht, was er sah. Ein junger Neuzugang, der weder von dem alten Mann, der ihn anstarrte, gehört hatte noch wusste, dass dieses Zimmer das Büro und die Lebensaufgabe ebendieses alten Mannes gewesen war. Er fühlte das, was *nicht* da war.

Alle Erinnerungen, alle Zeichen.

Als er sich vorbeugte und sich mit der Hand sicherheitshalber am Türrahmen festhielt, um nicht zu fallen, begriff er, dass er hier nicht einmal existiert hatte. Dass es so läuft. Wir sind da, und dann sind wir nicht mehr da, und niemand schert sich darum, was vorher war. So wie er selbst nie danach gefragt hatte, wessen Nachfolge er antrat, wessen Stuhl er übernahm, auf wessen Platz er saß.

Vielleicht sollte er es sagen.

Ohne anzuklopfen hineingehen und auf den hellen Streifen auf dem Linoleumfußboden zwischen Türschwelle und Fenster zeigen. Erklären, wie er die Stelle in all den Jahren mit seinem rastlosen Auf-und-Ab abgenutzt hatte, immer in der Erwartung, mit sich selbst zusammenzustoßen. Und dass dieses etwas weniger von der Zeit verblasste Rechteck an der Wand der Platz war, wo vier Jahrzehnte lang sein Cordsofa gestanden hatte. Vielleicht sollte er auch auf die Deckenplatte über dem Schreibtisch zeigen, die ausgetauscht worden war, nachdem die alte von einer Kugel durchbohrt worden war, an dem Abend, als der Kriminalkommissar sich in den Kopf schoss und die Kugel durch sein linkes Auge wieder austrat und ein paar Meter über ihm in der Decke stecken blieb.

Er ging nicht hinein.

Das alles spielte keine Rolle mehr, jeder hatte das Recht, zu seiner Zeit zu existieren.

Und seltsam, jetzt war es wieder da, dieses Herbstlaub, das unablässig um uns herumtanzt, sommers wie winters, das zu Boden segelt und erneut aufwirbelt und sich nicht einfangen lässt, das bald verwelken wird.

Der Abstellraum der Mordkommission war nicht groß. Büromaterial teilte sich den Platz mit überzähligen Stühlen und leeren Leuchtstoffröhrenverpackungen, und ganz hinten – ein braunes Cordsofa mit verschlissenen Streifen neben einem sehr klobigen, sehr betagten Kassettenrekorder. Die einzigen Überbleibsel von vierzig Jahren Polizeiarbeit.

»Ewert?«

Mist.

Er war so weit gekommen.

Zuerst hatte er das Gerümpel, das nicht ihm gehörte und im Weg stand, aus der Abstellkammer geräumt, dann hatte er den Kassettenrekorder zum Fahrstuhl getragen und zuletzt das Sofa ein ganzes Stück den Flur hinuntergezogen.

So nah dran, sich unbemerkt davonzustehlen.

»Ewert?«

Mariana. Seine Tochter, ohne seine Tochter zu sein. Und genau aus diesem Grund hatte er darauf geachtet, dass sie nie wieder Kontakt zueinander haben würden.

Sie rannte förmlich auf ihn zu.

»Und du versuchst, dich klammheimlich rein- und wieder rauszuschleichen!«

Er stellte das Sofa ab, als sie ihn umarmte.

Eine Umarmung. Die fühlbar war.

»Ich wusste, dass du zurückkommst.«

»Ich bin nicht zurück.«

»Ich wusste, dass du das Angebot am Ende annimmst.«

»Das Angebot?«

»Ja.«

»Eine Neuanstellung als pensionierter Mitarbeiter? Auf Stundenbasis wie eine Aushilfskraft? Um alte, ungeklärte Fälle zu lösen, für die den *richtigen* Mitarbeitern die Zeit fehlt?«

»Ja.«

»Mariana – ich habe nichts angenommen.«

Er deutete mit dem Kopf auf das Sofa, das ihn in all den langen Nächten behütet hatte, als ihm der Mut fehlte, zu Hause zu schlafen, als sein Bett ein einsamer und schwarzer Abgrund war, in den er hinabstürzte. Die Polsterung war größtenteils nicht mehr vorhanden, es war extrem unbequem und durchgesessen und glich eher einer Hängematte, spendete aber Ruhe wie kein anderer Ort.

»Ich durfte nicht bleiben, Mariana, durfte mein Büro und meine Arbeit und mein Leben nicht weiterführen, und deshalb bin ich, wie du weißt, nicht mehr hier. Ich hole nur meine persönlichen Sachen ab. Tilge die letzte Spur.«

Sie sahen sich schweigend an.

Genau da, genau in diesem Moment, wollte er sie seinerseits umarmen, eine Umarmung, so fühlbar wie ihre Umarmung eben, und dann in das Büro stürmen, das ihm gehörte, dem Idioten, der auf seinem Stuhl saß, verklickern, dass es Zeit war, die Sachen zu packen und den Schreibtisch zu räumen, eine Kassette mit Musik aus den Sechzigerjahren anstellen, Musik aus einer Zeit, als alles einfach war, und dann die Ermittlungsakte aufschlagen, die ganz oben auf dem Stapel auf seinem Schreibtisch lag.

Aber er verabschiedete sich nicht einmal. Er hob das Sofa wieder an und zog es weiter.

Bis die nächste Stimme rief.

»Ewert!«

Erik Wilson. Der Mann, der den schwierigsten Job der Welt gehabt und seine Sache wirklich gut gemacht hatte: Ewert Grens' Vorgesetzter zu sein. Am Ende hatten sie begonnen, einander zu verstehen, sich fast zu mögen. Wilson hatte sich sogar dafür eingesetzt, dass der alte Kriminalkommissar bleiben durfte, obwohl die Stimmen in der allerhöchsten Chefetage des Polizeipräsidiums lautstark seinen Abgang gefordert hatten. Wilson hatte gekämpft, aber verloren und darum das Angebot einer Teilzeitanstellung wie ein Ass aus dem Ärmel gezogen, das Grens gleichermaßen lautstark ablehnte.

»Wie schön, dich zu sehen.«

Erik Wilson wirkte ehrlich erfreut. Gab ihm freundlich die Hand. Er konnte unmöglich auf den Boden starren und stur das Sofa weiterziehen, ohne vorher ein paar Worte mit ihm zu wechseln.

»Ich mache nur ein bisschen Platz im Abstellraum.«

»Du hast deine Meinung also nicht geändert?«

»Wenn ich im Ganzen nichts tauge, taugen Teile von mir ebenso wenig.«

»Ewert, es ist viel Zeit vergangen, aber ich biete dir die Stelle hier und jetzt noch einmal an.«

»Viel Zeit – aber du kennst die Antwort. Wenn ich nicht dort drüben in *meinem* Büro sitzen und ernsthaft als Kriminalkommissar arbeiten kann, esse ich lieber in sämtlichen Stockholmer Cafés Zimtschnecken in der Größe von Blumentöpfen. Ich werde mich niemals zu einer Bande aufs Abstellgleis geschobener Teilzeitmitarbeiter gesellen.«

Wilson wirkte immer noch genauso freundlich. Aber auch ein wenig erschöpft. Als wollte er sich auf das Sofa legen, das zwischen ihnen stand.

»Du hörst immer noch nicht zu.«

»Ihr haltet mich für verrückt und launisch. Aber mein Gehör ist noch tipptopp in Schuss.«

»Ewert – ja, die Chefetage hat deine Stelle gestrichen. Und – ja, du bist nicht mehr fest angestellt. Kein Vollzeit-Polizist mehr. Aber die Arbeit ziviler Teilzeitkräfte, die Cold Cases aufrollen, für deren Bearbeitung uns sonst die nötigen Ressourcen fehlen, führt manchmal zu fantastischen Ergebnissen.«

Mariana kam zu ihnen herüber und stellte sich neben Wilson. Zwei gegen einen.

»Sei nicht so verdammt stur, Ewert! Du weißt, dass ich weiß, dass es die beste Lösung für dich und jede einzelne lange Nacht der Woche ist, wenn du deinen Stolz hinunterschluckst und Eriks Angebot annimmst.«

»Das ist nicht gut genug. Das ist nicht dasselbe.«

»Dann wärst du am glücklichsten. Stimmt's?«

»Mariana – ich werde nie jemand sein, der dasitzt und vorgibt, mit anderen, die auch rausgeschmissen worden sind, zusammenzuarbeiten.«

Ewert Grens sah von Mariana zu Erik und hob das Sofa wieder an.

»*Niemals.*«

Als er sein durchgesessenes Cordsofa in den Fahrstuhl gewuchtet hatte, in den es mit Ach und Krach hineinpasste, und den grünen Knopf drückte, um nach unten zu fahren, drehte er sich noch einmal um, eine allerletzte Begegnung mit der Vergangenheit.

»Ihr müsst euch keine Sorgen machen, versprochen.«

Er winkte Mariana Hermansson und Erik Wilson sogar ein wenig zu.

»Ich werde mich nicht so sehr langweilen, dass ich mir noch einmal in den Kopf schieße.«

Im Erdgeschoss dauerte es eine Weile, das Sofa über den rauen Plastikboden zum Ausgang zu ziehen, wo er es stehen ließ und versuchte, die Tür so wenig wie möglich zu blockieren. Dann ging er in Richtung Norr Mälarstrand und zu der dort gelegenen Tankstelle, mietete einen Leihwagen mit Anhänger und überredete einen Mitarbeiter mit zwei starken Armen, ihm dabei behilflich zu sein, sein Lieblingsmöbelstück genau vier Jahrzehnte, nachdem es ins Präsidium hineingetragen worden war, wieder hinauszutragen. Er fuhr vom Bürgersteig und sang laut vor sich hin, während er die knapp zwei Kilometer zwischen dem Viertel, das all die Jahre seine Sicherheit gewesen war, und seiner riesigen Wohnung im Sveavägen zurücklegte, die genauso lange Leere und Einsamkeit gewesen war.

Eine Isolation, die sich spät in seinem Leben, eigentlich erst seit dem vergangenen Jahr, in etwas anderes verwandelt hatte. Als er eines Tages plötzlich den Mut aufbrachte, Menschen an sich heranzulassen, sich leicht fühlte, als hätte er trotz desselben massigen Körpers abgenommen.

Harmonie.

Wahrscheinlich war es das, was er empfand.

Ein Gefühl, so tief in ihm begraben, dass er es zunächst gar nicht erkannt hatte. Ein so großes Maß an Harmonie, wie man aus einem permanent rastlosen, wütenden, gejagten, beunruhigten Menschen mit einem schmerzenden Knie und einer schmerzenden Hüfte, einem linken Auge aus Glas und Silikon und einem von einer Kugel zerfetzten Gesicht, das schief und gleichzeitig verdreht aussah, ganz gleich, wie sehr ein plastischer Chirurg es auch flickte und reparierte, herausholen konnte.

Ihm schwindelte fast bei dem Gedanken, dass er eine Patentochter namens Elin und einen fast besten Freund namens Michél hatte und dass die Post der beiden inzwischen durch denselben Briefschlitz segelte wie seine. Fremde Atemzüge und Bewegungen, die nicht gefährlich waren, im Gegenteil. Das Zusammenleben gefiel ihm. Er mochte das Bewusstsein, dass ein Mensch, dem er vertraute, über seinen Fußboden lief und dass zur selben Zeit ein zweiter Mensch in einem seiner vielen Zimmer schlief.

Es war, als hätte der Schuss, der eines späten Abends alles beenden sollte, stattdessen die Welt neu beginnen lassen.

Tiefer konnte man nicht fallen. Nach einer von eigener Hand abgefeuerten Dienstpistole, aufgestützt auf einen Schreibtisch der Mordkommission, ging es nur noch nach oben.

Aufstehen.

Zurück, aber anders, und manchmal ist anders der einzige Weg.

Grens parkte vor der Haustür gegenüber der Stadtbibliothek, ließ Cordsofa und Kassettenrekorder auf dem Anhänger zurück und stieg die sanft geschwungenen Stufen in den obersten Stock hinauf. Bis zu seinem Zuhause, das ihm keine Angst mehr machte. Eine mehrere Hundert Quadratmeter große und dunkle Wohnung, in der inzwischen immerhin drei Räume von Leben erfüllt waren – drei, aus denen nun vier werden würden.

Der Kriminalkommissar blieb etwa in der Mitte seines endlos langen Flurs vor einer geschlossenen Zimmertür stehen und klopfte sieben Mal hintereinander in rascher Folge an. So hatten sie es schon an dem Ort namens Maltesholmsgården gehalten, an dem Seelen geheilt wurden. Monate, in denen ihre Krankenzimmer einander gegenüberlagen und Michél ihn jeden Tag aufs Neue aus der Dunkelheit geholt und die schwarze Angst verjagt hatte, die seine Füße vor dem nächsten Schritt ins Rutschen brachte. Ein trauriger junger Mann, der dem Kriminalkommissar mit Empathie und Einfühlungsvermögen das Leben rettete. Und aus diesem Grund hatte Grens Michél, an dem Morgen, als auch Michél in diese etwas kompliziertere Wirklichkeit entlassen worden war, ohne Freunde und festen Punkt, angeboten, bei ihm einzuziehen und für eine Weile unter seinem Dach zu leben.

Was für sie beide gleichermaßen seltsam wie bahnbrechend gewesen war.

»Komm rein, Ewert.«

Michél lag im Bett, wie er es oft auch im Maltesholmsgården getan hatte, aber nicht aus demselben Grund. Damals, mit einem Inneren, dem die Kraft fehlte, ein Äußeres zu tragen, war er nicht imstande gewesen aufzustehen – heute las er Bücher. Für Universitätskurse. Sein Intellekt war nie das Problem gewesen, vielleicht wäre sogar alles einfacher gewesen, wenn er etwas weniger gedacht hätte. Anfangs war er ein paar Mal mit Pauken und Trompeten durchgefallen, hatte aber einen neuen Versuch unternommen, während Grens ihm Tag für Tag die Kraft zurückgab, die Michél einst ihm gegeben hatte. Und ab und zu kam es vor, dass sie beide, der alte Kriminalkommissar und sein junger Mitbewohner, einander anschauten und wie Kinder zu kichern begannen. Es war wunderbar und etwas ganz und gar Wundersames, zwei Halbverrückte, die gemeinsam das Leben gefunden hatten.

»Ich brauche deine Hilfe, Michél. Zieh deine Schuhe an.«

»Hilfe – wobei?«

»Ein Sofa zu tragen.«

Vom Autoanhänger in den knarrenden und quietschenden

Treppenhausfahrstuhl und hinein in den Endlosflur. Michél war schlaksig, aber sehr viel kräftiger, als er aussah, und Grens musste sich mächtig ins Zeug legen, um mit ihm Schritt zu halten, bis sie das Cordsofa an dessen vorab ausersehenem Platz im Raum gegenüber der Küche abstellten.

»Danke, Michél. Perfekt.«

»Das Sofa soll also ... hier stehen?«

»Genau da.«

Zu drei mit Leben erfüllten Zimmern war nun tatsächlich ein viertes hinzugekommen.

»Und du bist ganz sicher, dass es ... ja, so aussehen soll?«

»Ganz genau so.«

Ewert Grens hatte soeben die letzten Teile des Puzzles zusammengefügt, das eine originalgetreue Nachbildung des Büros darstellte, das in all den Jahren bei der Mordkommission das seine gewesen war. Es gab sicherlich Leute, die einwenden mochten, er habe ein Museum erschaffen, aber für Grens war es absolut lebendig.

In einem Antiquitätengeschäft in der Odengatan hatte er einen identischen Schreibtisch gefunden, bei einer Haushaltsauflösung außerhalb von Norrtälje eine identische rote Schreibtischlampe, einen identischen Schreibtischstuhl sowie einen identischen Safe. Den identischen Spind, in dem jetzt seine alte Uniform neben dem Trainingsanzug mit der Aufschrift »Polizei« hing, hatte er sich aus dem Möbelfundus der Polizeibehörde erbettelt, und die identische Deckenlampe hatte während einer durchwachten Nacht unversehens auf einer Internetseite für gebrauchte Möbel vor ihm gehangen. Sogar die Fenstervorhänge und Topfpflanzen waren die gleichen wie in seinem ehemaligen Büro, und das baugleiche Bücherregal, das danebenstand, hatte einer seiner Nachbarn zum Sperrmüll gestellt. Nur zwei Details hatten noch gefehlt. Gegenstände, die woanders nicht zu finden waren und die mehr als alles andere für vierzig Jahre Polizeidienst standen. Der Kassettenrekorder und die Musikkassetten mit Liedern von Siw Malmkvist, die er selbst zusammengestellt und aufgenommen hatte – und das einstmals braune und mittlerweile komplett verschlissene und durchgesessene Cordsofa, das seine Streifen verloren hatte.

»Ewert? Du und ich ...«

Michél stand mitten im Raum und sah sich in dem um, was nahezu gespenstisch anmutete. Es war, als wäre er in eines der alten Fotos hineinversetzt worden, die ihm der Kriminalkommissar gezeigt hatte.

» ... wir reden doch eigentlich ziemlich viel über das, was in uns vorgeht. So haben wir uns kennengelernt. Als unser Innenleben an die Oberfläche drängte und uns zerstören wollte.«

»Mir liegt sehr viel an unseren Gesprächen, Michél.«

»Wenn das so ist, damit ich es verstehe – du willst also *nicht* an deinen Arbeitsplatz zurück?«

»Niemals.«

»Und ...«

Michél sah sich erneut um. Fast schon verzweifelt.

» ... was ist dann das hier?«

Ewert Grens ging zum Kassettenrekorder, stellte eine der Musikkassetten an, machte einige wenig gelenkige Tanzschritte, noch ein paar mehr, und sank dann auf die viel zu weiche Kante des jüngst hereingetragenen Sofas. Er federte ein paar Mal leicht auf und ab, um dann nach hinten zu rutschen und sich der Länge nach auszustrecken, den Nacken auf der Armlehne, die keinen Bezugsstoff mehr hatte. Eine Bewegung, die seinem Körper so vertraut war, dass sie weder begann noch endete, sondern schlicht andauerte.

»Das hier, Michél? Das hier konnten sie mir nicht nehmen. Sie haben mir meine Stelle, meinen Titel, meine Arbeit genommen. Aber mich, *was mich ausmacht*, werden sie mir niemals nehmen können.«

Sie sahen sich schweigend an, Michél, der vermutlich nicht wirklich verstand, wovon sein Vermieter redete, und Grens, der am heutigen Tag nicht die Geduld für Erklärungen aufbrachte.

Hier zu liegen, sich umzusehen, fühlte sich genauso an, wie er es sich so lange erhofft und vorgestellt hatte.

Sogar die Quadratmeterzahl war identisch. Und das Licht, das genau wie in seinem Büro von Westen hereinfiel. Temperatur, Luftdruck, Geruch. Alles war gleich.

Er rückte ein verrutschtes Polster zurecht.

Machte die Augen zu.

Lauschte der Musik und Siws Stimme, die so vertraut war und in diesem Moment nur für ihn sang.

»Ewert?«

Auf der Türschwelle stand ein junges Mädchen. Elin, seine Patentochter, die in dem, was sein langes Leben ihm zugebilligt hatte, einem eigenen Kind am nächsten kam. Das Mädchen, dessen Vater Ewert Grens' Kollege gewesen und in einer Leichenhalle in die Luft gesprengt worden war und dessen Mutter Grens eigenhändig verhaftet hatte und die eine lebenslange Haftstrafe im Frauengefängnis von Hinseberg verbüßte. Das Mädchen, das, während der Kriminalkommissar herauszufinden versuchte, ob er leben wollte, in einer Pflegefamilie untergebracht gewesen war und das eines Nachmittags, als ihre beiderseitige Trauer und Dickköpfigkeit ein Ende hatte, versuchsweise zu dem Ersatzvater gezogen war, der einmal versprochen hatte, für es zu sorgen. Ein Versuch, der zur Dauer geworden war. Jetzt lebte Elin hier bei ihm, bei ihrem vom Jugendamt offiziell ernannten Vormund. Sie war der zweite von zwei Menschen, der seine dreißig Jahre währende Einsiedelei beendete und ihn dazu zwang, mit anderen Menschen in Einklang zu leben.

»Ja?«

»Dir ist klar, dass das ... creepy ist?«

Sie kam zu ihm herein und blieb, wie vorhin Michél, mitten im Raum stehen.

»Als wäre die Zeit stehengeblieben.«

»Nicht stehengeblieben. Im Gegenteil, als wäre alles noch wie früher – als würde die Zeit weitergehen.«

»Aber *es ist nicht mehr wie früher*. Es wird nie wieder so sein. Für keinen von uns! Okay? Du und ich wissen beide, dass ...«

»Hier drin, Elin.«

»Was?«

»Hier drin ist es so. In diesem Zimmer. Und in mir.«

Sie sah sich noch einmal um. Genau wie er.

»Ewert – dir ist klar, dass das nicht gut ist, oder?«

»Was ist nicht gut?«

Elin beugte sich vor und strich ihm mit der Hand über die Wange.

Das machte sie oft. Es gefiel ihm sehr.

»Dass du dir eine Tür zurück geschaffen hast.«

Elin drehte sich um. Schon anderswo.

»Ich gehe aus. Wird spät werden. Damit du Bescheid weißt.«

»Wohin? Wie spät?«

»Du musst dir keine Sorgen machen.«

»Ich *mache* mir Sorgen.«

»Tschüs, Ewert.«

Sechzehnjährige. Er hatte keine Ahnung, wie sie tickten. Und wie sollte er auch? Er begriff ja nicht einmal, wie er selber tickte. Aber spätestens zu seinem neunzigsten Geburtstag würde er vermutlich ein echter Fang sein – *bis dahin* sollte er alles verstanden haben.

Er schloss wieder die Augen und dachte an Musik, an Stimmen, daran, dass alles in unseren Köpfen bleibt, solange wir wollen, dass es in uns weiterlebt.

Alle altern im selben Moment.

Der Siebenjährige, der seinen ertrunkenen Freund findet und bei seiner ersten Polizeiermittlung aussagt; der Elfjährige, der seinem Vater in die Augen blickt und sagt: »Geh, wenn du willst, verflucht noch mal. Du kannst gehen, wohin du willst. Du bedeutest uns nichts. Weder Mama noch mir.«; der Sechzehnjährige, der die Haustür hinter sich zuzieht und sein Elternhaus zum letzten Mal sieht; der Fünfundzwanzigjährige, der auf die Polizeischule geht und Annis Hand fest in seiner hält; der Zweiunddreißigjährige, der in einem Café sitzt, während seine Frau und seine ungeborene Tochter beerdigt werden; der Vierzigjährige und der Fünfzigjährige und der Sechzigjährige, der zum Fünfundsechzigjährigen wird, der sich eines späten Abends eine Kugel in den Kopf schießt – und nun dieser Mann, der auf seinem Cordsofa liegt, der äußerlich wie innerlich fast geheilt ist und der, obwohl man ihm seine Arbeit genommen hat, *die er für sein Leben gehalten hat, für alles*, den Mut aufgebracht hat, auf andere Menschen zuzugehen und sogar imstande ist, sich in seinen eigenen vier Wänden rundum wohlzufühlen.

Das Präsidium konnte sich seine Kommissarposten sonst wohin stecken.

Sie hatten ihren besten Ermittler verloren.

Er lag hier und fühlte sich genauso wie früher und doch ganz anders. Er stand nicht in einem Museum still, er entwickelte sich weiter und nahm dabei alles Gute mit.

Ungefähr in diesem Moment, als sich das Knistern der betagten Lautsprecherboxen und die vertraute Melodie dem Refrain näherte, den er so gerne mitsang, als er in seinem eigenen Büro ausgestreckt auf seinem Sofa lag und diese echte Freude fühlte, die den Bauch ausfüllt, klingelte sein Telefon und veränderte nicht nur den Tag, sondern das Leben. Doch das wusste er noch nicht, als er in Richtung des Klingelns und Brummens ging, das irgendwoher aus dem Flur kam, aus dem Jackett, das dort hing, aus einer der Innentaschen, deren Nähte leicht ausfransten.

Grens war sich ziemlich sicher, dass er die Nummer kannte.

Eine Leitung für Insassen des Hochsicherheitsgefängnisses Aspsås.

»Ewert?«

Ja. Er war es. Piet.

»Ja?«

»Du musst herkommen. Heute.«

Piet Hoffmann. Einst Schwedens meistgesuchter Verbrecher, und Ewert Grens hatte die Jagd auf ihn geleitet, einem Scharfschützen sogar den Befehl gegeben, das Feuer zu eröffnen, um ihn zu töten. So hatten sie sich einmal gegenübergestanden, und dann noch einmal, auf unterschiedlichen Seiten, die eines Tages zur selben Seite geworden waren, und ganz allmählich hatte sich zwischen dem Schwerverbrecher und dem Kommissar bei der Mordkommission eine Freundschaft entwickelt. Heute nannten Hoffmanns Kinder ihn Ersatzopa, und als Piet und seine Familie einen Ewert Grens mit offenen Armen bei sich aufnahmen, der vom Fußboden seiner vollkommen zertrümmerten Wohnung aufgelesen worden war, hatten auch sie ihm buchstäblich das Leben gerettet.

»Hörst du mich, Ewert?«

»Heute?«

»Heute.«

»Und wie soll das gehen? Ich komme jederzeit und gerne, das weißt du, aber ich habe mein Besuchskontingent für diesen Monat schon verbraucht.«

Piet, sein Freund, saß hinter Gittern. Abgeschnitten von seiner Frau, seinen Kindern, seiner kompletten Welt.

Wenn sich Ewert Grens zuvor zu Dank verpflichtet gefühlt hatte, weil er, nachdem er in Rasmus' Zimmer gewohnt und in Rasmus' Bett geschlafen hatte, den Hoffmanns gegenüber in einer Schuld stand, die er niemals begleichen konnte, dann war seine Schuld in dem Moment, als Piet im Zuge eines von Grens veranlassten Undercoverjobs verhaftet und wegen schwerer Drogendelikte zu zehn Jahren Gefängnis verurteilt worden war, ins Unermessliche gestiegen.

»Nächsten Monat, Piet, habe ich laut Strafvollzugsbehörde das Recht, dich wieder zu besuchen.«

»Dann ... musst du nicht mehr kommen.«

»Was?«

»Dann bin ich schon tot. Dann sind wir alle tot.«

Im vergangenen Jahr hatte Grens alle Mittel und Wege ausgeschöpft, die er hatte auftun können, ohne auch nur einen Schritt näher an neue Beweise oder Umstände zu kommen, die einen Berufungsantrag von Piet vor dem Obersten Gerichtshof gerechtfertigt hätten. Das bestehende Urteil war rechtskräftig. Ganz gleich, warum und für wen – Piet *hatte* große Mengen 96-prozentiges Kokain über die schwedische Grenze geschmuggelt, er *hatte* das Kokain in Umlauf gebracht und verkauft, und er *konnte* durch Überwachungsbilder, Zeugenaussagen und abgehörte Telefongespräche mit der Straftat in Verbindung gebracht werden.

»Tot? Wovon redest du?«

»Jemand droht.«

»Aber ... Die Polizei! Du musst Anzeige erstatten!«

»Ewert, ist das dein Ernst?«

»*Du musst Anzeige erstatten*, Piet! Du musst ...«

»Bullen, die herkommen, weil ich Leute anschwärze? Dann bin ich noch schneller weg vom Fenster. Aber wenn *du* herkommst, Ewert, und mich zu einer offiziellen Vernehmung in die Besucherzelle rufst, unter welchem Vorwand auch immer, weckt es keinen Verdacht.«

»Vernehmung?«

»Ja?«

»Du erinnerst dich vielleicht an das kleine Detail, dass ich kein Polizist mehr bin?«

»Hermansson. Wilson. Sie müssen das für dich deichseln.«

»Vergiss es.«

»Ewert?«

»Ich habe den beiden klipp und klar erklärt, dass *ich nie wieder einen Fuß ins Präsidium setze*. Und das habe ich erst heute Vormittag wiederholt. Ich kann nicht ein paar Stunden später vorbeischauen und sagen: ›Ach, ich habe meine Meinung doch geändert. Ihr hattet natürlich vollkommen recht, als ich und meine vierzig Jahre Berufserfahrung nicht mehr gut genug für euch waren. Und übrigens, wo wir gerade so nett plaudern, könntet ihr mir vielleicht einen Gefallen tun?‹ Piet, tut mir leid, aber das mache ich nicht. Sosehr ich auch in deiner Schuld stehe.«

»Wenn das so ist: Ordne die Vernehmung selbst an.«

»Ich bin *kein* Polizist mehr.«

»Vor Kurzem warst du es noch, und Polizisten öffnen andauernd diese Tore, gehen hier ein und aus und verhören Leute. Hast du deinen Dienstausweis noch?«

Der ehemalige Kriminalkommissar stand schweigend in seinem Endlosflur.

Lange genug, damit es unangenehm wurde.

»Ewert?«
»Man hat mich aufgefordert, ihn abzugeben.«
»Das habe ich nicht gefragt. Hast du ihn noch?«
»Zuerst haben sie mich mündlich aufgefordert. Dann schriftlich.«
»*Aber du hast ihn noch?*«
»Ja.«
»Na also.«

EWERT GRENS KONNTE sich nicht daran erinnern, wann er zuletzt mit einer gewissen Regelmäßigkeit mit dem Zug gefahren war. Vielleicht bei Ermittlungen um die Jahrtausendwende, bei denen sich kriminelle Netzwerke bis nach San Marino und Moldawien erstreckt hatten, oder vielleicht war es sogar noch länger her, während der wundervollen Reisen mit Anni nach Paris, die mit einer Hochzeit in der schwedischen Botschaft geendet hatten, einer Sieben-Minuten-Zeremonie mit zwei Hausmeistern als Trauzeugen, und einer Pension im Loiretal, dem schönsten Ort, den sie je gesehen hatten. Jahrzehnte ohne Zugfahrten, bis zu diesem Anlass: einmal im Monat fuhr er 280 Kilometer hin und zurück vom Stockholmer Hauptbahnhof zu einem Besuch im Aspsås-Hochsicherheitsgefängnis.

Vieles hatte sich verändert. Harte und unbequeme Sitze waren zu weichen und ergonomischen Sitzen geworden, die weißen Tischdecken des Speisewagens zu Filterkaffee und Bordbistro, das vertraute Stampfen und Rattern der Räder war so gut wie nicht mehr zu hören, und die Leute lasen auf ihren Handys statt in Zeitschriften und Büchern. Aber das Auffälligste war das Styropor-Lächeln. Als ob die Augen und Lippen seiner Mitreisenden mit einem stumpfen Messer aus diesem weißen und unangenehm quietschenden Kunststoffmaterial herausgeschnitten worden wären; tote Seelen, die zu sagen schienen: Was zum Teufel glotzt du so, du alter Sack. Manchmal saßen sogar zwei mit dem gleichen gefrorenen Lächeln da, die Gesichter einander zugewandt. Vermutlich erkannten sie sich, erkannten sich selbst. Es war ihm früher nie aufgefallen, er ging grundsätzlich zu Fuß oder nahm das Auto. Aber nach einigen Bahnreisen, umgeben von diesem Styropor-Lächeln, hatte er auch die Stockholmer Linienbusse, die U-Bahn und den Pendlerzug getestet und festgestellt, dass es dort genauso war. Die Menschen hatten keinen Blickkontakt mehr zueinander. Die Menschen verbargen etwas. Die Begegnung zweier Augenpaare erschien verdächtig, und der seltene Moment, wenn ein Unbekannter seinen Blick auffing, machte ihn für den Rest des Tages glücklich. Mit ihrem Mund konnten die Leute tun und lassen, was sie wollten, daraus kamen bloß bedeutungslose Phrasen, aber die Augen sagten alles, zeigten das Innere eines Menschen.

Der Fußweg vom Bahnhof zum Aspsås-Gefängnis, Schwedens größter und härtester Haftanstalt, dauerte in Ewert-Grens-Tempo genau achtzehn Minuten. Schon von Weitem war der graue Klotz hinter den hohen Gefängnismauern zu sehen, eine eigene in der Welt verborgene Welt mit tausend Bewohnern, die eine Hälfte Angestellte, die andere Hälfte Insassen, darunter Piet Hoffmann. Bei der Voranmeldung hatte Grens angegeben, dass er als Kommissar bei der Stockholmer Mordkommission arbeite und im Rahmen einer laufenden Ermittlung eine umfassende Vernehmung durchführen müsse; und als er nun seinen Dienstausweis durch die Luke in der Panzerglasscheibe schob und seinen Namen in das Besucherbuch eintrug, hoffte er inständig, dass der Wachmann nicht den dringenden Wunsch verspürte, die Angaben des in die Jahre gekommenen Mannes vor ihm auf Herz und Nieren zu überprüfen – weil er ihn von früheren Besuchen als Privatperson wiedererkannte und nun nachforschte, wie es um die Gültigkeit seines Dienstausweises stand.

Hinter dem Wachraum, hinter den mit Überwachungskameras verbundenen Bildschirmen, stand ein Getränkeautomat, und Grens zog zwei Becher mit dampfendem schwarzem Kaffee. Der Raum, in dem er anschließend wartete, sofern man ihn überhaupt als solchen bezeichnen konnte, war genauso kalt und klaustrophobisch wie alle anderen Vernehmungsräume in den Gefängnissen des Landes. Als hätte der Architekt jedes einzelne Mal seine Entwürfe vorgelegt und die Gewerke den Bau schon zur Hälfte fertiggestellt, bis irgendwem auffiel, dass ebendieser Raum fehlte, und ein Kleiderschrank in aller Eile seine Regalbretter und Kleiderbügel einbüßte.

Piet Hoffmann erschien in Begleitung von zwei Justizvollzugsbeamten, und Grens erklärte, dass weder Notalarm noch Handschellen nötig seien und sie die Tür von außen abschließen könnten. Hoffmann und Grens zogen sich jeder einen Stuhl heran, Grens öffnete seine abgewetzte Lederaktentasche und platzierte ein Aufnahmegerät, einen Block und einen Stift auf dem Tisch zwischen ihnen.

»Für den Fall, dass jemand reinschaut.«

Er deutete mit dem Kopf auf die Requisiten.

»Es muss zumindest wie eine echte Vernehmung aussehen.«

Grens schaltete das Gerät sogar an und richtete die winzigen Mikrofone korrekt aus.

»Kaffee?«

»Danke.«

Sie tranken ihre Becher zur Hälfte aus.

Sahen sich an.

Ein paar Minuten, und der Sauerstoff innerhalb der engen Wände hatte sich bereits halbiert.

»In all den Jahren habt ihr, die Polizeibehörde, mich um Hilfe gebeten und sie bekommen.«

Grens wartete, er hatte nicht um dieses Treffen gebeten.

»Ich, ein einzelner, lausiger Krimineller, habe jeden Tag mein Leben riskiert, um die Organisationen zu infiltrieren, hochzunehmen und auszulöschen, an die eure speziell ausgebildeten und hochbezahlten Elite-Kräfte nicht herangekommen sind.«

In der oberen rechten Ecke des Vernehmungsraums saß ein winzig kleines Fenster, und als die Sonne ihnen für einen kurzen Moment einen Besuch abstattete, verschwand Piets ohnehin schon blasses Gesicht im Schatten und verlor seine Konturen.

»Ein einziges Mal haben wir die Rollen getauscht, und ihr habt mir geholfen. Du hast mir geholfen, Ewert. Ein einziges Mal – ihr schuldet mir eine Menge.«

Sie erinnerten sich beide daran, wie Piet Hoffmann auf der Flucht in Ewert Grens' Wohnung eingebrochen war, um Schutz zu suchen, und der Kriminalkommissar ihn irrtümlich für einen Einbrecher hielt und ihn um ein Haar erschossen hätte. Wie sie sich darauf geeinigt hatten, jeder in seiner Welt verdeckt füreinander zu ermitteln. Hoffmann hatte in Grens' Auftrag einen Mörder aus den Kreisen der Waffenmafia gejagt, und Grens hatte seine eigenen Kollegen bespitzelt.

»Und jetzt ...«

»Ja?«

»Jetzt ist jemand der Ansicht, dass Luiza, Rasmus, Hugo und Zofia für das sterben sollen, was einmal mein Leben gewesen ist.«

Der enge Raum hatte nicht nur zusammenrückende Wände, er hatte auch eine Zimmerdecke und einen Fußboden, die sich aufeinander zubewegten, und als Ewert Grens seinen Stuhl zurückstieß und aufstand, prallte seine Stimme gegen den Beton.

»Was zum Teufel ...«

Worte, die sie umschlossen.
»… sagst du da?«
»Genau das, was du zu hören glaubst.«
»Luiza? Rasmus? Hugo?«
»Ja. Bei mir haben sie es schon zweimal versucht.«

Grens sank zurück auf den Stuhl und starrte, ohne zu blinzeln, auf das rote Lämpchen des Aufnahmegeräts, das zunehmend verschwamm und daran erinnerte, dass ihr Gespräch aufgezeichnet wurde.

»Wer?«
»Das spielt keine Rolle.«
»*Wer greift dich an? Wer bedroht dich, Piet?*«
»Jemand, an den du nicht rankommst. Der erste Angriff wurde vom Gefängnispfarrer bezeugt, er hat die Sicherheitskräfte gerufen. Ich kam ins Krankenhaus. Der Angriff fand vor Zeugen statt. Eine Untersuchung war unumgänglich. Aber keiner hat geredet. Keiner hat etwas gesehen oder gehört.«

»Du hast es gesehen, Piet.«
»Hätte ich den Mund aufgemacht, wären die Drohungen bereits wahr gemacht worden.«

»Wie lange sitzt du jetzt hier – ein Jahr? Verhältst dich so unauffällig, wie es überhaupt möglich ist. Sitzt die Tage ab. Und plötzlich …«

»Hör zu, Ewert. Das ist jemand, an den du nicht rankommst. Aber ich brauche deine Hilfe.«

Die Wände, die Zellendecke, der Fußboden, die verschlossene Stahltür.

»Alles, Piet.«

Hoffmanns großartige Kinder, die ihn zu einem zusätzlichen Familienmitglied und zum Ersatzopa gemacht hatten.

»Du weißt, dass ich alles tue!«

Ewert Grens hatte sich selten so eingesperrt gefühlt.

»Gut. Weil ich möchte, dass du deine Entscheidung noch einmal überdenkst und Wilsons Angebot, als ziviler Teilzeitermittler zu arbeiten, annimmst.«

»Alles, Piet – nur das nicht.«

»Meine Zeit läuft ab.«

»Wie lange?«

»Neunzehn Tage.«

Piet beugte sich vor und schaltete das Aufnahmegerät aus, Scheinverhör hin oder her, was er zu sagen hatte, blieb in diesen vier Wänden.

»Eine Flucht.«

»Wie bitte?«

»Vor siebenundzwanzig Jahren. Aus einer Einrichtung des geschlossenen Jugendvollzugs für Straftäter zwischen fünfzehn und neunzehn Jahren. Ich brauche jemanden, der die alten Ermittlungsakten ausfindig macht und das Recht hat, sich ungehindert in Polizeifluren zu bewegen.«

»Wilson. Er kann dir helfen. Er war zehn Jahre lang dein Kontaktmann. Du kennst ihn genauso gut wie mich.«

»Die Polizei, die *richtige* Polizei – nichts für ungut, Ewert –, darf nichts davon erfahren. Dann sterben meine Kinder, *sofort*.«

Ewert Grens atmete ein, aus, ein, aus.

Begegnete Piets Blick. Es stimmte. Genau so war es.

Die Spielregeln der anderen Welt.

»Vor siebenundzwanzig Jahren sagst du?«

»Ja.«

»Kurz bevor der Jugendstrafvollzug in geschlossene Jugendhilfe umbenannt wurde?«

»Ja.«

»Ungefähr als du selbst etwa … fünfzehn warst?«

»Ja.«

Da verstand Grens. Nicht was und warum, aber wie.

Wie eine *aktuelle* Morddrohung gegen Piet und seine Familie mit Piets *damaligem* Leben zusammenhängen konnte.

»Eine Flucht, die mit einem Gerichtsurteil geahndet wurde?«

»Nein.«

»Einer Anklage?«

»Nein. Das Ganze wanderte zu den Akten, als deine Kollegen aufgehört haben, Fragen zu einer ›Abgängigkeit‹ zu stellen.«

»Wenn keine Anklage erhoben wurde, ist der Vorgang auch nicht öffentlich gemacht worden.«

»Du fängst an zu verstehen, Ewert. Das Ganze wurde nicht öffentlich gemacht, aber es gab eine Akte. Und vielleicht gibt es sie *noch*. Und ein ehemaliger Kommissar, angestellt, um in alten Fällen zu graben, kann danach suchen und darin blättern, ohne dass jemand misstrauisch wird.«

Sie sahen sich wieder an. Das Aufnahmegerät blieb ausgeschaltet, die weißen Seiten des Blocks unbeschrieben.

Diesmal war es Grens, der das Schweigen brach.

»Hast du verstanden, was ich eben gesagt habe, Piet? Ich tue alles, was du willst, um deine Familie zu beschützen. Alles, um dich zu beschützen. Ganz egal, welche persönlichen Konsequenzen es für mich hat.«

Grens stand wieder auf, diesmal, um seine Aktentasche zu packen, drückte dann den roten Knopf links von der Sicherheitstür, als Zeichen, dass er rausgelassen werden wollte, und drehte sich noch einmal um.

»*Aber ich setze nie wieder einen Fuß ins Präsidium.*«

ES WAR SPÄTER Nachmittag, als der Zug aus Aspsås in den Stockholmer Hauptbahnhof einfuhr. Frühlingshaft hell und immer noch angenehm warm war es, und auf dem Weg zur Taxischlange vor dem Haupteingang zog Ewert Grens sein Jackett aus und krempelte die Hemdsärmel hoch. Er wies den in einer Tour quasselnden Taxifahrer an, nach Süden in Richtung Slussen und Gullmarsplan zu fahren, auf Höhe des Waldfriedhofs von der Autobahn abzubiegen und sich durch das wie Mikadostäbe aufgefächerte Straßengewirr des Stockholmer Stadtteils Enskede zu schlängeln. Das rostige Tor im weißen Gartenzaun der Familie Hoffmann glitt mit einem quietschendem Jammerlaut auf; und nach einem ersten Schritt auf dem Gehweg in Richtung Haustür war der Überraschungsgast vom Aussichtsplatz am Küchenfenster auch schon entdeckt.

»Wir wussten nicht, dass du heute kommst, Ewert!«

Rasmus war schneller als seine kleine Schwester und begrüßte ihn mit ausgestreckten Armen und einer überschwänglichen Umarmung auf der Fußmatte, während Luiza ihren Bruder auf Höhe der Flurgarderobe einholte und Grens mit Anlauf und einem unerwarteten Vierjahres-Tempo in die Arme sprang, dass er nach hinten taumelte.

»Ich wusste es auch nicht.«

»Aber du kommst genau richtig. Wir essen gleich. Pfannkuchen – selbst gebacken. Jedenfalls fast.«

»Rasmus, das klingt ... Ist deine Mutter zu Hause?«

Ewert Grens wand sich unbehaglich hin und her, während er abwartend im Flur stehen blieb.

Abwartete, ob er willkommen war.

Er war es nicht.

»Was machst du hier?«

Zofia, die er so sehr mochte. Die ihn vor einem Jahr wie Luiza und Rasmus umarmt und ihm das Gefühl gegeben hatte, das sechste Familienmitglied zu sein, ein Ersatzopa.

Jetzt sah sie ihn von der Küchentür aus an, ohne die geringste Absicht, ihn hereinzubitten.

Das schöne Gesicht war nicht wiederzuerkennen.

Die Augen stechend, die Lippen angespannt.

»Du weißt ganz genau, dass du hier nicht erwünscht bist. Wenn du die Kinder treffen willst, stelle ich mich nicht quer. Wenn sie dich weiter sehen wollen, dann soll es so sein, *aber niemals hier*. Du bestellst ein Taxi und triffst sie in der Stadt. Das weißt du, Ewert, also geh jetzt wieder.«

Sie wartete seine Antwort nicht ab. Sie ging zurück in die Küche und schien unter fließendem Wasser Geschirr zu spülen.

»Zofia, ich ...«

Diesmal waren sowohl ihr Hals als auch ihre Wangen feuerrot, als sie in den Flur stürmte.

»Was verstehst du daran nicht? Einen rechten Haken. Den sollte ich dir verpassen. Aber im Unterschied zu Piet mache ich mich nicht strafbar. Piet ist süchtig nach Kriminalität, und *das wusstest du*, Ewert. Er hatte den Absprung geschafft, wir waren endlich als Familie im Einklang. Wollten dasselbe. Er hat sich zusammengerissen, meinte es ernst – war clean. Aber *du* ...«

Zofia trat einen Schritt auf ihn zu. Als wollte sie ihm doch den Schlag verpassen, der ihr gutes Recht wäre.

» ... du hast ihm die Droge serviert, Ewert! Wieder! Du hast ihn dazu überredet, sich wieder strafbar zu machen, um dir zu helfen, der Polizei zu helfen! Du hättest ihm ebenso gut eine Spritze in den Arm stechen können! Du hast ihn zurück in die Sucht getrieben, du hast ihn sogar dazu gebracht, der verdeckten Ermittlung ohne die übliche Zusicherung von Straffreiheit zuzustimmen! *Du, Ewert, und nur du* hast ihn ausgenutzt und manipuliert, weil du wusstest, wer er war, wie sehr er gekämpft hat. Weil ganz egal, wie sehr er auch versucht hat, ein normales und ehrliches Leben mit einer eigenen Sicherheitsfirma zu führen, Überwachungskameras und Alarmanlagen zu installieren, es war nie genug. Und das hast du ausgenutzt!«

Noch ein Schritt. Sie standen jetzt dicht voreinander. Zofias Gesichtsausdruck war gequält, ihre Wut so viel größer, als er aus der Entfernung wahrgenommen hatte.

»Geh, Ewert.«

Er sollte gehen.

Er konnte nicht gehen.

»Das werde ich. Aber zuerst musst du mir zuhören.«

»*Du* hörst *mir* zu! Du hast unsere Familie auf Eis gelegt, hast alles kaputt gemacht und mich dazu gezwungen, das Ultimatum wahr zu machen, das ich Piet vor vielen Jahren gestellt habe. Er weiß es noch nicht, aber ... Uns wird es nicht wieder geben. Nicht so wie früher. Und *du*, Ewert, bist schuld daran. *Du* ...«

»Mama?«

Zofia zuckte zusammen, beinahe beschämt, sie hatte vergessen, dass Rasmus noch im Flur stand.

»Entschuldige, Großer. Ich werde ... nicht mehr so laut reden.«

»Lass Ewert reinkommen, Mama.«
»Rasmus, es geht nicht um …«
»Nur heute. Pfannkuchen. Und eine Runde Karten. Und wenn wir ins Bett gehen. Wie früher.«
Zofia sah ihren jüngsten Sohn an.
Entdeckte Hugo und Luiza im Wohnzimmer.
Zuletzt sah sie Ewert an.
»In Ordnung.«
Sie nickte in Richtung Küche.
»Heute Abend. Aber nur dieses eine Mal. Okay?«
»Okay. Und du hast recht, Zofia. Mit allem. Es ist ganz allein meine Schuld. Es vergeht kein Tag, keine Stunde, ohne dass ich daran denke.«

Dann taten sie wohl alle ihr Bestes. Doch es fühlte sich nicht so an wie früher, wenn er die Hoffmanns besucht hatte. Obwohl es chaotisch zuging, laut, quirlig und verwirrend; all das, was insgesamt so wundervoll war bei den Menschen, die ihm beigebracht hatten, dass Herzen und Seelen zusammengehören können, auch wenn es so aussieht, als kämen sie sich ins Gehege. Obwohl sie um den Tisch in der geräumigen Küche der Familie Hoffmann saßen, mit einer Tonne Erdbeermarmelade auf einem Berg *gewaffelter* Pfannkuchen, die Rasmus und Luiza fast selbst gebacken hatten, obwohl Grens und die drei Kinder Cheat mit sieben Geheimkarten pro Stapel spielten und jedes der drei Kinder es schaffte, den ehemaligen Kriminalkommissar nach Strich und Faden übers Ohr zu hauen, und trotz Unmengen an Eis mit Karamellsoße vor einem Zeichentrickfilm, in dem Figuren mit blauen Hüten herumliefen und stolperten und laut über Dinge lachten, die Grens nicht wirklich verstand.

Weil es vertraut war. Und alles andere als das.

Sie sprachen nicht über den leeren Stuhl.

Vielleicht, weil dieselben Fragen, wie lange Papa noch eingesperrt in einer Gefängniszelle sitzen musste, zu denselben Antworten und zu neuen Fragen führen würden. Vielleicht wollten sie einfach nur unter der dunklen Wolke hervortreten, die über ihnen schwebte, egal wie sehr sie sich bemühten, so zu tun, als gäbe es sie nicht, die Schuld des Besuchers, weil alles anders und kaputt war.

Doch am Ende, wenn auch nur kurz, war es ein kleines bisschen wie in einem anderen Leben.

Denn als es Zeit fürs Zähneputzen und Zubettgehen wurde, zog Hugo das Ganze wie üblich in die Länge, öffnete eine neue Zahnpastatube, suchte nach einem Buch, das nicht zu finden war, schuf sich einen eigenen Moment mit dem dreiundfünfzig Jahre älteren Mann, den er als seinen engsten Freund ansah. Unerwartete und doch erwartete Freundschaft, zwei Menschen, die andere Menschen nicht verstanden und deshalb einander verstanden. Hugo nahm sich all der Ernsthaftigkeit an, die Rasmus und Luiza an ihn weiterreichten. Die beiden ungleichen Freunde redeten, lachten und diskutierten ohne Unterbrechung, so lange, wie Hugo brauchte, um den Tag loszulassen, die großen Fragen des Lebens, von denen Grens sich wünschte, dass vierzehnjährige Jungen sich nicht mit ihnen beschäftigen müssten, und einzuschlafen. Diesmal saßen sie hauptsächlich beieinander, beruhigt durch die Gesellschaft des anderen, ohne ein Wort zu sagen. Es war nicht nötig. Wenn Ewert Grens abends bei ihnen auftauchte, obwohl er nicht willkommen war, wusste Hugo, dass etwas passiert sein musste. Etwas, das mit ihrem abwesenden Vater zu tun hatte. Etwas, das nicht gut war und das früher oder später hierherkommen würde, zu ihnen nach Hause, und er brauchte auch gar nicht erst zu bitten und betteln, denn Ewert würde sich über dieses Thema ausschweigen.

Zuletzt schliefen drei Kinder in ihren Betten, schnarchten sanft und träumten und wälzten sich hin und her, und als Grens leise die Treppe ins Erdgeschoss hinunterging, tat er es als Betrüger – so fühlte es sich jedenfalls an. Er lief hier herum wie der Mann im Haus und flüsterte *Schlaf gut* anstelle des Menschen, dem dies eigentlich zustand.

In der Küche goss Zofia für sich ein Glas Wein und für den ehemaligen Kriminalkommissar eine Tasse Kaffee ein, und während sie tranken, starrten sie jeder in ihr Getränk. Zofia, die wie Hugo verstanden hatte, dass etwas ganz und gar nicht stimmte, als der ungebetene Abendgast zu ihnen gekommen war, und Grens, der versuchte, Worte zu finden, die nicht ängstigten, obwohl die Botschaft es tat.

»Ich … habe heute Piet getroffen.«

Zofia gehörte zu den wenigen Menschen, die immer ein bisschen über sich hinauswuchsen.

Die den Mut hatten, nicht von Anfang an alles von sich preiszugeben, die über genug Selbstsicherheit verfügten, keine Hülle zu sein. Natürlich war sie das, was jeder sah – schön, Augen und ein Mund, die sich niemals in Styropor verwandeln würden, egal wie zornig sie war. Aber wenn sie jemanden an sich heranließ, begegnete einem zuerst Weisheit, sie war wirklich und wahrhaftig weise, und dann Stärke – sie blieb der konsequenteste, beharrlichste, zielstrebigste und daher zuverlässigste Mensch, den Ewert Grens kannte.

»Und danach, Zofia, im Zug auf dem Heimweg vom Aspsås-Gefängnis, dachte ich, es wäre vielleicht gut, wenn ihr alle für eine Weile zu mir zieht. Nur für ein paar Wochen. Höchstens für einen Monat. Drei Schlafzimmer sind inzwischen belegt, aber wie du dich erinnerst, ist meine Wohnung ziemlich groß, ihr könnt euch ausbreiten, so viel ihr möchtet.«

Stark. Klug. Schön. Aber genau dort, genau in diesem Moment, mit dem Weinglas auf dem Küchentisch und der abendlichen Dunkelheit draußen vor dem Fenster, sah sie mit einem Mal müde aus.

Als wollte sie aufgeben.

Als überstiegen Piets Lügen und sein Doppelleben und die Gerichtsverfahren und ein Haus, das eines Morgens durch eine Bombenexplosion zerstört worden war, und all die Jahre auf der Flucht und neue Safe Houses und neue Drohungen und neue Fluchten an andere Orte am Ende auch ihre Kräfte.

»Nein, Ewert.«

Als fehlte ihr die Kraft, sich weiter zu verstecken.

»Danke für das Angebot, aber wir bleiben hier.«

»Du weißt nicht einmal, warum. Worum es geht.«

»Muss ich das? Eine Drohung – oder?«

»Ja.«

»Eine Morddrohung?«

»Ja.«

»Die, obwohl Piet im Gefängnis sitzt, ihn wie auch uns betrifft und die genauso ernst ist, wie du klingst, Ewert?«

»Genauso ernst.«

Ihre Blicke trafen sich weiter. Dann geschah etwas, was Grens noch nie zuvor gesehen hatte.

Zofias Augen veränderten ihre Farbe. Klugheit und Stärke wurden beiseite gedrängt, Müdigkeit wurde zu Erschöpfung, die die Oberhand gewann.

Sie begann zu weinen.

Selbst der ausdauerndste und zuverlässigste Mensch, den er kannte, hatte einen Punkt, an dem alles zu Bruch ging.

Diesen Punkt hatten sie jetzt erreicht, und von hier mussten sie einen Ausweg finden.

»Dieses Mal, Ewert ...«

Aber erst, wenn Stärke und Entschlossenheit zurückgekehrt waren.

» ... fliehen wir nicht.«

»Die Leute, die drohen ... Zofia, das ist ernst.«

»Auf Drohungen folgt Zeit. So viel habe ich gelernt. Wie viel?«

»Neunzehn Tage. Laut Piet. Und vielleicht stimmt es. Aber meine Erfahrung mit Kriminellen, die um Macht kämpfen und Menschenleben nicht für besonders wertvoll halten, wenn sie ihrem Profit oder ihrem Stolz in die Quere kommen, oder dieser Ehre, von der sie immer faseln, hat mich gelehrt, dass sie sich nicht immer an das erinnern, was sie am Anfang gesagt haben, geschweige denn es in *Ehren halten.* Nervös, skrupellos. Vollkommen unberechenbar. Ich bitte dich, Zofia, zieh mit den Kindern zu mir. Bis diese Sache ausgestanden ist.«

In einer anderen Zeit hätte sie seine ausgestreckte Hand genommen, sie festgehalten und gedrückt.

»Danke. Aber nein danke. Diesmal nicht. Ich weiß auch, wie eine Drohung funktioniert. Dass sie keinen Wert hat, wenn es nichts gibt, womit man drohen kann. Wozu diese Leute Piet auch immer zwingen wollen: Sie können uns weder verletzen, noch wollen sie uns *vor* Ablauf der Zeit verletzen. Richtig?«

Als Ewert Grens wenig später durch das Straßengewirr der Eigenheimidylle heimwärts wanderte, quälte es ihn, nicht weiter insistiert, Zofia nicht umgestimmt zu haben, obwohl er wusste, dass sie ihre Meinung nicht ändern würde. Bereute, nicht einen letzten Versuch unternommen zu haben, Zofia zu erklären, dass ihre Überlegungen auf Logik beruhten, Menschen, die mit dem Tod drohten, aber selten logisch handelten. Stattdessen rief er die Sicherheitsfirma an, deren Dienste er schon einige Male zuvor in Anspruch genommen hatte, wenn eine Polizeianzeige mit anschließendem Polizeischutz trotz einer Gefahrenlage, die diese Maßnahmen erforderte, nicht zur Debatte gestanden hatte. Wenigstens das konnte er tun. Bewaffnete Personenschützer, die sich ihren Job gut bezahlen ließen, aber ihr Geld wert waren. Er war nicht reich, aber auch nicht arm, und er hatte nicht viele Menschen, für die er seine Ersparnisse ausgeben konnte. Das Haus der Familie Hoffmann würde fortan rund um die Uhr diskret überwacht werden.

Es tat gut zu laufen, der warme Nachmittag war in einen milden Abend übergegangen, und Grens setzte weiter einen Fuß vor den anderen. Hinaus aus den Straßen des Wohnviertels, vorbei an Globen-Arena und durch das Schlachthofviertel, bis er etwa auf der Mitte der hohen Skanstull-Brücke, das dunkle Wasser unter sich und die glitzernden und funkelnden Lichter der Hauptstadt vor sich, stehen blieb. Abrupt. Es war, als hätten ihn die Gedanken, die ihn verfolgten, seit er die Haustür der Familie Hoffmann hinter sich geschlossen hatte, eingeholt. Aber vielleicht waren es auch Gefühle.

Sie hatten ihn zu fassen bekommen, hielten ihn fest. Solange er seine Meinung nicht änderte, konnte er keinen einzigen Schritt mehr tun. Er kam weder vor noch zurück, wenn er nicht einsah, dass es diesmal an ihm war zu verstehen.

Ohne Piet, Zofia, Hugo, Rasmus und Luiza wäre er nicht mehr am Leben.

Das war die einfache und unumstößliche Wahrheit.

Sie hatten sich nach seiner Entlassung aus dem Maltesholmsgården, als er noch lange nicht auskuriert gewesen war und seine Seele langsam weiterheilte, um ihn gekümmert. Waren monatelang zusammengerückt, damit er in einem der Kinderzimmer hatte schlafen, an ihrem Küchentisch frühstücken, ihnen im Weg stehen und sich in ihrem Badezimmer die Zähne hatte putzen können. Eine Familie, die ihn bei sich aufnahm, ohne darüber nachzudenken, welchen Nutzen es ihr brachte, die einen Halbverrückten ertrug, der in Wahrheit ein Komplettverrückter gewesen war.

Und da, genau in diesem Moment, änderte Ewert Grens seine Meinung.

Brach das Versprechen, das er sich selbst gegeben hatte.

Wenn die Dokumente, die Piet verzweifelt suchte, weil sie überlebensnotwendig waren, im Keller des Präsidiums lagen, *wenn* der Weg dorthin über eine Schlüsselkarte führte, die sowohl für den Haupteingang des Polizeipräsidiums als auch für das verstaubte Polizeiarchiv freigeschaltet war, *und wenn der einzige Weg*, an ebendiesen Schlüssel zu gelangen, darin bestand, eine Teilzeitanstellung als Zivilermittler anzunehmen, dann gab es kein Aber mehr. Hin und wieder schlägt das Leben eine neue Richtung ein, und dann muss man dieser Richtung folgen, auch wenn man gerade mitten auf einer hohen Stockholmer Brücke steht.

Denn plötzlich konnte er weitergehen.

Sogar im Laufschritt.

Der Taxistand wartete am Fuß der Brücke, und dieser Taxifahrer quasselte weniger als der vorherige und fuhr dafür umso schneller zwei weitere hohe Brücken hinauf und hinunter, die Västerbron mit ihrer wunderbaren Aussicht auf das Rathaus und die Tranebergsbron, auf der sich Autos und U-Bahn-Züge ein Wettrennen lieferten. In Alvik bat Ewert Grens den Taxifahrer, nach links abzubiegen und weiter geradeaus in die Gärten von Äppelviken zu fahren. Zu der hübschen Villa mit dem unvergleichlichen Ausblick auf das Wasser des Mälarsees, der Grens schon mal einen Besuch abgestattet hatte. Dem Zuhause seines Vorgesetzten. Genauer: dem Zuhause seines ehemaligen Vorgesetzten. Damals war Grens ebenfalls von früher nächtlicher Dunkelheit umgeben gewesen und hatte gebeten und gebettelt, seine Arbeit als Polizist zu behalten. Jetzt war er hier, um in etwa das Gleiche zu tun, aber aus einem anderen Grund. Damals war er der felsenfesten Überzeugung gewesen, nicht weiterleben zu können, wenn er sich nicht wieder Kriminalkommissar nennen durfte. Diesmal war er ebenso felsenfest überzeugt davon, dass Piet Hoffmann nur dann eine Zukunft hatte, wenn ein *ehemaliger* Kriminalkommissar das Angebot annahm, sich ziviler Teilzeitermittler zu nennen.

Im Haus war es genauso dunkel wie draußen. Erik Wilson schlief. Er würde nicht erfreut sein.

Grens begann damit, behutsam an das fünfeckige Fenster der Vordertür zu klopfen. Es bewirkte nichts. Die Lichter im Haus blieben gelöscht, und in den eleganten Räumen herrschte Stille. Er klopfte lauter, steigerte sein Klopfen zu einem Hämmern, drückte nach einer Weile auch leicht auf die Türklingel, ein irritierendes und grelles Plingeliplong. Als auch das nichts half, drückte er den runden Knopf bis nach unten durch und hielt ihn dort fest. Plingeliplong. Plingeliplong. Plingeli …

»Wer stört …«

Die Tür flog mit Wucht auf.

» … mitten in der Nacht und – du?«

Erik Wilsons Pyjama war dunkelblau mit weißen Streifen am Kragen und an den Ärmelbündchen, der Stoff weich und glänzend, und die Hose hatte weite, leicht ausgestellte Beine.

»Dir auch einen schönen Abend, Erik.«

Wilson wurde nie laut. Jedenfalls hatte Grens es nie erlebt. Vielleicht hatte er es nicht in sich. Oder schlicht und ergreifend nicht nötig, Autorität, die sich selbst genügte.

»Ewert …«

Aber seine tiefe Stimme hallte zwischen den Häusern und den Bäumen und den vielen schönen Aussichtspunkten.

»... was machst du hier?«

»Ich habe meine Meinung geändert.«

»Du kommst hierher und ... Was hast du gesagt? Deine Meinung geändert?«

»Dieser Job. Cold Cases und zu den Akten gelegte Ermittlungen.«

»Ja?«

»Ich will ihn.«

Die Frühlingswärme hatte mit dem Abend nachgelassen, und Erik Wilsons Seidenpyjama war dünn. Er fror.

»Morgen, Ewert. Dann reden wir.«

Ewert Grens' ehemaliger Vorgesetzter wartete nicht auf eine Antwort, nickte ihm zu und schloss die Tür.

Versuchte, die Tür zu schließen.

Um unmittelbar zu merken, warum es nicht ging. Grens' Fuß war ihm in die Quere geraten.

»Sofort.«

»Wie bitte?«

»Ich will sofort anfangen, Erik.«

»Bist du nicht ganz ... Und was lässt dich glauben, dass das Angebot überhaupt noch gilt?«

Ewert Grens' Fuß verlor jegliche Kraft, stellte sich nicht mehr quer.

»Was?«

»Du hast gehört, was ich gesagt habe, Ewert.«

»Also ... ziehst du dein Angebot zurück? Bin ich etwa nicht gut genug als ...«

»Morgen.«

Erik Wilson lächelte.

»Es ist dunkel und spät. Mir ist kalt, und ich bin müde. Morgen, Ewert, wenn ich in meinem Büro am Schreibtisch sitze, dann kannst du zu mir kommen.«

»Wie ...«

»Hallo? Verstehst du nicht? Das war ein Scherz.«

»Scherz?«

»Niemand wäre glücklicher als ich, Ewert, wenn du fast wieder einer von uns wärst.«

Grens hatte einen Moment lang die Fassung verloren. Jetzt fand er sie langsam wieder.

»Sofort.«

»Ewert?«

»Ich meine es ernst. Ich fahre direkt von hier ins Präsidium.«

»Warum?«

»Willst du, dass ich anfange – oder willst du es nicht?«

Fünf Telefonanrufe später, mit denen Erik Wilson seinerseits schlafende Kollegen weckte, saß der ehemalige Kriminalkommissar, der soeben ziviler Teilzeitangestellter bei der Stockholmer Abteilung für ungelöste Fälle geworden war, im nächsten Nachttaxi. Der Wagen hielt vor dem Eingang des Polizeipräsidiums auf der Polhemsgatan, Grens nahm vom diensthabenden Wachposten seine frisch ausgestellte Schlüsselkarte in Empfang, fuhr mit dem Fahrstuhl hoch in den vierten Stock und setzte sich auf den Platz, der von nun an sein Arbeitsplatz war.

Ein Moment der Stille, während er sich umsah.

Vielleicht sollte er etwas fühlen.

Ohne Cordsofa und Kassettenrekorder. Ohne eigenes Dienstzimmer. An einem tristen Schreibtisch inmitten einer unpersönlichen Bürolandschaft, die so deutlich unterstrich, dass er aus vierzig Jahren Alltag und vertrauter Gemeinschaft hinausgestoßen worden war – stattdessen hineingestoßen in eine Realität, in der seine Kollegen Namensschilder trugen, um den Überblick zu behalten, während sie hier saßen und ihrem Tod entgegensahen.

Er horchte in sich hinein – empfand aber absolut nichts.

Schließlich hatte er nicht vor zu bleiben.

Morgen würde ihn der Abteilungsleiter begrüßen und ihm seinen ersten ungeklärten Fall zuweisen. Er würde ihn annehmen, so tun, als ob er daran arbeitete, in Wahrheit aber in jedem unbeobachteten Moment einem ganz anderen Fall nachgehen. Der Morddrohung gegen die Familie Hoffmann, in der er jetzt zu ermitteln begann. Und an dem Tag, an dem diese Sache geklärt war, ganz egal, wie lange es dauerte und wie es endete, würde er die Schlüsselkarte zerschneiden und den Anstellungsvertrag zerreißen. Kündigen. Was er nicht hatte tun dürfen, als *die Polizeibehörde ihm* gekündigt hatte. Am Ende würde er aufhören, weil er es wollte, weil es seine Entscheidung war, nicht die Entscheidung irgendwelcher Personalbürokraten des Polizeipräsidiums, die keine Ahnung hatten, wie viele Kriminelle er aus dem Verkehr gezogen hatte, damit sie ihnen auf dem Heimweg nicht über den Weg liefen.

Der neue Teilzeitmitarbeiter beugte sich nach vorn und nach unten und begann, planlos an allen Hebeln des Schreibtischstuhls herumzuhantieren, um die perfekte Sitzhöhe einzustellen, die perfekte Neigung der Sitzfläche, den perfekten Stützwinkel der Rückenlehne sowie ein paar weitere Funktionen, die er nicht hinbekam, bis er aufgab und seinen Stuhl gegen den Stuhl von jemandem eintauschte, der tagsüber am Schreibtisch gegenüber saß und seinen Stuhl bereits perfekt eingestellt hatte.

Grens loggte sich in den Computer und in das Verzeichnis der archivierten Ermittlungen ein, um in einem Riesenberg zu den Akten gelegter Fälle nach einem winzigen Bagatelldelikt zu suchen. Einer Flucht aus einer Einrichtung des Strafvollzugs, in der vor vielen Jahren sehr junge Delinquenten eingesperrt worden waren. Eine nicht abgeschlossene Vorermittlung, die, sofern sie überhaupt noch existierte, in irgendeinen der braunen Pappkartons gestopft worden war, die dicht an dicht in den überfüllten Regalen in den verwinkelten Gängen des Polizeiarchivs standen.

Er tippte »1997« in das Zeitraum-Suchfeld und »VALLBY-ANSTALT« in das Stichwort-Suchfeld und winkelte den Bildschirm an, um das Ergebnis besser lesen zu können.

Vierundzwanzig Treffer.

Im Jahr 1997 gab es insgesamt vierundzwanzig Ermittlungen, in denen die Vallby-Anstalt eine Rolle spielte.

Er tippte zusätzlich »FLUCHT« in das Suchfeld, und die Anzahl der Treffer schrumpfte auf sechs. Im Durchschnitt war also jeden zweiten Monat ein Insasse aus der Vallby-Anstalt getürmt.

Grens kehrte in Gedanken zu dem gestrigen Gespräch im Aspsås-Hochsicherheitsgefängnis mit einem Piet Hoffmann zurück, der panischer war, als er sich anmerken lassen wollte, und war sich nach einer Weile ziemlich sicher, dass sein Freund von einer geschlossenen Abteilung für jugendliche Straftäter namens Blaues Meer gesprochen hatte und von einem Fünfzehnjährigen, der Großerbruder genannt worden war. Von ihm hatte Piet am längsten gesprochen, bei dieser Sache ging es um Großerbruder – einen besten Freund, der zur selben Zeit wie Piet in derselben Anstalt eingesperrt gewesen war, sie hatten sogar Zellen nebeneinander gehabt.

Jetzt fiel Ewert Grens der zerknitterte Zettel ein, den Piet ihm auf dem Weg aus dem Vernehmungsraum in die Tasche geschoben hatte.

Er war noch da.

Grens faltete ihn auseinander, neun mit Bleistift geschriebene

Buchstaben. KARLO LEKO. So stand es da. So wurde er geschrieben, Großerbruders richtiger Name.

Grens tippte die neun Großbuchstaben ins Suchfeld.

Nur noch ein Treffer.

Die unvollendete und ergebnislose Untersuchung *befand sich wahrscheinlich immer noch irgendwo im Keller des Polizeipräsidiums.*

Dem mikroskopischen Text auf dem Computerbildschirm zufolge – hier setzte Grens eine noch stärkere Lesebrille auf – könnte sie im Archivbereich 5, Archivgang 3, Archivregal 17, oberstes Brett, zu finden sein.

Grens hastete zwischen verwaisten Schreibtischen hindurch aus dem großen Raum und hinein in den Aufzug und fuhr hinunter in ein Kellergeschoss, das fast komplett dunkel war. Der Großteil der Neonröhren sprang nicht an, und die massive Stahltür des Archivs kam ihm grauer und anonymer vor als je zuvor. Er zog seine Plastikkarte durch das Lesegerät und tippte den Zugangscode ein. Staub. Trockene Luft. Keine Fenster. Aber hier drin funktionierte die Beleuchtung einwandfrei. Langsam wanderte Grens im wahrsten Sinne des Wortes durch die Stockholmer Kriminalgeschichte.

Bereich 5 – Gang 3 – Regal 17 lag weit hinten in den ausgekühlten Räumlichkeiten, und auf halbem Weg nahm Grens eine herumstehende Bibliotheksleiter mit, die an einem Regal lehnte. Er entdeckte den braunen Pappkarton schon vom Boden aus. Nach sieben wackligen Leiterstufen erreichte er ihn mit der Hand. Auf der höchsten Sprosse schüttelte er ihn sachte – nicht sehr voll, aber auch nicht leer. Vorsichtig kletterte er die Leiter wieder hinunter, schwer und ungelenkig und ein paar Mal kurz davor zu stürzen, klappte er das Etikett erst mit festem Boden unter den Füßen auseinander.

Die Archivnummer, acht Ziffern und zwei Buchstaben, war korrekt.

Der Vermerk, handschriftlich mit dünnem Filzstift, »AUSBRUCH KARLO LEKO« war korrekt.

Die unvollendete Ermittlung, die zu suchen Piet ihn gebeten hatte und die siebenundzwanzig Jahre später auf irgendeine Weise mit der Morddrohung gegen Hoffmann und seine Familie in Zusammenhang stand, existierte wirklich.

Grens ging durch das nach wie vor dunkle Kellergeschoss zurück, fuhr hinauf in das nach wie vor verlassene Großraumbüro im vierten Stock, holte am Getränkeautomaten in der Teeküche zwei Becher schwarzen Kaffee, rollte den geborgten Stuhl zu seinem blitzblanken Schreibtisch und stellte den Archivkarton vor sich hin.

Dann saß er da. Starrte die braunen Kartonkanten an.

Unschlüssig, ob er irgendwo zwischen den Zeilen auch auf den fünfzehnjährigen Piet Hoffmann stoßen wollte. Den Jungen, der nach Ansicht aller beteiligten Ärzte Aggressionen in sich trug, die sich in Gewalt entluden, mit der Absicht, andere Menschen zu verletzen.

Ewert Grens beugte sich näher zum Karton, öffnete ihn.

Nahm die Akte heraus, die ganz oben auf dem Stapel lag, eine vierundfünfzig Seiten umfassende Vorermittlung, wog sie auf der Handfläche.

Und begann zu lesen.

PIET HOFFMANN WACHTE auf, schlief ein, wachte auf, schlief ein.

Er riss das zerknitterte, verknäulte und schweißnasse Laken von der Matratze und suchte nach dem Kopfkissen, das irgendwo auf dem Boden der Zelle lag.

Er rannte, jagte nach Atemzügen, und als er das rettende Loch in der Mauer endlich erreichte, entfernte es sich von ihm, und er musste weiterrennen.

Versuchen weiterzuatmen.

Vor allem lag es an diesem Lärm. Diesem Hämmern. Und der Stimme, jemand, der laut brüllte.

Er setzte sich auf der Pritsche auf.

»*Hoffmann – mach hier keinen Alarm!*«

Er war wirklich wach.

»*Hoffmann – hör mit dem Krawall auf!*«

Weil jemand an seine Zellentür hämmerte. Seinen Namen brüllte.

»*Hoffmann – es reicht, verflucht noch mal!*«

Piet Hoffmann verstand nicht.

Er machte keinen Alarm. Er hatte geschlafen.

Er veranstaltete auch keinen Krawall.

Oder doch? Im Schlaf? Unmöglich. Nicht durch Betonwand und Stahltür, nicht aus dem Traum hinaus auf den Zellenkorridor.

Er stand auf, nackte Füße auf kaltem Boden, und schlich leise zur Tür.

Auf dem Weg in eine Falle?

Einen geplanten Überfall?

»*Hoffmann! Es langt! Ich komme rein!*«

Die Stimme, sie kam ihm bekannt vor. Ja. War es ... *er*? Der älteste Wärter der Anstalt? Dieser Kerl könnte ihm, Piet, selbst dann kein Haar krümmen, wenn er mit auf dem Rücken gefesselten Händen auf der Pritsche liegen würde.

Aber – wenn es gar nicht der alte Wärter war?

Wenn die Stimme einem anderen gehörte?

Piet Hoffmann beugte sich vor, das Ohr an der Stahltür, und lauschte.

Diese leichte Heiserkeit. Tief. Kratzig.

Jemand, der nachahmte, der klingen *wollte* wie der Alte in Uniform?

Der große Schlüssel wurde herumgedreht, der Bund klirrte gegen die Außenseite der Stahltür.

Hoffmann machte einen Schritt zurück, bereit. Während die Zellentür aufging und silbergraues Haar, raue Gesichtshaut und sehnige Schultern, die zu sehnigen Armen wurden, zum Vorschein kamen.

Es *war* der alte Gefängniswärter, der die Zelle betrat.

Piet Hoffmann machte wieder einen Schritt nach vorn, starrte den Mistkerl an, packte ihn fest an den Schultern.

»Warum zum Teufel kommst du hier rein und brüllst ...«

»Sssscccchhhh.«

Aus dem Gleichgewicht. Noch im Albtraum gefangen. Der schmale Grat zwischen Schlaf und Wachzustand.

Morddrohungen raubten einem Kraft, und ohne Kraft schwand das Urteilsvermögen.

Wie gefährlich nah er dem Verbotenen war: ein Angriff auf den Gefängniswärter, der seine Haftstrafe um mehrere Jahre verlängern würde.

»Sssscccchhhh.«

Der Wärter hielt den Zeigefinger vor den Mund und zischte erneut. Aus irgendeinem Grund genügte das. Piet Hoffmann griff nicht an.

»Ein Bekannter von dir, Hoffmann, lässt dir ausrichten, dass er die alten Unterlagen, für die du dich interessierst, gefunden hat.«

»Was?«

Der Gefängniswärter sah den Langzeithäftling an.

Kluge, ruhige Augen. Flüsterte.

»Dein Bekannter lässt dir ebenfalls ausrichten, dass ihr euch bald wiedersehen werdet.«

Die Welt hörte auf, sich zu drehen. Hoffmann begann zu verstehen. Grens. Der Bekannte. Der über ein vierzig Jahre bestehendes Kontaktnetzwerk kommunizierte. Und es musste exakt so ablaufen, vorgetäuschte Anschuldigungen und lautes Gebrüll, damit es keinen Verdacht erregte; ansonsten klopfte ein Wärter nur mitten in der Nacht an eine Zellentür und plauderte ein wenig mit einem Häftling, wenn der Betreffende ein Spitzel war, der seine Mitinsassen anschwärzte.

»*Dann sind wir uns einig, Hoffmann!*«

Der alte Gefängniswärter brüllte noch einmal laut, wandte sich in Richtung Korridor, damit es alle hörten.

»*Du hältst für den Rest der Nacht die Klappe!*«

Die Zellentür wurde zugeschlagen und der Schlüssel herumgedreht. Piet Hoffmann blieb auf dem kalten Fußboden stehen.

Teufel auch. Die alte Vorermittlung. Grens hatte die Akte tatsächlich gefunden und würde in Kürze einen neuen Besuch beantragen und sie hierherbringen.

Er legte sich auf die Pritsche, hellwach.

Ein paar der anderen Wärter grölten wegen irgendetwas im Aufenthaltsraum, Gelächter unterlegt von dem Gemurmel des Fernsehers. Dazu das nervenzerreißende Knacken des Waschbeckens, von den Rohren, die auf Putz verliefen. Und auf der andren Seite seiner Zelle begann der junge Algerier zu schreien. Hoffmann hatte keine Ahnung, was er schrie, aber Leute, die die Sprache verstanden, sagten, dass es um zwei kleine Mädchen ging, fast fünf, die er eines Nachmittags getötet hatte.

Die Dunkelheit verstärkte alle Geräusche, und er würde lange brauchen, um wieder einzuschlafen.

Wohl deshalb kehrte er in Gedanken zu den Menschen zurück, an die er nicht denken wollte.

Zofia. Hugo. Rasmus. Luiza. Sie bezahlten immer noch für das, was in einer anderen Zeit sein Alltag gewesen war. Das Leben von vier Familienmitgliedern wurde *heute* von den Folgen der Lebensentscheidungen bestimmt, die das fünfte Familienmitglied, ein Ehemann und Vater, *vor langer Zeit* getroffen hatte. Es war, als ob jedes Mal, wenn er lernte, ein bisschen mehr, tiefer und ehrlicher, zu lieben, der Riss zwischen ihnen größer würde.

Piet Hoffmann starrte an die schmutzige Decke, Braun auf Grau, suchte nach der anderen Art von Rissen, nach denen, die sichtbar waren und wie er selbst umherirrten. Er folgte dem breitesten über die Betondecke verlaufenden Irrweg bis zur Wand mit der verschlossenen Tür und der Nacht, die kein Einsehen zeigte. Wie offenkundig es war: wie früher eingesperrt in einer Gefängniszelle von wenigen Quadratmetern, wie früher die Schreie der Verrückten, wie früher in Lebensgefahr.

Wie zum Teufel sollte er das ändern?

Fliehen – bis es kein Entkommen mehr gab?

Oder sich einem Kampf nach dem anderen stellen; in der Hoffnung, dass seine Familie und er noch eine Weile länger überlebten?

Oder war es an der Zeit, die Antworten draußen zu suchen, in der Freiheit?

ALLEIN IN EINEM leeren Raum mit verwaisten Schreibtischen. Wahrscheinlich allein im gesamten vierten Stock des einzigen Hochhauses des Polizeiviertels.

Ewert Grens schlug die über zwei Jahrzehnte alte Vorermittlung zu, die auf einem Archivregal verstaubt war, und streckte Beine und Rücken. Gleich würde er das tun, was er immer tat, noch einmal Seite für Seite durchgehen und versuchen, das zu sehen, was beim ersten Durchlesen von den Buchstaben verdeckt worden war.

Der ehemalige Kriminalkommissar lächelte, für einen Moment entspannt.

Ungefähr in diesem Moment erhielt Piet Hoffmann in seiner Zelle die Nachricht. Sie waren ungefähr im gleichen Alter, Olofsson und Ewert Grens, gleichermaßen ergraut und erfahren. Sie waren zusammen zur Polizeischule gegangen, hatten ihre Laufbahn dann aber in unterschiedlichen Bereichen fortgesetzt – es war nicht das erste Mal, dass sie einander halfen, Mitteilungen über hohe Mauern zu tragen.

Es war wichtig, dass Piet den Mut nicht verlor und Kraft sammelte, die wiederum die Gedanken in Schach hielt.

Im zweiten Durchgang überflog Grens die Vernehmungen mit Wärtern und Insassen zu den Ereignissen der Nacht, in der der fünfzehnjährige Karlo Leko aus der Vallby-Anstalt entkommen war, bloß flüchtig, wie er sich auch mit einem Querlesen der Reaktionen und Ereignisse am darauffolgenden Morgen begnügte. Der Vortag. Damit befasste er sich ausführlich. Genauer mit den Aussagen zweier Insassen – Mehmet Gül und Cyril Fasi –, die in den Zellen gegenüber der Zelle gewohnt hatten, aus der Leko entkommen war.

Beide hatten getrennt voneinander von einem brutalen Übergriff der Wärter gesprochen.

Auf den Verschwundenen.

Ewert Grens war sich nicht mehr sicher, ob es sich um einen Ausbruch handelte.

Eine Flucht. Es glich sehr viel mehr einer Flucht.

Er stand wieder auf, diesmal, um sich mehr Kaffee aus der kleinen Teeküche zu holen. Zwei Becher, kohlschwarz. Den ersten trank er in einem Zug aus, den zweiten fast zur Hälfte, nur nachts wurde das Warme in der Brust so mild.

Die Dokumentation von Karlo Lekos Laufbahn geriet dann zu einer noch verstörenderen Lektüre.

Manchmal gibt es wohl nur einen Weg.

Irgendwo im Übergang von der ersten zur zweiten Klasse, Karlo Leko ist gerade acht Jahre alt geworden, werden die Einträge des Jugendamtes in rasendem Tempo immer zahlreicher. Tätliche Angriffe auf Mitschüler. Sachbeschädigung im Umkreis seiner Meldeadresse. Ladendiebstähle im Alby Centrum. Nach dem Ausschluss von einer Klassenfahrt bricht er in die Schule ein und klaut die Sammelkasse, damit auch die anderen nicht fahren können. Ein Kind, das beim Überqueren der Straße in geparkte Autos späht, um zu entscheiden, welches davon es aufbricht, um die größtmögliche Beute zu ergattern, das auf dem Weg zum Jugendzentrum für einen Sechserpack Bier und den Beifall älterer Kumpels ein Supermarktfenster einschlägt.

Aber da ist noch etwas. Etwas, das das Ganze zu etwas anderem macht als ein straffälliges Kind.

Die Angriffe auf die eigene Mutter.

Aus Verachtung. Aus dem Gefühl heraus, im Stich gelassen worden zu sein.

Leko sucht ihre Aufmerksamkeit und bestraft sie zugleich.

Meistens, wenn sie schläft. Wenn sie wehrlos ist und Leko sicher sein kann, seine Tat ausführen zu können.

Das Muster ist eindeutig.

Zwei kleine Jungen, ein großer und ein kleiner Bruder, wohnen bei der Mutter und besuchen sporadisch ihren Vater. Hin und wieder trifft die Mutter einen neuen Mann und lässt ihn daheim übernachten. Dann kommt die Eifersucht. Die Mutter liegt im Bett, und der ältere Bruder greift an, mal den Körper, mal das Gesicht. Ein paar Mal sucht er sie an vorübergehenden Arbeitsplätzen auf, drängelt sich an der Kundenschlange im ICA-Supermarkt vorbei, wo sie zur Probe an der Kasse sitzt, brüllt *Verfickte Hure*, schlägt auf sie ein und versucht, ihr die Augen auszukratzen. Wut. Bis Supermarktmitarbeiter ihn wegzerren und an die Luft setzen. Zu Hause gehen die Übergriffe weiter – einmal benutzt er eine kaputte DVD, die lange Wunden in ihre Haut schneidet. Und eines Nachts geht er zu weit. Er überschreitet die Grenze des Jugendamtes. Als die Mutter mit einem neuen Mann an ihrer Seite eingeschlafen ist, schleicht Karlo an ihr Bett und zündet ihre Haare an. Danach, nach diesem Angriff, kommt ein neun Jahre alter großer Bruder zum ersten Mal ins Långsjön-Erziehungsheim.

Der ehemalige Kriminalkommissar schob die Vorermittlung von sich, auf die Schreibtischkante, als wollte er sie loswerden. Karlo Leko loswerden. Ein Kind, das sechs Jahre später spurlos verschwinden wird – dem Anschein nach aus eigener Entscheidung und Kraft heraus, aber möglicherweise zur Flucht gezwungen wurde.

Ewert Grens ließ den Papierstapel nicht über die Schreibtischkante segeln, sondern zog ihn wieder zu sich heran. Fragen klärten sich selten, indem er sie ignorierte, wurden im Gegenteil nur zahlreicher.

Die erste Antwort betraf die Frage *Warum?* Warum hatten seine Kollegen damals überhaupt eine Ermittlung eingeleitet? Ausbrüche waren kein Gesetzesverstoß, zogen keine Gerichtsurteile nach sich und wurden in der Regel vom Gefängnispersonal geahndet, jenseits von polizeilichen Vernehmungen und Spuren sichernden Kriminaltechnikern. Der zweite Aktendurchgang vertiefte den Eindruck, dass ein Routinevorfall schließlich ein Vorfall zu viel geworden war. Die Vallby-Anstalt war verschiedentlich Gegenstand zahlreicher Polizeianzeigen gewesen – umfangreicher Vandalismus, Feuerwehreinsätze nach wiederholten Fehlalarmen, Autodiebstähle in der Nähe der Anstalt sowie diverse Anzeigen gegen einen der Wärter wegen körperlicher Übergriffe –, und zum Zeitpunkt von Karlo Lekos Ausbruch hatte die dortige Polizei kapituliert, räumte anderen Vergehen Vorrang ein und schlug Lekos Flucht zu den übrigen Vallby-Delikten hinzu.

Die nächste Antwort folgte auf die Frage *Wo ist der Fehler im Bild?* Der ehemalige Kriminalkommissar hatte im Lauf der Jahre Zehntausende Tatortfotos studiert. Er wusste, wenn etwas nicht stimmte – wie jetzt. Die Schwarz-Weiß-Kopien aus Karlo Lekos geschlossener Welt waren irgendwie zu geordnet. Möglicherweise arrangiert. Grens wusste nicht, wie, aber sie *waren* arrangiert, davon war er überzeugt. Die Aufnahmen der Kriminaltechniker hatten die falsche Dynamik, eine Flucht erfolgte immer in größter Eile, und als er eines der alten Fotos betrachtete – die Zelle danach –, wirkte der Raum zu aufgeräumt. Ein Insasse, der sich zu einem bereits in der Decke vorhandenen Loch hochhievt, muss blitzschnell handeln.

Auf die dritte Frage *Wer war an dem Ausbruch beteiligt?* lieferte die erneute Lektüre mehrere mögliche Antworten. Seite für Seite summierte Ewert Grens die Theorien der damaligen Ermittler zu der Frage, welche außenstehenden Personen Karlo Leko bei der Flucht geholfen haben könnten, und teilte sie anschließend in drei Kategorien ein. A. Die Bedrohten – in jedem Gefängnis gab es Mitarbeiter, die nachts nicht gut schliefen, die von Kriminellen erpresst wurden und deren Forderungen erfüllen mussten, damit den Drohungen keine Taten folgten. B. Die Liebenden – sexuelle Beziehungen zwischen Häftlingen und Wärtern zählten seit jeher zu den möglichen Erklärungen einer erfolgreichen Flucht. C. Die Profiteure – Justizvollzugsbeamte, Bewährungshelfer, Sozialarbeiter, Krankenschwestern, Hausmeister – jeder, der zu einem bestimmten Zeitpunkt in seinem Leben eine Haftanstalt betrat, konnte gekauft werden, wenn die Summe stimmte. Anschließend überprüfte Grens noch einmal alle Personen in den Kategorien A, B und C und gelangte zunehmend zu der Überzeugung, dass mehrere mögliche Antworten schlussendlich auf gar keine Antwort hinausliefen. Im Wortlaut der Ermittlungsakten fand er keinen Grund, irgendwen mehr zu verdächtigen, die Flucht des Fünfzehnjährigen begünstigt zu haben.

Die verhältnismäßig wenigen Kameras – in den vergangenen Jahrzehnten war in puncto Sicherheitsmaßnahmen einiges passiert – hatten den Unterlagen zufolge nur den Pausenhof und die Eingänge der Jugendstrafanstalt überwacht, sodass in der betreffenden Nacht weder eine Kamera auf das Dach gerichtet gewesen war, über das Karlo Leko entkommen war, noch auf den Zaun, über den er geklettert war. Ebenso fehlten jegliche Beobachtungen aus der unmittelbaren Umgebung der Vallby-Anstalt, keine einzige Zeugenaussage beschrieb einen schmächtigen Teenager, der um sein Leben rannte.

Grens streckte sich erneut.

Blieb noch das allerletzte Dokument. Ein ganz besonderer Teil der Vernehmungsprotokolle. Der Teil, von dem er nicht wusste, ob er sich mit ihm befassen wollte.

Ob er auf einen sehr jungen Piet Hoffmann treffen wollte, der Gewalt einsetzte, um andere Menschen zu verletzen. Ob er den verurteilten Jugendlichen kennenlernen wollte, der in der Zelle neben Karlo Leko gesessen hatte. Eine frühe Version von jemandem, der damals der beste Freund des Flüchtigen war und viel später im Leben ein guter Freund eines Kriminalkommissars werden würde, der nicht viele andere Freunde hatte.

Und natürlich war es Piet, der in diesen Vernehmungsprotokollen beschrieben wurde.

Und doch anders. In jeder Hinsicht.

Der erwachsene Piet besaß ein großes Maß an Attitüde und Integrität.

Der junge Piet besaß *noch* mehr Attitüde. Aber anstelle von Integrität setzte er allem, was auch nur annähernd an Autorität erinnerte, einen absolut halsstarrigen, flammenden Trotz entgegen. Und wenn der ältere Piet, den Grens kennengelernt hatte, nie zurückwich, entschied sich der jüngere Piet für die entgegengesetzte Richtung, den Angriff.

Am interessantesten wurde es jedoch im weiteren Verlauf des Protokolls, als der Teenager mit seiner Imitation aller Stadien abgebrühter Gefangener während einer Polizeivernehmung fertig war: Arroganz, die sich in ein Starren verwandelte, das zu Schweigen wurde. Mit einem Mal war im Protokoll zu lesen, dass Piet Hoffmann auf das laufende Aufnahmegerät schlug, auf den Stift zeigte, mit dem sich der Vernehmungsbeamte Notizen machte, und zischte:

PH: Wenn wir schon in diesem scheiß Raum hocken und Zeit totschlagen müssen, nur du und ich, kann ich doch auch mit einem Stift spielen. Wir spielen Fünf in einer Reihe und *machen* irgendwas – weil du keine Antworten auf deine Fragen kriegst.

Und der Vernehmungsbeamte hatte sowohl Verstand als auch Humor besessen.

Er hatte seinen Bleistift in zwei Hälften zerbrochen, eine Hälfte dem jungen Hoffmann gegeben, seinen Notizblock umgedreht, gleich große Kästchen auf die weiße Rückseite gezeichnet, dann gesagt

VB: Ich fange an.

und mit seiner Bleistifthälfte ein X in eines der mittleren Kästchen gesetzt. Der erste Zug des Vernehmungsbeamten.

Nach fünf Partien Fünf in einer Reihe in beharrlichem Schweigen hatte der aggressive, impulsive Junge den Mund aufgemacht. Er sagte nicht viel, aber leise und einsilbig erzählte er, dass er die brutalen Schläge gehört hatte, dass sie dicht aufeinandergefolgt waren, auf jemanden, den er Großerbruder nannte, und die einer geplanten Flucht vorausgegangen waren. Dann war er verstummt, hatte sich zurückgelehnt, seine Bleistifthälfte auf den Boden fallen lassen und wieder gezischt:

PH: Jetzt rede ich nicht mehr, weil es keinen Sinn hat. Wenn ich dir erzählen würde, was deine uniformierten Kumpels in dieser Scheißanstalt machen, würdest du mir sowieso nicht glauben, also halte ich den Mund. Aber danke für das Spiel, du denkst fast genauso gut wie ich.

Daraufhin war er aufgestanden und gegangen, und der Vernehmungsbeamte hatte nicht versucht, ihn aufzuhalten.

Eine Vernehmung mit einem Insassen, der anders war als alle anderen, denen Grens begegnet war.

Und Bilder einer Anstaltskultur, die in einem ehemaligen Kriminalkommissar den Wunsch weckten, in die Vergangenheit zu reisen und zurückzuschlagen.

Grens blätterte die Unterlagen durch, kehrte zu dem zurück, was er ganz am Anfang gelesen hatte, zu der Vernehmung eines Wärters, in der es auch um physische Konfrontationen ging, jedoch mit Antworten von einem anderen Standpunkt. Dem Verteidigungsprinzip.

Juha Flemming (JF): Ja. Das ist richtig. Wir mussten Gewalt anwenden. Wie jedes Mal, wenn diese fast erwachsenen und keine Grenzen akzeptierenden jungen Menschen eine Schlägerei anfangen.

Vernehmungsbeamter (VB): Mehrere Insassen sprechen von Körperverletzung.

JF: Was sollen wir Ihrer Meinung nach tun? *Vernünftig mit ihnen reden*, während sie sowohl einander als auch uns treten und schlagen und würgen und mit scharfen Gegenständen herumfuchteln?

VB: Hier geht es um einen besonders brutalen Übergriff. Weit über ein notwendiges Verteidigungsmaß hinaus.

JF: Der Ausreißer, dieser Leko, hat angefangen. Er war der Anstifter. Und das nicht zum ersten Mal. Ich erkläre es Ihnen noch einmal, weil Sie nicht die geringste Ahnung haben, wie unsere Realität aussieht: Wir waren *verdammt noch mal dazu gezwungen*, Gewalt anzuwenden, um ihn überhaupt in seine Zelle zu bekommen, als alle anderen schon eingeschlossen waren.

Ewert Grens atmete ein, atmete aus. So wie er es gelernt hatte. Die Wut wegatmen, anstatt gegen Papierkörbe zu treten und Wände anzubrüllen.

Er schob die Vorermittlung, die ergänzenden Vernehmungen und die kriminaltechnischen Protokolle zusammen und legte sie zurück in den Archivkarton, wo sie all die Jahre gewartet hatten. Und etwa zur gleichen Zeit, als sich ein orangeroter Sonnenaufgang über den monotonen Endlos-Fensterreihen des Polizeipräsidiums ankündigte, startete er den Computer neu, um ein letztes Mal in allen verfügbaren Datenbanken, den öffentlichen wie den polizeiinternen, nach Namen und Personenkennziffer des Flüchtigen zu suchen.

Aber der Junge, der heute ein Mann Anfang vierzig sein musste, tauchte nach wie vor nirgendwo auf.

Keine einzige Spur seit der Nacht vor siebenundzwanzig Jahren.

Karlo Leko. Großerbruder.

Du bist verschwunden.

Und nicht zurückgekommen.

EIGENTLICH WAR ES eine ehemalige Kleiderkammer. Auf halbem Weg im Betontunnel unter dem Aspsås-Gefängnis. Kunden gelangten hinein, indem sie eine weiß gestrichene Holztheke hoch- und wieder herunterklappten. Eine ehemalige Kleiderkammer, mit neuen Regalen ausgestattet, die mit Hygieneartikeln, Zeitungen, Süßigkeiten, Keksen und Obst gefüllt worden waren.

Der Anstaltskiosk. Dienstags, donnerstags und freitags für zwei Stunden geöffnet. Mehrere Abteilungen durften zur selben Zeit herkommen, und die Warteschlange kroch nur langsam voran. Aber sie hatten Zeit. Viele von ihnen lebenslang.

Piet Hoffmann wartete ungefähr in der Mitte, ebenso weit vom Eingang des Kiosks entfernt wie vom Ende der Schlange. Mit wachsender Panik. Eine weitere Erinnerung daran, dass er stillstand. Dass er so viele Jahre, nachdem er alldem hier den Rücken gekehrt hatte, nicht vom Fleck gekommen war.

Es sah haargenau so aus wie früher. Alle waren noch da. Wie die zwei ein paar Köpfe vor ihm. Die Kiffer. Sie hatten aufgegeben, waren für den Moment zu Hause. Sie waren hier, um sich ein paar Kilo auf die Rippen zu futtern, dann den Abflug zu machen und draußen wieder Samba zu tanzen. Die blauen Hosen auf halbmast, die nie mit auf den Fußballplatz oder in den Fitnessraum kamen, die lieber in ihren Zellen abhingen, Biskuitrollen oder Ballerina-Kekse futterten, Calmar Nyckel und Samson rauchten und ziemlich viel schlechtes Hasch, kleine Stücke, die schweineteuer waren, und glaubten, das Leben sei ein Ponyhof. Oder die, die ein paar Plätze hinter ihm standen, die Langzeitler, die tonnenweise Drogen schmuggelten und ihre Arbeitsoveralls bis oben hin zugeknöpft hatten, oder die nachdenklichen Philosophen, *Wir sind aus anderem Holz*, die die Biskuitrollen-Typen verachteten, die nur Verlierer sahen, ohne einen Gedanken daran, warum sie selber hier waren. Oder, hier und da in der Schlange verteilt, die Bodybuilder mit geradem Rücken, die versuchten, den inneren Wahnsinn in Schach zu halten, indem sie äußerlich ihren Körper kontrollierten. Aber die jämmerlichste Figur von allen war wohl der, der gewartet und gewartet hatte und nun endlich an den Kopf der Schlange vorgerückt war. Der, als er eben seinen Einkauf starten wollte, spürte, wie ihm jemand auf die Schulter klopfte und ihm sagte, dass er sich gefälligst wieder hinten anstellen sollte. Und der sich, wenn er das nächste Mal ganz vorne ankam, wieder ans Ende der Reihe stellen musste, weil die nächste Hand auf seine Schulter klopfte. Der Typ, den es in jedem Gefängnis gab und über den die anderen redeten – dass er vermutlich seine Frau verdroschen oder seine Kinder gefickt hatte –, obwohl sie wussten, dass er wegen schweren Betrugs einsaß. Der allgemeine Prügelknabe, weil andere Versager, die in ihrem Leben nichts auf die Reihe gekriegt hatten, einen Haufen Lügen erzählten, sobald jemand kam, der schwach wirkte, der eine Zielscheibe abgab, damit sie sich für eine Weile stärker und normaler fühlen konnten.

Sogar der Geruch war derselbe.

Wie auch die Graffiti an den grauen Tunnelwänden, die Kunstwerke der Insassen, die seit Jahrzehnten dort prangten.

Ich stehe immer noch in derselben Warteschlange.
Ich habe mein Leben lang gekämpft und nichts erreicht.

Piet versuchte, sich davon zu überzeugen, dass es heute anders war. Er konnte die anderen betrachten. Sie sehen. Hatte Perspektiven. Diesmal saß er aus einem anderen Grund hier; anfangs hatte er versucht, Gutes zu tun, Ewert zu helfen, der Justiz zu helfen.

Es spielte keine Rolle.

Er war hier. Egal, wie viele Perspektiven er zu haben glaubte, egal, wie normal, gewöhnlich und liebevoll sein Familienleben vor Kurzem noch gewesen war, egal, wie viele Gründe er fand, die seine Beweggründe von denen der anderen unterschieden.

Wir sind alle erbärmlich. Wir stehen alle in derselben Warteschlange.

»Und wovon zum Teufel träumst du?«

Ein Ellbogen stieß ihn in die Seite. Ein Mithäftling, der seine Einkäufe erledigt hatte und die Warteschlange auf dem Rückweg mit einer prall gefüllten Tüte in der Hand passierte.

Lillebror.

»Hallo, Erde an Piet? Bist du hier?«

Diese Stimme.

»Vielleicht bist du ganz woanders und denkst an eine kleine Familie? Deine Familie. Denkst an sie und fragst dich, wie es ihnen geht.«

Aufgesetzt. Voller Wahn.

»Das solltest du tun. Weil es gilt: Schwarz auf weiß.«

Piet Hoffmann hatte nur auf eines gehört. Auf den Hass.

Bis jetzt.

»Was?«

»Schwarz auf weiß. Ich sag's nur.«

Lillebror lächelte. Oder etwas in der Art. Feste Lippen, jagende Augen. Dann ging er. Die Tüte in der Hand in Richtung Abteilung und Zelle. Rief ein letztes Mal.

»*Schwarz auf weiß.*«

Piet drehte sich um, sah ihm nach.

Was zum Teufel war das?

Diese ganzen Irren. Sogar die, die ich einmal gekannt habe.

Und jetzt übermannte sie ihn, mit Gewalt. Die Panik. Er konnte nicht stehen bleiben. Piet verließ die Warteschlange, hastete durch den Tunnel, auf die Kameras an der Decke zu, die ihm folgten und seinen Weg begleiteten, durch verschlossene Türen und in seinen Zellentrakt hinein. Er musste in seine Zelle, zu etwas Vertrautem, zu einem Foto der Kinder, das er selbst aufgenommen und entwickelt hatte und das das Letzte war, was er abends vor dem Einschlafen sah, und das Erste, wenn er morgens aufwachte. Er musste sich an etwas festhalten, das wahr war, sich vor Augen halten, dass es etwas anderes gegeben hatte, dass es etwas anderes *gab*, er musste ...

Es war nicht mehr da.

Das Foto, auf dem Hugo und Rasmus Luiza hochheben und sie vorsichtig auf je einem Bruderarm in der Mitte halten.

Es stand nicht in dem Regal neben dem vergitterten Fenster. Es war weg. Es war ...

Da.

Da lag es. Auf dem Bett.

Auf etwas anderem, etwas Weißem, einem Blatt Papier. Er beugte sich vor, hob den Bilderrahmen hoch. Ein Umschlag. Eine Handschrift, die er wiedererkannte. Die Art eines Fünfzehnjährigen, den Stift zu halten, nach hinten geneigt, Groß- und Kleinbuchstaben gemischt. Eine vor fast drei Jahrzehnten geschriebene Adresse, ein Brief, von Großerbruder aus der Vallby-Anstalt an Lillebror, der zu Hause in seinem Kinderzimmer bei ihrer Mutter in Alby wohnte.

Piet nahm den Umschlag in die Hand.

Das Foto seiner Kinder – und dieser Brief. Während seiner Abwesenheit hatte jemand sie zusammen auf sein Bett gelegt.

Piet ließ seinen Finger über den Falz des bereits geöffneten Umschlags wandern und zog zwei handgeschriebene DIN-A4-Seiten heraus.

Las die erste. Wurde in der Zeit zurückversetzt.

Er erinnerte sich an den Tag, von dem Großerbruder erzählte. Fast in allen Einzelheiten. Großerbruder und er hatten sich geprügelt, was selten vorkam, sie stritten oft, aber nicht mit Fäusten. Auslöser war der Inhalt dieses Briefs gewesen, der hier für einen leiblichen Bruder wiedergegeben wurde, und Piet konnte immer noch den Zorn und die Wut in sich spüren, als Großerbruder ihn angesehen, ihn provoziert und verspottet hatte.

»Du bist geil auf sie. Geil geil geil geil. Geil auf die Hure.«
»Halt einfach dein Maul!«
»Oh, Scheiße, du *bist* geil auf sie!«

Er erinnerte sich, wie er Großerbruders höhnische Kommentare über die Lehrerin satthatte, wie er seinen besten Freund an die Wand drückte, einmal zuschlug und dann so nah daran gewesen war, auch die anderen Schläge auszuführen, die die letzten gewesen wären. Er zitterte heute so sehr, wie er damals gezittert hatte. Großerbruder war ein Großmaul gewesen, der nie kapierte, wann es Zeit war, die Klappe zu halten, der zu weit ging. Aber damals in der Zelle hatten sie es beide gespürt. Hätte Großerbruder wie üblich weitergemacht, ihn weiter provoziert, hätte Piet die Grenze überschritten. Wäre bis zum Äußersten gegangen.

Er las weiter, die zweite Seite.

Manchmal ist er nicht er selbst. Ich hab keine Ahnung, Lillebror, aber manchmal ist Piet ein ganz anderer.

Das hatte Großerbruder geschrieben, es war seine Handschrift und seine Art zu reden, wenn er ehrlich war, auch wenn dies hier zu Papier gebrachte Worte waren.

Und ich schiebe Panik, Bruder. Piet ist gefährlich, das weißt du selbst, oder? Wenn man gegen ihn ist. Genauso gefährlich wie der Dreckswärter. Aber das renkt sich wieder ein, mach dir keine Sorgen, es findet sich immer eine Lösung, Lillebror.

Piet Hoffmann hatte diesen Brief noch nie gesehen. Überhaupt keinen einzigen Brief, den Großerbruder Lillebror geschrieben hatte. Er hatte keine Ahnung gehabt, dass sein Freund sich Zeit zum Schreiben genommen hatte. Er selbst hatte das nie getan. Oder doch. Vielleicht am Anfang. Als er noch naiv gewesen war und in einer Filmwelt gelebt hatte. Er hatte in seiner Zelle gehockt, in die abendliche Dunkelheit hinausgestarrt und gedacht, dass das jetzt die Wirklichkeit war. Von der er gewusst hatte, dass sie kommen würde. Gefängnis. Eingesperrt. Die Scheinwerfer hatten ihre Lichtbündel auf den Stacheldraht geworfen, und es war leicht davonzutreiben, wenn die Welt ein voreingestelltes, romantisches Bild zeichnete. Da hatte auch er geschrieben. An ein Mädchen, das er kaum gekannt hatte. ICH SITZE HIER, SCHAUE AUF EINE BETONMAUER UND DENKE AN EUCH, WAS MACHT IHR ZU HAUSE. Er hatte sich wirklich in einem Film gewähnt. In der Hauptrolle. Hatte sich in sie hineinversetzt, sie gelebt. Wie ein verfluchter Clown. Und jeder da draußen hatte sie ihm abgekauft. Seine Rollenfigur gekauft.

Piet drehte die Seite um. Dieser Brief, der Brief, den Großerbruder an jenem Tag geschrieben hatte, endete offenbar genau dort. Abrupt, mit dem Satz, dass sein Freund Piet manchmal genauso gefährlich war wie der Dreckswärter. Gefolgt von einem *Peace* und einem *Love* und ganz unten einem hingekritzelten *Karlo*.

Das war alles, der gesamte Inhalt. Ein Fight. Eher ein Konflikt. Aber ein Konflikt, den sie bereinigt, den sie abgehakt hatten. Sie waren wieder zur Tagesordnung übergegangen, wie jedes Mal. Hatten überhaupt nicht mehr darüber geredet. Weil so etwas vorkam. Selbst unter besten Freunden. Wenn man so eng zusammenlebte, mit so viel Adrenalin und Wut in sich. Es war eher merkwürdig, dass es nicht häufiger vorkam.

Schwarz auf weiß. Das hatte Lillebror gerufen.

Und vielleicht begann Piet Hoffmann zu verstehen, worum es in den letzten Wochen gegangen war. Ein Hirngespinst. Eine Überinterpretation, ein wirrer Kopf glaubte, plötzlich die Lösung vor sich zu haben. Die Antwort auf die Frage eines kleinen Bruders, warum sein großer Bruder, sein Vorbild und Idol, aus seinem Leben verschwunden war.

Piet stellte das Foto zurück auf das schlichte Holzregal, drehte den Rahmen ein kleines Stück zur Seite, eine Familie, die vom Kopfkissen aus zu sehen sein sollte.

Dann machte er sich auf den Weg, langsam. Obwohl sein Körper rennen wollte.

Er verließ seine Zelle und verhandelte sich aus Abteilung H hinaus und hinein in Abteilung G. Er bemühte sich, auch diesen Korridor genauso langsam hinunterzugehen, und blieb vor der Zelle mit der Nummer 16 stehen, vor der Stahltür, die nur angelehnt war und die niemand unangemeldet öffnete.

Piet riss sie auf. Unangemeldet – aber kaum unerwartet.

»Was zum Teufel ist das hier?«

Er schleuderte den Umschlag in Richtung Bett, in Richtung von Lillebrors Bein, er landete neben dem rechten Knie.

»Und wer zur Hölle hat dir erlaubt, mein Foto anzufassen?«

Lillebror lächelte. Nicht wie vorhin. Dieses Lächeln war so echt, wie es nur sein konnte.

Zufrieden. Stolz. Vielleicht sogar glücklich.

»Was das ist? Schwarz auf weiß.«

»Das kann nicht dein Ernst sein.«

»Es war mir nie ernster.«

Lillebror setzte sich auf die Bettkante, griff nach dem Umschlag und zog die beiden losen Seiten heraus.

»Ich habe es dir doch gesagt: Der Brief kam, als ich zwölf war. Habe ihn aber nie gesehen. Bis Mama im Winter starb und ich eine Plastiktüte mit Briefen und anderem Krempel geerbt habe. Da habe ich den Brief gelesen und kapiert, dass du ihn erledigt hast. Du! Weil du so warst, Piet. So, wie er schreibt. Man konnte eine scheiß Angst vor dir haben. Man wusste nicht, wer du warst, wie du warst. Unberechenbar – ein gutes Wort. Bist niemandem aus dem Weg gegangen. Zwanzigjährige, Fünfundzwanzigjährige, es spielte keine Rolle, du bist nicht ausgewichen.«

Die Brüder hatten es gesagt. Zuerst der Ältere im Brief, dann der Jüngere, hier und jetzt. Hoffmann betrachtete den erwachsenen und für seine Brutalität berüchtigten Gangleader. Sie hatten manchmal Angst vor ihm gehabt. Er hatte sie verunsichert. Seine *engsten* Freunde. Und er hatte keine Ahnung davon gehabt.

Lillebror hielt den Brief immer noch in der Hand, hatte damit gewedelt, während er geredet hatte.

Piet Hoffmann wollte ihn diesem Abschaum aus der Hand schlagen und ihm die Seiten in den Hals stopfen, aber er atmete, atmete, suchte die Ruhe, ehe er sprach.

»Das war irgendein dämlicher Mist, über den wir uns gestritten haben.«

Atmete.

»Kapierst du das nicht, Lillebror?«

Atmete.

»Wie Kinder es tun. Wie es meine eigenen Kinder ständig tun, und ... du musst, ich weiß nicht ... herumgelaufen sein, dich in deine Gedanken verstrickt und alles aufgebauscht haben. Du hast nicht nur zwischen den Zeilen gelesen – du hast eigene Zeilen hinzugedichtet.«

Piet suchte Lillebrors Augen, seinen Blick, aber es war, als hätte Lillebror nicht gehört, was er sagte. Als wäre es unmöglich, zu einem Menschen durchzudringen, der in seiner fragmentierten Realitätswahrnehmung weiter Versatzstücke des Lebens zu einer neuen Wirklichkeit zusammensetzte.

Der stolze und zufriedene Ausdruck blieb.

»Das Allerletzte, was er mir gesagt hat. Oder mir geschrieben hat. Und was andere später auch sagten. Dass sie wüssten, dass es sein ›bester Freund‹ Piet Hoffmann war, der ... Ich habe den Brief noch mal gelesen. Viele Male. Jetzt weiß ich es. Du warst es. Du, Piet.«

Piet schaute Lillebror an. Das Lächeln. Hatte es überhaupt einen Sinn? Wenn der Typ nicht zuhörte. Die zusammengefügten Teilstücke seiner Einbildung hatten sich am Ende zu Lillebrors eigener Wirklichkeit zementiert; als hätte er den Brief in seiner Welt selbst geschrieben, trüge die Angst seines großen Bruders und könnte nun, als Erwachsener, die Dinge für sie beide wieder ins Lot bringen.

»Wir hatten eine Regel. Wusstest du das, Lillebror? Dein großer Bruder und ich. Wir wollten uns vor dem Abend oder der Nacht immer vertragen. Egal, wie heftig unser Streit war. Das war die Idee deines großen Bruders, und ich bin heute noch dankbar, dass er begriff, wie wichtig das ist, als ich es nicht begriffen habe.«

Der Umschlag. Lillebror wedelte erneut damit, senkte seine Stimme zu einem Flüstern.

»Schwarz. Auf. Weiß.«

»Wir haben uns geprügelt. Klar. Als Kinder, als Jugendliche. Und dieses eine Mal war es heftiger, und dann schreibt man seinem kleinen Bruder vielleicht einen Brief, weil es sich so anfühlt.«

»Schwarz auf weiß. Schwarz auf weiß. Schwarz auf weiß. Schwarz auf ...«

Ein Körper, der in Bewegung sein wollte, ließ sich nicht länger im Zaum halten.

Piet griff nach dem Umschlag, riss ihn Lillebror aus der Hand, zerpflückte die Seiten und ließ kleine Fetzen wie Schneeflocken durch die Zelle wirbeln.

»Aber an diesem Abend – *hör mir jetzt zu* – war alles in Ordnung zwischen uns, als wir auseinandergegangen sind. So wie an jedem anderen Abend! Wir waren fünfzehn Jahre alt! Wir hatten dadrin doch nur uns!«

Die Augen. Sie veränderten ihre Farbe.

Weder zufrieden noch stolz, noch glücklich.

Hasserfüllt.

»Mmm. Das sagst du. Aber ich kann lesen. Ihr habt euch wegen einer Hure gestritten, immer eine Hure.«

»Du warst nicht dabei!«

»Was hier vor meinen Füßen liegt. Was du auf meinen Boden geworfen hast. Jetzt bist du derjenige, Piet, der ... was hast du gesagt: zuhört. Weil ich den Brief am *Morgen danach* bekommen habe. Also hat Karlo ihn am *selben Tag* abgeschickt, an dem er verschwunden ist, nur wenige Stunden vorher!«

Piet starrte geradewegs in Augen, deren Ausdruck er schon bei anderen Menschen gesehen und der jedes Mal zu dem Tod von jemandem geführt hatte.

»Schwarz auf weiß, Piet. Schwarz auf weiß.«

Es gab nichts mehr zu sagen. Das war nicht mehr der Lillebror, den er einmal gekannt hatte. Aber vielleicht war er auch schon damals so gewesen, jemand, der einen Drahtseilakt vollführte und der jetzt in einer Zelle saß und flüsterte:

»Und deine Zeit läuft, Piet.«

Piet Hoffmann wog ab. Er könnte töten. Hier. Jetzt.

Aber er war kein Mörder. Er tötete nur, wenn es keinen anderen Ausweg gab.

Außerdem stand auf Mord lebenslang.

Nie wieder in Freiheit.

»Oder ist es nicht so, Piet? Dass du sie hören kannst? Die Zeit, die verschwindet, wie Großerbruder verschwunden ist?«

Zum Pfarrer zu gehen und den Kopf frei zu kriegen, würde nichts nützen. Und ein paar Wochen, um die Sache zu klären, reichten nicht annähernd aus. Es war wie vorhin. Er saß fest.

Bei seinem Tod. Bei Zofias Tod, Hugos Tod, Rasmus' Tod, Luizas Tod.

Piet Hoffmann schob mit den Füßen zusammen, was zwischen ihnen auf dem Boden lag, schob die zerrissenen Seiten Schnipsel für Schnipsel zusammen, einen angeblichen Beweis und Grundlage einer Morddrohung, und trat dann in den Haufen hinein.

Es schneite wie zuvor, während er davonging.

»DU? ÜBRIGENS?«

»Was?«

»Es gibt noch etwas, das du dir ansehen solltest, Piet. Nicht nur einen Brief.«

»Fahr zur Hölle.«

»Komm wieder in meine Zelle. No problemas, wenn du auf die Papierschnipsel trittst. Wir haben sie schon gelesen.«

»Sag, was du zu sagen hast.«

»Wenn du die Zellentür loslässt.«

»Ich bleibe hier.«

»Was ich dir zeigen will, kannst du von da aus nicht sehen.«

»Rede!«

»Das Telefon. Das genau ... da liegt, in einer Plastiktüte im Abwasserrohr des Waschbeckens. Simsalabim. Kein Schließer sieht da nach. Übersteht jede Durchsuchung. Aber wenn du da stehen bleibst, das Display ist winzig, muss ich dir erzählen, was ich dir zeige. Was zu sehen ist. In dem Video.«

»Das reicht jetzt.«

»Im Gegenteil. Ich *weiß*, dass du das sehen willst. Das Video mit Rasmus, deinem Jungen. Schau dir das an! Rasmus ist der Junge, der hier läuft. Der spielt. Ich glaube, das ist vor eurem Haus. Schau dir an, wie fröhlich er ist.«

»Du gottverfluchter ...«

»Aber nanu? Da kommt jemand. Oje, oje! Sieht gefährlich aus! Ein fremder Mann. Dunkle Kleidung. Siehst du, Piet? Jetzt geht er zu Rasmus hin, und ich stelle den Ton lauter, damit du wenigstens ein bisschen was hören kannst. Wie er erzählt, dass er Rob heißt und ein Freund von Lillebror ist, der ein Freund von Rasmus' Vater ist. Ein alter Freund. Und jetzt sagt er zu deinem Jungen, dass er glaubt, dass Papa Piet sich riesig freuen würde, wenn sie sich ganz dicht nebeneinanderstellen, so wie jetzt hier im Bild, und ein Selfie machen.«

»Gib mir das Telefon.«

»Es ist gut, Piet. Dass du Ruhe bewahrst. Ruhig sprichst. Nicht zu mir hereinstürzt und wild herumfuchtelst. Dann wird es da draußen nämlich ziemlich ungemütlich werden. Bei Rasmus. Der Rob, Lillebrors Freund, getroffen hat.«

»Gib mir das verdammte Telefon!«

»Noch nicht. Es gibt ein zweites kleines Video. Hurra! Wie schön für uns! Ich drehe das Display ein kleines bisschen mehr zu dir hin. Du erkennst sie doch, oder? Zofia. Deine Frau. Wie sie aussieht, wenn jemand hinter ihr hergeht, ohne dass sie es bemerkt. Aber – wen hält sie denn da an der Hand? Ah. Die kleine Luiza. Auf dem Weg zur Vorschule.«

»Das reicht!«

»Nein, Piet. Denn jetzt geht der Mann an ihnen vorbei. Lächelt, und Zofia lächelt zurück. Guck. Er beugt sich zu deiner Tochter, sagt Luiza Hallo, und sie lacht. Schön. Sie freut sich, Piet. Deine Tochter freut sich, dass sie meine Freunde kennenlernt.«

»Wenn du auch nur ...«

»Jetzt kannst du das Telefon haben. Behalte es, behalte es ruhig, damit du dir die Videos oft ansehen kannst. Und jetzt geh. Geh, geh und verschwinde von hier. In deinen Trakt und in deine eigene Zelle. Tschüs, Piet. Tschüs, tschüs.«

JEMAND SCHREIT.
Er lauscht, es ist wieder still, er macht die Augen zu.
Ein neuer Schrei, länger, tiefer.
Ein Geräusch, das nicht von außen kommt, da ist er sich sicher.
Von innen.
Er ist es, der schreit.
Die Stunden zwischen Wachheit und Schlaf. Sie waren immer die längsten. Piet Hoffmann drehte sich zur Betonwand, versuchte, wieder einzuschlafen. Die Realität loszuwerden.
Bis er ertrinkt.
Der alte Höllentraum.
Das schwarze Wasser und die Schwimmzüge, die ihn in die Tiefe statt an die Oberfläche ziehen, die Atemzüge, die stecken bleiben, bis alles kalt wird, still.
Er setzte sich auf die Kante der Pritsche, Kissen und Laken ein wirres Knäuel, und atmete, atmete. Er rutschte langsam hinunter auf den Zellenboden, kroch auf Knien zum Fenster, öffnete den unteren Lüftungsspalt und presste seinen Mund an die Öffnung zwischen den Gitterstäben, atmete, atmete.
So saß Piet Hoffmann da, bis er sicher war, dass er Luft holen und sie halten konnte.
Bis er denken konnte.
An Lillebror. Ein Mensch, der hundertprozentig überzeugt

davon war, dass seine Deutung zutraf, und der schon früher unschuldige Menschen hatte hinrichten lassen, weil sie in seinem Kopf schuldig waren.

An Zeit. Wenn diese Nacht in Morgengrauen überging, wären aus einundzwanzig Tagen siebzehn Tage geworden, die ihm blieben, um die Wahrheit eines Verrückten zunichtezumachen, indem er ihm die tatsächliche Wahrheit präsentierte.

Daran, dass es nur eine einzige Lösung gab, wenn er nicht zulassen wollte, dass alle, die er liebte, starben.

SIE TRAFEN SICH im Besucherraum. Saßen sich auf Holzstühlen gegenüber und musterten sich scheu, wie jedes Mal. Zwei Männer, die es so sehr gewohnt waren, stets etwas gemeinsam zu *machen*, auszuführen und durchzuführen, dass ein ruhiges Zwiegespräch in einer menschenfeindlichen Umgebung unangenehm wurde und offenbarte, dass sie einander einerseits gut kannten und andererseits überhaupt nicht.

Ewert Grens hatte Piet Hoffmann bei seinen Besuchen im Hochsicherheitsgefängnis nie umarmt, das würde ans Lächerliche grenzen, streckte inzwischen aber seine Hand aus und wartete darauf, dass Piet das Gleiche tat. Dieses Ritual hatten sie außerhalb der hohen Mauern, wo ihre Begegnungen nie von klaren Anfängen und Enden eingerahmt worden waren, nicht gebraucht. Er stellte seine Aktentasche auf den Tisch und entnahm ihr zuerst die offizielle Ermittlung, die ihm der Leiter der Cold-Case-Abteilung zugewiesen hatte.

»Falls jemand hereinschaut und ein bisschen zu neugierig wirkt, wandert diese Akte nach oben. Eine achtzehn Jahre alte Geisterjagd nach einem Bankräuber, der nie gefasst wurde und der leider auch mit meiner Hilfe nie gefasst werden wird. Das ist der Fall, wegen dem ich offiziell hier bin und zu dem ich dich vernehme, Piet.«

In der Aktentasche befand sich eine weitere Akte, deutlich

dünner als die erste. Die Ermittlung, die Piet unbedingt sehen wollte. Grens legte sie neben die offizielle.

»Ich habe die ganze Nacht gelesen. Und ich glaube ...«

»Ja?«

»Dass du recht hast, Piet. Es gibt fehlende Antworten, die sich irgendwo zwischen den Zeilen der Vorermittlung verbergen.«

Grens reichte Piet die Unterlagen und überlegte, ob er Seite sieben des kriminaltechnischen Berichts aufschlagen und auf die Aufnahmen von der Zelle zeigen sollte, aus der der fünfzehnjährige Karlo Leko geflohen war, und auf denen dem ehemaligen Kriminalkommissar alles zu geordnet erschien. Möglicherweise arrangiert. Weil ein Ort, von dem ein Gefangener floh, auf den Fotos der Kriminaltechniker eine andere Dynamik ausstrahlen müsste.

Doch er sagte nichts. Um Piets Eindruck nicht vorzugreifen, keine zweite Perspektive zu unterbinden. Erst nachdem der Mann, der einmal Karlo Lekos bester Freund gewesen war, ungestört die Schilderungen des Tages und der Nacht analysiert hatte, die er vor langer Zeit miterlebt hatte, konnten ihn Grens' Eindrücke erreichen, ohne seinen Blick zu verstellen.

»Lies, Piet. Ich habe die Wärter informiert, dass wir heute wahrscheinlich eine lange Unterredung haben werden. Nimm dir so viel Zeit, wie du willst. Du darfst die Unterlagen hinterher nicht mit in die Zelle nehmen.«

Piet las jedes Wort. Bat Grens um einen Stift, nahm ihn entgegen, schrieb Notizen an den Rand. Nach der Hälfte tat er, was er bei jedem Besuch tat; stand auf und trat an das vergitterte Fenster. Schaute hinaus. Auf die acht Meter hohe Gefängnismauer, aber auch auf einen einzelnen Baum auf einem kleinen Rasenstück und danach auf Schwaden aus Sand und Erde, die über den Freiganghof wehten. Wahrscheinlich war die Aussicht von hier eine andere als aus seiner Zelle, vielleicht mehr Himmel, vielleicht weniger – und in dem Fall, weniger Sehnsucht. Der hinter Gittern sitzende Gefangene fuhr dann mit der Lektüre der zweiten Hälfte fort, schrieb weitere Bemerkungen an den Rand. Über Kopf unmöglich zu entziffern, egal, wie sehr sich Ewert Grens auch anstrengte, kleine Buchstaben für eine starke Lesebrille.

Dann schlug Piet Vorermittlung, Anhänge und die ergänzenden Vernehmungen zu, schob den Papierstapel in die Tischmitte und suchte Grens' Blick.

»Das alles so viele Jahre danach zu lesen, in den Worten eines anderen, der von außen kurz hineinschaut, nachdem alles schon passiert ist. Ein seltsames Gefühl. Und die beiden Jugendlichen, Großerbruder und ich, sind mir genauso fremd. Ich bin es. Wir sind es. Und gleichzeitig vollkommen andere.«

Geistesabwesend zupfte er an seiner Gefängniskleidung, zog eine steife Hose, ein schlaffes T-Shirt und ein ausgeleiertes Sockenpaar zurecht, das nicht oben bleiben wollte.

Kein Kleidungsstück schien danach wesentlich besser zu sitzen.

»Weil da Mist steht, Ewert. Im Text. Mist, der mich, ich weiß nicht, krank macht. Ich komme gleich darauf zurück. Die Polizeifakten zuerst.«

Piet fuhr fort, an dem schlecht sitzenden T-Shirt der Justizvollzugsanstalt zu zupfen, als wollte er die Buchstaben JVA von seiner Brust reißen, vergessen, dass er hier war.

»Der Bericht der Kriminaltechniker und die Fotos von den Fußabdrücken. Damit fangen wir an. Es waren Gipskartonplatten, in die Großerbruder ein Loch geschnitten hat! Oben an der Decke! Dabei müsste jede Menge Gipsstaub runtergekommen sein. Und um an die Decke zu kommen, müsste er auf den Schreibtisch steigen, der mit dem Bett verlötet ist. Alles ist genau so wie in der U-Haft. Aber schau dir die Fußabdrücke an, Ewert. Sie sind voller Staub – das Muster der Sohle ist perfekt zu erkennen. Aber so dürfte es nicht aussehen. *Nicht bei beiden Füßen.* Vielleicht ein Fuß und ein halber. Man belastet die Füße nicht gleichmäßig stark, man ist in Bewegung. Verstehst du? Der erste Schritt fest und sichtbar und komplett aufgesetzt – der zweite nur halb abgerollt. So sollte es sein. Man stößt sich mitten in der Abrollbewegung vom Schreibtisch ab, um das Loch zu erreichen. Ich habe es selbst einige Male gemacht.«

Grens sagte es auch jetzt nicht.

Dass dies seinen eigenen Eindruck unterstrich, dass alles zu perfekt und durchdacht aussah.

Er sagte auch nicht, dass es so wirkte, als habe jemand Großerbruders Schuhe genommen, sie auf den mit Gipsstaub bedeckten Schreibtisch gestellt und die Fußabdrücke vorsätzlich dort platziert.

»Dann der Volvo.«

Piet Hoffmann blätterte in der Vorermittlung ein paar Seiten weiter vor.

»Großerbruder war ganz versessen darauf, in gestohlenen Autos herumzukurven, also in jedem fahrbaren Untersatz, der ein paar PS unter der Haube hatte. Aber er hat niemals auch nur ein einziges Fahrzeug kurzgeschlossen.«

Weitere Fotos. Großaufnahmen von Reifenspuren, aufgenommen vor einem kleinen Gehöft, an der Straße, an der die Vallby-Anstalt lag, nur ein paar Hundert Meter entfernt. Dann vier Fotos des angeblichen Fluchtfahrzeugs: ein dunkelblauer Volvo 245 GLT, der verlassen in der Stockholmer Innenstadt aufgefunden worden war. Fein säuberlich aufgebrochen.

»Weil er es nicht konnte.«
»Was nicht konnte?«

»Ein Auto knacken! Es kurzschließen! Er kriegte es nicht auf die Reihe. Hatte nicht den blassesten Schimmer von Motoren. Er hat zig Autos geklaut. Es gab ihm einen Kick, an der Tanke in einen vollgetankten Wagen zu springen, bei dem der Schlüssel steckte, während der Besitzer an der Kasse bezahlte, oder in der Kneipe einen Autoschlüssel aus irgendeiner Manteltasche mitgehen zu lassen und eine nächtliche Spritztour zu machen. *Aber nie ohne Zündschlüssel.* Dafür war ich zuständig. Großerbruder kam jedes Mal zu mir, wenn er eine abgeschlossene Karre entdeckt hatte, die er *unbedingt* Probe fahren musste. Wie hätte er den Volvo auf dem Foto alleine klauen sollen?«

Piet konnte nicht still sitzen, fest überzeugt davon, dass etwas nicht stimmte. Er stand erneut auf, in Bewegung, und weil er nicht durch das Gefängnistor hinausgehen und mit dem Bus nach Hause zu den einzigen Menschen fahren konnte, die ihm etwas bedeuteten, wurde es ein zweiter Gang an das vergitterte Fenster. Und ein Blick, der sich seinen Weg suchte. Diesmal nach oben, über die Mauer, hinaus in das andere Leben.

»Da ist noch etwas.«

»Ja?«

»Was nur ich sehen kann. Kein damaliger Ermittler – und du auch nicht, Ewert, heute. Weil ihr Großerbruder nicht gekannt habt. Er war nicht euer bester Freund. Aber meiner.«

»Ja?«

»Ein anderer Schlüssel.«

»Ach so?«

»Schlag die Vorermittlung auf, irgendwo in der Mitte, die Aufnahmen von Großerbruders Zelle. Aber ignorier den Schreibtisch, das Bett und das Loch in der Decke.«

Piet Hoffmann blieb mit dem Rücken zu Grens und dem Papierstapel stehen, verweilte erneut bei dem schmalen Stück Himmel, das ungewöhnlich blau war. Derselbe Himmel, der an jedem anderen Ort Freiheit symbolisierte, verstärkte hier die Unfreiheit.

»Hast du sie gefunden?«

»Seite zweiunddreißig.«

»Siehst du die Pinnwand auf dem großen Foto? Über einem gemachten Bett? Eine Ansichtskarte von den Kanarischen Inseln und eine zweite aus Paris und ein kleiner knallroter Teddybär an einer Schnur, den irgendein Besucher mitgebracht hatte. Aber ganz oben, in der rechten Ecke, hängt ein Schlüssel an einem Haken, an einem Lederband.«

Grens tat, worum Hoffmann ihn gebeten hatte. Konzentrierte sich auf die Pinnwand über dem Bett und auf den Gegenstand, der in einer Ecke glänzte. Ein Schlüssel. Der aussah wie ein x-beliebiger Wohnungsschlüssel zu einer x-beliebigen Wohnung.

»Großerbruder hat ihn immer um den Hals getragen. Der Schlüssel war das Erste, was er morgens anzog, und das Letzte, was er abends auszog. Er wollte ihn immer in Reichweite haben.«

»Ja?«

»Als ob er jeden Moment abhauen würde. Verstehst du, Ewert? Ein Gedankenspiel, um durchzuhalten.«

»Ja?«

»Es war der Wohnungsschlüssel seines Vaters. Ein weiteres Gedankenspiel: ein Ort, an den er zurückkehren konnte. Weil er bei seinem Vater nicht mehr willkommen war. Er hatte seit Jahren bei keinem Elternteil gewohnt, hatte aber immer noch den Schlüssel. Eine vorgetäuschte Sicherheit. In Vallby stolzierte er zwischen uns anderen herum und prahlte mit seinem Hausschlüssel. *Ich hab jedenfalls ein Zuhause, in das ich kommen kann. Was zum Teufel habt ihr?* So in der Art. Obwohl wir alle wussten, dass dieser Weg in seinem Fall ein für alle Mal verbaut war.«

Piet Hoffmann drehte sich um, fertig mit der Aussicht auf den Freiganghof des Gefängnisses.

»Der Wohnungsschlüssel, Ewert. Die damaligen Ermittler hatten keine Ahnung von ihm, wussten nicht, dass Großerbruder seine Zelle niemals freiwillig ohne den Schlüssel um seinen Hals verlassen hätte.«

Grens hörte zu, nickte langsam.

Gipsstaub bedeckte beide Schuhsohlen. Ein kurzgeschlossenes Auto. Ein zum Talisman verklärter Schlüssel blieb zurück.

Ein Indiz war ein Zufall. Zwei Indizien ein Hinweis. Aber drei Indizien waren immer eines zu viel.

»Wenn ich damals die Protokolle gelesen hätte. Die Fotos gesehen hätte. Hätte ich sagen können, was ich jetzt sage. Deine Kollegen, Ewert, sie hätten ... So viel verschwendete Zeit.«

Piet verließ das vergitterte Fenster, der Raum wurde heller, als sein Körper es nicht mehr verdeckte, setzte sich auf den einfachen Stuhl an den einfachen Tisch und vor den Papierstapel, der ein anderes Leben enthielt.

»Das waren die Polizeifakten. Aber der Rest ... was zum Teufel ist das?«

Er deutete auf seine Notizen und eine Geschichte, die er noch nie zuvor gehört hatte.

»Was ihr *Karlo Lekos Laufbahn* nennt. Die irgendwann in der zweiten Grundschulklasse beginnt. Sicher, der einleitende Teil der Zusammenfassung des Jugendamtes stimmt – ich war dabei. Die Einbrüche. Der Vandalismus. Das alles stimmt, von vorne bis hinten, Seite für Seite. Aber der Rest? Er soll seine Mutter als *Hure* beschimpft haben? Brutale Angriffe, um sie zu verletzen? Nein. Nein! Ich war die ganze Zeit da und habe nie ein Wort davon gehört! Nicht von Großerbruder. Und seine Mutter hat viel mit mir geredet, und sie ... *Niemals!*«

Die Stimme. Die Augen. Hätte Grens den Gefängnisinsassen, der ihm gegenübersaß, nicht gekannt, hätte er es als Aggressivität aufgefasst. Aber sie kannten sich.

Und die Angst. Hoffmann hatte Angst. Panische Angst, dass jemand, der die eigene Mutter angreift, ihr blutige Schnittwunden zufügt und ihr Haar anzündet, während sie im Bett liegt und schläft, der ein Bestrafungsmuster entwickelt hat, wenn ein fremder Mann den Platz des abwesenden Vaters einnimmt – ebenfalls Teil der Wahrheit war.

»Ausgemachter Blödsinn! Ich hätte davon gewusst! Ich hätte …«

Also protestierte er. Transportierte seine Emotionen nach außen. Der einzige Weg, um es zu ertragen.

Ahnte aber tief im Innern.

Die Beobachtungen des Jugendamtes, die sich nicht wegdiskutieren ließen. Die Erkenntnis, dass die Verachtung, die Großerbruder stets empfunden hatte, das Bild der Hure, aus Eifersucht auf die Mutter und aus der Angst heraus, verlassen zu werden, entstanden und erwachsen sein könnte.

»Verstehst du, was ich sage, Ewert? Das ist absolut unmöglich!«

»Ich verstehe das, was ich lesen kann.«

»Den Jungen, der in diesen Unterlagen beschrieben wird, habe ich nie erlebt – *und wir waren ständig zusammen!*«

Piet Hoffmanns Stimme wurde noch lauter. Ewert Grens hatte damit kein Problem. Er pflegte selbst zu wüten und zu brüllen, wenn sich die Wirklichkeit, für die er sich entschieden hatte, auflöste. Er ließ Piets Angst gegen die kahlen Wände prallen, bis die Tür aufging und ein Justizvollzugsbeamter zu ihnen hereinschaute.

»Alles in Ordnung hier drin?«

Der ehemalige Kriminalkommissar hob beschwichtigend die Hand.

»Kein Problem.«

»So klang es nicht.«

»Wir diskutieren ein wenig. Sie können unbesorgt sein. Wenn Sie die Tür wieder schließen, setzen wir unsere Unterhaltung fort – ohne zu schreien. Oder was sagst du, Piet?«

Sie waren wieder allein. Sahen sich lange an, bis Grens das Schweigen brach.

»Etwas anderes.«

»Ja?«

»Es gibt eine Vernehmung, die ich mir etwas genauer angesehen habe.«

Seite zweiundvierzig der Vorermittlung. Die schlug er auf.

»Ja?«

»Ein junger Mensch, fünfzehn Jahre alt, der die Zelle neben Großerbruder bewohnt. Der nicht sehr viel sagt, weil er lieber Fünf in einer Reihe spielt.«

Piet Hoffmann erinnerte sich an diese Vernehmung. Es war ihm deutlich anzusehen.

»Und ich dachte mir, Piet, dass du im selben Alter mit Polizeiermittlern in einem Jugendgefängnis Fünf in einer Reihe gespielt hast, in dem Hugo mit mir zu Hause in eurer Küche Cheat spielt.«

»Und weiter?«

»Nichts weiter.«

»Du versuchst, etwas zu sagen.«

»Zwei gleichaltrige Jungen – und doch ganz verschieden.«

Sie sahen sich wieder lange an. Diesmal war es Piet, der fortfuhr.

»Oder dass mir die Erziehung meiner Söhne besser gelungen ist als meinen Eltern die Erziehung ihres Sohnes?«

Grens lächelte.

»So könnte man es sehen.«

Piet lächelte zurück. Bis er es nicht mehr tat.

»Ich habe dir auch etwas zu sagen.«

»So?«

»Dein Telefon.«

»Ja?«

»Hol es raus.«

»Okay?«

»Du hast eine Nachricht bekommen.«

Grens hatte sein Jackett über den Stuhl gehängt und durchsuchte nun die Außentaschen, bis er das Handy nach einiger Fummelei in einer der Innentaschen fand.

Zwei neue Nachrichten. Von einer unbekannten Nummer.

»Ich habe dir, kurz bevor ich hergebracht wurde, zwei Videos geschickt.«

»Du hast sie geschickt?«

»Ja.«

»Aus deiner Zelle?«

»Hier gibt es mehr versteckte Telefone als Gefängnisinsassen. Öffne die Nachricht.«

Der ehemalige Kriminalkommissar fummelte weiter an den winzigen Tasten herum, bis es ihm nach langen Sekunden gelang, eine Videoaufnahme anzuklicken, die er am liebsten nie gesehen hätte.

Rasmus.

Grens beugte sich näher zu dem kleinen Display.

Ja, er ist es.

Rasmus, der wie immer rennt und spielt. Bis ein Mann auf ihn zugeht. Der sich als Freund von Lillebror vorstellt, der ein Freund von Rasmus' Vater ist. Der Fremde stellt sich dicht neben ihn, legt dem Jungen einen Arm um die

Schultern und bittet ihn, in die Kamera zu winken, während sie sich selbst filmen.

»Was … sehe ich mir da an?«

»Öffne die zweite Nachricht, Ewert. Das zweite Video.«

Zofia.

Und Luiza.

Und – jemand, der ihnen folgt, der an ihnen vorbeigeht, etwas sagt. Ein Mann, eine Männerstimme ist zu hören, als sie beide in die Kamera lächeln, Luiza lacht sogar.

»Ich habe Zofia angerufen, vom selben Telefon aus. Ich muss sie warnen. Verhindern, dass … Aber sie geht nicht dran. Sie tut genau das, was wir besprochen haben: keine Anrufe oder Nachrichten von Nummern zu öffnen, die sie nicht kennt.«

Grens starrte auf die letzte Sequenz des Films. Die kleine Luiza sah so fröhlich aus.

»Ewert?«

»Ja?«

»Ich kann sie von hier aus nicht beschützen.«

Ewert Grens antwortete nicht.

»Genauso wenig wie ich von hier aus etwas gegen die Wahnvorstellungen eines Verrückten ausrichten kann.«

Es gab keine Antwort darauf, nichts, was er hätte sagen können.

»Daher möchte ich, dass du mir bei einer Sache hilfst.«

»Ja?«

»Du hast es versprochen. Erinnerst du dich? Ich glaube sogar, wir haben es aufgenommen, bei dem vorgetäuschten Verhör. Du hast ziemlich genau gesagt: ›Ich tue alles, was du willst, um deine Familie zu beschützen. Ganz egal, welche persönlichen Konsequenzen es für mich hat.‹«

»Ich erinnere mich. Ich brauche keine Aufnahme.«

Luizas lachende Augen, Grens ertrug es nicht mehr, sie anzusehen. Er griff nach dem Handy und schob es in die Innentasche seines Jacketts.

»Und darum ... Meine Hilfe, Piet?«

»Ja.«

»Wobei?«

»Bei dem, von dem ich gehofft hatte, Großerbruder hätte es tatsächlich geschafft.«

»Ja?«

»Bei meiner Flucht.«

DAMALS
Zweiter Teil

DREI TAGE. DANN kommt er raus. Der Dreckswärter hat ihn eingeschlossen, und der Dreckswärter schließt wieder auf. Isolation. Man existiert nur im eigenen Kopf, nur da, weil es nichts anderes und kein Anderswo gibt. Sogar Cyril und Mehmets Geschwafel wären ihm jetzt recht. Auch wenn es ihre Schuld ist, dass er in der Iso gelandet ist. Vielleicht ist es auch seine eigene. Eigentlich weiß er, wessen Schuld es ist. Großerbruders. Aber vielleicht ist nicht mal Großerbruder schuld daran, sondern Piets Mutter oder die Asphaltwüste von Alby oder das ganze verfluchte Schweden.

»Kfz-Werkstatt? Schule? Deine Zelle?«

Der Dreckswärter will wissen, wo er ihn abliefern soll, damit er gehen und seinen Wärterkaffee trinken kann. Piet sieht sich um. Die Abteilung ist leer. Alle anderen sind irgendwo. Er zögert. Jede Faser seines Körpers schmerzt, und er ist müde, weil er nicht schlafen konnte. Aber er kann auch nicht in seiner Zelle hocken und weiter Selbstgespräche führen.

Er wählt die Schule. Die Lehrerin. Und er sieht, dass sie sich freut.

Die anderen fünf Schüler sitzen hinten im Klassenzimmer und schreiben irgendwas, als er klopft und sie ihn bittet, zu ihr nach vorne ans Pult zu kommen.

»Du hast gefragt, warum es mich kümmert.«

Sie zieht einen Stuhl heran, möchte, dass er sich setzt.

»Masmo. Da bin *ich* aufgewachsen. Zwei U-Bahn-Stationen von dir und Karlo entfernt. Nur ein paar Jahre früher.«

Er sagt nichts. Sagt aber auch nicht, dass sie den Mund halten soll.

»Das habe ich versucht, dir zu erklären, als du nicht zugehört hast: Ich wollte hierher, in eine Jugendstrafanstalt. Darum bin ich Lehrerin geworden. Weil ich euch kenne. Mit euch aufgewachsen bin.«

Sie beugt sich zu ihm, die Ellbogen aufs Pult, das Kinn in die Hände gestützt. Es gibt wirklich kein Entkommen.

»Also meine Frage an dich, Piet: Was willst du? *Wohin* willst du? Hast du ein Ziel – oder ist da oben nur Grütze?«

Sie hören es beide. Schwere Schritte vor der Klassenzimmertür. Jemand reißt sie förmlich auf.

»Du!«

Der Dreckswärter. Er sieht weder die Lehrerin noch Piet an, stiefelt am Pult vorbei zwischen den Schulbänken hindurch zu einem der Typen aus der Esplanade-Abteilung, der Drogenabteilung.

»Du sollst zu einem weiteren Verhör!«

Er packt den Typen am Oberarm und zerrt ihn vom Stuhl, Stift und Papier fliegen in verschiedene Richtungen, während die Lehrerin aufsteht und ruft.

»Hallo? Was tun Sie da?«

Sie hastet zu dem unangemeldeten Besucher.

»Sie platzen, ohne anzuklopfen, in mein Klassenzimmer? Sie klopfen hier genauso an wie an jedem anderen Ort der Anstalt – das wissen Sie, Flemming!«

Der Dreckswärter geht einfach an ihr vorbei. Zerrt den Typen mit sich.

»Haben Sie gehört, was ich gesagt habe?«

Bei ihrer letzten Begegnung hat sie einen körperlichen Übergriff beendet. Jetzt stellt sie sich ihm in den Weg.

»Sie verhalten sich respektvoll. Mir und meinen Schülern gegenüber. Hier im Klassenzimmer und draußen in den Anstaltsfluren.«

Der Dreckswärter bleibt stehen, lacht.

»Sie und ich, Fräulein. Sie und ich, eines Tages.«

Dann geht er weiter, packt den Typen hart am Arm.

Piet kann sich nicht länger zurückhalten.

»Du, Flemming?«

»Ja?«

»Du bist ein Nichts.«

Auch wenn er weiß, dass er dafür bezahlen wird.

»*Ein erbärmliches Nichts außerhalb dieser Mauern.*«

Die Tür fällt genauso schwungvoll zu, wie sie aufgerissen wurde, und Piet und die Lehrerin schauen sich an. Sie müssen eigentlich nichts sagen. Aber Piet tut es.

»Dieser ... Ein aufgeblasener Furz. Jetzt hat er die Macht. Aber irgendwann werden wir uns wiedersehen.«

»Ich verstehe, was du meinst. Aber das Erste ist mir lieber.«

»Das Erste?«

»Ein erbärmliches Nichts außerhalb dieser Mauern.«

Sie lächelt.

»Denn wenn er abends einschläft, weiß er, dass es die Wahrheit ist. Außerhalb dieser Räume ist er ein Niemand. Ohne seine Uniform, ohne diesen Ort. Du hast recht, Piet: Er wird nicht nur kleiner, er wird ein Nichts.«

Sie stützt die Ellbogen wieder aufs Pult. Wie um zu zeigen, dass sie da weitermachen, wo sie aufgehört haben.

»Habe ich recht, Piet? Willst du mehr als Grütze?«

»Grütze?«

»Grütze.«

Sie tippt leicht an seine Schläfe, lässt ihre Fingerspitze dort.

»Dadrin. Sitzt da mehr als nur Grütze?«

Er antwortet nicht. Es ist keine Frage.

»Ich lese, was du Jahr für Jahr gemacht hast. Ich habe deine Unterlagen bekommen. Nicht nur von deiner ehemaligen Schule, auch die vom Jugendamt und der Polizei. Und ich verstehe es nicht, Piet. Im Unterschied zu vielen anderen hier ist dein Ziel nicht, kriminell zu werden und es zu bleiben. Dem Gesetz nach bist du kriminell, aber du bist es nicht.«

Er hört zu. Er hat keine Wahl, wenn sie ihn so ansieht.

»Du bist ... orientierungslos. Nicht der Typ, der denkt: *Okay, verdammt, jetzt werd ich Vollzeit-Gangster.* Aber auch nicht der, der denkt: *Gut, diese Strafe sitze ich ab, und danach höre ich auf, danach werde ich anständig und normal.* Andere entscheiden sich für eins von beidem: den Weg bis zum Ende zu gehen oder auszusteigen. Aber du hast dich für einen dritten Weg entschieden – oder richtiger: Du hast dich *nicht* entschieden. Du scheinst das Ganze für einen Spaß zu halten und wirst diesen Weg weitergehen, es sei denn, du triffst jemanden, der dich dazu bringt, dich zu ändern. Du willst frei sein. Du willst den Kick und vermeidest alles, was dir keinen Nervenkitzel bringt. Du willst in ein Auto springen, hast aber kein Geld, es dir zu kaufen, also klaust du eben eins, und *Hoppla, da ist eine Tankstelle, wir halten an und organisieren eine Stange Zigaretten.* Du willst das Adrenalin spüren, hast aber keine kriminelle Energie. Es passiert dir einfach.«

Mit einem hat sie recht.

Er hat weder vor, Vollzeit-Gangster zu werden.

»Also, dein dritter Weg, Piet: Wie sieht der aus?«

Noch aufzuhören. Klar, irgendwann wird er aufhören.

Schließlich kann man mit vierzig nicht mehr zwischen Zwanzigjährigen eingesperrt sein, aber nicht jetzt.
»Wohin führt er? Wohin willst du, Piet?«

...

Als er in seine Zelle zurückkommt, ist auch Großerbruder zurück.
Bandagiert. Voller blauer Flecken.
»Dich hat der Dreckswärter in die Iso verfrachtet und mich in die Krankenstation.«
Aber sonst ganz der Alte.
»Ich hab's schon mal gesagt. *Ich treibe ihn zum Wahnsinn.* Und ich fange gleich damit an. Komm – du musst mir bei einer Sache helfen, Piet.«
Das Büro und der Pausenraum der Wärter liegt neben dem Speisesaal, und Großerbruder hat Piet schon öfter damit in den Ohren gelegen, dass er sich das Türschloss vornehmen soll. Großerbruder kann alles mitgehen lassen, was ihm in die Hände fällt, ist aber nicht ansatzweise fähig, ein komplizierteres Schloss zu knacken oder ein Auto kurzzuschließen. Dafür hat er kein Händchen. Sein kleiner Bruder hingegen kann es. Lillebror, der kleine Hosenscheißer, der immer mindestens zehn Meter hinter ihnen gehen muss und nie mitkommen darf, wenn sie Spaß haben wollen – Piet ist dagegen –, ist ein wahres Autoknacker-Genie. Aber wenn Großerbruder immer kurz davor ist, den Spaß zu übertreiben, schießt Lillebror grundsätzlich übers Ziel hinaus. Obwohl Großerbruder nervt und ADHS deluxe hat, existiert bei ihm immer noch eine Art von Grenze, Lillebror dagegen hat nie eine Grenze gekannt. Wenn der kleine Scheißer ein Auto aufbricht – mit dem Schraubenzieher hantiert, das Schloss knackt und die Tür aufbricht –, endet es jedes Mal im Chaos. Weil er sie beein-

drucken will. Obwohl er trotzdem nicht mitmachen darf. Wie das eine Mal, als er den Benz klargemacht hatte, das Gaspedal bis zum Boden durchdrückte und an der nächsten Polizeiwache vorbeiraste. Die Wache war dunkel und unbemannt, aber in Lillebrors eigener Welt war er ab diesem Abend das Bad Kid des Viertels, obwohl nichts weiter passierte, als dass die Bullen danach noch zahlreicher durch ihre Straßen latschten. Ein Neunjähriger, der gerade mal übers Lenkrad gucken konnte und sich die Wange vom Mund bis zum Auge aufriss, als er die Karre zu Schrott fuhr.

»Piet? Komm schon. Hilf mir.«

»Nein.«

»Hör zu: Ich. Treibe. Den. Dreckswärter. Zum. Wahnsinn.«

»Großerbruder – ich habe gesagt, dass ich nicht will.«

»Bitte. Knack das Schloss. Es ist niemand hier.«

»Das wird nichts.«

»Du kriegst es hin, ohne dass es zu sehen ist. Keiner wird es merken.«

Schon als Piet auf das Türschloss zugeht, weiß er, wie er es aufbekommt. Er hat sich alle Schlösser in der Abteilung eingeprägt, das macht er überall. Er plant es nicht, denkt nicht einmal darüber nach, es ist eher ein Teil von ihm.

Sie betreten ein Wärterbüro, das aussieht, wie Wärterbüros eben aussehen. Auf einem Regal in der Teeküche steht eine Gemeinschaftskasse. Für kleine Einkäufe. Kaffee, Kekse, so was in der Art. Darin ist nicht viel, ein paar Scheine und ein Haufen Münzen, aber sie leeren sie und denken wahrscheinlich beide das Gleiche: Sie können das Ganze wiederholen, wenn die Idioten neues Geld eingezahlt haben.

Dann dreht Großerbruder seine Runde.

Als Erstes geht er zur Kaffeemaschine und schneidet von ein paar Melitta-Filtertüten die unteren Kanten ab. Überlegt es sich anders, wirft sie weg, nimmt neue heraus und erklärt, dass er stattdessen den Falz aufschlitzt. Wenn er die untere Kante abschneidet, merken die Leute es manchmal. Aufschlitzen ist unauffälliger. Das Kaffeepulver fällt durch den offenen Filterboden, und die Wärter schnallen nichts, weil der Filter intakt aussieht. Dann nehmen sie einen neuen Filter aus der Packung, aber Pustekuchen, das Kaffeepulver fällt auch diesmal durch.

Großerbruder quetscht sich hinter den Kühlschrank neben der Küchenzeile und zieht den Stecker raus, schwadroniert zufrieden über geschmolzene Butter und saure Milch.

Die meiste Zeit verbringt er im WC der Wärter. Verteilt Schmierseife auf dem gekachelten Fußboden und lockert die Dichtungsringe unter dem Waschbecken. Es sieht immer noch so aus, als wären sie fest mit den Rohren verschraubt, aber dem Nächsten, der den Wasserhahn aufdreht, fließt das Wasser auf Hose und Schuhe. Er löst die Schrauben der Klobrille und lacht dabei so sehr, dass er Schluckauf bekommt: *Also, hör zu, Piet, der Fettsack hockt sich hin, die Klobrille ist nicht befestigt, und seine blassen Schwabbelschenkel flutschen zur Seite. Kapierst du? Er hat es eilig, er muss scheißen und merkt nicht, dass der Boden blanker ist als sonst. Er hockt sich hin, scheißt, ist fertig und greift nach dem Klopapier. Bei der Bewegung rutscht die Klobrille mit, die halbe Kackwurst hängt ihm noch am Arsch. Und wenn er sich die Hände wäscht, spritzt das Wasser aus dem Abflussrohr, vermischt sich mit der Schmierseife, der Fußboden wird zur Rutschbahn, und ...* Großerbruder lacht sich schlapp, seine Beine geben nach, und er sinkt auf einen Stuhl; er war lange nicht so fröhlich.

Piet findet es nicht so lustig.

»Wir hören auf, bevor jemand kommt.«

»Noch ein bisschen. Der Herd und die Mikrowelle. Ich dachte ...«

»Sinnlos. Nimm die Knete, das verstehe ich, aber der Rest ist komplett unnötig.«

»Es macht Spaß!«

»Nimm die Knete. Wir hauen ab.«

...

Um fünf Uhr, auf die Minute.

Da kommen sie.

Großerbruder liegt wie Piet auf dem Bett und ruht sich aus. Ausruhen, wovon? Da reißen die drei Wärter Großerbruders Zellentür auf. Keine Stimmen, keine klirrenden Schlüsselbunde und keine Warnung an alle anderen, sich fernzuhalten. Dann wäre es kein Überraschungsangriff, er hätte sich vorbereiten, einen Stift oder sonst was nehmen und wild um sich stechen können.

Der Dreckswärter presst Großerbruder wieder ein Knie auf die Brust und drückt ihn ins Kissen hinunter.

»Unser Pausenraum? Diesmal bist du zu weit gegangen, du kleiner Scheißer!«

Der eine der beiden Einhundertzehn-Kilo-Gorillas steht draußen vor der geschlossenen Zellentür, und der andere hält Großerbruders zappelnde und strampelnde Beine fest. Piet weiß, dass es noch weitergehen wird. Die Zelle ist nur der Anfang des Übergriffs, der Rest folgt in der Iso. Er wartet, bis sie Großerbruder auf den Korridor hinauszerren. Es geht nicht mehr darum, unnötigen Ärger zu vermeiden – Schutz, nur darum geht es.

Sie tragen Großerbruder, einer hält seine Arme, der andere seine Füße, und der Dreckswärter hat seine Schlüsselkarte gezückt, um die Tür zur Isolation zu öffnen.

In dem Moment greift Piet Hoffmann an.

Er nimmt, was er in der Zelle findet, eine ungeöffnete Coca-

Cola-Dose, und sprintet auf den Gorilla zu, der Großerbruders Füße hält. Er schlägt ihm die volle Dose gegen Stirn und Schläfe, und der Inhalt explodiert. Der andere Gorilla – der, der kämpfen kann – hält Großerbruders Arme eine Sekunde zu lange fest, und Piet wirft sich auf ihn, fuchtelt mit den Armen, Gefuchtel und unbändige Wut sind das Geheimnis, bis auch dieser Wärter zu Boden geht.

Großerbruder kann sich endlich bewegen und brüllt, während er abwechselnd auf die am Boden liegenden Wärter eintritt. *Stirb*, brüllt er, *stirb, stirb*. Piet geht auf den Dreckswärter zu, der vor ihm steht. Und in seiner eigenen Welt will Piet zuschlagen und zurückzahlen, zuschlagen und zurückzahlen, und bekommt nicht mit, was in der anderen Welt passiert: Aus anderen Abteilungen kommen Wärter herbeigeeilt. Ihre Schlagstöcke prasseln willkürlich auf alle Körperstellen ein, die sie erreichen. Rücken, Nacken, eine neue Rippe bricht, und jetzt bekommt auch der Dreckswärter Sauerstoff, macht mit.

Piet wurde schon öfter von erwachsenen Männern zusammengeschlagen, aber diesmal sind es mehr, und sie sind ungleich wütender. Zum Glück hat er eines früh gelernt: Wenn man beschließt, etwas nicht zu spüren, spürt man es auch nicht. Er flüstert sogar wie damals vor vielen Jahren: *Schlag zu, ich spüre nichts, schlag zu, verflucht.*

Bevor sie die Tür der Isozelle schließen, fragen sie, ob er untersucht werden will, ob sie eine Krankenschwester rufen sollen, aber Piet sagt ihnen, sie sollen zur Hölle gehen.

Er blutet stärker, hat größere Schmerzen als beim letzten Mal.

Er liegt auf der Pritsche, bewegt sich so vorsichtig wie möglich, damit die gebrochene Rippe sich nicht irgendwo hineinbohrt, und denkt, dass die Wärter ihn normalerweise in Ruhe lassen. Es ist einfach so, schon immer. Nicht weil er Verwandte hat, die drohen wie manch andere, sondern weil die Leute aus irgendeinem Grund wissen, dass er nicht ausweicht und nicht zu bändigen ist. Aber dieser Ort ist nicht normal. Hier gibt es den Dreckswärter und seine rechte und linke Hand, und hier gibt es Großerbruder, der sich nie ändern wird.

...

Auch dieses Mal dauert es drei Tage, bis er rausgelassen wird und zur Schule gehen und der Lehrerin Hallo sagen kann, die ihn nach der Iso-Haft im Unterricht willkommen heißt, wieder.

Nach der letzten Stunde, als die anderen Schüler gegangen sind, fragt sie ihn nach einem Buch, das er in der Iso gelesen hat.

»Polnische Geschichte?«

»Ja.«

»Kein anderer Jugendlicher hier hat in der Vallby-Bücherei jemals ein Buch über polnische Geschichte bestellt, auch kein anderer, den ich kenne.«

»Meine Eltern kommen von da. Sie sind geflohen. Mit dem Boot. Damals, als es die Mauer noch gab, die echte – die Sowjetunion und Kalter Krieg und das alles.«

Manchmal denkt er an eine Sommerwoche, als sie zusammen dort waren, auf Verwandtenbesuch. Er hat zwischen seinen Eltern im Taxi gesessen, das sie nach Bartoszyce brachte, der Ort, an dem er hätte leben und aufwachsen und vielleicht ein anderer werden können.

»Mein Vater ist geflohen, war wohl ziemlich viel Gewalt im Spiel, und als ich klein war, ist er auch zu Hause oft handgreiflich geworden, aber er hat nie Leuten, die ihm zufällig über den Weg liefen, gegen den Kopf getreten. So wie ich.«

»Wie findet er es?«

»Finden?«

»Dass du hier sitzt?«

Piet will gerade antworten *Warum kümmert Sie das?*, überlegt es sich aber anders.

»Er schämt sich. Er findet, man muss das Richtige tun. Und hier ist wohl kaum der richtige Ort dafür.«

Die Lehrerin legt ihre Hand auf seine, nicht lange, aber lange genug. Es gefällt ihm, die Wärme beruhigt ihn.

»Warum tust du das? Du schlägst draußen Leute zusammen, landest hier – und machst weiter.«

Piet schweigt. Ihre Fragen sind wie ihre Hand eben, sie umarmt ihn, und es wird warm, aber diese Wärme ist anders, eine Art, die er nicht mag.

»Ich weiß, dass du denken kannst. Dinge zu sagen hast. Und vor allem, Piet, hast du immer eine Wahl.«

Es ist seltsam. Sie ist nicht besonders groß. Nimmt eigentlich nicht viel Raum ein. Aber es sind die Augen, immer die Augen, und sie lassen ihn nicht los.

»Ich habe auch deine Vernehmungs- und Gerichtsprotokolle gelesen. Du bist sensibel.«

»Was?«

»Du schlägst und trittst, und ich lese, dass du dein Opfer um Entschuldigung bittest. Den Jungen, den ich neulich gesehen habe und der in Isolationshaft gesteckt wird, erkenne ich aus meinem Klassenzimmer nicht wieder, aber er ähnelt dem Jungen, von dem ich in deinen Urteilen gelesen habe. Ich weiß, warum du hier bist, aber im Unterschied zu den meisten anderen kannst du dein Opfer um Verzeihung bitten und meinst es ernst. Kannst jemand sein, der dir ähnelt. Also warum, warum, Piet, *benimmst* du dich nicht wie du? Warum *bist* du nicht du?«

Er versucht zu entkommen, und der verfluchte Blick folgt ihm.

»Du bist viel mit Karlo Leko zusammen.«

»Mein bester Freund.«

»Ich habe auch seine Akte gelesen – und verstehe es nicht. Ihr klebt zusammen wie Pech und Schwefel, seid euch aber überhaupt nicht ähnlich.«

»Ähnlich?«

»Kennst du ihn überhaupt? Ich verstehe nicht, wie ihr ein Team sein könnt.«

»Sie haben keine Ahnung. Großerbruder ist wie ich. Wie ich Ihrer Meinung nach bin. Er hat auch nicht das Ziel, Gangster zu werden, er hat überhaupt kein Ziel. Wohin sollte er gehen? Seine Mutter und der Rest seiner Familie klatschen Beifall, wenn er in den Knast wandert. Er kann nicht aufhören und alle enttäuschen. Er macht weiter, ohne zu wissen, warum. Großerbruder denkt nicht nach, er tut es einfach. So wie ich. Wir connecten. Der dritte Weg, haben Sie es so genannt?«

Sie blättert den Papierstapel auf ihrem Pult durch, reißt von einem Blatt mit korrigierten Matheaufgaben eine Ecke ab.

»Wenn du reden willst, Piet. Ein andermal. Komm her, wann du willst, oder ...«

Sie schreibt etwas auf, gibt ihm den Zettel.

» ... wenn du mich lieber anrufen möchtest. Das ist meine Privatnummer. Ich kann dafür sorgen, dass ich auf deiner Telefonliste stehe. Weil ich den Eindruck habe, dass du mit zwanzig Prozent hier bei uns bist und mit den restlichen achtzig Prozent ganz woanders. Wenn du mir erzählen möchtest, wo du wirklich bist, was dir durch den Kopf geht und was du willst, ruf mich an.«

Sie lächelt.

Er wünscht sich, auch sie wäre fünfzehn.

»Du hast mir die Tür aufgehalten, Piet. Meine Tür steht dir immer offen.«

Auf dem Rückweg geht er am Kiosk vorbei. Einmal in der Woche füllt ein Kioskbetreiber aus Vallby einen Raum gegenüber der Küche mit Waren, und alle jugendlichen Insassen haben ein eigenes Konto. Mit Taschengeld von den Eltern oder einem kleinen Wochenlohn, weil sie zum Unterricht gehen, in der Kfz-Werkstatt arbeiten oder den Pausenhof reinigen. Großerbruder wartet ungefähr in der Mitte der Schlange, und Piet stellt sich neben ihn, obwohl die Leute, die weiter hinten stehen, murren.

»Schule – heute auch?«

»Du solltest auch hingehen, Großerbruder.«

»Hast du sie schon flachgelegt?«

Großerbruder greift sich an den Schwanz, bewegt das Becken vor und zurück, lacht.

»Mit diesem Arsch, absolut perfekt, da könnte man …«

»Halt dein Maul.«

Piet packt Großerbruder am Arm, das tut er selten, sein Griff ist härter als sonst, und er drückt seinen besten Freund an die Wand.

»Du hältst jetzt dein Maul! Kapiert?«

Es ist ernst.

Und diesmal rafft Großerbruder es ausnahmsweise.

Er hält seine Klappe, während sie in der Schlange warten und während sie ihre Einkäufe machen, sogar als der Dreckswärter, der draußen Aufsicht hat, sich zu ihm beugt und auf seine Tüte zeigt.

»Jaja, deckt euch ruhig mit Süßigkeiten ein. Leicht für jemanden, der keine Steuern zahlt.«

Genauso stumm geht Großerbruder zum Kiosk zurück, borgt sich vom Betreiber einen Stift, einen Klebezettel und ein Stück Tesafilm und klopft dem Dreckswärter anschließend im Vorbeigehen fast freundschaftlich auf den Rücken. Es klingt, als würde er flüstern *Hab einen schönen Tag*. Es wird eine Weile dauern, bis der Dreckswärter merkt, dass auf dem Rücken seiner Uniformjacke ein Zettel haftet, auf dem steht

ICH BIN EIN
FASCHOSCHWEIN.

»Im Ernst?«

Piet weiß – das wird mehr Ärger geben.

»Wie alt bist du?«

Aber Großerbruder schmeißt sich bloß weg vor Lachen und brütet auf dem Weg zwischen Kiosk und Zellentrakt einen neuen Plan aus, um die Wärter zur Weißglut zu treiben. Sie sind allein auf dem Flur, und Großerbruder bleibt vor einer verschlossenen Stahltür stehen – vor der Waschküche, von der er schon häufiger geredet hat und wo die Wärter ihre verschwitzten Sportsachen zum Trocknen aufhängen und regelmäßig Insassen misshandeln.

»Hier. Lass uns reingehen.«

»Nein.«

»Piet? Komm schon!«

Piet knackt dieses Schloss genauso leicht wie alle anderen einbruchsicheren Schließmechanismen, und der Raum ist größer, als er ihn sich vorgestellt hat, ein paar Waschmaschinen und über Kreuz gespannte Wäscheleinen für nasse Kleidung und mehrere Regale mit Werkzeugen und zig Dosen Malerfarbe. Ein überzähliger Raum, wo alles aufbewahrt wird, was in die anderen nicht mehr hineinpasst. Großerbruder reißt ein Kleidungsstück nach dem anderen von den Wäscheleinen und zerfetzt sie mit Schraubenziehern und Zangen, die er in der Werkzeugkiste findet. Er knöpft seine Hose auf, pisst in die Trommeln der Waschmaschinen und will eben den gusseisernen Deckel des Bodenabflusses anheben, als Piet ihn aufhält.

»Das reicht.«

»Es reicht nicht. *Ich will ihn in den Wahnsinn treiben.*«

»Das hast du längst geschafft – und alle anderen müssen die Konsequenzen tragen.«

»Der Fettsack trägt die Konsequenzen. Genau wie es sein soll.«

Aber er hört auf. Piet hat es vorhin ernst gemeint, und Großerbruder will gerade nicht noch mehr von diesem Ernst erleben. Aber genau das tut er. Denn in dem schallisolierten Raum, in dem die Wärter ihn so oft misshandelt haben, durchlebt er einen Moment lang den Wahnsinn, den er selbst zum Ausbruch bringen will.

»Einmal, Piet, er ... Als wir hier waren. Der Fettsack hat auf den Abflussdeckel gestampft und gebrüllt, dass er mich in Stücke hackt und mit dem Abpumpwasser der Waschmaschine wegspült. *Du landest unter der Erde, Leko.* Und manchmal hab ich eine scheiß Angst. Neulich, als du mir geholfen hast ... Eines Tages geht er zu weit.«

»Dann hör auf, ihn zu provozieren.«

Sie sehen einander an.

Sie wissen beide, dass es Impulse sind, die einfach auftauchen, sich nicht unterdrücken lassen.

»Er. Wird. Amok. Laufen. Ich *muss* hier weg.«

»Zwei Jahre und sieben Monate. So viel musst du noch absitzen.«

»Seine Hände haben mich gewürgt, ich hab den Druck gespürt. Und der Blick – wenn er und ich hier jemals allein sind ... Er bringt mich um. Verstehst du? Was, wenn wir stattdessen nach

Hällby kommen könnten? Oder Vångdalen, da war ich noch nie. Oder nach ... Piet, wir müssen hier raus, weg.«

...

Am nächsten Morgen, nach dem Aufschluss, stürmt Großerbruder in Piets Zelle.
»Komm zu mir rüber. Wir müssen reden.«
Die Haare in alle Richtungen. Kaum angezogen.
»Nach dem Frühstück.«
»Jetzt, Piet.«
Gestresst. Gehetzt.
»Ich hab keine Sekunde geschlafen.«
Piet seufzt, aber nur leise, er will kein Arsch sein und folgt Großerbruder in die Nachbarzelle. Sie setzen sich beide auf das ungemachte Bett.
»Was ich gestern gesagt habe, Piet.«
»Dass du manchmal Angst hast?«
»Dass er mich eines Tages umbringt. Wenn ich nicht abhaue.«
»Ich kapier es nicht, Großerbruder. Du hast nie Angst, nicht mal dann, wenn du Prügel kassierst. Was passiert, juckt dich nicht. Egal ob es dich betrifft oder sonst was.«
»Ich hab's doch gesagt. Das war anders. Nicht wie sonst. Ich hab schon tausendmal Prügel von ihnen kassiert. Aber die Schläge ... Irgendwas hat sich verändert. Die Gewalt quasi. Früher wollten sie es mir heimzahlen, irgendwas, was ich gemacht habe. Wollten mich verletzen. Aber jetzt ist es ... als könnten sie die Sache zu Ende bringen. *Ich muss von hier weg.* Und sie werden mich niemals in eine andere Anstalt verlegen. Also ... abhauen. Ich muss abhauen.«
Piet schüttelt den Kopf.

»Du musst abhauen?«

»Ja.«

»Dann müssen *wir beide* abhauen.«

Sie sind schon oft zusammen abgehauen, haben wie jetzt die Köpfe zusammengesteckt und eine Flucht geplant, die dann auch geklappt hat. Aber das war im Erziehungsheim. Großerbruder war ein Meister im Abhauen und im Davonrasen in fremden Autos. Einmal haben sie nachts den Direktor überfallen und ihm den Zeigefinger gebrochen, damit er sie rausließ; in einer anderen Nacht haben sie ein Bügeleisen erhitzt und es an die Fensterscheibe gedrückt, und einmal sind sie einen Schornstein hochgeklettert und über das Dach getürmt, weil Großerbruder von einer Lkw-Ladung mit fünfhundert Anzügen in einem unbewachten Lagerhaus gehört hatte, die seine Mutter weiterverhökern wollte. Es gab immer einen Grund und einen Weg, nach draußen zu kommen.

Jetzt reden sie stattdessen lange über diesen Rumänen, der über die sieben Meter hohe Mauer des Kumla-Gefängnisses entkommen ist. Sie können beide gut klettern, und der Zaun hier ist niedriger, nicht so hoch wie die Mauern in Hochsicherheitsgefängnissen für Erwachsene. Der Mauerkletterer ist derselbe Typ, der im Speisesaal des Hall-Gefängnisses so viel Butter zusammengeklaut hat, dass er sich damit von oben bis unten einschmieren und sich durch einen Lüftungsschacht zwängen konnte, der auf einer Seite siebzehn und auf der anderen Seite neunundvierzig Zentimeter breit war. Butter gibt es hier auch, sie sind beide schmal, und wie schwer kann es sein, sich durch einen Lüftungsschacht zu quetschen?

Dann reden sie darüber, dass ein älterer Typ Großerbruder gezeigt hat, wie man aus leeren Flaschen, Kohlestäben, Kondomen, abgeschnittenen Staubsaugerkabeln, Kupferdraht und etwas Isoliertape einen Schneidbrenner baut, der stark genug ist, um Gitterstäbe durchzuschweißen. Großerbruder hat es ausprobiert, und es funktioniert. Aber sie sind sich einig, dass sie nicht die Zeit haben, um alle Einzelteile zu organisieren und das Gerät heimlich zu bauen.

Sie reden auch lange über Türen. Mit seiner eigenen Regel bekommt Piet so ziemlich jedes Schloss auf: Jede Tür hat eine Schwachstelle. Er hat fast alle Türschlösser der Anstalt gecheckt, und sie beschließen, es durch die Abteilung Hoher Berg zu versuchen, wo die Sexualstraftäter einsitzen. Da gibt es eine Passage mit drei verschlossenen Türen, und Piet ist sich sicher, dass er mindestens zwei davon knackt. Die erste, indem er einen Meißel in den unteren Spalt zwischen Tür und Rahmen schiebt und ihn nach oben führt, dabei entsteht immer ein gewaltiger Druck, und wenn er sich dem Schloss nähert, weitet sich der Spalt und ... die Tür geht auf. Er hat keine Ahnung, warum oder wie, aber es ist so, er hat es schon oft gemacht. Für die zweite Tür brauchte er ein Bandrichteisen, und er hat gesehen, dass eines in der Werkzeugkiste in der Waschküche liegt. Er setzt das Bandrichteisen an, biegt und entfernt zwei Scharniere. Er muss die Tür nicht einmal aufbrechen, nur die Scharniere. Bei der dritten und letzten Tür ist er sich nicht sicher. Mit ein bisschen Glück kann er sich morgen oder übermorgen wieder in die Abteilung rüberschleichen und die Tür in Augenschein nehmen, aber nach einer Weile sagt Großerbruder, dass er sich nicht traut, so lange zu warten.

Da entscheiden sie sich für die Decke.

Für die zum Pausenhof zeigende Ecke über Großerbruders Bett. Großerbruder liegt jede Nacht da, starrt an ebendiese Decke und hat viel darüber nachgedacht. Er steht auf und inspiziert die Gipsstruktur über seinem Kopf, als Piet sagt, dass er gehen muss.

»Schule. Der Unterricht fängt in zehn Minuten an.«

»Du willst zu der Hure ... jetzt?«

»Wir machen später weiter.«

»Du entscheidest dich für die Hure – statt für mich? Die Hure – statt zu Ende zu planen, wenn ich so schnell wie möglich von hier abhauen muss?«

Piet ist schon auf dem Weg zur Zellentür. Jetzt bleibt er stehen.

»Pass auf, was du sagst.«

»Du bist geil auf sie. Geil auf die Hure.«

»Halt einfach deine Klappe. Okay?«

»Fuck! Du *bist* geil auf sie! Und du – ihr habt doch Bücher, oder? Bleistifte und Lineale und diesen Kram? Tu mir einen Gefallen, wenn du bei ihr bist – nimm dein verfluchtes Lineal und ramm es ihr in den Arsch.«

Piet spürt, wie die Wut in ihm aufsteigt, gleichzeitig versteht er nicht, was gerade passiert. So hat er seinen besten Freund noch nie erlebt.

»Eine alte Schlampe, und mit dem Lineal, Piet, ich könnte ...«

Eine Ohrfeige.

Die Wange ist feuerrot von Piets Schlag.

Aber es ist, als ob Großerbruder es nicht merkte, weder die Ohrfeige noch den brennenden Schmerz danach.

»Eine richtig geile Schlampe, die du flachlegst, und dann ...«

Genau hier verläuft Piets rote Linie.

So weit ist zu weit, auch wenn das hier der einzige Mensch ist, an dem ihm etwas liegt.

Piet drückt Großerbruder an die Wand, hält das Gesicht fest, das er so gut kennt. Sie sehen sich an und spüren beide die Wut, die keiner anderen Wut gleicht, und Piet hebt seinen Arm zum Schlag.

Er bebt.

Es ist falsch. Aber richtig.

»Entschuldige.«

Großerbruder flüstert. Aber er sagt es.

Piet hat das Wort noch nie zuvor gehört.

Nicht von Großerbruder, der sich nie bei irgendwem entschuldigt.

Und Piet versteht. Tief in seinem Innern versteht er. Großerbruder ist eifersüchtig. Er kommt nicht damit klar, dass sein bester Freund sich für jemand anderen interessiert. Eine Eifersucht, die schon früher mal da war, die mit der Zeit größer geworden ist und wahrscheinlich noch nie stärker war, quasi mitten ins Gesicht trifft.

»Entschuldige, Piet.«

Piet hat immer einen Weg gefunden, mit Großerbruders Eifersucht umzugehen, darüber hinwegzusehen.

»Piet? Du?«

Aber wenn Großerbruders Eifersucht eines Tages solche Züge annimmt wie Lillebrors. Damit käme er nicht klar. Lillebrors Eifersucht ist schwärzer. Direkt gegen Piet gerichtet. Die Eifersucht, die Lillebror ausspeit, weil Großerbruder sich für seinen besten Freund und nicht seinen kleinen Bruder entscheidet, ist fast zu greifen. Eifersucht, die zu Hass wird, wenn ein kleiner Bruder sich weigert zu akzeptieren, dass ihm jemand seinen großen Bruder streitig macht. Es kommt vor, dass der kleine Scheißkerl versucht, es mit Piet aufzunehmen, ihn herausfordert, und jedes Mal kassiert er eine ordentliche Abreibung, bevor er aufgibt.

»Kein Thema, Großerbruder.«

»Sicher?«

»Schwamm drüber.«

Erschöpft sinken sie aufs Bett, keiner von ihnen hat noch Kraft für einen Kampf, sie sitzen nebeneinander, mit den Rücken an derselben kalten Wand. Eine ganze Weile sagt keiner von ihnen etwas – nach *Entschuldigung* gibt es vielleicht nichts mehr zu sagen. So sitzen sie, bis Großerbruder die Müdigkeit verscheucht.

»Sollen wir weitermachen? Unsere Flucht planen?«

Piet antwortet nicht. Zieht aber die Zellentür fest von innen zu, Antwort genug.

»Ich weiß, wie es da oben aussieht, Piet. Was wir brauchen.«

Großerbruder verrenkt den Hals, starrt zur Decke.

»So bin ich aus Stenhaga abgehauen. Nicht aus der Zelle, sondern aus der Großküche, aber es war die gleiche Deckenkonstruktion. Alle Werkzeuge, die wir brauchen, sind in der Waschküche: Zange, Metallschere, Schraubenzieher, Säge, Hammer. Und wenn wir draußen sind, klauen wir ein Auto. Hinter dem Zaun auf der Nordseite stehen immer einige rum, die du im Handumdrehen kurzschließt.«

»Sssccchhh.«

Piet hastet zum Fenster. Er hat etwas gehört. Knirschende Schritte.

Um diese Uhrzeit sollte niemand auf dem Pausenhof sein.

Er späht nach draußen, links, rechts. Leer. Er hat sich das Geräusch nur eingebildet, das passiert ihm manchmal, wenn er einen Coup plant oder begeht, wie um die Spannung zu erhöhen.

»Die Decke hatte mal einen Wasserschaden, das hört man, wenn man dagegenklopft. Die Verwaltung ist geizig, und das ist gut für uns. Wir tränken Handtücher mit Wasser und weichen die Gipsplatte so lange weiter auf, bis sie breiig und schwammig ist. So können wir sie leichter zerdrücken und müssen kein Loch hineinschlagen, und das macht weniger Lärm.«

Großerbruder redet gehetzt. Unmöglich zu sagen, ob es seine Angst vor dem Dreckswärter ist oder die Nachwirkung von Piets Wutausbruch, aber sein bester Freund ist noch nervöser als sonst.

»Da oben, Piet, liegen Latten, auf denen die Gipsplatten befestigt sind, dahinter kommt eine Art Steinwolle-Dämmung, die können wir einfach zur Seite schieben. Dann ein niedriger Zwischenraum. Den müssen wir entlangkriechen. Am Anfang ist er nur sechzig Zentimeter hoch, aber nach ein paar Metern können wir uns auf den Latten aufrecht hinstellen und uns das Außendach vornehmen.«

»Sssccchhh.«

Piet bedeutet Großerbruder erneut, still zu sein, legt den Finger auf die Lippen und sieht Großerbruder an. Diesmal ist er ganz sicher, er *hat* etwas gehört. Als würde jemand atmen, leise Schritte machen. Diesmal schleicht er zur Zellentür und lauscht. Wenn da draußen jemand steht, wird er weitere Atemzüge hören.

Wie eben hört er nichts.

Scheiße, er bildet sich das ein. Woher kommt das? Ist er genauso gestresst wie Großerbruder, ohne es zu merken?

»Wir probieren es aus.«

Großerbruder kann nicht mehr still sein und auch nicht mehr still sitzen. Ungeduldig und adhs-ig weicht er zuerst seine beiden Handtücher im Waschbecken ein und nimmt dann zwei Rasierklingen aus dem Versteck in einem Buch, das er nie lesen wird.

»Was machst du?«

Großerbruder antwortet nicht, er balanciert auf dem Bett, während er die Gipsplatte einweicht und heruntertropfendes Wasser seine Bettwäsche durchnässt. Dann schneidet er ein kleines Quadrat aus der Gipsplatte, um seine Theorie zu testen. Gipsstaub rieselt auf das Kopfkissen, und Großerbruder macht ein zufriedenes Gesicht – die Sache wird so einfach sein, wie er es beschrieben hat.

»Über der Dämmung sitzen dünne Bretter. Die lösen wir mit einem Schraubenzieher und einem Hammer. Schlimmstenfalls sägen wir sie durch. Die nächste Schicht besteht aus Teerpappe und Metall, die schneiden wir durch. Wir ziehen uns hoch aufs Dach, springen runter in den Pausenhof, laufen im Dunkeln zum Zaun, werfen unsere Jacken über den Stacheldraht und rollen uns darüber.«

Sie reden weiter über das Dach, überzeugt, dass sie auf diesem Weg entkommen werden.

Zuletzt holt Großerbruder sein Kartenspiel, das von nun an keine Zweier und Dreier mehr hat, verdeckt mit ihnen das Testloch in der Decke und füllt die Fugen mit Zahnpasta aus.

...

Erst am Nachmittag sehen sie den Dreckswärter wieder. Der Zettel auf seinem Rücken ist längst verschwunden, aber irgendjemand hat ihn garantiert darauf aufmerksam gemacht, er scheint ziemlich geladen zu sein. Vielleicht, weil er weiß, wer ihm den Zettel angeheftet hat. Aber vielleicht sind es auch die zerrissenen Sportsachen und Großerbruders Pisse in den Waschmaschinen. Vermutlich ist es beides und der Grund, weshalb der Dreckswärter jetzt brüllt, dass sie ihre Sauställe von Zimmern nicht aufgeräumt haben und sich darum auf eine Inspektion aus der Hölle gefasst machen können.

Großerbruder. An ihm rächen sich die Wärter. So wie es die Rosengård-Albaner vorhergesagt und schon öfter miterlebt haben.

Der Dreckswärter tigert rastlos zwischen den Zellen auf und ab, brüllt, dass gleich die Wachmannschaft kommen und in ihren Zimmern das Oberste zuunterst kehren wird.

Er bemerkt Großerbruder nicht.

Der direkt hinter ihm durch den Korridor geht und ihn nachäfft, sich wie der Dreckswärter schwer vor und zurück wiegt und wie der Dreckswärter mit den Armen wedelt.

Und mit dem Vor-und-zurück-Wiegen und Armewedeln innehält, als der Dreckswärter sich umdreht.

»Du auch. In deine Zelle.«

»Klar. Kein Problem. Reg dich ab.«

Der Dreckswärter geht zu den Zellen auf der anderen Seite des Korridors, und Großerbruder schleicht ihm weiter hinterher, äfft ihn nach, wiegt sich vor und zurück und wedelt und kratzt sich an der Wange, wenn der Dreckswärter sich an der Wange kratzt. Dann kann er nicht anders. Es ist zu verlockend. Ein schneller Schritt, und Großerbruder kneift dem Dreckswärter in den Arsch.

Fest. In die linke Arschbacke.

»Du bist so rund und goldig, mein kleiner Fettarsch.«

Piet sieht und hört alles aus der Ferne.

Er weiß, dass Großerbruder es nicht geplant hat, die Konsequenzen nicht bedacht hat. Er weiß, dass sein bester Freund einen flüchtigen, verirrten Gedanken einfängt, ihn in die Tat umsetzt und dann passiert, was passiert. Großerbruder kann nicht anders. Wenn er es sich in den Kopf gesetzt hat, muss er dem Machthaber in den Arsch kneifen und sagen: *Du bist so rund und goldig, mein kleiner Fettarsch.*

Danach passiert nichts. Obwohl die Hölle losbrechen sollte.

So was ist nie gut.

Denn dann passiert noch viel, viel mehr, wenn der Moment kommt.

...

Der Dreckswärter hat die Schwarze Garde kommen lassen, die normalerweise in Erwachsenengefängnissen operiert. Ein externer Durchsuchungstrupp, der einschüchtert, ihnen den Ernst der Lage klarmachen soll. Piet denkt wieder an Cyril und Mehmet, wie recht sie haben – die ganze Abteilung wird bestraft, weil Großerbruder nicht weniger assi sein kann.

Sie hocken alle eingeschlossen in ihren Zellen und warten – mit Ausnahme von denen, deren Zellen die Schwarze Garde gerade auseinandernimmt. Und die Zellen der beiden Rosengård-Albaner trifft es zuerst. Piet kann Mehmet und Cyril nicht sehen, trotzdem sieht er sie vor sich. Wut, sogar Hass, während sie mit zusammengepressten Zähnen zischen *Das ist die Schuld von diesem verdammten Clown.*

Piet und Großerbruder müssen bis ganz zum Schluss warten. Der schwarz gekleidete Truppenleiter öffnet ihre Zellentüren, sagt höflich *Ich muss euch bitten rauszugehen* und schickt die Hunde rein. Piet und Großerbruder stehen im Korridor, umgeben von Wachen, und schauen sich verstohlen an. Sie sehen beide, wie überreizt und geladen der Dreckswärter ist, als die Hunde fertig sind und er in Großerbruders Zelle geht. Und sie hören, wie er brüllt, *Du hast eine DVD zu viel* und Matratze, Bettwäsche und alle Gegenstände aus dem Regal auf den Boden wirft. Dann reißt der Dreckswärter die Zellentür weit auf, er will, dass sie zusehen, wie er Großerbruders Lieblingspostkarten von der Wand reißt, die neben der dafür vorgesehenen Pinnwand hängen, ohne vorher die Heftzwecken zu lösen, sodass die Grüße zerfetzen.

Da dreht Großerbruder durch. Er stürmt in die Zelle.

»Du fetter Bastard ... Du bist so dämlich, dass du nicht mal das Kreuzworträtsel in My Little Pony lösen kannst! Ein verfluchter Fliegenschiss! Glaubst du, die Uniform hilft dir? Dass man dir Respekt zollt, weil du darin steckst?«

Man hört, wie er sich räuspert und spuckt.

»Beim Eishockey warst du ein Loser, weil du zu fett warst. In der Schule warst du ein Loser, weil du nicht bis drei zählen konntest. Aber jeder möchte jemand sein, und als du angefangen hast, als Wärter in einem Jugendgefängnis zu arbeiten, und auf Kinder einprügeln konntest, da ...«

Piet hört, wie der Dreckswärter zischt *Ich bring dich um, du Clown. Du bekommst dein Fett weg* und wie Großerbruder sich als Antwort räuspert und ein zweites Mal spuckt.

Die komplette Abteilung wird in ihre Zellen eingeschlossen, keiner kommt an diesem Nachmittag mehr raus, und Abendessen wie auch das Gerenne, wenn alle kurz vor dem Einschluss noch schnell neue Pornohefte tauschen, werden auf den nächsten Tag verschoben.

Aber es dauert nicht lange, bis Großerbruder sich wieder zu Wort meldet, den Knopf in seiner Zelle drückt und darauf wartet, dass der Dreckswärter zu ihm kommt.

»Ich muss zur Toilette.«

Piet liegt auf dem Bett in der Zelle nebenan, hört Großerbruders Stimme deutlich, hört, dass er keinen Witz macht, sondern meint, was er sagt, er muss wirklich zur Toilette.

»Du kommst nicht raus ...«

Der Dreckswärter steht im Flur, hat aber die Luke nicht geöffnet, *zwei* Ladungen Spucke ins Gesicht genügen ihm wohl, deshalb spricht er mit lauter Stimme und ist gut zu verstehen.

» ... egal, was du dir ausdenkst.«

»Hör zu: Ich muss scheißen!«

Piet hat gehört, dass die Zellen von Jugendgefängnissen ab dem nächsten Jahr wie die Wohnräume in Erziehungsheimen mit Toiletten ausgestattet werden sollen. Aber das hilft im Moment nicht.

»Keiner kommt raus. Vor allem du nicht. Scheiß in die Plastiktüte wie immer. Oder ins Waschbecken. Oder ins Bett oder wohin du willst.«

Piet hört jedes Wort, obwohl es nicht nötig ist, er weiß genau, was passieren wird – es besteht keine Chance, dass sein bester Freund Ruhe gibt. Großerbruder stößt Fäkalausdrücke und Beleidigungen aus, und niemand in der Abteilung kann ihn mehr ertragen, in einer Zelle nach der anderen werden Fernseher und CD-Player voll aufgedreht.

»Du, ich habe mit deiner Ex-Freundin geredet! Ich weiß alles! Und deine Ex, Fettarsch, hat erzählt, dass dein Schwanz drei Zentimeter lang ist, wenn er steht!«

Sie hocken im Strafeinschluss, und der Assi, dem sie das zu verdanken haben, will nicht kapieren, dass sie umso länger eingeschlossen bleiben, je länger er Radau macht. Piet spürt, wie es überall brodelt, vor allem bei Cyril und Mehmet. Wenn sie rauskommen, wird es den ganz großen Knall geben.

»Und du, Fettarsch – sie hat gesagt, sie hätte noch nie einen so winzigen Pimmel gesehen! Lässt du mich raus, damit ich kacken kann, oder nicht?«

Der Dreckswärter sieht rot.

Er schließt die Zellentür auf, geht rein, packt Großerbruder am Hals und drückt ihn mit seinem gesamten Körpergewicht runter aufs Bett.

»Willst du wiederholen, was du gesagt hast?«

»Kei ... ne ... Angst ... vor ... einem ...«

Die Stimme, schwach, Großerbruder ringt mit jeder Silbe.

» ... mit ... so ... win ... zigem ... Schwanz.«

Dieses Mal beginnt und endet der Übergriff in der Zelle.

Jeder Schlag ist zu hören.

Piet ruft, alle anderen Insassen rufen und hämmern an ihre Türen, sogar Cyril und Mehmet finden, dass es reicht.

…

Es dauert lange, glaubt Piet jedenfalls. Bis es still wird. Und als es an seiner Tür klopft und der Schlüssel herumgedreht wird, spannt er sich an, bereit. Er wird nicht zurückweichen.

»Hallo.«

Er schließt die Augen, entspannt sich.

»Sollen wir deinem Freund Hallo sagen? Nachsehen, wie es ihm geht?«

Die Lehrerin. Piet ist kurz davor, sich ihr um den Hals zu werfen. Draußen im Korridor durchsucht sie den Bund nach einem neuen Schlüssel.

»Wie sind Sie an den Schlüsselbund gekommen? Weiß der Druckswärter davon?«

»Ich habe ihn um die Schlüssel gebeten, und er hat sie mir gegeben. Was hätte er sagen sollen? Er weiß, dass er zu weit gegangen ist und dass jemand nach dem Jungen sehen muss.«

Sie haben ihn grün und blau geschlagen.

Die Lehrerin zieht ihre Strickjacke aus, taucht sie im Waschbecken in eiskaltes Wasser und tupft Großerbruder das Gesicht ab. Großerbruder ist wach und lächelt schief, versucht, etwas zu sagen, aber es geht nicht, die kleinste Bewegung schmerzt.

»Hier. Trink. Das wird dir guttun.«

Die Lehrerin hat vor der Zelle einen Becher auf dem Boden abgestellt, jetzt hält sie ihn Großerbruder an die Lippen.

»Warme Milch mit Honig.«

Sie streichelt Großerbruders Stirn und Wangen, dreht sich zu Piet um, flüstert.

»Hilf mir, Piet, die warme Flüssigkeit wird ihm guttun, versprochen.«

Piet führt den Becher an Großerbruders angespannte Lippen,

die etwas lockerer werden, sein bester Freund trinkt langsam. Nach einer Weile ist der Becher leer, die Lehrerin holt mehr Milch, und Piet hilft Großerbruder wieder beim Trinken. Als die Lehrerin gegangen ist, um auch noch einen dritten Becher zu holen, spricht Großerbruder zum ersten Mal, die Wärme hat wirklich geholfen.

»Ich hau ab, Piet.«

Er tastet nach Piets Hand, hält sie fest.

»Hörst du? Ich haue ab, bevor er mich umbringt.«

HEUTE

Dritter Teil

»FLUCHT?«

»Ja.«

»Das kann nicht dein Ernst sein.«

»Ich muss in siebzehn Tagen eine Antwort haben. *Es ist mein Ernst, Ewert.* Wenn ich …«

Es klopfte an der Tür des Besucherraums. Grens hatte gerade noch Zeit, die beiden mitgebrachten Akten zu vertauschen, bevor ein kantiges Gesicht mit blassen Wangen zu ihnen hereinschaute – oben lag jetzt die offizielle Cold-Case-Ermittlung über den nie gefassten Serienbankräuber.

»Wie läuft es hier drin?«

Es war einer der Justizvollzugsbeamten, die Piet Hoffmann hergebracht hatten.

»Sie sitzen schon eine ganze Weile hier.«

»Ich habe angekündigt, dass die Vernehmung heute länger dauern wird.«

Ewert Grens gab sich Mühe, die Autorität eines fest angestellten Kriminalkommissars auszustrahlen, der die Polizeibehörde in einer wichtigen Angelegenheit vertrat. Obwohl er weder Vollzeitangestellter noch Kriminalkommissar mehr war. Und darüber hinaus, wenn er es ganz genau nahm, in niemandes Auftrag als seinem eigenen handelte.

»Und ich benötige mindestens noch eine Stunde – meine Ermittlung erfordert mehr Antworten.«

»Dann lasse ich Sie in Ruhe weitermachen.«

Der Justizvollzugsbeamte wies auf die Wand neben der Tür.

»Wenn Sie Hilfe brauchen, drücken Sie wie üblich den roten Alarmknopf.«

Grens rückte seinen Stuhl näher an den Tisch in der Mitte des Besucherraums heran und drückte auf den kleinen Tasten des Aufnahmegeräts herum, legte den Stift auf dem Notizblock zurecht, schlug das Ermittlungsverfahren gegen einen Bankräuber auf – und schlug es wieder zu, sobald der Schlüssel im Schloss herumgedreht worden und das Klirren auf der anderen Seite der Tür verstummt war.

»Du darfst nicht einmal daran denken zu fliehen, Piet! Nicht jetzt! Du hast dich vorbildlich geführt. Du darfst sogar Familienbesuche kriegen. Wenn du so weitermachst, wird dir Freigang bewilligt, kleine Fluchten in die Realität, du wirst es aushalten, und irgendwann ...«

»Ich habe keine Wahl.«

Sie hatten kriminaltechnische Berichte und ergänzende Vernehmungen aus einer anderen Zeit gelesen, waren einem jungen Piet bei einer Partie Fünf in einer Reihe begegnet, sie hatten Fußabdrücke und Gipsstaub und einen dunkelblauen Volvo 245 GLT und eine Ansichtskarte von den Kanarischen Inseln erörtert und über einen Karlo Leko diskutiert, der andere Frauen als Hure beschimpfte. Das alles war nicht der Grund, weshalb Piet Hoffmann keine Wahl hatte. Rasmus und ein Mann, der ein Selfie mit ihm macht. Zofia und Luiza auf dem Weg zur Vorschule, die in die Kamera des Fotografen lachen. Zwei kurze Handyvideos, die gezeigt hatten, wie loyale Soldaten sich nähern, verletzen und töten konnten, wenn Lillebror es ihnen befahl.

Ewert Grens sah den Mann an, den er so sehr mochte.

Wie er die Stirn in die Handflächen stützte und die Ellbogen auf den Tisch.

Alles war bereits gesagt. *Ernst.*

»In dem Fall.«

Grens streckte seine Hand aus und berührte Piets. Es fühlte sich nicht einmal seltsam an.

»Wenn es das ist, was du tun musst. Wenn es keinen anderen Weg gibt.«

Er blickte zur Zellentür.

»Dann habe ich eine Lösung.«

Der ehemalige Kriminalkommissar senkte die Stimme, obwohl sie sich innerhalb von Wänden befanden, die nicht abgehört werden durften.

»Du und ich, Piet, hatten bis zu einem Nachmittag vor sieben, acht Jahren, als ein inhaftierter Gefängnisinsasse eine Geiselnahme anzettelte, die aus dem Ruder lief, noch nie voneinander gehört. In *diesem* Gefängnis. Du warst der Geiselnehmer, und ich habe den Befehl zu einem tödlichen Kopfschuss auf dich gegeben.«

Sie trafen sich nicht – und trafen sich doch.

»Jetzt wirst du wieder eine Geisel nehmen. Aber dieses Mal bin *ich* deine Geisel.«

Piet blickte nicht einmal auf.

»Du schlägst *mich* nieder. Überwältigst *mich* bei meinem nächsten Besuch und benutzt dann die Waffe, für deren Vorhandensein ich sorgen werde. Ein Polizist als Geisel, dann hören sie zu, das verspreche ich dir.«

»Nein.«

»Es ist meine Schuld, dass du hier bist. Ich habe versprochen, dich rauszuholen. Sämtliche Beweise anzufechten und ein Berufungsverfahren vor dem Obersten Gerichtshof zu ermöglichen. Aber du bist immer noch hier. Und wenn du das wirklich tun musst, wenn deine Kinder ...«

»Nein.«

»Wir müssen davon ausgehen, dass die Beamten, die deine Flucht untersuchen, früher oder später von unserer Freundschaft erfahren. An sich nichts Aufsehenerregendes, Menschen lernen sich kennen. Aber es muss hundertprozentig klar sein, dass ich dir nicht geholfen habe, dass du allein gehandelt hast. Es hilft uns nicht, wenn ich auch hinter Gittern lande. Wenn du mich angreifst, musst du es richtig machen.«

Jetzt richtete Hoffmann sich auf, hob den Blick.

»Ich kann dich nicht verletzen.«

»Wunden heilen, und dieser Körper wird ohnehin nicht mehr schöner. Betrachte es als meine überfällige Entschuldigung.«

»Ewert – *nein*.«

»Doch. Keine Befreiungsaktionen. Das unterstütze ich nicht. Andere könnten dabei verletzt werden. Ich kann Fluchtwagen platzieren, mehrere, zwischen denen du wechselst, und ...«

»Ich habe eine bessere Idee.«

Es war ein schöner Tag, die Sonne stand hoch am Himmel. Vielleicht brauchte ein Gefängnisinsasse das Licht, um über die Mauern hinauszudenken. Um die Aussicht zu genießen. Als Piet sich vor das vergitterte Fenster stellte, schien er sich zu strecken, die Schultern gesenkt, ruhigere Atemzüge.

»Ich bin, wie du gesagt hast, mehr als ein Mal hier gewesen – und habe mich umgesehen. Wie jeder, der den Einzug in diese vier Wände verweigert, der nicht hier wohnt, der nicht zu Kaffee und Kuchen einladen und sich wie zu Hause fühlen will. Es gibt einen Weg. Einen Weg nach draußen.«

Er stand mit dem Rücken zur Zelle, mit dem Gesicht zur Welt.

»Wenn du mir vorher bei ein paar Dingen hilfst, die ich von hier aus nicht regeln kann.«

Ewert Grens fragte sich, was sein Freund sah. Vielleicht die weißen Wolken, die oben am Himmel hin und her irrten, oder die kreischenden Möwen, die sich für eine Ruhepause auf den Überwachungskameras niedergelassen hatten. Oder ob er einfach nur die Augen geschlossen hatte, vielleicht fiel es ihm dann leichter, den Ort zu wechseln.

»Den letzten Teil deines Fluchtplans, Ewert, können wir übernehmen. Vier Autos, die du platzierst. Die du unter einem meiner Aliasse mietest. Such dir eines aus, du weißt ja inzwischen, wo alle Dokumente liegen. Dann möchte ich, dass du Erkundigungen über jemanden einholst. Vorname Rico, Nachname Khaled, der Name schreibt sich K-H-A-L-E-D.«

»Wer ist das?«

»Das spielt keine Rolle, aber ich will alles über ihn wissen. Höchstwahrscheinlich nicht vorbestraft, das passt nicht zum Rest. Aber wenn meine Informationen stimmen, hat er ziemlich viel mit dem Gerichtsvollzieher zu tun.«

»*Wer ist der Mann, Piet?*«

»Danach, *falls* ich dir grünes Licht gebe, falls es spruchreif wird, holst du da, wo du meine Ausweisdokumente gefunden hast, einen ordentlichen Packen Geldscheine und lieferst ihn in einem hübschen Umschlag an eine Adresse, die ich dir noch nenne. Gleichzeitig vereinbarst du in einem besonderen Salon in der Högalidsgatan einen Termin. Die Telefonnummer steht in meinen Unterlagen. Buch in meinem richtigen Namen, die Frau wird verstehen, worum es geht, und sie schweigt.«

Dann drehte er sich um, kehrte der Aussicht den Rücken – und *war* auf einer Reise gewesen.

Draußen.

Die Gesichtszüge locker, die Augen anwesend.

»Eins noch.«

Piet Hoffmann zog Stift und Notizblock zu sich heran, die Requisiten eines vorgetäuschten Verhörs, schrieb etwas auf das erste Blatt, riss es ab und schob es über den Tisch.

»Es wäre schön, wenn du dich über die Bedingungen für eine Stelle als Urlaubsvertretung an diesem Arbeitsplatz informieren könntest. Muss nicht besonders lang sein. Das Gehalt spielt keine Rolle.«

Ewert Grens las. Nur zwei Wörter. Aber er verstand sie nicht.

»Eine Stelle als Urlaubsvertretung, da – für mich?«

»Für mich, Ewert.«

DAS HANDY MIT zwei Videos, die er nie wieder anschauen würde, befand sich immer noch in Piet Hoffmanns Besitz, versteckt in seiner Zelle wie davor in Lillebrors – geschützt in einer Plastiktüte im Abflussrohr des Waschbeckens.

Ewert Grens sollte um Punkt zweiundzwanzig Uhr anrufen.

Als er es nicht tat, begann Piet, ohne sich darüber im Klaren zu sein, zwischen Zellenfenster und Zellentür auf und ab zu gehen, fünf Schritte in jede Richtung. Das Telefon in der Hand, mit dem Kopf ganz woanders:

Ihr Gespräch im Besucherraum war abgehört worden.

Ewert war in dem Moment festgenommen und unter Strafverdacht gestellt worden, als er sich in den Computer des Polizeipräsidiums eingeloggt hatte, um nach vertraulichen Informationen über einen Mann namens Rico Khaled zu suchen.

Er selbst würde binnen Kurzem unter erhöhten Sicherheitsvorkehrungen in Einzelhaft verlegt werden, seine einzige Möglichkeit, aus dem Aspsås-Gefängnis zu fliehen, wäre damit zunichtegemacht, und der Versuch, eine zum Tode verurteilte Familie zu retten, wäre ...

»Hallo?«

»Ewert?«

»Tut mir leid, dass ich erst jetzt anrufe. Hier waren ein bisschen zu viele Ohren, pensionierte Polizisten haben ein erstaunlich gutes Gehör, und ich wollte nicht riskieren, dass jemand mitbekommt, was wir planen.«

Piet Hoffmann hielt mitten im Schritt inne.

Niemand hatte sie abgehört, niemand war verhaftet worden, und niemand würde in Einzelhaft verlegt werden.

Er konnte die Vorbereitung seines Plans fortsetzen.

»Ich habe gemacht, worum du mich gebeten hast, Piet. Den ersten Teil.«

»Und?«

»Eigentlich nicht viel Handfestes. Khaled ist unverheiratet, hat keine Kinder und keine Ausbildung. Einwanderer zweiter Generation, aufgewachsen in Södertälje. Keine Vorstrafen, nicht beim Sozialamt vorstellig. Selbstständig. Betreibt eine Art Cateringfirma, kein Millioneneinkommen, aber genug, um einer Person ein Gehalt auszuzahlen. Ein auf die Firma zugelassenes Fahrzeug, zwanzig Jahre alt, irgendein Lieferwagen. Ein einziges Detail sticht heraus. Wie du vermutet hast. Eine ganze Reihe von Schnellkrediten bei unterschiedlichen Banken sind einer nach dem anderen beim Gerichtsvollzieher gelandet. Weshalber bei etlichen Leuten in der Kreide steht – vor allem bei solchen, denen man auf keinen Fall etwas schulden sollte.«

Piet blieb in der Mitte der Zelle stehen. Dies war der entscheidende Punkt.

»Ja?«

»Dein Freund Rico Khaled ist kein guter Menschenkenner, um es mal so zu formulieren. Wenn ich mir anschaue, welchen Leuten er einen Berg Geld schuldet, was für Geschäfte diese Unternehmen hinter der Fassade am Laufen haben, Piet – diesem Kerl fehlt der Durchblick.«

»Braucht aber Geld.«

»Ja – eine Menge, und am liebsten gestern. Angesichts dessen, was ich über seine Kreditgeber weiß. Kollegen deiner derzeitigen Nachbarn. Ihre Art, Konflikte zu lösen, ist identisch.«

Piet ließ das Handy mit zwei Videos sinken, wog es in der Hand, fast sicher, Rasmus' Lachen zu hören, als sich eine fremde Männerstimme als Papas Freund vorstellt, und Luizas *Mama, guck!*, als ein fremder Mann ihr zuwinkt.

»Piet? Bist du ...«

»Ich bin noch da.«

»Zufrieden? Ist das ungefähr das, was du wissen wolltest?«

»Ewert – das ist haargenau das, was ich wissen wollte.«

DER KIOSK WAR dienstags, donnerstags und freitags geöffnet. Am späten Nachmittag, zwischen 16:30 und 18:30 Uhr. Piet wartete schon eine ganze Weile, rückte aber vor – Platz drei in der langen Schlange.

Er würde es bald erfahren. Ob es eine Chance gab.

Früher war die Flucht aus einem Erwachsenengefängnis um einiges leichter gewesen, fast so leicht wie die Flucht aus einem Jugendgefängnis. Heutzutage waren die Überwachungskameras zahlreicher, die Alarmanlagen effektiver, die Routinen der Wärter effizienter. Die Gefängnisinsassen mit krimineller Energie und entsprechenden Verhaltensmustern, die den lieben langen Tag Zeit hatten, das System zu überlisten, waren diesem immer noch einige Längen voraus, aber jeder neu ausgetüftelte Fluchtweg war nach seiner Nutzung enttarnt und von den Sicherheitsbeamten des Justizvollzugsdienstes protokolliert worden. Einmal war er durch einen Lüftungsschacht entkommen, eine wirklich gelungene Flucht, noch länger zurück lag eine Flucht, bei der er, verborgen hinter einer falschen Wand, in einem Lkw geflohen war, der das Gefängnis mit Waren beliefert hatte, wieder ein anderes Mal hatte er sich in einem Krankenwagen versteckt. Drei genutzte Fluchtwege, die er nicht noch einmal nutzen konnte.

»Die nächste Gruppe.«

Der Kioskpächter hatte syrische Wurzeln, einen kahl rasierten

Schädel, einen durchdringenden Blick, war so groß wie Piet, halbwegs durchtrainiert und ungefähr im gleichen Alter. Und er war ein Spieler. Casinos, Schwarzklubs, illegale Pokerrunden, alles, was für einen Moment Hoffnung auf ein anderes Leben weckte.

Rico Khaled.

»Hallo? Die Nächsten. Du auch, Hoffmann.«

In dem kleinen Kiosk hatten fünf Personen Platz. Piet klappte die knarzende Holztheke hoch und ging hinein. Hier gab es keine Kameras. Keine Mikrofone. Ganz hinten, vor den Regalen mit Duschseife und Rasierschaum, machte er Khaled ein Zeichen, dass er reden wollte. Ein Geschäftsangebot. Das wollte er ihm unterbreiten. Ein Wagnis mit dem Risiko, dass der Kioskpächter ihn verpfiff. Aber sie hatten eine gute Connection etabliert, und dieser Mann war nicht unbedingt der Typ, der Rabattcoupons ausschnitt. Khaled brauchte einen Haufen Geld, und zwar schnell. Das Geschäftsangebot, von dem sie beide profitieren würden, kam außerdem von jemandem, der – trotz der Razzia, die ihm diese Gefängnisstrafe eingebrockt hatte – im Keller seines Hauses drei Koffer mit 96-prozentigem Kokain versteckt hatte sowie einen Safe, der seit einer Überfahrt mit Menschenschleppern über das Mittelmeer vollgestopft war mit Geldscheinen.

Bedenkzeit bis Donnerstag, wenn der Kiosk wieder öffnete.

In einer der vorbestellten und zur Abholung bereitliegenden braunen Papiertüten mit Spezialgewürzen und glutenfreier Kost – dort würde er Rico Khaleds Antwort finden.

ACHTUNDVIERZIG STUNDEN AN einem Ort, an dem Zeit am besten eingefroren werden und bedeutungslos sein sollte, waren stattdessen zum Maß aller Dinge geworden, hatten sich ausgedehnt und laut getickt.

Donnerstag.

Die Zeit war endlich verstrichen, sein Warten hatte ein Ende.

Piet klappte die Holztheke hoch, betrat den schmalen Gang des Kiosks, um nach einer braunen Papiertüte mit dem Namen HOFFMANN darauf zu suchen, mit schwarzem Filzstift geschriebene schiefe Blockbuchstaben. Rico hielt sich im hinteren Teil des Kiosks auf, tat so, als packe er Waren aus, und sah hin und wieder verstohlen zu ihm herüber. Die Tüten mit den vorbestellten Lebensmitteln standen ungeordnet in dem Regal gleich rechts vom Eingang, eine alphabetische Reihenfolge suchte man vergebens. Piet hatte an die dreißig Tüten inspiziert, bis er die fand, die für ihn bestimmt war. Federleicht. Als könnte sie ihm jeden Moment aus der Hand fallen, davonfliegen und ihm eine Antwort schuldig bleiben. Er fragte sich, was sie enthielt – außer einem Zettel mit »Ja« oder »Nein".

Rico rief *Die nächste Gruppe*, Piet winkte ihm ein »Bis morgen« zu. Anschließend wartete er mit dem Öffnen der Tüte, bis er an dem Aufsicht führenden Justizvollzugsbeamten vorbei war. Die

Papiertüte raschelte laut, als er sie ungeduldig aufriss und hoffte, dass der Zettel intakt geblieben war.

Kreuzkümmel. Gewürznelken. Koriander. In kleinen, quadratischen Plastiktütchen.

Er ließ sie, wo sie waren, interessierte sich nur für den Zettel, der zwischen den Plastiktütchen steckte.

Eine Zahl.

2

Das war alles.

Piet Hoffmann hatte eine Million Kronen für Rico Khaleds Arbeitskleidung und seinen altersschwachen Lieferwagen geboten und fünfhunderttausend für die Schläge draufgelegt. Leichte Blessuren, unter Aussparung der Nase, ein paar blaue Flecken hier und da, damit es echt aussah.

Rico hatte zugestimmt. Zu einem höheren Preis.

Zwei Millionen Kronen.

Er hatte keine Ahnung, dass der, von dem das Angebot kam, drei, fünf, acht, so gut wie jeden Preis bezahlt hätte; er wusste nicht, dass dies Piets einzige Chance war.

DIE FOLGENDEN VIERUNDZWANZIG Stunden vergingen hingegen wie im Flug. Er hatte etwas in Gang gesetzt – *es könnte funktionieren.*

Am Freitagnachmittag achtete Piet Hoffmann darauf, der letzte Kioskkunde der Woche zu sein. Sogar der arme Teufel, der, sobald er an die Spitze der Schlange vorgerückt war, mit einem Schulterklopfer rechnete, der ihn ans Schlusslicht zurückschickte, durfte – zu seiner eigenen Überraschung – bleiben, wo er war. Er drehte sich ein paarmal fragend um, sah Hoffmann resigniert an, überzeugt davon, dass es eine Falle war und nur noch mehr Prügel im Anzug waren, und wagte erst nach langem Zögern und unter garantiertem Schutz, umgeben von anderen Häftlingen, den Kiosk zu betreten. Auch wenn die Aufgabe des wachhabenden Justizvollzugsbeamten nicht darin bestand, sie zu zählen, geschweige denn sie auseinanderhalten zu können, kam es darauf an, dass sich mehrere Insassen gleichzeitig im Kiosk aufhielten.

Hinter den Regalen mit Brot und Keksen lag eine kleine schmuddelige Toilette, deren Tür Rico wie vereinbart aufgeschlossen hatte. Rasierapparat, Rasierschaum und Schere waren auf dem Waschbeckenrand aufgereiht. Piet verwandelte seinen ungepflegten Bart und seine langen Haare in ein perfekt rasiertes Kinn, perfekt rasierte Wangen und einen perfekt rasierten Schädel. Rico war so sommerbraun wie Piet gefängnisblass war, und die Aluminiumflasche neben dem Rasierschaum enthielt eine Art Mousse, *instant selftanning medium dark*, die seine Verwandlung vollendete.

Nachdem der allerletzte Einkauf verbucht war, von einem der Finnen aus Trakt C, der am Abend Chips mit Bacongeschmack futtern und Fanta trinken würde, hatte Khaled eine halbe Stunde Zeit, den Kiosk zu schließen. Obst, Gemüse und Milchprodukte zu verstauen sowie die Papiertüten, die nicht von ihren optimistischen Besitzern abgeholt worden waren, die am Montagmorgen noch über einen ausreichenden Kontostand verfügt, ihn aber im Verlauf der Woche verkifft hatten.

Als Erstes tauschten sie die Kleidung. Rico bekam Piets farblose JVA-Kluft, und Piet zog Ricos knallrote Kappe mit der Aufschrift RICOS CATERING auf dem Schirm und die goldgelbe Jacke mit RICOS LECKEREIEN auf dem Rücken und die weite glänzende Hose mit RICOS LEBENSMITTEL an den Oberschenkeln an. Ein neuer Kontrollblick. Sie standen sich gegenüber, ihre Körpergröße und ihr Gewicht unterschieden sich nur um wenige Zentimeter und Kilos, ihre Gesichtsform ähnelte sich, und von der Nase her hätten sie Geschwister sein können. Piet bat Rico, seine Brille abzunehmen – und schlug ihn bewusstlos. Eine geballte Faust an den Kopf, der zur Seite flog, ohne dass das Gehirn mitflog. Rico sackte zu Boden, und Piet brach ihm, genau wie seinen beiden Angreifern in der Frühstückspause, das Nasenbein. Jedoch aus einem anderen Grund. Ewert hatte ihn darauf gebracht, als er sich selbst als Opfer angeboten hatte. Im Nachhinein durfte nicht der geringste Zweifel daran bestehen, dass der Übergriff brutal und das Opfer chancenlos gewesen war.

Er schleifte den ausgeknockten Rico in die enge Toilette, schloss die Tür von außen ab, zog die Eingangstür des Kiosks zu und ließ die Metalljalousie herunter. Ricos Sackkarre erwartete ihn vollgepackt mit Kartons, und über seiner Schulter baumelte Ricos Quittungstasche mit dem Gerät, das die Konten der Insassen belastete. Piet Hoffmann hatte den Anstaltskiosk als Langzeithäftling betreten und kam als Cateringunternehmer heraus. Er nickte dem Aufsicht führenden Wärter zu und ging auf die Durchgangstür des Tunnels zu – die erste entscheidende Hürde. Er machte ein Daumen-hoch-Zeichen in Richtung der Kamera unter der Decke, in Richtung irgendeines Wachmanns an der Hauptpforte, der ihn musterte und überlegte, ob es zulässig war, ihn hinauszulassen oder nicht. Ricos Brille war stark und das Kameraauge über einen längeren Zeitraum zu fixieren schwieriger, als Piet gedacht hatte. Unruhig blickte er sich um und nickte dem Justizvollzugsbeamten, der in seine Richtung schaute, erneut zu.

Wartete.

Wartete.

Dann erklang das elektronische Summen. Die Sicherheitstür ging auf.

Er konnte weitergehen.

Die Sackkarre war schwergängig und quietschte laut, ein Rad eierte, der Lärm verfolgte ihn und würde entgegenkommende Wärter aufmerken lassen. Piet blieb stehen, lud die Kartons ab, drehte und wendete zwei Räder, lud die Kartons wieder auf.

Der gleiche Lärm.

Ein schrilles, nervenzerfetzendes, unerträgliches Quietschen.

Es hallte auf dem Weg durch die zweite und dritte Sicherheitstür, die zu einem langsamen Lastenaufzug und einem schmalen Korridor und einem neuen Lastenaufzug und einem neuen Korridor wurden.

Und am Ende – das Wachhaus der Hauptpforte und die Welt draußen.

Das Quietschen schwoll noch weiter an, als er sich den beiden Metalldetektoren näherte. Eine Stimme aus dem Lautsprecher an der Wand forderte ihn auf, stehen zu bleiben und sich nicht zu bewegen, gefangen in einer Sicherheitsschleuse, während die Türen vor und hinter ihm zuglitten. Auf der anderen Seite der Glasscheibe arbeiteten vier Beamte an Dutzenden Überwachungsmonitoren, Mitarbeiter einer externen Firma, knallharte Hunde in Uniformen, die wie maßgeschneidert aussahen. Piet schob die Quittungstasche durch die Luke in der Glasscheibe und öffnete auf Aufforderung die Laschen der Lebensmittelkartons, dankbar für jede Sekunde, die mit Blicken auf Milchpackungen und nicht abgeholte Papiertüten verstrich statt mit Blicken auf die Schmiere in seinem Gesicht, die mit steigender Unruhe und Schweißproduktion ein Eigenleben entwickelte.

»Die Gewürze.«

»Ja?«

»Halten Sie sie der Reihe nach hoch und drehen Sie die Tütchen einmal im Kreis.«

Der knapp zwei Meter betragende Abstand zur Glasscheibe. Die mangelhafte Mikrofonqualität, die Stimmen verzerrte. Das war genau, was Piet Hoffmann brauchte, als sich der uniformierte Wachmann willkürlich Gemüse, Obst und Brot zeigen ließ und sich zuletzt besonders für eine kleine runde Käsesorte interessierte.

Woraufhin der Wachmann reglos auf seinem Platz verharrte.

Ohne Anstalten zu machen, die Schleusentür zu öffnen.

»Ja, also ...«

Zwischen den Sätzen leise summte.

» ... das lief nicht so gut.«

Eine unangenehme Melodie.

»Für Sie, meine ich.«

Er wedelte mit den Armen, ungeduldig, als gäbe es etwas, das Piet Hoffmann wissen müsste.

»Hallo? Unsere Wette.«

»Was?«

»Die Hauptpforte hat gewonnen.«

»Äh ...«

»Sechzehn. Wir waren am nächsten dran. Oder nicht?«

»Ja ...«

»Sechzehn Idioten, die ihre Tüten nicht abgeholt haben.«

Verdammt.

Davon hatte Rico ihm nichts gesagt.

Verdammt.

Irgendein Ritual zwischen Kioskpächter und Hauptpforte, so normal, dass es keiner Erklärung bedurfte.

»Warum bestellen die Kiffer überhaupt noch was? Macht Sie das nicht wahnsinnig? Diese Packung Schokoladen-Muffins zum Beispiel. Wie oft haben Sie die schon rein- und wieder rausgerollt?«

Die braune Schmiere auf seinem Gesicht lebte tatsächlich.

Und der Kerl musste sehen, dass Piets Fingerknöchel so stark hervortraten, dass sie weiß waren.

»Die Hauptpforte hat die Wette gewonnen ... Zum vierten Mal hintereinander?«

Der Wachmann ließ ihn immer noch nicht aus den Augen.

»Also – her damit.«

Es gab noch etwas. Das wurde Piet Hoffmann klar.

Das er wissen müsste.

»Tut mir leid, aber heute ... ich hab so viel im Kopf.«

»Unser Gewinn. Irgendwas von dem, was in den Tüten ist.«

»Ja, sicher ... Tut mir leid. Suchen Sie sich was aus. Was Sie wollen.«

»Wenn das so ist – die Gewürze. Okay? Wette ist Wette.«

Piet nahm zehn Plastiktütchen mit erbsengroßen schwarzen und braunen Körnern aus einem der Kartons und schob sie durch die Luke in der Glasscheibe, worauf der Wachmann der externen Sicherheitsfirma in der maßgeschneiderten Uniform ihm im Gegenzug die Quittungstasche aushändigte.

»Aus Südamerika, oder?«

Sie schienen fertig zu sein. Vorgang abgeschlossen.

Der Wachmann winkte, und die Schleusentüren öffneten sich.

Die ersten Schritte im Freien. Sonnenlicht. Tiefe Atemzüge. Das schrille Quietschen der Sackkarre wurde vom Wind umfangen, und Piet überquerte mit, wie er hoffte, normaler Geschwindigkeit den asphaltierten Vorplatz, immer in dem Bewusstsein, dass die Wachen ihn beobachteten – vielleicht diskutierten sie in diesem Moment sein merkwürdiges Verhalten und erwogen, ihn zurückzurufen.

»Sie!«

Sie taten es. Sie riefen ihn zurück.

Während das Tor in der Mauer geschlossen blieb.

»Folgendes ...«

Piet hörte zu, ohne sich umzudrehen – man würde ihm ansehen, dass er kurz davor war aufzugeben.

»... mein nächster Tipp ist zwölf Stück. Okay?«

»Äh ... Klar.«

»Und Sie?«

»Ja?«

»Was zum Teufel ist los mit Ihnen! Wie viele?«

»Äh ...«

Piet hob einen Arm, zum Zeichen, dass er verstand, und rief seine Antwort.

»... acht.«

»Acht?«

»Ja.«

»Mann, Sie sind ein Heiliger, der immer noch glaubt, dass die Idioten aufhören, alles zu verkiffen!«

Wind kam auf.

Schien umherzuirren, im Kreis, gefangen hinter den dicken Mauern.

Dann erklang vom Tor her ein Seufzer, als der Schließmechanismus seinen Griff lockerte.

Piet Hoffmann trat hinaus in die Freiheit, schaute über den halb leeren Parkplatz, und da, ganz hinten am anderen Ende, stand ein altersschwacher Lieferwagen mit der Aufschrift RICOS CATERINGSERVICE auf den Türen.

FÜNFZIG METER. ES hätten ebenso gut fünfzig Meilen sein können. Die Überwachungskameras oben auf der Mauer folgten ihm mit ihren alles sehenden Augen, und er wollte nichts mehr, als die quietschende Sackkarre loslassen und rennen. Aber er musste gehen. Normal. Ein normaler Schritt nach dem anderen.

Der Autoschlüssel steckte sicher verwahrt in der Brusttasche seiner Jacke. Zweihunderttausend extra. Sie hatten die Kleidung getauscht, sich vor dem Schlag, der einen von ihnen bewusstlos machen sollte, in die Augen gesehen, als der Mistkerl plötzlich zischte.

»Ich will zweihunderttausend extra.«

»Du hast dein Geld bekommen.«

»Da draußen steht ein Wärter. Ich meine, du solltest vielleicht ein bisschen in Eile sein?«

»Zwei Mille an deine Haustür geliefert – von einem Boten, dem ich vertraue. Ich weiß, dass du das Geld gekriegt hast!«

»Du bist derjenige, der in Eile ist, Hoffmann, nicht ich. Zweihunderttausend, wenn du den Autoschlüssel willst und nicht bloß die Karre. Denn den brauchst du doch, um von hier wegzukommen?«

Das könnte auch der Grund für Rico Khaleds gebrochene Nase

gewesen sein. In gewisser Weise hatte Hoffmann dafür bezahlt. Ein paar Metallschrauben im Krankenhaus, und die Ärzte hätten das Nasenbein im Nu wieder gerichtet.

Der verbeulte Lieferwagen wartete in einer Ecke des Parkplatzes, das nächste Fahrzeug parkte mehrere Plätze entfernt. Piet lud die Kartons und die Sackkarre ein, drehte den teuren Zündschlüssel um und wartete ungeduldig darauf, dass der Motor ansprang.

Tot.

Er versuchte es noch einmal.

Der Motor war mausetot.

Piet drehte sich um, überzeugt davon, dass die Überwachungskameras heranzoomten, den Mitarbeitern der Hauptpforte genügend Zeit gaben, den Lieferwagen, der nicht losfuhr, in Augenschein zu nehmen, weil dessen Fahrer ganz offensichtlich keine Ahnung hatte, wie man ihn handhabe.

Falls sie eben misstrauisch geworden waren, wussten sie nun, dass etwas nicht stimmte.

Hatte Rico, dieses Aas, nicht aufgetankt? Oder die Zündkerzen entfernt? Hier und da ein paar Kabel durchtrennt? Ihn, Piet, seiner Spielernatur gemäß für den doppelten Reibach verkauft; hatte er zuerst das Geld eines verzweifelten Häftlings kassiert und die zweite Hälfte aus dem Sondertopf der Polizei für Hinweise für geplante oder begangene Verbrechen eingestrichen?

Piet umklammerte den Zündschlüssel so fest, dass es wehtat, und drehte ihn um.

Kleine Lebenszeichen. Nicht viel. Aber ein deutliches Stottern.

Er drehte den Zündschlüssel noch einmal um, *und der Motor sprang an.*

Das erste Stück war das schlimmste. Über den Parkplatz zu

dem schmalen Weg durch die offenen Felder, permanent aus der Ferne sichtbar.

Über die baumbestandene Anhöhe, an dem einsam gelegenen Friedhof vorbei, auf die etwas breitere Straße.

Die alles sehenden Augen der Hauptpforte konnten ihn nicht mehr sehen.

Das erste Fluchtauto wartete unverschlossen an der Landstraße ein paar Kilometer entfernt, an einem Rastplatz mit einem Picknicktisch außerhalb der Gemeinde, die laut Karte Ekeby-Almby hieß. Ein weißer Škoda, ein paar Jahre auf dem Buckel, der Schlüssel unter der Fußmatte. Kleidung lag auf dem Rücksitz, eine verwaschene Jeans, ein schwarzes T-Shirt und ausgelatschte Turnschuhe. Das nächste Fluchtauto, ein roter Toyota, ziemlich verrostet, der Schlüssel in der Konsole zwischen den Vordersitzen, parkte am Fußweg zum Stadtpark von Katrineholm. Das dritte Fluchtauto wurde von dem alten Bahnhofsgebäude der Museumsstraßenbahn von Malmköping verdeckt, ein schwarzer Hyundai, so neu, dass er noch nach Plastik roch, der Zündschlüssel klemmte hinter dem Clip des Anschnallgurts. Im vierten und letzten Fluchtwagen, einem silbergrauen Volvo, saß Ewert und wartete. An einer Tankstelle an der Abfahrt nach Nykvarn, fünfundvierzig Minuten von Stockholm entfernt. Die abendliche Dunkelheit wurde dichter, aber sie konnten einander noch deutlich erkennen. Sie sagten nichts, es war nicht nötig. Ewert lenkte den Wagen auf die Rückseite der Tankstelle, wo Piet vor Blicken geschützt in den Kofferraum kletterte, sich in der Aussparung für den Ersatzreifen zusammenkauerte und den Kofferraumdeckel zuzog.

Sie hatten Hotels eingeplant. Mit einem von Piets polnischen Pässen sogar ein Zimmer im Grandhotel gegenüber vom Schloss gebucht. Diesen Teil ihres Plans jedoch wieder verworfen. Es gab einen Ort, der viel sicherer war: die Wohnung eines ehemaligen Kriminalkommissars, der noch immer Verbrechen nachging und im Polizeipräsidium arbeitete.

Sie hielten zwischen zwei Straßenlaternen an, wo das Licht am schwächsten war, so nah wie möglich an Ewert Grens' Haustür im Sveavägen. Die Kirchturmuhren schlugen zwölf dumpfe Mitternachtsschläge, und während der Fahrer des Autos den Kofferraum öffnete und vorgab, etwas zu suchen, erst eine große Decke und dann ein paar Jacken anhob, nutzte jemand, der sich darunter versteckt hatte, die Gelegenheit, aus dem Kofferraum zu klettern und die Treppe des Wohnhauses hinaufzuhasten.

Elin und Michél schliefen bereits tief und fest.

Der Wohnungseigentümer und sein dritter Übernachtungsgast schlichen an ihren Zimmertüren vorbei, den endlos langen Flur hinunter zu einem Raum, der Piet an einen Ort erinnerte, von dem er ziemlich sicher war, ihn schon einmal irgendwo gesehen zu haben. Doch ihm fehlte die Kraft zu fragen, wo. Erschöpft sank er auf ein durchgesessenes Cordsofa und schlief ein – ihm blieben noch zehn Tage, um die Wahrheit über Großerbruders Verschwinden herauszufinden.

PIET HOFFMANN WACHTE auf einem Cordsofa auf. Im Stockholmer Polizeipräsidium. Es war sogar der Kriminalkommissar, der in diesem Büro in der Mordkommission arbeitete, der an seiner Schulter rüttelte und flüsterte, dass es Zeit sei aufzustehen.

Für einen Moment blieb die Welt stehen.

Hatte man ihn festgenommen? War er heute Nacht nach Kronoberg überführt worden, dem Epizentrum des schwedischen Polizeiwesens, ohne aufzuwachen?

Er setzte sich abrupt auf, noch immer in der Kleidung, die er ein paar Kilometer östlich der Gefängnismauer in einem Mietwagen angezogen hatte.

»Ewert, ich ...«

»Ruhig. Du bist bei mir zu Hause. Aber es ist schön, oder?«

Die Welt drehte sich weiter, so wie sie sollte.

Dieser Mensch. Ewert Grens war nicht ganz gescheit. Und das war der Grund, weshalb Piet ihn so sehr mochte. Der ehemalige Kriminalkommissar hatte seine Vergangenheit hierhergebracht und wieder aufgebaut – eine exakte Kopie seines ehemaligen Dienstzimmers – wie ein Kind, das sein neues Puppenhaus einrichtet, das es zum Geburtstag bekommen hat.

»Es ist kurz vor vier, Piet. Du hast drei Stunden geschlafen.

Wir müssen los, bevor Elin und Michél und der Rest von Stockholm aufwachen.«

Mehr Dunkelheit als Licht vor dem Fenster, frühe Morgendämmerung.

Von den Nachbarn war kein Laut zu hören. Nur die Schritte des Zeitungsboten, der an der Wohnungstür vorbeiging und die Treppe hinunterlief.

»Piet – ist dir klar, dass da draußen ein groß angelegtes Polizeiaufgebot unterwegs ist?«

»Ja.«

»Ich habe mich so unauffällig wie möglich umgehört, bei klugen Kollegen, die Bescheid wissen, und eine Menge Leute suchen nach dir. Straßensperren, landesweite Fahndung. Nicht wie bei den Malexander-Morden, aber so, wie ich das Polizeiaufgebot nach der Flucht von Ursut und Svartenbrandt in Erinnerung habe.«

»Du musst das hier nicht machen, Ewert. Das weißt du.«

»Ich *mache* es bereits.«

»Danke.«

»Ein paar Tage, dann lässt der Druck nach. Die meisten Ausbrecher sitzen dann wieder hinter Schloss und Riegel. Erstaunlich schlecht vorbereitet; eine unvermutete Gelegenheit, die einem armen, zugedröhnten Kerl unversehens in den Schoß gefallen ist, der nicht widerstehen konnte. Und wenn wir die Pappenheimer dann wieder einsammeln, haben sie weder geschlafen noch gegessen, noch anständige Kleidung am Leib. Die Großfahndung nach dir wird bald halbiert und wenig später noch mal halbiert. Wenn du die erste Woche überstehst, verlierst du sowohl deinen Nachrichtenwert als auch deinen Spitzenplatz auf unseren Fahndungslisten.«

Ewert verließ die Wohnung als Erster, holte das Auto und fuhr so dicht vors Haus wie möglich. Michéls Jacke, die an der Flurgarderobe hing, passte fast, und für die drei Schritte zwischen Eingangstür und Beifahrersitz zog Piet sich die Kapuze über den Kopf. Eine Hauptstadt ohne Verkehr, die Könige und Königinnen der Nacht waren von der Kneipe nach Hause gegangen, und die Wagen der Müllabfuhr hatten noch nicht den Wettstreit mit den Fahrzeugen der Straßenreinigung begonnen, wer als Erster die morgendliche Stille beendete. Im Tunnel unter dem Sergels torg holte Piet sein Handy hervor, um Zofia anzurufen. Jede Faser seines Körpers wollte ihre Stimme sagen hören: *Alles in Ordnung, ich warte auf dich, Piet. Wir fangen noch einmal ganz von vorne an.* Gleichzeitig wollte er die Angst der Kinder wegen der Nachrichtensendungen über einen Hochrisikohäftling zerstreuen, der aus dem Aspsås-Gefängnis geflohen war, indem er einen Kioskbesitzer niedergeschlagen hatte. Am Tunnelausgang schob er das Telefon zurück in die Tasche. Zofias Name stand auf der Abhörliste der Polizei ganz oben, und sie hatte vermutlich längst Besuch von Beamten bekommen, die mit einem Durchsuchungsbeschluss gewedelt hatten, um ihr Zuhause auf den Kopf zu stellen. Außerdem hätte er es nicht ertragen, das Gegenteil zu hören, dass es aus war, nicht jetzt.

»Du? Ewert?«

»Ja?«

»Ich dachte ... Zofia? Hat sie ... ja ... etwas gesagt?«

»Wir reden nicht viel miteinander, Piet. Das weißt du.«

»Aber als du da warst? Hat sie etwas über ... uns gesagt? Über mich? Über ... die Zukunft?«

»Die Zukunft?«

»Ich dachte, vielleicht ... Ich habe mich das nur gefragt.«

»Und ich, Piet, denke, dass ihr reden müsst. Du musst mit ihr reden. Wenn du etwas verändern möchtest, vielleicht sogar jemanden beeinflussen möchtest, scheint es mir nicht gerade die klügste Taktik zu sein, diesem Menschen aus dem Weg zu gehen. Dich zu verstecken. Ich habe diese Taktik mein halbes Leben lang angewendet, und das Einzige, was sie mir gebracht hat, war, alleine zu leben.«

Der Salon in der Högalidsgatan hatte einen Hintereingang, der vom Nachbarhaus aus über einen Dachbodendurchgang erreichbar war. Ewert Grens fuhr weiter zu einem nachts geöffneten Café auf Kungsholmen, während Piet treppauf und treppab hastete, zu der Maskenbildnerin mit dem Lächeln, in dem er sich verlieren konnte, und die jetzt in Räumen, in denen gerade erst das Licht angegangen war, auf ihn wartete.

Sie vertraute ihm, so wie er ihr vertraute. Wie Zofia hatte sie gestern Abend in den Fernsehnachrichten und durch die eingeblendeten panikroten BREAKING-NEWS-Laufbänder der Onlinezeitungen von seiner Flucht erfahren, und wenn er ihr versicherte, dass das, was sie gelesen hatte, zwar der Wahrheit entsprach, aber mehr dahinterstecke als ein gewalttätiger Schwerverbrecher, der Menschen verletzte, um auszubrechen, nämlich dass er keine andere Wahl gehabt hatte, wenn er wollte, dass seine Kinder am Leben blieben, war alles Wichtige gesagt.

Dieses Mal, gejagt von Polizei und von Kriminellen, musste seine Verwandlung vollkommener sein als je zuvor. Sie einigten sich auf eine Kombination aus den beiden Masken, die er getragen hatte, als er ein internationales Pädophilennetzwerk infiltriert hatte, und der Maske, mit der er einen Waffenschmugglerring auf der Balkanroute ausgehoben hatte.

So ersparte er sich den flüssigen Brei, der in jede Hautfalte eindrang und innerhalb von zehn Minuten aushärtete, und die heißen Gipsstreifen, die im festen Zustand abgerissen wurden und die nächste Version seines Aussehens schufen; die Maskenbildnerin hatte mehrere seiner früheren Gesichtsabdrücke aufbewahrt. Er bekam zwei Schlupflider, fülligere Wangen und ein fülligeres Kinn, und der Ton, den sie auf seine Nase applizierte, bildete auf dem Nasenrücken einen markanten Höcker und an den Seiten ausgeprägtere Nasenflügel. Ihre vertrauten Bewegungen entspannten ihn, und Piet dachte wieder einmal, dass jemand, dessen Arbeit darin bestand, das Äußere eines Menschen zu verändern, auch dessen Inneres kennen und verstehen musste, damit die beiden Teile eine Einheit bildeten.

Um seine langen Haare und den Bart hatte er sich selbst in der schmuddeligen Toilette des Gefängniskiosks gekümmert, die Maskenbildnerin setzte ihm zwei grüne Kontaktlinsen ein und färbte seine Augenbrauen und Wimpern dunkelbraun. Dann zerschnitt sie fremdes Echthaar zu kleinen Stoppeln, formte daraus eine Kugel, rollte sie über sein Kinn und seine Wangen und verpasste ihm einen melierten Zwei-Tage-Bart. Zuletzt verlieh sie ihm noch ein charakteristisches Merkmal auf der Stirn – ein Klecks Narbenschminke auf einen Pinsel, ein paar behutsame Striche, und seine Haut zog sich zu einer zwei Zentimeter langen, perfekt geröteten Narbe zusammen.

Auf die Bauchattrappe verzichteten sie diesmal. Wo er hinging, war es von Vorteil, physisch nicht allzu sehr abgebaut zu haben. Neue Kleidung genügte, um den körperlichen Eindruck zu verändern. Der schwarze Anzug, der auf einem Kleiderbügel hinter dem Spiegel hing, war deutlich eleganter als ein Gefängnisoverall, und er durfte auch nicht seine eigenen Schuhe tragen. Glänzende Herrenlederschuhe sollten den Blick des Betrachters in eine vollkommen andere Richtung lenken als die, aus der der entflohene Gefängnisinsasse kam. Piet umarmte die Maskenbildnerin, sie war großartig, und sie erklärte, dass er, solange die Hitze Sommer-Stockholm im Griff habe, jeden Tag für Korrekturen bei ihr vorbeischauen müsse. Wenn nicht, riskierte er, dass die Maske genau in dem Moment zu bröckeln begann, in dem er keinesfalls enttarnt werden durfte.

Piet verließ den Salon durch den normalen Eingangsbereich und nickte einer Frau mit dem ersten regulären Termin des Tages zu, die im Wartezimmer saß und in einer Zeitschrift blätterte. Sie nickte zurück, ohne den Menschen zu erkennen, der sie in Angst und Schrecken versetzen sollte. Da sein Vorstellungsgespräch erst in einigen Stunden stattfand, rief er Ewert an und sagte ihm, dass er seine Meinung geändert habe und zu Fuß zurücklaufen würde, um seine Verkleidung auf Stockholms belebten Straßen zu testen. Er stieß auf der Högalidsgatan absichtlich mit Fremden zusammen, sonnte sich am Mariatorget eine Weile auf den Bänken am Brunnen, überquerte auf der Guldbron zwischen Kinderwagen und Radfahrern hindurch Slussen, spazierte in Begleitung neugieriger Touristen durch die Altstadt, ging auf der Drottninggatan an Mittagspause machenden Angestellten, Obdachlosen und Streife gehenden Polizisten vorbei, und nicht ein einziges Mal blieben Augen an einem Gesicht haften, das nicht existierte.

Sie trafen sich vor der Stadtbibliothek. Piet öffnete die Beifahrertür, und Ewert begrüßte einen Menschen, den er gut kannte, den er aber selbst dann nicht erkannt hätte, wenn sie einander gegenübergesessen und sich quasi ineinander gespiegelt hätten. Bis zur Vallby-Anstalt, Schwedens größtem Jugendgefängnis, waren es fünfzig Kilometer. Sie hatten noch viel Zeit, bis sie da sein mussten, aber auch einiges zu bereden.

»DA VORNE LINKS, Ewert. Hinter der großen Scheune mit den Briefkästen an der Wand.«

»Du erinnerst dich wirklich noch an alle Einzelheiten – nach so vielen Jahren? Weist mich auf Wegbiegungen, Ampeln und Bahnübergänge hin, lange bevor die Frauenstimme im GPS überhaupt daran denkt, ihren Mund aufzumachen und das Kommando zu übernehmen.«

»Ich war fünfzehn. Zu einer Gefängnisstrafe verurteilt, und die Fahrt dorthin dauerte länger als mein ganzes bisheriges Leben. Jede Ortschaft, durch die wir gefahren sind, jede Person, die sich umgedreht hat, um einen Blick auf einen jugendlichen Gangster zu erhaschen, jede Straßenkreuzung, die in eine andere Richtung führte, jeder Vogel, der über das Dach des Busses in die entgegengesetzte Richtung geflogen ist, und jeder Schulgong, der Schüler, die ich hätten sein können, in die Pause entlassen hat – mein Gehirn hat jeden Moment eingefroren, mentale Fotos, die ich hervorhole, wann immer ich will, und ich hasse es, *hasse es, Ewert,* sie gehen nicht weg.«

»Trotzdem willst du zurück.«

»Ich will nicht. Aber ich muss.«

»Wir haben die halbe Strecke geschafft. Wenn wir mit der gleichen Geschwindigkeit weiterfahren, sind wir in einer knappen halben Stunde da.«

»Wenn das so ist – meine Papiere?«
»Im Handschuhfach.«
»Du hast, worum ich dich gebeten habe?«
»Nimm den Straßenatlas raus, Piet. Schlag ihn in der Mitte auf. Ich glaube, dass ...«
»Da. Mein gefälschter Polizeiausweis. Ist ein Weilchen her.«
»Du bist als mein Kollege nach Albanien gereist, und es hat reibungslos funktioniert, diesmal wird es genauso reibungslos funktionieren. Die Tarnidentität samt Lebenslauf, die die Polizeibehörde damals ausgestellt hat, erfüllt noch immer ihren Zweck. Wie du siehst, habe ich gestern ein paar Zeilen hinzugefügt, dass du ab Monatsbeginn studienhalber vom Dienst freigestellt bist.«
»Studienhalber freigestellt?«
»Warum sonst solltest du dich für eine befristete Stelle als Urlaubsvertretung bewerben? Beurlaubte Arbeitnehmer müssen auch während einer Studienpause Geld verdienen, um zu essen.«
»Und wenn sie mich gründlich durchleuchten?«
»Das werden sie nicht. Es ist Frühsommer, die Ferienzeit fängt bald an. Die Einrichtungen des Jugendstrafvollzugs brauchen dringend Milliarden von Urlaubsvertretungen. Und ein Polizist, Piet, ist überqualifiziertes Personal, ein Geschenk des Himmels! Sollten sie trotzdem auf die Idee kommen, dich zu überprüfen, wird deine Identität von Amtspersonen verifiziert, die ich, falls nötig, überrede. Wilson. Hermansson. Wahrscheinlich könnte sogar ich deine Identität bestätigen. Falls es dazu kommt.«
»Du klingst überzeugt.«
»Ich bin überzeugt. Ich habe recherchiert. Es gibt freie Stellen in Vallby.«
»Da vorne rechts. An der Tankstelle, siehst du? Direkt dahinter.«

»Sogar in der Abteilung, in die du willst! Eine neue und moderne Gruppe von Wärtern, homogen und mit einfachen Vorschriften. Alle verhalten sich gleich, sagen das Gleiche, versprechen nichts, was sie nicht halten können. Komprimierte Anweisungen, leicht zu verstehen und zu befolgen. Die Mitarbeiter sind handverlesen, freie Stellen rar, aber auch diese Leute müssen Urlaub machen, und dann wenden sie sich an uns und fragen ab, ob wir jemanden kennen, für den wir die Hand ins Feuer legen und der Interesse hat, aushilfsweise bei ihnen zu arbeiten.«

»Rechts, Ewert. Jetzt!«

»Da kräht niemand nach einer Reihenfolge oder dem schönsten Lebenslauf, da geht es eher um eine Art Fingerspitzengefühl, schätze ich. Wie verhältst du dich, wenn es hart auf hart kommt? Kannst du einem Fünfzehnjährigen gegenübertreten, der für die sieben Leute, die er zusammengeschlagen hat, nur ein höhnisches Grinsen übrig hat? Kannst du mit einem sechzehnjährigen Zweifachmörder umgehen, der dich provoziert? Ich habe dich einem ehemaligen Kollegen gegenüber, mit dem ich ab und zu ein paar Gefälligkeiten austausche, in den höchsten Tönen angepriesen, Piet, als einen unserer besten Polizisten, der die übelsten Burschen zu nehmen weiß.«

»Du hast nicht nur hinbekommen, worum ich dich gebeten habe. Du hast gezaubert.«

»Wenn du jetzt da reingehst und noch die allerletzte Hürde meisterst, das Vorstellungsgespräch, kannst du schon morgen loslegen und nach deiner Antwort suchen.«

»ZEIT AUSZUSTEIGEN, PIET.«
»Ich weiß.«
»Fühlt es sich seltsam an? Alte Geister?«
»Da kannst du Gift drauf nehmen.«
»Seitdem nie wieder hier gewesen?«
»Vor siebenundzwanzig Jahren ist Großerbruder verschwunden. Vor fünfundzwanzig Jahren bin ich durch dieses Tor hinausgegangen.«
»Du musst nicht aussteigen, Piet.«
»Noch dreihundert Meter. Halt hier an. Das letzte Stück gehe ich zu Fuß.«
»Wir können noch immer umdrehen.«
»Nein, Ewert, das können wir nicht.«

»EINS NOCH, EWERT.«
»Ja?«
»Bevor ich gehe.«
»Ja?«
»Gib zu, ein bisschen komisch ist es schon.«
»Es ist ein bisschen komisch.«
»Ganz Schweden fahndet nach einem entflohenen Gefängnisinsassen – und gleich wird dieser entflohene Gefängnisinsasse an das Tor eines anderen Gefängnisses klopfen, in dem er eingesessen hat, und darum bitten, dort zu arbeiten.«

DAS VORSTELLUNGSGESPRÄCH ENDETE nicht ganz so, wie Piet es sich vorgestellt hatte.

Es fing gut an. Die beiden Vertreter der Wachmannschaft, die in der Abteilung des Jugendgefängnisses arbeiteten, um die sich alles drehte und in der er selbst einmal Morgen für Morgen aufgewacht und Abend für Abend eingeschlafen war, waren genau so, wie Ewerts Bekannter sie beschrieben hatte. Durchtrainiert und kontrolliert, der Typ, der weder angriff noch zurückwich, und Lucas, der Teamleiter, wirkte so ruhig und ausgeglichen, wie Piet es sich immer für sich selbst gewünscht hatte.

»Die freie Stelle ist in der Abteilung, in der unsere Härtefälle untergebracht sind. Überwiegend Fünfzehn- und Sechzehnjährige, die eigentlich maximal acht Wochen bei uns bleiben und dann weiter durch die Jugendstrafvollzugskette geschleust werden sollten. Aber sie bleiben. Sie kommen aus anderen Institutionen oder aus der U-Haft hierher, manchmal auch direkt von der Straße, mit so schweren Straftaten im Gepäck, dass eine Unterbringung an anderer Stelle nicht möglich ist.«

Die frühere Schikanekultur der alten Gefängnisgarde, die Gewalt der Machthaber, die nach unten weitergegeben wurde, Aufseher, die genauso viele Schläge austeilten wie die Insassen, persönliche Verbitterung, die an Kindern ausgelassen wurde, schien verschwunden und begraben zu sein.

»Die Vallby-Anstalt ist die größte Jugendstrafvollzugsanstalt des Landes. Laub und Hoher Berg auf der anderen Seite des Pausenhofs sind unsere Abteilungen für jugendliche Sexualstraftäter. Ängsbacka ist wie wir eine Abteilung für Härtefälle, Esplanade eine Abteilung für Drogenstraftäter, Fridhem, an der Sie nach der Hauptpforte vorbeigegangen sind, wird als Fachabteilung genutzt, und die neu gebaute Schule mit unseren Lehrkräften, die ...«

»Lehrkräfte?«

»Ein ganzes Kollegium.«

»Und die Lehrer sind neu – genau wie die Schule? Oder gibt es auch noch Lehrer von früher?«

»Die gibt es wohl. Denken Sie an jemand Bestimmten?«

»Nein ... Ich frage mich nur, ob der alte Ballast abgeworfen wurde. Ob ... Ach, vergessen Sie's.«

Nicht einmal die Maske bereitete ihm Sorgen. Das Gesicht, das das Gesicht verbarg.

Sie hielt, genau wie seine gefälschten Papiere, die sie gelesen und die sie beeindruckt hatten.

»Ein Nebenzweig. Als solcher war die Abteilung, in der Sie arbeiten werden, ursprünglich geplant: eine Nahtstelle zwischen Kinderpsychiatrie und Jugendhilfe, vorübergehend gedacht. Eine Anlaufstelle für die übelsten und gewalttätigsten Kandidaten, zur Entlastung. Dass sie bei uns bleiben, war so nicht geplant. Aber außer uns gibt es niemanden.«

»Niemanden?«

»Landesweit existieren vierzig weitere Institutionen wie diese, im Süden und Norden, und zig Jugendheime und Erziehungsheime, aber *niemand* außer uns wagt es, diese Kids aufzunehmen.«

Bis dahin war alles gut gelaufen.

Piet Hoffmann, oder Verner Larsson, wie der frisch beurlaubte Polizist seinem Dienstausweis zufolge hieß, war willkommen, sogar heiß ersehnt. In den zehn verbleibenden Tagen, bis Lillebrors Drohung zu Wirklichkeit und Tod wurde, konnte er sich an dem Ort, an dem alles begonnen hatte, frei bewegen. Doch als sie aufstanden, um sich zu verabschieden und den Zeitpunkt für die morgige Einführung festzulegen, stand gleichzeitig der Mann auf, der im Nebenzimmer hinter einem Schreibtisch gesessen hatte. Er schien den neuen Mitarbeiter ebenfalls begrüßen zu wollen und kam mit ausgestreckter Hand auf ihn zu.

Älter, schütter gewordenes Haar.

Fast drei Jahrzehnte älter und vielleicht ein paar Kilo leichter.

Aber Piet war sich sicher. Die Person, die tief in diesen Augen wohnte, war noch immer zu erkennen.

Der Dreckswärter.

»Juha Flemming.«

Du bist noch da.

»Der Sicherheitschef hier.«

Du bist die Karriereleiter sogar hochgeklettert.

»Willkommen. Sie werden hier gebraucht, Larsson. Ich habe nur Gutes über Sie gehört. Falls Sie Fragen haben, klopfen Sie einfach an meine Tür. Hier helfen wir uns gegenseitig.«

Piet begegnete dem Blick, sogar dem Lächeln. Hatte er Zweifel gehegt, waren sie jetzt ausgeräumt. Die helle Stimme, die die Wörter hervorpresste, kurz vor dem Überkippen, wie jemand, der die Pubertät noch nicht hinter sich gelassen hat, und dieses schnelle Einatmen am Schluss, wenn er glaubte, etwas Bedeutsames gesagt zu haben.

Der Dreckswärter, der in ihm die Erinnerung geweckt hatte, dass man etwas nicht fühlt, wenn man beschließt, es nicht zu fühlen.

Der Dreckswärter, der seinen besten Freund misshandelt

hatte, damals, als es zu weit ging und Großerbruder abhauen musste, um zu überleben.

»Danke. Ich komme darauf zurück.«

»Egal, worum es geht. Ich bin seit ... ja, seit über dreißig Jahren hier. Ich weiß so gut wie alles, habe so gut wie alles gesehen.«

Er lachte. Die helle Stimme kippte über.

»Wie eine lebenslange Freiheitsstrafe.«

Dreißig Jahre – Piet schätzte ihn auf etwas über sechzig. Zeit war eine seltsame Erfindung. Ein Mensch, der ihm damals alt vorgekommen war, war wesentlich jünger gewesen als die angebliche Urlaubsvertretung heute.

Piet gab sich Mühe, genauso laut zu lachen.

Aber nicht *mit* dem Sicherheitschef, sondern *über* ihn, über einen Menschen, der keine Ahnung hatte, wer vor ihm stand.

Für dich war ich der kleine Scheißkerl, an dem du deinen Frust ausgelassen hast. Ohne daran zu denken, dass kleine Scheißkerle eines Tages groß werden, sogar größer.

Der Dreckswärter nickte ihm zu und ging zurück in sein Büro.

Piet konnte nicht anders.

»Ich habe tatsächlich eine Frage. Wenn ich sie schon jetzt stellen darf?«

Der Sicherheitschef blieb im Türrahmen stehen, drehte sich um.

»Auch jetzt.«

Vielleicht wollte Piet sich vergewissern, dass die Vergangenheit ihn keinesfalls erkannte. Oder es gefiel ihm einfach, auf der Grenze entlangzubalancieren.

»Ich habe mich gefragt ... Wenn ich die Arbeit im Jugendstrafvollzug mit meiner Arbeit im Polizeidienst vergleiche, wo sich unser Kontakt zu den Objekten auf einen vergleichsweise kurzen Zeitraum beschränkt. Hier arbeitet man wesentlich länger mit ihnen, und ich bin ein bisschen neugierig auf … später. Ob ich mich an die Gesichter erinnere, die ich einschließe. Wie ist das für Sie? Bleiben sie lebendig? Die vielen Jugendlichen, die kommen und gehen? Was tun Sie, um sie … ja, loszulassen?«

»Ich handle professionell, nehme ich an.«

»Inwiefern?«

»Distanz. Ich nehme nie etwas mit nach Hause. Was hier passiert, bleibt hier.«

»Ich meine, Sie als Sicherheitschef sehen viele Jugendliche, die entlassen werden. Oder abhauen. Oder …«

Der Druckswärter musterte den neuen Mitarbeiter. Nicht misstrauisch, eher amüsiert, so wirkte seine Miene.

»Sie werden entlassen. Heute haut niemand mehr ab. Die Klienten, wir nennen sie Klienten, nicht Objekte, haben sich verändert. Sie begehen ganz andere Straftaten als früher, sind viel gefährlicher, erfordern eine vollkommen andere Sicherheitslage.«

»Sie sagten: *Heute* haut niemand mehr ab?«

»Früher waren Fluchtversuche ab und zu erfolgreich. Heute haben wir alle Löcher gestopft, die Kameraüberwachung vervielfacht und die Gebäude besser gesichert. Genau wie in den Erwachsenengefängnissen, wo unsere Klienten zwangsläufig landen werden.«

Piet hob zum Dank die Hände, er war fertig, keine weiteren Fragen.

Er hatte genau die Antwort bekommen, die der Sicherheitschef nicht hätte geben dürfen; die Bestätigung, dass der ältere Mann keine Ahnung hatte, welcher der vielen kleinen Jungen inzwischen erwachsen geworden war. Es wäre so einfach, ein paar Schritte auf ihn zuzumachen und ihm alles heimzuzahlen.

Aber Piet Hoffmann ging nicht auf ihn zu. Noch nicht.

Er schluckte das, was brannte, hinunter, während der Dreckswärter den Raum verließ. Er würde tun, was er in seinen vielen Jahren als verdeckter Informant perfektioniert hatte: lächeln, schweigen, freundlich und effektiv sein – und erst in dem Moment zurückschlagen, wenn er gefunden hatte, wonach er suchte, und sich siebenundzwanzig Jahre des Wartens in unbändiger Wut befreien konnten.

EWERT GRENS PARKTE das Auto in dem beschaulichen Wohnviertel von Enskede, öffnete das rostige Gartentor und lief den gepflasterten Gehweg hinauf. Es war früher Abend, und Zofia und die drei Kinder waren von ihren jeweiligen Schulen nach Hause gekommen. Diesmal hatte der ehemalige Kriminalkommissar sein Kommen angekündigt. Er war nicht willkommen, daran hatte sich nichts geändert, das hatte Zofia erbarmungslos klargestellt, aber sie brauchte ihn, vielmehr seine Informationen, und heute würde sie die Tür öffnen, um ihn hereinzulassen.

Er hätte vielleicht vorsichtiger vorgehen sollen.

Er wurde ganz bestimmt beobachtet, wurde wahrscheinlich in diesem Moment von Zivilfahndern fotografiert, die wie seine eigenen platzierten Personenschützer rund um die Uhr von Autos oder Nachbarhäusern aus Wache hielten. Aber viele seiner Kollegen kannten seine Verbindung zur Familie Hoffmann, ebenso wie seinen hinkenden Gang. Und der Versuch, sein entstelltes, von einer Kugel zerfetztes, faltiges Gesicht unkenntlich zu machen, wäre für alle Maskenbildner der Welt reine Zeitverschwendung gewesen. Es war klüger, normal aufzutreten, deutlich zu zeigen, dass er als Freund der Familie kam, als jemand, der tröstete, während der Vater der Kinder die Schlagzeilen dominierte. Das entsprach wenigstens teilweise der Wahrheit. Er kam, um Hugo, Rasmus und Luiza zu erklären, dass das, worüber alle redeten, nicht ganz so war, wie es schien, obwohl es gleichzeitig doch so war. Der Rest der Wahrheit, der Teil seines Besuchs, der ihn zu mehr als zu einem Freund der Familie machte, zu jemandem, der laut Strafgesetzbuch eine lange Freiheitsstrafe wegen Beihilfe zur Flucht, Beihilfe zu Straftaten und Strafvereitelung riskierte, musste warten.

Ewert umarmte jedes der drei Kinder lange, am Ende hatte er gelernt, dass diese Art von Körperkontakt weder wehtat noch Spuren hinterließ, nicht trennte, sondern vereinte. Dann bat er Zofia, zwei Jungen und ihre kleine Schwester, ihn in den Garten hinaus zu begleiten, es sei ein so schöner Junitag, und als Zofia seinen Blick erwiderte, verstand er, dass er es nicht erklären musste; sie hatte schon früher mit Bedrohungen gelebt und wusste, dass das Risiko, abgehört zu werden, wenn jemand zumindest einen Teil der Wahrheit aussprach, im Freien deutlich geringer war.

Kaum Beunruhigung. Absolut keine Angst.

So deutete Ewert Grens das Verhalten der Hoffmanns, und das sagte mehr über das Leben aus, das sie führten, als darüber, wer sie im Innern waren.

Luiza, die ihren Papa endlich im Gefängnis besucht und ein Bild davon bekommen hatte, wo er abends fernsah, weil er es nicht mehr zu Hause machte, schien sich über die vielen Fernsehnachrichten über Papa zu freuen – es war ein bisschen so, als würde er sie zu Hause besuchen. Rasmus wartete mit malerischen Beschreibungen auf, wie Piets Flucht abgelaufen sein könnte, und hatte eine Menge Fragen zu dem Mann, den Papa in einem Kiosk niedergeschlagen hatte, und was der Mann getan hatte, denn irgendwas musste er getan haben, sonst hätte Papa ihm nicht auch die Nase gebrochen. Hugo hatte Platz für zwei Gefühle: Wut und Scham. Er war wütend, weil sein Vater so gelassen getan hatte, als sie ihn im Gefängnis besucht hatten. Behauptet hatte, sich perfekt zu führen, damit er öfter Besuch kriegen und irgendwann vielleicht sogar auf Freigang nach Hause kommen durfte, aber dann Leute niederschlug und aus einem ausbruchsicheren Gefängnis ausbrach. Und er schämte sich vor all den Idioten, die ihn in der Schule anstarrten, ohne etwas zu sagen, Lehrer wie Mitschüler, die der Meinung waren, dass, wenn der Vater Abschaum war, auch der älteste Sohn Abschaum war.

Sie tranken Kaffee und Saft, schauten ein bisschen fern und holten nach dem Abendessen die Karten raus, um mehrere Partien Cheat mit dem üblichen Ergebnis zu spielen: zwei Jungen, die jedes Mal gewannen, während ein ehemaliger Kriminalkommissar abgeschlagen auf dem letzten Platz landete.

Als er sich auf den Nachhauseweg machte, nach Zähneputzen und Schlafenszeit, hörte Ewert rasche Schritte die Treppe herunterkommen. Von jemandem, der aus dem Bett gestiegen war, ihm im Schlafanzug nachlief und ihn an der Haustür einholte.

»Warte.«

»Hugo? Solltest du nicht schlafen?«

»Ich gehe mit dir zum Auto.«

»Barfuß?«

»Draußen ist es warm.«

Draußen *war* es warm. Still, leise. So schön, wie es an einem Frühsommerabend manchmal sein kann.

»Ewert?«

»Ja?«

»Bin ich immer noch dein bester Freund?«

»Machst du Witze? Ich habe keinen anderen Freund als dich, Hugo. Es spielt keine Rolle, dass ich doppelt so alt bin wie du.«

»Viermal so alt. Fast fünf.«

»Was?«

»Du bist fast fünfmal so alt wie ich.«

Hugos Füße waren lang und schmal und rastlos, wie es die Füße eines Vierzehnjährigen sind. Aber kräftig. Leichtfüßig sprangen sie über das Gartentor, und leichtfüßig landeten sie auf dem Bürgersteig, ehe Ewert dazu kam, das Tor zu öffnen und auf die Straße zu treten.

»Und wenn du mein bester Freund bist, dann weißt du, dass ich nicht glaube, dass das alles ist. Du hast nichts gesagt. Bloß herumgedruckst.«

»Ich hätte mir denken können, dass du dich nicht damit abwimmeln lässt.«

»Da steckt mehr dahinter. Mehr, als dass Papa aus heiterem Himmel aus dem Gefängnis ausbricht und du nicht genau weißt, warum. Natürlich weißt du, warum! Ohne Hilfe von außen wäre Papa die Flucht nie gelungen. Und die Hilfe von außen, das warst du!«

Der ehemalige Kriminalkommissar schloss das Auto auf, sank auf den Fahrersitz und öffnete die Beifahrertür.

»Setz dich, Hugo. Besser, als mit nackten Füßen auf dem Asphalt zu stehen.«

Grens' jüngster Freund lächelte. Die Wahrheit. Er würde einen weiteren Teil erfahren.

»Und mach die Tür zu. Du wirst verstehen, warum.«

Hugo zog die Tür zu, fest, suchte dann nach dem Clip des Anschnallgurts, der sich in der Ritze zwischen den Sitzen versteckt hatte, als eine Hand ihn aufhielt.

»Wir fahren nirgendwohin. Reden nur ungestört. Weil ihr rund um die Uhr beschattet werdet. Abgehört. Mit Bild und Ton. Meine ehemaligen Kollegen gehen davon aus, dass dein Vater früher oder später Kontakt zu euch aufnimmt. Wenn dir also jemand auffällt, der dir folgt und sich auffällig verhält, ist es höchstwahrscheinlich ein Polizist, der dich beobachtet.«

»Oder einer von den anderen. Von denen, die drohen.«

»Woher weißt du …«

»So ist es jedes Mal, Ewert.«

Dieser Junge. Grens vergaß oft, dass der Vierzehnjährige sehr viel schlauer war als er selbst.

»Ich weiß von dem Mann mit dem Selfie und Rasmus. So was erzählt er mir. Und im Unterschied zu ihm kapiere ich, worum es dabei in Wirklichkeit geht. Erst recht, seit gestern Abend jemand versucht hat, die gleiche Nummer bei mir abzuziehen.«

Die Schlafanzughose hatte eine aufgenähte Gesäßtasche, aus der Hugo jetzt ein Handy hervorholte.

»Hier. Sieh selbst.«

Er klickte den Videofilm an, der auf dem Display gespeichert war.

Ein Mann, dessen halbes Gesicht zur Kamera gerichtet ist, glaubt, Hugo überredet zu haben, ihrem gemeinsamen Freund, Papa Piet, einen Gruß zu schicken. In dem Moment, als er die Aufnahme startet, in die Kamera grinst und Anstalten macht, seinen Arm um die Schultern eines schlaksigen Jungen zu legen, greift Hugo nach dem Telefon, reißt es dem Fremden aus der Hand und rennt davon.

»Hugo, was …«

»Es geht noch weiter.«

Das Bild ist verschwommen.

Hugo rennt schnell, sehr schnell, und seine Hand, die das Handy hält, hüpft auf und ab, während das wütende Gebrüll eines Mannes immer schwächer wird.

»Er hatte null Peilung, Ewert. Ich kenne mich in unserem Viertel aus, der Typ nicht. Ich wusste schon, wohin ich laufen würde, als er auf mich zukam und anfing zu quatschen. Ein paar Zäune und ein paar Hecken, und er war abgehängt.«

Ewert Grens saß sprachlos da, griff ans Lenkrad, um etwas zum Festhalten zu haben, weil sich die Dinge änderten. Der Hugo, den er kannte, war schüchtern, besorgt, unruhig. Dieser Junge war ... ein anderer. War gewachsen. Hatte die Reise hin zu sich selbst begonnen.

»Und das Telefon?«

»Wertlos. Der Mann hatte Handschuhe an. Aber falls er doch irgendwelche Fingerabdrücke hinterlassen hat, habe ich sie wahrscheinlich zerstört. Und ich habe das Handy überprüft, es ist brandneu, keine gespeicherten Daten.«

Ewert streckte seine Hand aus.

»Aber jetzt gibst du es mir. Okay?«

Hugo ließ sein Diebesgut in die ausgestreckte Handfläche fallen.

»Ich will Papa treffen.«

»Das geht nicht.«

»Doch. Ich will ihm helfen.«

Der ehemalige Kriminalkommissar streichelte vorsichtig die Wange des Jungen. Auch das hatte er gelernt.

»Hugo – du weißt, was dein Vater zu dir sagt, wenn solche Sachen passieren?«

»Ja.«

»Dass du ihm hilfst, indem du deiner Mutter hilfst, dich um Rasmus und Luiza zu kümmern.«

»Ja.«

»Das klingt vielleicht todlangweilig, aber dein Vater sagt es, weil es stimmt. Und – schnall dich an. Wir drehen doch eine Runde. Durch die Sommerdunkelheit. Ich beginne zu ahnen, dass unser Gespräch länger dauert.«

Ewert Grens setzte zurück, wendete, setzte noch einmal zurück, sie fuhren los, und er fragte sich, ob sie von jemandem beobachtet wurden, der einen Bericht darüber schreiben würde, wie der Freund der Familie nach seinem Besuch mit dem nur mit einem Schlafanzug bekleideten ältesten Sohn der Hoffmanns im Auto davonfuhr.

Und ob Hugo mit seiner Vermutung recht hatte.

Dass sie beobachtet wurden von Polizisten, die seinen Vater schnappen wollten, und gleichzeitig von organisierten Kriminellen, die drohten, die ganze Familie zu töten.

IN EWERT GRENS' Küche klapperte es.

Rasch fuhr er in Bademantel und Hausschuhe – er musste nachsehen, ob alles so war, wie es sein sollte. So wie gestern, und vorgestern, und am Tag davor.

Ein ganzes Jahr war vergangen, und er war sich immer noch nicht sicher, ob das Bild Bestand hatte. Ob die fremden Menschen noch immer auf ihren Plätzen am Küchentisch eines älteren Mannes saßen, der eine Heidenangst davor gehabt hatte, jemanden in sein Leben zu lassen.

»Hey, Ewert.«

Ein einziges Elin-Hey genügte. War es wert, dafür aufzustehen.

»Wie geht es dir, Ewert? Gut geschlafen?«

Und Michél, er meinte seine Frage ernst, wollte es wirklich wissen.

An diesem Morgen war noch ein dritter Stuhl belegt. Piet saß darauf, trank Kaffee und aß Käsebrote.

»Wir sind heute Nacht nach Hause gekommen, als ihr schon geschlafen habt. Ich hatte keine Gelegenheit, euch vorzustellen. Elin und Michél, das ist Verner. Verner, das sind Elin und Michél.«

»Wie du siehst, haben wir uns schon miteinander bekannt gemacht. Ziemlich riskant, als Letzter am Frühstückstisch aufzutauchen, Ewert. Verner hat einige pikante Geheimnisse über dich ausgeplaudert.«

»Das ist nicht nett ... Was zum Beispiel, Elin?«

»Tut mir leid, das kann ich nicht sagen. Dann ist es ja kein Geheimnis mehr.«

Insgesamt drei echte Menschen. Und Ewert Grens war auch mit im Bild, am äußeren Rand, als er allen Kaffee nachschenkte.

»Wenn ihr euch schon unterhalten habt, wisst ihr vielleicht, dass Verner und ich alte Freunde sind und er eine oder zwei Wochen bei uns wohnen wird.«

Elin streckte Piet die Hand entgegen, über Butter und Käse und das halb ausgetrunkene Glas Orangensaft hinweg.

»Noch mal: Willkommen. Es spielt keine Rolle, wenn du länger bleibst. Ewert hat viel Platz, aber nur sonderbare Mitbewohner wie mich und Michél. Du scheinst nicht von der sonderbaren Sorte zu sein, Verner, du bist also ein guter Ausgleich.«

Elin lächelte, und Piet lächelte, aber am meisten lächelte wohl Ewert Grens. Über eine Maske, die funktionierte. Denn sein dritter Gast, der meistgesuchte Mann Schwedens, war auch ein wenig sonderbar.

Grens und Hoffmann warteten, bis Elin und Michél gefrühstückt, ihre morgendlichen Routinen beendet hatten, sich verabschiedeten und die Wohnungstür hinter sich zuzogen. Erst dann konnten sie ihre nächsten Schritte besprechen.

»Ich muss zu einer Vernehmung.«

Ewert goss sich noch mehr schwarzen Kaffee ein und trank ihn in drei großen Schlucken aus.

»In einer Stunde.«

»Vernehmung?«

»Rein informativ. Weil ich in Begleitung der Familie des flüchtigen Häftlings Piet Hoffmann gesehen wurde.«

»Und?«

»Nach Tausenden Vernehmungen von Verdächtigen, von dir

und deinen ehemaligen Kumpels, weiß ich, wie man die Wahrheit umschifft. Außerdem könnten wir unseren Frühstückskaffee ebenso gut in einem hübschen Café am Stureplan trinken, ohne dass jemand eine Ahnung hätte, mit wem ich rede. Das Gesicht, das ich in diesem Moment betrachte, ist nirgendwo gespeichert, weder in unseren Datenbanken noch in den Köpfen von Polizisten.«

Piet ließ seine Fingerspitzen unbewusst über zwei Schlupflider und eine krumme Nase gleiten. Alles war an seinem Platz. Auch die Narbe machte ihm keine Sorgen. Die Maskenbildnerin hatte ihm einen Pinsel, ein Schwämmchen, Spezialkleber, Reinigungsflüssigkeit und eine Dose Narbenschminke mitgegeben, und er hatte das fünf Zentimeter lange charakteristische Merkmal auf seiner Stirn erst heute Morgen nachgebessert.

»Eins steht jedenfalls fest, Ewert: In der Vallby-Anstalt funktionieren Verner Larssons Aussehen und seine Tarnidentität als Polizist.«

»Wissen wir das – jetzt schon?«

»Kam gestern per Mail, mit Brief und Siegel. Nach dem Mittagessen hole ich meine Schlüsselkarte ab. Eine Vollzeitstelle, den ganzen Sommer über, aber so lange habe ich nicht vor zu bleiben.«

Piet stand auf, bereit zu gehen. Als Ewert nach seinem Arm fasste.

»Sie haben wieder Kontakt aufgenommen. Dir eine Nachricht übermittelt. Oder es zumindest versucht.«

Ewert Grens legte das beschlagnahmte fremde Handy auf den Küchentisch, und genau wie beim letzten Mal, als sie aufgezeichnete und unausgesprochene Drohungen betrachtet hatten, zoomte die Kamera auf eines der Hoffmann-Kinder. Doch dieses Mal endete die Annäherung des ungebetenen Fremden damit, dass der herangezoomte Junge ihm das Handy entriss und davonrannte.

Im ersten Moment empfand Piet Stolz. Sah, wie sein ältester Sohn einen Mut bewies, der größer war als der aller Lillebrors der Welt.

Dann packte ihn unbändige Wut.

»Bis später.«

»Mach jetzt keine Dummheiten, Piet.«

»Ich bin ein bisschen in Eile. Wir reden heute Abend. Nach meinem ersten Arbeitstag. In zwei Stunden geht meine Schicht los, und ich will vorher noch was erledigen.«

Er hatte den Mietwagen in fußläufiger Entfernung von Ewerts Wohnung in einer City-Garage abgestellt, zu einem Wucherpreis, aber zwischen vielen anderen Autos und mitten im Publikumsverkehr, die ihn zu einem Gesicht in der Menge machten. Der Stadtverkehr war chaotisch, der Söderleden teilweise gesperrt und das Stillstehen im Stau phasenweise unerträglich. Nach einer Weile im stockenden Verkehr war es, als ob Hugo die Beifahrertür öffnete und sich neben ihn setzte. In verschiedenen Versionen. Als Dreijähriger, als Siebenjähriger, als Elfjähriger und als Vierzehnjähriger. Unabhängig vom Alter, sein erstes und ältestes Kind, und ein kluger und sensibler Junge. Der so viel Verantwortung trug und gleichzeitig klare Strukturen brauchte, um sich wohlzufühlen, Verlässlichkeit und Wahrheit, das Vertrauen darauf, dass die überschaubare Welt Alltag und Realität blieb.

Jetzt hatte dieser Junge es in einem Handyvideo mit einem Gangster aufgenommen – und gewonnen.

Piet Hoffmann war sich darüber im Klaren, dass er mit diesem Umweg ein immenses Risiko einging. Hugo wurde wahrscheinlich genau wie Zofia beschattet. Aber um weitermachen zu können, musste er sich mit eigenen Augen davon überzeugen, wie es seinem großen kleinen Jungen ging.

Die Mittelschule in Enskede Gård sah aus wie eine Ansammlung heruntergekommener Mietskasernen aus dem schwedischen Millionenprogramm der Siebzigerjahre. Sachliche Gebäude, die niemals tanzen würden. Der Schulhof bot mehr Leben. Gruppen schlaksiger Teenager bewegten sich in Mustern, die nur sie selbst erkennen konnten, ohne zu wissen, ob sie noch Kinder waren, kurz davor standen, erwachsen zu werden, oder einer anderen Kategorie angehörten, die sich nicht einordnen ließ.

Piet blieb in einiger Entfernung im Auto sitzen, bis die Pause zu Ende war und die letzten Nachzügler von den gläsernen Eingangstüren verschluckt worden waren. Wenn Hugo beschattet wurde, dann hier draußen. In der Schule konnte die Polizei nicht rund um die Uhr herumlaufen, ohne Blicke auf sich zu ziehen, die niemand haben wollte. Hugos Vater stieg aus, klemmte sich die leere Lederaktentasche, die er sich von Ewert ausgeliehen hatte, unter den Arm und überquerte mit den entschlossenen Schritten eines Menschen, der einen vereinbarten Termin hat, den Schulhof.

Am Schwarzen Brett im Erdgeschoss hingen die Stundenpläne sämtlicher Klassen. Hugo ging in die 8A, genau wie Piet früher, und der Physikunterricht endete in zwanzig Minuten in einem Klassenzimmer im ersten Stock. Hier zu stehen und den Geräuschen von Schulkorridoren unter kaltem Neonlicht auf glänzenden Linoleumböden zu lauschen, war eine Reise in die Vergangenheit. Ewerts Aktentasche wurde zu Büchern mit Piets Namen darauf, der dunkle Anzug, den die Maskenbildnerin für ihn ausgesucht hatte, zu seiner Lieblingsjeans mit den großen Löchern und dem T-Shirt mit der Aufschrift **FUCK THE POLICE** in fetten Lettern.

Eine Ewigkeit her, gerade eben.

Die Hälfte der Klasse hatte den Physikraum bereits verlassen, als Hugo in Begleitung von zwei hoch aufgeschossenen und pickeligen Jungen herauskam. Sie lachten über irgendwas, schienen sich zu mögen. Hugo begegnete dem Blick seines Vaters, reagierte aber nicht, vertieft in ein Gespräch, das noch mehr Lachsalven produzierte.

»Hugo?«

Die Stimme des Mannes war tief, fremd, hatte aber seinen Namen gesagt.

»Ja?«

»Hugo Hoffmann?«

»Ja?«

»Deine Mutter hat mich um Rat wegen des passenden Gymnasiums für dich gebeten, und ...«

»Ich geh erst in die Achte.«

»Ich war wegen einer anderen Angelegenheit hier, und weil ich ihr versprochen habe ... hast du einen Moment Zeit?«

Hugo hob die Arme zu einer Ich-hab-keine-Ahnung-Geste in Richtung seiner Kumpel, kam einen Schritt auf ihn zu, hielt aber genügend Abstand für einen Vierzehnjährigen, der schnell rennen konnte.

»Ich weiß, dass du am liebsten auf dem Bauch schläfst. Dass dein kleiner Bruder Rasmus auf dem Rücken schläft und so laut schnarcht, dass du dich manchmal in sein Zimmer schleichst und ihn anstupst. Und dass du den Namen deiner kleinen Schwester Luiza ausgesucht hast.«

Piet veränderte die Stimme. Zu seiner eigenen.

»Und dass dein Vater, er ...«

»Du?«

Piet nickte.

»Was machst du ...«

»Die Schulbibliothek. Ich habe gesehen, dass sie weiter hinten auf dieser Etage liegt, und sie schien leer zu sein. Sollen wir?«

Sie sagten nichts, als sie Seite an Seite dorthin gingen. Dachten aber jeder für sich an das Gleiche. An das erste Mal, als Piet gezwungen gewesen war, vor seinen Kindern ein anderes Gesicht zu tragen, und er sie mitten in der Nacht in ein Safe House gebracht hatte, ohne ihnen sagen zu können, wer hinter der Maske steckte. Auch damals hatte sie funktioniert. Bis er von dort weggegangen und Hugo ihm nachgelaufen war. »Ich weiß.« Hugo hatte seine Hand fest gepackt. »Ich weiß, dass du es bist, Papa. Weil ich sehe, wie du gehst. Du gehst wie ich. Die Füße und Arme nach außen, und ... wir gehen genau gleich.«

Vier Jahre später war Piet Hoffmanns Maske ausgefeilter, und er hatte begriffen, dass das Bewegungsmuster eines Menschen am schwierigsten zu verändern war und viel mehr Übung erforderte als eine andere Stimmlage oder ein anderes Erscheinungsbild. Er vergewisserte sich noch einmal, dass die kleine Schulbibliothek leer war, und dann – dann schloss er seinen ältesten Sohn in eine lange, liebevolle und durch und durch lächerliche Papa-Umarmung. Ohne dass sein Sohn sich losriss oder fragte, wie krass peinlich er eigentlich sei.

»Ich wollte nur ... Ewert hat mir das Video gezeigt.«

»Ja?«

Hugo schaute ihn an. Erwartungsvoll. Schließlich hatte er wie eine kleine Ausgabe seines Vaters gehandelt, der ihn gerade fest umarmt hatte.

»Was du gemacht hast, Hugo ...«

Und Piet sah es.

» ... war absolut fantastisch.«

Jetzt war es Hugo, der Piet umarmte. Zugegebenermaßen flüchtig, aber freiwillig.

»Ja, ich dachte ...«

»Und eines musst du mir versprechen.«

»Ja?«

»Mach das nie wieder.«

»Aber ...«

»Ich kenne diese Leute. Oder ich kenne sie nicht, aber ich kenne viele, viele, die so sind wie sie. Beim nächsten Mal geht es nicht so aus. Und dann – manche sind zu allem fähig, ganz egal, wen sie vor sich haben. Denen ist es vollkommen einerlei, ob es noch Kinder sind. Verstehst du, Hugo?«

Hugos Stolz. Es war, als hätte Piet seinem Sohn den Stolz genommen.

»Nein.«

»Ich weiß, dass du es verstehst, Hugo. Du bist der Klügste von uns allen.«

»Ich verstehe – wenn du mir sagst, worum es hier geht. Ewert weigert sich.«

»Er weiß es nicht. Und ich weiß es nicht.«

»Du weißt es nicht? Was für ein verdammter Bullshit! Natürlich weißt du es, Papa!«

Es kam nicht oft vor, dass Hugo fluchte. Für gewöhnlich waren es seine Augen, die sich in etwas bohrten, misstrauisch und tief.

»Manchmal lüge ich, Hugo. Weil ich muss. Und dich, Rasmus oder Luiza anzulügen, ist das Schlimmste, was es gibt. Es tut weh. Ich weiß, dass du auch das verstehst. Aber dieses Mal ist es fast schön, weil ich nicht lüge. Es ist gefährlich, ja, das ist es. Und ich bin wirklich auf der Flucht. Es ist auch gefährlich für euch, für dich und deine Mutter und deine Geschwister. Aber, Hugo – ich habe keine Ahnung, was passiert ist oder warum es passiert ist.«

Eine letzte Umarmung. Genau richtig lang, genau richtig lächerlich.

»Aber ich verspreche, ich werde es herausfinden.«

ES WAR UNBEHAGLICH – unwirklich und komplett falsch –, wie am Tag zuvor vor einem Gefängnistor zu stehen, auf die Klingel zur Vergangenheit zu drücken und darum zu *bitten*, hereinkommen zu dürfen.

Danach eine etwas weniger unbehagliche Arbeitskleidung, ein Schlüsselbund und eine Schlüsselkarte aus Plastik. So leicht ließ sich das Äußere erneut verändern.

Der flüchtige Gefängnisinsasse Piet Hoffmann, alias der Ex-Polizist Verner Larsson, war von jetzt an eine Urlaubsvertretung in der Vallby-Anstalt, wo die gefährlichsten jungen Leute des Landes einsaßen, die Videospiele mit ihrem Leben spielten und sich gegenseitig hinrichteten, ohne zu verstehen und vor allem ohne zu spüren, dass es Wirklichkeit war.

Lucas, der Teamleiter, der das gestrige Vorstellungsgespräch mit ihm geführt hatte, das gut verlaufen war, bis ein Gespenst den Raum betrat, strahlte unverändert Ruhe und Autorität aus. Ein Mensch, wie man ihn sich zum Bruder wünscht, wenn sich die Freunde auf die andere Seite des Schulhofs verdrückt haben und die Bullys auf einen zukommen. Außerdem war er auf bescheidene Art klug, argumentierte auf einem Niveau, wie man es innerhalb solcher Mauern selten findet. Er begleitete Piet nicht nur auf einem Einführungsrundgang durch modernisierte Gefängnisgebäude – er begleitete ihn zu jungen Menschen, die sich noch stärker verändert hatten als die Gebäude. Piet Hoffmann, jetzt in einer ähnlichen Hose und einem ähnlichen Poloshirt wie Lucas, wurde sich zum ersten Mal bewusst, dass sein Bild von jugendlichen Kriminellen, das auf Erinnerungen an sich selbst, an Großerbruder und all die anderen beruhte, die mit ihm in Vallby eingesessen hatten, ebenso veraltet war wie damals die Räumlichkeiten und die abgetragene Kleidung.

»Verner, da vorne links. Das ist eine Abkürzung, wenn du die Insassen vom Hauptgebäude zum Klassenzimmer oder zum Fitnessraum bringst.«

Aber die Abkürzungen existierten noch. Und er kannte sie. Diese hier war ein junger Piet Hoffmann drei Jahre lang jeden Werktag entlanggelaufen. Auf dem Weg zu einer Lehrerin, der er so gerne zuhörte und mit der er so gerne redete; allein und ohne Begleitperson – eine Freiheit, die mordende Kinder nicht hatten.

»Körperverletzung. Totschlag. Hier drin sollten wir die Kontrolle haben. Niemand setzt einen Fuß vor die Tür dieser Abteilung, wenn wir nicht dabei sind.«

Lucas klang nicht resigniert, er war kein Mensch, der das Handtuch warf. Er war bloß pragmatisch.

Vielleicht war es so leichter zu ertragen.

»Nimm eine Handvoll Burschen aus der Neuropsychiatrie und tu ein paar Jungs aus Rinkeby dazu, die ein paar Leute abgeknallt haben, und du stehst mitten im A-Trakt, deinem neuen Arbeitsplatz.«

Sie kamen an eine neue Weggabelung, und Piet, der Lucas vorausging, bog ohne nachzudenken automatisch nach rechts ab, folgte weiter der Abkürzung.

»Also, Verner ...«

»Ja?«

» ... ich hab den Eindruck, dass du dich hier schon auskennst.«

Und das war nicht gut. Er hatte sich gerade verraten.

»Was?«

»Ich habe Wochen gebraucht, bis ich mich zurechtgefunden habe.«

»Ja, das ... Es kam mir irgendwie ... logisch vor.«

Der Teamleiter fragte nicht weiter nach, vielleicht war es bloß Small Talk gewesen, vielleicht würde er die Lüge später durchschauen. Jetzt nickte er einem entgegenkommenden Kollegen zu, der den Flur ebenso selbstverständlich hinunterlief, vor ihm ging ein sehr kleiner, sehr schmächtiger Junge, der nicht viel älter sein konnte als Hugo.

»Dieser dürre Kerl ...«

Der Teamleiter wartete, bis sie außer Hörweite waren.

» ... heißt Eddie und sitzt in unserer Abteilung in Zimmer vier. Man hat ihm eine Million Kronen dafür geboten, dass er drei Typen abmurkst. Es gibt Listen darüber, wie viel die einzelnen Opfer wert sind. Für einen der drei sprang eine halbe Million raus, für die zwei anderen jeweils eine Viertelmillion. Den ersten hat er erschossen, in den Nacken, glaube ich. Die beiden anderen rücklings erstochen. Ist wohl einfacher, wenn man seinen Opfern nicht in die Augen schauen muss. Er ist einer der zig Jugendlichen, die aus den sogenannten Ausgrenzungsgebieten kommen, wie es im Politikersprech so schön heißt. Einer der zig Jugendlichen aus Malmö, Göteborg, Örebro, Västerås und aus den südlichen und westlichen Stockholmer Vororten. Einer der zig Einwanderer der ersten oder zweiten Generation – in den letzten Jahren hauptsächlich Somalier, Afghanen, Syrer. Jeder hat irgendein Potenzial. Aber diese Kids werden zu dem, was das Umfeld ihnen vorgibt, sie werden hineingeboren, haben keine Wahl.«

Piet Hoffmann drehte sich um, von Weitem wirkte der Junge noch schmächtiger.

Nummer 4.

Seine eigene Zelle.

Ein Schuss in den Nacken. Eine Messerklinge in zwei Rücken. Vor siebenundzwanzig Jahren war Piet selbst zwischen dem Klassenzimmer und dieser Zelle hin- und hergelaufen, und keiner seiner Zellennachbarn kam auch nur in die Nähe dieser Art von Kriminalität. Der Bursche war höchstens fünfzehn. Und in der heutigen Zeit beileibe kein Einzelfall.

»Ich weiß, ich klinge wie ein müder Rassist. Aber ich kann dir versichern, Verner, hier arbeiten keine Rassisten. Sie würden nicht einen Tag überstehen. Manchmal ist es eben, wie es ist; und wird es besser, wenn wir uns etwas vormachen? Wenn wir so tun, als ob alle Insassen hier fließend Schwedisch sprechen, obwohl sechs von acht es nicht tun? Was wäre daran besser für sie und die Gesellschaft, in die sie eines Tages zurückkehren sollen? Wie sollen diese Kinder – denn es sind Kinder – verstehen, dass ihre Sicht auf ihre Mitmenschen und das Leben unmenschlich ist, wenn wir uns nicht trauen, es auszusprechen? Wie sollen sie jemals aufhören, Straftaten zu begehen, damit die Zahl der Verbrechensopfer zurückgeht, wenn wir eine scheiß Angst davor haben, voreingenommen zu klingen – und ebendeshalb voreingenommen *sind*?«

Im nächsten Gebäudetrakt kamen ihnen weitere Kollegen entgegen, die hinter weiteren Eddies hergingen, als würde ein und derselbe Junge immer wieder aufs Neue eskortiert. Aber Piet konnte sich auf keinen von ihnen konzentrieren, begrüßte weder die neuen Arbeitskollegen, noch erinnerte er sich an die Namen der Insassen, die Lucas ihm bedeutungsschwanger zuraunte. Gleich waren sie da. Vor der Abteilung, in der er selbst eingesperrt gewesen war und wo er nun, hinter der Fassade eines Aushilfswärters, in der Vergangenheit graben würde. Er hatte sich nicht klargemacht, was das für ein Gefühl sein würde. Hatte es sich vorhin unbehaglich und falsch angefühlt, draußen vor der Anstalt zu stehen und auf Einlass zu warten, dann fuhr jetzt eine schwarze Angst durch ihn hindurch.

»Warte.«

Purer Schmerz. Nicht nur das Atmen – das Aufrechtstehen, die Gedanken.

»Es wäre vielleicht gut ...«

Er blieb vor der Tür der Abteilung stehen.

» ... wenn du mich noch ein kleines bisschen briefst, bevor wir reingehen. Ich ...«

»Verner?«

» ... meine, immerhin ist es mein neuer Arbeitsplatz. Ich möchte ...«

»Alles in Ordnung?«

» ... von Anfang an alles richtig machen. Ich schätze, dass die Kids ziemlich gut darin sind ...«

»Geht es dir gut?«

» ... Schwächen zu wittern, also vielleicht ...«

»Verner, hör auf zu reden – was ist los?«

» ... statt mich vor ihren Augen einzuweisen, könnten wir ...«

Lucas legte jemandem die Hand auf die Schulter, der schwitzte, stammelte und langsam in die Hocke sank.

»Ich hole dir einen Stuhl, Verner. Warte kurz ...«

»Alles in Ordnung. Mir ... ist nur ein bisschen schwindelig.«

»Ich rufe die Krankenschwester.«

»Nein. Es geht gleich vorbei.«

Piet lehnte sich mit dem Rücken an die Wand. Er war vollkommen unvorbereitet gewesen.

Hätte er vor ein paar Jahren hier gestanden, hätte er keinen einzigen Gedanken daran verschwendet, wo er sich befand. Hätte nicht zugelassen, etwas zu empfinden.

Er war älter geworden, in vielerlei Hinsicht.

»Es geht schon wieder.«

Piet stand auf.

»Bin heute Morgen joggen gewesen. Unterzuckerung. Kommt manchmal vor.«

Lucas schien nicht überzeugt zu sein. Möglicherweise die nächste Lüge, die er durchschauen würde.

»Wenn du es sagst.«

»Alles gut. Kommt nicht wieder vor.«

»Na dann.«

Lucas wandte sich der grau glänzenden Sicherheitstür zu. Auf das Schild in der Mitte hatte jemand etwas geschrieben, der nicht mit der Hand schreiben sollte. A-Trakt. So stand es da. Piet fragte sich, ob die Abteilung erst kürzlich umbenannt worden war, zu seiner Zeit hatte sie Blaues Meer geheißen, und man noch nicht dazu gekommen war, ein offizielles Schild zu besorgen.

»Die Namen der Insassen stehen auf einem Zettel an der Tür, gefolgt von den Paragrafen, wegen denen sie einsitzen, den Diagnosen, die sie erhalten haben, und den Sprachen, die sie sprechen.«

Die Schlüsselkarte hing an einem kleinen Haken am Gürtel des Teamleiters, er klinkte sie aus und tippte den vierstelligen Zugangscode ein.

»Ein paar der Jungs gehen zur Schule, und du hilfst ihnen, pünktlich aus den Federn zu kommen. Laut Vorschrift muss *jeder* aufstehen, sein Bett machen und zum Frühstück gehen. Dann bekommen sie ihre Zigarettenration, sechs Zigaretten pro Tag, jede einzeln nummeriert. Wenn sie aufstehen und ihre Aufgaben erledigen, können sie die ersten beiden Zigaretten rauchen und die restlichen vier über den Tag verteilt zu den Mahlzeiten. Aber manche rauchen ihre ganze Ration auf einmal auf und stehen nach dem Mittagessen mit leeren Händen da, mit Lungenschmacht und Wut im

Bauch. Wenn man Gleichaltrige erschießt, mangelt es einem vielleicht an der Fähigkeit, Konsequenzen zu bedenken.«

Lucas öffnete die Sicherheitstür, und Piet spähte hinein, warf einen Blick auf das, was nicht mehr existierte, weil er beschlossen hatte, dass es für immer weg war.

Es war wieder genauso schmerzhaft. Das Denken, das Aufrechtstehen.

Zweiundvierzig Lebensjahre machten keinen Unterschied zu fünfzehn.

»Verner?«

»Alles in Ordnung.«

»Du schwitzt wieder, und ...«

»Gehst du vor, oder soll ich?«

Lucas' Blick blieb an Piets hängen, drang durch die gefärbten Kontaktlinsen in sein Gehirn, und Piet versuchte, an nichts zu denken. Sie schwiegen beide. Bis Lucas schließlich mit den Schultern zuckte und sie gemeinsam eine renovierte und frisch gestrichene Abteilung betraten, die mit neuen Fußböden, weiteren Überwachungskameras und verstärkten Gitterfenstern ausgestattet worden war.

Aber es war derselbe Korridor.

Sogar die Geräusche waren dieselben, ebenso wie das grelle Licht, nur die Luft war eine andere, der Geruch von billigem Drehtabak verschwunden.

Oder war es Einbildung, war es so, wenn Erinnerungen auf Wirklichkeit trafen?

Insgesamt acht Zellen, vier auf jeder Seite. Piet schloss die Augen und sah genau vor sich, wer am Tag seiner Ankunft welche Zelle bewohnt hatte. Ihre Gesichter waren lebendig und jung, wie damals.

Lucas ging langsam weiter, Piet blieb einige Schritte hinter ihm zurück. Bis zu Zelle 4, der letzten auf der linken Seite, war es Gott sei Dank noch weit.

»Du hast vorhin Schule gesagt?«

»Ja?«

»Ich glaube ... das ist wichtig. Damit sie eine Weile von einem anderen Leben träumen können. Hätte ich hier gesessen, ich hätte so gedacht.«

»Ja – jedenfalls für die, die wirklich hingehen.«

Piet dachte an Großerbruder, an zwei Jugendfreunde, die unterschiedliche Entscheidungen getroffen hatten, der eine ging so oft wie möglich zur Schule, und der andere verweigerte sich; dachte an ihren ständigen Konflikt wegen der Lehrerin, das Einzige, was sie getrennt hatte.

»Ist es heute auch noch so, dass ...«

Er unterbrach sich.

» ... ich meine ...«

Um ein Haar hätte er sich ein wieder verraten.

» ... ich habe gehört, dass der Schulunterricht früher freiwillig war ... ist das heute auch noch so?«

»Viele entscheiden sich dafür, den ganzen Tag zu schlafen und nachts ratlos durch ihre Zimmer zu tigern.«

Wie Großerbruder. Piet sah auch ihn vor sich, ohne dass er dafür die Augen schließen musste.

Nicht zur Schule gehen wollen, nicht zuhören wollen, nicht das Bett machen wollen. Damals bestand das Ziel nicht aus sechs nummerierten Zigaretten, sondern darin, nicht vom Dreckswärter und seinen zwei Kumpanen zusammengeschlagen zu werden. Als würde es einen Unterschied machen. Großerbruder hatte sein Bett grundsätzlich nicht gemacht. Es hatte nie so ausgesehen wie auf den Fotos der Kriminaltechniker nach seinem Verschwinden – ein weiteres Detail, das keinen Sinn ergab, wenn Piet darüber nachdachte. Großerbruder war dickköpfiger gewesen als sie alle zusammen. Trotzig. Auch grundlos, wenn es um nichts ging. Großerbruder hatte immer das gemacht, was er nicht sollte. Die wenigen Male, die er sein Bett ordentlich hinterlassen hatte, weil der Druck zu groß und die Schikanen zu heftig geworden waren, hatte er sich hinterher in seine Zelle zurückgeschlichen und das Bett wieder durcheinandergebracht. Aus Prinzip. Wie das Mal, als alle ihre Zellen aufräumen sollten und ihnen eine Kollektivbestrafung drohte, wenn er sich weigerte. »Okay«, hatte er zum Schluss gesagt, »dann mach ich es eben – den anderen zuliebe«, zog den Staubsauger in seine Zelle, schaltete ihn an, legte sich auf den Fußboden, rauchte einen Joint, schaltete den Staubsauger wieder aus, trug ihn raus und erklärte: »Ich bin fertig.«

Sie hatten die ersten Zellen auf beiden Seiten des Korridors passiert, Nummer 1 und Nummer 5, leer, dann das nächste Zellenpaar, Nummer 2 und Nummer 6, mit schlafenden Füßen, die aus zwei Betten ragten. Sie waren den halben so vertrauten Korridor entlanggegangen, als Piet vor einer anderen Art von Tür stehen blieb, aus dem gleichen dicken Stahl, aber ohne Zettel mit dem Namen des Bewohners.

»Und hier drin?«

Lucas griff wie eben nach seiner Schlüsselkarte und zog sie durch das Lesegerät.

»Unser Extraraum. Für das Personal.«

Er öffnete.

»Ein paar Regale, Spinde mit einfachen Vorhängeschlössern, nasse Handtücher auf einer Wäscheleine und eine ganz annehmbare Waschmaschine.«

Lucas betrat den dunklen Raum, während Piet vor der Schwelle stehen blieb, für den Fall, dass seine wahren Gefühle wieder nach außen drangen.

»Hauptsächlich ein Ort, wo die Mitarbeiter nach dem Training ihren Kram deponieren. Du kannst auch einen eigenen Spind bekommen, du musst nur mit dem Hausmeister sprechen.«

Piet Hoffmann schaute sich in dem Raum um, in den Großerbruder und er etliche Male eingebrochen waren, um ihn so gründlich wie möglich zu verwüsten. Er hatte seinen besten Freund gewarnt: »Du musst aufhören, du darfst sie nicht zum Wahnsinn treiben, irgendwann gehst du zu weit«, aber Großerbruder hatte nur gelacht, den rechten Mundwinkel leicht nach unten gezogen, was einerseits Charme hatte, andererseits aber Hohn ausdrückte. »Ganz genau – ich *werde* sie zum Wahnsinn treiben. Weil sie Kriecher sind, die schon lange vor unserer Zeit in Vallby Jugendliche zusammengeschlagen haben. Und solchen Kriechern kneife ich in den Arsch und nenne sie *rund und goldig*, weil sie es nicht anders verdient haben.«

Lucas zog die Tür des Personalraums zu und schloss sie ab. Noch zwanzig Schritte bis zu den Zellen, wo einmal all das hier ins Rollen gebracht worden war.

»Bevor wir weitergehen, Verner.«

»Ja?«

Der Teamleiter senkte die Stimme.

»Aus deiner Bewerbung geht hervor, dass du kein Problem mit Körpereinsatz hast. Beeindruckende Referenzen von deinen Vorgesetzten, dass du dich in Handgemengen gut schlägst.«

»Vielleicht.«

»Das war einer der Gründe, warum wir uns für dich entschieden haben. Hier kann es heftig krachen. Ich möchte, dass du darauf vorbereitet bist. Momentan kommen reihenweise Burschen wegen so schwerer Gewaltverbrechen zu uns, dass ich nicht weiß, wo ich anfangen soll. Minderjährige Mörder, die vier Jahre abreißen, null Problem. Mörder, wenn sie hierherkommen, stolze Mörder, während sie hier einsitzen, gefeierte Mörder, wenn sie nach vier Jahren in ihre alte Umgebung zurückkehren, jemand Neues hinrichten und zum King werden. Wir sind zu einem LinkedIn für Nachwuchsgangster geworden. Hier prahlen sie damit, für welche älteren Gangster sie arbeiten und welche Belohnungen sie dafür kassieren. Ich war nie für strengere Strafen, aber manchmal verliert man den Glauben an das System, es funktioniert nicht.«

Piet trat unauffällig ein Stückchen weiter nach rechts und hoffte, dass es nicht auffiel, dass er sich ausschließlich auf die Zellen auf der rechten Seite konzentrierte. Er brachte es noch nicht fertig, an den letzten beiden Zellen auf der linken Seite vorbeizugehen, an den Zellen Nummer 3 und 4.

Stattdessen blickte er mit übertriebenem Interesse in die beiden gegenüberliegenden Zellen 7 und 8 und dachte an die zwei Rosengård-Albaner, die dort gewohnt hatten. Er konnte ihre pechschwarze Wut noch immer spüren. Mehmet hatte sich an seinem zwanzigsten Geburtstag eine Überdosis gespritzt, das hatte er zumindest gehört, aber Cyril hatte bei ihrer letzten Begegnung einen cleanen und soliden Eindruck gemacht, wollte in einer kleinen Gemeinde südlich von Helsingborg einen ICA-Supermarkt übernehmen und leiten.

Damals die beiden Gefährlichsten und Brutalsten unter ihnen.

Keiner der beiden würde heute hier sitzen.

Eine andere Zeit, andere Individuen, andere Straftaten.

Für die beiden jugendlichen Insassen, die Piet in diesem Moment betrachtete, kreiste das Leben darum, Leute zu erschießen: wie sie geschossen hatten, wen sie erschossen hatten und auf welche Gang sie als Nächstes schießen würden, wenn sie rauskamen. Früher hatten sie in Eigenregie gehandelt; Piet hatte Straftaten verübt, weil *er* es wollte, nicht, weil es ihm jemand befahl.

Er nickte den beiden Jungen zu und studierte die Zettel an den Zellentüren. Jib und Jamilo, wenn er richtig las.

Lucas senkte die Stimme.

»Mehrere Diagnosen. Beide wegen Mordes zu lebenslanger Haft verurteilt, die zu Unterbringung im geschlossenen Jugendvollzug abgemildert wurde. Viereinhalb Jahre mit Strafreduktion. Das erste Jahr verbringen sie bei uns, ein Jahr in Tyslinge, ein Jahr in Johannisberg oben in Luleå, und dann kommen sie für achtzehn Monate wieder hierher. Sie sind nicht immer am selben Ort, sollen nicht zu eng zusammenwachsen, nicht zu viele neue gemeinsame Verbrechen planen. Dasselbe Prinzip wie in der Einzelhaft in Hochsicherheitsgefängnissen, wenn sie Erwachsene wären: eingesperrt am schlimmsten Ort, regelmäßige Anstaltswechsel. Ich schätze, als Polizist hast du einiges davon gesehen.«

»Ja, das habe ich. Eine Menge.«

Sie erreichten das Ende der Abteilung, und Piet verstummte. Eine letzte Tür, an der Stirnseite, als hätte der Korridor eine Fortsetzung. Er wandte dem Teamleiter den Rücken zu, damit sein Gesicht ihn nicht verriet, schloss die Finger um die Klinke und wartete darauf, dass die Schlüsselkarte die Tür öffnete.

»Da gehen wir nicht rein.«

Lucas deutete mit dem Kopf auf die Stirnwand und auf das, was dahinterlag.

»Da sind unsere Isolationszellen. Aber dafür fehlt heute die Zeit. Ich muss zu einer Besprechung des Führungsteams.«

Piet wagte nicht, sich umzudrehen und Lucas' Blick zu begegnen.

Er hätte es ihm angesehen.

Dass die neue Urlaubsvertretung alles über diese Zellen wusste.

»Früher ist es offenbar vorgekommen, dass einzelne Mitarbeiter die Zellen für Schikanen genutzt haben. So arbeiten *wir* nicht. Wenn wir jemanden isolieren müssen, Verner, und das müssen wir ziemlich oft, tun wir es nicht, um die Jugendlichen zu schikanieren.«

»Und ... das wisst ihr?«

»Was?«

»Dass Wärter ... zu weit gegangen sind?«

»Nicht offiziell. Niemand wurde verurteilt, kaum eine Untersuchung eingeleitet. Aber andere Mitarbeiter haben damals geredet, sogar Anzeige erstattet. Im Grunde weiß ich nichts darüber. Das war lange vor meiner Zeit, und ich habe kein Interesse daran, in der Vergangenheit zu wühlen. In der Gegenwart haben wir genug Probleme zu lösen, damit wir vorwärtskommen.«

Sie waren ans Ende des Korridors der Abteilung gelangt. Und hier endete auch der Einführungsrundgang.

»Ich lasse dich jetzt allein, Verner. Im Personalraum findest du ein paar deiner neuen Kollegen. Am Anfang des Flurs, neben dem Fernsehzimmer. Du kommst klar?«

Piet nickte, und Lucas entfernte sich.

Ja. Er kam klar.

Von jetzt an war das hier sein Arbeitsplatz. Von jetzt an konnte sich ein entflohener, zur Fahndung ausgeschriebener Gefängnisinsasse in einem anderen Gefängnis frei bewegen und unauffällig in einer ganz anderen Sache nach der Wahrheit suchen.

Und er konnte es nicht länger hinausschieben.

Er stand drei lange Schritte von Zelle Nummer 4 entfernt. Die Tür war angelehnt, und auf dem Weg hierher waren sie dem derzeitigen Bewohner der Zelle begegnet, der in die entgegengesetzte Richtung eskortiert worden war.

Piet stieß den Türspalt auf und ging hinein. Der Raum war noch kleiner, als er ihn in Erinnerung hatte.

Bett, Kleiderschrank, Tisch, Waschbecken, alles war an derselben Stelle wie damals. Auf dem Boden lagen schmutzige Anstaltsunterhosen, über dem Stuhl hingen zerknitterte Anstalts-T-Shirts, aber in dem schmalen Regal standen keine Bücher, an der Pinnwand hingen weder Fotos noch Postkarten, noch Notizzettel. Kein einziger persönlicher Gegenstand. Wie bei jemandem, der sich weigerte, sich wohnlich einzurichten – oder der absolut keine sozialen Kontakte hatte.

Piet trat an das vergitterte Fenster, betrachtete die leeren Freigangzellen des Pausenhofs, und nach einer Weile merkte er, dass sein Unbehagen verschwunden war.

Seltsam.

Gerade hier müsste er es am deutlichsten spüren. All die Nächte. Das Klirren des Schlüsselbunds vor der Zellentür, das Quietschen des Schlosses, wenn der Schlüssel herumgedreht wurde. Nur im Freiraum des eigenen Kopfes zu existieren.

Aber es war, als hätte er keine Angst mehr. Die Gespenster konnten ihm nichts mehr anhaben.

Jetzt war er derjenige, der sie heimsuchte, nicht umgekehrt.

»Wer bist du?«

Eine pubertäre Stimme. Scharf, gepresst.

»Und was machst du in meiner Zelle?«

Piet drehte sich um, ließ geistesabwesend seinen Schlüsselbund klirren, wie um seine Befugnis zu unterstreichen.

»Hallo. Mein Name ist Verner. Bin neu hier.«

Er streckte jemandem die Hand entgegen, der sie nicht nahm.

»Ich habe Hallo gesagt.«

»Ach was.«

»Und dann habe ich mich vorgestellt.«

»Und ich habe gefragt, was zum Teufel du in meiner Zelle machst.«

»Inspektion. Wie heißt du?«
»Steht an der Tür. Du kannst doch lesen, oder?«
»Ich möchte es von dir hören.«
»Ja?«
»Ja.«
»Das weiß jeder – *ich* bin Eddie. Und *du* verziehst dich. Haben sie dir das in deinen Wärterkursen nicht beigebracht?«

Eddies Schwedisch mangelte es an Wortschatz und Satzstruktur und war von einem starken Akzent geprägt, was er aber durch englische Ausdrücke und überdeutliche Gesten kompensierte, denen sich leicht folgen ließ.

Und Piet tat, was Eddie verlangte, verließ die Zelle, die einmal seine eigene gewesen war. Er hätte vermutlich reagieren, als neuer Mitarbeiter das Machtgleichgewicht wiederherstellen sollen, um seine Rolle glaubwürdig zu spielen. Aber er würde nicht lange genug bleiben, um den Jungen kennenzulernen, der anderen Jungen ein Messer in den Rücken rammte. Im Grunde war Piet Hoffmann der Kleine, der versuchte, ein Großer zu sein, herzlich egal.

Er war aus vollkommen anderen Gründen geflohen und hatte seine Zukunft, die Zukunft seiner Familie und die Zukunft von Ewert Grens aufs Spiel gesetzt.

»Hallo. Ich heiße Verner.«

Er klopfte an den nächsten Türrahmen. Die Nachbarzelle. Deshalb war er hier.

Die Zelle, die Großerbruder gehört hatte.

»Darf ich reinkommen? Ist heute mein erster Arbeitstag.«

Dieser Junge war älter, Piet schätzte ihn auf ungefähr siebzehn, aber genauso schmächtig. Ein Junge, der auch gemordet hatte. Aber nicht die gleiche nackte, zerstörerische Aggressivität ausstrahlte wie *Ich bin Eddie*.

»Ist es in Ordnung?«

Piet blickte auf den Namenszettel.

»Asho? Wenn ich reinkomme?«

Der Insasse, der mit einem Buch in der Hand auf dem Bett in Zelle 3 lag, neigte den Kopf nach hinten, wie um zu sagen: *Mach, was du willst*, und Piet ging hinein.

Eine Zelle, die wohnlicher war.

Ein wenig Krimskrams auf dem Regal und insgesamt acht Fotos an der Pinnwand, im Gitterfenster stand sogar ein kleiner Kaktus.

»Ich arbeite den Sommer über hier. Du wirst also viel mit mir zu tun haben.«

»Oder auch nicht. Mache bald den Abflug von hier.«

Ich auch.

Er hatte es doch nicht laut gesagt? Bloß gedacht?

Ich auch.

»Was liest du?«

Asho drehte Piet die Vorderseite des Buches zu. *Grundlagen der Mathematik.*

»Du gehst also zur Schule?«

»Mmm.«

»Gut. Das finde ich gut.«

»Aber dieser Scheiß bringt mich dazu, aufhören zu wollen.«

Ashos Schwedisch war besser als Eddies, weniger mit englischen Begriffen gespickt, er war schon ein paar Jahre länger hier.

Und nach dem letzten Satz grinste er leicht.

Piet grinste zurück, konnte sich dann aber einen Blick zur Decke nicht verkneifen. Das Loch. Es war natürlich nicht mehr da. Aber es war einmal da gewesen, und er wusste genau, wo.

Ein Vorstellungsgespräch und ein Einführungsrundgang, nicht viel, aber genug, um den himmelweiten Unterschied zu erkennen, nicht nur zwischen den Insassen von damals und heute, sondern auch zwischen den Wärtern. Keine Gewalttäter, die in Panik gerieten und zuschlugen, wenn ein Kind ihnen nicht uneingeschränkt Respekt zollte. Oder weinten, Piet hatte auch das erlebt. Bis auf einen Dreckswärter, der zum Sicherheitschef mit anderen Aufgaben aufgestiegen war und ebendeshalb überdauert hatte, war niemand mehr da.

Die Stimme, verrückt vor Wut *Ich bring dich um, du Clown.* Großerbruders Angst.

Alles war hier drin, in dieser Zelle.

Du warst mein bester Freund, und du hast auf diesem Bett gelegen. Genau unter dem Loch in der Decke. Du hast Pläne geschmiedet, deine Flucht geplant, du bist verschwunden und hast dich nie wieder gemeldet.

»Ich bin kein Experte, aber ...«

Piet klopfte mit dem Knöchel auf den harten Einband des Mathebuchs.

»... wenn du Hilfe brauchst, ich hatte das gleiche Buch, als ich zur Schule gegangen bin.«

Hier.

Ich bin hier zur Schule gegangen, weil ich wie du war und auch nicht.

»Das heißt, wenn du willst.«

Der neue Wärter verließ die Zelle, nur ein kurzer Besuch, um kein Misstrauen zu wecken. Er zog die Tür hinter sich zu und fragte sich, warum ein so normaler, zugänglicher junger Mensch, so ausgeglichen in einem Gespräch unter vier Augen, in einem anderen Umfeld Menschen erschoss, vor den Augen aller.

Fragte sich, wie es derselbe Mensch sein konnte.

Langsam lief Piet den Korridor hinunter, zurück zum Eingang, der auch der Ausgang war, blieb vor Türen zu Räumen stehen, die sie vorhin ausgelassen hatten, öffnete eine nach der anderen mit seiner neuen, noch unbenutzten Schlüsselkarte.

Die Tür zum Putzmittelraum, in dem es muffig roch und der mit Wischmopps, Plastikeimern, Staubsaugerschläuchen und Bodenwischtüchern bestückt war, aber Piet konnte sich nur schwer vorstellen, dass einer dieser selbst ernannten Mini-Kings der Gewalt die Gemeinschaftsräume reinigte, wie sie es vor siebenundzwanzig Jahren getan hatten.

Die Tür zum Speisesaal, mit modernem Kunststoff-Sicherheitsbesteck, das sich bog, wenn jemand versuchte, es anzuspitzen, und wo jeder Sitzplatz auch heute noch heilig war und die Wahl des falschen Stuhls einer groben Kränkung und einer Kampfansage gleichkam.

Die Tür zum Tischtennisraum, wo Großerbruder und Piet oft um etwas anderes als Punkte gespielt hatten, wenn sie jemanden herausforderten, der dämlich genug war, sich auf die andere Seite zu stellen und den Einsatz zu akzeptieren oder gar zu erhöhen.

Die Tür zum Duschraum, schmuddelig und heruntergekommen wie jeder andere Duschraum in jedem anderen Gefängnis, in dem er eingesperrt gewesen war, aber mit einigermaßen sauberen Spiegeln, und er kontrollierte, dass sich sein neues Gesicht nicht löste, besserte die Maske mit dem Puder nach, das die Maskenbildnerin ihm mitgegeben hatte und das in der Innentasche seiner Jacke steckte.

Eine Tür hatten sie schon geöffnet. Piet ging trotzdem hinein.

Der zusätzliche Personalraum mit Sportsachen in abgesperrten Spinden und auf quer durch den Raum gespannten Wäscheleinen. Vorhin war er Lucas nicht hineingefolgt, aus Angst vor Erinnerungen, die nach außen dringen könnten, aus Angst, etwas zu sagen, das niemand hören sollte.

Die Schläge der Sadisten füllten diesen Raum genauso wie die Isolationszellen. Ein zweiter idealer Ort, um Leute hineinzuzerren und ohne Zeugen zu misshandeln. Das erste Mal, als er in die fensterlose Dunkelheit hineingestoßen worden war, waren alle drei da gewesen, hatten sich beim Schlagen abgewechselt, und er hatte noch Jahre später versucht, die zischende Stimme des Dreckswärters loszuwerden: *Ich schlage dich in Stücke, Hoffmann.* Aber sie ließ sich nicht aus seinem Kopf verscheuchen, klammerte sich fest, genau wie der metallische Klang des Abflussdeckels. Der Bastard hatte während seiner Tiraden daraufgestampft, um zu unterstreichen, dass er es ernst meinte, und weiter gezischt, wie bei Großerbruder. *Und dann, Hoffmann, versenke ich dich Stück für Stück im Abfluss.*

Piet suchte nach dem Abflussdeckel, einer runden Erhebung im Boden, stellte sich mitten darauf, stampfte auf.

Das gleiche Geräusch.

Ein Geräusch, falscher als die ganze Welt, das nie verklang.

Er drehte sich langsam im Kreis, die Füße weiter auf dem Deckel; da hinten, in dem Wandregal in der Ecke, stand sogar noch dieselbe alte Werkzeugkiste. Als sie hier eingebrochen waren, hatte Großerbruder darin herumgewühlt, auf der Suche nach etwas, das sie bei der Vorbereitung ihrer Flucht brauchen könnten; mit diesem Meißel, dieser Säge, dieser Metallschere und diesem Hammer hatten sie zusammen den ersten Schritt in Richtung Freiheit unternommen.

Nach einer Weile verließ er den nach altem Schweiß riechenden Raum, trat hinaus auf einen Korridor, auf dem es jetzt lauter zuging.

Er kam am Fernsehraum vorbei, in dem ein klobiger 28-Zoll-Röhrenfernseher zu einem dreimal so großen Flachbildschirm an der Wand geworden war, in dem Großerbruder und er zu den Zellennachbarn Eddie und Asho geworden waren, die sich jeder in einem Sessel fläzten, die Füße auf dem Tisch, und durch die Kanäle zappten. Und ihre Unterhaltung – war unglaublich. Piet wünschte, er hätte ein Aufnahmegerät, damit die Leute draußen zuhören könnten. Ein Hühnerstall mit Hackordnung. Der Mörder, der an der Spitze der Hierarchie stehend mit den Fingern schnippt: *Ey, gib mir meine Snus-Dose, Mann*, genau wie im Erwachsenengefängnis, aus dem Piet kam; *Ey, schalt um, Mann*. Ein Boss, der den Ton angab. Aber diese zwei waren beide Mörder. Zwei Bosse, die den Ton angaben. Sie gackerten, ohne einander zuzuhören, während sich die Hackordnung auflöste, die Snus-Dose blieb, wo sie war, und auch der Fernsehkanal derselbe blieb.

Auch aus dem Personalraum waren Stimmen zu hören.

Er wollte schon »Hallo« und »Ich bin Verner« sagen, als er es sich anders überlegte.

Der Abfluss. In dem der Dreckswärter sie beide hatte verschwinden lassen wollen. Dessen Eisendeckel einen Klang hatte, der in seinem Kopf feststeckte und nicht verstummen wollte.

Der ideale Ort für einen Gefängniswärter, um eine Leiche verschwinden zu lassen.

Piet bemühte sich, zurückzugehen, nicht zu rennen.

Er schaute sich nach allen Seiten um und zog seine Schlüsselkarte durch das Lesegerät.

Anfangs hatte ein schmutziger Teppich den größten Teil des Bodens bedeckt, ein paar Monate vor Piets Entlassung waren federnde Holzfliesen verlegt worden, der Beton hatte im Lauf der Jahre einen neuen Anstrich erhalten, und der rostige Abflussdeckel war deutlich zu erkennen. Piet versuchte, ihn mit den Händen anzuheben, um nicht zu viel Lärm zu machen, aber er saß fest, rührte sich nicht vom Fleck. In der Werkzeugkiste lag ein Stemmeisen. Piet schob die Spitze in die Fuge zwischen Boden und Deckel und schlug mit einem Hammer auf den Holzschaft. Einmal, zweimal, wechselte auf die andere Seite des Deckels und stemmte und hebelte mit aller Kraft.

Bis der Abflussdeckel sich bewegte und er ihn zur Seite schieben konnte.

Ein leeres Rohr.

Nicht einmal Rattenskelette oder stinkender Faulschlamm. Denn er sah doch richtig? Piet legte sich bäuchlings auf den kalten Beton und schob einen Arm ins Rohr, tastete den Boden ab.

Nichts.

Der Abfluss wurde nicht mehr benutzt. Die alte Waschmaschine war gegen eine neue ausgetauscht, die ihr Wasser – als er genauer hinschaute – durch ein modernes Rohr in der Wand pumpte.

Ein kurzer Moment der Hoffnung, ein Gefühl in der Brust, das mehr war als die Verwirrung an einem Ort, an dem er keine Ahnung hatte, wo er mit seiner Suche beginnen sollte.

Aber Erinnerungen, die sich in Gefühle wandelten, die zu Hoffnung wurden, waren tückisch.

Wenn Großerbruder sich noch in der Vallby-Anstalt befand, weil jemand anders es so gewollt hatte, würden Piets eigene Erfahrungen ihn nicht zu dem Versteck führen. Die Vorgehensweise des Täters, des Mörders, die musste er herausfinden und zurückverfolgen.

Er zog den Abflussdeckel wieder an seinen Platz und kehrte in den Korridor des A-Trakts und zum Personalraum zurück, und diesmal ging er hinein, um seine Kollegen zu begrüßen. Die beiden Männer, die auf einfachen Küchenstühlen saßen, hießen Bekir und John und waren etwa zwei Jahre jünger als Lucas; durchtrainiert, ruhig, mit Bewegungen von Menschen, die gut kämpfen können und darum selten darauf angewiesen sind. Sie boten ihm Kaffee an und hießen ihn willkommen, und obwohl Piet sich wie ein Onkel fühlte, der versuchte, auf jung zu machen, fiel es ihm leicht, mit ihnen zu scherzen. Fast vergaß er, dass er eine Maske trug und nicht der war, den sie sahen.

Noch eine halbe Tasse Kaffee, dann machten sich seine neuen Kollegen auf den Weg zu den Zellen 7 und 8, um Jib für eine neue Medikation gegen seine zig Diagnosen zum Arzt zu bringen und Jamilo zu einer beaufsichtigten Trainingseinheit in den Fitnessraum. Piet stand an der Spüle und füllte ein Glas mit eiskaltem Wasser, als aus dem Fernsehzimmer Eddies und Ashos lauter werdende Stimmen zu ihm drangen. Er lächelte noch immer über ihr stereotypes Verhalten, über ihre gegenseitigen Befehle, umzuschalten und zwischen den wenigen erlaubten Kanälen hin und her zu zappen. Aus einem Beitrag über die Haushaltsabstimmung im schwedischen Parlament wurde eine Nachrichtensendung mit einem Gast, der über Energiepreise sprach, die zu einer Talkshow mit einem Interview mit einem vergessenen Jazzmusiker wurde, die zu einem anderen Sender mit einem neuen Nachrichtenbeitrag wurde. Doch diesmal zappten sie nicht weiter, schienen den Bericht über die nächtlichen Schießereien im Stockholmer Vorort Råby zu verfolgen. Obwohl sie schon alles wussten. Wie jeder Insasse der Vallby-Anstalt. Sie wussten, wer als Schütze angeheuert worden war, welcher kriminellen Gruppierung er angehörte, wer erschossen worden war, wer sich rächen und als Nächster schießen würde.

Aber das war auch der Moment, in dem ihre Stimmen lauter wurden.

Als der Reporter den Zustand eines schwer verwundeten Siebzehnjährigen auf der Intensivstation eines Krankenhauses als äußerst kritisch beschrieb, die Kugel hatte seine Schläfe getroffen, schrie Eddie: *Das hat der verdammte Hurensohn verdient!*

Worauf Asho schrie: *Halt dein Maul!*, und auf seinen Zellennachbarn losging, Tisch und Sessel stürzten um. Piet Hoffmann rannte in den Fernsehraum, eine Szene, die er selbst erlebt hatte und deren Ausgang er ahnte.

Sie rissen. Zerrten. Hassten. Eddie schlug zu, Asho schlug zu, sie brüllten vor Stolz, als sie sich gegenseitig mit Fäusten bearbeiteten. Auch der größere Tisch mit den hübschen grünen Topfpflanzen stürzte um, der Flachbildschirm fiel von der Wand, und die beiden Teenager rollten kämpfend über den Boden.

Piet sagte nichts. Worte bedeuteten nichts.

Er packte sie am Nacken, drückte blutende Gesichter auf den Fußboden, kniete sich zwischen sie, verstärkte seinen Griff und behielt ihn dreißig Sekunden lang bei.

Eine Ewigkeit für Menschen, die hassen.

»Jetzt beruhigen wir uns.«

Aber manchmal ist eine Ewigkeit notwendig.

»Lass mich los, du Scheißwärter!«

»Wir. Beruhigen. Uns.«

Die Stimme. Als ob der Neue sich nicht mal anstrengte. Als ob Gewalt ihn nicht einschüchterte.

»*Kapierst du, Scheißwärter! Du bist tot! Tot!*«

Als wären die, die am Boden lagen und sich gegenseitig umbringen wollten, plötzlich im selben Team und hätten einen neuen gemeinsamen Gegner gefunden.

Sie wanden sich hin und her, sie traten, sie brüllten.

Aber nicht lange.

Sie spürten es. Sie saßen fest.

»Wir werden darüber reden.«

Piet änderte seinen Griff, packte stattdessen die T-Shirt-Kragen, stand auf und zog die schmächtigen Körper in die Senkrechte.

»Nur. Reden.«

Jetzt kamen Bekir und John angerannt, gefolgt von den übrigen Insassen der Abteilung.

Sie sahen. Wärter wie Insassen. Wie klein die Mörder geworden waren.

Sie sahen, dass der Neue darauf verzichtet hatte, Verstärkung zu rufen, dass er die Lage unter Kontrolle hatte, ohne mehr Gewalt einzusetzen als seinen festen Griff, und dass es ihm vollkommen egal zu sein schien, dass Asho und Eddie um sich traten und ihn im Chor als Hurensohn beschimpften.

Den Vorschriften zufolge sollten die beiden Schläger in die Isolationshaft gebracht und im Viertelstundentakt kontrolliert werden. Aber als seine Kollegen ein paar Schritte zurücktraten, *Gute Arbeit*, und der Urlaubsvertretung die weitere Lösung des Konflikts überließen, um die erworbene Autorität zu festigen, beschloss Piet, die Vorschriften Vorschriften sein zu lassen.

Ashos durch Kränkung ausgelöste Aggressivität legte sich bereits. Piet konnte es sehen, spüren. Er hatte genauso funktioniert. Ein Auflodern, ein Strohfeuer, ein Angriff in unbändiger Wut – die schnell verrauchte.

»Asho, du räumst hier auf. Okay?«

Asho hatte nicht nur ein ähnliches Temperament wie Piet, er besaß den gleichen störrischen Stolz. Was hieß: keine Antwort.

»Ich sagte: Okay?«

Beharrliches Schweigen.

»Ich sagte: Okay?«

Aber Piet drohte weder, noch verstärkte er seinen Griff um Ashos Kragen.

»Ich sagte: Okay?«

Hob weder die Stimme noch senkte sie.

»Ich sagte: Okay?«

Blieb nach außen hin ruhig. Das Unbehaglichste.

»Ich sagte: Okay?«

»Mmm.«

»Mmm – wie in Okay?«

»Mmm.«

»Und wenn das erledigt ist, wenn du alles aufgeräumt und Ordnung geschaffen hast, setzt du dich wieder in den Sessel. Guckst fern oder holst das Buch, über das wir vorhin geredet haben. Okay?«

»Mmm.«

Eddie dagegen erinnerte eher an Großerbruder. Die nicht nachlassen wollende Wut, die Vergeltung, die nie genügte.

»Und du, Eddie, kommst mit mir.«

»Ich mach dich kalt, du Bastard!«

»In die Zelle.«

»Hörst du: Ich mach dich kalt!«

»Ich lasse dich jetzt los, und du gehst neben mir her.«

Eddies Drohungen, ihn kaltzumachen, wiederholten sich mit der gleichen Regelmäßigkeit wie Piets Frage an Asho, ob es okay war. Bis sie Zelle 4 erreichten und Piet auf die Zellentür zeigte.

»Du gehst da rein.«

Eddie war weitergegangen, zur nächsten Tür, die zu den Isolationszellen führte.

Jetzt verstummte er, seine monotonen Drohungen hörten auf.

Jemand versuchte, ihm die Sicherheit zu nehmen, dass beide Seiten die Spielregeln einhielten. Außerhalb der Mauern war es ein älterer Gangleader, der ihm befahl, Gewaltverbrechen zu begehen, und innerhalb waren es Vertreter des Strafvollzugs, die zu genau vorgegebenen Zeiten auf- und einschlossen.

»In *deine* Zelle. Nicht in die Isolation.«

Eddie ging hinein, setzte sich auf das Bett, lehnte sich an Zellenwand und Pinnwand, sah zu, wie Piet ihm folgte und die Tür hinter sich schloss.

Sie zusammen einschloss.

Piet stellte sich vor das vergitterte Fenster, drehte sich so, dass sie Blickkontakt hatten. Er hatte Eddie gerade seine Routinen genommen und außerdem das Recht, Angst zu riechen. Das Einzige, wofür viele der Jugendlichen, die hier saßen, ein Talent hatten: am Geruch zu erkennen, wer Angst hatte. Eine Tausendstelsekunde, und sie wussten – diesen Wärter machen wir fertig, aber den hier rühren wir nicht an.

Dann zog Piet Eddies einzigen Stuhl zu sich heran und setzte sich.

In einer anderen Zeit wären sie jeder in einer Isolationszelle gelandet, der Dreckswärter und seine beiden Sidekicks hätten sie zu Brei geschlagen und sie dann alleine gelassen. Heute blieb der Wärter, der sich Verner nannte, da, anstatt rauszugehen und die Tür hinter sich abzuschließen: Ich sehe dich, ich bin hier. So wie Piet es sich früher gewünscht hatte, obwohl er es nie gesagt hatte.

»Worum ging es da eben?«

So wie Eddie es sich wünschte. Sosehr er auch versuchte, auf tough zu machen.

»Er hat gestarrt.«

»Gestarrt?«

»Den ganzen Tag gestarrt.«

»Was soll das heißen?«

»Er soll mich nicht anstarren.«

Macht. Oder irgendeine Nichtigkeit. Oder alles dazwischen. Der Wärter, der sich Verner nannte, wusste aus eigener Erfahrung, dass der winzigste Anlass eine Explosion bewirken konnte. Oft wegen einer Sache, die außerhalb der Mauern passiert war. Ein Familienmitglied, das einen Fehler gemacht hatte, oder die

Freundin, die einen Fehler gemacht hatte, oder der Sozialarbeiter, der die falsche Entscheidung getroffen hatte, oder der Anwalt, der den falschen Rat erteilt oder ein falsches Gerichtsurteil überbracht hatte. Wenn hundert Kinder, die keine Grenzen kannten, Tag für Tag, Jahr für Jahr in dieselbe Ecke gedrängt wurden, war das Chaos nie weit weg.

Jetzt war es Eddie, der starrte. Auf Piet. Auf diese Art, die gefährlich wirken sollte.

Der Wärter, der sich Verner nannte, wusste, dass es noch lange so weitergehen konnte. So wie damals, als Großerbruder auf der anderen Seite dieser Zellenwand gesessen hatte. »Wenn ihr mich nicht aufs Scheißhaus lasst, fresse ich Frotteehandtücher, ich mache es, ich verstopfe mir den Hals.« Dann hatte Großerbruder sich sein Handtuch in den Mund gestopft und geschluckt. Bis die Wärter dieses eine Mal seine Zellentür aufschlossen und er pinkeln gehen durfte. Das sagte viel über einen Menschen aus. Großerbruder hatte Frotteehandtücher auf Lager gehabt, wie auch Eddie jetzt etwas auf Lager hatte.

Denn Eddie starrte weiter.

Starrte.

Aber ohne Pistole. Also blieb es wirkungslos. Achtzehn Minuten, dann musste er reden.

»Du hast Frau.«

»Ja.«

»Sexy.«

»Ach ja?«

»Weil ich sie gefickt habe.«

Ihre Augen trafen sich, und Eddies Blick war bodenlos, man fand keinen Halt. Solche Augen hatte damals keiner hier gehabt, nicht einmal Großerbruder. Sie waren alle aggressiv und ziellos gewesen, aber viele hatten hinterher keine Straftaten mehr begangen. Sie wurden entlassen und hörten auf. Saßen nie wieder im Bau. Einige fingen an zu drücken und hingen an der Nadel, aber die meisten waren wie Cyril fertig, hatten kapiert. Waren erreicht worden. Aber diese Jugendlichen, hier und jetzt, mit diesem Blick, waren in ihrem kriminellen Denken viel weiter fortgeschritten, seelisch deformiert.

»Hab deine Frau gefickt.«

Wohin willst du, Eddie?

Wie willst du jemals aussteigen können, wegkommen?

Du kannst nicht einfach eines Tages sagen, jetzt höre ich auf und fange ein neues Leben an. So läuft das nicht. Du tötest jemanden oder stirbst selbst – denn ihr *werdet* alle sterben, vorzeitig, das wissen wir alle.

»Nächstes Mal ficke ich sie mit Stacheldraht. Deine kleine Frau.«

Eddie grinste höhnisch.

»Rein, raus. Mit dem Stacheldraht. Rein, raus, rein, raus.«

Sie hatten die ganze Zeit Augenkontakt. Deshalb sah Eddie, wie sich der Blick eines Menschen veränderte, der vor vielen Jahren schon einmal ungefähr dieselben Worte gehört hatte.

Den Schlag aber sah er nicht kommen.

Piets geballte Faust und ein lauter Knall neben einem Ohr, in die Mitte der Korkpinnwand.

Der Schlag machte Angst. Aber was den Jungen zittern ließ, waren die Atemzüge. Der neue Wärter atmete, als *hätte* der Schlag wirklich getroffen, und Eddie atmete, als *wäre* er getroffen worden.

Sie sahen sich wieder an.

Bis Eddie seinen Blick senkte und Piet aus der Zelle ging, bevor auch er anfing zu zittern wie der Junge. Er verließ seine eigene Zelle. Ein anderer Fünfzehnjähriger, dessen bester Freund noch immer auf der anderen Seite der Wand saß.

Großerbruder hatte nicht einmal eine Chance bekommen.

Sie hätten von Erziehungsheim und Jugendstrafanstalt weiterziehen, nach ihrem achtzehnten Geburtstag dem vorgezeichneten Weg folgen können, hin zu Hochsicherheitsgefängnis und P7-Untersuchung. Irgendwann hätte Großerbruder genau wie Piet sein Leben in den Griff bekommen, und sie wären immer gute Freunde geblieben.

Piet kam nur ein paar Schritte weit, bevor er vor der Nachbarzelle abrupt stehen blieb, sich vorbeugte und hineinsah.

Großerbruder hatte nie eine Chance bekommen.

Asho war noch nicht zurück, hatte vermutlich aufgeräumt und hockte im Fernsehzimmer im Sessel. Piet stieß die Zellentür auf und ging hinein.

Wenn Großerbruder durch das Loch in der Decke über dem Bett geflohen war.

Wenn er raus aufs Dach geklettert und in den Pausenhof hinuntergesprungen war.

Er hätte nie geschafft, sich zu beherrschen.

So war er. Er wäre zu dem Zellenfenster geschlichen, hinter dem heute Eddie saß, hätte an die Scheibe geklopft, bis Piet aufgewacht wäre, hätte dort draußen gestanden und mit einem breiten Grinsen auf dem Gesicht, das jeden, der es sah, unweigerlich ebenfalls grinsen ließ, den Daumen in die Höhe gereckt.

Ich weiß jetzt, dass du nicht abgehauen bist. Der Schlüssel am Haken, der Gipsstaub und das gemachte Bett, so hast du dein Bett nie gemacht.

Deshalb war der Wärter, der sich Verner nannte, an diesen Höllenort zurückgekehrt.

Weil du hier irgendwo bist. Und ich werde dich finden.

DAMALS
Dritter Teil

SONNE FÄLLT DURCH das vergitterte Fenster, tanzt von seinen Wangen zu seinen Augenlidern und bleibt dort. Verweilt. Beginnt aber bald, auf dünner Haut zu prickeln und zu brennen, stört.

Stört.

Bis er aufgibt, die Augen öffnet.

Er erinnert sich. Piet Hoffmann erinnert sich an den gestrigen Tag, der ihm seltsamerweise weit weg vorkommt. Der Becher mit heißer Honigmilch an Großerbruders aufgeplatzten Lippen. Sein bester Freund trinkt langsam, und als die Lehrerin geht, um einen zweiten Becher Milch zu holen, greift er nach Piets Hand, spricht zum ersten Mal, flüstert durch den Schmerz hindurch.

Ich haue ab, Piet, bevor er mich umbringt.

Als der Frühaufseher seine Zellentür aufschließt, ist Piet schon angezogen. Er stürzt hinter dem Wärter hinaus auf den Korridor und wartet darauf, dass der große Schlüsselbund die Nachbarzelle aufsperrt. Unbehagen. Sein einziges Gefühl. Er hat keine Ahnung, wie es Großerbruder geht, wie er nach dem bisher schlimmsten Übergriff aussieht.

Als der Frühaufseher Großerbruders Zelle aufschließt und »Guten Morgen!« ruft, ohne eine Antwort zu bekommen, als er die Stahltür aufstößt und erstarrt, vollkommen reglos, vollkommen stumm, verwandelt sich Piets Unbehagen in blanke Angst.

Großerbruder ist tot. Großerbruder ist im Schlaf gestorben. Großerbruder ist …

… nicht da.

Piet drängt sich am erstarrten Wärter vorbei in Großerbruders Zelle.

Sein bester Freund ist nicht da.

Dafür ist da ein Loch in der Decke. Genau da, wo sie es geplant haben.

Piet geht zum Bett, schaut nach oben. Das Loch in der Zwischendecke wird zu einem Loch im Außendach, und hoch oben über sich sieht er den Himmel.

Du bist abgehauen?

Ohne mich?

Und es ist seltsam – er fühlt übersprudelndes und unfassbares Glück und ist gleichzeitig Trauer. Er freut sich für seinen besten Freund, der nicht totgeschlagen wird, und ist am Boden zerstört, um seiner selbst willen, alleingelassen.

Die Nachricht verbreitet sich wie ein Lauffeuer in der Abteilung, und jeder jugendliche Insasse jubelt. *Großerbruder ist abgehauen.* Sogar Mehmet und Cyril jubeln, gleichermaßen aus Freude darüber, den Idioten los zu sein, wie aus Schadenfreude, dass die Wärter, das Gefängnissystem, die Gesellschaft und ganz bestimmt noch irgendwelche anderen Leute gelinkt worden sind: Heute haben wir gesiegt.

Alle versuchen, an Großerbruders Zelle vorbeizugehen und hineinzuschauen, bevor der Frühaufseher die Zelle bis zum Eintreffen der Polizei verschließt. Auch wenn in der Regel nicht viel passiert, eine Flucht aus einem Jugendgefängnis wird selten von der Polizei untersucht. Hin und wieder macht ein Kriminaltechniker ein paar Fotos. Fingerabdrücke sind bedeutungslos, die Zelle wurde vom Flüchtigen bewohnt, und alle anderen gehen in ihr ein und aus, Wärter, Mitinsassen. Auf Fragen, wer bei der Flucht geholfen hat und in welcher Form, gibt es selten eine Antwort. Und die Polizei weiß: Der Flüchtige bleibt in der Regel nicht lange auf der Flucht. Auf der Flucht zu sein, ist anstrengend. Teuer. Die meisten sitzen ziemlich schnell wieder in ihren Zellen. Doch diesmal fällt die Flucht zeitlich mit einem morgendlichen Anruf bei der Polizei wegen eines Autodiebstahls vor einem Wohnhaus in der Nähe der Vallby-Anstalt zusammen, weshalb eine Handvoll Verhöre durchgeführt werden. Hauptsächlich lustlose, leidenschaftslose Befragungen. *Hallo, Cyril. Hast du von dem Fluchtplan gewusst? Warst du dabei und hast geholfen?* Ausführlichere Befragungen finden nur mit den Wärtern der Abteilung statt – und mit einem Insassen: mit Piet Hoffmann. Dem Burschen, der dem Ausreißer allen Aussagen zufolge am nächsten steht. Die beiden kleben die ganze Zeit zusammen. Wenn einer was weiß, dann er.

Piet kann nicht aufhören, daran zu denken.

An das Loch. An Großerbruder, der abgehauen ist, ohne seinen besten Freund, der ihn sein Leben lang beschützt hat, ohne ihm anzubieten, mit von der Partie zu sein. Er muss Todesangst gehabt haben. Aber er wird sich bestimmt bald melden, aus Alby anrufen, bis oben hin zugedröhnt. Große Klappe, brutal anstrengend und große Klasse. Mit einem neuen Plan, wie Piet die Biege machen kann, und ohne Luft zu holen quasseln.

Piet geht zu der Lehrerin, obwohl er an diesem Vormittag keinen Unterricht hat. Er klopft an die Tür des Lehrerzimmers, wo sie sitzt und Hefte korrigiert. Er lässt sich ihr gegenüber auf ein Sofa sinken, ihre Blicke treffen sich, und er sagt es; dass Großerbruder genau so abgehauen ist, wie sie es zusammen geplant haben. Und dass er ihn jetzt schon vermisst.

»Jedes Mal, wenn Großerbruder und ich abgehauen sind, haben wir so viele Dinge wie möglich gedreht, bevor sie uns wieder einkassiert haben. Wir haben die erstbeste Schaufensterscheibe eingeschlagen und so viel mitgehen lassen, wie wir bis zum nächsten Schaufenster tragen konnten. Normale Kids gehen nach der Schule zum Fußballtraining, aber für uns ist es normal abzuhauen, und warum auch nicht? Die Strafe bleibt dieselbe, Jugendknast in derselben beschissenen Anstalt.«

Er weiß nicht, ob es die Lehrerin interessiert oder ob sie nur nett ist, aber sie hört ihm zu, weil er nicht aufhören kann zu reden, und sie ist ein Mensch, der das versteht.

»Einmal sind wir nachts aus dem Erziehungsheim abgehauen, und ... Shit, Mann! Großerbruder bekommt Lungenschmacht, und wir treten die Schaufensterscheibe vom Konsum ein und lassen ein paar Stangen Zigaretten mitgehen, danach brettern wir mit hundertachtzig Sachen nach Rotebro, wo Großerbruder einen Hi-Fi-Laden kennt, den wir ausräumen wollen. Da schlagen wir wieder die Schaufensterscheibe ein, kommen aber nicht an dem Rollgitter davor vorbei. Also klettert Großerbruder daran hoch, hängt da wie ein Schimpanse und rüttelt am Gitter, bis es nachgibt. Der Laden ist klein, aber wir packen zwei geklaute Kombis voll, und Großerbruder ist der Boss, ein Vierzehnjähriger, der den Ton angibt, und so ist es noch heute ... Also frag ich mich, wo er jetzt gerade einbricht. Während wir hier sitzen und reden. Jedenfalls, nach dem Einbruch in den Hi-Fi-Laden bringen wir das ganze Zeug in den Wald bei Järva und breiten einen Haufen Decken darüber, und am nächsten Morgen, ein paar Stunden später, weckt mich Großerbruder und wedelt mit einem dicken Bündel Scheine. Er hat den ganzen Krempel an Lenny P. vertickt, für ein Drittel des Werts, Zigaretten, Kleidung, egal was, immer ein Drittel.«

Es tut gut zu reden.

Auch wenn er vor allem redet, um nicht an das Loch in Großerbruders Zellendecke und an Großerbruders leeres Bett zu denken.

»Die Bullen haben aufgehört, Jagd auf ihn zu machen. Wir haben es manchmal im Polizeifunk gehört. *Ach, Karlo Leko hat den blauen Mercedes geklaut? Lassen wir den Burschen laufen.* Sie wussten, wenn sie ihn verfolgten, gibt es die nächste wilde Autojagd auf den Straßen.«

Es ist schön, hier zu sitzen und nicht in der Zelle zu hocken, nicht weiter in einen tiefen, schwarzen Abgrund zu fallen, ohne von jemandem aufgefangen zu werden. Sie fängt ihn auf. Sie versteht, ohne dass er es erklären muss.

»Ich weiß genauso gut wie du, Piet, warum dein Freund sich irgendwo außerhalb der Vallby-Anstalt versteckt. Und dass es einen Grund gab, warum er Flemming provoziert hat. Es ist, als hätte er es für alle hier getan – auch für mich.«

Mit jeder Sekunde, die sie spricht, fühlt Piet sich leichter, und ihm kommt der Gedanke, dass er eines Tages eine Frau treffen wird, die so ist wie sie. Die versteht, wer er ist.

»Ich sollte dir das in meiner Rolle als Lehrerin eigentlich nicht sagen, aber unter diesen Umständen ist es mir egal: *Ich verachte ihn.* Ich verachte Juha Flemming. Und ich habe noch nie einen Menschen verachtet. Für mich ist er ... Ich habe mit dem Anstaltsleiter über seine Eignung gesprochen. Als das nichts brachte, habe ich Anzeige gegen ihn erstattet. Weil er von hier fortmuss, Piet.«

Als Piet die Tür des Lehrerzimmers hinter sich schließt, fühlt er sich ein wenig besser.

Sie ist hier, er ist also nicht ganz allein – aber trotzdem alleingelassen.

Es ist immer noch schwer zu verstehen. Großerbruder ist haargenau so geflohen, wie sie es geplant hatten: Zwischendecke,

Außendach, Pausenhof, und die Jacke über den Stacheldrahtzaun, um sich drüberzurollen. Aber er hat ihm keinen Ton gesagt.

Deswegen fühlt Piet immer noch dasselbe.

Unbändige Freude, weil Großerbruder frei ist, und gleichzeitig ist er todtraurig, weil er von dem einzigen Menschen im Stich gelassen worden ist, dem er vertraut hat.

Warum hast du nichts gesagt?

Du?

Warum hast du mich alleingelassen?

HEUTE
Vierter Teil

PIET BLIEB LANGE in Ashos Zelle, die einmal Großerbruders Zelle war. Zu lange für jemanden, der so wenig Misstrauen wie möglich wecken durfte. Verlor sich aber in Erinnerungen, der gefährlichsten Droge von allen, saß auf dem Stuhl am Gitterfenster, legte sich sogar auf das Bett und blickte zur Zellendecke.

Ihm blieben noch neun Tage, um herauszufinden, was nach der Sache mit dem Loch, das immer dort oben sein würde, obwohl es seit fast drei Jahrzehnten weg war, geschehen war.

Wenn es ihm nicht gelang.

Wenn er nach Ablauf der Zeit keine Antwort hatte.

Lillebror würde seine Meinung nicht ändern. Trotz ihrer gemeinsamen Vergangenheit. Oder vielleicht gerade deswegen. Verbrecher von Lillebrors Schlag, Anführer gewalttätiger organisierter Netzwerke, setzten ihre Drohungen um. Es nicht zu tun, bedeutete Machtverlust, und Macht war alles.

Eine halbe Stunde in der Zelle eines Siebzehnjährigen. Bis die Wirklichkeit die Erinnerungen verdrängte.

Zurück im Korridor des A-Trakts, ging er direkt auf den Fernsehraum und auf den Hass der Schlägerei zu, der jetzt verflogen war. Asho saß, wie aufgetragen, in einem Sessel und las in einem seiner Schulbücher. Sessel und Tische standen wieder ordentlich an ihrem Platz, die Blumenerde war aufgefegt. Sogar der Fernseher hing wieder an der Wand und schien zu funktionieren.

»Sieht gut aus.«

»Mmm.«

»Und du lernst. Schön, dass du zur Schule gehst.«

»Mmm.«

Piet ließ sich im Sessel gegenüber nieder, Eddies Platz vor dem Tumult.

Er beugte sich vor, warf einen kurzen Blick in das Buch.

»Grammatik?«

»Mmm.«

»Fälle? Du hast echt was auf dem Kasten, Asho. Ich weiß kaum, was das ist.«

»Nominativ und Genitiv. Im Schwedischen gibt es nur zwei.«

»Was?«

»Einfach. Arabisch hat drei Fälle. Finnisch fünfzehn – kann aber nicht alle.«

»Vielleicht ist es einfach für dich, Asho. Aber die meisten anderen tun sich damit schwer.«

Du lieber Himmel. Der Junge war intelligent. Und wenn kein anderer Jugendlicher in der Nähe war, zeigte er sich wieder zugänglich. Und gleichzeitig – was keinen Sinn ergab – hatte er sich für ein Umfeld entschieden, in dem er töten musste, um akzeptiert zu werden.

»Die anderen hier. Deine Gefängniskumpel. Die nicht zur Schule gehen.«

»Ja?«

»Wie groß ist ihre Welt?«

»Groß?«

»Wenn ich sie frage, wie der Präsident der Vereinigten Staaten heißt. Was die EU ist. Oder nach dem Namen des schwedischen Ministerpräsidenten.«

»Keiner. Kein Interesse – hab nichts mit denen zu tun.«

»Aber das liegt an dir? Oder nicht?«

Asho zuckte mit den Schultern. Er hatte geantwortet, ohne zu antworten.

Dass es einen Unterschied gab. Dass die, die Konflikte normalerweise mit Waffengewalt lösen, die Leute erschießen, die andere Meinungen haben oder der falschen Gang angehören, sich für ihr eigenes Leben interessieren, für ihre Gangbrüder, für Para in der Tasche, und nicht für Gesellschaft und Politik – er sich aber sehr wohl dafür interessierte.

»Weil du, Asho, Träume hast. Da bin ich mir sicher. Du träumst davon, eines Tages etwas anderes zu machen, als im Gefängnis zu sitzen.«

Der Teenager richtete den Blick auf den Fernseher, auf irgendein Unterhaltungsprogramm mit Gästen auf einer Couch, hörte aber auf Piets Worte, die vermutlich wie die Worte der Lehrerin vor vielen Jahren klangen.

»Und dann achtet man darauf, was auf der anderen Seite der Mauer, in der wirklichen Welt, passiert. So wie du. So wie jeder, der seine Träume verwirklichen will.«

Asho stellte den Fernseher leiser, und sie sahen sich an, lange.

Blicke jenseits der Rollen des Teenagers hinter Gittern und des Gefängniswärters in Urlaubsvertretung.

Bis der Junge, der bald ein erwachsener Mann sein würde, sich vorbeugte und flüsterte.

»Ich weiß, dass du es weißt.«

»Was meinst du?«

»Wie es ist – hier.«

Piet schwieg, überrascht. Er hatte geglaubt, dass sie einen Draht zueinander bekommen hatten. Dass es in ihrem Gespräch darum ging.

»Weil du bist wie ich, Mann.«

Und er hatte keine Ahnung, was er sagen sollte.

»Als du uns festgehalten hast. Uns auf den Boden gedrückt hast. Ich weiß – du bist kein scheiß Wärter, die haben nicht den Mumm, so zuzupacken. Bullen genauso wenig. Du bist ...«

Jetzt stand die Urlaubsvertretung auf, um zu gehen.

» ... jemand, der Bescheid weiß. Der selbst im Knast gesessen hat – vor Kurzem.«

Piet ging, um sich nicht vor jemandem rechtfertigen zu müssen, der vielleicht wusste, wer er wirklich war.

»Aber du kannst chillen, Wärter.«

Weshalb Asho ihm hinterherrief.

»Über so was rede ich nicht. Glaub ich jedenfalls. Obwohl du in meiner Zelle warst und herumgeschnüffelt hast, gestern und heute. Du hast sogar auf meinem Bett gelegen, als du geglaubt hast, ich würde aufräumen, weil *du* es gesagt hast. Ich weiß genau, was du gemacht hast. Also erzähl mir nie wieder, was ich machen soll, okay?«

PIET GING WEITER, planlos, musste weg von einem Jungen, der ihn durchschaut hatte und vielleicht sogar damit drohte, ihn auffliegen zu lassen. Er ging an Räumen vorbei, in die er einen flüchtigen Blick hineingeworfen hatte und die er sich bald gründlich vornehmen musste, die all die Jahre hier gewesen waren, groß genug, um eine Leiche verschwinden zu lassen. Das nächste Mal, wenn die Leere durch die Abteilung hallte, ohne eingesperrte Jugendliche, die ihn durchschauten, würde er jeden verborgenen Hohlraum öffnen und überprüfen.

Aber das Ende zuerst. Ihm war nicht bewusst gewesen, dass er dorthin ging.

Es ergab sich einfach, als er, um seine Gedanken zu sortieren und die unmittelbare Panik zu verscheuchen, womöglich durchschaut worden zu sein, durch die Anstalt lief. Vorbei an Verwaltung, Sporthalle und dem kürzlich fertiggestellten Schulgebäude. Vorbei an den modernen Freigangzellen, die den abgetrennten Freigangbereichen in der U-Haft ähnelten, über einen verlassenen, in die Jahre gekommenen Pausenhof und quer über die körnige Schlacke des Fußballplatzes bis zu dem kleinen Rasenstück auf der anderen Seite der Vallby-Anstalt. Der Ort, den Großerbruder für den letzten Teil seiner Flucht gewählt hatte. Laut den Ermittlungsergebnissen der Polizei sollte sein bester Freund in jener Nacht über das Südwestende des hohen Stacheldrahtzauns geklettert und geflohen sein, um nie wieder zurückzukehren.

Plötzlich erinnerte Piet sich an eine Jacke.

Er war nicht planlos umhergewandert, ihm war nur nicht klar gewesen, dass die Jacke seine Gedanken beschäftigt und seine Schritte hierhergelenkt hatte.

Die Jacke, die Großerbruder auf den Fotos der Kriminaltechniker über die gezackte Stacheldrahtrolle oben auf dem Zaun geworfen hatte. Großerbruders Jacke, die verhindern sollte, dass er sich beim Klettern die Hände aufriss, die Voraussetzung, um hinüberzukommen. Bei der Durchsicht der Vorermittlungen war ihm auf den Fotos irgendetwas verkehrt vorgekommen, aber im Besucherraum mit ungeduldigen Wärtern draußen vor der Tür und Ewert, der am Tisch ein Scheinverhör abhielt, hatte er weder die Zeit noch die Ruhe gehabt zu erkennen, weshalb oder wie genau.

Piet blickte sich um, niemand in der Nähe, und holte das Handy hervor, das ihm ein ehemaliger Kriminalkommissar besorgt hatte und in dem eine einzige Nummer eingespeichert war.

Acht lange Klingeltöne.

»Ja?«

Ewerts vertraute Stimme.

»Hallo? Ist da jemand?«

»Ich bin's. Bist du bei der Arbeit? Im Präsidium?«

»Korrekt.«

»Aber hast Leute um dich und kannst nicht reden?«

»Korrekt.«

»Dann will ich, dass du mir ein Foto schickst. Oder besser: zwei Fotos.«

»Ja?«

»Die Fotos vom Stacheldrahtzaun aus der Vorermittlung. Wenn ich mich richtig erinnere, gibt es ein Foto, auf dem der ganze Ort zu sehen ist, und eine Nahaufnahme von einer Jacke. Die brauche ich.«

»Gib mir ein paar Minuten.«

»Und – Ewert?«

»Ja?«

»Wenn du schon mal dabei bist, kannst du auch noch mal die Auswertung der Überwachungskameras an der Hauptpforte überprüfen? Das ist der einzige Weg nach draußen, wenn man nicht flüchtet. Wer die Anstalt verlassen hat. *Was* die Anstalt verlassen hat.«

Ein schöner Tag. Ein leichter Wind, Sonne, die wärmte.

Piet schloss die Augen, wie immer, wenn er woanders sein wollte, und hielt sie geschlossen, bis das Telefon in seiner Hand vibrierte.

Zuerst Ewerts SMS.

HAUPTPFORTE.
KEIN UNBEFUGTES BETRETEN ODER VERLASSEN.
KEIN TRANSPORTSTÜCK IN MENSCHENGRÖSSE.

Dann zwei perfekte Fotos.

Großerbruders Jacke, über den messerscharfen Stacheldraht geworfen und nachdem sie zwecks Dokumentation und Analyse heruntergeholt worden war.

Piets Zweifel waren ausgeräumt. Es war mehr als ein Gefühl – es stimmte ganz einfach nicht.

Er war selbst über Stacheldraht geflüchtet. Und das Körpergewicht zerriss den Stoff der Jacke, nicht nur beim Hinaufklettern und Hinüberrollen, sondern auch beim Hinunterklettern, wenn man sich, statt zu springen und einen Beinbruch zu riskieren, noch einen Moment lang an der Jacke festhielt, ehe man losließ und sich fallen ließ, dem Boden und der Freiheit entgegen.

Er wusste, wie eine Jacke danach aussah.

Aber auf den Fotos, den angeblichen Beweisen, die er jetzt ein zweites Mal studierte und die das Vorgehen des Flüchtigen zeigen sollten, war Großerbruders Jacke wie neu, intakt. So wie sie nur aussehen konnte, wenn sie zwar über den Zaun geworfen, aber nicht tatsächlich benutzt worden war, nie unter Großerbruders Körpergewicht von rasiermesserscharfen Stacheldrahtdornen durchbohrt worden war.

Piet blickte auf den Zaun, auf die Lüge, die jemand Stück für Stück inszeniert hatte.

Er hatte an einem Ende begonnen, das kein Ende war, und deshalb musste er nach dem eigentlichen Ende suchen. An den Anfang zurückkehren, in Großerbruders Zelle. In Ashos Zelle, ungeachtet des Risikos. In die Zeit zwischen dem abendlichen Besuch von ihm und der Lehrerin, als Großerbruder noch in seinem Bett gelegen hatte, und einer nächtlichen Flucht, die nie stattgefunden hatte.

»EWERT?«

»Zofia! Ich bin so froh, dass du anrufst, ich habe gerade gedacht …«

»Was machst du?«

»Was ich mache? Nicht viel. Ich gebe vor, eine ungelöste Bankraubserie aufzuklären, während ich in Wahrheit versuche, Dokumente einer ganz anderen Ermittlung zu verstecken.«

»Dann möchte ich, dass du herkommst. So schnell du kannst. Du bist willkommen, uneingeschränkt.«

Zofia legte das Telefon auf den Küchentisch, wandte den Blick zum Fenster und sah auf das verrostete Gartentor und den gepflasterten Gehweg zur Eingangstür. Ihr war von vornherein klar gewesen, dass Ewert ihr Haus auf eigene Kosten von Sicherheitsleuten bewachen ließ, und er hatte es widerwillig bestätigt. Sie hatte ihr ganzes Erwachsenenleben mit Drohungen und Piets Art, sie zu lösen, gelebt, und sie wusste, wenn irgendwo da draußen ein Personenschützer im Auto saß.

Trotzdem zitterte sie jetzt, ebenso sehr vor Wut wie vor Angst.

Trotz Personenschutz war die Bedrohung in ihr Zuhause eingedrungen.

Als Ewert vor ihrem Zaun bremste, lief sie ihm entgegen. Zusammen stiegen sie die Holztreppe in den zweiten Stock hinauf, klopften leise an Rasmus' Zimmertür und öffneten sie, ohne eine Antwort abzuwarten.

Er lag in seinem Bett, und sie blickten beide in ein Gesicht, das nie Angst zeigte, es jetzt aber tat.

»Hey, mein Großer.«

Rasmus versuchte zu lächeln. Doch der Mund eines Jungen, der sonst immer fröhlich war, der sich nie verstellte, wusste nicht, wie ein falsches Lächeln aussah.

»Ich habe jemanden, den du kennst, gebeten, herzukommen und dich zu besuchen.«

Ein neues Lächeln. Etwas weniger angestrengt.

Sie setzten sich beide auf die Bettkante, während Rasmus sich halb aufrichtete.

»Ziehst du dein Oberteil aus, mein Großer, damit Ewert es sich anschauen kann?«

Schmächtige, zwölfjährige Schultern. Junibraune Haut. Windpockennarben und eine etwas größere Narbe von einem Sturz von einem Ast. Rasmus' Oberkörper sah aus wie der Oberkörper jedes anderen Sechstklässlers kurz vor den Sommerferien. Wäre da nicht die Filzstiftzeichnung gewesen, genau da, wo das Herz saß.

»Er ist nach Schulschluss alleine nach Hause gegangen.«

Zofia umarmte ihren jüngsten Sohn, küsste ihn auf Nase und Wangen.

»Das macht er sonst nicht, aber Hugos Klasse ist heute auf einer Exkursion.«

Ein schwarzes Herz, gemalt auf Rasmus' echtes Herz.

»Sie haben ihn in einem Auto entführt. Er ist sich sicher, dass derselbe Mann dabei war, der ein Selfie mit ihm gemacht hat und Piet Grüße ausrichten wollte.«

Rasmus redete normalerweise wie ein Wasserfall. Jetzt sagte er nichts. Zofia küsste ihn wieder auf die Wange.

»Sie haben ihm nicht wehgetan oder ihn verletzt. Sie haben ihm zwei Filzstiftzeichnungen aufgemalt und ihn wieder laufen lassen.«

»Zwei Zeichnungen?«

»Ja. Drehst du den Kopf, Rasmus?«

Rasmus neigte sich auf dem Bett ein wenig zur Seite, damit Ewert Grens seine linke Gesichtshälfte besser sehen konnte.

Großer Gott.

Großer Gott.

Ein Einschussloch. Mit demselben Filzstift auf die Schläfe des Jungen aufgemalt.

Eine gekonnte Zeichnung, so wie es aussieht, wenn ein Kopf zerbirst.

Rasmus spürte die Wut, die der Mann, den die drei Geschwister Ersatzopa nannten, nicht unterdrücken konnte. Was vermutlich der Grund dafür war, weshalb er zum ersten Mal, seit er nach Hause gekommen war, seinen Tränen freien Lauf ließ.

Diesmal war es Ewert, der ihn umarmte.

»Ich erweitere euren Schutz.«

Der ehemalige Kriminalkommissar umarmte den schmächtigen Jungen und sah Zofia an.

»Die Drohungen zielen immer noch darauf ab, Piets Aufmerksamkeit zu erregen. Aber sie werden ernster. Ab heute werde ich die Anzahl der Sicherheitsleute vervielfachen – einer bewacht das Haus rund um die Uhr, und Personenschutz für jeden von euch, der das Haus verlässt. Bis das hier vorbei ist, macht keiner von euch einen Schritt, ohne dass eine Person, der ich vertraue, es sieht.«

Ewert Grens und Zofia halfen Rasmus aus dem Bett, hielten je eine Hand, als sie in Richtung Badezimmer gingen. Und während Zofia auf Kinderhaut gemalte Farbe abwusch, ging Ewert Grens hinunter ins Erdgeschoss und zur Kaffeemaschine in die Küche. Er würde Piet nicht kontaktieren und ihm davon erzählen, nicht jetzt, es würde ihn genauso sehr treffen wie ein echter Schuss und die letzte Chance zunichtemachen, den Schlüssel zu dem Geheimnis zu finden, das in der Vallby-Anstalt möglicherweise verborgen war. Stattdessen würde er den Rest des Tages hierbleiben, sich heute Nacht auf das Sofa im Wohnzimmer legen, morgen früh nach dem Frühstück mit Rasmus zur Schule gehen und ihm erklären, dass schwarze Herzen und Einschusslöcher sich nicht wiederholen würden.

Er hoffte, dass er damit recht hatte.

AM SPÄTEN NACHMITTAG war Piet Hoffmann endlich allein in der Abteilung.

Während das übrige Personal und die Insassen an der Kulturstunde in der Aula teilnahmen, war Piet unter dem Vorwand, sich mit seinem neuen Arbeitsumfeld vertraut machen zu wollen, im A-Trakt geblieben, um ungestört mögliche Verstecke für einen Menschen abzuklopfen, der nie von hier fortgekommen war.

Er stemmte die Bodendielen in der hintersten Ecke des Putzmittelraums auf, wo es am wenigsten auffiel, legte sich zwischen Wischmopps und Plastikeimern flach auf den Bauch und leuchtete mit seiner Handytaschenlampe den Hohlraum aus. Im Tischtennisraum hebelte er die Rückwände der Aufbewahrungsschränke auf und stellte fest, dass das, was beim Abklopfen hohl geklungen hatte, nicht hohl war, der Beton füllte den Raum komplett aus. Er kroch in die breiten Lüftungsrohre, die ein gutes Stück über Kopfhöhe in der Abteilung verliefen, und vergewisserte sich, dass jedes bloß Luft enthielt. Am meisten Zeit verbrachte er damit, nach verborgenen Ecken und Winkeln in den Wänden, Fußböden und Decken des Speisesaals und der Personalküche zu suchen, jedoch ohne Erfolg. Als Piet seine Hand zuletzt auf die Klinke der Sicherheitstür zu den Isolationszellen legte, hörte er vom Eingang her Geräusche. Kollegen und Insassen kamen zurück. Er ließ die Klinke los und gelangte gerade noch rechtzeitig in den Fernsehraum, bevor die ersten Gesichter zu ihm hereinschauten, und gab vor, den Zeitschriftenwust im Zeitungsständer zu sortieren. Die Isolationszellen würde er sich beim nächsten Mal vornehmen, wenn die Abteilung leer war.

Wenig später kam Asho am Fernsehraum vorbei, sie grüßten sich nicht, dann Eddie, und sie grüßten sich fast. Piet hastete dem Fünfzehnjährigen nach, in Richtung der Zelle, in der er selbst gesessen hatte, und lief ein paar Schritte später neben ihm her.

»Wie fühlst du dich, Eddie?«

»Fuck off.«

»Nach der Schlägerei, meine ich.«

»Fühle einen Scheiß. Du hast es versaut. Aber der Typ hat geschnallt, dass er nicht starren soll.«

Der Weg war nicht weit, Zelle 4 kam in Sicht.

»Und jetzt?«

»Was?«

»Was wirst du jetzt tun?«

»Warten. Darauf, dass du mich einschließt.«

Sie blieben vor der letzten Zellentür auf der linken Seite stehen.

»Du willst also niemanden anrufen?«

»Nein.«

»Manchmal tut es gut, mit jemandem von der Telefonliste zu reden. Über das, was einem im Kopf herumgeht. Mit jemandem, der nicht hier ist.«

»Du weißt einen Scheiß darüber.«

Die Telefonliste.

Vom Jugendamt zugelassene Telefonnummern von Kontaktpersonen außerhalb. Eine Mutter, ein Vater, vielleicht eine Schwester oder ein anderer Familienangehöriger, manchmal auch ein Freund, mit dem der betreuende Sozialarbeiter eine Kommunikation für wichtig erachtete. Listen, die zu Piets Zeit in der Vallby-Anstalt nicht sehr lang gewesen waren und auch heute nicht länger waren. Er selbst hatte nie jemanden angerufen. Mit einer Mutter reden, die zu Hause saß und stinksauer war, weil er wieder geschnappt worden war?

»Wenn das so ist ...«

Eddie war in seine Zelle gegangen, während Piet draußen stehen blieb.

» ... schlaf gut.«

»Schließ ab. Und fuck off.«

»Gute Nacht, Eddie.«

Eddie antwortete nicht, Piet erwartete es auch nicht. Wie damals, als der Dreckswärter vor dieser Zelle gestanden hatte und Piets Schweigen begegnet war, um ein Fitzelchen Macht zurückzugewinnen.

Nur die wenigen Male, als die Lehrerin beim Einschluss dabei gewesen war.

Da hatte er geantwortet.

Gute Nacht.

Und sie hatte es noch einmal wiederholt. Gute Nacht, Piet. Mit dieser Stimme, die in ihm den Wunsch weckte, sie würde bleiben.

Er ging zur nächsten Tür, zu Ashos Zelle, und schaute hinein zu einem jugendlichen Mörder, der denken und manipulieren konnte und jetzt auf seinem Bett hockte, und Piet drehte den Schlüssel um, ohne den Versuch einer Unterhaltung zu machen. Nach der unerwarteten Wendung ihres Gesprächs heute Morgen war er noch nicht wieder bereit dazu, erst musste er herausfinden, ob der Junge tatsächlich etwas wusste oder auf gut Glück ins Blaue geschossen und ins Schwarze getroffen hatte.

Anschließend verharrte Piet mit demselben Gefühl wie am Morgen im Korridor des A-Trakts. Angesichts der Zeit, die rasend schnell ablief, und des Wissens, dass Gangster von Lillebrors Schlag ihre Drohungen stets wahr machten. Angesichts der Verpflichtung, seinem eigenen Mantra treu zu bleiben, das ihn so lange durchs Leben geführt und dafür gesorgt hatte, dass seine Familie überlebte. *Du oder ich, und ich mag mich lieber als dich, also entscheide ich mich für mich.* Angesichts der Tatsache, dass er – sollte er das Rätsel um Großerbruders Verschwinden am letzten Tag nicht gelöst haben – die Drohung umkehren musste; die Atemzüge eines Menschen ersticken musste, der in ihrer Kindheit seine Freundschaft gesucht hatte und ihm heute nach dem Leben trachtete. Dann musste er den richtigen Zeitpunkt abpassen, um Lillebror verschwinden zu lassen, auf die Gefahr hin, dass seine bestehende Haftstrafe auf lebenslang verdreifacht werden würde.

Dass er seine Kinder nie wieder in Freiheit sehen würde und er so gesehen doch den Tod fand.

ER WARTETE ZWEI Tage auf eine neue Gelegenheit, die Isolationszellen zu überprüfen.

Am frühen Morgen, ungefähr eine Stunde vor dem Wecken, fragte Bekir, ob es Piet recht sei, wenn er nach der Nachtschicht etwas früher nach Hause gehen und Piet bis zum Eintreffen der Tagesschicht allein lassen würde, seine jüngste Tochter sei krank.

Es war Piet mehr als recht.

Keine Insassen auf dem Korridor bis zum Aufschluss. Mindestens noch eine halbe Stunde keine Kollegen.

Er hastete zu der Stahltür mit dem Panzerglasfenster am anderen Ende des Flurs, zog seine Schlüsselkarte durch den Schlitz, tippte die Zahlenkombination ein und betrat eine schallisolierte Welt, den sterilsten Bereich einer Haftanstalt.

Ein Ort zum Frieren.

Hier hatten die Wärter sie ungestört misshandelt, Betonwände, Betondecke und Betonfußboden hatten die Geräusche der Schläge des Druckswärters verstärkt. Nicht einmal einen scheußlichen, billigen PVC-Anstaltsfußboden gab es hier. Vollkommen kahl, Isolation, sonst nichts. Piet hatte die undurchdringliche Dunkelheit vor den Zellen in Erinnerung, doch heute fiel weiter unten im Gang Licht durch ein Fenster mit verstärkten Gitterstäben, wie über Kreuz gelegte weiße Stahlplatten, eine Morgensonne, die Licht spendete, als sie auf dem steinharten Grau verweilte.

Die vier Isolationszellen, zwei auf jeder Seite, sahen noch genauso aus wie in der einstigen Hölle auf Erden. Ein paar winzige Quadratmeter und ein am Boden verschraubtes Bett, das war alles. Nichts, was zwangsisolierte Jugendliche losreißen und benutzen könnten – als Waffe oder um sich selbst zu verletzen.

Nicht einmal Farben.

Darum gab es auch keinen Ort, wo er hätte suchen können, nichts, was er hätte aufbrechen oder anheben können, nichts, wo er hätte hineinkriechen können. Piet ging umher, klopfte, wie in anderen Räumen, Oberflächen ab und traf mit stummer Unversöhnlichkeit überall auf massiven Beton.

Resigniert sank er auf den sonnenbeschienenen Fußboden, er fühlte sich so leer wie alles um ihn herum. Er hatte alle Flure, Räume, Nischen, Winkel, Schränke und Kisten des A-Trakts durchsucht, es gab keine Orte mehr, nicht hier.

Großerbruder, wo bist du?

Er war rechtzeitig vor den anderen drei Kollegen der Tagesschicht zurück im Personalraum. Eine Tasse Kaffee, während Lucas die Listen mit den Namen der Jugendlichen verteilte, die heute zum Unterricht, zum Sport, zu einem Arzttermin oder zu einem anderen Kontakt mit der Außenwelt gebracht werden mussten. Um eine Begegnung mit Asho zu vermeiden, übernahm Piet Eddies Begleitung. Die Schlüsselbunde klirrten, als die vier diensthabenden Wärter die Zellen der acht Jugendlichen aufschlossen, die ihre Arbeit waren. Zum ersten Mal befand sich Piet Hoffmann außerhalb der Tür von Zelle 4, als diese aufging, und es hörte sich anders an, aber vielleicht waren es auch Freiheit und siebenundzwanzig Jahre später.

»Morgen, Eddie.«

»Fuck. Off.«

»Wenn du dein Bett gemacht hast, bekommst du deine nummerierten Zigaretten.«

Piet faltete die kurze Liste mit Eddies Tagesaktivitäten auseinander.

»Hier steht, dass du heute Vormittag auch nicht zur Schule gehst.«

»Krieg ich jetzt meine Kippen?«

»Wenn du dein Bett gemacht hast. Und dich angezogen hast. Aber du solltest zur Schule gehen. Um ab und zu mal rauszukommen. Zumindest vom Kopf her.«

»Bin nie gegangen. Hab auch nicht vor zu gehen.«

Es war heute genauso unverständlich wie damals. Dass die Jugendlichen nicht zur Schule gehen mussten, sondern in ihren Zellen hocken und nichts tun durften. Piet wünschte, er könnte den Jungen vor sich durchrütteln, ein Kind überstimmen, das keine Sehnsüchte hatte.

»Aber du willst zum Sport, das hast du jedenfalls angegeben, und heute Nachmittag ...«

Piet hielt die Aktivitätenliste so, dass sie beide lesen konnten.

» ... ich glaube, da steht Beerdigung, Eddie.«

»Ich weiß.«

»Wer wird beerdigt?«

»Wer wird nicht beerdigt?«

Von Bettenmachen konnte kaum die Rede sein, obwohl Eddie es versuchte. Ebenso wenig wie von einer gründlichen Morgentoilette am Waschbecken. Eddies Klamotten lagen kreuz und quer in der Zelle verstreut, und kein einziges Kleidungsstück schien frisch gewaschen zu sein.

»Fertig. Meine Kippen.«

»Später.«

»Einen Scheiß später!«

»Erst musst du was leisten. Du kannst nicht nur eine Beerdigung nach der nächsten besuchen. Und wenn du nicht in den Unterricht willst, gehen wir direkt zum Sport. Danach, Eddie, kriegst du deine Zigaretten.«

Die frisch renovierte Sporthalle der Vallby-Anstalt war etwas vollkommen anderes als die schäbigen Stockholmer MMA-Kellerklubs, in denen Piet so viel Zeit verbracht hatte. Die einfachen Kickboxringe, nach altem Schweiß riechenden Sandsäcke und abgenutzten Springseile, Taekwondo-Kick-Pads und Kopfschutze, mit denen er aufgewachsen war, waren hier durch hochmoderne Trainingsgeräte ersetzt. Und vermutlich war es ein guter Ansatz, Aggressoren dazu zu ermuntern, ihre Aggressionen auszuschwitzen – das war der Grund, weshalb auch Piet immer noch trainierte -, hätte es nicht auch Eddies wahrem Antrieb Vorschub geleistet: der gezielte Muskelaufbau eines blassen und pickeligen Körpers, um Tramadol schlucken und noch mehr Leute zusammenschlagen, bestenfalls töten zu können. Sie trainierten zusammen an modernen Brustpressen, Bizeps-Curl-Bänken und Latzugstationen, joggten nebeneinander auf Laufbändern, gaben sich bei Liegestützen und Sit-ups Hilfestellung, füllten Trinkflaschen mit Wasser auf. Schweigend. Sie hatten sich wohl nichts zu sagen. Bis Eddie die wummernde Musik leiser drehte und doch den Mund aufmachte.

»Branco.«

»Was?«

»Der Typ, der beerdigt wird.«

Dann schwiegen sie wieder. Für den Rest des Trainings und beim Duschen und Umziehen, sogar dann, als sie sich beim Mittagessen gegenübersaßen. Vier Stunden kein einziges Wort. Es dauerte, bis der Fahrer des Transportbusses und der zusätzliche Wachmann auf dem Beifahrersitz sie vor dem Tor der Vallby-Anstalt abholten und sie nebeneinander auf die Rückbank sanken.

»Mein Freund. Branco.«
»Der Junge, der beerdigt wird?«
»Fünf Kugeln in die Stirn. Sind im Gehirn stecken geblieben.«
»Er war so alt wie du?«
»Viel älter. Siebzehn.«

Die bodenlosen Augen des Jugendlichen bekamen plötzlich einen Grund. Trauer trat in seinen Blick.

»Es ist gut, in Vallby zu sitzen.«
»Gut, Eddie?«
»So was kapierst du nicht.«
»Wenn du meinst, dass es gut ist, im Gefängnis zu sitzen, dann nein, das kapiere ich nicht.«

Eddie suchte nach Worten. Das hier war wichtig. Und die Worte, die er nicht fand, kompensierte er durch heftige Gestik.

»Mit neunzehn komme ich raus. In vier Jahren. In der Zelle passiert mir nichts, also werd ich mindestens zwanzig!«

Piet suchte Eddies Blick, um noch einmal die Trauer in seinen Augen zu sehen. Sie war weg. Stattdessen las er dort etwas anderes. Die Erkenntnis, dass das, womit der Fünfzehnjährige nicht gerechnet hatte, womöglich eintreffen könnte. Was für alle anderen eine undenkbare Tragödie war, ein viel zu früher Tod, war für ihn ein langes Leben.

»Zwanzig. Du denkst falsch, Eddie. So sollte es nicht sein.«
»Denke richtig. Brancos Beerdigung heute, siebzehn. An Javads Beerdigung war es ein bisschen kälter, achtzehn. An Hawas Beerdigung hat es geschneit, alle hatten dicke Jacken an, sechzehn. Krieger. Meine Kumpel! Mal kriege ich Ausgang und gehe zur Beerdigung, mal nicht. Ich werd mindestens zwanzig, weil ich in Vallby sitze, und dann komm ich raus und bin King.«

»Bis sich jemand an dir rächt.«
»Nein.«

»So funktioniert eure Welt. Du hast jemanden erschossen, hast ein Mitglied einer Jugendgang getötet, also wird einer von denen *dich* töten, bei der erstbesten Gelegenheit, sobald du rauskommst.«

Der Transportbus näherte sich Stockholm, der Verkehr wurde dichter, zwei Fahrspuren wurden zu drei, und ein Schild über der Autobahn wies den Weg zum Nordfriedhof.

»Werde nicht erschossen. Hab anderen Plan.«

»Einen anderen Plan?«

»Meinen Plan.«

»Was … hast du vor?«

»Du laberst zu viel, Mann.«

Der Nordfriedhof war so schön wie beängstigend. Dreiunddreißigtausend Gräber zwischen hohen Bäumen, grünen Rasenflächen und gewundenen Wegen. Wie eine von Toten bevölkerte schwedische Kleinstadt. Hier lagen Piets Eltern, Ewerts Frau und Tochter. Familie und Freunde des siebzehnjährigen Branco versammelten sich im Friedwald auf einer kleinen Anhöhe namens Lindhagen-Hügel. Eddie stellte sich neben Brancos Mutter und wollte während der Zeremonie bei ihr stehen bleiben. Piet und der zusätzliche Wachmann gestatteten es ihm, ohne Handschellen. Der Junge hatte beim morgendlichen Training zwar gezeigt, dass er stärker und schneller war, als er aussah, aber für jemanden, der vom Respekt seiner Gangbrüder lebte, war dies kein Ort für einen Fluchtversuch. Darum erlebte auch Piet die unendliche Trauer, die unendliche Verzweiflung der Mutter aus nächster Nähe mit. In seinem Leben als verdeckter Informant hatte er unzählige Tode bezeugt, aber dies war etwas vollkommen anderes. Ihr Herz weigerte sich zu akzeptieren, dass die Asche ihres Sohnes nun beigesetzt werden würde. Piet blickte zu Eddie hinüber, die Trauer in seinen Augen war zurück; ein kurzer Moment der Wirklichkeit in einem unwirklichen Leben.

Auf der Rückfahrt nach Vallby kehrte Eddie weder sein übliches cooles Gehabe heraus, noch sonderte er seine Hasstiraden ab, er war bloß ein sehr junger Mensch, der damit rechnete, dass das nächste Grab möglicherweise seines sein könnte. Auf halber Strecke hielten sie für eine Kaffee- und Pinkelpause an einer Tankstelle, und Piet konnte nicht länger ruhig dasitzen und zulassen, dass die Trauer der Mutter, die sie gemeinsam gesehen und geteilt hatten, sich in Schweigen auflöste.

»Siebzehn Jahre, Eddie.«

»Mmm.«

»Dein Freund lebt nicht mehr. Er kann nicht atmen. Nicht lachen. Eis essen. Sich die Eier kratzen.«

»Mmm.«

»Du hast auch getötet. Drei Menschen aus Fleisch und Blut. Die können auch nicht mehr lachen. Und haben Mütter, deren Trauer genauso groß ist.«

Von einem Moment auf den anderen.

Wurde die Trauer zu Angriff, fast automatisch, die Augen bodenlos, die Lippen fest zusammengepresst.

»*Alle wissen es.*«

»Was wissen alle, Eddie?«

»Alle wissen es. Alle, die dabei sind. Dass es so läuft. Hast du einmal getötet, hörst du nicht auf. Du tötest weiter.«

»Du hast einen Menschen umgebracht!«

»Ich muss nur vier Jahre abreißen. Sie haben mich nicht gefragt. *Ich* bin zu ihnen gegangen. Hab gesagt, ich mach's, ohne Geld. Wie sollen die Leute sonst wissen, wer ich bin?«

»Getötet!«

»Wenn ich meine Zeit abgerissen habe, rauskomme und in die City fahre. Alle wissen es. Wenn ich keinen Plan habe, werde ich kaltgemacht, von einem Typen, der dafür vier Jahre abreißt. Tötet ihr einen von uns, töten wir zwei von euch. Geht meine Schwester zu einer Beerdigung, geht deine Schwester zu einer Beerdigung. Wenn ich nicht schieße, werde ich erschossen. Alle wissen es.«

Als Piet zum ersten Mal den Ausdruck »Vier Jahre abreißen« gehört hatte, hatte er es für Unsinn gehalten. Auch wenn sich viel verändert hatte, klang es ihm zu weit weg von seiner Zeit als jugendlicher Krimineller, zu sehr nach Märchen. Etwas, womit seine kriminellen Freunde prahlten, weil es sich gut anhörte und sie für einen Moment interessant machte: dass minderjährige Jungs in Schweden – genau wie im Kolumbien der Drogenmafia, wo Piet einst untergetaucht war –, im Auftrag von Gangs mordeten, weil die Strafe für so junge Mörder maximal vier Jahre betrug. Beweis uns deine Loyalität, erschieß einen x-beliebigen Menschen, und zur Belohnung machen wir dich zu einem vollwertigen Mitglied der Gang, der du angehören willst. Inzwischen wusste er, dass es sich dabei weder um Unsinn noch um ein Märchen handelte, dass die Welt, wie er sie kannte, am Ende vollkommen verrückt geworden war und zuließ, dass Kinder zu professionellen Killern wurden, ein Alltag, der beschissener war, als er es sich je hatte vorstellen können.

Das letzte gerade Wegstück, die steile Anhöhe, die Haarnadelkurven, in denen die Äste der Bäume über das Dach des Transportbusses streiften, dann erstreckte sich das weitläufige Gefängnisgelände vor ihnen. Das stacheldrahtbewehrte Tor blieb geschlossen, ein Beamter der Hauptpforte musterte die Insassen des Fahrzeugs prüfend, und Piets Blick schweifte währenddessen aus dem Seitenfenster über einen voll besetzten Parkplatz, er war einer der wenigen Mitarbeiter, die mit den öffentlichen Verkehrsmitteln zur Arbeit fuhren.

Plötzlich zuckte er zusammen.

Der schwarze Pkw in der hinteren Ecke des Parkplatzes.

Er war sich sicher, ihn zu kennen.

Der Transportbus durfte passieren, und das Gefängnistor glitt auf. Piet nahm Eddie die Handschellen ab, und während sie nebeneinander durch die Gebäudetrakte liefen, dachte Piet:

Du bist fünfzehn, bald sechzehn.

Mein eigener Sohn ist vierzehn, und was du vorhin gesagt hast, Eddie, ist so, als würde Hugo sich damit brüsten, dass er noch sechs Jahre zu leben hat, während es Menschen gibt, die fest damit rechnen, eines Tages in den Ruhestand zu gehen und dass erst dann der Rest ihres Lebens beginnt. Selbst in der Steinzeit sind die Menschen fünfunddreißig, vierzig Jahre alt geworden, Eddie, und seitdem arbeiten wir hart daran, älter zu werden. Aber für dich und deine Kumpel liegt das Durchschnittsalter bei achtzehn.

Wie eine neue Zeitrechnung, ein neues Maß der Lebensdauer.

Im A-Trakt erlaubte er Eddie, unbegleitet weiterzugehen, und hoffte, dass der Junge sich auf dem Weg zu Zelle 4 noch einmal zu ihm umdrehen würde, dass sie etwas zueinander sagen würden, immerhin hatten sie gemeinsam Abschied von einem Menschen genommen. Eddie drehte sich nicht um. Als eine neue Urlaubsvertretung eine gute Stunde später zum letzten Mal an diesem Tag durch das Gefängnistor hinausging, hatten sie trotz des engen Raums kein Wort mehr miteinander geredet, nicht einmal Blicke gewechselt. Vielleicht waren es für einen Tag genug Fragen gewesen, warum Töten sich lohnt, oder warum Rache so wichtig ist, wenn jeder weiß, dass Rache neue Rache hervorbringt und darum nie endet.

Draußen im Wind musste Piet dann nicht lange in der hinteren Ecke des Gefängnisparkplatzes suchen.

Der schwarze Pkw stand noch dort und wartete.

Er ging darauf zu und fragte sich, warum ein Treffen so eilig war.

UNGEDULDIG BEOBACHTETE EWERT Grens das Tor der Vallby-Anstalt. Endlich ging es auf. Ein gut gebauter Mann in elegantem Anzug, mit glatt rasiertem Kopf, Schlupflidern über den grünen Augen und Charakternase kam heraus und hielt – wie erhofft – geradewegs auf sein Auto zu, auf ihn zu.

»Ewert ...«

Piet Hoffmann beugte sich zu einem heruntergelassenen Seitenfenster.

» ... was machst du hier?«

»Steig ein.«

Grens lehnte sich zur Seite und öffnete die Beifahrertür.

»Mach schon!«

»Wir waren uns einig, uns möglichst nicht in der Öffentlichkeit zu sehen.«

»Ich habe fast zwei Stunden gewartet.«

»Was auch immer du bereden willst, können wir bei dir zu Hause im Sveavägen bereden.«

»Das ist der einzige Ort, an dem wir im Moment *nicht* reden können. Steig ein, damit ich die verdammte Tür zumachen kann!«

Sie saßen in unbehaglichem Schweigen nebeneinander, während der ehemalige Kriminalkommissar die kurvenreiche Straße in Richtung Vallby entlangfuhr, an der erstbesten Abzweigung anhielt, einem mit hohem Gras überwucherten dunklen Waldweg –

hier kam sonst niemand durch -, und einen unfrankierten weißen Briefumschlag mit dem von Hand geschriebenen Namen EWERT GRENS auf der Vorderseite aus dem Handschuhfach nahm.

Piet öffnete ihn und blickte hinein. Auf nichts.

»Ja?«

»Steckte heute in meinem Briefkasten. Jemand hat ihn persönlich eingeworfen, lange nach der regulären Postzustellung.«

Schwedens meistgesuchter Ausbrecher behielt den leeren Umschlag in der Hand, ebenso sicher, was er bedeutete, wie ein Polizist im Ruhestand, der als pensionierter Teilzeitermittler ungelöste Fälle untersuchte.

Eine neue Warnung. Die Bedrohung war größer geworden, gegen eine größere Zahl Menschen gerichtet.

»Hast du bei deinem vorübergehenden Arbeitsplatz meine Anschrift angegeben?«

»Ich bitte dich, Ewert.«

»Wenn nicht, musst du sie woanders angegeben haben.«

»Hör auf. Du redest mit mir. Ich weiß, wie Drohungen funktionieren und was man als Gejagter nicht tun sollte.«

»Woher wissen sie dann, wo ich wohne?«

Ewert schlug mit beiden Händen auf das Lenkrad.

»Woher wissen sie, dass ...«

Diesmal schlug Grens auf das Armaturenbrett, aber genauso fest.

» ... ich mit dir bekannt bin!«

Piet Hoffmann antwortete nicht. Ewert Grens hatte keine Fragen gestellt.

Sie wussten beide, dass eine extrem gewalttätige und schwerkriminelle Organisation tausend Möglichkeiten hatte, an Informationen zu gelangen. Zum Beispiel durch Erpressung oder Bestechung eines Wärters im Hochsicherheitsgefängnis Aspsås, den sie entweder zur Herausgabe von Piet Hoffmanns Besucherliste zwangen oder seine Kooperationsbereitschaft mit einer großzügigen Geldsumme belohnten.

»Ich war nie die Zielscheibe deines kriminellen Umfelds. Aber ab jetzt bin ich für sie ein weiterer Weg, um mit dir zu kommunizieren. Eine kleine Botschaft, dass sie über alles im Bild und bereit sind, noch mehr Menschen zu schaden.«

Seite an Seite blickten sie durch die Windschutzscheibe auf einen absterbenden Wald, umgestürzte Bäume lagen kreuz und quer inmitten von Moos und Heidelbeergestrüpp.

Ein vergessener Ort.

»Alles war einfach, Piet – ich hatte nichts zu verlieren. *Niemanden* zu verlieren. *Niemanden*, der mir wichtig war. Ich habe mir sogar in den Kopf geschossen, als ich das begriffen habe.«

Jetzt schlug Ewert weder auf das Lenkrad noch auf das Armaturenbrett.

Seine Angst war größer als seine Wut.

»Dann kamt ihr, du und deine Familie, und habt alles verkompliziert. Ich mochte euch. Ihr mochtet mich. Und dann ... sind sogar Leute bei mir eingezogen! Nach all den Jahren. Eines Tages wohnten plötzlich ein sechzehnjähriges Mädchen bei mir, meine Patentochter, die ich lange verdrängt habe, und ein junger Mann, der mir aus einer langen, hässlichen, beschissenen Depression herausgeholfen hat. Plötzlich waren sie einfach da, ganz, ganz nah.«

Zwei Wildkaninchen hoppelten durch den ungeordneten Wald vor der Windschutzscheibe.

Die Zeit saß ihnen im Nacken, vielleicht auch jemand, der der Meinung war, ihr Leben sei weniger wert als das eigene.

»Als ich den leeren Briefumschlag mit meinem Namen geöffnet und verstanden habe, was er bedeutete. Ich schwöre dir, Piet, ich habe den ganzen Vormittag am Fenster gestanden und habe auf jedes Auto reagiert, das langsam vor dem Haus vorbeigefahren ist. Bin bei jedem Schritt meiner Nachbarn im Treppenhaus, auf die ich noch nie geachtet habe, zusammengezuckt. Und als dann jemand auf meinem Handy anrief und nur in den Hörer atmete ... bin ich zum Vater mutiert! Zu einem ängstlichen, irrational denkenden Vater, der seine Kinder beschützt!«

Die Wildkaninchen waren weg. Der Wald schien noch dunkler zu werden. Wie schön wäre es gewesen, aus dem Auto zu steigen, Büsche zu roden, Totholz wegzuräumen und Ordnung zu schaffen, sich dem zu widmen, was einfach war.

»Alles hat sich verändert, Piet. In der großen Welt – und in meiner eigenen. Und ich bin mir nicht sicher, ob mir das gefällt. Allein zu sein, sich keine Sorgen machen zu müssen, war unkompliziert, verständlich. Ich bin nicht gut darin, jemanden zu vermissen.«

Ewert Grens setzte rückwärts auf die Landstraße. Sie verließen die schützende Natur, wenige Kilometer vom Chaos der Hauptstadt entfernt.

»Elins Stundenplan hängt an meinem Kühlschrank, weil ich sie darum gebeten habe. Ich will wissen, wo sie ist, dabei kann ich mich kaum selbst im Blick behalten. Im ersten Jahr in der Oberstufe ist alles neu, neue Klassenkameraden und ein Berg an Hausaufgaben. Und bevor ich losgefahren bin, um auf dich zu warten, Piet, bin ich in die Küche gegangen und habe ihren Stundenplan überprüft. Darum weiß ich, dass sie vor einer halben Stunde Unterrichtsschluss hatte und gleich beim Handballtraining ist. Danach soll sie mit der U-Bahn nach Hause fahren. Vollkommen schutzlos! Ich weiß nicht, was ich machen soll. Wie ich Elin und Michél beschützen und gleichzeitig dir helfen soll.«

Piet brauchte nicht zu sagen, dass er genauso große Angst hatte wie Ewert.

Darum ging es in diesem Gespräch nicht.

Er brauchte auch nicht zu sagen, dass es ihm leidtat, den Familienfreund in etwas hineingezogen zu haben, das nur seine eigene Vergangenheit betraf. Dass die Morddrohungen gegen seine Frau und seine Kinder, die vollstreckt werden würden, wenn er Großerbruders Verschwinden nicht aufklärte, auch zu einer Morddrohung gegen einen ehemaligen Kriminalkommissar und dessen Mitbewohner geworden waren, die er so sehr mochte.

Eine halbe Stunde später setzte Grens seinen unfreiwilligen Beifahrer vor dem Salon in der Nähe der Västerbron und bei der Maskenbildnerin ab, die Tag für Tag die falsche Version von Piet Hoffmann erschuf. Aber erst nachdem er ihm – im Auto, ohne dass jemand Piets Reaktion sehen konnte – von einem aufgemalten schwarzen Herz und von einem aufgemalten Einschussloch erzählt hatte und damit einen derart unbändigen Wutausbruch auslöste, dass er es augenblicklich bereute. Nicht wegen der Reaktion an sich, sondern wegen dem, wozu sie Piet veranlassen würde. Ein durch Gewalt sozialisierter Mensch, der nun seinerseits zu Gewalt greifen würde, weil jemand die Haut seiner Kinder berührt hatte.

Von dort fuhr der ehemalige Kriminalkommissar alleine weiter zur Eriksdal-Sporthalle in einem anderen Teil von Södermalm, parkte unvorschriftsmäßig direkt vor dem Eingang und tat dann dasselbe wie vor der Vallby-Anstalt, blieb im Auto sitzen und behielt ungeduldig eine Tür im Auge, die sich öffnen sollte.

Eine gute Stunde. Dann kam sie heraus.

»Was machst du …«

Mit nassen Haaren, die Sporttasche über der Schulter.

» … hier, Ewert?«

»Ich dachte, wir gehen zusammen einen Kaffee trinken.«
»Einen Kaffee trinken?«
»Ganz genau.«
»Du hast mich noch nie vom Training abgeholt. Wir haben danach noch nie einen Kaffee getrunken.«

Wie für Hoffmann vor der Vallby-Anstalt öffnete der ehemalige Kriminalkommissar die Beifahrertür.

»Aber heute machen wir es, Elin. Und Michél kommt auch. Weil wir etwas Wichtiges besprechen müssen.«

»Ich bin müde – können wir das nicht zu Hause machen?«

»Das ... Damit müssen wir vorerst ein wenig warten.«

Café Ritorno.

Hier hatte Ewert in einem anderen Leben so gut wie täglich Annis Hand fest in seiner gehalten. Und hier hatten seine ersten Treffen mit Elin stattgefunden, als sie nach und nach gewagt hatten, aufeinander zuzugehen und einander zu vertrauen.

Ein guter Ort, um schwarzen Kaffee zu trinken, blumentopfgroße Zimtschnecken zu essen und zu reden. Ewert beugte sich über den Tisch und versuchte, gleichzeitig Michél und Elin anzusehen.

»Am besten, ich komme gleich zur Sache.«

»Ja?«

Sie schauten ihn an. Fast erwartungsvoll.

»Ihr müsst ausziehen.«

Die schreckliche Stille.

Die Kaffeetassen blieben unberührt. Die Zimtschnecken auf den Tellern liegen.

Das Schlimmste waren ihre Blicke.

Es war, als hätte er sie verletzt.

»Von hier fahren wir in die Altstadt. Ich habe für jeden von euch ein Zimmer im Hotel Old Town reserviert, das sehr gemütlich aussieht.«

Vor zwölf Monaten hatte Elin bei einer Pflegefamilie in einer Abstellkammer gelebt, um langsam und behutsam, ein Stückchen Vertrauen nach dem anderen, darauf zu hoffen, so etwas Ähnliches wie Ruhe zu finden. Und Michél wohnte zum ersten Mal seit seinem siebzehnten Lebensjahr woanders als in wechselnden Einrichtungen, die Seelen heilten. Zu Hause bei Ewert Grens hatten sie sich Stunde für Stunde, Monat für Monat eine neue Sicherheit aufgebaut, einen Alltag, der vorwärtsführte. Und das hatte er gerade zunichtegemacht.

»Nein.«

»Doch, Elin.«

»Nein!«

Sie schrie, am Tisch, mitten im Café.

»Nicht jetzt! Nicht, wenn ...«

»Du *musst* ausziehen. Ihr *beide*.«

Ewert legte seine Hand auf Elins. Sie zog sie weg.

»Aber nicht für lange. Das verstehst du doch, Elin? Ihr könnt weiter bei mir wohnen. *Ich will, dass ihr bei mir wohnt.* Aber im Moment ist es zu gefährlich.«

Michél hatte bis dahin stumm zugehört. Argumente fanden selten Gehör, weil mehrere Leute gleichzeitig redeten.

Nun war es an ihm, sich über den Tisch zu beugen.

»Was meinst du mit *gefährlich*?«

Der Eigentümer ihrer gemeinsamen Wohnung blickte sich um und senkte die Stimme.

»Dass ich im Rahmen einer Polizeiermittlung bedroht werde. Unter meiner eigenen Adresse. Was heißt, dass auch ihr in Gefahr seid.«

Es dauerte eine Weile, bis Grens verstand, was vor sich ging.

Bis er bemerkte, dass Elin und Michél sich lange ansahen, Zwiesprache hielten, ohne ein Wort zu sagen. Dass er sich allein fühlte, obwohl sie alle zusammensaßen.

»Nein, Ewert.«

Sie sagten es fast unisono.

»Nein, Ewert.«

»Was soll das heißen, nein?«

»Wir ziehen nicht aus. Wir bleiben bei dir.«

Der Kaffee war kalt. Ewert Grens verabscheute kalten Kaffee. Kaffee musste heiß sein, fast kochend heiß, deshalb trank er ihn immer sofort und am liebsten in drei Schlucken. Trotzdem führte er die Tasse zum Mund und schluckte die kalte Plörre hinunter, er brauchte es.

»Ich glaube nicht, dass ihr versteht, worum es hier geht. Das ist keine Frage des Wollens, sondern des Müssens.«

Nun war es Elin, die ihre Hand auf Ewerts legte.

»Du verstehst nicht, Ewert. In meinem Leben kann nichts Gefährliches mehr passieren. Mein Vater wurde in die Luft gesprengt, und meine Mutter sitzt wegen Mordes im Gefängnis. Ich ziehe nicht mehr um – damit bin ich durch.«

»Ich habe eben Drohung gesagt. Aber das ist nicht die ganze Wahrheit. Ich hätte *Morddrohung* sagen sollen, von der Sorte Krimineller, die ihre Drohungen immer wahr machen.«

Elin ließ ihre Hand auf Ewerts, eine kleine Hand auf einer großen, und drückte sie.

»Es ist lieb von dir, ein Hotel zu organisieren, damit wir sicherer sind. Aber wir ziehen nicht ins Hotel. Niemals. Unser Zuhause ist bei dir. Das einzige Zuhause, das wir haben. Fahren wir jetzt da hin?«

ER MACHTE UMWEGE, um Polizeistreifen auszuweichen, gab vor, auf sein Handy zu schauen, wenn jemand Anstalten machte, ihn anzusprechen, und warf in jedem Schaufenster einen prüfenden Blick auf sein Spiegelbild, um zu kontrollieren, dass die Maske sich nicht löste und der Hemdkragen, jetzt, wo seine Haare abrasiert waren, die Tätowierung in seinem Nacken verdeckte. Wem auch immer er auf der Flucht begegnete, konnte etwas auffallen, das ihn oder sie an den Mann aus den Fernsehnachrichten und von den Zeitungsfotos erinnerte, seinem veränderten Äußeren zum Trotz. Aber nicht außerhalb der Mauern war seine Angst, enttarnt zu werden, am größten. Das Ende seiner Flucht, die Menschen, die ihn durchschauen konnten, befanden sich innerhalb.

In den vergangenen Tagen, während die Zeit lief, hatte er in verborgenen Räumen weiter verzweifelt nach der Wahrheit gesucht, hatte gelogen, Ausflüchte erfunden und sich vermutlich durch und durch seltsam verhalten, um den beiden Personen aus dem Weg zu gehen, die ein Risiko darstellten und möglicherweise Bescheid wussten.

Bis heute.

Als er beiden gleich am Morgen begegnete.

Den Ersten der beiden erkannte Piet schon von Weitem, durch die Glastür, die den Korridor des A-Trakts vom Pausenraum der Wärter trennte. Das eigenartige Bewegungsmuster, ein Gang mit steifen Beinen, während der Oberkörper eine schaukelnde Bewegung vollführte. Flemmings Art zu gehen hatte etwas von einem Windbeutel, einem Gebilde aus Sahne, einer Illusion, die, wenn man Druck ausübte, in sich zusammenfiel, zu Bröseln und Luft. Dazu hatte er die Sorte Augen, die Piet in der Welt, für die er sich später entschieden hatte, so oft begegnet waren.

Augen, denen man gleich ansah, dass etwas nicht stimmte. Da versuchte jemand, groß und stark zu wirken, trug unter seiner Uniform aber zwei zusätzliche T-Shirts. Augen ohne Selbstwertgefühl. Augen, die misshandeln, verletzen, die sich Selbstwertgefühl *erprügeln* wollten. Jemand, der bei einem Konflikt als Erster zur Stelle war, ohne viel Körpereinsatz, der stieß und mit den Armen herumfuchtelte, bis sein Opfer während des Kampfes zu Boden ging – und dann wurde er lebensgefährlich. Dann zeigte er sein wahres Ich. Schlug auf den am Boden Liegenden ein, trat zu, hatte Macht und war zu allem fähig, diese verfluchten Augen brannten.

Piet hatte sich eine Tasse schwarzen Kaffee eingeschenkt und eine dicke Käsescheibe auf ein verspätetes Frühstücksbrot gelegt, als der Dreckswärter die Glastür erreichte. Noch ein paar Sekunden mentaler Vorbereitung, während die Tür aufging und der Sicherheitschef der Vallby-Anstalt in Begleitung von zwei deutlich jüngeren Männern in Handwerkeroveralls mit unleserlichen Firmenlogos hereinkam.

»Larsson? Einen schönen guten Morgen. Machen Sie ein kleines Kaffeepäuschen?«

Zum ersten Mal seit dem Tag des Vorstellungsgesprächs waren sie sich so nahe, dass Piet einer Unterhaltung nicht ausweichen konnte.

»Schön, dass ich Sie treffe. Ich wollte fragen, wie es bei Ihnen läuft. Sind Sie mit unseren internen Abläufen inzwischen vertraut?«

»Ja.«

»Ich habe gehört, dass Sie wirklich gute Arbeit machen, Larsson. Ihre Kollegen sind voll des Lobes. Gleich am ersten Tag haben Sie einen Konflikt souverän entschärft. Sollen die kleinen Scheißer mit fester Hand gezügelt haben. Es tut gut, Leute zu haben, die sie in die Schranken weisen. Fast wie früher, als ich selbst als Wärter gearbeitet habe. Ich nehme an, dass Sie einen Eindruck davon bekommen haben, wie die Burschen hier ticken?«

»Das meiste kommt mir ziemlich bekannt vor.«

Die Tür des WCs stand offen. Piet drehte sich so, dass er im Spiegel über dem Handwaschbecken sein Profil sehen konnte. Alles in Ordnung. Die Ränder der Maske lagen eng an der Haut.

»Ein Sicherheitsrundgang, Larsson. Darum statte ich euch heute einen Besuch ab.«

Der Dreckswärter streckte sich.

»Immer am ersten Dienstag im Monat. Es ist wichtig, um nicht zu sagen absolut entscheidend, dass unsere technischen Berater regelmäßig die Alarmanlagen, Türen und Fenster der Abteilungen überprüfen.«

Dann dieser Gesichtsausdruck, den Piet von früher kannte, wenn ein Übergriff vollendet und dieser Bastard stolz war.

»Während ich in meiner Funktion als Sicherheitschef die Arbeit überwache und hin und wieder, wie jetzt, die Gelegenheit nutze, eure Safes auf den neusten Stand zu bringen.«

Der Dreckswärter streckte sich wieder und stellte mit dem gleichen stolzen, zufriedenen Lächeln den Karton, den er mitgebracht hatte, zwischen ihnen auf dem Fußboden ab.

»Teleskopschlagstöcke. Aus 4 140-Stahl mit Speziallegierung. Als Polizist, Larsson, sollten sie Ihnen geläufig sein?«

Der Safe in der Ecke des Personalraums ähnelte einem Waffenschrank, vielleicht eher noch einem Geldtresor. Als der Sicherheitschef der Vallby-Anstalt seinen Schlüssel hervorholte, um ihn aufzuschließen, sah er Piet so aufmerksam, ja vielsagend an, dass kein Zweifel bestand: Dies war ein Test.

Der Dreckswärter wusste deutlich mehr, als er zugab.

Als Polizist, Larsson, sollten sie Ihnen geläufig sein?

Was bedeutete das?

Piet trank seinen Kaffee, kaute sein Brot, versuchte, Zeit zu gewinnen.

Sollte er antworten? Demonstrieren, wie man, als echter Polizist, einen Schlagstock hielt und handhabte? Steckte mehr in diesen irren Augen: das Wissen einer Person, die vorübergehende Macht genoss?

Die Tür des Safes glitt lautlos auf.

Der Dreckswärter warf Piet einen Blick zu, während er mit dem Unterarm die Gegenstände im obersten Fach zusammenschob.

»Die Handschellen lasse ich euch, die taugen noch eine Weile, aber diese alten Gummiknüppel haben ausgedient.«

Die Arbeitsinstrumente für Notfälle, die er jetzt aussortierte, ähnelten langen, schwarzen und sehr starren Schlangen. Mit Gummiarmierung und einer Schlaufe, damit sie am Handgelenk geführt werden konnten.

Einen davon reichte er Hoffmann.

»Oder was sagen Sie?«

Piet nahm den Gummiknüppel entgegen und schlug mit der Spitze ein paar Mal in seine offene Handfläche. Wog ihn in der Hand und klopfte mit den Fingerknöcheln darauf. Verriet mit keiner Miene, dass er Schlagstöcke nur aus Haftzeiten kannte, eingesetzt als Waffe gegen seinen Körper, und jetzt zum ersten Mal selbst einen in der Hand hielt.

»Ihre neuen Kollegen benutzen sie selten – Lucas mag sie

nicht. Jede Generation hat ihre eigenen Gepflogenheiten, aber früher ...«

Irgendwo klingelte ein Telefon. Piets Telefon. *Das* Telefon, dessen Nummer nur eine einzige Person kannte. Er fummelte es aus der Innentasche seiner Jacke und drückte den Anruf weg.

»Tut mir leid.«

» ... ja, früher, Larsson, hat man mit nur einem Schlag Knochen gebrochen, und das ist heute vielleicht unnötig, wenn es modernere Alternativen gibt.«

Der Sicherheitschef nahm Piet den Gummiknüppel aus der Hand und tauschte ihn gegen einen der unbenutzten, glänzenden Teleskopschlagstöcke aus dem Karton aus.

»Weil ihr bei der Polizei moderne Materialien bevorzugt und getestet habt, schien es mir angemessen, sie auch für unsere Zwecke zu bestellen, *für den Fall*, dass wir uns irgendwann mit einfacheren Waffen verteidigen müssen. Ich meine, der Schlagstock, den Sie in der Hand halten, Larsson, ist viel leichter, als er aussieht, verursacht schmerzhafte Muskelfaserrisse, aber die Verletzungen heilen wesentlich schneller, es muss nichts eingegipst werden. Ich habe mir sagen lassen, dass schon der Kontakt anders klingt, dass er eine andere Qualität hat.«

Es war *kein* Test.

»Stimmt das, Larsson? Sie haben sie ja schon eingesetzt?«

Der Dreckswärter hatte noch immer keine Ahnung, mit wem er sprach. Er war bloß ein Wichtigtuer, der nicht merkte, dass die Urlaubsvertretung, die er beeindrucken wollte, ihren ganz eigenen Grund hatte, jedem seiner Worte Doppeldeutigkeit beizumessen. Piet hielt den Schlagstock noch immer in der Hand – ein einziger Schlag, und er könnte ihm all den Hass und all die Erinnerungen heimzahlen.

»Juha, darf ich Sie so nennen?«

»Natürlich.«

»Ich habe über etwas nachgedacht.«

»Ja?«

»Sie sagten im Vorstellungsgespräch, dass Sie seit dreißig Jahren in der Vallby-Anstalt arbeiten, und ich durfte Ihnen eine Frage stellen.«

»Sogar länger. Ich habe hinterher nachgerechnet und bin auf vierunddreißig gekommen. Vierunddreißig Jahre!«

Der Schlagstock lag in seiner Hand. Aber Piet griff nicht an. Er drehte den Spieß um. Entschied sich für das Gegenteil von Angriff und Flucht.

Näherkommen.

Zugang bekommen.

»Und ich habe über Ihren immensen Erfahrungsschatz nachgedacht.«

»Ja?«

Eine letzte Chance für jemanden, der eine Morddrohung erhalten hatte und nicht fand, was er suchte.

»Es wäre interessant, Ihre Geschichte über die Anstalt zu hören, weil Sie das Gesamtbild kennen. Wie die Jungen waren, als Sie angefangen haben. Ob sie mehr oder weniger Freiheit hatten. Inwiefern sich die Straftaten von damals von denen heute unterscheiden. Die damaligen Voraussetzungen für eine Resozialisierung, woher die Jungen kamen, wohin sie später gegangen sind, wie ... Sie hören, ich könnte stundenlang weiterreden, wenn ich mit jemandem wie Ihnen mal ausführlicher sprechen könnte.«

Ein schüchternes Lächeln. Ja. Auf den feisten Wangen des Dreckswärters lag tatsächlich ein Lächeln.

»Also, Juha – wenn Sie vielleicht einmal eine Stunde Zeit haben, vielleicht auf einen Kaffee oder ein Abendessen, nach der Arbeit? Sie sind natürlich eingeladen.«

Piet schämte sich fast.

Obwohl er hasste und zuschlagen wollte.

Der Typ strahlte. Geschmeichelt, wahrgenommen. Ein Mensch, der nicht viele Freunde hatte, mit denen er Kaffee trinken und vor denen er sich wichtigtun konnte. Dann kommt ein Anfänger, eine Aushilfskraft, und will alles über seine Geschichte und seine Karriere wissen, über das, was das ganze Leben eines Dreckswärters zusammenfasst.

»Wenn Sie einverstanden sind, Juha, werfe ich einen Blick in meinen Dienstplan und ...«

Das Telefon. Es klingelte wieder. Er drückte Ewert ein zweites Mal weg.

» ... schlage dann ein paar Abende vor, an denen es passen würde. In Ordnung?«

Sie nickten einander zu, und während Piet den Personalraum verließ, zog der Sicherheitschef einen Stuhl heran und begann, die neu angeschafften Teleskopschlagstöcke auszupacken, legte sie nacheinander ordentlich aufgereiht neben die Handschellen in das obere Fach des Safes. Der ältere Mann schien dabei sogar vor sich hin zu summen, zufrieden, dass der Tag so gut anfing.

»Ach, Larsson?«

Piet blieb im Türrahmen stehen.

»Ja?«

»Das Südwestende des Stacheldrahtzauns.«

»Wie bitte?«

»Was haben Sie da gemacht?«

Der Dreckswärter unterbrach das Auspacken der Teleskopschlagstöcke, behielt zwei von ihnen in der Hand.

»Ich verstehe nicht.«

»Vor vier, fünf Tagen. Sie haben sich ziemlich lange da aufgehalten. Aber ich habe keine Ahnung, welchen Grund Sie dafür gehabt haben könnten. Sie haben eine ganze Weile da gestanden, den Zaun betrachtet und telefoniert. Ich habe Sie gesehen. Im Monitor von Kamera 14.«

Piet hätte sich nicht auf dem falschen Fuß erwischen lassen dürfen. Er hatte für jede Situation und Frage immer eine glaubwürdige Erklärung parat. Aber auf diese Frage war er nicht vorbereitet. Jetzt stand er auf der Schwelle des Personalraums, ohne eine Antwort darauf, warum er, genau wie der Dreckswärter behauptete, am Zaun gestanden hatte, um sich den Ort anzuschauen, wo Großerbruder angeblich seine Jacke über den Stacheldraht geworfen hatte.

»Am Südwestende des Stacheldrahtzauns, Larsson.«

Piet versuchte, den Mann zu lesen, der eben noch so selbstzufrieden auf einem Küchenstuhl gesessen hatte, ihn zu fassen zu kriegen – zu verstehen, mit wem er sprach.

Weißt du etwas?

Erkennst du mich?

Spielst du mit mir?

»Ich verstehe die Frage immer noch nicht.«

»Ich glaube, sie ist ziemlich einfach: *Was haben Sie da gemacht?*«

Der Mund des Dreckswärters lächelte, aber nicht seine Augen. Er schien sogar weiter vor sich hin zu summen, dieselbe Melodie, irgendein eingängiges Kinderlied, und Piet wählte zwischen Mitspielen oder, wie so oft, wenn er in die Ecke gedrängt wurde: Angriff.

»Einen Spaziergang.«

Er spielte mit – in der Hoffnung, dass nicht mehr hinter der Frage steckte als ein kleiner Kriecher, der sich weiter wichtigtun wollte, der es genoss, dem Aushilfswärter zu zeigen, wer hier das Sagen hatte.

»Wegen meinem Rücken. Ich gehe regelmäßig kurz spazieren, um ihn zu dehnen.«

»Sie sind nicht spazieren gegangen. Sie haben da gestanden.«

»Ja, auf halber Strecke mache ich das, atme ein paarmal tief durch. Sie wissen schon: tief in den Bauch, um die Verspannung zu lösen. Sie sollten es mal versuchen, Juha.«

Sie sahen sich an, lange genug, damit Piet in der kurzen Pause, die entstand, Zeit hatte, freundlich zu nicken, sich umzudrehen und einen zweiten Versuch zu unternehmen, den Personalraum zu verlassen.

Er wartete auf die Stimme, die ihn zurückrief.

Doch es blieb still.

Er atmete auf – nur um auf Höhe des Fernsehraums gleich der nächsten Person in die Arme zu laufen, die er hatte meiden wollen. Dem siebzehnjährigen Mörder namens Asho, dessen Gesichtsausdruck sich in einem Sekundenbruchteil verändert hatte, als ihr aufrichtiges Gespräch in die Drohung umschlug, dass der Jugendliche etwas über die wahre Identität der Urlaubsvertretung wusste.

Ich weiß genau, was du gemacht hast. Also erzähl mir nie wieder, was ich machen soll, okay?

Vielleicht war es ein Schuss ins Blaue gewesen, von einem Kind, das längst groß geworden war und sich durch Manipulation Macht verschaffte, das die Fähigkeit und das Gespür besaß, so ins Schwarze zu treffen und zu dominieren, wie jeder, der töten wollte.

Aber du kannst chillen. Über so was rede ich nicht. Glaub ich jedenfalls.

Möglicherweise wusste der Teenager aber tatsächlich Bescheid, hatte Kontakte oder Familienmitglieder im Hochsicherheitsgefängnis Aspsås, die die Geschichte rund um Rico Khaled, den überwältigten Kioskpächter, kannten und sich den Rest irgendwie zusammengereimt hatten. Piets langjährige Undercoverarbeit in den Kreisen der gewalttätigsten Kriminellen hatte ihn eines gelehrt: Wer ihm am Ende tatsächlich am gefährlichsten wurde und ihn entlarvte, ließ sich nie vorhersehen, war ohne Alter, Geschlecht und Logik.

Jetzt saß der Junge dadrin, hockte, flankiert von Jib und Jamilo, in einem Sessel in der Fernsehecke, die Schulbücher vor sich auf dem Couchtisch. Und Piet Hoffmann war zum zweiten Mal in weniger als einer Stunde zu nah dran, um nicht in ein gefährliches Gespräch verwickelt zu werden.

»Hey, Wärter – lange nicht gesehen.«

Diese Augen. Piet wusste, was die Leute zu sagen pflegten: Wer viel Zeit im Gefängnis verbracht hat, hat etwas im Blick, das nie verschwindet, etwas Wehmütiges. Und es stimmte, es war so, und er vermutete, dass es auch für ihn galt. Ashos Augen aber hatten nichts Wehmütiges. Keine Spur. Sie waren wie die Augen des Druckswärters, und jetzt, da er sich auf den Gedanken einließ, war es offensichtlich: Dieser Blick war nicht okay.

»Also, diese Algebra, was ist das für ein Scheiß?«

Asho spielte sein Theater. Die anderen schauten ja zu. Übertriebene Gesten, die zu oft auf und ab hüpfende Stimmbruchstimme. Piet setzte sich gegenüber von den drei Insassen auf den einzigen freien Platz, einen einfachen Holzstuhl.

»Ja, damit hatte ich auch immer meine Probleme. Und ich weiß nicht, ob ich später im Leben auch nur eine einzige Gleichung gebraucht habe. Aber wenn du willst, Asho, helfe ich dir.«

Das Theater ging weiter. Asho lachte laut.

»Du, ich hab nicht gesagt, dass ich es nicht schnalle. Ich hab gesagt, dass es Scheiß ist. Ich verstehe alles, und das macht das Zeug stinklangweilig. In diesem Buch gibt es keine Aufgabe, die ich nicht in drei Sekunden löse. Aber du hast also Probleme damit?«

Asho blickte sich um. Sein Publikum schien zufrieden, auch Jib und Jamilo lachten. Also machte er weiter, beugte sich mit dem Buch in der Hand über den Tisch, schlug es Piet ohne Vorwarnung an den Kopf und zischte ihm ins Ohr.

»Ich weiß, wer du bist. Vergiss das nicht.«

Piet atmete langsam, langsam.

Dieser Typ würde keine Ruhe geben, überzeugt, den Schwachpunkt gefunden und die Macht zu haben, und er genoss es, sie auszuüben.

»Asho – ich denke, du solltest besser aufpassen, was du sagst.«

»Mmm, wenn du meinst.«

Asho beugte sich wieder vor. Diesmal klang sein Zischen eher wie ein Flüstern.

»Und *ich* denke, dass du mir besser nicht drohen solltest, Knastbruder. Ich weiß wirklich Bescheid.«

Es war schwer, still zu sitzen. Ruhe zu bewahren.

Piet stand auf, das Risiko, dass er impulsiv reagierte, war zu groß.

»Du gehst nicht weg, kleiner Wärter, weil ...«

Asho lachte lauter, sein Publikum lachte lauter.

» ... weil du nicht so tough bist, wie du glaubst.«

Piet wandte sich um und ging davon.

»Ich glaube, du hast nicht verstanden, was ich gesagt habe. Ich habe dir nicht erlaubt zu gehen.«

»Tschüs, Asho.«

Fünf Schritte. Dann hatte Asho ihn eingeholt.

»Wenn du über irgendwas diskutieren willst, kleiner Wärter, können wir es hier und jetzt austragen!«

Ashos Stimme war schrill.

Alle sollten hören, dass er einen Fight herausforderte und der Wärter den Schwanz einzog.

»Oder vielleicht in meiner Zelle. Komm mit! Dann reden wir da weiter, ganz allein, du und ich.«

Asho wartete auf eine Reaktion, lachte wieder, und als die Reaktion ausblieb, ging er zurück zu seinem Platz; der dritte Akt der Theateraufführung und ein Ende, bei dem der Held siegreich heimkehrte.

»Okay.«

Weshalb er unvorbereitet war, als die Urlaubsvertretung doch antwortete.

»Wir gehen in deine Zelle. Und *reden* weiter, wie du gesagt hast.«

»Ich weiß, wer du bist.«

»Ich warte auf dich.«

»Hörst du nicht, du scheiß Wärter? Ich weiß genau, wer du bist!«

Ashos Stimme wurde laut und unkontrolliert – der Wärter, der es nicht kapierte, Jib und Jamilo, die zusahen, er selbst, der jetzt keinen Rückzieher mehr machen konnte, die Theateraufführung, die ein festgelegtes Ende hatte, das kein Ende war, und …

»Kommst du, Asho? Ich stehe hier, wie du es wolltest.«

Asho hatte keine Wahl.

Er hatte die Wahl, jeder hat eine Wahl, aber für jemanden, der von der Bewunderung anderer lebte, existierte sie nicht, nicht hier, nicht vor diesem Publikum.

Mit Jibs und Jamilos neugierigen und immer weiter entfernten Blicken im Rücken liefen sie schweigend den Korridor in Richtung von Zelle 3 hinunter. Ein kurzes Zögern vor der Zellentür, dann zog Asho sie auf und ging hinein. Piet folgte ihm und machte die Tür hinter sich zu.

Asho stand in der Mitte der engen Zelle.

Ein letzter Angriff.

»Du solltest vorsichtig sein, kleiner Wärter! Ich hab dich durchschaut und weiß genau, wer du bist! Wenn du nicht gehorchst, werde ich ...«

Er verstummte. Piet Hoffmanns Griff um seinen Hals war zu fest.

Aber das war nicht der Grund, weshalb er aufhörte zu reden. Nicht, weil die Hand ihn zurückdrängte und ihn zehn leere Sekunden lang festhielt, während sie einander ansahen. Es hatte weder mit Kraft noch mit Zeit zu tun, weder mit Schmerz noch mit der Dauer eines Griffs. Die Positionsveränderung. Der Weg an die Wand mit Piet Hoffmanns Hand am Hals, darum ging es.

»Ich habe dich schon einmal gewarnt – du musst aufpassen, was du sagst, Asho, daran denken, mit wem du sprichst.«

Der schlaksige Teenagerkörper wog nicht viel, aber Asho war noch lange nicht fertig, und die Wandlung erfolgte wie beim letzten Mal. Nur andersherum. Beim ersten Mal hatte Asho von zugänglich und normal auf manipulativ und bedrohlich umgeschaltet. Jetzt verkroch er sich in sich selbst, er entschuldigte sich nicht, und tat es doch.

Und die Augen. Ein kleines Kind.

»Asho – setz dich aufs Bett.«

Der Junge blieb stehen.

»Ich habe gesagt, setz dich.«

Eine lange Stille.

Dann sank Asho auf das ungemachte Bett, und Piet nahm neben ihm Platz.

»Was war das eben?«

Der schmächtige Siebzehnjährige schien sich noch weiter in sich selbst zurückzuziehen.

»Worum geht es hier eigentlich?«

»Die Aussicht, Wärter.«

»Was?«

»Auf einen Berg klettern und die Aussicht genießen.«

»Wovon redest du?«

»Keine Chance, da hochzukommen. Also scheiß ich drauf und fahre mein Race, bis ich eine Kugel in den Kopf kriege.«

Berg. Aussicht. Eine Kugel in den Kopf.

Piet musste nicht weiterfragen. Das war der Grund. Darum ging es.

Er entspannte sich, hatte nicht bemerkt, wie groß seine Anspannung gewesen war. Aber jetzt war er sich sicher, dass Asho keine Ahnung hatte, wer er war und warum er hier war. Der junge Mörder wollte Hilfe – ohne eine Ahnung zu haben, wie man darum bat.

»Und was ist, wenn du rauskommst, Asho?«

»Was soll dann sein?«

»Bei unserem ersten Gespräch hast du gesagt, dass du bald rauskommst.«

»Fünfundzwanzig Tage.«

Der Teenager zählte. Wie alle die verbleibenden Tage zählten.

»Aber ich will ... dass es ... länger dauert.«

»Länger?«

»Viel länger.«

»Du willst *nicht* rauskommen? Willst nach drei Jahren Gefängnis *nicht* frei sein und nach draußen zu deinen Freunden kommen?«

»Will leben.«

Piet begegnete dem Blick, der immer noch der eines kleinen Kindes war, und fragte sich, ob Asho jemals verstehen würde, dass man weich sein musste, um hart zu sein. Dass jemand, der gefährlich sein will und als Mittel Gewalt einsetzt, auch wagen muss, darauf zu verzichten.

»Wir … sind … hatten verschiedene Meinungen.«
»Wir?«
»Wir waren beste Kumpel. Haben zusammen Dinge besessen.«
»Drogen?«
»Kann sein.«
»Reviere?«
»Kann sein.«
»Macht?«
»Kann sein.«
Piet blickte auf den Jungen neben sich in der Zelle, in der in einer anderen Wirklichkeit er selbst und Großerbruder gehockt und ihre Entlassung herbeigesehnt hatten. Er war ein Kind gewesen, als in Schweden die allerersten Gangs gegründet worden waren, zwei Gruppen, das war alles, Hells Angels und Bandidos; und Leute, die da nicht reinkamen, mussten eben versuchen, ihre eigene Gang zu gründen. Als er später selbst Teil der kriminellen Welt wurde, war die Zahl der Gangs immer noch nicht sehr viel höher. Warum teilen, wenn man alles einkassieren kann, lautete der allgemeine Tenor. Dann passierte etwas. Lange nach Großerbruders Verschwinden und nach seinem eigenen Versuch, ein ehrliches Leben zu führen. Die vielen kleinen gekränkten Ashos in Stockholm taten sich zusammen, fingen an, in Gruppen zu schießen, zu dealen und zu rauben, weil sie es allein nicht packten – den aktuellen Berechnungen der Polizei zufolge hatten sich an diesem Morgen allein in Stockholm zweiundfünfzig hochgradig kriminelle Banden bekämpft.

»Wovor hast du Angst, Asho?«

Der Junge war schnell, sprang auf, bevor Piet den Satz beendet hatte.

»Laber keinen Scheiß … Ich habe keine Angst, ich …«

Und hielt Piet seine Faust vors Gesicht.

» ... mach dich kalt, du Bastard, und dann ...«

»Setz dich, Asho. Ich habe gefragt, wovor du Angst hast.«

»Habe keine Angst.«

»Komm schon!«

»Die ... also ... die anderen. Meine Kumpel sind nicht mehr da, und dann erschießen sie mich.«

»Erschießen?«

»In den Kopf. Vielleicht ins Herz.«

»Und ... woher weißt du das?«

»Man kann nicht aussteigen. Nichts zu machen. Man darf nicht freundlich und gut drauf sein. Freundlich und gut drauf ist Schwäche. Einmal ist ein Typ in einem Einkaufszentrum erschossen worden, die anderen haben behauptet, wir wären schuld, und haben einen von uns hingerichtet, und dann haben wir einen von ihnen hingerichtet, und dann ... Jeder jagt jeden.«

»Wie viele?«

»Zwölf.«

»Zwölf, die hingerichtet worden sind – in diesem Konflikt?«

»Oder dreizehn. Vielleicht vierzehn. Ich glaube ... fünfzehn.«

Ein kleiner Junge, der Angst hatte. Und deshalb jeden herausforderte und angriff. Selbst den Gefängniswärter, der dreißig Kilo schwerer war als er.

»Es gibt Hilfe, Asho.«

»Gibt keine Hilfe.«

»Die Polizei kann ...«

»Die Polizei? Machst du Witze?«

»Oder das Jugendamt.«

Jetzt lachte Asho. Diesmal wirklich.

»Du glaubst, Anna-Carin vom Jugendamt kann mir helfen? Jetzt? Ich habe Anna-Carin tausend Mal getroffen, in der Woche, bevor ich hierhergekommen bin, tausend verschiedene Anna-Carins, und sie konnten mir einen Scheiß helfen. Warum glaubst du, sie, die Bullen oder sonst wer könnten helfen?«

Piet wollte dem verängstigten Jungen die Hand auf die Wange legen, ihm durchs Haar fahren, wie er es immer bei Luiza machte. Aber das war das Einzige, was er nicht tun durfte. Diese Art von Berührung konnte mehr schmerzen als alle Schläge.

»*Ich* könnte etwas tun, Asho. Vielleicht ist das sogar der Grund, warum wir hier sitzen.«

Der Junge starrte zu Boden, warf Piet einen flüchtigen Blick zu, starrte wieder zu Boden.

»Ich weiß nicht, wer du bist. Okay?«

Ashos Blick blieb, wo er war, blieb auf den Boden der Zelle gerichtet.

»Bin aber hundertpro sicher, dass du frisch aus dem Knast kommst oder so was. Als du mich und Eddie auf den Boden gedrückt hast. Und der Würgegriff eben. Du bist kein Bulle, kein Wärter, du bist ein verfluchter Irrer.«

Dann berührte Piet ihn doch. Eine Hand leicht auf Ashos Schulter.

»Ich kann Leute kontaktieren. Mit ihnen reden. Vermitteln. Das habe ich schon öfter gemacht, und ... Asho, ich kann ihnen klarmachen, dass du aussteigen willst.«

»Nein.«

»Ich kann dir helfen!«

»Wird nur schlimmer.«

»Wie soll es sonst gehen? Wie sonst soll jemand ...«

»Wenn ich einem Gefängniswärter verrate, wer sie sind, was sie getan haben und wo sie zu finden sind ... töten sie meine Schwester, meine Mutter. Es wird schlimmer. Schlimmer!«

Sie schwiegen wieder, so wie eben, als Piet die Tür geschlossen hatte und Asho glaubte, sie würden kämpfen.

Piet verstand, was ein verzweifelter Junge gerade zu erklären versucht hatte.

In einer anderen Wirklichkeit wäre er der Junge gewesen, der ein Hilfsangebot ausschlug.

Reden bedeutete Tod. Eine Sackgasse, am Ende stand der Tod, so oder so.

»Wie wäre es damit, Asho, wenn ich …«

Das Telefon.

Lange, monotone Signale, die wieder kein Ende nehmen wollten.

Und dieses Mal ging er ran, das Gespräch mit Asho war zu fragil und anfällig, um durch weitere Klingeltöne unterbrochen zu werden.

»Hallo? Ich bin bei der Arbeit. Kann gerade nicht reden.«

»Piet, ich …«

»Ich kann jetzt nicht. Ich rufe zurück, wenn ich fertig bin.«

Er wollte das Gespräch eben wegdrücken, als Ewert ihm ins Ohr brüllte.

»Drück mich nicht noch einmal weg!«

»Aber – gerade ist kein guter Moment. Okay?«

Die Atemzüge, Ewerts Atemzüge, dicht am Mikrofon, tief und gehetzt.

»Sankt-Göran-Krankenhaus, Piet.«

»Was?«

»Notaufnahme.«

DIE FRAU IM weißen Kittel justierte den auf dem rechten Handrücken befestigten Venenkatheter, ein dünner Plastikschlauch, damit das Morphium leichter in die Blutgefäße gelangte. Als das nicht genügte, um die starken Schmerzen zu lindern, versuchte sie es mit Oxycodon, dann mit Esketamin.

Das Gesicht von Wunden bedeckt, Unterkiefer und rechtes Jochbein gebrochen. Eine Handgelenkfraktur, ein Oberarmbruch direkt unterhalb der Schultergelenkkugel, eine zertrümmerte Kniescheibe.

Michél fuhr jeden Tag mit dem Rad von Ewert Grens' Wohnung am Sveavägen im Stadtzentrum zur Universität draußen am Frescati-Campus. Knapp neun Minuten, wenn er schnell fuhr, elf Minuten, wenn er es etwas gemächlicher angehen ließ. Er nahm immer den gleichen Weg über die Roslagsgatan, um das Verkehrsgewühl in der Innenstadt zu umgehen. Und an diesem Morgen hatte er eben die Kreuzung in Richtung Frejgatan überquert, als ihn ein Auto mit überhöhter Geschwindigkeit von hinten rammte, er in hohem Bogen über den Lenker flog und in der Fahrbahnmitte auf dem Asphalt aufschlug. Er verlor einen Moment lang das Bewusstsein. Als er wieder zu sich kam, hatte das Auto angehalten, und der Fahrer war ausgestiegen.

Aber nicht, um zu helfen.

Der Fahrer stand da, ein Stück entfernt, und beobachtete ihn.

Eine halbe Minute vielleicht, Michél wusste es nicht genau, er vermutete es, und dann, als der Mann genug geschaut hatte, hatte er sich umgedreht, war ins Auto gestiegen und davongefahren. Schwarz und glänzend. Und ziemlich groß. So hatte Michél den Wagen beschrieben. Aber auch das war eine Vermutung, in seinem Kopf hatte ein schriller Ton an Lautstärke zugenommen und die Welt ringsum verschwimmen und vage werden lassen.

Als Piet den Überwachungsraum der Notaufnahme betrat, saß Elin auf einem Hocker an Michéls Bett und hielt seine gesunde Hand, während Ewert Grens rastlos und ohne Pause auf der begrenzten Fläche auf und ab lief. Michél freute sich, das konnte man sehen, Freude und Überraschung.

»Sie – auch?«

Seine Stimme war leise, ein Flüstern, benommen von starken Medikamenten und Schmerzen.

Piet trat an das Fußende des Bettes.

»Ja – ich auch. Wenn der Vermieter ruft, kommt man.«

Ein zaghaftes Lächeln auf dem verletzten Gesicht.

»Danke.«

Piet hatte nicht vor, das Gespräch fortzusetzen. Was es zu sagen gab, wusste Ewert vermutlich schon, und der letzte Funken von Michéls Kraft, der nicht vernichtet worden war, floss besser in die Genesung.

»Jemand hat mich angefahren.«

Aber Michél *wollte* reden. Obwohl jedes Wort in kleine Stücke zerbrach.

»Der Fahrer ist ausgestiegen und hat mich angesehen. Mir aber nicht geholfen.«

Es war, als erzählte er die unwirkliche Geschichte immer wieder, noch mal und noch mal, und mit jedem Mal wurde sie ein kleines bisschen realer.

Wenn er es laut aussprach, war es am Ende auch tatsächlich passiert.

»Das war kein gesunder Blick.«

An ein und demselben Morgen war Piet gezwungen gewesen, den Augen des Dreckswärters und Ashos zu begegnen, sie zu vergleichen und zu deuten. Zur gleichen Zeit hatte Michél in ein anderes Augenpaar geschaut, das sich auch niemals verstehen lassen würde.

»Und wenn sich jemand mit solchen Dingen auskennt, dann ich. Ich bin mein Leben lang kranken Blicken begegnet, in jeder Einrichtung, in der ich gewesen bin. Aber dieser Blick, Verner, hat mir Angst gemacht.«

Piet folgte den mühsam zusammengefügten Sätzen aufmerksam und überlegte, ob er eine Frage stellen sollte; nach dem Aussehen des Fahrers, nach möglichen Zeugen, nach einer Ziffer des Autokennzeichens, entschied sich aber dagegen. Je weniger er sagte, desto höher war die Wahrscheinlichkeit, dass weder Michél noch Elin einen Fahrradunfall und einen Fahrerflüchtigen mit dem neuen Untermieter in Verbindung brachten, der über Nacht in Ewerts Wohnung aufgetaucht war.

»Verner?«

Ewert klopfte Piet auf die Schulter, er hatte sein rastloses Auf und Ab von Wand zu Wand unterbrochen, wirkte aber noch genauso angespannt.

»Kommst du mit raus?«

An einem gebogenen Metallarm hing ein Computermonitor von der Zimmerdecke, blinkende Zahlen, die sekündlich Michéls Gesundheitszustand überwachten.

»Jetzt, Verner.«

Der Getränkeautomat im Wartebereich der Notaufnahme war noch von der ganz alten Sorte, ein Doppelgänger des brummenden und rumpelnden Automaten, der früher im Polizeipräsidium gestanden hatte, und der ehemalige Kriminalkommissar nutzte die Gelegenheit, zwei Becher zu ziehen. Trotz der Umstände war es lange her, dass pechschwarzer Bullenkaffee so gut geschmeckt hatte.

»Ich mache mir Sorgen. Michél ist labil.«

Ewert zwang sich dazu, stehen zu bleiben, obwohl sein Körper in Bewegung bleiben wollte, weitergehen wollte, immer weiter, wie jedes Mal, wenn die Antworten woanders lagen.

»Ich habe Angst, dass er einen Rückfall erleidet, sobald der Schock nachlässt und die Schmerzmittel reduziert werden. Dass er wieder in Dunkelheit versinkt.«

»Diesmal hat er dich, Ewert. Und Elin. Die Uni. Zukunftspläne! Er lacht auf eine andere Art. Er erleidet keinen Rückfall. Es ist nicht mehr wie früher.«

Ewert Grens war groß, massig, beanspruchte physisch wie mental Raum, wenn er ein Zimmer betrat. Für einen kurzen Moment sah er klein aus, wie ein besorgter Vater.

Ein tiefer Atemzug. Ein gestreckter Rücken.

Er nahm wieder Raum ein.

»Ich glaube nicht an Zufälle. Ich bin Polizist – oder wie man meinen Alibijob außerhalb der Mordkommission auch immer nennen will. Und Polizisten finden lose Fäden und verknüpfen sie. So weit weg von Zufällen wie nur irgend möglich.«

Ein dritter Becher schwarzer Kaffee wurde gezogen. Es war schlicht unmöglich, nicht noch einen zu trinken.

»Und diese Verknüpfung ist keine Zauberei. Gestern hat jemand einen leeren Umschlag in meinen Briefkasten gesteckt. Heute wurde Michél von einem stummen Idioten angefahren. Weil Worte nicht nötig sind. Wir verstehen die Botschaft. Sie gilt dir, Piet, wird aber über mich vermittelt.«

Ein Junge in Rasmus' Alter schaute in den Wartebereich, und als er den Snackautomaten neben dem Getränkeautomaten sah, leuchtete sein Gesicht auf. Er schob einen Geldschein in den Schlitz auf Augenhöhe an der linken Seite des Geräts und drehte sich dann zu den beiden Männern um, die redeten und Kaffee tranken.

»Von meiner Mama. So viel Taschengeld bekomme ich nicht. Sie liegt in einem Bett und wartet auf den Arzt. Sie ist gestürzt, das kommt öfter vor.«

Piet nickte, wie um zu sagen, dass er zuhörte, eher dankbar als verärgert über die Unterbrechung – er brauchte Zeit zum Nachdenken.

»Und ihr? Warum seid ihr hier?«

»Ein Freund. Er hatte einen kleinen Unfall.«

»Was für einen Unfall?«

»Er ist gestürzt und hat sich verletzt. Wie deine Mama, nur mit dem Fahrrad.«

Piet lächelte.

»Ich habe einen Sohn, der ungefähr so alt ist wie du. Es ist toll, dass du dich so um deine Mama kümmerst.«

Er wartete, während der Junge mit einem Trinkpäckchen in der einen und zwei eingeschweißten Mazarinertörtchen in der anderen Hand in Richtung Ausgang ging. In dem Moment, als der Rücken des Jungen um die Ecke bog, wusste Piet, was er tun musste.

»Noch drei Tage, Ewert. Und wenn ich es nicht schaffe. Wenn dann die Wahrheit noch in weiter Ferne liegt, wird die Drohung wahr gemacht. Michéls Unfall war erst der Anfang, eine kleine Machtdemonstration. Also entweder verhalten wir uns passiv, warten darauf, dass Lillebror und seine Soldaten uns angreifen, oder wir greifen zuerst an.«

»Wir greifen nicht an.«

»Du oder ich, und ich mag mich lieber als dich, also entscheide ich mich für mich.«

»Vergiss es, Piet.«

»Oder wie die Kids in der Vallby-Anstalt sagen: *Besser, deine Mutter weint als meine.*«

Und da konnte Ewert Grens nicht mehr länger still stehen. Er fing an, im Wartebereich auf und ab zu laufen, zwischen Kaffeeautomat und einer Plastikkiste mit Spielsachen.

»Angreifen? Was bedeutet das?«

»Es bedeutet angreifen.«

»Wen?«

»Lillebror.«

Grens hatte vor der Spielzeugkiste kehrtgemacht und wollte eben wieder in Richtung Getränkeautomat laufen, als er abrupt stehen blieb.

»Korrigier mich, wenn ich falschliege, aber – war es nicht so, dass ich meine Freiheit, mein vorstrafenfreies Leben, aufs Spiel gesetzt habe, weil du ausbrechen wolltest? Ist das nicht der Grund, warum du *außerhalb* des Gefängnisses auf der Flucht bist, während dieser Gangleader die Geschäfte *aus dem Gefängnis heraus* leitet?«

»Doch.«

»Und wenn du dich wieder ins Gefängnis begibst, schnurstracks von hier zur nächsten Polizeidienststelle gehst und aufgibst, dich stellst, um in seine Nähe zu kommen, sind wir dann nicht wieder zurück am Ausgangspunkt? Beim Grund für deinen Ausbruch? Damit du *nicht* zum Mörder wirst? *Nicht* riskierst, dass deine zehn Jahre auf lebenslang erhöht werden und du deine Kinder nie wieder außerhalb einer Besucherzelle siehst?«

»Doch.«

Der ehemalige Kriminalkommissar nahm sein Auf- und Ablaufen wieder auf. Schneller diesmal.

»Habe ich den Verstand verloren, oder du, Piet?«

»Keiner von uns.«

»Oder wir beide.«

»Ich werde Lillebror unauffällig aus dem Weg räumen. Ohne dass jemand weiß, dass ich es war, oder überhaupt begreift, dass es ein Mord war.«

Auf und ab. Zwischen Getränkeautomat und Spielzeugkiste.

»Ich habe zugestimmt, dir bei der Flucht zu helfen, Piet. Weil es meine Schuld ist, dass du eingesperrt wurdest, und das war ich dir schuldig. Aber einem Mord stimme ich nicht zu, ganz gleich, wer oder warum.«

»Dir ist es lieber, dass Michél und Elin in Gefahr sind? Dass Hugo, Rasmus, Luiza, Zofia hingerichtet werden? Anstelle eines Verrückten?«

Der ehemalige Kriminalkommissar lief auf und ab, bis er nicht mehr lief.

Verzweifelt hieb er mit den flachen Händen auf den Getränkeautomaten ein und trat die Spielzeugkiste um.

Er hörte nicht auf zu wüten, bis eine Krankenschwester hereinkam und erklärte, dass es nichts Ungewöhnliches sei, wenn in der Notaufnahme Verzweiflung und große Emotionen hochkämen, aber wenn er sich nicht augenblicklich beruhige, müsse sie den Sicherheitsdienst rufen und die beiden Besucher aus dem Krankenhaus entfernen lassen.

Ewert entschuldigte sich, setzte sich auf den Stuhl neben Piet und atmete, atmete.

»Der einzige Ausweg?«

»Ja.«

»Töten, bevor er tötet?«

»Ja.«

»Ich habe die Akte dieses Typen neulich noch einmal gelesen. Ich weiß, dass du recht hast, Piet. Dass Lillebror und seine gehorsame Armee das ausführen, was er sagt und sich in den Kopf setzt. Dass er bei anderen Gelegenheiten gegen Familienmitglieder vorgegangen ist, um seinen Willen durchzusetzen, um zu bestrafen oder um seinen Status auszubauen.«

»Und?«

Sie sahen sich an. Zwei Menschen, die anderen Menschen nicht vertrauten, weil es ein Kontrollverlust war. Die aber gelernt hatten, dass man die Entscheidung treffen konnte zu vertrauen, trotz des Risikos, enttäuscht zu werden.

»Ich entscheide mich für die Menschen, die mir am Herzen liegen. Nicht für den Verrückten, der droht.«

»Danke, Ewert.«

Sie blieben sitzen, blickten vor sich hin und sagten lange Zeit nichts.

Fragten sich wohl beide, wie man ein Gespräch fortsetzte, in dem der Satz *Töten, bevor er tötet* vorkam.

»In dem Fall ...«

Bis Piet sich zu einem kombinierten Bücher- und Zeitschriftenständer beugte, in einer abgegriffenen Zeitschrift eine leidlich saubere Seite fand und einen Kugelschreiber aus seiner Jackentasche nahm.

» ... möchte ich, dass du zwei Dinge für mich tust.«

Er schrieb, in Blockbuchstaben, seine Handschrift war im Lauf der Jahre immer unleserlicher geworden.

»Bitte den Rechtsmediziner Errfors, mir ein Rezept ... hierfür auszustellen. Und dann ...«

Ewert Grens folgte der entstehenden Textzeile.

» ... rufst du in deiner Eigenschaft als ermittelnder Kommissar diese Nummer im Hochsicherheitsgefängnis Aspsås an, bittest um ein Gespräch mit *die*sem Gefangenen im H-Trakt und sagst ihm *das*, Wort für Wort.«

Piet legte Grens die herausgerissene Zeitungsseite in den Schoß. Große, eckige Buchstaben.

»Da steht ... Insulin? 50 ml?«

»Ein Fläschchen, kein moderner Einweg-Pen, wie ihn Diabetiker benutzen.«

»Warum Insulin?«

»Besser, du weißt es nicht.«

Ewert ließ seinen Zeigefinger der Fortsetzung des Textes folgen.

Eine Telefonnummer: 010–3 476 312. Ein Name: MAGNUS CULL.

In der Zeile darunter, acht Wörter. DANKE FÜR DIE TREPPE. ZUNGENBEIN. SCHRANK. GÜRTEL. ALARM.

»Und das?«

»Besser, du weißt es auch nicht.«

Sie sollten fertig sein.

Zurückgehen, zu Michél, der wegen Piet Hoffmann schwer verletzt im Krankenhaus lag.

Aber sie blieben stehen, lauschten auf die Atemzüge des anderen.

»Ewert?«

»Ja?«

»Was ist los? Ich merke doch, dass du mir etwas verschweigst.«

Ewert Grens hatte sich immer noch nicht daran gewöhnt, dass er so leicht zu lesen war, dass es Menschen wie Piet gab, die ihn inzwischen tatsächlich kannten.

»Deine Flucht – die Fahndung nach dir?«

»Ja?«

»Die Maßnahmen waren schon erheblich reduziert. Die Zeit vergeht, neue Straftaten müssen aufgeklärt werden. Sogar die Kontrolle an Flughäfen, Fährterminals und Bahnhöfen ist gelockert. Mit der Begründung, dass ein Häftling, der so lange durch die Maschen der Polizei schlüpft und dem bei anderen Gelegenheiten die Flucht ins Ausland gelungen ist, sich bestimmt längst wieder abgesetzt hat.«

»Ja?«

»Allmählich wurde ich ruhig. Oder zumindest ruhiger. Die Ermittler hatten weder Lebenszeichen noch Tipps, die sich als zutreffend erwiesen. Deine Maskenbildnerin leistet hervorragende Arbeit, und du versteckst dich an den sichersten Orten, die es gibt. Tagsüber als Wärter in einem anderen Gefängnis und nachts in der Wohnung eines Polizisten.«

»Was ist los? *Was?*«

»Ich habe das Gefühl, dass sich was zusammenbraut, Piet. Wieder. Die Leute aus der Mordkommission, bei denen ich mich umhöre, die schlau sind und Bescheid wissen, sind sich ziemlich sicher: Die Anzahl der Personenfahnder soll wieder massiv aufgestockt werden. Irgendwer in Lillebrors Nähe redet.«

»Redet?«

»Nicht, worum es genau geht. So weit scheinen sie nicht zu kommen. Aber Informationen, die darauf hindeuten, dass du aus guten Gründen im Land geblieben bist, sogar in der Umgebung von Stockholm. Die Ermittler glauben ihm. Der Informant hat sich schon öfter kooperativ gezeigt. Und wenn du unter diesen Vorzeichen einen eigenen Mörderkreuzzug zu einem streng bewachten Mann in Erwägung ziehst – Piet, das gefällt mir nicht.«

»Aber mir gefällt es.«

»Was?«

»Wenn das, was du sagst, stimmt ... Er ist unruhig.«
»Ich kann dir nicht folgen.«
»Absicht.«
»Absicht?«
»Von Lillebror. Niemand in seinem Umfeld gibt der Polizei einen Hinweis, wenn damit keine Absicht verbunden ist. Ich bin draußen, Ewert, bewege mich frei, und Lillebror sitzt im Gefängnis. Er ist sich nicht mehr sicher, weiß nicht, wo ich bin, hat keine Ahnung, dass ich mich verkleidet habe, hat nicht alle Trümpfe in der Hand und will meine Bewegungsfreiheit einschränken. Ich soll nicht handeln können. Ich soll zu nichts anderem fähig sein als zu dem, was er befohlen hat. Er will, dass mir die Hände gebunden sind, dass ich mich permanent umschaue. Dass ich weder weiß, wo meine Kinder sind, noch Kontakt zu alten Freunden aufnehme, die zurückschlagen können. So würde ich an seiner Stelle vorgehen. Und es ist gut, dass Lillebror sich bedroht fühlt.«

»Vielleicht. Aber das ändert nichts, Piet. Von jetzt an suchen wieder mehr Leute nach dir.«

Als sie in Michéls Zimmer zurückkehrten, wartete dort eine Ärztin. Michél würde nun durch andere Stationen und Operationssäle des Krankenhauses geschleust, um die verletzten Körperteile eins nach dem anderen zusammenzuflicken. Und die geduldige Frau im weißen Kittel versicherte, dass dies zwar einige Zeit in Anspruch nehmen würde, ein junger Körper aber heile und am Ende vollständig wiederhergestellt sei.

Elin weigerte sich, das Krankenhaus zu verlassen, Michél zu verlassen. Ewert gab ihr seine einzige Kreditkarte und zeigte ihr die beiden Cafés am Haupteingang, links und rechts von einem Blumenladen und einer Apotheke. Das Sankt-Göran-Krankenhaus lag nur einen Fußweg vom Polizeipräsidium entfernt; frische Luft jenseits von lebenserhaltenden Maschinen, verzweifelten

Angehörigen und beschädigten Körpern. Während Piet sich, umgeben von spielenden Kindern und Helikoptereltern, im grünen Kronobergspark zum Warten auf eine Bank setzte, setzte Ewert seinen Weg fort und betrat durch den Eingang in der Polhemsgatan das Präsidium.

Der Anruf wurde aus einem abgelegenen Besprechungsraum im vierten Stock in einen bewachten Raum des Hochsicherheitsgefängnisses Aspsås durchgestellt, wohin der Lebenslängliche Magnus Cull von einem Justizvollzugsbeamten geführt worden war. Und kam von einer der genehmigten Nummern, die nicht abgehört werden durften.

Sehr langsam las der ehemalige Kriminalkommissar Piets acht Wörter umfassende Anweisung zweimal hintereinander vor – DANKE FÜR DIE TREPPE, ZUNGENBEIN, SCHRANK, GÜRTEL, ALARM –, und Cull, oder Mulle, wie Piet ihn offenbar nannte, klang nach dem Ende der Nachricht, als Ewert ihn fragte, ob er verstanden habe, ehrlich erfreut.

»Ich verstehe ganz genau. Verdammt – ich dachte, die Frage kommt nie!«

Als wäre es ein Heiratsantrag. Etwas, das er herbeigesehnt hatte, um sein Ja geben zu können.

»Und ich helfe mit Vergnügen.«

EINE LANGE NACHT für jemanden, der es kaum erwarten konnte.

Aber der Tagesanbruch kam, dann der Morgen, dann der Aufschluss.

Mulle war schon angezogen und bereit, als der Schlüsselbund des Wärters vor seiner Zellentür klirrte. Er hastete den Korridor entlang, vorbei an verschlafenen Zellennachbarn, verließ den H-Trakt und stand wenige Minuten später vor der Sicherheitstür des G-Trakts, die, wie Jarmo gegen Bezahlung in Form von einem Gramm Heroin versprochen hatte, um Punkt 7:45 Uhr angelehnt war. Informationen zufolge, die ein zweites Gramm Heroin gekostet hatten, verweigerte der Typ namens Lillebror, vor dem sich die Leute verneigten, seit mehreren Monaten die Arbeit und kam darum immer spät aus den Federn. Mulle klopfte an die Tür mit dem Namen LEKO, doch niemand antwortete. Er klopfte weiter, bis der Typ in der Zelle etwas schrie, das wie *Verzieh dich* klang. Was Mulle nicht tat, er tat das exakte Gegenteil davon: Er drückte die unverschlossene Tür auf und ging hinein.

Mulle war breit und schwer und bewegte sich schläfrig, fast plump.

Normalerweise.

Aber die wenigen Male, die er, von unbändiger Raserei getrieben, angriff, schwebte er aus purer Kraft. Denn jetzt wusste er Bescheid. Wer den Treppen-Überfall auf Hoffmann arrangiert hatte. Wer versucht hatte, den einzigen Insassen der Langzeitabteilung zu ermorden, mit dem er sich verbunden fühlte.

Lillebror kam nicht dazu zu reagieren.

Mulle warf sich auf ihn, presste ihm drei Finger auf den Kehlkopf, bis das Zungenbein brach, und schlug dann Lillebrors Schädel gegen die Wand, bis der Typ das Bewusstsein verlor.

Jetzt würde sein Hals anschwellen, durch Blutstau verstopfen und das Atmen erschweren.

Aber sterben würde er nicht. Das war nicht die Idee. Er sollte nur schwer verletzt sein, und das erledigte Mulle mit Vergnügen.

Anfangs hatte er vorgehabt, Lillebrors Bettlaken zu benutzen, es in Streifen zu reißen und die Streifen zu verknoten. Aber ein Gürtel war besser. Er zog den Gürtel aus Lillebrors Hose und schleifte den bewusstlosen Körper zum Schrank in der Zelle. Der Typ röchelte und hustete, kam kurz zu sich und versank wieder in Bewusstlosigkeit. Mulle riss die wenigen Kleiderbügel mit Gefängniskleidung aus dem Schrank, die Querstange im oberen Teil des Schranks musste frei sein. Den Gürtel über die Stange und Lillebrors Hals durch die Gürtelschlinge. Mulle ließ den reglosen Körper los, und die Füße berührten locker den Boden. In anderen Anstalten hatte Mulle gesehen, wie sich Inhaftierte auf diese Art erhängt hatten.

Dann stand er eine Weile da und betrachtete sein Werk.

Dachte nach.

Darüber, dass er selten viel Aufhebens um sich machte. Solange er seinen Nescafé und ab und zu ein Stück Schokoladenkuchen bekam, saß er seine Zeit ab, und das war's. Im Unterschied zu den anderen hasste er das Establishment nicht. Es war nicht die Schuld der Gesellschaft, seiner Eltern oder der Schule, dass er im Gefängnis saß. Er hasste schlicht und einfach Ungerechtigkeit. Dann setzte etwas in seinem Kopf aus. Dann sah er rot. Er hatte nie ein kriminelles Dasein geführt, aber richtig war richtig. Sein Psychotherapeut hatte einmal gesagt, Mulle sei der gutmütigste Mensch der Welt, aber wenn jemand seinem Kanarienvogel eine Feder krümme, sei es vorbei. Und so war es auch. Die drei Morde, für die er verurteilt worden war, und die zwei, für die er nicht verurteilt worden war, waren brutal gewesen. Und gerade war wohl Hoffmann der Kanarienvogel und der vor ihm baumelnde Scheißkerl die Ungerechtigkeit.

Zeit, Alarm zu schlagen.

Mulle zog Lillebrors Füße ein Stück weiter aus dem Schrank und trottete in Richtung Wärterhäuschen.

Gut, dass Hoffmann auf das Zungenbein gekommen war. Er selbst hatte nicht daran gedacht, dass das eines der ersten Merkmale war, die sich ein Rechtsmediziner bei Todesfolge durch Erhängen ansah. Ein Bruch des Zungenbeins durch Strangulation. Weshalb niemand auf die Idee kommen würde, dass der Inhaftierte, der die Wärter alarmierte, die ganze Sache vorbereitet hatte. In Sichtweite des Wärterhäuschens ging Mulles behäbiger Trott in einen vorgetäuschten Laufschritt über. Schließlich hatte er Lillebror halb tot in seiner Zelle gefunden, und es war wichtig, dass ihm jemand das Leben rettete.

Die zwei Justizvollzugsbeamten rannten schneller als Mulle zu Lillebrors Zelle.

Der Jüngere der beiden löste den leblosen Körper von der Kleiderstange, und der Ältere setzte mit einem kleinen Messer einen Schnitt unterhalb von Lillebrors Kehlkopf. Es ging um Sekunden und um die akute Sicherung der Atmung, da die Luftröhre durch Schwellung und Blutstau blockiert war. Der Kugelschreiber in der Brusttasche des Justizvollzugsbeamten wurde, seines Inhalts entleert und das Röhrchen als Atemkanal zweckentfremdet, zur Kanüle, die die Sauerstoffversorgung gewährleistete. Es funktionierte, bis der Rettungswagen eintraf und ein Respirator die Beatmung übernahm.

So wie Hoffmann es wollte.

EINE LANGE NACHT wurde für Mulle zum Morgen und für Piet zur Ewigkeit. Endloses Warten auf ein Telefon, das jetzt klingeln *sollte*. Schon mehrmals hatte er den Vibrationsalarm in der Hosentasche gespürt, das Handy hastig hervorgeholt und auf ein leeres Display gestarrt. Er bildete es sich ein. Er hatte sogar ihre Übereinkunft, dass Grens sich grundsätzlich bei ihm meldete, gebrochen und jedes Mal dem schroffen und knappen *Keine Neuigkeiten* des Ex-Kommissars gelauscht.

»Du schaust ziemlich oft auf dein Telefon, Mann. Ein richtiger Junkie.«

»Nicht wirklich. Aber ich warte auf den Anruf einer wichtigen Person.«

Piet und Asho hatten Runde um Runde auf dem Fußpfad an der Gefängnismauer entlang gedreht, aus dem im Lauf der Jahre ein Rundweg geworden war.

»Deine Frau?«

»So in etwa.«

Und ihr Gespräch fortgesetzt. Das Gespräch, das mit einer Kampfansage in Ashos Zelle begonnen hatte und zu der eingestandenen Angst eines Jungen geworden war.

Ich will nicht sterben.

Das hatte er immer wieder gesagt.

Ich will nicht sterben, aber ich muss.

»Die wichtige Person? Deine ›So-in-etwa-Frau‹? Worum geht's?«

»Das ist ein bisschen privat.«

»Aber *ich* soll reden?«

Asho saß seit fast drei Jahren im Gefängnis. In weniger als einem Monat kam er raus. Er sollte lachen, tanzen, Pläne schmieden.

Er hatte Todesangst.

»Ich verstehe immer noch nicht, warum du nicht willst, dass ich dir helfe, Asho.«

»Geht nicht.«

»Ich kann wirklich vermitteln. Das habe ich dir erklärt. Du willst doch leben!«

»Hab gesagt, du bist wie ich. Hab mich geirrt – du bist komplett anders.«

»Vielleicht bin ich dir ähnlicher, als du denkst.«

»Sure, vielleicht kommst du frisch aus dem Knast, Mann. Aber du bist alt. Es läuft nicht so, wie du glaubst. Du glaubst, du kannst mit Leuten reden. Spielt keine Rolle – die, die schießen, sind nicht hier. Sind in Malmö. Schon bestellt. Die Schützen kommen woanders her, ist sicherer so. Sie bestellen eine Hinrichtung bei uns, wir bestellen eine Hinrichtung bei ihnen. Am Anfang haben sich einzelne Leute bekämpft, dann verschiedene Reviere, dann das ganze Land. Jeder gegen jeden.«

Asho hatte recht. Piet war sich dessen bewusst. Vor zwanzig, dreißig Jahren aus dem Gefängnis freizukommen, war ein himmelweiter Unterschied gewesen, eine andere Zeit. Als er damals gesagt hatte, dass er aussteigen wollte, stand die Hilfe am Entlassungstag draußen vor dem Gefängnistor parat. Er hatte sich beinahe aussuchen können, in welche Übergangsunterkunft er hatte ziehen wollen, und niemand in der kriminellen Welt hatte ein

Problem damit gehabt. Sie gratulierten sogar und hofften, dass es dieses Mal klappen würde. Aber heute konnte niemand aussteigen, weil andere Gangster es nicht *zuließen*. Und die einzige Unterkunft, die einen erwartete, war eng und dunkel und ohne Ausblick, zweimal ein Meter groß, ein Sarg mit Blumengebinde und deinem gerahmten Foto darauf.

Das Handy vibrierte in der Hosentasche.

Ewert. Endlich.

Er zog das Handy heraus. Keine Nachricht, kein entgangener Anruf. Er hatte Vibrationen gespürt und Geräusche gehört, die nicht da gewesen waren. Wieder.

»Asho, ich liege dir damit nicht länger in den Ohren, versprochen, aber woher sollen deine Freunde wissen, dass du aussteigen willst, wenn du es nicht sagst? Ich kann bei dem Gespräch dabei sein. Dabeisitzen. Und es wird respektvoll ablaufen, weil ich nichts anderes akzeptiere.«

»Nicht das Problem.«

»Sondern …?«

»Das Problem kommt später. Du bist nicht da. Schon weg. Liege ich da falsch, Mann?«

Du hast recht.

Entweder kommen mir Lillebror und seine Handlanger zuvor. Kommen zu mir und meiner Familie.

Oder ich komme ihnen zuvor. Und wandere wieder ins Gefängnis.

»Ich habe vorhin Polizei gesagt. Du hast gelacht. Aber ich kenne einen Polizisten. Einen guten Polizisten, dem man vertrauen kann.«

»Hör auf, Mann.«

»Wenn du meine Hilfe nicht willst, Asho, versuche es wenigstens mit seiner. Weil du aussteigen *kannst*. Safe House, eine neue Identität.«

»Safe House?«

»Ja.«

»Weißt du, wie das abläuft?«

»Ja.«

»Jedenfalls nicht wie in fucking USA. Da ist ein Safe House ein Safe House. Hier? Eine Jugendherberge im Wald. Bis das Bullengeld aufgebraucht ist. So war es bei denen, die ich kenne. Dann ist alles wie vorher. Und du kriegst doch eine Kugel in den Kopf.«

Sie drehten die vierte Runde auf dem Rundweg des Pausenhofs. Es fiel leichter, mit jemandem zu reden, der einen nicht ansah.

Asho. Eddie.

Ein Junge, der seinem Leben eine andere Richtung geben wollte, ein anderer Junge, der es nicht wollte.

Aber beide gingen vom selben Ergebnis aus.

Einem frühzeitigen Tod.

»Das Angebot bleibt bestehen, falls du deine Meinung änderst. Dein Leben, deine Entscheidung, Asho. Nicht meine, aber auch nicht die deiner ... Freunde. Oder wie auch immer du sie nennst. Okay?«

Es ging ein leichter Wind, und an der Gefängnismauer war es angenehm, der Wind war ein großer Ventilator, der die Sommerhitze in andere Bahnen lenkte.

Aus der vierten Runde wurde eine fünfte. Seite an Seite, aber ihr Gespräch war für heute beendet. Piet kannte die Regeln, es funktionierte auf die immer gleiche Weise: ein klitzekleines Stück Vertrauen nach dem anderen.

Deshalb machte es nichts, dass er erneut stehen blieb und sein Telefon aus der Hosentasche zog.

Weil es diesmal wirklich klingelte.

»Ja?«

»Erledigt.«

Ewert Grens hatte der Familie Hoffmann zuliebe zum zweiten Mal unter falschem Vorwand ein Telefonat mit dem Hochsicherheitsgefängnis Aspsås angemeldet und sich aus einem Besprechungsraum im vierten Stock des Polizeipräsidiums mit dem zu lebenslanger Haft verurteilten und als hochgefährlich eingestuften Insassen Magnus Cull verbinden lassen.

»Erledigt? Wie vereinbart?«

»Ja.«

»Und das hat er gesagt? Bist du dir ganz sicher?«

»Ich habe es überprüft. Es stimmt. Die Notrufzentrale hat einen Anruf aus dem Aspsås-Gefängnis erhalten: versuchter Suizid mit lebensgefährlichen Verletzungen. Der Rettungswagen trifft in diesem Augenblick am Krankenhaus ein.«

»Danke.«

Der Wind wurde stärker, Mikrofon und Lautsprecher knisterten, und das Sprechen war so schwierig wie das Zuhören.

»Leg nicht auf, Piet.«

Sie warteten, ließen den Wind vorbeiziehen.

»Piet? Hallo?«

»Ich bin da.«

»Da ist noch was.«

»Ja?«

»Die Fahndung nach dir. Es ist, wie ich befürchtet habe. Die Personalstärke wurde wieder immens erhöht. Geh kein Risiko ein!«

Piet Hoffmann lief weiter und merkte, dass Asho ihm nachschaute. Der Junge, der gemordet hatte und zum Manipulator herangewachsen war, der gelernt hatte, Verhalten zu deuten, um Macht zu bekommen und Kontrolle auszuüben, war gleichzeitig ein außergewöhnlicher Menschenkenner geworden. Und wahrscheinlich spürte er, dass sich der Gefängniswärter, dem er ein Stück weit vertraute, mit einem Mal leichter fühlte, vielleicht sogar glücklicher, hoffnungsfroh.

Und wie vorhin traf er ins Schwarze. Es war genau so.

Jetzt galt es.

Jetzt. Verflucht.

DIE LETZTE NACHT.

Der Insasse des Aspsås-Gefängnisses, der am Morgen versucht hatte, sich im Kleiderschrank seiner Zelle zu erhängen, war Grens' Informationen zufolge nach der Ankunft im Krankenhaus vorübergehend aus der Bewusstlosigkeit geweckt worden, ehe man ihn abermals sedierte, um seine Atmung mit einem Respirator zu unterstützen. Während seines kurzen Wachzustands hatte er die Bitte geäußert, sich im Laufe des nächsten Tages mit seinem Anwalt beraten zu können. Der Grund dafür lag klar auf der Hand: die abgelaufene Frist. Wenn es Piet Hoffmann bis morgen nicht gelang, eine bessere Erklärung für den Tod des älteren Bruders zu erbringen, als dass er selbst der Schuldige war, war der Anwalt Lekos einzige Möglichkeit, die letzte Botschaft vom Krankenhausbett aus zu übermitteln: die Soldaten in Freiheit wissen zu lassen, dass es Zeit war, das jüngste Mitglied der Familie Hoffmann, die kleine Luiza, aufzusuchen und die Drohung, sie als Erste zu töten, in die Tat umzusetzen.

Daher entbehrte es nicht einer gewissen Ironie.

Denn als Piet Hoffmann sein Auto kurz nach Mitternacht einen guten Kilometer vom Krankenhaus entfernt abstellte und sich zu Fuß im Dunkeln dem riesigen Gebäudekomplex näherte, um seinerseits einem Menschen das Leben zu nehmen – *Besser, deine Mutter weint als meine* –, wusste er genau, wohin er wollte.

Wusste, wie das bewachte Krankenzimmer für Gefängnisinsassen aussah. Wo es im zehnten Stock des Krankenhauses lag. Er wusste sogar, wie viele Meter zwischen dem Balkon der Station und dem Bett des Patienten lagen. Und das alles wusste er, weil Lillebror, der Mensch, den er töten wollte, dafür gesorgt hatte, dass Hoffmann vor Kurzem im selben Krankenzimmer gelegen hatte. Und vom richtigen Ausgangspunkt aus hatte nachdenken und sich einen Überblick verschaffen, einen Plan hatte schmieden können, für den Fall, dass am Ende die Entscheidung anstehen würde, wer leben und wer sterben sollte.

Piet war schlicht und ergreifend da, um das zu tun, dessen man ihn bereits fälschlicherweise beschuldigte: einen der Leko-Brüder getötet zu haben.

Grens' Informanten zufolge waren seit Piets Behandlung auf derselben Station die äußere wie auch die innere Sicherheit erheblich verstärkt worden. Es ging nicht allein darum, Befreiungsversuche zu vereiteln, es ging darum, die Befreiung eines Anführers einer bekanntermaßen extrem gewalttätigen Organisation zu verhindern. Polizei und externes Sicherheitspersonal bewachten sämtliche Eingänge des Krankenhauses, und im zehnten Stock hielt nicht nur ein Beamter Wache, sondern vier Beamte; die sowohl vor als auch auf dem Korridor postiert waren, der zu dem Raum führte, der vom Krankenhauspersonal Kerker genannt wurde.

Ein Zimmer mit nur einem Bett. Da musste Piet hinein.

Er hatte erwogen, seinen gefälschten Polizeiausweis zu benutzen, diese Möglichkeit aber als zu riskant wieder verworfen. Jemand könnte auf die Idee kommen, den unbekannten Kollegen einem gründlichen Backgroundcheck zu unterziehen. Aus demselben Grund hatte er den Gedanken drangegeben, den Arztausweis und den Arztkittel zu verwenden, die er am selben Ort wie alle anderen Ausweise und Verkleidungen aufbewahrte, die ihm in der Vergangenheit gute Dienste geleistet hatten.

Er hatte einen besseren Weg gefunden.

Es war Sommer, und die Sommerdunkelheit taugte selten zu was, gewährte keinen ausreichenden Schutz, aber ausgerechnet in dieser Nacht war sie von einem dunklen Regengrau und für seine Zwecke ideal. Er überquerte die breite Auffahrt und den großen Parkplatz und schlug im Schatten des Gebäudekomplexes, in dessen Mitte sich sein Ziel befand, einen weiten Bogen. Die Stirnseite des Krankenhauses, das war sein Ziel. Dort befanden sich die Feuerleitern. Und er wollte bis ganz nach oben.

Piet nahm Anlauf und sprang, bekam die untere Stahlsprosse der Leiter zu fassen, zog sich daran hoch und begann zu klettern. Das obere Ende der Leiter, der Balkon im zehnten Stock, war einer der letzten verbliebenen Raucherbereiche für das Personal. Hier konnten sie auf einfachen weißen Klappstühlen in der Sonne sitzen, mit einem Becher Kaffee in der Hand den neusten Tratsch austauschen und ihre Zigarette mit einem lauten Seufzer in einer mit Sand gefüllten runden Blechdose ausdrücken, bevor sie ihre Arbeit unter den Kranken wieder aufnahmen. Am letzten Tag seines Krankenhausaufenthalts hatte Piet den Balkon in Begleitung eines Polizeibeamten aufsuchen dürfen. Offiziell, um frische Luft zu schnappen, inoffiziell für ein mentales Foto, eine innere Blaupause seines nächsten Schritts.

Der Lüftungsschacht oberhalb der Balkontür.

Das war sein nächster Schritt.

Der Schraubenzieher lag in seinem Rucksack, dreißig Sekunden genügten, um mit der Spitze das Metallgitter vor dem Schacht zu lösen. Der Klappstuhl, auf den er anschließend stieg, wackelte bedenklich, schien sich regelrecht zu ducken, als er sich mit den Füßen abstieß und seinen Oberkörper durch die Öffnung zwängte.

Dann bündelte sich die Zeit.

Nachdem Piet all die Jahre hindurch geglaubt hatte, der *große* Bruder habe ihn über einen Kriechboden *verlassen*, befand er sich, als er sich durch das entgegengesetzte Ende des Luftschachts zwängte, auf einem anderen Kriechboden, um das Gegenteil zu tun: sich dem *kleinen* Bruder zu nähern. Dieser Kriechboden bildete den Hohlraum zwischen dem Dach des Krankenhauses und der Decke der Krankenzimmer im obersten Stock. Und der Kerker – das Zimmer, in dem Lillebror lag – war, von der Außenwand gerechnet, der dritte Raum. An dem Tag, an dem Piet auf dem Balkon mentale Fotos geschossen hatte, hatte er auch seine Schritte vom Bett bis zur Balkontür gezählt, und als er jetzt das Maßband ausrollte, wusste er genau, wie weit er nach vorne kriechen musste.

An der Stelle zwei Meter rechts von Lillebrors Bett hielt er inne.

Ewerts Informanten zufolge waren bewaffnete Sicherheitsleute lediglich außerhalb des Krankenzimmers postiert worden. Was in gewisser Weise einleuchtete: Niemand rechnete mit einem Eindringling von außen, wenn das Schutzobjekt sich im zehnten Stock befand.

Piet hielt inne und lauschte. Er hörte nichts, machte aber weiterhin langsame, vorsichtige Bewegungen.

Er kroch auf einer anderthalb Zentimeter dicken Spanplatte voran. Um sich möglichst lautlos Zugang zu verschaffen, würde er die gleichen Dinge benutzen, die Großerbruder vor langer Zeit benutzt hatte: Wasser zum Anfeuchten und ein scharfes Schneidewerkzeug. Er nahm die Wasserflasche, den Cutter und den Schraubenzieher, mit dem er das Lüftungsgitter entfernt hatte, aus dem Rucksack, goss das Wasser über die Spanplatte, weichte sie auf und ritzte mit dem Cutter ein Rechteck hinein, das groß genug für seinen Körper war, und bewegte das Messer einige

Male hin und her. Danach kam der Schraubenzieher zum Einsatz. Er presste die Spitze in die tiefen Kerben und übte so lange Millimeter für Millimeter Druck nach unten aus, bis er die Öffnung mit einem letzten Ruck herausbrach.

Die Zwischendecke bestand aus schalldämpfenden Akustikplatten, die auf Stahlsparren auflagen und so gut wie kein Gewicht hatten. Ein tiefer Schnitt mit dem Messer genügte, und Piet teilte die Platte in zwei Hälften. Doch als er die beiden Hälften zu sich herüberziehen wollte, fiel eine davon nach unten, stieß mit leisem Poltern gegen ein Gerät, das ein EKG-Gerät sein musste, änderte die Fallrichtung und landete auf dem Krankenbett.

Auf den Beinen des tief schlafenden Lillebror.

Piet sprang durch die beiden Löcher in Spanplatte und Zwischendecke hinterher und landete, neben einem Nachttisch auf Rollen, sanft auf dem Fußboden des Krankenzimmers. Die Schutzhandschuhe steckten, ebenso wie Insulinfläschchen und Einwegspritze, in der Seitentasche seiner Hose. Piet streifte die Handschuhe über und drehte den Infusionsständer in seine Richtung, um besser dranzukommen.

Ein rascher Blick zum Bett.

Er hatte drei unschuldige Menschen umgebracht, und sie würden ihn auf ewig in schlaflosen Nächten und in seinen Träumen heimsuchen, eine Strafe länger als lebenslang. Aber wenn jemand schwarze Herzen auf echte Herzen malte und Einschusslöcher auf die Schläfen kleiner Jungen, von Kindern, deren Leben kaum begonnen hatte, empfand er nicht das Geringste.

Die Spritze fasste fünfzig Milliliter. Piet setzte die Nadel auf die Spritze, entfernte die Schutzkappe und zog das Insulin auf, bis die Spritze gefüllt war.

Er dachte an die finnische Krankenschwester und den Krankenpfleger aus Kentucky, die mit derselben Droge zig Menschen getötet hatten und ihre Taten als Gnadenmorde bezeichneten. Daran, dass etwas, das erfunden worden war, um das Leben Kranker zu retten, stattdessen Gesunden das Leben nahm. Daran, dass das Insulin, wenn er den Tropf noch ein kleines Stückchen weiter zu sich drehte und die Nadel in den Plastikschlauch stach, der in ein Blutgefäß im Arm des Opfers mündete, anders als bei Diabetikern, die die Nadel in ihr Körperfett stachen, damit der Wirkstoff nach und nach abgesondert wurde, unmittelbar wirken würde. In diesem Augenblick baute Lillebrors Körper, der kein zusätzliches Insulin benötigte, allen Blutzucker vollständig ab – einschließlich des Zuckers, der zum Gehirn transportiert wurde. Hirntod. Der Gangleader, der sich seine eigene Wahrheit über das Verschwinden seines großen Bruders zusammenfantasiert hatte, würde bald hirntot sein.

Eine Männerstimme.

Jemand sprach. Vor der geschlossenen Tür des Krankenzimmers.

Piet schlich zur Tür, lauschte.

Es klang wie ein Funkgerät. Und nach jemandem, der groß und kräftig war. Harte Absätze schlugen fest auf den Boden des Krankenhausflurs auf der anderen Seite der Wand, nur wenige Meter entfernt. Als Piet im selben Krankenzimmer gelegen hatte, war jede halbe Stunde jemand zu ihm hereingekommen. War das heute anders? Er hatte weder die Zeit noch die Informanten gehabt, um sich dieses Wissen anzueignen. Wurde dieser Gefängnisinsasse in kürzeren Abständen von den Wachleuten kontrolliert? Sah das Krankenhauspersonal häufiger nach diesem Patienten?

Piet stand reglos da, wartete ab.

Lillebror bewegte sich leicht hin und her, seine Füße zuckten über das Laken; das Insulin hatte seine Wirkung noch nicht entfaltet. Piet musste zu Ende führen, weswegen er hergekommen war. Wenn die Tür aufging. Wenn jemand hereinkam, musste er situativ handeln. Denn dem äußeren Augenschein nach würde Lillebror nicht durch Fremdeinwirkung zu Tode gekommen sein. Kein Polizeibeamter würde zu einem Tatort gerufen, kein Mordermittler hergeschickt, um Antworten auf Fragen zu suchen, die sich nie aufgedrängt hatten.

Piet ging zum Bett und betrachtete den an ein Beatmungsgerät angeschlossenen Körper.

Ein Gesicht, das fast friedlich wirkte. Ein brutaler Gewalttäter, reduziert auf ein schutzloses Kind.

Von dem Beatmungsgerät auf Lillebrors rechter Seite führte ein zweigeteilter Plastikschlauch zu mit Pflastern fixierten Kanülen in seinem Mund und seinem Hals. Eine Kanüle versorgte die Lunge mit frischer Luft, die zweite leitete die verbrauchte Luft zum Beatmungsgerät. Piet rückte seine Handschuhe zurecht und löste vorsichtig die Pflaster von Lillebrors Wangen. Es war nicht ungewöhnlich, dass Patienten, die neben Beatmungsgeräten aufwachten, unter Medikamenteneinfluss und verwirrt, versuchten, die Kanüle in ihrem Hals herauszuziehen und den Schlauch abzureißen, der ihre Lunge mit Sauerstoff versorgte; und von diesem Hergang würden später alle ausgehen. Piet griff nach Lillebrors Hand, führte sie an Lillebrors angespannten Mund, legte Lillebrors widerspenstige Finger um die lebenserhaltende Kanüle, drückte dann seine eigene behandschuhte Hand auf Lillebrors und zog sie heraus.

Ein Selbstmord.

Was der Gefängnisinsasse in seiner Gefängniszelle begonnen hatte, hatte er in einem Krankenhausbett vollendet.

Mario Lekos zweiter Versuch, sich das Leben zu nehmen, war geglückt, sein Wunsch zu sterben in Erfüllung gegangen, und niemand würde eine ausführliche Autopsie anordnen, wie es bei Verdacht auf Fremdeinwirkung gemacht wurde.

Piet musste sein Vorhaben jetzt zügig beenden. Gleich würde ein schriller Alarmton das Krankenhauspersonal zu seinem Freund aus Kindertagen rufen, der dort lag und eine herausgezogene Beatmungskanüle in der Hand hielt.

Er verdrängte den kindischen und idiotischen Gedanken aus seinem Kopf, laut und theatralisch *Ein Bruder bleibt ein Bruder, wo immer er ist* für den Bastard zu rezitieren, der tief in seinem Innern möglicherweise noch zuhörte, das Gehör funktionierte ja noch eine Weile weiter. Stattdessen griff er nach der heruntergefallenen Hälfte der Akustikplatte, stieg auf den Nachttisch, umfasste die Kante der Spanplatte und zog sich durch die Löcher in Zimmerdecke und Zwischendecke nach oben.

Ein letzter Blick zurück. Um sich zu vergewissern, dass nichts auffällig wirkte und Fragen weckte.

Da sah er es.

Eine winzige Ecke der heruntergefallenen Akustikplatte war abgebrochen und lag unten auf dem Bett.

Zwischen Lillebrors Füßen.

Die Zimmertür war nach wie vor geschlossen, aber die Stimmen draußen auf dem Flur wurden deutlicher.

Ein kurzer Moment des Zögerns.

Piet sprang wieder hinunter.

Zwei Schritte zum Bett, die abgesplitterte Ecke der Akustikplatte in die Hosentasche, auf den Nachttisch, die Hände um die Kanten der Spanplatte, und er zog sich ein letztes Mal durch die beiden Löcher in der Deckenkonstruktion nach oben.

Die Rolle Gewebeklebeband lag ganz unten im Rucksack. Für mehr blieb keine Zeit. Er klebte die beiden Hälften der Akustikplatte von oben zusammen, bückte sich und legte sie vorsichtig auf die Stahlsparren. Es hielt. Von unten betrachtet würde die Zimmerdecke des Krankenzimmers intakt aussehen.

Piet robbte den Kriechboden entlang zurück in den Belüftungsschacht und hinaus auf den Balkon. Ein paar tiefe Atemzüge in der grauen Regendunkelheit, die sich bald lichten würde. Während er auf der Feuerleiter zehn Stockwerke nach unten kletterte, wuchs seine Überzeugung, dass Großerbruder niemals über einen Kriechboden in die Freiheit gelangt war. Nicht allein. Er war nicht der Typ, der Pläne schmiedete und sie tatsächlich durchzog. Er wäre irgendwo stecken geblieben, hätte wie ein Käfer mit rudernden Beinen auf dem Rücken gelegen und um sich getreten, auf dem Weg nach draußen mehr zerstört als notwendig und mit seinem Lärm die ganze Anstalt aufgeweckt. Um über den Kriechboden zu entkommen, hätte er seinen besten Freund gebraucht.

Piet sprang auf den Rasen des Krankenhausgeländes und bewegte sich im Schatten anderer Gebäude in die entgegengesetzte Richtung zu seinem einen Kilometer entfernten Wagen.

Die Gefahr war vorbei.

Aber Lillebrors Tod war bloß Lillebrors Ende – die Morddrohungen waren nur sein persönlicher Rachefeldzug gewesen.

Für Piet Hoffmann war es alles andere als vorbei. Es war ein anderer Bruder, von dem seine lebenslange Traurigkeit herrührte, um den alle seine unbeantworteten Fragen und Gedanken kreisten. Wohin er gegangen war.

Es gab immer noch ein siebenundzwanzig Jahre altes Rätsel zu lösen.

Das Rätsel, was Großerbruder wirklich zugestoßen war.

DAMALS
Vierter Teil

JUHA FLEMMING SCHLIESST zum letzten Mal an diesem Tag Karlo Lekos Zellentür ab.

Da hört er es wieder. Der kleine Pisser gibt keine Ruhe.

»Und du, Fettarsch – sie hat gesagt, sie hätte noch nie so einen winzigen Pimmel gesehen! Lässt du mich raus, damit ich kacken kann, oder nicht?«

Er zittert wie noch nie und dreht Isaksson und Larsen den Rücken zu.

Sie sollen nicht sehen, dass er weint.

Er schließt die Tür wieder auf und öffnet sie, und die ganze Welt ist verschwommen, ausgenommen der kleine Mistkerl, der auf seinem Bett liegt und ihn verhöhnt.

»Willst du wiederholen, was du gesagt hast?«

Ohne sich dessen richtig bewusst zu sein, packt er Leko am Hals.

»Kei ... ne ... Angst ...«

Er drückt fest zu.

» ... vor ... einem ...«

Fest.

» ... mit ... so ... win ...«

Fest.

» ... zigem ... Schwanz.«

Bis dahin erinnert er sich. Weiter nicht. Nicht mehr. Vielleicht daran, dass er zuschlägt. Nicht, wohin und wie lange, aber dass es mit jedem Schlag schwerer und leichter zugleich wird, als sein Äußeres und sein Inneres sich voneinander trennen.

Er hört nicht, wie die anderen Insassen schreien und an ihre Türen hämmern.

Er hat keinerlei Erinnerungen an den Nachmittag und den Abend, bis Isaksson ihn ein paar Stunden später im Dunkeln draußen auf dem Pausenhof einholt.

»Du musst mitkommen.«

»Was?«

»Juha – wir müssen in Lekos Zelle gehen. Ich war da, um nach ihm zu sehen, und er ... Du musst es selbst sehen.«

Tot.

So sieht er aus, als er an der gleichen Stelle in seiner Zelle liegt.

»Lass die Spielchen, hörst du?«

Juha Flemming klopft mit der Hand auf Lekos Bein.

»Steh auf.«

Tot.

Er ist wirklich tot.

»Ich glaube, scheiße ... Ich habe ihn totgeschlagen.«

Flemming setzt sich auf den einzigen Stuhl in der Zelle, neben einen Brustkorb, der sich heben und senken sollte.

»Was ... was soll ich tun?«

»Juha – bei allem Respekt, das ist dein Problem.«

Der Teamleiter war erschüttert. Aber nicht machtlos.

»*Bei allem Respekt*, ihr zwei wisst, was ich gegen euch in der Hand habe. Also noch mal: Was soll ich tun?«

Zögern. Aber nicht lange.

»Okay. Autokofferraum.«

»Nein.«

»Wenn wir morgen früh nach Hause fahren. Lange bevor die Leute hier wach werden.«

»Dann müssen wir an den Überwachungskameras der Hauptpforte vorbei. Das ist der einzige Weg hier raus. Das geht nicht. Keiner von uns will Fragen, was wir da mitten in der Nacht transportieren.«

Er schließt die Zellentür und flüstert Isaksson und Larsen zu, dass sie Lekos reglose Beine zur Seite schieben und sich auf die Bettkante setzen sollen. Er hat noch nie in seinem Leben derartige Hals- und Magenschmerzen gehabt. Es ist, als würde er atmen, aber genau wie Leko keine Luft bekommen.

Bis ihm etwas einfällt.

Als er heute Morgen an Lekos Zelle vorbeigegangen war, stand die Luke in der Tür einen winzigen Spalt offen, ohne dass es zu sehen war. Leko und Hoffmann hatten drinnen miteinander geredet, und er hörte zu, obwohl es derselbe Unsinn war wie immer, Erbsenhirne mit großartigen Plänen von der Flucht in eine Welt, in der keiner von ihnen erwünscht war. Als Berufsanfänger hatte er jedes Mal Alarm geschlagen, wenn er Insassen über Fluchtpläne hatte flüstern hören, und war von erfahreneren Kollegen gründlich ausgelacht worden, weil diese Fluchtvorhaben nie in die Tat umgesetzt wurden. Mit der Zeit hatte er gelernt, weder zu reagieren noch zu agieren, hatte verstanden, dass der eigentliche Zweck hinter diesen Plänen das Träumen war, das Sichfort-Träumen, ein Schleier, der für einen Moment den Alltag verdeckte.

Doch dieses Gespräch war tatsächlich interessant. Vor allem Leko klang ernsthaft verzweifelt. Also war er näher geschlichen und hatte eine Weile amüsiert gelauscht, ohne eine Ahnung davon, dass das, was er in dem Moment hörte, in diesem Moment seine Rettung sein würde. Denn der Fluchtplan der beiden war nicht nur durchführbar, sein Ausgangspunkt war die Zelle des Toten.

Und ihm wird klar.

Er muss sich einfach nur den Traum zunutze machen.

Lekos und Hoffmanns geplante Flucht im Detail inszenieren und anschließend von Hoffmann bestätigen lassen, dass ihr Plan genau so ausgesehen hatte, mit einer Ausnahme: Karlo Leko war alleine geflohen.

Flemming erinnert sich daran, wie die Jungen von Ioan Ursuts Ausbrüchen geschwärmt und anschließend ausführlich darüber geredet hatten, wie man aus gewöhnlichen Gegenständen, die leicht zu beschaffen waren, einen Schneidbrenner basteln und die Gitter vor den Fenstern durchschweißen könnte, gefolgt von der Feststellung, dass jede Tür einen Schwachpunkt besaß.

Ursut, Schneidbrenner, Türen. Und dann hatten sie die Lösung gefunden.

Die Decke in Lekos Zelle.

Isaksson steigt auf Flemmings Anweisung hin aufs Bett, nimmt die Decke in Augenschein und zeigt schließlich in die obere rechte Ecke.

»Hier ... Scheiße, seht ihr?«

Er knibbelt Zahnpasta aus schmalen Fugen und zieht dünne Spielkarten hervor, die ein ausgeschnittenes Quadrat verbergen.

»Die Zwischendecke ist beschädigt.«

Juha Flemming nimmt Kreuz-Zwei und Pik-Drei in die Hand und bekommt wieder Luft. Die beiden Jungen haben ihren Fluchtplan bereits getestet! Wenn Hoffmann das später auch in einem Verhör bestätigt ... wird es keinen Zweifel geben.

Jetzt fällt ihm noch mehr ein.

Die Jungen haben von einem engen Zwischenraum mit

Dämmwolle gesprochen. Und von einem Außendach, in das sie mit Werkzeugen aus der Waschküche ein Loch schneiden wollten.

Das genügt.

Er bittet Larsen, ein paar Teppichmesser zu besorgen, um das bereits begonnene Quadrat zu vollenden. Gipsstaub rieselt herunter, und die Zelle ist zeitweise in weißen Nebel gehüllt, aber das Loch in der Decke wird genau so, wie er es sich vorgestellt hat.

Ab jetzt müssen sie umgekehrt vorgehen.

Das Loch in der Decke ist groß genug für Leko, aber zu klein für drei Wärter. Für den nächsten Schritt klettert Isaksson mit einer Leiter auf das Dach und arbeitet sich in Umkehrung des Plans von außen nach unten vor. Eine Metallschere für die Außenschicht, Meißel und Hammer für die Teerpappe und eine kleine Säge für Balken und Spanplatten. Eine stümperhafte Arbeit, aber der Junge ist kein ausgebildeter Tischler, und genau so soll es aussehen, ein gestresster Ausreißer, der in Eile ist.

Juha Flemming geht selbst in den Pausenhof, nur er weiß, wo die Überwachungskameras *nicht* hinreichen, und wirft im Dunkeln Karlo Lekos Jacke über den Stacheldrahtzaun. Larsen wird im Wohngebiet ein Stück weiter die Straße hinunter ein Auto stehlen, das später verlassen in einem Parkhaus in der Stockholmer Innenstadt gefunden werden wird. Mehr braucht die Polizei nicht. Eine typische Flucht eines jugendlichen Straftäters: ein geklautes Auto, eine Spritztour in die Stadt und feiern, bis der Arzt kommt.

Zum Schluss müssen sie noch die Zelle präparieren. Flemming hat schon öfter hinter Ausreißern Ordnung geschafft und weiß in etwa, wie die Szenerie aussieht. Aber die Spur von Lekos Turnschuhen ist ein neues Element, das er eigenhändig hinzufügt. Er knotet sie auf, zieht sie von leblosen Füßen und drückt die Sohlen in den Gipsstaub. Im Staub auf dem Tisch, von dem der Ausreißer sich abgestoßen und hochgezogen hat, müssen Fußabdrücke sein.

Alles ist perfekt gelaufen.

Das Zittern und die Tränen, die Leko bei ihm ausgelöst hat, sind längst vergangen, ebenso wie die Hals- und Magenschmerzen, als Juha Flemming begriff, dass der Mensch vor ihm tot war, und er das Gefühl hatte zu atmen, ohne Luft zu bekommen.

Niemand weiß, dass ich es getan habe.

Bleibt nur noch eins. Die letzte Frage.

Die Leiche.

Was soll er damit machen?

HEUTE

Fünfter Teil

ER HATTE EBEN einen Menschen umgebracht und empfand keine Reue.

In einer anderen Zeit, als Infiltrant unter den gewalttätigsten Kriminellen, hatte Piet getötet, um zu überleben. Das war lange her. Er war davon ausgegangen, dass es diesmal anders sein würde, wie es eben kam, wenn man am Ende gelernt hatte zu lieben und dadurch verwundbar war. Doch auch ein paar Stunden später hatte dieselbe Wahrheit weiterhin Bestand: Hatte jemand es verdient, empfand er nicht das Geringste.

Und wenn er recht hatte, wenn sein bester Freund die Vallby-Anstalt nie lebend verlassen hatte, war nun niemand mehr übrig; seine Mutter und sein Vater waren beide früh gestorben, Großerbruder, Lillebror, Zoltan und Dragan nicht mehr da. Alle, die Piet Hoffmann in seiner Kindheit und Jugend wirklich gekannt hatten, lebten nicht mehr.

Eine Kindheit, an die sich niemand mehr erinnerte, wenn er selbst beschloss, sie zu vergessen.

Die nächtliche Dunkelheit, die ihn während des Aufstiegs an der Krankenhausfassade hinauf in den zehnten Stock geschützt hatte, ging langsam in Tageslicht über. Er hatte einen sehr frühen Termin bei der Maskenbildnerin vereinbart, Kriechen und Robben zwischen Innendecke und Außendach hatte sein Gesicht in Mitleidenschaft gezogen. Mit frisch wiederhergestellter Maske kaufte er sich in der Verkstadsgatan ein Frühstück und legte sich am anderen Ende von Långholmen in dem kleinen Wäldchen, in dem er in einem kalten Herbst einmal gewohnt hatte, für ein paar Stunden ins Gras.

Er wachte zu spät auf, war eingenickt und hatte tief und fest geschlafen, und hastete zu dem Mietwagen, der auf der anderen Seite der Brücke in Richtung Reimersholme geparkt war. Sie hatten vereinbart, sich in dem Café in Enskede Gård zu treffen, das er vorher kaum dem Namen nach gekannt, in der vergangenen Woche aber so oft wie möglich aufgesucht hatte. Er fuhr schnell, zu schnell, und als er auf dem sechsspurigen Nynäsvägen den Gullmarsplan passierte, hatte er keine Möglichkeit mehr, abzubiegen oder umzudrehen, obwohl er den Streifenwagen rechtzeitig entdeckte, es gab keine Ausfahrt.

Zwei Streifenwagen, vier Polizisten.

Sie standen in gelben Westen am Straßenrand und winkten Fahrzeuge aus dem Verkehr. Und im selben Moment, als ihm Ewerts Warnung in den Sinn kam, winkten sie ihn auch schon raus.

Ich habe das Gefühl, dass sich irgendwas zusammenbraut – die Anzahl der Personenfahnder soll wieder massiv aufgestockt werden.

Auf Höhe der Globe Arena machte man ihm ein Zeichen, hinter drei anderen Pkws anzuhalten und den Motor auszuschalten. Eine Geschwindigkeitskontrolle? Eine allgemeine Verkehrskontrolle? Eine Alkoholkontrolle? Unschuldige Situationen, die alles andere als unschuldig waren, wenn die Person auf dem Fahrersitz schuldig war. Vielleicht handelte es sich um eine Fahndung infolge einer Bandenschießerei oder eines Raubüberfalls – oder aber um die Fahndung nach dem gesuchten Ausbrecher Piet Hoffmann?

Ein kurzer Wortwechsel mit dem Fahrer des vor ihm stehenden Pkw. Dann klopfte der Polizist an Piets Seitenfenster.

»Den Führerschein, bitte.«

»Worum geht es?«

»Und weil Sie fragen: Fahrzeugschein und Zulassung.«

Piet bewahrte das schwarze Lederetui in der Innentasche seiner Jacke auf.

»Hier. Mein Ausweis. Ich weiß leider nicht, wo die Fahrzeugpapiere sind. Das ist ein Leihwagen.«

Ein junger Mann, die Aufschrift POLIZEI in Großbuchstaben vorne auf der Weste. Er klappte das Lederetui und das rechte Sichtfach mit der Polizeimarke, dem Wappen mit der goldenen Krone, umständlich auf.

»Na, so was ... Wir sind Kollegen.«

Der junge Mann lächelte.

»Sind uns aber noch nie begegnet? Oder?«

»Das glaube ich nicht. Das Haus ist groß. Ich arbeite in der Mordkommission.«

Weitere Autos hielten am Straßenrand. Doch der Verkehrspolizist neben Hoffmann hatte es nicht eilig.

»Mordkommission, sagten Sie?«

»Ja.«

»Mit Hermansson? Wilson?«

Piet schielte in den Rückspiegel. Nichts schien verdächtig. Vier Beamte, die je ein Fahrzeug kontrollierten.

Trotzdem – es war, als würde er auf die Probe gestellt.

»Ja. Wir arbeiten zusammen. Mariana Hermansson ist die beste Polizistin, der ich je begegnet bin. Und Erik Wilson ist auch hervorragend.«

Das klang gut. Vor- und Nachnamen, die nur jemand benutzte, der die beiden kannte.

Trotzdem blieb der Verkehrspolizist weiter neben seinem Wagen stehen.

»Aber wir sind uns nicht begegnet, oder?«
»Nein.«
»Obwohl ich letztes Jahr in der Mordkommission gearbeitet habe.«
Die Stimme immer noch freundlich. Aber fester, schärfer.
Piet achtete darauf, ihn anzusehen.
»Von der Mordkommission hierhin, zur ... Verkehrspolizei?«
»Ich habe nie gesagt, dass wir eine Verkehrskontrolle durchführen. Aber Sie haben recht, ich war nur ein paar Monate da, vertretungshalber. Ich hoffe natürlich, wieder dorthin wechseln zu können. Vielleicht waren Sie in der Zeit im Urlaub, vom Dienst befreit oder etwas Ähnliches?«
»Ehrlich gesagt bin ich erst seit Kurzem dabei. Eine Vertretungsstelle, wie bei Ihnen. Auf Empfehlung von Ewert Grens.«
Jetzt lächelte der junge Polizist wieder. Wärmer.
»Oh, Respekt, der alte Haudegen. Vor dem hatten alle ein bisschen Schiss. Aber wie ich gehört habe, soll er inzwischen nicht mehr da sein.«
»Ja. So sieht's aus.«
Der junge Polizist entschuldigte sich und ging davon, mit Piet Hoffmanns Ausweis, der Verner Larssons Ausweis war, zeigte ihn seinem Kollegen am Streifenwagen, und sie sagten etwas zueinander, blickten zu Hoffmann herüber, und dann wieder auf den Dienstausweis der Stockholmer Polizei.
Es fühlte sich falsch an.
Der junge Beamte hätte ihm den Ausweis zurückgeben und Hoffmann längst auf der Weiterfahrt sein müssen.
Und plötzlich war es wie früher. Er konnte nicht anders.
Piet stieg aus und ging auf den Streifenwagen zu. Vor vielen Jahren hatte er bei Begegnungen mit der Polizei vollkommen cool reagiert. In seinem Inneren legte sich ein Schalter um. Jedes Mal,

wenn er mit Diebesgut im Auto angehalten wurde, schaltete er auf Autopilot, setzte Scheuklappen auf, *war* in der Situation. Das konnte bei Weitem nicht jeder, er aber konnte es, er besaß die Fähigkeit, die Welt um sich herum und die möglichen Konsequenzen auszublenden und auf eine verquere Form von Spaß umzuschalten, wenn der Nervenkitzel die Oberhand gewann.

»Worum geht es hier?«

»Gehen Sie bitte zurück zu Ihrem Wagen.«

»Was suchen wir? Ihr tut nicht einmal so, als würdet ihr eine Alkoholkontrolle durchführen.«

»Wir?«

»Möglicherweise arbeiten wir am selben Fall. Und im Rahmen *meiner* Ermittlung muss ich dringend zu einem entscheidenden Treffen. Kann ich euch irgendwie behilflich sein? Sonst würde ich gerne weiterfahren.«

Die beiden Verkehrspolizisten kontrollierten seinen Ausweis unbeirrt weiter. Jetzt galt ihre Aufmerksamkeit dem linken Sichtfach des Etuis: ein Name und eine Personenkennziffer, die sie nicht finden würden, wenn sie im digitalen Mitarbeiterverzeichnis der Polizeibehörde danach suchten; ebenso wenig wie das Foto der Maske, die er getragen hatte, als die Tarnidentität erstellt worden war, und die nur zum Teil der Maske ähnelte, die er jetzt gerade trug.

»Das Bild, Larsson – schon eine Weile her?«

»Hab abgespeckt, meine Frau, du weißt schon.«

Piet begriff es erst jetzt. Es war ganz und gar nicht wie früher. Es lief nicht wie von selbst, er funktionierte nicht auf Knopfdruck. In den Jahren, in denen er ein ehrbares Leben geführt und dem Verbrechen den Rücken gekehrt hatte, hatten sich die Gegebenheiten verändert, er hatte sich verändert. Der Stress, den er mit einem eiligen Termin zu erklären versuchte, war dagegen absolut real, ein innerer Stress, die Angst, entlarvt zu werden.

Er war weder cool noch vollkommen gelassen. Fand die Situation nicht ansatzweise spaßig.

»Na dann.«

Der junge Polizist gab ihm den Dienstausweis zurück.

»Grüßen Sie von Ludvigsson.«

»Grüßen?«

»Hermansson und Wilson in der Mordkommission. Und den alten Grens, wenn Sie ihn treffen.«

»Das bleibt mir hoffentlich erspart.«

Von der Polizeikontrolle bis zum Café in Enskede Gård war es nicht mehr weit, und die Person, die er dort treffen sollte, wartete schon – Ewert Grens hatte einen Platz ganz hinten im Café gewählt, durch die Kuchentheke vor Einblicken geschützt.

»Du kommst spät.«

»Ein kleiner Zwischenfall. Ich muss meine Kenntnisse über die Mordkommission auffrischen. Und falls dich jemand fragt: Du hältst mich für einen herausragenden Ermittler und hast mich da empfohlen.«

Ewert Grens hatte für sie beide bestellt. Schwarzer Kaffee und Zimtschnecken. Kein Risikowurf.

»Dieser Treffpunkt ist idiotisch, Piet. Du fährst quer durch die Stadt, stellst dich zur Schau. Ich verstehe nicht, warum.«

»Darum.«

Piet zeigte auf die Zimtschnecken.

»Ich war in letzter Zeit ziemlich oft hier, und die da sind fantastisch.«

Der ehemalige Kriminalkommissar wirkte nicht überzeugt. Trank aber seinen Kaffee, aß seine Zimtschnecke.

»Bevor wir anfangen, Ewert. Etwas anderes.«

Piet blickte auf den Papierstapel auf dem Tisch, wegen dem sie hier waren.

»Es gibt einen Jungen, der in derselben Zelle sitzt, in der früher Großerbruder gesessen hat. Ich würde mir wünschen, dass es ihm etwas besser ergeht als meinem besten Freund.«

»Ach ja?«

»Sein Name ist Asho. Und er braucht meine Hilfe. Beim Denken. Beim Überleben. Will sie aber nicht annehmen. Er würde sie annehmen, wenn ich ihm die ganze Wahrheit sage, wer ich bin, dass ich in der Zelle neben seiner gesessen habe und heute in einer anderen Zelle sitzen sollte. Dass ich aus eigener Erfahrung weiß, wie der Hase draußen und drinnen läuft.«

Piet tippte sich an die Brust.

»Aber ich darf mich nicht verraten. Also habe ich ihn stattdessen überredet, die Hilfe eines erfahrenen Polizisten anzunehmen.«

Grens leerte seine Kaffeetasse.

»Piet, du weißt, warum du in Vallby bist, oder? Um dich und deine Familie zu retten.«

»Ich mag den Jungen.«

»Und außerdem ist dein Job ein Schwindel. Wenn alles vorbei ist, gehst du zurück ins Gefängnis.«

»Triff ihn. Rede mit ihm. Das genügt, Ewert. Und dann sehen wir weiter.«

Vor ein paar Jahren hätte Ewert Grens die Frage nicht verstanden. Davon war Piet überzeugt. Aber Ewert hatte sich verändert, in vielerlei Hinsicht. Ungefähr so wie er selbst.

»Natürlich. Wenn du denkst, dass es wichtig ist, treffe ich ihn. Okay?«

»Danke.«

»Also dann – hier. Ich habe gefunden, was du suchst. Und was du nicht suchst.«

Der ehemalige Kriminalkommissar nahm ein paar Blätter von

dem großen Stapel. Piet reagierte nicht. Stattdessen stand er auf, ging zu einem Fenster und blieb davor stehen, als hielte er nach etwas Ausschau.

Etwa eine Minute, dann setzte er sich wieder hin.

»Besorgt?«

»So was in der Art.«

Ewert deutete auf das oberste Blatt.

»Ich bin dem, worum du mich gebeten hast, nachgegangen. Und hier …«

Er fuhr mit dem Finger die Zeilen entlang, von oben nach unten.

» … hast du meine Zusammenfassung. Sämtliche Anzeigen gegen Juha Flemming, deinen derzeitigen Sicherheitschef, damals Gefängniswärter. Anzeigen wegen gewalttätiger Übergriffe und Misshandlungen, erstattet von Insassen der Vallby-Anstalt und ihren Angehörigen. In einzelnen Fällen auch von damaligen Mitarbeitern.«

»Ach ja?«

»Und wie du gehofft hast: Eine Anzeige wurde just an dem Abend erstattet, an dem dein Freund verschwunden ist.«

Piet blickte auf die umfangreiche Liste von Untersuchungen, die eingestellt oder nie eingeleitet worden waren.

»Wer? Wer hat diese Anzeige erstattet?«

»Eine …«

Ewert beugte sich vor.

» … Malin Varga.«

»Malin Varga. Natürlich.«

»Und sie ist …?«

»Die Lehrerin.«

»Mit der du hinterher in die Zelle deines Freundes gegangen bist?«

»Die Bescheid wusste, so wie alle anderen. Aber sie war die Einzige unter den Leuten, die da gearbeitet haben, die sich getraut hat, was zu sagen. Der einzige Mensch aus dieser Zeit, den ich vermisse. Jetzt, wo ich darüber nachdenke ... *sie* kennt mich, meine Kindheit. Dann existiert sie doch noch.«

»Was?«

»Nichts. Nur eine Gedankenspielerei, die mir durch den Kopf gegangen ist.«

Piet erhob sich erneut und trat wieder ans Fenster. Hielt Ausschau, wie eben, blieb aber diesmal stehen. Nach einer Weile leistete Grens ihm Gesellschaft, stellte sich neben seinen Freund und versuchte zu sehen, was er sah.

Häuser mit gemähten Rasenflächen und vorbeifahrende Autos, die das Tempolimit einhielten. Eine Schule und Schüler, die zwischen zwei hohen Basketballkörben hin- und herliefen. Zwei Hundebesitzer, die ihre monströsen Lieblinge nicht davon abbringen konnten, sich gegenseitig anzukläffen.

»Piet – was sehen wir uns an?«

Der ehemalige Kriminalkommissar bekam keine Antwort, und eine Minute später hatte er genug und wollte eben zum Tisch zurückgehen, als er innehielt. Da, im Sonnenlicht, genau da, wo die Straße eine scharfe Rechtskurve machte, tauchten zwei Jungen auf und schlenderten Seite an Seite auf das offene Schultor zu.

Trotz der Entfernung erkannte Ewert Grens die Jungen sofort.

Hugo. Rasmus.

Aber die Sicherheitsleute sah er nicht. Profis, die so diskret und unsichtbar waren, wie er es mit ihnen vereinbart hatte.

»Das ist also der Grund für diesen Treffpunkt. Nicht nur die leckeren Zimtschnecken.«

Die Geschwister, die so verschieden waren, sahen munter aus und diskutierten lebhaft miteinander. Rasmus gestikulierte wie immer mit den Armen und ergänzte seine Sätze, wenn die Worte nicht herauskamen, so vieles musste gleichzeitig gesagt werden.

Verstohlen sah Ewert zu Piet.

Ein Vater, der zugleich glücklich und traurig war.

»Könntest du etwas tun, Ewert? Für mich?«

»Was?«

»Rede mit Zofia. Über die Zukunft.«

»*Ich* soll mit Zofia über *deine* Zukunft reden? *Eure* Zukunft?«

»Ja.«

»Ich habe es dir schon am allerersten Tag deiner Flucht gesagt: *Du* musst mit ihr reden.«

»Ich ... habe schon alles gesagt. Früher. Habe Versprechen gegeben. Die ich gebrochen habe. Ich weiß nicht, wie ich etwas Neues versprechen soll.«

Die beiden Jungen schlenderten am Fenster des Cafés vorbei, ohne zu ahnen, wer auf der anderen Seite in dem schwach beleuchteten Gastraum stand. Fast könnte er sich nach vorne beugen und sie berühren. Sie überquerten die Straße, liefen weiter auf die Schule zu, mit dem Rücken zu ihnen und in kurzen Sommersachen in der Juniwärme. Piet blieb so lange am Fenster stehen, bis die Schultüren sich hinter ihnen geschlossen hatten und *zwei* Söhne von ihrer Zukunft aufgenommen worden waren.

Dann nickte er dem ehemaligen Kriminalkommissar zu, und sie kehrten zu Zimtschnecken und einer halben Tasse Kaffee zurück, wie die Jungs gerade eben, Seite an Seite.

»Du hast gesagt, Ewert, du hättest gefunden, was ich suche. Die Anzeigen gegen Flemming.«

»Ja.«

»Aber auch, dass du gefunden hast, was ich *nicht* gesucht habe.«

»Ja.«

»Was bedeutet das?«

Sie setzten sich wieder an den Tisch, den Papierstapel zwischen sich.

»Ich habe weitergesucht. Nicht nur nach Flemming.«

»Und?«

»Zuerst nach seinen engsten Mitarbeitern, die seine Aussagen stets bestätigt haben. Da gab es nicht viel. Um nicht zu sagen: nichts. Keine weiteren Anzeigen. Der eine ist vor ein paar Jahren in den Ruhestand gegangen, der andere arbeitet immer noch als Justizvollzugsbeamter, aber in einer Einrichtung für Erwachsene in Südschweden. Und dann habe ich mir noch einmal alle Pappenheimer vorgenommen, die damals in der Vallby-Anstalt eine Strafe verbüßt haben – und das habe ich gemeint. Wenn man in der Vergangenheit etwas sucht, stößt man hin und wieder auf Dinge, die man nicht finden und nicht wissen will.«

Piet lachte kurz auf.

»Du hast mehr über mich? Die Sachen, wofür ich damals verurteilt wurde? Der ganze Mist, den ich damals gebaut habe? Darauf pfeif ich.«

»Ja, ich habe mehr. Viel mehr. Und das verändert ein klein wenig das Bild, das ich von dir habe, Piet, das ist einfach so. Manche Dinge kann man nicht ändern. Sie lassen sich nicht ungeschehen machen. Aber das habe ich nicht gemeint.«

Grens reichte Piet zehn Seiten ungefähr aus der Mitte des Stapels.

»Es ist vielmehr das, was ich über deinen besten Freund gefunden habe. Karlo Leko. Großerbruder. Um den sich alles dreht.«

»EINE VORERMITTLUNG UND ein Gerichtsverfahren, die in Karlo Lekos Polizeiakte nicht enthalten sind und auch nicht in seinem Vorstrafenregister auftauchen. Die Anklage endete mit sieben Schuldsprüchen. Leko wurde nicht verurteilt, obwohl er von allen Beteiligten – Mittätern, Opfer und Zeugen – als Anstifter und treibende Kraft hinter der Tat beschrieben wurde. Er konnte nicht angeklagt werden. Er war zu jung, noch nicht strafmündig.«

»*Dinge, die man nicht finden will, nicht wissen will. Deine Worte, Ewert.*«

»Meine Worte.«

»Warum liegt dann eine Akte zu Großerbruder vor mir?«

»Weil sie vielleicht etwas darüber aussagt, wen du suchst.«

»Ich weiß, wen wir suchen – meinen besten Freund.«

»Vielleicht gerade weil du nicht Teil dieses Verfahrens warst, trotz des ganzen Mists, den ihr zusammen verzapft habt. Die Sorte Verbrechen, die er mit anderen begangen hat.«

»Was?«

»Besser, du liest selbst.«

»*Was, Ewert?*«

»Die brutalste Gruppenvergewaltigung, die mir je untergekommen ist.«

»Wie bitte?«

»Du hast mich gehört.«

»Das glaube ich nicht.«

»Darum will ich, dass du es selbst liest.«

»*Ich lese gar nichts!*«

»Hör auf zu brüllen, Piet. Wir sitzen *nicht* hier, um aufzufallen.«

»Aber wir sitzen auch nicht hier, um Bullshit zu reden.«

»Mitten in der Nacht, Folkungagatan auf Södermalm. Ein Kellertreppenabgang, im Freien. Schäbiger Beton und ein Eisengeländer. Sie waren zu acht, und das Mädchen war sechzehn.«

»Wir wussten alles voneinander. Wenn jemand es gewusst hätte, dann ich.«

»So wie du von Lekos Angriffen auf seine Mutter wusstest, dass er ihre Haare angezündet hat?«

»Hör auf, Ewert.«

»Laut den Akten des Jugendamtes wohnte Karlo Leko, den du Großerbruder nennst, zu dem Zeitpunkt im Långsjön-Erziehungsheim. Ein halbes Jahr, bevor du dorthin kamst. Er war der Haupttäter der Gruppenvergewaltigung. Sämtliche Zeugenaussagen bestätigen das.«

»Das glaube ich nicht. Ende, aus.«

»Was er dem Opfer angetan hat ... Wenn du es nicht lesen willst, Piet, musst du mir einfach vertrauen.«

PIET HOFFMANN SASS eingeklemmt zwischen den vielen Pendlern im Zug nach Vallby und schloss als Einziger im Abteil die Augen, statt auf sein Handy zu starren. Er lief den hübschen Pfad zwischen Bahnhof und Jugendstrafanstalt entlang, roch aber weder den Duft der Laubbäume, noch lauschte er auf die Warnrufe der Vögel. Er tauschte einen teuren Anzug gegen einfache Arbeitskleidung und ging durch Gebäudetrakte und Korridore geradewegs zu Ashos und Eddies Zellen – ohne sich dessen bewusst zu sein.

Er war woanders.

Piet kannte Großerbruders Einstellung zu Menschen, von denen er geglaubt hatte, sie manipulieren und kontrollieren zu können, ob Gefängniswärter, Polizisten oder Sozialarbeiter: ein ewiger Querulant, ein Großmaul. Aber das? Was, wenn es stimmte? So wie Großerbruders Angriffe auf seine Mutter, aus Eifersucht? Dieselbe Art von Eifersucht wie damals, als Piet beschlossen hatte, zum Schulunterricht zu gehen, statt wie Großerbruder in der Zelle zu bleiben, und Großerbruder die Lehrerin als Hure beschimpft hatte?

Aber eine ... Gruppenvergewaltigung?

Piet ertrug den Gedanken nicht, er tat weh. Trotzdem musste er ihn zulassen. Weil es die Dinge veränderte, die Dinge verändern *würde*, wenn es stimmte.

Wahrscheinlich ging er deshalb noch einmal in die Zelle. In Ashos Zelle, die Großerbruders Zelle gewesen war, mit dem er durch dick und dünn gegangen war, zu dem er immer gehalten – und den er jeden Tag vermisst hatte.

Er sank auf das Bett. Als sei er damals und heute anwesend, würde alles noch einmal erleben, so funktionieren Erinnerungen, wenn sie ein Leben zerstören und seine Bestandteile neu zusammensetzen, glasklare Augenblicke, die nicht altern. Dasselbe Bett, auf dem sie gesessen und ihre Flucht geplant haben – die Werkzeuge, die sie aus der Umkleide der Wärter klauen wollten, der Weg über den hohen Stacheldrahtzaun, das Auto, das sie in Vallby kurzschließen wollten, und … *ein Geräusch.* Ja. Daran erinnerte er sich auch. Er hatte plötzlich ein Geräusch gehört, das nicht da sein sollte, hatte Großerbruder ein Zeichen gemacht, still zu sein, war ans Fenster geschlichen und hatte hinaus in die Dunkelheit eines verlassenen Pausenhofs gehorcht, auf dem sich um diese Uhrzeit niemand aufhielt.

Er hatte es sich nur eingebildet.

Sie hatten weitergeplant. Bis er das Geräusch wieder gehört hatte. Als ob jemand atmete, mit den Füßen scharrte.

Scccchhhh.

Er hatte Großerbruder erneut signalisiert, still zu sein, war zur Zellentür geschlichen und hatte auf Atemzüge auf der anderen Seite gelauscht.

Wieder nur Einbildung.

Piet stand abrupt auf, blickte nach all den Jahren zum Fenster der Zelle. Er hatte sich die Geräusche eingebildet. Ganz sicher.

Oder? Was, wenn es doch keine Einbildung gewesen war?

Wenn sie belauscht worden waren? Wenn jemand ihren Plan mitgehört hatte? Und – von ihm Gebrauch gemacht hatte? Großerbruder beseitigt und darauf gewartet hatte, dass Piet Hoffmann, sein bester Freund, im Polizeiverhör die These eines fünfzehnjährigen Ausreißers untermauerte, *weil jemand alles ihrem Fluchtplan gemäß inszeniert hatte*? Was, wenn Piet mit der Bestätigung, dass ihr Plan genau so ausgesehen hatte, den getürkten Ablauf verifiziert hatte? Wenn er mit seiner Aussage unwissentlich die Einstellung der Ermittlungen verursacht hatte?

»Shit, Mann, du bist ja …«

Asho stürmte in die Zelle. Nicht aggressiv und auf Konfrontation gepolt, sondern mit seiner Fähigkeit, die Schwächen anderer Menschen zu spüren.

» … vollkommen weggetreten.«

»Ich habe nachgedacht. Über Dinge, die passiert sind und eigentlich im Widerspruch zu dem stehen, was ich dir jetzt sage, Asho: Kümmer dich nicht um das, was passiert ist, konzentriere dich darauf, was in deinem Leben passieren *soll*.«

Asho kam von *seiner* Lehrerin zurück, und Piet erkannte diese kurzfristige Energie, entstanden in einem Freiraum, einem Anderswo. Dann richtete er seinen Blick wieder aus dem Zellenfenster, auf vergangene Jahre.

»Klingt gut. Bedeutet nichts.«

»Doch, Asho, es …«

»Bedeutet nichts, wenn die anderen einen Scheiß drauf geben.«

Rache, die gerächt werden musste. Rache, die neue Rache hervorbringt, die gerächt werden musste.

Die nicht enden konnte, bis alle tot waren.

»Und ich mag es nicht, dass du hier bist.«

»Setz dich, Asho. Auf das Bett oder den Stuhl.«

»Wir haben ein paarmal geredet. Sind aber keine Brüder. Nicht gut, wenn Wärter zu oft in meiner Zelle abhängen.«

»Okay. Dann stehen wir.«

Ein Meter zwischen ihnen in der engen Zelle. Und Meilen bis zu jemandem, der abblockte.

»Der Polizist, mit dem du meiner Meinung nach über deine Entlassung reden solltest, weil du ja nicht mit mir reden willst.«

»*Ich hab gesagt, auf keinen Fall …*«

»Ich weiß, was du gesagt hast. Aber wenn du leben willst, Asho, musst du *etwas* versuchen. Du sagst es selbst: eine Kugel in den Kopf. Der Mann ist ein guter Polizist, nicht wie die anderen. Und er kommt heute nach dem Mittagessen her, weil ich ihn darum gebeten habe. Er wird eine halbe Stunde im Besucherraum auf dich warten. Wenn du nicht kommst, geht er wieder. Deine Entscheidung.«

Eddie lag in der Nachbarzelle und schlief. Ein Tag ohne Beerdigungen.

Piet packte sein Bein, das halb auf den Boden hing, legte es auf die Matratze und rüttelte daran.

»Scheiße, Mann!«

»Zeit aufzustehen. Du hast heute Essensdienst.«

»Verzieh dich!«

»Wir holen das Essen jetzt. Hier gibt es einige Leute, die ziemlich ungemütlich werden, wenn sie ihr Mittagessen nicht bekommen, oder?«

Die Edelstahl-Kantinentabletts passten gerade so auf den Essenswagen. Salzkartoffeln, weiße Soße, Kabeljau, Gemüse. Piet Hoffmann war überzeugt, dass es derselbe alte Essenswagen war, der schon alt gewesen war, als er ihn in Begleitung eines Wärters geholt hatte. Heute war es Eddie, der den Wagen durch die Korridore schob, und Piet der Wärter, der mit seiner Schlüsselkarte Sicherheitstüren öffnete. Im Speisesaal des A-Trakts deckten sie die Tische mit biegsamem Sicherheitsbesteck und Trinkgläsern aus Hartplastik ein.

»Du sagst, dass du vier Jahre abreißt, Eddie.«

Eddie schwieg, als er die Brotkörbe mit zwei Sorten Knäckebrot füllte, und schwieg weiter, als er die Schälchen mit Butterpäckchen füllte.

»Du sagst auch, dass du einen Plan hast. Weil du draußen bedroht wirst.«

»Sollen wir die fucking Teller auf die Tische stellen, oder nicht?«

Gehirnwäsche.

Das war es.

Denn wenn es nur *einen* Glauben gibt. Wenn nur *eine* Wahrheit existiert, gegen die man nichts ausrichten, die nicht infrage gestellt werden kann. Wenn der Weg hin zu Schwerstkriminalität und die Sehnsucht, einer Gang anzugehören, das Einzige ist, was einem begegnet. Dann wird man vorprogrammiert. Handelt aus Instinkt. Seit dem siebten Lebensjahr hat einen die Umgebung indoktriniert, und andere haben das Denken für einen übernommen. Als würde man mit nur einem erlaubten Gottesglauben aufwachsen, bis man in Zungen spricht. Mit dem Unterschied, dass Eddie tötete, anstatt auf das ewige Leben zu hoffen.

»Ausland.«

Eddie verteilte Milchkartons auf den Tischen, füllte kaltes Wasser in Karaffen und sprach so leise, dass es einem Flüstern gleichkam.

»Mein Plan.«

»Ausland, Eddie?«

»Mmm.«

»Alles außer Schweden ist Ausland.«

»Spanien.«

»Okay?«

»Costa del Sol. Viele schon da. Dahin gehe ich.«

»Das ist also deine Lösung?«

»Halt die Klappe.«

»Ich habe bessere Lösungen, Eddie. Du weißt, welche Gesetze da unten gelten?«

Eddie zählte schweigend.

Neun Teller vor neun Stühlen – acht Insassen und ein Wärter. Es stimmte.

»Eddie?«

»Halt die Klappe, hab ich gesagt!«

»Ich weiß es. Ich weiß, welche Art von Diensten von dir erwartet wird, wenn du da unten weiter mit deinen Kumpels abhängen willst. Ich weiß auch, was passiert, wenn du erwischt wirst. Du bist der Jüngste und der Neueste, und wir reden von Gefängnissen, die nicht so aussehen wie hier in Schweden, und von Polizisten und Richtern, denen es vollkommen egal ist, ob du sechzehn oder dreiunddreißig bist.«

»Keine Sorge. Hab alles im Griff.«

Es gab nichts mehr zu sagen. Für den Moment.

Wenn Piet mehr Druck ausübte, riskierte er, das Fitzelchen Vertrauen, das er aufgebaut hatte, zu verlieren. Aber ihr Gespräch würde am Abend fortgesetzt werden, er würde Eddie nach dem Einschluss begleiten. Allein, in der Stille der Zelle, kehrten unangenehme Gedanken zurück, auch bei einem Jungen, der laut schrie, um sich selbst zu übertönen.

Der A-Trakt war so gut wie leer, als Piet die Abteilung verließ. Timmy aus Zelle 2 arbeitete in der Werkstatt, Jib und Jamilo aus den Zellen 7 und 8 trainierten mit Lucas im Fitnessraum, Shah aus Zelle 1 saß im Unterricht, Fazal aus Zelle 5 war ins Karolinska-Krankenhaus gebracht worden, und Jari aus Zelle 6 hatte eine Besprechung mit seinem Bewährungshelfer.

Piet war seinerseits auf dem Weg zu einer Besprechung; die

Tür des Besucherraums hinter der Hauptpforte stand offen, und Ewert Grens hatte es sich bereits in dem einzigen Sessel bequem gemacht.

»Tut mir leid, Ewert. Bin ein bisschen spät dran. Danke, dass du gekommen bist.«

»Und der Junge?«

»Er hat eine halbe Stunde Bedenkzeit gekriegt. Ich wollte nur kurz sichergehen, dass du da bist. Ich geh jetzt zurück und gebe ihm die Chance, seine Meinung zu ändern.«

Piet machte in der Tür kehrt und lief in entgegengesetzter Richtung zurück.

Bis Ewert ihm nachrief.

»Erst muss ich dir etwas zeigen.«

Piet entschied sich für das kleine Sofa gegenüber von Ewerts Sessel, dessen gelb und rot geblümter Bezugstoff von den vielen Müttern, Vätern, Schwestern, Brüdern und Freundinnen, die im Lauf der Jahre darauf Sorgen, Wut, Scham, Liebe und Verzweiflung zurückgedrängt hatten, fadenscheinig geworden war.

»Die Gruppenvergewaltigung.«

»Ja?«

»Ich habe sie mir etwas genauer angesehen, Piet.«

Ewert Grens war nie theatralisch, wusste vermutlich nicht einmal, wie man sich verstellte. Weshalb sein besorgtes Gesicht, sein Zögern, echt waren.

»Da war ein Name, der mir irgendwie bekannt vorkam. Der, wie sich herausstellte, mit dir und Karlo Leko und eurer Zeit in der Vallby-Anstalt zusammenhängt.«

»Ewert?«

»Isa Nilsen.«

Ewert beugte sich vor, als wollte er Piet eine Hand auf den Arm legen.

Er war beunruhigt.

»Ich weiß, wie sehr es dich getroffen hat, dass dein Freund an einer Gruppenvergewaltigung beteiligt war und sie sogar initiiert hat, Piet. Ich weiß, wie viel er dir bedeutet hat und wie sehr ... es die Dinge in ein anderes Licht rückt.«

»Es ändert alles.«

»Ich weiß auch, wie viel dir die Lehrerin bedeutet hat.«

»Was ... willst du damit sagen?«

»Das Opfer. Isa Nilsen. Das Mädchen, das Leko vergewaltigt und vermutlich fürs Leben gezeichnet hat.«

»Ja?«

»Die beiden sind Schwestern, Piet. Das Vergewaltigungsopfer ist die kleine Schwester, die Lehrerin die große Schwester.«

»DIE LEHRERIN? MEINE Lehrerin?«

»Ja.«

»Malin *Varga*?«

»So hat sie zu deiner Zeit hier geheißen. Davor, vor ihrer Heirat, hieß sie Malin Nilsen.«

»Heirat? Schwestern?«

»Ja.«

»Hast du das doppelt überprüft?«

»Sogar dreifach. Malin Nilsen, die du als Malin Varga kennengelernt hast, war im Prozess um die Gruppenvergewaltigung von Isa Nilsen eine der Hauptzeuginnen der Staatsanwaltschaft.«

»Zeugin?«

»Nicht der Vergewaltigung selbst. Aber sie hat ausgesagt, dass ihre Schwester in der Tatnacht zu Hause angerufen hat, dass sie selbst die Polizei und den Krankenwagen alarmiert hat, und vor allem hat sie ausgesagt, wie sich ihre kleine Schwester seit dem Tag der Vergewaltigung bis zum Tag des Gerichtsverfahrens gefühlt hat.«

»Mein Gott.«

»Ja.«

»Ich muss mich entschuldigen, Ewert.«

»Du musst dich nicht bei mir ent …«

»Ich muss mich bei der Lehrerin entschuldigen. Bei ihrer Schwester.«

»Ich glaube, du verstehst nicht, Piet.«

»Natürlich muss ich das. Großerbruder war ein Teil von mir! Mir ist klar, dass eine Entschuldigung nicht das geringste ändert, aber ... ich muss es einfach tun.«

»Du verstehst nicht, was ich dir zu sagen versuche, Piet.«

»Dass ich den Übergriff nicht begangen habe. Aber das spielt keine Rolle!«

»Du verstehst nicht, dass es jetzt ein Motiv gibt.«

»Ein Motiv?«

»Die Lehrerin. Malin Varga, geborene Nilsen. Sie wusste genau, wer Großerbruder war. Was er getan hat, bevor er nach Vallby kam. *Sie hatte ein Motiv, Piet.*«

»Verdammt, Ewert, jetzt gehst du ...«

»Rache. Das älteste Motiv der Welt. Dasselbe Motiv, hinter dem sich alle Rotzlöffel in deinem Trakt verschanzen, während sie im Namen ihrer sogenannten Brüder andere Leute erschießen. Aber im Unterschied zu ihnen hätte die Lehrerin einen Grund für eine echte Blutrache gehabt, ein echtes Familienmitglied gerächt.«

FRÜHER AM TAG hatte Piet den Weg vom Café gegenüber von Hugos und Rasmus' Schule zur Vallby-Anstalt zurückgelegt, ohne seine Umwelt wahrzunehmen. In sich verschlossen, hatte er langsam aufgenommen, was Ewert ihm in Form von Gerichtsdokumenten vorgelegt hatte: dass Großerbruder, einst Piets bester Freund und einer von zwei Menschen, denen er damals vertraut hatte, nachweislich der Initiator einer extrem brutalen Gruppenvergewaltigung gewesen war.

Jetzt, ein paar Stunden später, war Piet wieder ohne Umwelt.

Er bewegte sich in einem Körper vom Besucherzimmer zurück in den A-Trakt, der kein Teil von ihm war. Der schwebte. Ohne Kontakt zur Realität, weil es keine Realität mehr zu geben schien.

Die Lehrerin, der zweite Mensch, dem er damals vertraut hatte, war laut Ewert die Schwester des Vergewaltigungsopfers.

Und laut Ewert auch die Einzige, die ein ausreichend starkes Motiv gehabt hatte, Großerbruder zu entführen, ihn möglicherweise sogar zu töten.

Im A-Trakt setzte Piet sich in den Fernsehraum. Wenn Asho wollte, sollte er ihn leicht finden können. Er starrte auf die Uhr an der Wand, ein roter Sekundenzeiger, der laut tickte – vierzehn verbleibende Minuten für einen sturen und verängstigten jugendlichen Mörder, seine Meinung zu ändern.

Sieben Minuten vor Ablauf der Frist erklangen Schritte im Korridor, Piet stand auf, damit sie sich besser sehen konnten, doch es war nicht Asho. Es kam überhaupt niemand. Er wollte die Schritte so sehr hören, dass er sie erfunden hatte. Drei Minuten vor Ablauf der Frist fiel am anderen Ende des Korridors eine Zellentür ins Schloss. Piet stand wieder auf, in dem Glauben zu wissen, wer da kam.

Jib, Jamilo, Timmy. Aber nicht Asho.

Er gab auf – nur jemandem, der Hilfe wollte, um aus seiner Hölle herauszukommen, konnte auch geholfen werden. Und Piet war eben in eine eigene Hölle gestürzt, um die er sich kümmern musste. Eine auf den Kopf gestellte Welt, in der das Gute das Böse sein konnte. In der die Frau, von der er einst die Hilfe bekommen hatte, die er zum Überleben gebraucht hatte, und der er sich darum auf ewig verbunden fühlte, in Wirklichkeit seinen besten Freund umgebracht hatte. Er weigerte sich, das zu glauben. Ewert war während seiner Zeit bei der Stockholmer Mordkommission eine Koryphäe gewesen, hatte wie kein Zweiter Vermisstenfälle und Morde aufgeklärt, ein Kriminalkommissar, der einen Schuldigen verfolgte, bis alle Fluchtwege versperrt waren, aber er hatte die Lehrerin nicht gekannt. Eine Frau, die nicht in die Motivschablone eines Mordermittlers passte, ein echter Mensch aus Fleisch und Blut, der dem Leben Gleichgewicht und Begriffen wie Rache und Vergeltung neue Bedeutungen verlieh.

Ein letzter Blick auf den roten Zeiger der Wanduhr, der laut tickend die Sekunden anschob – dann ein letzter Blick in Richtung von Ashos Zelle.

Niemand da.

Piet stand auf, um ohne Begleitung zu Ewert zurückzukehren.

»Also okay.«

Weshalb er vollkommen unvorbereitet war, als er die junge Stimme aus dem Speisesaal hörte.

»Dann treff ich mich eben …«

Piet fuhr herum. Asho stand vor ihm.

» … mit dem Bullen.«

Es war ein herrliches Gefühl, mit dem siebzehnjährigen Jungen an seiner Seite durch die Anstalt zu gehen – ein Moment der Hoffnung. Die Begegnung zwischen Asho und Ewert Grens konnte in einer absoluten Katastrophe münden, aber ebenso gut ein großartiger Anfang sein. Sogar Ewert wirkte ein wenig erwartungsvoll, als sie den Besucherraum betraten, streckte seine Hand aus und hielt Ashos so lange fest, wie er es manchmal tat, wenn er selbstvergessen vergaß loszulassen.

»Hallo, ich heiße Ewert. Du bist Asho – richtig?«

»Ein fucking Glasauge.«

Asho war erheblich schmaler als Ewert Grens, aber genauso hochgewachsen und beugte sich zu ihm vor.

»Ja, Mann. Du hast wirklich eins.«

Ewert lächelte. Als würde es ihm … gefallen. Als würde ihm Ashos sicheres Gespür, die Schwächen anderer zu wittern und auszunutzen, entgehen.

»Das merken nicht viele. Noch weniger sprechen es gleich bei der ersten Begegnung an. Aber du hast recht – eine Kugel. Ein glatter Durchschuss.«

»Wer hat geschossen?«

»Ich selbst.«

»Sure.«

»Vor zwei Jahren. Hatte das Gefühl, mit dem Leben durch zu sein.«

Piet trat unbewusst ein paar Schritte zurück. Vor ihm geschah etwas. Ein Kontakt zwischen dem jugendlichen Mörder, der überzeugt davon war, selbst ermordet zu werden, und dem pensionierten Kriminalkommissar, der seine Frau, sein Kind und den Lebenswillen verloren hatte.

»Ein alter Bulle, der sich in den Kopf schießt?«

»In der Mordkommission. An meinem Dienstschreibtisch, mit meiner eigenen Dienstwaffe.«

»Shit, Mann. Du bist gestörter als ich!«

Piet lächelte. Die beiden saßen inzwischen auf dem geblümten Sofa.

»Ihr scheint klarzukommen?«

Ewert nickte.

»Wir kommen klar.«

»Wenn das so ist – leihst du mir dein Auto?«

»Jetzt?«

»Ja.«

Der ehemalige Kriminalkommissar kramte in seiner Jacketttasche nach dem Autoschlüssel, fand ihn in der Hosentasche.

»Steht an der gleichen Stelle wie neulich.«

In der hinteren Ecke des Gefängnisparkplatzes, da stand es. Piet justierte Ewerts Vordersitz und überlegte, ob er Lucas anrufen und ihm mitteilen sollte, dass er wegen einer wichtigen Angelegenheit kurz losmusste, verzichtete aber darauf. Er würde ohnehin nicht mehr viele Schichten arbeiten, und an dem Tag, an dem er nicht mehr zum Dienst erschien, gab es keinen Verner Larsson mehr.

Piet tippte die Adresse in das GPS des Handys ein: vierunddreißig Kilometer und eine geschätzte Fahrzeit von sechsundzwanzig Minuten. Dem Einwohnermeldeamt zufolge wohnte sie seit vierzehn Jahren in einem Haus im Stockholmer Stadtteil Norra Ängby, und als er die Festnetznummer wählte und auflegte, als jemand abhob, war er sich sicher, ihre Stimme erkannt zu haben.

Er fuhr schnell, und wie neulich war es zu spät, um anzuhalten.

Oder umzudrehen.

Auf halbem Weg auf der Huvudsta-Brücke über den Bällstaviken, nur wenige Kilometer von seinem Ziel entfernt, kam ein Streifenwagen in Sicht.

Aber auch diesmal war es keine Straßensperre. Das sah er schon von Weitem. Eher eine normale Verkehrskontrolle mit je einem Streifenwagen pro Fahrtrichtung. Außerdem war seine Alias-Identität als Angestellter der Mordkommission inzwischen wesentlich ausgefeilter. Mit Ewerts Hilfe hatte er sich die Namen aller Mitarbeiter eingeprägt, in welchem Büro er selbst angeblich arbeitete und wo seine angeblichen Kollegen saßen, sogar die Qualität des Kaffees aus dem neuen Getränkeautomaten im Vergleich zum alten, laut brummenden Automaten.

Er war ruhig und machte einen ruhigen Eindruck, als die Reihe an ihm war, das Seitenfenster herunterzukurbeln.

Piet pustete ins Röhrchen des Atemtestgeräts, kein Promillenachweis. Er überreichte seinen Ausweis mit der Polizeidienstmarke und zeigte die Zulassungspapiere eines geprüften und kontrollierten Fahrzeugs. Er lehnte sich in Ewerts weichem Sitz zurück und wartete auf das Zeichen, weiterfahren zu können, schaltete sogar das Autoradio an und hörte poppige Chartmusik, als sich der Vorgang in die Länge zog. Erst als er im Rückspiegel sah, wie sich die beiden Polizisten miteinander unterhielten und danach erneut etwas in ihrem Bordcomputer überprüften, dämmerte ihm, dass die Sache schiefging.

Aber er verstand nicht, warum.

Sie sahen nicht, dass nach ihm gefahndet wurde – der Name Piet Hoffmann war nicht Gegenstand ihrer Überprüfung.

Auch Piet Hoffmanns äußeres Erscheinungsbild sahen sie nicht, kein Gesichtserkennungsprogramm hatte die Person gespeichert, die sie an den Straßenrand gewinkt hatten.

Piet konnte nicht wissen, dass der Verkehrspolizist, der ihn das letzte Mal angehalten und seine Behauptung hinterfragt hatte, bei der Stockholmer Mordkommission zu arbeiten, seine Angaben anschließend überprüft und gemerkt hatte, dass sie nicht stimmten, dass es bei der Stockholmer Mordkommission keinen Mitarbeiter namens Verner Larsson gab. Woraufhin er, wie in solchen Fällen üblich, einen Vermerk ins System eingepflegt hatte, einen Vermerk zu einem von Tausenden gefälschten Ausweisen, die in der Stockholmer Unterwelt zirkulierten, und dass sich ebenjener gefälschte Ausweis im Besitz einer Privatperson befand, die mit einer echten Polizeidienstmarke durch die Gegend fuhr.

Davon hatte Piet, wie gesagt, keine Ahnung.

Aber er sah und deutete die Art und Weise, wie sich die beiden Polizisten nun auf seinen Wagen zubewegten, und er wusste ganz genau, dass er in der Klemme saß.

Er erkannte es an ihrer Haltung, kannte sie von anderen Festnahmen wieder. Lockere Knie, angespannte Nacken, Hände, die sich dem Waffenholster näherten. Bereit. Entschlossen. Zwei Schritte vor dem Kofferraum teilten sie sich auf, einer ging auf die Beifahrerseite, der andere auf die Fahrerseite, und Piet Hoffmann konnte nichts anderes denken als: *Nicht jetzt, wo ich so kurz vor der Wahrheit bin.*

Er musste warten, wagen, den allerletzten Moment abzuwarten.

Ein Blick in den Rückspiegel, ein zweiter in den Seitenspiegel.

In dem Moment, als sich zwei Uniformarme nach den Vordertüren des Autos streckten und zwei Hände je einen Türgriff umfassten, drückte Piet das Gaspedal durch. Bis zum Boden. Die beiden Verkehrspolizisten wurden vom unmittelbaren Ruck umgerissen, ein paar Sekunden der Verwirrung, und ehe sie zu ihrem Wagen zurückgelaufen waren, befand sich Verner Larsson auf der anderen Seite der Brücke.

Piet hatte eine halbe Minute Vorsprung und war noch zwei Kilometer vom stark befahrenen Kreisverkehr am Drottningholmsvägen entfernt. Da würde der Streifenwagen, der ihn bereits jetzt aus den Augen verloren hatte, zwischen vier Richtungen wählen müssen. Er selbst fuhr weiter in Richtung Brommaplan, stellte Ewerts Auto vor dem Hotel ab und überquerte den Vorplatz zum Eingang der U-Bahn-Station, sprang in dem ersten Zug, der am Bahnsteig hielt, in ein überfülltes Abteil und erntete verärgerte Blicke, als er sich auf den einzigen freien Sitzplatz inmitten einer Reisegruppe zwängte, und erregte noch mehr Unmut, als er sich in dem Grüppchen nach vorne beugte, die Ellbogen auf die Knie und den Kopf in die Hände gestützt. Sechs Stationen später stieg er in Vällingby aus, betrat das große Kaufhaus am unteren Ende der Rolltreppe, schlüpfte in eine blaue Jeans, einen Hoodie, Turnschuhe und unter eine schwarze Baseballkappe mit New York Yankees-Logo und presste den teuren Anzug draußen in einen Mülleimer. Dann stieg er während einer Busfahrt dreimal um, ein paar Haltestellen in jede Richtung, legte die letzte Strecke mit dem Taxi zurück – bezahlte in bar und stieg aus, überzeugt, dass ihm niemand gefolgt war.

Keine Verkehrspolizisten, die einem Mann auf den Fersen blieben, der im Grunde ein Bagatelldelikt begangen und sich fälschlicherweise als Amtsperson ausgegeben hatte. Vermutlich gab es andere, weitaus schwerwiegendere Vergehen, auf die sie ihre Ressourcen konzentrieren mussten. Wie zum Beispiel aus Hochsicherheitsgefängnissen entflohene Häftlinge.

Eine friedliche, beschauliche Wohngegend. Luftig, tiefgrün. Gepflegte Rasenflächen und Sträucher lächelten ihn freundlich an. Häuser, die teuer waren, ohne damit zu protzen, Grundstücke, die sich der Konformität verweigerten. Piet war noch nie hier gewesen, die westlichen Stockholmer Vororte blieben ihm ein Rätsel, aber zu ihr passte es, dachte er. Er verstand, dass sie sich für ein Leben wie dieses entschieden hatte.

Das weiße Holzhaus umgab eine niedrige und vermutlich alte Steinmauer, und ein schmaler Durchgang führte den Besucher von der Straße zum Haus. Der verschließbare Briefkasten besaß einen kleinen Wimpel, der automatisch nach oben zeigte, wenn Post gekommen war, VARGA handgeschrieben an der Seite – sie war noch immer verheiratet oder hatte zumindest ihren Nachnamen nicht geändert.

Eine Vordertür aus Eichenholz mit einer eckigen Glasscheibe auf Gesichtshöhe, durch die man hineinschauen konnte. Die Türklingel in Form eines vergoldeten Messinglöwen mit dem Klingelknopf im Maul, hätte auch seine eigene Haustür schmücken können. Inzwischen wusste er, dass Malin Varga wie er Kinder hatte und dass sie hier aufgewachsen waren. Piet klingelte, und als niemand reagierte, betätigte er den Türklopfer, auch er in Form eines Messinglöwen.

Er klopfte ein zweites Mal, und kurz darauf kamen leichte Schritte eine Treppe herunter, vermutlich aus dem zweiten Stock. Eine Silhouette zeichnete sich hinter der Glasscheibe ab.

»Ja?«

Sie war es.

Das lange dunkle Haar war kürzer und von einzelnen grauen

Strähnen durchsetzt, aber in dem sanft gealterten Gesicht fand er ein anderes Gesicht, das er gut kannte.

»Hallo. Piet Hoffmann.«

Sie zuckte zusammen.

»Ich habe die Nachrichten verfolgt. Ich weiß, wie Piet Hoffmann aussieht.«

»Ich trage eine Maske. Bart und Haare fehlen. Aber ich bin es. Fragen Sie mich, was Sie wollen, über Großerbruder oder den Dreckswärter, oder wie es war, als ich mit fünfzehn in der Vallby-Anstalt gesessen habe und Sie im Klassenzimmer mein Leben gerettet haben.«

Sie zögerte. Aber nicht lange.

»Und wenn ich Ihnen glaube?«

Sie blickte sich um, wollte sichergehen, dass er allein war, vielleicht auch, dass niemand sie sah.

»Wenn Sie mir glauben – darf ich reinkommen?«

»Nach … fast dreißig Jahren?«

»Ich habe einige Fragen. Deshalb bin ich auf der Flucht, deshalb sehen Sie mein Bild in den Nachrichten.«

Sie öffnete die Tür ein Stück weiter.

»Am Ende des Flurs rechts. Setz dich an den Küchentisch.«

Piet sank an einem alten Klapptisch auf einen bequemen Stuhl und bemühte sich, normal zu atmen, während sie in seinem Rücken Tee kochte. Sie schwiegen, bis sie den Tee in zwei winzig kleine Tassen goss, die ihn an das Teeservice seiner Großmutter zu Hause in Polen erinnerten.

»Was willst du?«

Sie setzte sich ihm gegenüber. So schön. Jemand aus einer anderen Zeit.

»Was ich an der Tür gesagt habe, ist mein Ernst. Sie haben mich gerettet.«

»Du hast dich selbst gerettet.«

»Mein Weg hat weiter in den Erwachsenenvollzug geführt, genauso absehbar wie bei den anderen, aber ohne Sie hätte ich wegen ganz anderer Vergehen im Gefängnis gesessen und nie den Absprung geschafft. Ohne Sie hätte ich nie gewagt, jemandem zu vertrauen.«

Sie antwortete nicht.

Piet verstand es. Was sollte man ein halbes Leben später auf so etwas erwidern?

»Und ich war wohl auch ... ein bisschen in Sie verknallt. Auch wenn Sie es nicht gemerkt und ich es nicht kapiert habe.«

»Ich habe es gemerkt.«

»Aber später habe ich jemanden wie Sie kennengelernt. Ihr Name ist Zofia. Ihr seid euch ähnlich. Ich hätte sie nie gesehen, nie verstanden, wer sie ist, wenn ich nicht zuerst Sie gesehen hätte.«

Sie musterte ihn. Weder freundlich noch unfreundlich.

»Ich wiederhole meine Frage: Was willst du? Warum bist du hier?«

Sie hatte keine Angst. Zögerte nicht. Hatte aber auch keine Lust, einen geflüchteten Gefängnisinsassen in ihrer Küche zu verstecken.

Ich bin hier, um Ewert Grens' These zu widerlegen. Um mich davon zu überzeugen, dass Sie keine Mörderin sind.

Das hätte er sagen sollen. Das wäre am ehrlichsten gewesen.

Aber was er sagte, war ebenso wahr.

»Ich weiß jetzt, was Großerbruder getan hat. Wer die Schwester des Vergewaltigungsopfers ist. Und ... es tut mir unendlich leid. Ich möchte mich entschuldigen, auch wenn es nicht das Geringste ändert. Wenn ich es damals gewusst hätte ...«

Sie streckte ihre Hand aus, legte sie auf seine, ihre Wärme übertrug sich noch genauso wie früher.

»Jeder ist für seine eigenen Taten verantwortlich. Und du, Piet, hattest und trägst keine Verantwortung für das, was passiert ist. Was mich angeht, so seltsam es auch klingen mag – es ist lange her, man gewöhnt sich daran.«

Er war seit fast zwanzig Minuten hier. Sie hatten jeder eine Tasse Tee getrunken und eine zweite begonnen. Er hatte keine Ahnung, wie lange sie allein und ungestört bleiben würden, doch sie wirkte nicht gestresst.

»Und heute?«

»Was meinst du?«

»Ihre Schwester. Wie geht es ihr heute? Nach all den Jahren?«

Es stimmte nicht, dass man »sich daran gewöhnt«. Es klang nur gut, eine Schutzbehauptung, die sie sich zurechtgelegt hatte, um nicht jedes Mal den Schmerz zu spüren, wenn jemand diese Frage stellte. Piet sah es in dem Gesicht, das er noch immer lesen konnte.

»Ich ging auf die Pädagogische Hochschule, als Isa überfallen wurde. Geschändet. Sie haben sie einer nach dem anderen vergewaltigt, haben dabei gelacht und sich gegenseitig angefeuert. Isa war meine *kleine* Schwester, durch und durch. Acht Jahre jünger. Ich habe mich mehr um sie gekümmert als unsere Mutter. Ich habe geglaubt, mich auch darum kümmern zu können. Aber ich hatte keine Ahnung, wie man mit einem Menschen umgeht, der sich die Arme ritzt und das Haus nicht verlässt. Der aufhört zu leben. Zuerst seelisch, dann körperlich.«

Jetzt versuchte sie nicht einmal, es zu verbergen. Der Schmerz war sichtbar.

»Zweieinhalb Jahre, so lange hat meine *kleine* Schwester ausgehalten.«

Sie weinte, zaghafte Tränen.

»Eines Morgens schnitt sie tief genug und hat uns verlassen. Mich verlassen.«

Jetzt war es Piet, der seine Hand auf ihre legte, ein behutsamer Trost. Gleichzeitig begriff er die Tragweite ihrer Worte. Das Motiv, auf dem laut Ewert jedes Gewaltverbrechen beruhte, hatte sich soeben erhärtet.

»Sie haben gefragt, warum ich hier bin?«

Sie nickte.

»Ja. Aber gleich kommt meine jüngste Tochter nach Hause. Sie ist so alt wie Isa ... damals. Du hast also nicht viel Zeit.«

Piet erzählte.

Von Lillebrors Versuch, eine Morddrohung bereits im Hochsicherheitsgefängnis Aspsås wahr zu machen, von kurzen Handyvideos, in denen Lillebrors Gangmitglieder im Alltag von Piets Frau und Kindern auftauchten, von schwarzem Filzstift auf weicher Kinderhaut und von Ewerts Mitbewohner und einem Fahrradunfall. Und wie all das mit Großerbruders Flucht zusammenhing, die – davon war Piet aufgrund verschiedener polizeilicher Ermittlungsdokumente inzwischen überzeugt – nie stattgefunden hatte.

»Ich erinnere mich daran.«

Sie wandte den Blick zum Küchenfenster, vielleicht hatte sie jemanden kommen hören.

»Ich erinnere mich daran, wie aufgewühlt du warst, Piet. Traurig und im Stich gelassen und ... Auch wenn du es nicht zugegeben und im Wesentlichen das gemacht hast, was du immer gemacht hast, und deine Gefühle in Aggression umgewandelt hast.«

Sie stand auf und öffnete das Küchenfenster, ab und zu hörte man ein Auto vorbeifahren. Piet wollte dort neben ihr stehen, für einen kurzen Moment so tun, als wohnte er hier, die Morddrohungen und die Fahndung nach ihm vergessen sowie die Tatsache, dass er vor ein paar Tagen einen Menschen ermordet hatte, weil ihm keine andere Wahl geblieben war.

»Malin?«

Sie zuckte zusammen.

»Ich weiß, es klingt seltsam. Ich habe Sie noch nie beim Vornamen genannt. Sie waren immer die Lehrerin.«

»Malin ist in Ordnung.«

»In dem Fall: Sie und ich, Malin, waren die Letzten, die ihn an diesem Abend gesehen, die mit ihm geredet haben.«

Sie drehte sich um, wandte dem offenen Fenster den Rücken zu.

»*Wir verteidigen uns. Sie sind wilde Tiere.*«

»Wie bitte?«

»*Sie sind hier, weil sie schwere Straftaten begangen haben. Und wenn sie angreifen, müssen wir in der Lage sein, ihnen entgegenzutreten.*«

»Ich verstehe nicht, was Sie ...«

»Ich habe sie gehört, Piet. Die Wärter. Flemming. Wie er sich gerechtfertigt hat. Bevor wir in die Zelle deines besten Freundes gegangen sind ... habe ich ihn angezeigt. Das musste ein Ende haben! Ganz gleich, was ich von Karlo Leko gehalten habe – das war Körperverletzung. Grausame, schwere Körperverletzung! Ich habe offiziell Anzeige gegen Juha Flemming erstattet und die Anzeige ein paar Monate später erneuert. Und beide Male hat es das bewirkt, was du dir denken kannst. Nichts.«

Piet sah sie an. Mit Ewerts Hilfe hatte er ihre Anzeigen gelesen.

Sie sagte die Wahrheit.

»Ich wünschte, ich hätte noch einmal nach ihm gesehen. Wäre im Lauf der Nacht nur ein einziges Mal zu seiner Zelle gegangen, und ...«

»Sie waren damals die ganze Nacht in der Anstalt?«

»Ja.«

»Und warum ...«

»Ich habe mir Sorgen gemacht. Lekos Zustand. So wie er aussah. Falls Flemming ihn sich noch einmal vorgenommen hätte – ich wollte in der Nähe sein.«

»In der Nähe? Wie nah?«

»Im Klassenraum. Zwischendurch auf der Couch im Lehrerzimmer.«

»Aber Sie sind nicht noch einmal in unseren Trakt gegangen? In unsere Abteilung?«

»Ich habe Flemming informiert, dass ich dageblieben bin. Nicht, weil ich erneuten Kontakt erwartet habe. Er sollte wissen, dass jemand ein Auge auf ihn hatte. Dass es nicht der Zeitpunkt war, zu weit zu gehen.«

In Piets Brust breitete sich ein gutes Gefühl aus.

Sie hatte eben die Wahrheit gesagt. Wenn sie immer noch die Wahrheit sagte, hatte sie ein Alibi.

Ganz gleich, was Ewert über Motive sagte.

»Und ... sonst noch jemanden?«

»Was meinst du?«

»Haben Sie in dieser Nacht sonst noch jemanden gesehen?«

»Ich habe viele gesehen. In der Anstalt war rund um die Uhr Personal. Ich nehme an, dass es heute noch genauso ist.«

»Flemming? Und seinen kleinen Wachtrupp?«

»Die auch. Wir haben Vallby gleichzeitig verlassen. Sogar zusammen. Ich hatte kein Auto, und die öffentlichen Verkehrsmittel gingen um diese Uhrzeit nur spärlich. Flemming bot an, mich nach Hause zu fahren. Fast freundlich. Hat sich wohl geschämt. Zu Recht – er hatte deinen Freund schwer verletzt.«

Draußen auf der Straße hielt ein Auto an. Die Lehrerin sah wieder aus dem Fenster. Ihr Gesicht leuchtete auf, glücklich.

»Meine Tochter. Ich stelle dich als ehemaligen Lehrerkollegen vor, dann musst du gehen.«

Piet stand auf.

»Eins noch … Wenn ich Ihre Angaben überprüfen möchte?«

»Überprüfen?«

»Dass Sie … in dieser Nacht dort waren. Ich weiß, es klingt …«

»Warum willst du das überprüfen?«

Unangenehm. Sogar peinlich.

Sie sah es ihm an, fragte nicht weiter.

»Du könntest sicher die Zeitstempel überprüfen. Wenn sie zugänglich sind.«

»Die Zeitstempel?«

»Der elektronischen Schlüsselkarten. Es wird alles gespeichert, Piet. Damals wie heute. Aus Sicherheitsgründen. Jede verschlossene Tür, die geöffnet wird, wird aufgezeichnet, mit Uhrzeit und dem Namen des Kartenbesitzers, und bleibt jahrelang auf irgendeinem Hochsicherheitsserver gespeichert. Ich schätze, das System muss in dieser Nacht im Hochbetrieb gewesen sein, so oft, wie ich aus dem Lehrerzimmer gegangen bin, um mir eine neue Tasse Kaffee zu holen, um mich wach zu halten. Noch dazu in einem Teil der Anstalt, in dem sich dem eingespeisten Bewegungsmuster zufolge um diese Uhrzeit niemand aufhalten sollte.«

Auf der Außentreppe erklangen Schritte. Kamen den Kiesweg entlang zur Terrasse.

Und eine junge Stimme, die der Stimme der Mutter glich.

Piet begrüßte die Tochter der Lehrerin, dann verabschiedete er sich.

Draußen war es immer noch luftig, das Atmen fiel leicht.

Er bestellte ein Taxi und schlenderte dem Wagen die ruhige Straße hinunter entgegen. Das gute Gefühl in seiner Brust verstärkte sich.

Wenn elektronische Daten existierten, aus denen hervorging, wo sich die Lehrerin in ihrem Teil des Gebäudes aufgehalten hatte, existierten auch elektronische Daten von Türen, die in jener Nacht in anderen Abteilungen der Vallby-Anstalt geöffnet und geschlossen worden waren.

»EWERT? HÖRST DU mich?«

»Ja. Ich sitze hier mit meinem neuen Freund Asho.«

»Immer noch?«

»Immer noch.«

»Ich rufe an, um dich um drei Gefallen zu bitten. Du musst nur mit Ja oder Nein antworten, wenn du nicht reden kannst.«

»Okay?«

»Billy.«

»Ja?«

»Gib ihm Bescheid, dass ich auf dem Weg zu ihm bin und er mich reinlassen soll. Egal, was er denkt, wenn wir uns gegenüberstehen. Ich brauche seine Hilfe – jetzt gleich.«

»Ja. Noch was?«

»In der Abteilung, in der ich … na ja, arbeite – ich denke, das trifft meine Tätigkeit wohl ganz gut, gibt es einen Teamleiter. Lucas. Sag ihm, dass ich mich um eine persönliche Angelegenheit kümmern muss, aber zurückkomme.«

»Und das kannst du ihm nicht selbst sagen?«

»Ich sitze in einem Taxi. Ich will nicht, dass er …«

»In einem Taxi?«

»Ja. Das ist der dritte Gefallen.«

»Okay?«

»Dein Auto, Ewert.«

»Ja?«

»Steht vor dem Hotel am Brommaplan. Es könnte sinnvoll sein, den Wagen als gestohlen zu melden – um unnötige Fragen zu vermeiden.«

DER FAHRSTUHL WAR eng und ruckelte jedes Mal, wenn er ein Stockwerk passierte. Piet fuhr bis ganz nach oben, verlor sich vor der Glasscheibe des kleinen Treppenhausbalkons einen Augenblick lang im Ausblick auf Södermalm und die Katarina Bangata und klopfte dann an die letzte Wohnungstür zu seiner Linken.

Niemand öffnete.

Er hatte schon einmal hier gestanden. Als Gejagter und als Jäger. Heute kam er in beiden Gestalten – die Flucht war zur Jagd geworden.

»Hallo?«

Piet hob die Briefkastenklappe an und spähte in einen leeren Flur, der in den einzigen Raum der Wohnung mündete.

»Machst du auf?«

Der runde Tisch mit vier großen Computerbildschirmen – das einzige Möbelstück in der Wohnung bis auf ein altes, zwischen Herd und Kühlschrank geklemmtes Küchenschlafsofa – stand noch immer am selben Platz.

»Billy? Hallo?«

Schließlich kam jemand, näherte sich zögernd Wohnungstür und Briefkastenschlitz.

Ein Paar sehr weiße Beine in zu großen Shorts. Ein verwaschenes T-Shirt, das an einem extrem hageren Oberkörper herunterhing.

»Stehen Sie auf. Ich will Sie durch den Türspion sehen.«

Piet kam der Aufforderung nach.

»Grens hat angekündigt, dass ich komme.«

»Niemand hat irgendwas angekündigt.«

»Doch. Er sollte dich anrufen. Erklären.«

»Mein Telefon ist aus. Also – wer sind Sie?«

»Billy, deine Nachbarn können uns hören.«

»Wenn Sie so dämlich sind, an meine Tür zu klopfen, sind Sie selber schuld. *Wer zum Teufel sind Sie?*«

»Den Namen überspringen wir, solange ich hier draußen stehe. Und ich sehe nicht ganz so aus, wie du mich in Erinnerung hast. Aber ich bin Ewerts Freund. Hugos Vater. Bei unserer letzten Begegnung hast du mich nach Bukarest und Tel Aviv geschickt.«

Billy trat einen Schritt zurück, es war deutlich zu hören, und der Schatten auf der anderen Seite des Türspions verschwand.

»Shit.«

»Brauchst du mehr Informationen?«

»Shit! *Shit!*«

»Lässt du mich rein?«

Der junge Mann, der wach war, wenn andere schliefen, trat wieder einen Schritt nach vorn, ein Auge verdeckte das Licht.

»Nehmen Sie's nicht persönlich, aber mir gefällt das nicht.«

»Komm schon.«

»Die Bullen haben mich schon im Visier. Das wissen Sie. In der Welt, die für mich real und für euch andere digital ist, darf man sich nicht frei bewegen.«

»Wenn nicht meinetwegen, dann für Hugo.«

»Ganz billige Masche.«

»Wenn ich nicht löse, was ich lösen muss und weshalb ich hier bin, muss Hugo noch ein paar Jahre länger darauf warten, seinen Vater zu sehen.«

Eine halbe Minute.

Kann ein ziemlich langer Zeitraum sein, wenn man auf zwei verschiedenen Seiten einer Wohnungstür steht.

Als Billy öffnete, war sein Gesicht noch blasser und sein Haar noch zerzauster, als Piet es sich vorgestellt hatte.

»Immer noch ziemlich erbärmlich, die Dadkarte zu ziehen.«

Billy deutete mit einer Geste auf das Herzstück seiner Einzimmerwohnung.

»Setzen Sie sich auf den Hocker, das ist die einzige Sitzgelegenheit. Ich nehme an, dass die Zeit wie immer drängt, also spare ich mir die Frage, warum Sie Leute niederschlagen und aus dem Gefängnis türmen. Ich muss nicht mal wissen, wieso der Kommissar, der eigentlich Jagd auf Sie machen sollte, mich hätte anrufen und Ihr Kommen ankündigen sollen – was er damit zu tun hat, dass Personen, vor denen die Öffentlichkeit gewarnt wird, maskiert in der Stadt herumlaufen.«

So unscheinbar und menschenscheu. Und ein derart überdimensionales Ego.

Ein Selbstbewusstsein, der nicht ansatzweise gespielter Gestus eines Menschen, der wusste, dass er auf dem Gebiet der Dienstleistungen, die seine Kunden verlangten, der Beste war.

Billy selbst nahm auf dem Bürostuhl Platz, der aus irgendeinem Material aus der NASA-Forschung gefertigt war und so viel kostete wie ein Kleinwagen. Schließlich war das der Ort, an dem er seine Nächte verbrachte. Einst Mitglied der – so die Polizei und die Medien – gefährlichsten Hackergruppe Schwedens, verdiente er inzwischen zumindest teilweise legales Geld, indem er Zugänge zu verschlüsselten Datenwelten schuf, wo die IT-Experten großer Unternehmen oder der Polizei an Firewalls scheiterten. So hatte er Kriminalkommissar Ewert Grens kennengelernt und wenig später auch Grens' jungen Freund Hugo Hoffmann, zwei der wenigen Menschen, denen Billy begegnet war und die er auch leiden konnte, weil sie sich, genau wie er, mit anderen Menschen schwertaten.

»Für Hugo. Und für den Kommissar.«

»Danke, Billy.«

»Und ... wo soll ich mich einhacken?«

Der junge Mann wirkte gegen seinen Willen selig. Die Erstellung von Verschlüsselungssystemen für Großkonzerne und Funkzellenauswertungen für die Polizei sicherten ihm ein Einkommen und den Kontakt zur Realität, aber es waren diese Ausflüge ins Verbotene, die ihn aus dem Bett holten. Lächelnd folgte er Piets Beschreibungen von verschlossenen Gefängnistüren, elektronischen Zeitstempeln und Angaben, wann genau und von wem welche verschlossene Tür geöffnet worden war, und als ihn Piets Ausführungen in einen als unhackbar geltenden Hochsicherheits-Behördenserver führten, lachte er.

»Man könnte sagen, dass ... ich hier schon ein paarmal vorbeigeschaut habe. Mit einem anderen Piet Hoffmann neben mir, der ein wenig Hilfe bei dem brauchte, was Ihnen so gut gefällt – einem Ausbruch. Nicht dasselbe Gefängnis, aber die Daten werden im selben Serverpark gespeichert, von dem die staatlichen Behörden glauben, sensible Daten seien dort sicher verwahrt.«

Arme, Fingerspitzen, Tastatur. Billys Finger flogen in Windeseile über die Tastatur, und zusammen bildeten sie einen neuen, modernen Körperteil.

»Die Leute denken, Hacker sind Genies. Aber es ist viel simpler. Social Engineering gepaart mit ein bisschen Grips. Zuerst schwatzt man einem Idioten, der es nicht schnallt, die Passwörter ab, und wenn das erste Türchen geöffnet ist, benutzt man seinen Grips.«

Zahlenkolonnen ohne Anfang und Ende flimmerten über zwei der vier Computerbildschirme. Piet stand auf, lief in der abgestandenen Wohnungsluft auf und ab und blieb schließlich vor dem einzigen Fenster stehen. Von hier oben erwies sich die Dächerlandschaft als ein Flickwerk von Metallplatten einer Hauptstadt, die er nach Verbüßung seiner Haftstrafe nie wieder verlassen würde. Denn dort hinten, hinter dem Folksam-Wolkenkratzer bei Skanstull und hinter der Brücke zum Gullmarsplan und den großen Sportarenen, lag ein Haus mit vier Menschen, die vielleicht die Kraft hatten, auf ihn zu warten.

»Okay.«

Billy machte ein zufriedenes Gesicht.

»Ich bin drin. Wieder.«

Er zeigte auf die beiden Bildschirme, die für Piet weiterhin keinen Sinn ergaben.

»Welche Anstalt? Welcher Teil der Anstalt? Und – wann?«

»Wir reisen siebenundzwanzig Jahre zurück. Zu einem Abend, einer Nacht und einem Morgen in der Vallby-Anstalt, in einen Trakt, der vermutlich als Schule bezeichnet wird, und in einen anderen Gebäudeteil, der damals Blaues Meer hieß, heute aber in A-Trakt umbenannt ist.«

Billys selige Miene blieb.

»Vor siebenundzwanzig Jahren?«

»Ja.«

»Und wie alt waren Sie damals?«

»Fünfzehn.«

»Right. Ich fange an zu verstehen.«

Piet setzte sich wieder auf den Hocker, Billy schien es zu wollen, ein Moment der Zweisamkeit im Leben eines jungen Mannes, der für gewöhnlich die Einsamkeit favorisierte.

»Sie haben Timing, Hoffmann. Hätten wir es mit den Achtzigern und den frühen Neunzigern zu tun und diesen Magnetstreifen, die ungefähr das Zeitliche gesegnet haben, als ich das Licht der Welt erblickte, würde ich nichts finden. Nada. Aber die Technik, die installiert wurde, *als Sie da waren* – ich sag ja, ich hab's geschnallt -, hinterlässt immer hübsche Spuren, Chipkarten, pickepackevoll mit Daten: Schlüsselkarten, EC-Karten, Buskarten, Fahrstuhlkarten, Büchereiausweise oder was auch immer.«

Billy strahlte.

Ein Sonderling, der anders war, aber manchmal ist anders der einzige Weg.

Piet beschloss, Hugo zu ermuntern, Billy öfter zu besuchen. Oder noch besser: Billy zu ihnen nach Hause einzuladen, zu der ganzen Familie.

»Also, Hoffmann, geben Sie mir ein paar Stündchen. Dann gebe ich Ihnen jede Tür, die an den von Ihnen genannten Punkten damals mit einer Schlüsselkarte geöffnet wurde. Wer hineingegangen ist und wie lange diejenigen dortgeblieben sind.«

DER TREPPENHAUSBALKON ZWISCHEN dem fünften und vierten Stock unterhalb von Billys Wohnung bot Platz für zwei Stühle und eine mit Sand befüllte Kippendose wie auf dem Balkon des Krankenhauses. Piet verweilte einen Moment lang bei der Aussicht auf ein Innenhof-Sammelsurium aus verwaisten Fahrradständern, gemauerten Gartengrills und Schaukeln ohne Kinder, dann setzte er sich auf den einen der zwei Stühle und legte Billys frisch ausgedruckte Dokumente auf den anderen.

Dass ich Ihnen die Daten auf Ihr Handy schicke, können Sie vergessen, Hoffmann. Wenn die Bullen Sie wieder einbuchten, dürfen keine digitalen Spuren zu mir führen.

Als Erstes sah er sich die vom Überwachungssystem generierten Zeitstempel für die Türen im Gebäudeteil mit der Bezeichnung SCHULE an. An dem betreffenden Abend, in der betreffenden Nacht und am folgenden Morgen waren dort lediglich zwei Objekte geöffnet worden. Die Tür zum KLASSENRAUM war an vier verschiedenen Zeitpunkten aufgeschlossen worden, und ebenso oft hatte jemand das LEHRERZIMMER betreten. Den elektronischen Daten zufolge: ein und dieselbe Person.

Die Lehrerin.

So weit: genau, wie sie gesagt hatte.

Der nächste Ausdruck hingegen veränderte alles.

Es war ein seltsames Gefühl, mehr als ein halbes Leben später elektronisch festgehaltenen Bewegungen in dem Gebäudeteil der Vallby-Anstalt zu folgen, der auf dem Lageplan die Bezeichnung BLAUES MEER trug – als wäre er einige vergessene Minuten lang zurück in seiner Zelle und würde, fünfzehn Jahre alt, sein Ohr an die Zellentür drücken und hinaus auf den Korridor lauschen.

Er wünschte, er hätte schon damals gehört, was er gleich sehen würde.

Billy hatte vier Objekte ermittelt, die nur durch an befugtes Personal ausgehändigte Schlüsselkarten geöffnet werden konnten.

Objekt 1: die große HAUPTTÜR, den Ein- und Ausgang der Abteilung. Objekt 2: die zu den ISOLATIONSZELLEN führende Sicherheitstür mit Panzerglassichtfenster. Objekt 3: die Tür zum PERSONALRAUM mit der Teeküche für Kaffeepausen und dem WC der Wärter. Objekt 4: die Tür zur WASCHKÜCHE, bei der es sich, wie Piet erst nach einer Weile begriff, um den Raum mit den Spinden für die Sportsachen der Angestellten handelte.

Er begann mit Objekt 1, der Haupttür, und stellte mit großer Erleichterung fest, dass er die Lehrerin besser kannte als Ewert Grens. Nach ihrem letzten gemeinsamen Besuch in Großerbruders Zelle hatte Malin Varga die Abteilung weder zu einem späteren Zeitpunkt noch einmal betreten oder sie verlassen.

Sie hatte die Wahrheit gesagt. Sie hatte sich während der gesamten Nacht im Schultrakt aufgehalten.

Sie hatte ein Alibi.

Auch die Systemprotokolle für Objekt 2 und Objekt 3, die verschlossenen Türen zu den Isolationszellen und zum Personalraum, zeigten kein abweichendes Muster. Die Isolationshaft war die ganze Nacht über verschlossen und ungenutzt geblieben, und die für den Personalraum verzeichneten Zeitstempel entsprachen der Länge normaler Toilettengänge oder Kaffeepausen.

Erst als er bei den Zeitstempeln für Objekt 4 anlangte, dem auf dem Lageplan als Waschküche bezeichnetem Raum, wünschte er sich, durch Zeit und Raum hindurch in seine Zelle zurückversetzt zu werden, schon damals in der Lage gewesen zu sein, die Geschehnisse zu deuten, zu wissen, welches Ziel die Schritte, die er draußen auf dem Korridor gehört hatte, gehabt hatten.

Die Tür der Waschküche war im Lauf der Nacht achtzehnmal aufgeschlossen worden. Neunmal hatte jemand einen Raum betreten und wieder verlassen, in dem niemand vom Personal einen Grund hatte, sich nachts dort aufzuhalten. Während das elektronische Überwachungssystem jedes Mal die Signatur von ein und derselben Schlüsselkarte aufzeichnete.

Juha Flemming.

Der Dreckswärter.

Als Piet die Dauer von Flemmings einzelnen Aufenthalten in der Waschküche addierte, wurde die Abweichung gegenüber allen anderen Nächten noch auffälliger. Viermal hatte Flemming sich über eine halbe Stunde lang in der Waschküche aufgehalten, und sein letzter Aufenthalt hatte sogar sechsundvierzig Minuten betragen.

Piet saß reglos auf dem schmalen Treppenhausbalkon.

Der leichte Wind hatte sich gelegt, die Ausdrucke blieben auf dem Stuhl vor ihm liegen, ohne dass er sie festhalten musste, und die Sonne verströmte ihre ganze Wärme.

Trotzdem fror er.

Er hatte gerade eine Grabkammer gefunden.

PIET HOFFMANN KEHRTE geradewegs zurück zur Vallby-Anstalt und in den Korridor des A-Trakts. Er schaute sich immer wieder nach allen Seiten um, bis er absolut sicher war: Niemand sah ihn. Kein diensthabender Wärter, kein Insasse. Piet hielt seine Schlüsselkarte an das Lesegerät und lauschte auf das metallische Klicken, auf die sich öffnende Tür der Waschküche.

Diesen Raum hatte er schon an seinem allerersten Arbeitstag überprüft, hier hatte er seine Suche begonnen. In, hinter und unter den alten Metallspinden für Sportsachen. Er hatte jeden Zentimeter der Betonwände und der Betondecke nach Hohlräumen abgeklopft, bis er zwischen kreuz und quer gespannten Wäscheleinen und einer surrenden Waschmaschine auf den Abflussdeckel im Boden gestarrt hatte, noch drei Jahrzehnte später die gezischten Drohungen des Dreckswärters im Ohr. Sogar das Geräusch von Flemmings Absätzen, die jede Silbe mit einem festen Aufstampfen auf dem Abflussdeckel begleiteten, hatte in Piets Kopf überdauert, und in einem Anflug von Panik hatte er den verrosteten Eisendeckel aufgestemmt und in einen trockengelegten Abfluss hinuntergeblickt, der seit vielen Jahren außer Betrieb war.

Er hatte aufgegeben, seine Suche in anderen Räumen fortgesetzt. Jetzt war er zurück. Und ohne Großerbruder würde er nicht wieder von hier fortgehen.

PIET HOFFMANN WAR vielen Arten von Tod begegnet, hatte selbst mehrere Leben beendet, war aber nie in einer Grabkammer umhergewandert.

Er war sich sicher – hier, in diesem Raum, wo Juha Flemming große Teile jener Nacht zugebracht hatte, in der der jugendliche Insasse aus Zelle 3 verschwunden war, hatte Großerbruder seine letzte Ruhestätte gefunden.

Und es gab nur einen möglichen Ort.

Stemmeisen und Hammer lagen unverändert in der alten Werkzeugkiste, und dieses Mal ließ sich der Abflussdeckel mit erheblich weniger Kraftaufwand lockern. Ein paar Schläge mit dem Hammer auf den Holzschaft, die Stemmeisenspitze auf der gegenüberliegenden Seite angesetzt, noch ein paar Schläge, und der schwere Deckel löste sich. Wie vor ein paar Tagen blickte Piet in ein leeres Rohr hinunter, tastete mit der Hand über einen mit Staub und Schmutz bedeckten Betonboden eines seit Langem ungenutzten Abflusses.

Er sah nichts – er sah alles.

Was er von vornherein hätte sehen müssen.

Jetzt verstand er, warum er seine Suche ausgerechnet hier begonnen hatte und das starke Gefühl hinterher, dass irgendetwas nicht stimmte, als er nicht fündig geworden war. Die Enttäuschung, die den Beginn eines langen Umwegs markiert hatte: das

Absuchen aller Räume nach möglichen Hohlräumen, das Abklopfen von Wänden, die dazu da waren, Menschen einzusperren.
Denn hier stimmte was nicht.
Wie offensichtlich es plötzlich war.
Der alte Abfluss müsste tiefer sein, viel tiefer.

PIET SPRANG IN das Rohr hinunter, spürte, wie seine Oberschenkel gegen die obere Kante stießen. Ein knapper Meter, mehr nicht. Er stampfte mit beiden Füßen auf dem Boden des Abflusses auf. Stumm und fest, aber nicht so wie der übrige Gefängnisbeton. Nicht hohl, sondern irgendwie porös, Beton ohne Armierung, eher sandig als steinig.

Seine Bewegungen wurden durch das kreisförmige Rohr gedämpft, aber Hammerschläge liefen Gefahr, auf den Korridor zu dringen, Neugier zu wecken. Er zog ein Handtuch von der Wäscheleine herunter, umwickelte damit den Kopf des Hammers, ging in die Hocke und begann zu schlagen.

Der erste Riss entstand nach fünfzehn Schlägen, dünn und fragil wie ein Spinnennetz.

Es war heiß, und er bekam nur schwer Luft, während er immer weiter auf die unregelmäßige, kaum sichtbare Linie einschlug, die das Grau durchzog. Nach jedem Dutzend neuer Schläge konnte er ein winzig kleines Stück Beton herauspulen.

Und tatsächlich: Es handelte sich um eine Schicht aus Sand, Kies, Zement und Wasser, die sich von den übrigen Flächen unterschied und nachträglich eingezogen worden war.

Piet knöpfte sein Hemd auf, nahm ein neues Handtuch von der Wäscheleine und wischte sich den Schweiß von Gesicht, Brust und Rücken. Der Riss im Boden des Abflusses wurde allmählich breiter, Splitter wurden zu zentimetergroßen Stücken, die er herausbrach und neben sich auf einen Haufen warf.

In dem Moment, als er den Hammer umdrehte und die gespaltene Klaue am anderen Ende in einen neuen Riss hieb, der sich wie ein verirrter Nebenarm in einer gezackten Linie vom Mutterriss fortschlängelte, begriff er, dass die Welt nie wieder dieselbe sein würde. Ein großes, kantiges Stück Beton löste sich. Und darunter kam etwas zum Vorschein.

Piet beugte sich näher heran.

Vollkommen unversehrt. Konservierte menschliche Haut, wie lebendig.

Die Spitze eines Halswirbels.

»EWERT, ICH BIN'S.«

»Das wurde auch Zeit! Wo steckst du? Du bist einfach verschwunden, und ich ...«

»Wo bist du?«

»Ich bin noch da. In Vallby.«

»Hier?«

»Nicht in der Anstalt, im Ort. Irgendwer hat mein Auto geklaut. Ich sitze in einem Café und denke an deinen Asho. Es lief glänzend! Ich glaube, ich bin zu ihm durchgedrungen. Der Bursche ist schlau, Piet. Wir haben über Bewährungshilfe gesprochen. Ich werde mich bewerben. Ich will Ashos Bewährungshelfer werden. Und ich denke ...«

»Das klingt fantastisch, genau das, was ich mir erhofft hatte. Aber wir reden später. Du musst herkommen. In die Anstalt.«

»Ich muss gar nichts. Erst wenn du dich beruhigst.«

»Ich habe dich bei der Hauptpforte angemeldet. Wegen einer abschließenden Besprechung. Ich hole dich ab, und wir gehen zusammen ins Besucherzimmer. Aber dort bleiben wir nicht. Stattdessen gehen wir in den A-Trakt und in einen Raum auf halber Höhe des Korridors, der sogenannten Waschküche. Weil wir am Ziel sind, Ewert.«

»Am Ziel?«

»Bei der Wahrheit.«

SIE LAGEN NEBENEINANDER auf dem Bauch, Schulter an Schulter. Der als hochgefährlich eingestufte flüchtige Gefängnisinsasse hatte dem in die Jahre gekommenen Ex-Kommissar in diese Position geholfen, hatte eine schmerzende Hüfte und ein schmerzendes Knie dazu gebracht, einen schweren Körper auf den harten Fußboden hinuntersinken zu lassen. Im Licht der starken Taschenlampe, das auf den freigelegten Bereich am Boden des Abwasserrohrs gerichtet war, sagte ihr beiderseitiges Schweigen alles: Es leuchtete ein. Warum jeder, der möglicherweise zu einem früheren Zeitpunkt den Abflussdeckel geöffnet und hinuntergeblickt hatte, nichts als ein leeres Loch gesehen hatte. Warum das Aufsteigen eventueller Gerüche von der Zementschicht verhindert worden war und warum ein einzementierter Körper nicht alterte.

»Ich informiere den Anstaltsleiter.«

»Nein.«

»Glaubst du, es ist besser, dass du ihn informierst, Piet? Ich meine, falls sie auf die Idee kommen, die Glaubwürdigkeit des Überbringers zu überprüfen?«

»Wir informieren ihn nicht. Du scheinst zu vergessen, dass sich der Mann im Büro gegenüber von seinem mit dem Titel Sicherheitschef schmückt?«

Ewert Grens beugte sich vor, reckte seinen Kopf tief in das

Rohr hinunter, machte mit seiner Handykamera ein paar Fotos und kroch wieder zurück. Er war alles andere als gelenkig, hatte die Bewegung aber in einem Fluss zustande gebracht und sah so zufrieden aus, wie er sich fühlte.

»Die Lage ist folgende, Piet: Der Hauptzeuge, der das Grab obendrein gefunden hat, *kann* nicht aussagen – noch nicht. Weil er zufällig Schwedens meistgesuchter Straftäter ist. Okay? Darum müssen wir den Fundort mit Profis sichern, die inkognito arbeiten. Eine offizielle Polizeiermittlung würde diejenigen meiner Kollegen auf den Plan rufen, die nach dir fahnden, und die Person verschrecken, die wir für den Täter halten.«

Der ehemalige Kriminalkommissar wählte das schärfste Foto aus, ließ es das Display des Telefons ausfüllen und zoomte einen Halswirbel heran, bis dessen Anblick ebenso grotesk war wie der Gedanke, was er bedeutete.

»Ich werde den Anstaltsleiter also auf meine freundliche, aber bestimmte Art von dem Fund in Kenntnis setzen und ihn – wenn er mit seinen Einwänden fertig ist – davon überzeugen, seinem Sicherheitschef Juha Flemming einen vermeintlich dringenden Auftrag zu erteilen, der keinen Aufschub duldet und die ganze Woche andauert. Weit genug weg von hier. Und dann werde ich ihn bitten, eine leicht verspätete Voranmeldung zweier Gäste abzunicken, die ich in Kürze herbitten werde: den besten Rechtsmediziner und den besten Kriminaltechniker des Landes, zu denen ich größtes Vertrauen habe und die du bei anderen Gelegenheiten kennengelernt hast. Wenn die beiden hier fertig sind, Piet, ist die Festnahme nicht mehr weit.«

DER KRIMINALTECHNIKER NILS Krantz hatte seine Arbeit bei der Polizeibehörde im selben Jahr wie Ewert Grens begonnen und machte, wie der ehemalige Kriminalkommissar, freiwillig Überstunden, er verspürte ebenfalls kein Verlangen, am Leben draußen teilzunehmen. Ihre Wege hatten sich vierzig Jahre lang gekreuzt, und obwohl sie sich nie privat trafen, keine enge Freundschaft pflegten, nicht einmal an einem verregneten Sonntag eine Tasse Kaffee zusammen tranken, kannten sie einander auf eine Art, die nur die Zeit möglich macht. Der Kriminaltechniker kroch nun mit der Gelenkigkeit eines jungen Mannes in das Abwasserrohr hinunter, handhabte den schweren Bohrer und den leichten Steinhammer mit der gleichen versierten Eleganz und legte wie ein Archäologe bei einer Ausgrabung Stück für Stück eine Gestalt frei, die zusehends einem Menschen ähnelte. Keine Spur durfte zerstört, kein versehentlicher Abdruck des Täters verschlampt werden. Er hatte *eine* Chance, seine Arbeit richtig zu machen.

Piet stand einen Meter entfernt und hatte abgeschaltet, sich eingekapselt.

Sein Talent.

Als Kind, als er beschloss, die Schläge seines Vaters nicht mehr zu spüren, und laut über einen kleinen Mann lachte, der sein Beschützer sein sollte, aber selbst zum Angreifer wurde, der sein Kind verletzte. Er hatte den Mistkerl sogar aufgefordert, härter zuzuschlagen. Und als Erwachsener jedes Mal, wenn der Richter eines Bezirks- oder Berufungsgerichts auf Haftstrafe entschied und verfügte, dass er den Alltag nicht mit seinen Kindern verbringen würde.

Diesmal ging er weiter, ließ kein einziges Fenster zu seiner eigenen Welt offen – kapselte sich komplett ab. Um die Kraft zu haben, aufrecht zu stehen, zu atmen.

Seinen Gedanken fehlte die Farbe, seine Stimme gehörte einem anderen, seine Bewegungen waren mechanisch.

Wie sonst sollte er dabei zusehen, wie sein bester Freund wieder lebendig wurde?

Einem Zweiundvierzigjährigen Hallo sagen, der noch immer in seinem fünfzehnjährigen Körper steckte?

Als Nils Krantz mit dem Steinhammer die Konturen eines unversehrten Gesichts, gut erhaltener Arme und von zwei Schultern mit dem gleichen Schiefstand wie bei Großerbruder freilegte, hörte die Zeit auf zu existieren, und Piet verspürte den Drang, die Hand seines Freundes zu nehmen, zu den Zellen 3 und 4 zurückzukehren und dort weiterzumachen, wo ihre Wege sich getrennt hatten. Ewert sah ihn an und redete ihm ruhig zu, hielt ihn behutsam umfasst, als er in das Loch im Boden zu fallen drohte, während Ludvig Errfors, der Rechtsmediziner, auf den Ewert ebenso große Stücke hielt wie auf den Kriminaltechniker, versuchte, Piets inneres Chaos mit Fakten auszutarieren, indem er den Fäulnisprozess von Großerbruders Leiche beschrieb, wäre sie Luft und Wasser ausgesetzt gewesen. So aber, einzementiert, ohne jede Sauerstoffzufuhr, sei der natürliche Zersetzungsprozess, die Verwesung, verhindert worden. Alle Feuchtigkeit, sämtliche Körperflüssigkeiten, sei nach und nach absorbiert worden und durch die Poren im Beton entwichen. Darum sei die Leiche mumifiziert und eingeschrumpft und wie in einem Vakuum konserviert.

Doch am Ende half auch das nicht.

Abschottung, Festhalten, ruhiges Zureden, Rationalität.

Zu sehen, wie Großerbruder mit vorgebeugtem Nacken in die Hocke gezwungen worden war, damit er in das schmale Rohr passte, ohne dass ein Körperteil aus der frisch versiegelten Zementschicht des Abflusses herausragte, war schlimmer als jedes Leben, das Piet je gelebt hatte.

Er weinte.

»SIE KÖNNEN IHRE Meinung immer noch ändern, Piet.«
»Ich ändere meine Meinung nicht.«
»Er ist erstaunlich gut erhalten. Äußerlich.«
»*Sind Sie schwer von Begriff? Ich will ihn nicht noch einmal sehen.*«
Einen Tag später, in einem neu gekauften Anzug und im kalten Licht eines Obduktionssaals, Großerbruders zugedeckten Leichnam auf einer glänzenden Metallbahre vor sich, weinte Piet nicht mehr. Aber er trug Bilder in sich, die er niemals loswerden würde, Erinnerungen, die gegenwärtiger waren als jede Trauer.

»Tut mir leid, Errfors, ich wollte nicht ...«

»Ihr Freund hat nicht mehr gelebt, als er einzementiert wurde. Ich dachte, Sie würden das gerne wissen. Vielleicht macht der Gedanke die Sache ein klein wenig erträglicher.«

Ludvig Errfors, der Rechtsmediziner, mit dem auch Hoffmann in den vergangenen Jahren bei verdeckten Ermittlungen für Ewert Grens ein ums andere Mal zusammengearbeitet hatte, versuchte wie gewohnt, Emotionen mit Fakten und Wissenschaft in den Griff zu bekommen. Vielleicht war es sein eigener Weg, das Leben im Angesicht der Toten zu ertragen, die Erkenntnis, dass der Mensch sich immer wieder selbst vernichtete. Vielleicht der einzige Weg.

»Hätte er noch gelebt, hätte er eine Menge Zement geschluckt und tief in die Lunge eingeatmet. Die wenigen Fragmente, die ich in seiner Mundhöhle gefunden habe, sind wahrscheinlich ganz nebenbei dort hingeraten.«

Mit fünfzehn war Großerbruder größer gewesen als Piet, ein Meter fünfundachtzig, hatte aber nur fünfundsechzig Kilo gewogen. Siebenundzwanzig Jahre auf den Knien mit vorgebeugtem Nacken hatten ihn deformiert. Für die Untersuchungen des Rechtsmediziners war das bedeutungslos. Die Verletzungen, allen voran an Rumpf und Kopf, versetzten sie alle zurück an jenen Abend, an dem die Schläge des mit zunehmender Verzweiflung zuschlagenden Wärters immer brutaler geworden waren.

»Eine Gehirnblutung, Ewert. Vermutlich.«

Ewert Grens stand an den Füßen des Toten, dort stand er oft bei Obduktionen infolge tödlicher Gewalt, eine unbewusste Distanzierung von der Person, die er zu Lebzeiten nicht gekannt hatte, aber nach ihrem Tod kennenlernen musste.

»Vermutlich?«

»Ja.«

»Errfors – Vermutungen sind doch sonst nicht deine Sache?«

»Die Schläge auf den Körper sind unstrittig. Beweise einer schweren Körperverletzung, die vor jedem Gericht Bestand haben. Mehrere Rippenbrüche – die dritte, vierte und fünfte auf der linken Seite. Und eine Schädelfraktur, Schläfenbeinbruch. Daher meine Vermutung, was die Todesursache angeht. Nach so vielen Jahren ist das Gehirn nur noch eine breiige Masse. Es ist schwierig, konkrete Rückschlüsse zu ziehen. Aber das Gefäß, das an der Stelle des Schläfenbeinbruchs verläuft, ist aller Wahrscheinlichkeit nach geplatzt. Wir reden hier von extremer äußerlicher Gewalteinwirkung. Ich kann nicht mit hundertprozentiger Sicherheit sagen, dass eine Gehirnblutung die Todesursache war, aber ich denke, wir sind ziemlich dicht dran.«

Piet, der in einer Ecke stand, und Ewert, der eine Hand auf

Großerbruders leblose Füße gelegt hatte, warfen sich quer durch den kalten, sterilen Obduktionsraum, in dem das Leben auf glänzende Metallschalen verteilt wurde, einen Blick zu. Sie sagten nichts, waren sich aber einig. Für den Moment hatten sie alle Informationen, die sie brauchten, und setzten sich gleichzeitig in Richtung Ausgang in Bewegung.

»Einen Moment noch, Ewert.«

Der Rechtsmediziner legte das schmale, scharfe Skalpell zu den anderen Instrumenten auf den Rolltisch, zog seine doppelten Schutzhandschuhe aus und warf sie zusammen mit der Plastikschürze in einen Metalleimer an der Tür.

»Kommt mit mir raus, beide. Eine Tasse Kaffee, nebenan in meinem Büro.«

In seinem Büro wusch Errfors sich gründlich die Hände und desinfizierte sie mit antibakteriellem Alkohol. Dann goss er Kaffee in drei Tassen und deutete mit dem Kopf in Richtung des Obduktionssaals.

»Lazlo Kovács.«

»Wie bitte?«

»So habe ich ihn getauft. In unserer Datenbank. Ein ausländischer Staatsbürger, Ungar. Und er hat im Sommer Geburtstag. Ziemlich bald. Auf die Weise dauert es ein bisschen länger, bis alle zuständigen Behörden den Datenbankabgleich vorgenommen haben.«

Der Rechtsmediziner schob einige Papierstapel auf seinem Schreibtisch beiseite, stellte seine leere Kaffeetasse ab und richtete seinen Blick ausschließlich auf den ehemaligen Kriminalkommissar.

»Wie du weißt, hat mein Wort hier einiges an Gewicht. Wie es eben ist, wenn man an einem Ort bleibt, während andere kommen und gehen. Aber nicht einmal ich kann mit dieser Sache noch sehr viel länger hinterm Berg halten und falsche Daten einpflegen, ohne ein Disziplinarverfahren wegen eines Dienstvergehens zu riskieren. Auch nicht dir zuliebe, Ewert.«

»Noch eine Woche.«

»Eine Ewigkeit für eine Leiche, die offen in einer rechtsmedizinischen Abteilung liegt.«

»Wie lange?«

»Zwei Tage, maximal. Vielleicht drei.«

Jetzt wandte Errfors sich an Piet.

»Aber Sie sind das größere Problem.«

Oder an die Gesichtsmaske, die zu Verner Larsson gehörte.

»Bei einer Verurteilung wegen grober Dienstvergehen droht mir, wenn keine weiteren beruflichen Verfehlungen vorliegen, eine Geldstrafe. Aber Ihre Anwesenheit hier im Institut? Oder allein die Tatsache, dass ich schon in der Vallby-Anstalt wusste, wer Sie sind? Dafür wandere ich ins Gefängnis. Und dazu habe ich nicht die geringste Lust. Darum werde ich Sie anzeigen, aussagen, Sie in Vallby und in der Rechtsmedizin gesehen zu haben.«

»Nein.«

Piet hatte einen Lebenden gesucht, hatte aber nur den Tod gefunden. Lillebrors, Großerbruders. Eine Flucht ohne Antworten.

»Sie zeigen mich noch nicht an.«

»Ich habe keine Wahl.«

»Zwei, drei Tage. Das genügt, damit ich alles kläre. Geben Sie mir dieselbe Zeit wie der Leiche nebenan. Okay? Errfors?«

Es war die reinste Ironie. Dass die erfolglose Jagd nach einem Lebenden hier endete. An einem Obduktionstisch.

»Ewert, ich habe es so lange hinausgezögert, wie ich konnte.«

Der Rechtsmediziner sah Grens eindringlich an.

»Ich mache mich nicht strafbar. Ich habe mich für die andere Seite entschieden, genau wie du.«

»Du tust, was du willst. Was du für richtig hältst. Erstattest du Anzeige, bleiben wir hier und warten auf die nächstbeste Streife. Kein Problem. Du hast Piet und mir schon mehr geholfen, als wir je zu hoffen gewagt hätten. Erstattest du keine Anzeige, bleiben wir noch einen Moment und leihen uns dein Büro aus, um zu entscheiden, wie wir alles in drei Tagen aufklären können. Nach Ablauf der drei Tage hast du mein Wort, dass ich den Flüchtigen persönlich zur nächsten Polizeidienststelle begleite und seine Festnahme erkläre.«

Nach einer weiteren Tasse pechschwarzen Filterkaffees widmete sich der Rechtsmediziner erneut Großerbruders Leiche.

Ohne die Polizei gerufen zu haben.

Grens und Hoffmann konnten ihn durch das Doppelglasfenster zwischen Büro und Obduktionssaal beobachten, groß, kräftig und dunkel, mit dicken Brillengläsern und bedächtigen Handgriffen, die Selbstsicherheit ausstrahlten. Dort drinnen war der Rechtsmediziner zu Hause. So seltsam der Gedanke auch erscheinen mochte. Zu Hause bei denen, die gegangen waren.

Errfors hatte ihnen die Zeit gegeben, die sie brauchten, und Piet war gleichermaßen erleichtert wie angespannt.

»Ich habe selbst einmal Zement benutzt, Ewert. Nicht um Menschen darunter verschwinden zu lassen, sondern Dinge. Die nicht gefunden werden sollten.«

»Das heißt gestohlene Waren oder Drogen?«

»Oder beides ... Und dabei habe ich einiges gelernt. Wenn es so abgelaufen ist, wie wir glauben, hat Flemming mindestens zwei Nächte gebraucht. Damals war die Werkstatt in Vallby größer. Es gab sogar eine Garage, in der wir an Motoren rumgeschraubt haben, und da lagerten stapelweise Säcke mit Trockenbeton. Angenommen, der Bastard bekommt Panik. Begreift, dass eine Leiche bald anfangen wird zu stinken. Er zwängt Großerbruder in den Abfluss hinunter, geht irgendwann in der Nacht rüber zur Garage und füllt ein paar Sporttaschen mit der Zementmischung. Wasser und Eimer sind in der Waschküche vorhanden. Ein paarmal holt er in der Werkstatt Nachschub. Dann muss der Beton trocknen. Aushärten. Die Masse darf nicht klebrig sein. Das dauert mindestens einen Tag. Glatt ziehen und verputzen. Und zum Schluss den Abflussdeckel obendrauf als Schutz.«

Der Rechtsmediziner stand nun tief über Großerbruder gebeugt da, fast außerhalb des Bürofensters. Es fiel schwer, nicht daran zu denken, was er tat, wo seine Hände sich befanden und mit welchen Instrumenten sie hantierten. Ewert drehte sich um und folgte Piets Blick, sah, was er sah, und stand auf, um den Platz mit ihm zu tauschen.

Damit Piet mit dem Rücken zum Obduktionssaal saß.

»Danke.«

»Wenn du eine Pause brauchst, Piet, können wir ...«

»Wir machen weiter.«

Auf Errfors' Schreibtisch stand eine Karaffe mit lauwarmem Wasser. Piet füllte seine leere Kaffeetasse, trank sie aus, füllte nach.

»Darum, Ewert, habe ich heute Morgen noch einmal bei deinem Freund Billy angeklopft und ihn gebeten, auch die Nacht *nach* Großerbruders angeblicher Flucht zu überprüfen. Es hat nicht lange gedauert. Billy war noch eingeloggt, hatte überhaupt nicht geschlafen.«

»Und?«

»Die Tür des Objekts Waschküche wurde auch in der Folgenacht mit Juha Flemmings Schlüsselkarte geöffnet – insgesamt zwölf Mal. Als niemand vom Wachpersonal einen Grund hatte, sich dort aufzuhalten. Das Ein- und Ausstempeln beweist auch, dass Flemming, wie in der Nacht davor, jedes Mal eine ganze Weile dort geblieben ist.«

Ein Lächeln auf Piets Gesicht. Seit Langem mal wieder.

»Wir haben ihn, Ewert.«

»Wir haben niemanden.«

»Zweifelst du? An Billys Daten? Den Beweisen?«

»Nein.«

»Dann ...«

»Ja. Wir können beweisen, dass der Sicherheitschef der Vallby-Anstalt Juha Flemming sich am Tag von Karlo Lekos Verschwinden in der Waschküche aufgehalten hat. Erschwerende Umstände. Wir haben Indizien. Aber nichts, was ihn fast dreißig Jahre später unmittelbar mit Lekos Leiche verbindet.«

»Ich habe die Schläge gehört. Die Lehrerin hat sie gehört. Alle anderen, die damals in unserer Abteilung saßen und noch am Leben sind, haben sie gehört.«

»Gehört. Nicht gesehen. Auditive Erinnerungen, viele Jahre später: weitere Indizien. Aber kein Beweis.«

Ewert Grens fummelte sein Handy aus der Innentasche seines Jacketts, scrollte zur letzten E-Mail im Posteingang und gab Piet das Telefon.

»Lies. Von Nils Krantz. Er hat das Biologenteam vom Nationalen Forensischen Centrum gezwungen, der Analyse unseres Falls höchste Priorität einzuräumen, und der Befund ist schon da.«

Piet legte zwei Fingerspitzen auf das Display, vergrößerte den Analysebericht des NFC und verstand schnell, was Ewert meinte. Was zunächst Klarheit zu geben schien – Wortlaute, die feststellten, dass die Blutspritzer, Speichelreste und Sekretspuren auf Karlo Lekos Haut DNA-Sequenzen mit mindestens fünfzehn Markern enthielten und nicht von Leko selbst stammten –, verwandelte sich am Ende in Unklarheit.

Weil es sich um Spuren von *drei verschiedenen Personen* handelte. Und nur eine davon konnte mit vorhandenen DNA-Datensätzen abgeglichen werden.

Seine.

Nachweis von Sekret/DNA am rechten Arm des Opfers (untersuchte Kontamination am Handgelenk. Das Ergebnis spricht mit Sicherheit dafür, dass das Sekret/die DNA von Piet Koslow Hoffmann stammt, dessen DNA-Profil in der DNA-Datenbank verurteilter Straftäter gespeichert ist (Übereinstimmungsgrad +4).

Die beiden anderen DNA-Profile hingegen.

Hatten nicht abgeglichen werden können. Weder in der DNA-Datenbank verurteilter Straftäter noch im Datensatz tatverdächtiger Personen, noch in der zentralen Spurendatenbank, noch in der Eliminierungsdatenbank der Polizei.

Piet erinnerte sich daran, wie *er* Großerbruder berührt hat, wie er den Arm seines besten Freundes genommen und fest gedrückt hat. Die Erinnerung hat all die Jahre seltsam klar überdauert, ein Moment, der geblieben ist und nie an Deutlichkeit eingebüßt hat. Die letzte Berührung. Genauso deutlich erinnert er sich daran, wie die Lehrerin ihm gegenübersaß, sanft Großerbruders Wange streichelte und Großerbruders Stirn mit ihrer durchnässten Strickjacke abtupfte. Somit war sie eine von zwei Personen, die ein DNA-Profil ohne Datenbanktreffer hinterlassen hatten, die nie erkennungsdienstlich erfasst worden waren und nie unter Tatverdacht gestanden hatten. Und Piet Hoffmann würde in einem künftigen Gerichtsverfahren eine eidesstattliche Erklärung ablegen und bezeugen können, dass es sich genau so zugetragen hatte. Dass Malin Vargas DNA auf diese Weise mit Karlo Leko in Berührung gekommen war, was im Kontext der schweren Körperverletzung und der gespeicherten elektronischen Daten, die bewiesen, dass sie sich in jener Nacht ausschließlich im Schultrakt der Vallby-Anstalt aufgehalten hatte, dafür sprach, dass die dritte Person der gesuchte Täter war.

Piet wusste genau, wer das war.

Und er würde es jetzt beweisen.

PIET HATTE EINEN Tisch auf der Veranda des Riche reserviert, einen wirklich guten Platz mit Blick auf die Birger Jarlsgatan, und zwar ganz hinten in der Ecke, wo kaum Betrieb war. Ein elegantes Restaurant an einem warmen Stockholmer Sommerabend lockte immer, aber er staunte doch, wie einfach es gewesen war, den Sicherheitschef der Vallby-Anstalt dazu zu bringen, die Einladung anzunehmen und ihm nur wenige Stunden später mit einem guten Glas Wein in der Hand gegenüberzusitzen und zu lächeln. Piets Gefühl von neulich war zurück. Unbehagen. Scham. Als die Schmeichelei einer Urlaubsvertretung, die vorgab, mehr über die Geschichte und den beruflichen Werdegang eines einsamen Menschen erfahren zu wollen, ins Schwarze traf und Piet in seinem Glauben bestärkte, wie viel es bedeutete, für eine kleine Weile wichtig zu sein, Gesellschaft zu haben, wahrgenommen zu werden und Bestätigung zu erfahren. Piets Arbeit als Infiltrant hatte auf die gleichen menschlichen Bedürfnisse gesetzt. Herzen, die im Grunde verloren und einsam waren, dazu zu bewegen, ihn zu mögen, ihm zu vertrauen, ohne dass die Personen merkten, dass er ihnen sagte, was sie hören wollten, dass er dastand wie ein freundlicher Flurspiegel und ihnen ein Bild zeigte, das nicht der Wahrheit entsprach.

Sein Unbehagen hielt an, nicht aber die Scham.

Der Bastard saß ihm direkt gegenüber.

Die Schläge, der Schmerz, die Ewigkeit, Großerbruder auf den Knien, sein nach unten gepresster Nacken.

Piet schluckte. Schluckte. Der Hass blieb ihm Hals stecken, loderte in seinem Bauch.

Er konzentrierte sich auf den Tisch, auf geschmackvolles Porzellan und poliertes Besteck, und hörte zu, wie der Dreckswärter die Stimme senkte und ihm in vertraulichem Tonfall ein Geheimnis verriet, dass der Anstaltsleiter seinem Sicherheitschef in dieser Woche einen wichtigen Auftrag erteilt habe und er aus diesem Grund momentan nicht in der Vallby-Anstalt sei.

Sogar Piet Hoffmanns Lachen klang echt.

Laut und polternd als Reaktion auf Flemmings Anekdoten rund um eingesperrte Teenager, die Generation für Generation versuchten, ganze Abteilungen zu zertrümmern, aber zu schwach und zu naiv waren, um erfolgreich gegen das System zu rebellieren. Leise und bewundernd als Reaktion auf Flemmings umständliche Ausführungen darüber, wie er sein Leben dem Wohl junger Menschen widmete, und zur Bürde der Verantwortung, ein erzieherisches Vorbild zu sein.

Sie blieben länger, als Piet beabsichtigt hatte. Toast Skagen, gegrillter Steinbutt, Crème brulée, Kaffee und Cognac. Hinterher erinnerte er sich weder daran, wie etwas gerochen noch, wie es geschmeckt hatte, am Ende war da kein Raum, die Gefühle hinunterzuschlucken. Als der Dreckswärter sich entschuldigte, um zur Toilette zu gehen, nutzte Piet die Gelegenheit, Flemmings Dessertlöffel in eine Stoffserviette zu wickeln, beides in seine Jackentasche zu stecken, dem Kellner ein großzügiges Trinkgeld zu geben und hinaus in eine Hauptstadt zu schlendern, die keine Ahnung davon hatte, dass die zwei, die gerade im Riche an einem Ecktisch gesessen hatten, jeder in einer Gefängniszelle sitzen sollten.

VIERUNDZWANZIG STUNDEN NACH einem Restaurantbesuch in der Stockholmer Innenstadt traf aus dem forensischen Labor in Linköping ein Befund ein, der erneut alles veränderte. Dem Kriminaltechniker Nils Krantz war es dank langjähriger Zusammenarbeit gelungen, einen Biologen des NFC ein weiteres Mal dazu zu überreden, eine falsche Verfahrensnummer zu erstellen und sie an der langen Reihe echter Verfahrensfälle vorbeizuschleusen.

Auf beiden untersuchten Objekten, Stoffserviette wie Dessertlöffel, wurde Speichel/DNA nachgewiesen, die mit Sicherheit mit dem Sekret/DNA auf dem Körper des zuvor untersuchten Opfers übereinstimmt (Übereinstimmungsgrad +4).

Mehr brauchte Ewert Grens nicht. Er lief drei Stockwerke die Treppe hinunter, fort von ermittelnden Rentnern, mit denen ihn nichts verband, und hinein ins nächste Gebäude des Präsidiums. In die Mordkommission. Wo die Verbundenheit etwa vierzig Jahre größer war. Es dauerte eine Weile, bis der Dezernatsleiter Erik Wilson seine Unmutsäußerungen über die komplett geheim gehaltene und eigenmächtige Ermittlung eines ehemaligen Kriminalkommissars losgeworden war sowie seine lautstarke Erklärung, dass Teile der präsentierten Faktenlage aufgrund der Art ihrer Beschaffung wertlos seien, und nun hinter seinem großen Chefschreibtisch Platz nahm und sich die Vorteile anhörte, die es mit sich brachte, in Kürze per Pressemitteilung erklären zu können, dass ein fast dreißig Jahre alter Fall seine Auflösung gefunden hatte.

JUHA FLEMMING WURDE am nächsten Tag in den frühen Morgenstunden zu Hause verhaftet.

Eine kleine Wohnung in der Stockholmer Vasastan, zwei Zimmer, Küche, Bad, der Ort, an dem er aufgewachsen war, zwischen schweren Möbeln, die seiner Großmutter gehört hatten, und noch schwereren Vorhängen, die seine Mutter vor vielen Jahren aufgehängt hatte, und mit einem Bett, das an derselben Stelle stand wie einst sein Kinderbett.

Jetzt, nach sechzig Jahren, zog er von zu Hause fort.

Ein paar Kilometer weiter nach Süden, in eine fünf Quadratmeter große Zelle im Untersuchungsgefängnis Kronoberg.

DIESMAL FIEL ES Ewert Grens schwer, die Mordkommission und den angenehmen Rausch zu verlassen, der jedes Mal in ihm kribbelte, wenn er ein Rätsel gelöst und einen Schuldigen verhaftet hatte. Schließlich hatte sich ein großer Teil seines Lebens genau darum gedreht. Fast sein gesamtes Leben. Er saß eine lange Weile in Mariana Hermanssons Büro und störte sie, so sehr er konnte. Dann schlüpfte er zwei Türen weiter in den Raum, der an seinem fünfundzwanzigsten Geburtstag sein wahres Zuhause geworden war, wanderte zwischen vertrauten Wänden auf und ab, lauschte vertrauten Geräuschen, betrachtete durch das Fenster eine vertraute Aussicht auf den Innenhof des Präsidiums – und fühlte sich fremd zwischen den Einrichtungsgegenständen eines anderen in einer anderen Zeit. Zu guter Letzt unternahm er den Versuch, an Wilsons Büro vorbei zum Fahrstuhl und zum Ausgang zu schleichen. Es klappte in etwa so wie früher. Gar nicht.

»Ewert?«

Der ehemalige Kriminalkommissar antwortete nicht, ging weiter.

»*Ich habe dich gesehen.* Komm rein. Wir haben etwas zu besprechen.«

Ertappt wie ein Schuljunge. Ewert Grens machte kehrt, ging zurück in Wilsons großzügig bemessenes Eckbüro.

»Setz dich, Ewert.«

Grens gehorchte weiter. Es schien ihm angemessen. Die vielen Lügen der vergangenen Wochen würden seiner Angewohnheit, sich stets ein Stück außerhalb der Richtlinien zu bewegen, für einige Zeit den Riegel vorschieben.

Erik Wilsons innere Gefühlslage ließ sich, anders als die innere Gefühlslage des ehemaligen Kriminalkommissars, selten von seinem Äußeren ablesen; wütend oder glücklich, beunruhigt oder ruhig, Wilsons Miene blieb stets dieselbe, und Grens hatte sich nie entscheiden können, ob es eine gute oder unangenehme Eigenheit war. Erfolgreich war sie allemal. Während Wilson die Karriereleiter zum jüngsten Kommissar und jüngsten Dezernatsleiter der Polizeibehörde reibungslos hinaufgeklettert war, befand sich Grens in ständigem Konflikt mit seinem Umfeld. Mit jedem weiteren Jahr hatten sie ein bisschen mehr zueinandergefunden, sich zumindest akzeptiert, und nach und nach beide erkannt, dass dies wahrscheinlich das Level war, das sie zusammen erreichen konnten; Wilson hatte Grens so weit wie möglich freie Hand gelassen, und Grens hatte Wilson das Leben nicht unnötig schwer gemacht. Jetzt aber, bei ihrem ersten wirklich ernsten Gespräch als ehemalige Arbeitskollegen, war das Gesicht, das Ewert Grens auf der anderen Seite des Chefschreibtisches begegnete, alles andere als neutral. Glücklich und zugleich rasend vor Wut. Im selben Atemzug ruhig und hysterisch.

»Du hast einen fantastischen Job gemacht, Ewert. Den kältesten Fall aufgeklärt, von dem ich je gehört habe – einen Mord, von dem wir nicht einmal wussten.«

Am deutlichsten war das Wechselspiel zwischen Hoffnung und Hoffnungslosigkeit, das auf Erik Wilsons Wangen und Hals rote Flecken leuchten und seinen Mund lächeln und angespannt zucken ließ.

»Über deine Arbeitsmethoden müssen wir nicht reden. Das überlasse ich deinem Abteilungsleiter.«

Wilson verstummte. Wartete auf Grens' Reaktion. Der auf Wilson wartete.

»Aber ...«

Und jetzt tendierte sein Gesichtsausdruck eher zu Wut als zu Glück.

» ... wir müssen über Hoffmann reden.«

Das Lächeln verschwand, die angespannten Lippen blieben.

»Weil ich der Sache nachgehen muss.«

»Welcher Sache musst du nachgehen?«

»Ewert?«

»Ja?«

»Wir waren nicht immer einer Meinung ... Eigentlich fast nie. Aber vielleicht können wir uns auf eines einigen: Ich bin kein Idiot.«

»Darauf können wir uns einigen.«

»Ich werde Piet Hoffmanns Flucht untersuchen. Wer ihm geholfen hat. Warum die Leiche seines aus der Jugendanstalt verschwundenen Freundes, in der Hoffmann zum Zeitpunkt des Verschwindens des Jungen selbst gesessen hat, Jahre später ausgerechnet dort gefunden wird – *während* Hoffmann auf der Flucht ist.«

Ewert Grens' Blick war fest. Offenbar hatte er doch noch ein paar Lügen in petto.

»Darüber weiß ich nichts.«

»Mmm.«

»Aber frag ihn. Wenn du ihn findest. Ich bezweifle, dass er etwas über mich sagen wird. Warum sollte er?«

Und wieder einmal außerhalb der Richtlinien, konnte er ebenso gut weitermachen.

»Und wenn er nichts über mich sagt und ich auch keine Ahnung habe, dann gibt es keine Antworten. Oder, Wilson? Aber du kannst mich jederzeit feuern. Wieder.«

Grens legte die Hände auf die Armlehnen seines Stuhls, schickte sich an aufzustehen.

»Einen Moment noch.«

Der ehemalige Kriminalkommissar sank wieder nach unten.

»Ewert, wer ist deiner Ansicht nach der beste Mitarbeiter hier in der Mordkommission?«

»Du weißt, wer.«

»Wer?«

»Mariana Hermansson.«

»Und wenn ich sage, dass ich ihr vor ein paar Stunden die Leitung der Ermittlung rund um die Umstände von Piet Hoffmanns Flucht übertragen habe?«

»Dann sage ich, das ist eine ausgezeichnete Wahl.«

»Ganz meine Meinung. Weil sie ist wie du. Jemand, der *nie* aufgibt. Der früher oder später Spuren findet – jeder Täter hinterlässt Spuren – und die Wahrheit aufdeckt. Findet das deine Zustimmung? Willst du immer noch nichts sagen? Es wäre zu deinem Vorteil, wenn es von dir kommt – bevor es zu einer Anklage kommt.«

Für einen Moment wurde Ewert Grens zu Erik Wilson. Zeigte keine Gefühlsregung. Weder Überraschung noch Beunruhigung.

»Kann ich jetzt gehen?«

»Jetzt kannst du gehen.«

Grens stand auf und drehte sich hinter der Türschwelle draußen auf dem Flur noch einmal um.

»Übrigens … in einer guten halben Stunde.«

»Was ist da?«

»Wenn du mit ihm reden willst, Wilson. Mit Hoffmann. Dann

stellt er sich freiwillig. Irgendwo hier im Haus. Seine Flucht ist abgeschlossen.«

Ewert Grens ging weiter zum Fahrstuhl und zum Ausgang in Richtung Kungsholmsgatan. Hoch aufgerichtet und mit leichten Schritten. So sollte es wirken. Nur fühlte er sich nicht so. Mariana Hermansson. Einer der wenigen Menschen, die er an sich herangelassen hatte, die Tochter, die er nie hatte. Doch das würde keinen Unterschied machen. Wenn es um die Aufklärung von Verbrechen ging, darum, einen Schuldigen zu finden, scherte sie sich nicht um solche Dinge, und dafür liebte er sie.

Ihm war auch klar, was das bedeutete.

Wie es enden würde.

EIN LETZTER SPAZIERGANG in Freiheit. Doch erst einmal lehnte Piet Hoffmann sich auf seinem Stuhl zurück und schloss die Augen. Zum ersten Mal entspannt, seit er den Kiosk im Hochsicherheitsgefängnis Aspsås betreten, dessen Pächter niedergeschlagen hatte und unter einer knallroten Kappe mit der Aufschrift RICOS CATERING auf dem Schirm und in einer glänzenden Hose mit dem Schriftzug RICOS LEBENSMITTEL auf den Oberschenkeln hinausgegangen war.

Die Maskenbildnerin entfernte Stück für Stück seines zweiten Gesichts, Schicht um Schicht eines erfundenen Menschen, dessen Part er nicht mehr spielen musste. Am besten fühlte es sich an, Hemd und Anzughose auszuziehen und in die ungebügelte, abgetragene Jeans, das zerknitterte schwarze T-Shirt und die alten Turnschuhe zu schlüpfen, die in einer ihrer Schubladen auf ihn gewartet hatten.

Der Spaziergang vom Studio in der Högalidsgatan über die Västerbron nach Kungsholmen zum Polizeipräsidium war herrlich. Er blieb auf halbem Weg hoch oben auf der Brücke stehen. Von hier aus war die Hauptstadt am schönsten. Sanfter Sommerwind, vereinzelte Wolkenschleier an einem endlosen Himmel. Er hatte nie den Wunsch verspürt zu springen, vernarrt ins Leben, verstand aber die, die hier endeten.

Der letzte Moment in Freiheit.

Das war vermutlich der Grund, warum er es am Ende wissen musste. Und den Mut aufbrachte. Mit der Aussicht auf die Welt, wie sie auch sein konnte, hatte er den Mut, Zofia anzurufen.

Es wurde kein langes Gespräch.

Sie klang sachlich, fast gleichgültig, aber Piet wusste, dass dem nicht so war. Es war ihre Art, mit sich selbst, mit ihm und der Situation, für die sie die Verantwortung trug und die sie steuern musste, umzugehen. Sie wollte, dass er verstand, Satz für Satz, und dass ihre Stimme trug.

Du weißt, was ich gesagt habe.

Das war das letzte Mal, das letzte Versprechen.

Ich kehre zu mir selbst zurück.

Du sitzt im Gefängnis, aber dazu bin ich nicht bereit, nicht mehr.

Du kannst nicht weglaufen, ich kann es.

Aber ich laufe nicht vor etwas davon, ich laufe auf etwas zu, auf den Rest meines Lebens – verstehst du?

Piet verstand es. Würde aber niemals aufgeben. Und das sagte er.

»Hörst du, Zofia? Eines Tages komme ich raus, und dann ...«

Sie hatte schon aufgelegt.

Sein Blick blieb an der Aussicht haften, bis sie nicht mehr zu erkennen war, dann setzte er seinen Spaziergang unter dem endlosen Himmel vom höchsten Punkt der Brücke zum Polizeipräsidium und zum Eingang an der Kungsholmsgatan fort.

Er wusste, was gleich passieren würde, er war schon unzählige Male zur Fahndung ausgeschrieben gewesen.

Am Empfang zog er eine Nummer und setzte sich zwischen die wartenden Bürger und Bürgerinnen, die eine Anzeige erstatten oder einen neuen Pass abholen wollten. Ein allerletzter Moment, um wie alle anderen zu sein. Als er an die Reihe kam, seinen Namen nannte und sein Anliegen schilderte – dass er sich wegen unerlaubten Entfernens aus der Haft der Polizei stellen wolle –, löste dies im ersten Moment Verwirrung aus. Doch kurz darauf stürmten aus mehreren Richtungen bewaffnete Polizisten auf ihn los. In Anbetracht der Tatsache, dass er unbewaffnet war und sich freiwillig stellte, sprangen sie sehr viel rabiater mit ihm um als nötig. Aber weil er mit seiner Flucht aus einem ausbruchsicheren Gefängnis zuerst die Justizbehörde dem Gespött preisgegeben hatte, dann die Polizei, als er sich dem Zugriff einer groß angelegten Fahndung mit rekordverdächtiger Manpower entzog, dann die Bundesbehörde, als er als gesuchter Ausbrecher eine Stelle als Wärter in einem Jugendgefängnis ergatterte, konnte er es ihnen nicht verübeln, dass sie ein bisschen Dampf ablassen mussten.

Er rechnete mit ein paar Tagen im Untersuchungsgefängnis Kronoberg, seinem anschließenden Rücktransport ins Aspsås-Gefängnis, in Handschellen und Fußfesseln, mit zusätzlicher Wacheskorte vor und hinter dem Fahrzeug, und einer Zelle Wand an Wand mit Mulle.

Und – einem verbleibenden Strafmaß von neun Jahren.

IMMER GLEICH.

Immer gleich.

Der immer gleiche Gefängnisalltag.

Im inneren Gefängnis: die Gedanken, die jeden Abend nach dem Einschluss, in jeder endlosen Zellennacht und jeden Morgen vor dem Aufschluss wiederkehrten.

Im äußeren Gefängnis: die gleichen Abläufe wie am Tag davor und am Tag danach, die gleichen Gespräche mit den gleichen Leuten, das gleiche Frühstück und die gleichen LED-Glühbirnen in braunen Pappkartons, die gleiche Langhantel im Fitnessraum, das gleiche Abendessen.

Eine einzige Woche war vergangen, und alles war wie zuvor. Als wäre er nie weg gewesen, nie bedroht worden, wäre nie geflohen, hätte Lillebror nicht umgebracht und nicht Großerbruders einzementierte Leiche freigelegt.

Am Morgen – eiskaltes Wasser ins Gesicht, der Blick in den Spiegel mit Hugos Fragen im Ohr. *Wer bist du, Papa?* Die Stimme, gleichzeitig brüchig und stark, klein und groß. *Wer bist du, Papa? Ganz wirklich?*

Alles war wie zuvor – mit Ausnahme seiner Krönung. Er war jetzt König. So hatten ihn seine Mithäftlinge begrüßt, mit lautem Jubel und Beifall, als er, umgeben von einem Gefolge aus Wachen, durch das Gefängnis eskortiert worden war. Ein Ausbrecherkönig, der das System aufs Kreuz gelegt hatte und nicht geschnappt worden war, das war der Märchenstoff, aus dem in diesem speziellen Teil der Welt glänzende Königskronen geschmiedet wurden.

Und vielleicht, ja, wahrscheinlich war es so, hatte sich auch sein Bild der Straffortsetzung gewandelt. Dieselbe Zeitspanne, dieselbe Anzahl von Tagen, die er nicht zu zählen wagte, und doch war irgendetwas leichter geworden. All die Jahre, die er in verschiedenen Gefängnissen zugebracht hatte, hatte er zusammen mit jemandem abgesessen, seine Zelle stets mit einem besten Freund geteilt, der ohne Erklärung verschwunden war. Aber Großerbruder war fort. Weder Großerbruder noch Lillebror drangen mehr in ihn ein und beanspruchten Raum, den er nicht hatte. Er konnte sich sogar darauf freuen, eines weit entfernten Tages in eine Haftanstalt mit niedrigerer Sicherheitsstufe verlegt zu werden, wo die Kinder ihn viel einfacher und ohne Leibesvisitationen besuchen konnten.

»Kommst du?«

Heute ließ Piet das Frühstück ausnahmsweise aus, folgte einer Einladung in die Nachbarzelle. Mulle begrüßte ihn auf seine Art zurück – mit einem Rührkuchen, den der zu lebenslanger Haft verurteilte Mann mit einer eigenen Einstellung zu Gewalt selbst gebacken hatte.

»Zu viel Zitrone?«

»Genau richtig, Mulle.«

»Hab ihn fünfzig Minuten im Ofen gelassen …«

»Absolut perfekt.«

Je eine Portion Nescafépulver in heißem Wasser. Ein Kaffeekränzchen auf Mulles Bett.

»Prost, Hoffmann, prost …«

Mulle legte Wert darauf, dass ihre Plastikbecher fest zusammenstießen, ihm gefiel die Vorstellung des klirrenden Geräuschs von Porzellantassen.

» … auf Lillebror, dessen Zelle noch immer leer ist.«

»Prost, Mulle. Und danke. Ich hatte noch keine Gelegenheit, das zu sagen. Danke für das, was du … Danke. Du weißt – ein Bruder bleibt ein Bruder, wo immer er ist.«

»Was?«

»Warum im Keller frieren, wenn man auf dem Dach chillen kann.«

»Wovon … redest du?«

»Vergiss es. Kam mir nur gerade in den Sinn.«

Ein schöner Moment.

Zwei Menschen, die sich außerhalb der Gefängnismauern nie begegnet wären, hier drin aber selbstverständlich zusammen waren.

Sie hatten den Kuchen zur Hälfte aufgegessen, als Mulle sich unter das Bett bückte und einen zweiten hervorholte.

»Den Saft musst du selbst organisieren. Aber den Kuchen nimmst du gleich mit. Familienangehörige, die an der Hauptpforte klingeln; eure letzte Begegnung ist schon eine Weile her.«

Manche Menschen werden nie wirklich Sinn ergeben. Wie Mulle zum Beispiel. Ein fünffacher Mörder, der Piet zuliebe, ohne mit der Wimper zu zucken, einen sechsten vorbereitet hatte – gleichzeitig sorgte er sich um die Vaterrolle seines Zellennachbarn und versetzte sich in sie hinein, als sei er selbst Teil der Familie. Piet umarmte ihn herzlich, nahm das Tablett mit dem Kuchen und ging zur Tür der Abteilung, von wo zwei Justizvollzugsbeamte den Gefängnisinsassen Piet Hoffmann zu einem beaufsichtigten einstündigen Familienbesuch begleiteten.

Diesmal war es einfach schön, vom H-Trakt zu den Besuchsräumen zu laufen. Er verspürte so gut wie keine Nervosität. Jetzt, wo er sich eingestanden hatte, dass ihre Beziehung vorbei war, besaß er den Mut, Zofia in die Augen zu sehen und drei Kindern jenseits von Nachrichtensendungen in seinen eigenen Worten zu erklären, was geschehen war. Warum es geschehen war. Er wusste, dass sie sich Fragen stellten, sich schämten und wegen der Taten ihres Vaters jede Menge Quatsch gehört hatten. *Schwerverbrecher immer noch auf freiem Fuß. Landesweite Fahndung nach extrem gefährlichem Ausbrecher. Der dreifache Vater, der das Familienidyll gegen das Hochsicherheitsgefängnis eingetauscht hat.* Sie sollten wenigstens erfahren, wie er gedacht hatte. Dass er keine andere Wahl gehabt hatte. Auch Hugos Fragen sollten eine Antwort bekommen.

Ich bin dein Vater.

Ich bin derselbe Mensch, der Ewert zuliebe auf das Dach eines sechsstöckigen Hauses geklettert ist und sich in seine Wohnung abgeseilt hat, der dich während deiner ganzen Kindheit gezwungen hat, dich immer wieder in neuen Ecken der Welt zu verstecken, der schuld daran ist, dass unser Haus in die Luft gesprengt wurde.

Ich bin all das, Hugo, und gleichzeitig bin ich dein Vater.

Er ging zwischen den Justizvollzugsbeamten an Türen zu Bumsbetten und Klopapierrollen vorbei und blieb erst stehen, als einer der beiden das Familienzimmer aufschloss, das heute frei war. Dort stellte er Kuchen, Saftgläser und die Thermoskanne mit Kaffee auf den runden Tisch, überlegte dann, ob er sich in den roten Sessel mit weißen Kissen, in den grünen Sessel mit gelben Kissen oder in den blauen Sessel mit orangen Kissen setzen sollte, und setzte sich schließlich auf das lilafarbene Sofa mit schwarzen Kissen gegenüber. Es gab genug Plätze für sie alle.

Piet atmete ein, atmete aus. Doch ein bisschen nervös.

Bis die Tür aufging. Bis Rasmus und Luiza mit ausgestreckten Armen auf ihn zurannten und Hugo und Zofia ein kleines Stück hinter ihnen auftauchten.

Er musste nicht länger fliehen.

EINEN MONAT SPÄTER

DIE JUNIHITZE WAR in Juliregen übergegangen, das Gras auf der Wiese vor dem Vallby-Jugendgefängnis war höher geworden und schwankte im Wind, doch die Zeit schien stehengeblieben zu sein. Der Parkplatz war genauso voll, die Zahl der jugendlichen Mörder innerhalb der Mauern unverändert, und Ewert Grens war immer noch derselbe. Vielleicht war er auch ein kleines bisschen verjüngt. Ausgeruht, seit Piet wieder in seiner Zelle saß. Außerdem froh. Er wartete auf jemanden. Grens mochte diesen grenzenlosen Burschen wirklich, der Grips hatte und einen gealterten Kommissar seinerseits zu mögen schien, obwohl sie Großvater und Enkel sein könnten.

Asho Jafari hatte seine dreijährige Haftstrafe abgesessen und sollte in genau fünf Minuten aus dem Gefängnistor herauskommen. Der erste Tag vom Rest des Lebens. Denn am Ende hatte Asho sich für das Leben entschieden, dafür, die Hilfe eines ehemaligen Kriminalkommissars anzunehmen und aus der Bandenkriminalität auszusteigen, die niemand aus eigener Kraft verlassen kann.

Grens lachte im Auto laut auf, was er noch nie getan hatte.

Er dachte an ihre erste Begegnung zurück. Wie sich der schmächtige Knallkopf zu ihm vorgebeugt und gerufen hatte: *Ein fucking Glasauge. Ja, Mann. Du hast wirklich eins.* Auf diese Weise konnten unerwartete Freundschaften auch entstehen. Denn obwohl sie sich seitdem nur vier Mal gesehen hatten, jeden Montagnachmittag, würden sie es beide so beschreiben: als Freundschaft. Nähe, die gelegentlich zwischen zwei Menschen entsteht, ohne dass einer von beiden versteht, wie. So wie Grens und Billy, Grens und Hugo und Grens und Elin einander gefunden hatten.

Sie hatten ziemlich viel über Träume geredet. Nicht über die, die man in der Nacht hat, sondern über Träume von einer Zukunft, und im ersten Moment hatte Ewert Grens geglaubt, der Bursche wollte ihn auf den Arm nehmen – ein so junger Mensch, ein Meer von Zukunft vor sich, der sich nie irgendwohin geträumt hatte. »Jeder träumt«, hatte Grens gesagt. »Jeder Mensch hat insgeheim einen Traum, über den man vielleicht nicht spricht, nach dem man sich aber sehnt. Das Licht am Ende des Tunnels. Und du, Asho – du hast ein Bild von dir, wer du bist, wenn du aufhörst mit dem, was du tust, und aussteigst aus dem Milieu, in dem du dich bewegst.« Asho hatte die schmächtigen Schultern gezuckt. Nicht spöttisch, eher traurig. »Das Ende des Tunnels, von dem Sie reden, Kommissar. Da leuchtet nichts. Stockfinster. Da steht keiner und wartet. Wer sollte das sein?«

Dann kam er. Eine knallrote Tasche über der Schulter, schlenderte Asho durch das Gefängnistor, drehte sich auf halbem Weg um und zeigte allem und jeden, die noch dort drin waren, den Mittelfinger. Grens lächelte. Nicht über den Mittelfinger, die Geste ermüdete ihn bloß, er hatte zu viele Menschen aus dem Gefängnis kommen und sich wie Zwölfjährige aufführen sehen, sondern über das Gesamtbild. Freiheit. Möglichkeiten. Und er war hier und stand für beides.

In Vorbereitung auf Ashos Bewährungshilfe hatten sie ein gutes Gespräch geführt. Asho hatte offen und ehrlich erklärt, warum er sich nach dem Ende seiner Haftstrafe niemand anders als Ewert Grens als Bewährungshelfer vorstellen konnte, und

Ewert hatte sein Bestes getan zu begründen, warum er in seiner Freizeit einen Teenager namens Asho Jafari betreuen wollte, den er vor einem Monat noch nicht einmal gekannt hatte. Im Verlauf der Unterredung hatte der ehemalige Kriminalkommissar von Zeit zu Zeit den Blick des Sachbearbeiters gesucht und dort den aufrichtigen Respekt vor einem erfahrenen Polizisten gefunden, der sich ernsthaft engagierte und dessen Lebenslauf erheblich länger war als das Vorstrafenregister des entlassenen Jugendlichen. Er erinnerte sich, wie gut sich das angefühlt hatte. Mehr Verantwortung, genau das, wovor er sein Leben lang geflohen war. Er stieß wieder ein lautes Lachen aus, als er sich ausmalte, wie sie in gut einer Stunde zusammen durch seine große Wohnung im Sveavägen gehen würden, wie der junge Mann in eines der vielen Zimmer einzog und Elin und Michél kennenlernte.

Asho kam geradewegs auf sein Auto zu. Ewert kurbelte das Seitenfenster herunter, um *Hallo* zu rufen und *Spring rein, dann fahren wir los*. Ließ es jedoch bleiben.

Asho kam direkt auf sein Auto zu – und ging weiter. Hielt den Blick gesenkt, murmelte im Vorbeigehen leise *Sorry* und steuerte das nächste Auto an. Der ehemalige Kriminalkommissar justierte den Rückspiegel und entdeckte einen glänzenden, schwarzen Audi ohne die Aufschrift Jugendamt. Er gehörte auch nicht Ashos Familie, so viel war sicher. Sondern einer anderen Familie – den Brüdern, dem kriminellen Netzwerk.

»Du!«

Die Tür des glänzenden Audi war bereits geöffnet, und Asho schickte sich an, auf den Rücksitz zu rutschen, als Grens ihn einholte.

»Was machst du!«

Er bekam ein Stück Schulter und ein Stück Oberarm zu fassen.

»Asho!«

Grens zerrte ihn wieder aus dem Wagen.

»Wir hatten eine andere Abmachung!«

Ewert Grens hatte keine Zeit, sich mit den drei Kerlen zu befassen, die im Auto hockten.

Er senkte die Stimme, beugte sich vor.

»Ihr vergesst ihn. Okay?«

»Und wer zum Teufel bist du?«

Der ehemalige Kriminalkommissar sah Basecaps mit Gucci-Logo, Crossbody-Taschen mit Louis-Vuitton-Logo, dunkle Sonnenbrillen, Armbanduhren größer als Äpfel und diese schwarzweißen Adidas-Overalls, die Tumba-Anzüge genannt wurden. Sie hatten so ziemlich alles getan, ihrem eigenen Stereotyp zu entsprechen.

»Wer ich bin? Das willst du nicht wissen, Junge.«

Sie starrten, Blicke, die gefährlich wirken sollten, ihn aber kaltließen.

Jemand, der sich seine Dienstwaffe in den Mund geschoben und abgedrückt hatte, ließ sich nicht einschüchtern.

»Und du, Asho, gehst jetzt da rüber und setzt dich in *mein* Auto.«

Asho blickte von Grens zum Wagen, in dem der nächste Lillebror mit seinen Bodyguards saß, und wieder zu Grens.

»Deine Entscheidung, Asho. Du oder sie.«

Der Siebzehnjährige zögerte.

»Hier und jetzt, Asho. Du oder sie.«

Er stand zwischen zwei Leben.

»Danach hast du keine Wahl mehr, Asho. *Du – oder sie.*«

Sehr langsame, sehr kleine Schritte. Aber Schritte. Hin zum Auto eines in die Jahre gekommenen Ex-Kommissars.

Ewert Grens wartete, bis Asho an seinem Wagen angekommen war. Dann schaute er die Gucci-Basecap an, die auf dem Rücksitz des Audi hockte und den Ton anzugeben schien.

»Ich wiederhole: Ab heute vergesst ihr diesen Burschen.«

Dann ging auch Grens zu seinem Wagen zurück, ließ den Motor an und fuhr davon.

Sie sagten kein Wort.

Aber er spürte Ashos Angst, hörte das Herz des Jungen unter dem T-Shirt hämmern. Grens wusste ganz genau, mit wem Asho in den letzten Wochen gesprochen hatte und worüber. Die Druckmittel. Die Warnungen. Er hatte die Telefonliste mit Ashos ausgehenden Anrufen gesehen, die ihm ein Wärter namens Lucas in Vallby zur Verfügung gestellt hatte, und darum bei ihren Montagstreffen gebetsmühlenartig wiederholt: *Asho, vergiss dieses Leben*, hatte den Arm um ihn gelegt, obwohl es ihnen beiden unangenehm war, *du hast zwanzigmal versucht, diese Mauer zu überwinden, und holst dir jedes Mal wieder eine Beule auf der Stirn, wenn du dagegenrennst*, hatte ihn gezwungen, die Tür zu sehen, die es auch gab und die sich öffnen ließ, wenn Asho es wollte.

»Ein Willkommen-zurück-aus-dem-Gefängnis-Kaffee.«

Sie hatten die Stockholmer Innenstadt erreicht, ehe einer von ihnen das Wort ergriff. Es war Ewert. Er parkte in der Odengatan vor dem Café Ritorno, wo er schon Kaffee getrunken hatte, als Anni und er die Nachmittagsvorlesungen an der Polizeischule geschwänzt und sich Hand in Hand in einer Ecke des Cafés versteckt hatten.

»Mein Lieblingscafé. Als ich aus dem Irrenhaus für Komplettverrückte entlassen wurde und beschlossen hatte, mir nicht noch einmal in den Kopf zu schießen, hatte ich hier meinen eigenen Willkommen-zurück-Kaffee. Mit Zimtschnecken und Filterkaffee, der schmeckt ... ja, nicht wie der, den du in der Vallby-Anstalt getrunken hast.«

Auch beim Kaffeetrinken sagten sie nicht viel. Es war nicht nötig. Sie fühlten sich wohl. Ashos Gesicht war endlich so jung, wie er war, ohne die Anspannung, die bewirkte, dass die Haut sich straffte und der Mund einen boshaften Zug bekam. In diesem Moment war er nur er selbst.

»Ich wohne ein paar Minuten von hier entfernt. Im Sveavägen. Ein Zimmer wartet auf dich, Asho – wenn du es willst.«

»Ich muss ein paar Sachen holen. Von zu Hause. Oder – ja, von da, wo meine Mutter wohnt. In Alby.«

»Das Zimmer ist schon eingerichtet.«

»Mmm. Eher so was ... wie Erinnerungen. Eine Basecap. Ein paar Goldketten. Ein Foto von mir und meiner Schwester.«

»Du hast eine Schwester? Das hast du gar nicht erzählt.«

»Hatte.«

Grens tupfte die Zuckerstreusel auf, die von seiner Zimtschnecke gerieselt und auf dem Tisch gelandet waren.

»Nein.«

»Was, nein?«

»Ich erlaube nicht, dass du nach Hause fährst. Verstehst du nicht, Asho? Erst sagst du, dass du aussteigen willst. Dann änderst du deine Meinung und steigst in ihr Auto. Änderst deine Meinung ein zweites Mal und steigst in mein Auto. Wenn dein angekündigter Absprung eine Provokation war, weil niemand gehen darf, war das, was da vorhin auf dem Parkplatz passiert ist, in ihren Augen die reinste Demütigung. Wenn du vorher Angst vor den Konsequenzen hattest, warst du nie in größerer Gefahr als jetzt.«

Asho starrte in seine Kaffeetasse. Er hatte noch nicht einmal die Hälfte getrunken.

»Meine Mutter.«

»Ja?«

»Geht um keine Basecap oder Goldkette. Ich will sie ... noch mal sehen. Darum will ich nach Hause. Hallo und Tschüs, quasi.«

»Du kannst sie so oft besuchen, wie du willst. Wenn ein bisschen Zeit vergangen ist und wir wissen, dass du dort sicher bist. Ich fahre dich jedes Mal zu ihr, versprochen. Komme mit rein oder bleibe im Auto. Was dir lieber ist.«

Asho antwortete nicht. Er sagte nichts mehr, aß nichts mehr, trank nichts mehr. Der Willkommen-zurück-aus-dem-Gefängnis-Kaffee war beendet, und Ewert stand auf.

»Dann fahren wir nach Hause in dein neues Leben. Die Zukunft, Asho.«

Sie gingen an der Kuchentheke vorbei in Richtung Ausgang und der belebten Odengatan draußen vor der Konditorei.

»Ich muss aufs Klo. Ich muss pissen, bevor wir gehen. Okay?«

Asho drehte sich um, ging an dem Tisch vorbei, an dem sie gerade gesessen hatten, und verschwand in dem Toilettenraum in der hinteren Ecke des Cafés. Ewert Grens lehnte sich an ein Ende der Kuchentheke und bemühte sich, Gästen, die etwas bestellten, nicht im Weg zu stehen.

Einige Minuten verstrichen. Noch ein paar. Der ehemalige Kriminalkommissar mit dem dünnsten Geduldsfaden der Welt spürte die Unruhe in seiner Brust kribbeln, es fiel ihm schwer, still zu stehen, wenn der Körper bereits vorausgeeilt war. Eine Viertelstunde. Dann hatte Grens' Geduld ein Ende. Er folgte Ashos Schritten vor die verschlossene Toilettentür.

»Asho?«

Er klopfte zunächst behutsam, dann fester.

»Du? Was treibst du dadrin?«

Eine weitere Viertelstunde. So lange brauchte Grens, um den Cafébetreiber davon zu überzeugen, dass etwas nicht stimmte und der Mann einwilligte, den Ersatzschlüssel aus seinem Aufbewahrungsort in der Kasse zwischen Scheinen und Münzen zu nehmen und ihn zu benutzen.

Grens rief noch einmal laut Ashos Namen, dann schloss er die Tür auf.

Das Fenster zum Innenhof stand offen, schwang leicht im Wind. Eine quadratische Öffnung, nicht besonders groß, aber groß genug für einen schlanken und gelenkigen Siebzehnjährigen, der sich hinausgezwängt hatte und zwischen zwei Fahrradständer hinunter auf den Hof gesprungen war.

Asho war getürmt. Und der ehemalige Kriminalkommissar wusste, weshalb.

Nachdem er eine ganze Kindheit lang über Regeln und Gesetze gelacht und ein Nein in ein Ja verkehrt hatte, lief er nach Hause zu seiner Mutter, um sie zum Abschied zu umarmen, was ihm nicht zugestanden worden war.

Ewert Grens rannte nicht oft. Jetzt rannte er. Durch das Café auf die Straße zu seinem Auto. Wenn Asho aus dem Fenster gesprungen war, sich durch die Innenhöfe geschlagen hatte und durch eines der Wohnhäuser auf die Hälsingegatan gelangt war, konnte er von da zur U-Bahn-Station Odenplan gelaufen sein, die grüne Linie bis Slussen genommen haben und dort in die rote Linie umgestiegen sein. Und in dem Fall würde er in ein paar Minuten in Alby aus dem Zug steigen.

Der ehemalige Kriminalkommissar suchte aus der dünnen Plastikmappe mit der Aufschrift ASHO auf dem Rücksitz die Adresse der Mutter heraus, gab Straße und Hausnummer ins GPS ein und raste in halsbrecherischer Manier an Autoschlangen vorbei, indem er auf Gegenfahrbahnen wechselte, rote Ampeln überfuhr und ebenso oft Radwege wie Straßen nutzte.

Eine ruhige, angenehme und vergnügliche Fahrt. So hatte er sich die letzte Wegstrecke zwischen Café und seinem Zuhause vorgestellt. Hatte sich auf das Gefühl gefreut, zu zweit nebeneinanderzusitzen und zu wissen, dass sie gleich am Ziel waren – er mit einer größeren Verantwortung, die er in diesem Augenblick übernahm, Asho in einem neuen Leben.

Panik. Das war in diesem Moment sein einziges Gefühl.

Schwarze, kalte, hässliche Panik, die ihm den Atem raubte und ihn behielt.

Auf der E4 hatte die Rushhour noch nicht eingesetzt, und Grens fuhr noch schneller. Stockholms südliche Vororte säumten beide Seiten der sechsspurigen Autobahn, Orte, an denen er in einem aktiven Polizistenleben andere Bandenkriminelle gejagt hatte, die ihren Nachbarn den Alltag raubten. Die Ausfahrt Richtung Tumba und Alby und hinein in die Betonwüste der Innenhöfe und Vorplätze, die alle gleich aussahen. Er zählte die Wohnblocks und bremste vor dem zwölften. Die Glasscheibe der Eingangstür war eingeschlagen worden, und die Gegensprechanlage baumelte an kaputten Drähten. Neun Stockwerke und eine farblose Fassade, sofern Betongrau keine Farbe war, ein paar Meter von einem heruntergekommenen Vorort-Zentrum entfernt, das einmal Zukunftsglauben verströmt hatte. Grens rannte wieder, diesmal zur Eingangstür und zu der Tafel neben dem Aufzug mit Namen von insgesamt achtundvierzig Mietparteien, suchte nach dem Nachnamen Jafari und fand ihn im achten Stock.

Irgendjemand hatte HEROIN auf den Fahrstuhlspiegel gesprüht und jemand anderes mit HIMMEL auf der Fahrstuhlwand gekontert. Grens bekam seine Atemzüge noch immer nicht zurück, die Panik hatte ihn im Griff. Im achten Stock drückte er gegen die Fahrstuhltür, bekam sie aber nicht auf. Etwas versperrte den Weg. Er stemmte sich gegen sie und vergrößerte den Spalt. Mehr Kraft, ein paar kräftige Stöße, und das, was den Weg blockierte, gab nach und rutschte über den Fußboden, bis der Spalt groß genug war, dass er herauskam.

Ein Mensch. Das hatte ihm den Weg versperrt.

Ewert Grens sank in die Hocke, tastete an Handgelenk und Halsschlagader nach einem Puls.

Und schrie vor Wut und Hilflosigkeit.

ZWEI MONATE SPÄTER

EDDIE HATTE EINEN Plan, genau wie er gesagt hatte.

Er war nicht wie dieser Idiot Asho. Asho hatte die falsche Entscheidung getroffen. Sich für das falsche Auto entschieden. Hatte ein Kaffeekränzchen veranstaltet, während jemand zur Wohnung seiner Mutter ging und dort auf ihn wartete. Er hatte gewusst, was passieren würde. Wie alle hier es gewusst hatten. Eine Kugel in die Stirn.

Asho war ein Idiot, aber Eddie hatte nicht vor, ein Idiot zu sein.

Also wurde der Kleinbus der Vallby-Anstalt eines Vormittags auf dem Weg zu einem Arzttermin im Karolinska-Universitätskrankenhaus von einem schwarzen Pkw von der Straße abgedrängt und der junge Mörder von vier maskierten, mit Kalaschnikows bewaffneten Männern befreit. Ein paar Tage später – ein Teil des Plans, den er zwei Monate zuvor Piet Hoffmann beziehungsweise dem Gefängniswärter Verner Larsson anvertraut hatte – trat Eddie dem Ortsverein der Råby Soldiers an der Costa del Sol bei. Eine von mehreren schwedischen Gangs, die in Südspanien lokale Gruppen gegründet hatten, unter dem Namen »Los Suecos«, und die die spanische Polizei und Justiz zunehmend vor ein Problem stellten. Verantwortlich für eine explosive Welle der Gewalt – Foltermorde, Bombenanschläge, Auftragsmorde – und mit einem wachsenden Anteil am internationalen Drogenhandel. Die neue Niederlassung war geografisch das perfekte Drogentor nach Europa: für Kokain aus Südamerika und Haschisch aus Nordafrika.

Sie lebten in aberwitzigem Luxus. In Häusern, die selten weniger als fünfzig Millionen Kronen kosteten. Schliefen aus Sicherheitsgründen aber nie mehr als zwei Nächte hintereinander im selben Bett.

Sie schlugen sich die spanischen Nächte um die Ohren und spielten reich. Eddie war befreit und für denselben Auftrag rekrutiert worden, für den er in Schweden eingesessen hatte. Er drohte und schoss genauso unbekümmert wie früher, eine ideale Arbeitskraft, und natürlich wurde er mit einem ordentlichen Packen Geld entlohnt; aber am wichtigsten war der Beifall, die Bestätigung, das Gefühl, etwas Größerem anzugehören.

An seinem sechzehnten Geburtstag wurde er von der Policía Nacional festgenommen. Ebenso wie viele andere Mitglieder der Gruppe mit eher niedrigem Status und gewalttätigen Aufgaben. Diejenigen, die schon etwas länger vor Ort waren, wurden zu lebenslanger Haft verurteilt, Eddie bekam achtzehn Jahre, doch nicht einmal er selbst rechnete damit, lebend rauszukommen.

Ein sehr kurzes Leben. Ja. Aber sein Leben.

So sah Eddie die Sache. Fette Uhr. G-Benz. Auf den Rest scheiß ich.

Immerhin war ich ein paar Wochen lang King.

VIER MONATE SPÄTER

»LASS MICH. ICH erledige ihn, Piet! Wenn die Hälfte von dem, was du von früher erzählt hast, was dieser Bastard getan hat, wahr ist, dann ist es richtig. *Richtig, Piet!*«

»Also ...«

»Hör zu: Ich packe seinen Kopf und drücke ihn auf den Zellentisch, sein Kehlkopf landet auf der Kante. Der Tisch schließt fast bündig mit dem Bett ab. Aber dazwischen ist ein kleiner Spalt. Und wenn ich ihm mit dem Ellbogen auf die Halswirbel schlage, dann brechen sie.«

»Mulle, ich ...«

»Die Halswirbel brechen wie Streichhölzer. Ich schwöre. So habe ich es schon mal gemacht. Genau da, wo die Tischkante mit der Bettkante abschließt. Einfach perfekt.«

»Wir *werden* ihn erledigen. Auf eine andere Art. Deine Methode ist zu schnell, zu einfach.«

Mulle hatte mit geschlossenen Augen auf dem Boden seiner Zelle gelegen, als Piet hereingekommen war. Hatte aber nicht geschlafen, sich bloß ausgeruht. Er hatte Piets Anliegen sofort verstanden und war mit roten Flecken am Hals aufgesprungen. Das Urteil gegen Juha Flemming war rechtskräftig. Der ehemalige Sicherheitschef der Vallby-Anstalt wurde in diesem Moment aus der Untersuchungshaft ins Aspsås-Gefängnis überführt, um seine lebenslange Haftstrafe anzutreten.

Flemming hatte im Prozessverlauf schwere Körperverletzung eingestanden, Totschlag oder Mord jedoch bestritten. *Wenn sie angreifen, müssen wir uns verteidigen.* Seinem Anwalt zufolge hatte Flemming keine Tötungsabsicht gehabt. Dann hatte der Anwalt, auf Drängen des Staatsanwalts, jedoch selbst etwas geschildert, das sich mit Piets Vermutungen deckte: dass Flemming Großerbruders Leiche zunächst in das Abwasserrohr hinuntergezwängt hatte, nur um einzusehen, dass tote Menschen anfangen zu riechen, und in den darauffolgenden zwei Nächten mit einer Zementmischung in die Waschküche zurückgekehrt war, wo er an Ort und Stelle Wasser hinzugefügt und Beton angerührt hatte.

Die Entscheidung des Gerichts, Mord, fiel einstimmig aus.

Wegen der DNA-Spuren auf Karlo Lekos Leichnam, die mit Juha Flemmings DNA-Profil übereinstimmten.

Wegen der Aussagen mehrerer Zeugen, die sich zum Tatzeitpunkt in der Vallby-Anstalt aufgehalten hatten und von einem extrem brutalen körperlichen Übergriff berichteten.

Wegen der Aussage des Rechtsmediziners Ludvig Errfors zum hohen Maß an äußerlicher Gewalteinwirkung, das aller Wahrscheinlichkeit nach Karlo Lekos Tod verursacht hatte.

»Komm schon, Piet! Ich ramme ihm meinen Ellbogen ins Genick, und damit hat sich das Ganze.«

»Mulle – danke. Vielleicht später. Der Bastard wird *bald* hier sein, *hier* bei uns einsitzen. Ein Dreckswärter, dem der Ruf eines Teufels vorauseilt, und viele hier haben als jugendliche Straftäter seinen Weg gekreuzt. Seine Strafe wird jeden Tag aufs Neue vollstreckt. Jede Menge Prügel. Angst vor noch mehr Prügel, ohne zu wissen, wann, ohne entspannen zu können. Er wird in seiner Zelle an Altersschwäche sterben, verprügelt und bedroht. *Das ist seine gerechte Strafe.*«

Der Rest des Tages war ein einziges Warten. Es dauerte jedes

Mal sonderbar lange, bis die Einweisung eines Neuzugangs abgeschlossen war und er den eiskalten Tunnel entlangeskortiert wurde und begriff: Dies ist mein neues Zuhause. Hier werde ich leben, bis ich viel, viel älter bin, während das Leben außerhalb dieser Mauern weitergeht.

Es war später Nachmittag, als Juha Flemming in seiner Zelle ankam, sich auf das Bett setzte und aus dem vergitterten Fenster auf den gekiesten Freiganghof hinausblickte. F-Trakt, linke Seite Mitte. Piet hatte einen der Wärter bestochen, die gegen Bezahlung kleine Gefälligkeiten erbrachten. Er durfte den F-Trakt betreten und sich dort ohne Fragen frei bewegen.

Flemmings Zellentür stand einen Spaltbreit offen. Dahinter waren ein Bein und ein Arm zu sehen. Piet klopfte an, wartete auf eine Antwort, die nicht kam, klopfte erneut.

»Ja?«

Piet öffnete die Tür und betrat eine Zelle, in der sich niemand eingerichtet hatte, keine Bilder an den Wänden, keine Blumentöpfe, keine Kaffeekanne, kein Fernseher, nicht einmal Vorhänge, mit denen manche Langzeitgefangenen in aller Eile die Fenster verkleideten.

»Hallo.«

Der Dreckswärter blieb auf dem Bett sitzen, musterte den Besucher, ohne zu antworten.

»Ich wollte dich nur willkommen heißen.«

»Okay. Danke. Denke ich.«

Der Dreckswärter sah mitgenommen aus. Ein erstmals Verurteilter, der sich weigerte zu akzeptieren, dass dies kein Albtraum war. Die Stirn glänzte vor Schweiß, der Blick flackerte.

»Sonst noch was?«

Auch die Stimme, die scharf klingen sollte, geriet zu einem kläglichen Jammerton.

»Wenn nicht, wäre ich gern allein.«

»Eine Sache.«

»Ja?«

»Hier sitzen viele, die vor langer Zeit in Vallby gesessen haben.«

Der Druckswärter zuckte zusammen.

»Ja ...«

Als hätte Piet Hoffmann ihn geohrfeigt.

» ... das ergibt sich wohl so. Ein ewiger Kreis. Schwer, sich daraus zu befreien.«

»Und die Sache ist die: Wer im Jugendgefängnis gesessen hat, Juha, wird älter. Erwachsen.«

»Ja. So ist es.«

»Erinnert sich aber noch *ganz genau*, wie es dort war.«

Der Druckswärter zuckte erneut zusammen – Beunruhigung, die nun sichtbar nach außen trat.

»Das wollte ich dir nur sagen. Damit du Bescheid weißt. Du hast eine sehr, sehr lange Strafe vor dir und wirst diesen Leuten fast ständig begegnen.«

Sie sahen sich an, bis der Druckswärter den Blick abwandte.

»Ach – ich hätte doch noch was.«

Piet wartete, wollte, dass sich ihre Augen wieder trafen.

»Ich habe mir geschworen, den Satz *Du bist ein Nichts* später im Leben noch einmal zu wiederholen. Jetzt ist es so weit. *Du bist ein Nichts.*«

Verwirrt. So sah der Druckswärter aus.

»Und eine allerletzte Sache: der Steinbutt.«

Aus Verwirrung wurde Überraschung.

»Was?«

»Er hat vorzüglich geschmeckt, nicht wahr? Wir hätten vielleicht jeder noch einen Nachschlag bestellen sollen? Oder noch mehr Crème brulée oder Cognac?«

Damit stieß Piet die Zellentür auf und ging davon.

Ohne sich umzudrehen.

FÜNF MONATE SPÄTER

AM SELBEN TAG, an dem der Oberste Gerichtshof Juha Flemmings Antrag auf Wiederaufnahme des Verfahrens ablehnte, ordnete Ludvig Errfors den Transport von Karlo Lekos Leiche zum Krematorium an.

Sagte ihn aber umgehend wieder ab.

Seit dem Prozess gegen den Sicherheitschef hatte er die Bahre mit Karlo Lekos sterblichen Überresten regelmäßig aus ihrem Fach im Kühlraum gezogen und die Leiche betrachtet, ohne zu wissen, weshalb. Vielleicht ging es ihm so wie Ewert Grens und allen anderen, die vier Jahrzehnte in ein und demselben Beruf arbeiteten – manchmal summiert sich Erfahrung zu Gedanken, die sich weder begründen noch erklären lassen, sie sind einfach da.

Im Vorfeld der Anklageerhebung hatte sich Errfors' Obduktion auf die äußere Gewalteinwirkung fokussiert, um auf Wunsch der ermittelnden Beamten festzustellen, ob die Schläge der Wärter einen tödlichen Ausgang herbeigeführt haben könnten. Inzwischen ließ ihn aber das Gefühl nicht mehr los, dass man den Fall anders hätte handhaben müssen. Und das war der Grund, weshalb er im letzten Moment eine neue und umfassendere Analyse toxikologischer Proben vornahm, obwohl man ihn nicht damit beauftragt hatte.

Und nun lag das neue Ergebnis vor ihm auf dem Schreibtisch.

Ein Ergebnis, das nichts an der Richtigkeit seiner Aussage vor

Gericht änderte: Der körperliche Übergriff des Sicherheitschefs *hatte* Verletzungen verursacht, die zum Tod geführt haben *könnten*. Doch in dem Befund, den der Rechtsmediziner nun erheblich später las, stand ein Wort, das ihn zwang, an diesem späten Abend an seinem Arbeitsplatz zu bleiben.

Amatoxin.

Ein besonders tödliches Gift, mit dem er nur allzu vertraut war. Im Lauf der Jahre hatte er etliche Verstorbene obduziert, die dieses Gift auf die eine oder andere Art eingenommen hatten, und es erforderte keine große Menge, um Leber, Nieren, Magen- und Darmtrakt zu schädigen.

Zur Sicherheit überprüfte er das Analyseergebnis ein zweites Mal, doch es ließ nur eine einzige mögliche Deutung zu.

Die Menge Amatoxin in Karlo Lekos Leichnam war nach jahrelangem Abbau zwar gering, aber dennoch hoch genug, um auffällig zu sein.

Mehrere Monate nach der Urteilsverkündung gab es plötzlich zwei mögliche Todesursachen.

Zwei mögliche Mörder.

SECHS MONATE SPÄTER

EWERT GRENS HATTE auf diesen Tag gewartet. Früher oder später würden sie an seine Tür klopfen und ihn bitten mitzukommen. Es wäre sogar schön, sich nicht mehr länger die Frage nach dem *Wann* stellen zu müssen – wie ein zum Tode Verurteilter, der nur noch wenige Monate zu leben hat.

Er war überwiegend zu Hause geblieben. Hatte so viel Zeit mit Elin und Michél verbracht, wie sie ihm zustanden, und ihnen erklärt, dass er – falls es so kam, wie er vermutete – dafür gesorgt hatte, dass sie so lange in der Wohnung wohnen bleiben konnten, wie sie wollten, und Michél zu Elins neuem Vormund ernannt werden würde. Denn Grens und das Jugendamt waren sich darin einig, dass Michél – an Körper und Seele geheilt – diese Verantwortung ebenso gut tragen konnte wie jeder andere.

Er hatte auch viel Zeit ausgestreckt auf dem Cordsofa in seinem nachgebauten Dienstzimmer verbracht und Sechzigerjahremusik gehört, war dabei hin und wieder eingenickt und beim Aufwachen unsicher gewesen, in welcher Zeit er sich befand; es kam vor, dass er dachte, Anni käme gleich vorbei.

Als Ludvig Errfors ihn und Piet eines Abends aus dem Rechtsmedizinischen Institut wegen eines äußerst tödlichen Giftes namens Amatoxin anrief, das sich auch Jahre später noch deutlich in Karlo Lekos Leiche nachweisen ließ, war die Welt plötzlich so seltsam, wie Grens sich häufig fühlte. *Zwei mögliche Todesursachen.*

Unabhängig voneinander. Da gegen ihn selbst ein Ermittlungsverfahren lief, musste Grens sich nicht nur von der Mordkommission fernhalten, sondern auch von seinem Platz zwischen den Rentnern in der Cold-Case-Abteilung, und konnte die neue Vorermittlung nur aus der Ferne verfolgen. Keinen Schritt. Sie kamen keinen Schritt weiter. Sosehr das Ermittlungsteam das Gift, das in Lekos Leichnam gefunden worden war, auch drehte und wendete, es ließ sich keine hinreichende juristische Schlussfolgerung finden. Weder stichhaltige Beweise noch eine zusammenhängende Indizienkette führten zu einem anderen Mörder.

Am frühen Morgen.

Diesen Zeitpunkt hätte der ehemalige Kriminalkommissar selbst gewählt.

Da klopften sie an seine Tür, und Grens' Warten hatte ein Ende. Mariana Hermansson, für gewöhnlich ein Ausbund an Professionalität, erschien in Begleitung von vier uniformierten Polizisten und war sichtlich mitgenommen von ihrer Dienstpflicht. Bei ihrer letzten Begegnung hatte sie ihn auf dem Flur der Mordkommission umarmt wie die Tochter, die er nicht hatte, froh, dass er wieder zurück war. Jetzt forderte sie ihn auf, sich umzudrehen, um ihm Handschellen anzulegen.

Sie wussten beide, dass sie ihre Arbeit genauso tadellos verrichtete wie immer. Dass Ewert Grens nun verhaftet und wegen des Verdachts der Beihilfe zur Flucht und Strafvereitelung in Untersuchungshaft genommen werden würde.

Dann angeklagt. Dann verurteilt.

Er hätte sich niemals vorstellen können, dass ein langes Leben als Polizist, vierzig Jahre im Dienst des Gesetzes, in denen er Verbrechen aufgeklärt und Kriminelle hinter Gitter gebracht hatte, mit seiner eigenen Gefängnishaft enden würde.

SIEBEN MONATE SPÄTER

SIE LAS MORGENS gern die Zeitung. In Papierform – sie in den Händen zu halten, die Seiten rascheln zu hören, nicht mit Tasten herumscrollen zu müssen und die Augen vor einem Bildschirm zu überanstrengen. Sie stand sogar extra ein bisschen früher auf, um am Frühstückstisch beide Morgenzeitungen durchzublättern. Ihre Tochter wies sie stets darauf hin, dass das, was morgens in der Papierzeitung stand, schon gestern passiert war, und das stimmte. Aber sie hatte genauso recht. Wenn sie am Vorabend weder die Fernsehnachrichten verfolgt noch ins Internet geschaut hatte, wenn sie von den Meldungen, die sie am Morgen las, noch keine Kenntnis hatte, dann waren es nach wie vor neue Meldungen. Für sie.

Der Wimpel am Briefkasten zeigte nach oben.

Die Zeitungen waren gekommen.

Sie ging in Hausschuhen nach draußen, es war ein schöner Tag, lief den Steinweg entlang. Es war vielleicht ein wenig kindisch, aber es machte sie nach wie vor glücklich, den handgeschriebenen Namen VARGA an der Seite des Briefkastens zu sehen. Dass ausgerechnet sie ein richtiges Zuhause, eine richtige Familie, ein richtiges Leben gefunden hatte. Für viele Menschen war das eine Selbstverständlichkeit, und sie beneidete sie darum. Sie selbst hatte noch immer Angst, dass eines Tages jemand an die Tür klopfte und zu wissen verlangte, was sie dort mache, *in ihrem Haus*.

Sie schlug die Dagens Nyheter auf, stets ihre erste Lektüre, und trank beim Überfliegen der Artikel eine Tasse Kaffee. Las mal hier, mal dort.

Bis sie an diesem Morgen abrupt innehielt.

Auf Seite vierzehn und fünfzehn: nach einigen Monaten des Schweigens ein neuer und ausführlicher Artikel über den Sicherheitschef eines Jugendgefängnisses, der einen Insassen ermordet hatte und daraufhin selbst zu einer Gefängnisstrafe verurteilt worden war. Ein Name wurde nicht genannt. Der Mann war als Sicherheitschef anonymisiert, aber Malin Varga wusste genau, wie er hieß. Juha Flemming. Es war seltsam gewesen, den Prozess im Frühherbst zu verfolgen und jeden Morgen beim Frühstück mehr über das gewaltsame Ende eines Fünfzehnjährigen zu lesen, dessen Tod erst viele Jahre später aufgeklärt worden war.

Diesmal handelte der Zeitungsartikel davon, dass der verurteilte Sicherheitschef wiederholt von Mithäftlingen schwer misshandelt und zu seinem eigenen Schutz in Einzelhaft verlegt worden war. Aber auch das habe nicht geholfen. Wie die Angreifer sich Zutritt zum Isolationstrakt verschafft hatten, war unklar, aber nun sollte der Sicherheitschef in ein anderes Gefängnis verlegt werden.

Sie lächelte ohne Scham, weil es sich gut anfühlte: Das geschah diesem Teufel recht.

Sie dachte manchmal – seit seinem unerwarteten Auftauchen bei ihr zu Hause als Erwachsener auf der Flucht häufiger – an den Jungen Piet Hoffmann, der sie einmal gefragt und angeschrien hatte: *Was kümmert es Sie?*

Sie hatte ihm nie eine ehrliche Antwort auf seine Frage gegeben.

Denn am Anfang war die Erklärung, so wie ihr Alltag, bodenständig.

Es kümmerte sie, weil sie selbst in einem Viertel aufgewachsen war wie die, aus denen Piet und all die anderen jugendlichen Straftäter kamen. Sie wusste, was dieses Leben mit einem alles andere als gefestigten Menschen machen konnte, und glaubte, den einen oder anderen vielleicht dazu bringen zu können, seinem Leben eine andere Richtung zu geben. Deshalb hatte sie sich an der Pädagogischen Hochschule beworben: um eines Tages an einem Ort wie diesem zu arbeiten, am liebsten an ihrer ehemaligen Schule in dem Vorort, den Politiker heute als Ausgrenzungsgebiet bezeichneten.

Über Nacht war die Antwort, ihre Triebfeder, jedoch eine andere geworden: die brutale Gruppenvergewaltigung. Sie hatte noch zwei Semester ihrer Ausbildung vor sich, als der vierzehnjährige Karlo Leko als Anführer, als Initiator der Tat identifiziert worden war. Er hatte die etwas älteren Jugendlichen dazu angestachelt, es ihm gleichzutun. Ihr Lehrerexamen bekam daraufhin einen anderen Stellenwert. Denn als Leko strafmündig wurde und wegen eines neuen Straftatbestands zu geschlossenem Jugendvollzug in der Vallby-Anstalt verurteilt wurde, wusste sie, dass es in jedem Jugendgefängnis eine Schule gab, und bewarb sich um die Stelle, die keiner ihrer Kommilitonen und Kommilitoninnen haben wollte.

Die Entscheidung, wem sie den Mord in die Schuhe schieben würde, war leicht: dem Dreckswärter. Die jungen Insassen waren gut im Erfinden von Spitznamen, und dieser passte wie die Faust aufs Auge. Wie alle anderen hatte sie gehört, dass Flemming dem Monster namens Großerbruder gedroht hatte, sein durch die Anstalt hallendes *Ich bring dich um, Leko, du Clown*. Jeder wusste, dass Juha Flemming gewalttätig war und dass er Karlo Leko hasste –

fast ebenso sehr wie sie selbst. Beim ersten Mal zeigte sie ihn wegen Körperverletzung an, vor allem, um sicherzustellen, dass Flemmings Name in den Behördenregistern auftauchte, wenn jemand später danach suchte. Die zweite Anzeige erstattete sie am selben Nachmittag, als die große Chance kam. Denn ab da war es umso wichtiger, dass die Polizei den Druckswärter bei einer kommenden Ermittlung mit Karlo Leko in Verbindung brachte.

Der Übergriff war grotesk. Sie hörte ihn und bekam ihn geschildert, als einige Insassen aus Lekos und Hoffmanns Abteilung sie um Hilfe baten. Die Jungen wussten, dass sie keine Angst hatte und den Schlägen des Dreckswärters schon einmal ein Ende gesetzt hatte. Aber sie ignorierte es. Griff nicht ein. Es war nicht leicht, auch wenn sie dem kleinen Teufel alles Böse wünschte. Sie hatte gewartet, bis Flemmings Schläge ausreichten, um schwere Verletzungen zu verursachen, und von mehreren Zeugen bestätigt werden konnten. Erst dann ging sie in Karlo Lekos Zelle.

Du wolltest wissen, warum, Piet?

Darum hat es mich gekümmert.

Du warst mein nützlicher Idiot. Ich musste das Vertrauen von Lekos bestem Freund gewinnen, um im passenden Moment, ohne Fragen und ohne Misstrauen zu wecken, am Bett des Verletzten sitzen und die Wohltäterin spielen zu können.

Sie hatte die Wange des Jungen gestreichelt, ihn getröstet und ihm bei drei dicht aufeinanderfolgenden Besuchen erklärt, wie wichtig es war, dass er jedes Mal den Becher mit heißer Milch austrank.

Milch eignete sich besser als Wasser.

Neutralisierte den Geschmack und den optischen Eindruck: Die weiße Flüssigkeit verbarg das Gift.

Sie hatte Blausäure, Hydrogencyanid, erwogen. Und Arsen. Und einen Keim namens Clostridium botulinum, der ein extrem tödliches Nervengift produziert. Eine Zeit lang hatte sie mit dem Gedanken an Methylquecksilber gespielt, aber wie sie es auch drehte und wendete, die Wirkung trat viel zu langsam ein.

Pflanzengift.

Das wurde ihr favorisierter Wirkstoff.

In Schweden heimische Pflanzen, die von jedermann gepflückt und verwendet werden konnten.

Sie begann mit Digitalis. Roter Fingerhut. Zwei Blätter waren eine tödliche Dosis. Oder vielleicht Rizin? Es ließ sich zwar nicht in Wäldern oder auf Wiesen sammeln, wuchs als Zierpflanze aber überall in schwedischen Gärten. Schon der Verzehr eines winzig kleinen Samenkorns führte zum Tod. Rizin war doppelt so giftig wie das Gift der Kobra, doch der tödliche Verlauf: Bauchkrämpfe und blutiger Durchfall, die zu Blutdruckabfall und Dehydrierung führten, dauerte, wie beim Fingerhut, zu lange.

Am Ende entschied sie sich für das unscheinbarste Gift; so bescheiden und unauffällig, dass es inmitten der bunten Pflanzenwelt, die Wald und Wiesen schmückte, kaum auffiel. Weißer Knollenblätterpilz enthielt tödliche Amatoxine, die schon bei geringer Dosis Leberversagen hervorriefen. Ein Pilz genügte, um den Körper stark zu quälen und zu schwächen. Sie nahm drei. Der Tod musste sich innerhalb eines Abends und einer Nacht einfinden.

Sie verspürte weder Nervosität noch Reue, während sie die Pilze unter die warme Milch mengte. Auch nicht, als sie, die Hand leicht auf Karlo Lekos Stirn, Piet Hoffmann erklärte, dass sie den misshandelten Jungen dazu bringen mussten, die Milch bis auf den letzten Tropfen auszutrinken – *die warme Flüssigkeit wird ihm guttun, Piet, versprochen.* Sie hatte den Becher nicht einmal halten müssen: Lekos bester Freund hatte ihm den Tod eingeflößt.

Ihr Plan ging auf.

Der brutale Gefängniswärter glaubte, dass seine Schläge den Tod des jungen Insassen verursacht hatten. Damit, dass er daraufhin eine angebliche Flucht vortäuschte und Lekos Leiche in einem Bodenabfluss einzementierte, hatte sie nicht gerechnet, machte die Sache aber fast noch schöner.

Malin Varga faltete die Zeitung zusammen. An diesem Morgen würde sie nicht weiterlesen, sie hatten alle Neuigkeiten erreicht, die sie sich wünschte.

Sie war fertig.

Karlo Leko, alias Großerbruder, der Isas Tod verschuldet hatte, hatte juristisch nicht zur Rechenschaft gezogen werden können, also hatte Isas große Schwester seine Bestrafung übernommen.

Obendrein wurde der Wärter, der zum Sicherheitschef avanciert war, gerade zu Brei geschlagen, ganz so wie er es einst mit anderen gemacht hatte.

Und das Beste von allem:

Niemand weiß, dass ich es getan habe.

ACHT MONATE SPÄTER

DER EHEMALIGE KRIMINALKOMMISSAR Ewert Grens saß seit etwas mehr als acht Wochen in der Zelle Nummer 19 des Untersuchungsgefängnis Kronoberg, wartete auf den Beginn seines Gerichtsverfahrens und hatte jede Menge Zeit, sich mit dem Gedanken anzufreunden, einige Jahre lang genau das zu tun, was er in diesem Moment tat: auf einer Pritsche zu liegen und eine Betonwand anzustarren, die zurückstarrte.

Nur vier Stockwerke über dem Büro, das ein ganzes Leben lang seine Sicherheit und sein Arbeitsplatz gewesen war. Wenn es ihm gelänge, das Gitter vor dem Fenster zu entfernen, die Glasscheibe einzuschlagen und sich hinauszubeugen, könnte er in die Räume der Mordkommission blicken und seinen ehemaligen Kollegen zuwinken.

Ein schmuddeliges Waschbecken, ein an der Wand befestigter Tisch, ein ungemachtes Bett.

Das war alles.

Keine Privilegien.

Kein Fernsehempfang, keine Zeitungen. Keine Eindrücke aus der Außenwelt.

Bis jetzt.

Auf dem Gefängniskorridor erklang das Klappern fester Absätze auf frisch gebohnertem Linoleum, von zwei Schuhpaaren, die näher kamen. Er begegnete dem Blick des jungen Justizvollzugsbeamten durch die kleine quadratische Luke in der Stahltür, hörte das Klirren des Schlüsselbunds.

»Besuch für Sie.«

Grens setzte sich hastig auf der Bettkante auf. Besucher waren nicht gestattet. Außer in Gestalt von Ermittlern, Anwälten und Pfarrern – und er hatte mit ihnen allen gesprochen.

»Hallo, Ewert.«

Er?

Er hatte keinen Grund herzukommen. War nicht an den Ermittlungen rund um Hoffmanns Flucht aus dem Aspsås-Gefängnis beteiligt, deretwegen Grens vor Gericht gestellt werden würde. Er sollte im Rechtsmedizinischen Institut sein, am laufenden Band Leichen aufschneiden und herausfinden, warum sie aufgehört hatten zu atmen.

»Hast du etwas dagegen, wenn ich einen Moment hereinkomme?«

Ludvig Errfors.

Der Justizbeamte machte die Tür weit auf, ließ den Besucher vorbei, wies ihn auf den Notrufalarm hin und fragte, ob er zurechtkomme, worauf der Rechtsmediziner erwiderte, der Justizvollzugsbeamte könne die Tür ruhig hinter sich schließen, er fühle sich in Gegenwart dieses Gefangenen recht sicher.

Dann setzte er sich neben Grens auf die Bettkante, rutschte ein wenig hin und her und versuchte, eine bequeme Position zu finden.

»Wie ... ja, wie geht es dir, Ewert?«

»Wie einem Menschen, dem seine eigene Kleidung fehlt. Und im Kopf, innerlich ... willst du es wirklich wissen? Ich schätze, du bist nicht gekommen, um mein Seelenleben zu analysieren.«

»Ich wollte höflich sein. Aber als Arzt stelle ich fest, dass du

äußerlich ein bisschen blass bist, Ewert, ansonsten aber aussiehst wie immer.«
»Wie immer?«
»Leider.«
Sie lächelten. Beide. Es war ein gutes Gefühl. Ihre Wege hatten sich dienstlich regelmäßig gekreuzt, aber jedes zweite Mal hatten sie sich an Bahren mit geschundenen, malträtierten Leichen gegenübergestanden, weit von einem Lächeln entfernt.
»Also – warum bist du wirklich hier?«
»Um ehrlich zu sein, ich weiß es nicht, Ewert. Ich habe etwas entdeckt, worüber ich gerne mit jemandem reden würde, und mir ist wohl kein geeigneterer Gesprächspartner eingefallen als ein mutmaßlicher Krimineller.«

Der Rechtsmediziner hatte beim Eintreten eine Aktentasche in der Hand gehalten. Jetzt hob er sie auf seine Knie, es war eine dieser alten, abgegriffenen braunen Ledertaschen, mit denen Grens manchmal junge Menschen in der Stockholmer Innenstadt herumlaufen sah. Aber diese Tasche stammte nicht aus irgendeinem hippen Secondhandladen in der Hornsgatan, sondern war von jahrzehntelangen Fahrten eines hart arbeitenden Rechtsmediziners zum und vom Rechtsmedizinischen Institut abgenutzt worden. Errfors öffnete sie und nahm einen Stapel Papiere heraus. In der Zelle gab es keine Möbel, auf denen er sie hätte ablegen können, also musste er sie auf dem Fußboden ausbreiten, auf einem schmalen Streifen zwischen Bett und Wand, und Errfors verteilte sie, so gut es ging.
»Du erinnerst dich an die Spuren von Amatoxin in ...«
Er wies mit einem Fuß auf das Dokument ganz links.
»Karlo Lekos Leichnam.«
»Mumifiziert. Erstarrt in einem Moment seines jungen Lebens. Die Sache hat mir keine Ruhe gelassen, auch wenn die Ana-

lyse des fremden Gifts keinen weiteren Aufschluss gegeben hat, als dass es von Pilzen stammt. Es fühlte sich nicht abgeschlossen an. Du bist genauso, Ewert. Ich weiß, dass du das verstehst. Es ist nicht nur Arbeit. Es ist ... alles. Klar spielt auch das Streben nach Gerechtigkeit und Wahrheit eine Rolle, aber vor allem, und das gebe ich unumwunden zu, mache ich es meinetwegen. Damit ich schlafen kann. Oder wie andere Menschen lachen.«

»Ja. Ich verstehe. Sogar hier, in einer Zelle, geht es um das, was nie gelöst wurde. Das beschäftigt mich mehr als die Frage, wie es mit mir nach Amtsgericht und Berufungsgericht weitergeht. Obwohl ich weiß, wie es Polizisten ergeht, wenn sie zwischen Häftlingen landen, die sie eigenhändig festgenommen haben. Ich habe nicht die Kraft, mir ihretwegen graue Haare wachsen zu lassen. Es kommt ohnehin, wie es kommt.«

Sie lächelten einander wieder an. Zum zweiten Mal. Es war etwas Schönes daran, gemeinsam alt zu werden.

Es wog in keiner Weise die Angst vor der unbegreiflichen Tatsache auf, eines Tages nicht mehr zu sein, doch hin und wieder war es offenkundig, dass die Zeit andere Erkenntnisse mit sich brachte. Dass Menschen unberechenbar bleiben. Ganz gleich, wie sehr man versucht, ihr Handeln vorherzusagen und zu beeinflussen, tun sie das, was sie wollen. Der erfahrene Rechtsmediziner und der ehemalige Kriminalkommissar waren an diesem Punkt in ihrem Leben jedem Menschenschlag begegnet, von allen erdenklichen Verrückten genarrt worden, hatten alle Gefühlslagen durchlebt. Sie wussten beide: Der Wille, das eigene Handeln zu beeinflussen, war der einzige Weg, die einzige Konstante. Die Dinge stets zu beenden, zum Abschluss zu bringen, ungeachtet des Risikos.

Die letzten Kisten zu öffnen. Die letzten Fäden zu verknüpfen. Eine Art polizeiliches Großreinemachen.

»Ich habe weitergeforscht, Ewert. Ohne höhere Stellen zu informieren. Ich habe Leko in seinem Kühlfach gelassen, obwohl der Fall offiziell abgeschlossen war. Habe andere Leichen in andere Kühlfächer verlegt, damit jeden Tag Platz für ihn war.«

Errfors wies mit dem Fuß auf das nächste Dokument.

Die Schrift war zu klein, von der Bettkante aus nicht zu entziffern, aber vielleicht war das auch gar nicht die Absicht – die Dokumente waren da, um Halt zu geben.

»Und eines Abends, als ich sicher war, allein im Institut zu sein, habe ich ihn aus dem Kühlfach gezogen und für eine erneute Autopsie auf den Obduktionstisch gelegt. Die allerletzte. Die Menge an halb verdautem Darminhalt war groß genug für weitere toxikologische Proben, auf deren Grundlage ich eine Karte gezeichnet habe. Eine Karte *anderer* Stoffe, die in den Pilzen enthalten waren und wie Amatoxin eine lange Abbauzeit haben. Zusammengenommen haben sie klare geografische Gebiete eingekreist.«

Der Rechtsmediziner wurde eifrig, beugte sich so gelenkig vor, wie es Grens nicht einmal in jungen Jahren vermocht hatte, griff nach einigen seiner Dokumente und reichte sie an Grens weiter.

»Ich habe mit Schwermetallen angefangen. Kadmium. Blei und Quecksilber. Schwermetalle, die früher in der Industrie verwendet wurden und noch immer von unserer Vegetation aufgenommen werden. Illegal im Boden entsorgt. Verborgen unter Wohnvierteln oder Naherholungsgebieten oder überall da, wo man hoffte, dass niemand graben würde. Erinnerst du dich zum Beispiel an den Skandal in Vinterviken? Nobels Fabriken und Hunderte Giftfässer im Wasser versenkt und in der Erde vergraben, wo die Leute stolz ihr Biogemüse anbauten?«

Zahlen in Säulendiagrammen, in Kreisen.

Der ehemalige Kriminalkommissar war nie besonders gut im Deuten von Diagrammen gewesen, ihn machte nervös, was er nicht verstand, und er wandte seine übliche Strategie an: Er nickte und tat so, als würde sich ihm erschließen, worauf Errfors deutete.

»Die Schwermetallzusammensetzung in den Pilzen, die Karlo Leko zu sich genommen hat, stimmte mit Bodenproben aus mehreren verschiedenen Gebieten in der Umgebung von Stockholm überein. Also habe ich weitere Untersuchungen durchgeführt, alles, was mir einfiel. Egal wie unwahrscheinlich es war. Ich habe Lekos Leiche auf sämtliche Stoffe getestet, die im Erdreich vorkommen, und so ist es mir gelungen, die Anzahl der geografischen Gebiete Schritt für Schritt einzugrenzen. Doch der ausschlaggebende Treffer für ein einziges mögliches Gebiet fehlte.«

Draußen vor der Stahltür schrie jemand, eine schrille Stimme aus einer der Zellen weiter unten im Korridor, in einer Sprache, die keiner von ihnen verstand. Die Antwort kam aus einer anderen Zelle, in einer anderen Sprache. Errfors wartete, bis die Stimmen zu Ende geschrien, zu Ende gehasst hatten, dann wandte er sich wieder an Grens.

»Als letzten Versuch habe ich mir einen Geigerzähler besorgt.«

»Was?«

»Ein Gerät, das tick-tick-tickticktick macht, je näher ...«

»Ich weiß, was ein Geigerzähler ist.«

» ... man der Quelle der radioaktiven Strahlung kommt. Im Internet gibt es Hunderte verschiedene Modelle, erstaunlich günstig. Ich weiß, wie das klingt: Der Leichenseziererist am Ende genauso verrückt geworden wie sein Beruf. Aber, Ewert, plötzlich tickte das Gerät über Karlo Lekos Eingeweiden! Ich konnte eine stark erhöhte Strahlung messen, Becquerel weit über dem Normalwert! Nicht genug, um ihn zu töten, aber auffällig viele radioaktive Isotope im Verdauungstrakt. Da fiel bei mir der Groschen. Krankenhausabfälle. Bei der Tumordiagnostik, beispielsweise, werden radioaktive Isotope an bestimmte Stoffe gebunden, um herauszufinden, wo sie aufgenommen werden. Wo im Körper die Strahlung auftritt. Wo möglicherweise ein Tumor vorliegen könnte. Klar gibt es eine natürliche körperinterne Strahlung, und die Menschen nehmen unterschiedliche Nahrung zu sich, aber allen vernünftigen Erklärungen zum Trotz lag die radioaktive Strahlung in Lekos Darmtrakt *weit* über dem Normalwert.«

Der Rechtsmediziner stand auf, setzte sich, stand auf, wollte unbedingt erzählen.

»Also habe ich nach Firmen mit Standorten in den verbleibenden geografischen Gebieten gesucht, die mit Krankenhausabfällen zu tun hatten. Es fallen immer irgendwelche Nebenprodukte an, die entsorgt werden müssen. Und – ich wurde fündig! Westlich von Åkersberga gab es eine Fabrik, die vor fünfunddreißig Jahren Material für diese Art von Krankenhausdiagnostik hergestellt hat und später einem hübschen Wohngebiet inmitten einer schönen Waldlandschaft gewichen ist. Ich habe mich mit einem Institut für Biometrie und Umweltanalyse in Verbindung gesetzt, das in meinem Auftrag weitere Bodenanalysen durchgeführt hat, und sie landeten einen perfekten Treffer! Hundert Prozent! Verschiedene Gifte, die zusammengenommen exakt nachwiesen, wo die Pilze gesammelt wurden. Meine Karte war fertig. Ich war am Ziel.«

»*Wo* sie gesammelt wurden, Ludvig. Aber nicht von *wem*.«
»Ganz recht. Was hättest du gemacht, Ewert? Was wäre *Kriminalkommissar* Ewert Grens' nächster Schritt gewesen, wenn er noch

im Dienst wäre und nicht als mutmaßlicher Krimineller in Untersuchungshaft sitzen würde?«

»Ich würde untersuchen, wo sämtliche Personen, die in irgendeiner Form in den Ermittlungsakten rund um Karlo Lekos Verschwinden auftauchen, zum Mordzeitpunkt gewohnt haben.«

»Genau das habe ich getan.«

»Und?«

»Einer der Namen aus der Vorermittlung gehört zu einer Person, die damals in einem der Häuser gewohnt hat, die auf dem radioaktiv verseuchten Boden gebaut wurden, der exakt die Schwermetalle enthält, die auch in den Proben aus Lekos Darmtrakt enthalten sind.«

»WER?«
»Eine ...«
»Wer, Ludvig?«
»Eine ... Malin Varga.«
»Varga?«
»Ja.«
»Ganz sicher?«
»Wohl eine damalige Lehrerin der Vallby-Anstalt, wenn ich die Unterlagen richtig gelesen habe.«
»Eine ehemalige Lehrerin von Piet Hoffmann.«
»Aber aus den Unterlagen geht nicht hervor, in welcher Weise sie mit dem Tod von Karlo Leko in Verbindung stehen könnte. Ich kann in den alten Ermittlungen nicht das geringste Motiv erkennen, vielleicht hat sie gar nichts ... Ich meine, dass sie da gewohnt hat, beweist an sich noch nichts, und ...«
»Es gibt ein Motiv. Aus einer anderen Ermittlung.«
»Wenn das so ist ...«
»Ich bin froh, dass du hergekommen bist, Ludvig. Mit mir geredet hast. Und wenn du mir vertraust, dass deine Unterlagen bei mir in guten Händen sind, überlässt du sie mir. Damit wir auch diesen Fall zum bestmöglichen Abschluss bringen.«

IN EINER ZELLE tickten einsame Stunden lauter.

Waren umso spürbarer, seit der Rechtsmediziner gegangen war und das einzige Zwiegespräch verlassen hatte, das vor die verschlossene Tür gelangte.

Ewert Grens lag wie zuvor auf dem Rücken auf dem Bett.

Die Decke der Zelle war weiß und makellos und uninteressant für jemanden, der Risse und schmuddelige Fassaden mochte. Die Wände waren genauso weiß. Vielleicht sollte er seine Stirn dagegenschlagen und sie rot färben.

Er dachte über eine Frau mittleren Alters nach, die vor siebenundzwanzig Jahren eine junge Lehrerin mit dem stärksten Motiv gewesen war, das es gab: Blutrache. Eine Frau, deren DNA auf dem Mordopfer nachgewiesen worden war, für deren Vorhandensein es aber eine ganz normale Erklärung gab. Eine Frau, für die Piet nachdrücklich und überzeugend seine Hand als undenkbare Täterin ins Feuer legte.

Er dachte darüber nach, dass – wie die Informationen über das Amatoxin, das erst nach Inkrafttreten des Urteils gegen den ehemaligen Gefängniswärter Juha Flemming in Lekos Leiche gefunden worden war – auch die neuen Informationen nicht im Widerspruch zu der früheren Aussage zur schweren Körperverletzung standen, die Errfors lange vor seinen privaten Nachforschungen als wahrscheinliche Todesursache genannt hatte: eine Gehirnblutung infolge extremer äußerlicher Gewalteinwirkung.

Hauptsächlich aber dachte Ewert Grens darüber nach, dass Malin Varga immer wieder auf unterschiedliche Art und Weise in unmittelbarer Nähe des Verbrechens und des Tatorts auftauchte. Und seine Erfahrung hatte ihn gelehrt, dass es sich äußerst selten um einen Zufall handelte, wenn das so war. Motiv und Gelegenheit hatte sie bereits in der Mordnacht gehabt. Seit heute wussten sie, dass sie obendrein in der Nähe des Ortes gewohnt hatte, woher das Gift stammte, das in Lekos Leichnam nachgewiesen worden war. Zudem hatte Errfors, bevor er die Zellentür hinter sich schloss, noch erklärt, eine gute Möglichkeit, diese Art von Gift zu kaschieren, bestehe darin, es unter warme Milch zu mengen, ein Getränk, das Leko einem Vernehmungsprotokoll zufolge an jenem Abend auf Anraten der Lehrerin zu sich genommen hatte.

Als Ewert Grens in seinen Gedanken so weit gekommen war, rollte er sich auf die Seite und stand auf. Es fühlte sich nicht mehr gut an, dort zu liegen, während eine enge Zelle immer enger wurde.

Er musste eine Entscheidung treffen.

Also tat er, was er immer tat. Er begann zu laufen. Auf und ab in einem Raum, der etwas kleiner war als sein ehemaliges Büro. Es waren nur zwei Schritte in jede Richtung, bevor er mit der nächsten Betonwand zusammenstieß.

Sechshundertsechsundachtzig Mal, er zählte jeden Zusammenstoß. Dann wusste er es.

Er wusste, dass Malin Varga die Mörderin war.

Aber auch, dass er kein Polizist mehr war. Dass er von hier aus weder weiterermitteln durfte noch konnte. Dass Gerechtigkeit und Vergeltung ganz verschiedene Gesichter habenkonnten

und er darum die Möglichkeit hatte, die Informationen zu vergessen, die in diesem Moment auf dem Boden seiner Zelle lagen.
Und das würde er tun.
Auch Piet würde er nichts sagen.
Sein Wissen würde hier bleiben.
In seiner Zelle. Seinem inneren Gefängnis.
Weil niemand weiß, dass ich weiß, dass du es getan hast.

DER AUTOR DANKT

Niclas Breimar, Rolle Eriksson, Lasse Zernell – ihr seid schlaue Köpfe.

Lasse Lagergren für dein einzigartiges Wissen über leblose Körper und andere Scheußlichkeiten.

Peter Blomquist für dein unschätzbares Know-how über alle Aspekte der Polizeiarbeit (auch wenn Ewert Grens nicht immer mit beiden Ohren zuhört).

Fia Roslund, weil du für mich und den Text während des gesamten Schreibprozesses da bist.

Emil Eiman Roslund für deine klugen Hinweise.

Marianne Stenberg für deine unermüdliche Korrekturarbeit.

Karin Wahlén, weil du Grens und Hoffmann an der Hand hältst, wenn sie auf neue Leserinnen und Leser treffen.

Mein ganz besonderer Dank geht an *Niclas Salomonsson, Tor Jonasson* und *Emma Granberg* von der Salomonsson Agency, weil ihr euch in der großen ausländischen Buchwelt stets mit herausragender Kompetenz um mich kümmert.

Ein ebenfalls besonderer Dank gebührt *Martin Ahlström, Elisabeth Watson Straarup, Göran Wiberg* und *Daniel Sandström* vom Albert Bonniers Verlag für eure große Bescheidenheit und Klugheit im perfekten Ausgleich bei allem, was mit Büchern (und den meisten anderen Dingen) zu tun hat.

(Und zu guter Letzt, zur Sicherheit, für alle, die sich damit auskennen:

1. Damit ihr, meine geneigten Leserinnen und Leser, nicht mit neuen Beschreibungen eines Ortes konfrontiert werdet, der Buch für Buch derselbe bleibt, bleibe ich im Text weiterhin hartnäckig bei der Bezeichnung *Mordkommission*, obwohl der reale Teil des Polizeipräsidiums, in dem Ewert Grens seinen fiktiven Arbeitsplatz hat, seinen Namen nach jeder neuen Umorganisation des Polizeiapparats in Einheit/Sektion/Gruppe/Abteilung oder einen ähnlich tristen Namen ändert.

2. Das Hochsicherheitsgefängnis Aspsås und die Vallby-Anstalt gibt es natürlich nicht. Und obwohl Aspsås in vielerlei Hinsicht einigen anderen Hochsicherheitsgefängnissen ähnelt und Vallby in vielerlei Hinsicht einigen anderen Einrichtungen des Jugendstrafvollzugs, existieren sie nur in meiner Fantasie, wo ich sie ein wenig umgestalte, bis sich alle Gebäude und Abläufe in meine erfundene Geschichte einfügen.)

Die Krimisensation aus Schweden

Fünf rote Kerzen auf einem Geburtstagskuchen. Zanas Vorfreude ist groß. Doch dieser Tag verändert alles für ihre Familie. Dabei wollte sie nur mit allen »Happy Birthday!« singen.
Als Kommissar Ewert Grens das Stockholmer Apartment betritt, nehmen ihm der Geruch schlecht gewordenen Essens und der Geruch nach Verwesung den Atem. Was er dann erblickt, wird er nie wieder vergessen. Fast zwanzig Jahre später steht er wieder in demselben Apartment. Jemand ist zurückgekehrt und sucht nun nach Zana. Grens weiß, die Zeit ist knapp, er muss Zana vor ihren Verfolgern finden.

»Scandi-Noir-Fans kommen voll auf ihre Kosten. Eine düstere Lektüre – nichts für zartbesaitete Leser:innen.« The Herald

Anders Roslund
Geburtstagskind
Kriminalroman

Aus dem Schwedischen von Ulla Ackermann
Klappenbroschur
Auch als E-Book erhältlich
www.ullstein.de

Zwei Mädchen verschwinden und der Albtraum für Ewert Grens beginnt

Sie waren beide vier Jahre alt, als sie am selben Tag verschwanden. Jetzt werden sie von ihren Familien zu Grabe getragen. Doch beide Särge sind leer, die Körper der Mädchen wurden nie gefunden. Kriminalkommissar Ewert Grens macht sich auf die Suche nach den verschwundenen Kindern und muss dafür mit Undercoveragent Piet Hoffmann in die dunkelsten Seiten des Darknets vordringen. Bald stellen sie fest: Die Realität ist manchmal schwärzer als jeder Albtraum ...

»Roslund kennt nur zwei Arten des Erzählens – düster und abgrundtief düster.« *The New York Times*

Anders Roslund
Schlaft, Kinder, schlaft
Kriminalroman

Aus dem Schwedischen von Ulla Ackermann
Klappenbroschur
Auch als E-Book erhältlich
www.ullstein.de

Willkommen in Schweden – Willkommen in der Hölle auf Erden

Zwei jungen Frauen wird eine blühende Zukunft im Ausland versprochen – doch als sie in Stockholm ankommen, offenbart sich der Albtraum, in dem sie gefangen sind: Sie werden in einer Wohnung eingesperrt und müssen ihre Körper für Sex verkaufen. Wenn sie nicht mehr rentabel sind, müssen sie das Letzte opfern, was ihnen geblieben ist: ihre Organe. Kriminalkommissar Ewert Grens setzt alles daran, dieser brutalen Ausbeutung ein Ende zu bereiten. Eine Spur weist in die polizeieigenen Reihen und Grens muss schmerzlich erfahren, dass der Feind manchmal näher ist, als er glaubt …

»Roslund erzählt mit enormer Kraft und nie nachlassender Spannung.«
Dagens Nyheter

Anders Roslund
Engelsgabe
Kriminalroman

Aus dem Schwedischen von Ulla Ackermann
Klappenbroschur
Auch als E-Book erhältlich
www.ullstein.de

ullstein

Die atemlose Suche nach einem Serienmörder: Skandi-Noir at its best!

Kommissar Ewert Grens war am Ende. Nach seinem letzten Fall war er einige Zeit in der Psychiatrie und ist nun bei seinem alten Freund Piet untergekommen. Wird er vor der Pensionierung überhaupt noch mal arbeiten können? Da wird ein grausam zugerichteter Toter im Süden Stockholms gefunden. Polizeichef Wilson gibt ihm sieben Tage als Bewährungsprobe, um den Fall zu lösen. Doch Grens Befragungen laufen ins Nichts. Bis eine DNS-Spur den entscheidenden Hinweis auf den Mörder geben. Als Grens erfährt, wer der Täter sein soll, setzt er alles daran, dessen Unschuld zu beweisen. Und setzt seine Karriere aufs Spiel.

Anders Roslund schreibt einen Bestseller nach dem anderen: Die #1 aus Schweden!

Anders Roslund
Teufelsgabe
Kriminalroman

Aus dem Schwedischen von Ulla Ackermann
Klappenbroschur
Auch als E-Book erhältlich
www.ullstein.de